PREDIGTSTUDIEN

# PREDIGTSTUDIEN

Herausgegeben von Peter Krusche
Dietrich Rössler und Roman Roessler
Mitbegründet von Ernst Lange †

Im Jahr erscheinen zwei Halbbände

# PREDIGTSTUDIEN

für das Kirchenjahr 1980

PERIKOPENREIHE II – ZWEITER HALBBAND

Herausgegeben
von Peter Krusche, Dietrich Rössler
und Roman Roessler

Kreuz Verlag Stuttgart · Berlin

Das für die „Predigtstudien“ entwickelte Arbeitsschema sieht von Band II, 2 an folgende Gliederung vor, worauf die Bezeichnungen in den Beiträgen verweisen:

| *Bearbeiter A* | | *Bearbeiter B* |
|---|---|---|
| I Einstieg — erste Eindrücke | | |
| II Entdeckungen am Text | Sachebene *Text — Situation* | IV Erkundung der Situation |
| III homiletische Rechenschaft | personale Ebene *Prediger — Hörer* | V Aufbau der Predigt |
| | | VI gestaltendes Material |

1. AUFLAGE (1.—7. TAUSEND)

GESTALTUNG: HANS HUG
GESAMTHERSTELLUNG: E. RIEDER, SCHROBENHAUSEN
ISSN 0079—4961
ISBN 3 7831 0587 0

INHALT

# Zum neuen homiletischen Verfahren der Predigtstudien

Die ,,Predigtstudien" haben von Jahr zu Jahr einen größeren Leserkreis gefunden. Das freut und ermutigt uns, macht aber auch die Schwierigkeit deutlich, den hier gestellten Erwartungen gerecht zu werden. Was man sich alles von einer Predigthilfe erwartet — Anfreundung mit dem Predigttext, theologische Navigation, eigene Vergewisserung, Erhellendes zur Situation, Brücken zum Hörer, zündende Einfälle, Sprachhilfe des Glaubens —, das ist mehr, als man auf dem Papier einlösen kann. Das ist uns deutlich bewußt. Es treibt aber immer wieder zum Suchen nach einer möglichst praxisnahen Gestaltung an.

Das homiletische Verfahren der ,,Predigtstudien" hat sich seit ihrem ersten Erscheinen vor rund zwölf Jahren laufend weiterentwickelt; einzelne Arbeitsschritte wurden anders akzentuiert oder mit neuem Inhalt versehen; Modisches trat zurück; die Predigtlandschaft hat sich verändert. Jetzt haben wir im Redaktionskreis einen tiefergreifenden Einschnitt in der Gestaltung erwogen. Das vorläufige Ergebnis dieser Überlegungen gibt dieser Band wieder.

Kennzeichnend für die ,,Predigtstudien" sind nicht die Einzelschritte oder Elemente des Arbeitsverfahrens gewesen, sondern ein bestimmtes Verständnis von der *Funktion und Struktur des homiletischen Aktes,* wie es 1968 im Beiheft 1 ,,Zur Theorie und Praxis der Predigtarbeit" dargelegt wurde. Das bildet weiterhin die *Basis,* wobei wir uns mit den Fragen der homiletischen Theorie im Redaktionskreis jetzt nochmals speziell befassen wollen, und die Ergebnisse sollen in einem weiteren Beiheft veröffentlicht werden, wenn sich das lohnt.

## Worauf das neue Verfahren abzielt

Die Konzentration auf 2 x 2 Hauptschritte soll den methodischen Aufriß durchsichtiger machen und den Autoren mehr Spielraum geben.

Das Gegenüber von A und B wird doppelt akzentuiert: auf der Sachebene durch die Stichworte „Text" und „Situation", auf der personalen Ebene durch die Stichworte „Prediger" und „Hörer".

Wichtige Schritte werden stärker zentralisiert: bei A die exegetische Arbeit am Text, bei B die Bauskizze für die Predigt.

Wenn es eine Wandlung in der homiletischen Entwicklung gibt, dann die, daß neben Text und Situation der Prediger selbst als dritte Größe ins Blickfeld kommt. Dem dient der zweite Hauptschritt von A.

Systematische Überlegungen, die bisher einen eigenen Schritt bildeten, sollen nicht mehr gesondert, sondern in den Arbeitsschritten selbst expliziert werden.

Bausteine für Predigt und Gottesdienst möchten am Schluß eine Materialhilfe zur Gestaltung sein.

**Einige Hinweise zum methodischen Aufbau**

1. Jede Predigtstudie wird in der Regel von *zwei Autoren* bearbeitet. Das hat einen pointierten Sinn: Der Dialog zwischen Bearbeiter A und Bearbeiter B zeigt an, daß biblische Überlieferung und homiletische Situation jenes Spannungsfeld bilden, in dem der Prediger seine Aufgabe lösen muß; daß es hier den notwendigen „Streit um die Wahrheit" zu führen gilt; daß keiner von uns allein über die Fülle der Wahrheit verfügt; daß Vielfalt als Partnerschaft zu bejahen ist und eigenes Lernen am Widerstand fremder Erfahrung geschieht.

Nicht immer klingt dieser Dialog harmonisch aus; das soll nicht kaschiert werden. Manche gestellte Frage bleibt offen und regt zu eigener kritischer Weiterarbeit an. Und darin kommt der Charakter der Predigtstudien vielleicht am besten zum Vorschein: Sie möchten den Leser an einem offen geführten Werkstattgespräch teilnehmen lassen und zum Gesprächspartner machen.

2. Gleichrangig an der Lösung der Predigtaufgabe beteiligt, haben Bearbeiter A und B dennoch *unterschiedliche Rollen.* Sie stehen sich als Anwälte verschiedener homiletischer Anliegen gegenüber. Bearbeiter A richtet sein besonderes Augenmerk auf den Text als Urkunde, als Dokument des Glaubens, den es zu verstehen und in seiner Mitteilung zu entschlüsseln gilt. Wie wird meine Predigt vom Text her legitimiert? — Bearbeiter B richtet sein besonderes Augenmerk auf die Situation und Betroffenheit der Hörer. Zu welchem konkreten Reden fordert die Situation mich heraus?

Das meint nicht, daß beide Aspekte säuberlich voneinander zu trennen sind. Im Gegenteil: A und B bewegen sich jeweils im gleichen Verstehenszirkel. Sie nehmen nur gleichsam zwei Brennpunkte einer Ellipse ein. A wird in seiner Arbeit am Text immer schon durch ein bestimmtes Situationsverständnis geleitet werden, und seine Zuspitzung erhält der Text im Blick auf die Situation. Und umgekehrt wird B die Situation nicht ungezielt, sondern im Horizont des Textes befragen und sich von daher Klärung erwarten.

3. Dieses Gegenüber von A und B wird im neuen Verfahren in 2 x 2 Hauptschritten *doppelt akzentuiert,* wie ein Blick auf das folgende Schema zeigt: auf der Sachebene durch die Stichworte „Text" und „Situation", auf der personalen Ebene durch die Stichworte „Prediger" und „Hörer". Der stärker sachgeleiteten Fragestellung korrespondiert dabei jeweils der Sprechakt: bei Bearbeiter A als Frage, was ich als Person, als Prediger verantwortlich sagen kann; bei Bearbeiter B als Frage, wie ich meinen Hörern verständlich werde.

4. Noch ein Hinweis zum Arbeitsschema: Die Abfolge der Schritte ist kein starres Schema. Die Autoren bewegen sich darin frei. Und der methodische Aufbau kommt in diesem Band beim ersten Erproben des neuen Verfahrens nicht immer in der gemeinten Weise zur Geltung. Das will erst eingeübt sein. Gleichwohl: Das Arbeitsschema will nicht als lose Aneinanderreihung von Elementen und Einzelschritten verstanden werden. Es spiegelt vielmehr einen sinnvoll und sachgerecht erscheinenden Prozeß der Predigtarbeit wider.

## Beschreibung der Arbeitsschritte

Das für die „Predigtstudien" entwickelte Arbeitsschema sieht von Band II, 2 an folgende Gliederung vor, worauf die Bezeichnungen in den Beiträgen verweisen:

| *Bearbeiter A* | | *Bearbeiter B* |
|---|---|---|
| I Einstieg — erste Eindrücke | | |
| II Entdeckungen am Text | Sachebene *Text — Situation* | IV Erkundung der Situation |
| III homiletische Rechenschaft | personale Ebene *Prediger — Hörer* | V Aufbau der Predigt |
| | | VI gestaltendes Material |

*Bearbeiter A*

*Erster Schritt: Einstieg — erste Eindrücke*

Wie bei einer Ouvertüre die Leitthemen anklingen, so sollte der Leser hier auf die Predigtaufgabe eingestimmt werden. Das kann auf unterschiedliche Weise geschehen. Indem ich mitteile, was mein unmittelbares Interesse am Text weckt. Womit ich mich konfrontiert sehe. Das kann ein erzählender Einstieg sein, eine Episode, eine kleine Begebenheit. Ein gutes Buch zieht schon mit den ersten Sätzen in seine Geschichte hinein. Kurz: Es geht darum, ohne Umschweife zur Sache zu kommen.

*Zweiter Schritt: Entdeckungen am Text*

Die wesentliche Vorgabe für A (wie für den Prediger selbst) ist der Text, der uns als ein bestimmtes „Erfahrungsdokument" biblisch-christlicher Überlieferung begegnet. Dies Dokument will in seiner Relevanz für das Leben heutiger Hörer entziffert, entschlüsselt, entdeckt werden. Welche Predigtmöglichkeiten eröffnen sich mir in der Arbeit am Text? Das ist die Leitfrage dieses Schrittes.

Eine von dieser Frage absehende historisch-kritische Exegese wird nicht erwartet. Das ist Sache von wissenschaftlichen Kommentaren. Als Autor werde ich dennoch fundiertes exegetisches Wissen einbringen müssen, wenn ich die Eigenaussage des Textes in seiner homiletischen Zuspitzung zu Gehör bringen will. Mit anderen Worten: Ich werde zu zeigen versuchen, wie *funktional* Exegese ist, wie dieser Bibeltext mir zu Leibe rückt, in welchen „Streit um die Wahrheit" er mich verwickelt.

Warum haben wir „*Entdeckungen am Text*" als Überschrift dieses Schrittes gewählt? Eine „Entdeckung" machen — das meint, daß etwas Neues, Wichtiges, Verborgenes zutage gebracht wird. Man entdeckt ein unbekanntes Land, ein Geheimnis, einen Ausweg, die Lösung für ein Problem, eine vergessene Wahrheit. Ein Moment von Überraschung, von Entdeckerfreude schwingt mit. Ob das nicht am besten auf einen angemessenen Umgang mit biblischen Texten hinweist? Jedenfalls macht dies es mir schwer, unter dieser Devise Belanglosigkeiten mitzuteilen.

*Dritter Schritt: Homiletische Rechenschaft*

Von der Schwierigkeit, ein Prediger zu sein, könnte man diesen Abschnitt überschreiben. Der Prediger steht selber in der Spannung zwischen Text und Situation. Er ist nicht nur Briefträger. Er tritt nicht in eigener Sache, aber in eigener Person für diese Sache vor seine Hörer.

Er steht in der Spannung zwischen Kirche, Gemeinde und Öffentlichkeit, zwischen persönlicher Identität und beruflicher Rolle. Er soll Helfer, Lehrer, Darsteller, Bürge für gestern und morgen sein. Zugleich aber hat er an Fragen und Zweifeln seiner Hörer, an der Krise aller religiösen Gewißheit teil. Er kann gar keinen Regen machen.

Wir meinen, daß das Verhältnis von *Amt und Person* heute für viele Prediger zum Problem wird. Es ist sicher hilfreich, wenn A hier auch über seine eigenen Schwierigkeiten und seine Betroffenheit im Blick auf die gestellte Aufgabe Auskunft gibt.

Damit verbindet sich das Bemühen um *homiletische Rechenschaft.* Was kann und will ich anderen unter dem Eindruck der exegetischen Arbeit sagen? Kurzformel zur Sprechaktbestimmung: Wem will ich was sagen und gegen welche Interessen und Widerstände durchsetzen?

### *Bearbeiter B*

#### *Vierter Schritt: Erkundung der Situation*

Bearbeiter B liegt das Manuskript seines Partners vor. Er registriert, was ihn anspricht, was er aufgreifen und weiterverfolgen möchte, aber auch das, was ihm Schwierigkeiten bereitet und worin er A nicht zu folgen vermag. Eine kurze Überleitung genügt. — Konsensus: Worin wir uns einig sind! Akzente: Was mir im Unterschied zu A wichtig ist! — Ein Aufgreifen des roten Fadens.

Worauf es jetzt inhaltlich ankommt, ist die Reflexion der Predigtaufgabe im Blick auf die *homiletische Situation.* Wer sind meine Hörer? In welcher Lage befinden sie sich? In welchen Erfahrungen spiegelt sich ihre Lage? Ich suche also die Lebenswirklichkeit meiner Hörer auf und lasse mich auf ein Gespräch ein mit ihren kritischen Fragen und Ängsten, vermeintlichen und begründeten Zweifeln. Und ich setze dabei zugleich mich selbst, meinen Glauben und meine Theologie der Befragung aus.

Fragen, die zum „Abstecken" des homiletischen Feldes anleiten: Welche Vorgänge des gesellschaftlichen Lebens, welche politischen Ereignisse und Entwicklungen beherrschen das Bewußtsein? Wo sprechen sich schlechte Erfahrungen und enttäuschte Erwartungen aus? Wo spricht die Predigt eine bestimmte Konfliktlage an? Wie trifft sie den sozialen Status des Hörers? Seine Rolle als Familienvater, als Arbeitnehmer, als Käufer und Konsumenten, als Wähler? Wie wirkt sich das Vorverständnis von der christlichen Überlieferung, von der Rolle des Predigers, von der Frömmigkeit und vom Bibeltext aus, in dem sich das „Christentum" in allen Stadien der Bewahrung, des Verfalls und der Verkehrung meldet? — Welche Fragen wegweisend sind, kommt auf den Predigtfall an. Aber von der richtigen Antwort auf solche Fragen wird immer auch abhängen, ob die Predigt „ankommt“ oder über die Köpfe hinweggeht.

Was uns dabei für das Verständnis dieses schwierigen Arbeitsschrittes wesentlich erscheint: Die Erkundung oder Klärung der Situation ist keine bloße Feldbeschreibung; sie stellt vielmehr einen zum Predigtvollzug selbst gehörenden *Akt kreativer Wahrnehmung* dar. Text und Situation erschließen sich in ihrer Spannung zueinander. Im Lichte des Textes mache ich *neue* Entdeckungen über meine Gemeinde, so wie ich — herausgefordert durch die Anfechtungen meiner Gemeinde — *neue* Entdeckungen am Text mache.

*Fünfter Schritt: Aufbau der Predigt*

Als letzter Schritt war die Predigtskizze bisher zu oft ins Abseits geraten. Manchen Bearbeitern ging gerade an dieser für den Prediger wichtigen Stelle die Luft oder das Papier aus. Die Bauskizze der Predigt soll deshalb künftig zur *zweiten Hauptaufgabe* von Bearbeiter B gemacht werden. (Wir haben jetzt, wie jemand scherzhaft bemerkte, „das Klavier in die Mitte des Zimmers gerückt“.)

Damit ist nicht gemeint, daß hier — zum eilfertigen Verbrauch bestimmt — eine kurzgefaßte Predigt geliefert wird. Der Entwurf kann für den Prediger nur anregende, wahrscheinlich zur Kritik und jedenfalls zur kritischen Weiterarbeit anregende Bedeutung haben. Eine Predigt, die ich für meine Gemeinde anfertige, wird unverwechselbar meine eigene sein müssen. Oder es ist keine Predigt für *meine* Hörer.

Hier kommt es entscheidend auf zweierlei an: Zum einen auf das Exempel, wie das zur homiletischen Aufgabe Gesagte in eine „*Rede mit dem Hörer*“ umgesetzt werden kann. Wie will ich meine Predigtabsicht dem Hörer vermitteln, so daß ihm verständlich wird, wie ihn das in der Bibel bezeugte Geschehen angeht und trifft, zum Glauben befreit und zum Gehorsam ermutigt? Wo setze ich an? In welchen Schritten versuche ich, ihm das nahezubringen? Auf welche Ziele will ich hinaus? Wie wird von daher das Gefälle meiner Predigt bestimmt? Das soll in einer Skizze verdeutlicht werden. Die Geburt einer Predigt, diese Art „geistiger Niederkunft“, wird hier also beispielhaft praktiziert.

Zum anderen geht es bei diesem Schritt um das *Umsetzen theologischer Begriffe in Sprache.* Das ist kein nebensächliches Geschäft. Sprachfähigkeit, Sprachwerdung wird zum Testfall der Theologie. Was nicht gesagt werden kann, ist nicht zu Ende gedacht. Die „Sprache des

Glaubens" und die ,,Sprache der Tatsachen" klaffen oft erschreckend weit auseinander. Zu viele Begriffe, zu wenig ausgelegte Erfahrung. Wir schreiben und sprechen noch zu wenig ,,theologische Prosa".

Ein Zitat von B. Brecht wird uns hier zur eindrücklichen Mahnung: ,,Viele Dinge sind erstarrt, die Haut hat sich ihnen verdickt... Das Schlimmste, wenn die Dinge verkrusten in Wörtern, hart werden, weh tun beim Schmeißen, tot herumliegen. Sie müssen aufgestachelt werden, enthäutet, böse gemacht, man muß sie füttern und herauslocken unter der Schale, ihnen pfeifen, sie streicheln und schlagen, im Taschentuch herumtragen, abrichten. Man hat seine eigene Wäsche, man wäscht sie mitunter. Man hat nicht seine eigenen Wörter, man wäscht sie nie. Am Anfang war nicht das Wort. Das Wort ist am Ende" (Ges. Werke, ed. Suhrkamp, 1967, Bd. 20, S. 13).

Zur Erprobung der Rede empfehlen wir bei diesem Schritt, *Formulierungen im Anredestil* zu wählen. ,,Liebe Gemeinde..." Ärgerlich sind für den Leser bloße Verweise: ,,Hier müßte der Prediger konkret sagen, was es heißt..." — Sag es!

*Sechster Schritt: Gestaltendes Material*

Jeder weiß, was für das Gestalten einer Predigt ein ,,guter Aufhänger", ein anschauliches Beispiel, ein erzählbarer Fall bedeuten. Dieser Teil sollte so etwas wie eine *Fundgrube* sein. Ein Speisezettel, der die Predigtküche bereichert. Erlesenes, das man selbst in der Eile so schnell nicht findet. Stoff, den man auf die Kanzel mitnehmen kann. Das kann auch ein Gedicht, eine Anekdote, ein zeitgeschichtliches Dokument sein. Oder ein treffendes Zitat. Auch ausgewählte Texte zur Liturgie, ein Gebet, ein Bekenntnis, sind Hilfe. Und jedenfalls sollten Lieder zum Gottesdienst und Vorschläge zur Schriftlesung genannt werden.

Nicht alles, was hier gemeint ist, ist in diesem Band der ,,Predigtstudien" auf Anhieb gelungen. Ein neues Verfahren will erst erprobt sein, und nur die Praxis vermag zu erweisen, in welchem Maß es sich bewährt. Für alle Anregungen von Ihrer Seite, die uns hier weiterhelfen können, sind wir dankbar, auch für Kritik.

Für den Kreis der Herausgeber
Roman Roessler

# 1. Korinther 15, 1—11: Nicht aber ich

FRIEDRICH HASSELMANN A

## Die Mitte des Textes

Zwei Beobachtungen: Während es exegetische und systematische Literatur über 1. Kor. 15 wie Sand am Meer gibt, finden sich kaum Predigten oder Meditationen über diesen Text. Liegt das nur an seiner geänderten Plazierung in der Perikopenordnung? – Vor drei Jahren habe ich ein Jahr lang Serienpredigten über den 1. Korintherbrief gehalten, davon vier Predigten über 1. Kor. 15, keine jedoch über unseren Abschnitt. Ist das nur Zufall?

Mein erster Eindruck, daß man über diesen Text nicht predigen sollte, hält lange vor. Scheinbar eine Reihe disparater Einzelthemen ohne sichtbare Klammer, Gedankenfortschritt oder Zielpunkt. Und in der Tat erschließt sich ja nicht aus dem Predigttext selbst, sondern erst von V. 12ff. her, *worum es geht*. Jedenfalls nicht primär um Rolle oder Geltung „evangelischer" Tradition (V. 1—3); nicht um die Reihen- oder Rangfolge der Christus-Erscheinungen (V. 5ff.); auch nicht um die Selbsteinschätzung oder Selbstrechtfertigung des Paulus (V. 8ff.). *Mitte des Textes ist die Auferweckung Christi*; sie ist *das* Credo; und erst von daher stammt dann die *Legitimation der Predigt* (V. 14. 17b; vgl. V. 2b), *der Tradition* und letztlich *des Apostels selber*.
Theologische Mitte jeder Osterpredigt wird immer Röm. 4, 17 sein. Unser Predigttext bindet diesen Satz unauflöslich in die Geschichte hinein und weist zugleich darauf hin, *welche* Geschichte vom Osterereignis her ihren Anfang genommen und ihr Wesen bekommen hat. — Haben wir so die Mitte des Textes geortet, dann gilt es nun zu fragen, worin der *Zusammenhang* zwischen dem Credo und den übrigen Versen liegt.

## Spannung zwischen Sache und Person

Die Diskrepanz im Stil fällt sofort ins Auge: V. 1—3 a reden eindeutig in der „Ichform"; dann folgen das Credo V. 3b—4 und die Aufzählung der Christus-Erscheinungen V. 5—7 in sachlich-dokumentierender Rede; und dann V. 8—11 wieder in der „Ichform".

Paulus (und das ist auch für meine Situation als Prediger wichtig!) antwortet auf eine Frage: nämlich auf die *Frage nach Wesen und Geltung evangelischer Tradition*, und er bezieht sich dabei auf ein offensichtlich allgemein anerkanntes Glaubensbekenntnis. (Der Sprachgebrauch in V. 1f. betont dabei das Moment der Tradition ungewöhnlich stark.)

Paulus stützt sich auf vorgegebene Glaubenstradition und versteht seine eigene Missionstätigkeit als Entfaltung dieses Credos. In der Annahme oder Ablehnung dieses Credos stehen oder fallen Christen, geht es um Heil oder Nicht-Heil, um Leben oder Tod.

Hier stellt sich eine zunächst vordergründig erscheinende Alternative: Ist für Paulus die *Tradition* die Autorität, der er glaubt? Oder ist für ihn der *Glaube* die Autorität, die er tradiert? Wie auch immer, schon bei der exegetischen Beschäftigung begleitet mich das Problem, wie denn mein eigenes Verhältnis zur Tradition ist. Wie gehe ich mit ihr um? Sie ist mir anvertraut; vertraue *ich* mich ihr an? Bin ich als ihr Tradent ein Filter oder Lautsprecher oder Katalysator? Was verändere ich? Was stärke, störe oder zerstöre ich durch meine Person, meine vita, meinen Glauben?

## Die „Sache" der Predigt

Das Credo (V. 3 f.) läßt an das Apostolikum denken. Höllenfahrt findet sich hier noch nicht; im Apostolikum dagegen fehlen die Erscheinungen und ihre Reihenfolge. Das „für unsere Sünden" wirkt gegenüber dem zweimaligen, fast schon liturgischen „nach den Schriften" auffällig und betont: mea res agitur.

*Auferweckung* — ein häufiges Mißverständnis der Gemeinde — ist nicht mit Erscheinung identisch, und Erscheinung ist kein Beweis für Auferweckung. Für die Auferweckung selber gibt es keine Zeugen, sondern nur Bezeuger. Wir sind durch den Zeitabstand nicht schlechter als die Korinther dran (Kierkegaard). Es wird auch mit keinem Wort erwähnt, was die Christus-Erscheinungen bei den Zeugen im einzelnen ausgelöst haben, ob subjektive Gefühle oder fromme Erfahrungen. Was zählt, ist nicht die Subjektivität der Erscheinungszeugen, sondern das *Daß* der Auferweckung und die daraus folgende Autorisierung der Predigt. Gewiß kann dabei ein bloß behauptendes Reden, ein Pochen auf die Faktizität von Tod, Grab, Auferweckung und Erscheinungen recht peinlich wirken. Hier geht es entscheidend um das Wirklichkeitsverständnis, das diesem Reden zugrunde liegt. In jedem Fall aber *muß die „Sache" gepredigt werden* — ohne „Beweise" oder befragbare Erscheinungszeugen — *als eine Sache von Leben und Tod*.

Der so leicht knöchern wirkenden Behauptung der Faktizität von Tod und Auferstehung kommt man vielleicht bei, wenn man mit *K. Barth* (anderen exegetischen Erwägungen zum Trotz) unseren Text bzw. das gesamte 15. Kapitel als theologischen Zielpunkt des ganzen Briefes ansieht und von daher mit Fleisch und Blut versieht. Oder wenn man mit *E. Fuchs* versucht, 1. Kor. 13 zur Interpretation von 1. Kor. 15 heranzuziehen. Beide Versuche haben den Vorteil, daß sie auf Leben hinweisen und eine Formel in einen lebendigen Kontext hineinstellen (vgl. Gal. 5, 6). Die Situation darf nicht vergessen werden: Paulus antwortet auf eine im lebendigen Gemeindeleben entstandene Frage; seine Ausführungen sind keine situationslose Spekulation.

## Das „Ich“ des Predigers

Kaum ein Predigttext der letzten Zeit hat mich so provoziert, mich mit meiner *Rolle als Prediger* auseinanderzusetzen. Das Problem, die „Sache“ mit dem „Ich“ zu verschränken, stellt sich ja in jeder Predigt: Ich soll mit meiner Person die Sache vertreten! Hier aber findet dieses spannungsvolle Gegenüber und diese Verschränkung schon *im Text selber* statt, indem Paulus die Sache der Predigt unübersehbar mit seiner Person in engsten Zusammenhang bringt. Die Relation Es—Ich wird dadurch verschärft, daß sich schon innerhalb des „Es“ ein entscheidendes „Ich“ — für mich wieder als Teil des Es — mit ins Spiel und buchstäblich „zur Sprache“ gebracht hat. Und an dieser Stelle geschieht die Verzahnung der anfangs so disparat erscheinenden Elemente des Predigttextes: Vom Credo über die Kette der Erscheinungszeugen geht der Weg direkt zu Paulus als deren letztem Glied. Die in der Erscheinung Christi ihn „umwerfende“ Gnade Gottes markiert die Verschränkung von Es und Ich; sie treibt ihn hinein in Predigt und Mission; sie hat Kräfte in ihm freigesetzt: „*Mehr als sie alle habe ich gearbeitet*“ (V. 10b), aber eben doch „*nicht ich, sondern Gottes Gnade in mir*“ (V. 10c).

An diesem Punkt möchte ich bei der Predigt ein wenig ausruhen — im Blick auf das, was nun ich versuche. Diese Frage nach der Verschränkung von Es und Ich in der Person des Predigenden („... aber nicht ich, sondern Gottes Gnade in mir ...“) ist, recht verstanden, in sich selber *Gebet*.

Damit ist die Frage nach der Atmosphäre, der *Grundstimmung heute gehaltener Osterpredigten*, berührt. Kaum ein Prediger wird so von sich sprechen können, wie Paulus es tat; er hätte Sorge, als arrogant oder selbstsicher-fromm abgetan zu werden. Sätze, die Paulus mit einem Ausrufungszeichen versieht, werden eher mit einem Fragezeichen enden. Der „Zeitgeist“ verführt zu apologetischem Reden.
Fragende Hoffnung statt aussagender Gewißheit ist legitim, sie kann sich aber gerade vom Tenor dieses Textes („nicht ich!“) ermutigen lassen. Predigt ist ja nichts anderes als die immer neue Aktualisierung dieser einen Hoffnung. Auch für sie gilt entscheidend Röm. 4, 17: Sie ist — und damit schließt sich der Text — allein im Wesen des Ur-Datums, der Auferweckung begründet. Auferweckung kann nicht als Topos einer allgemeingültigen Anthropologie gepredigt werden, sondern nur exklusiv als Glaube an Christus. Christus ist nicht nur der erste der Auferweckten, sondern die Möglichkeit aller Auferweckung hat in ihm ihren Grund.

**Leitsätze zur Predigt**

1. Die Predigt soll eigene Ängste und Schwierigkeiten aufnehmen (wer täte das deutlicher als Paulus?), aber eine apologetische Verteidigungsrede soll sie nicht sein.

2. Was ich predigen will, ist nicht „Auferstehung", sondern „Auferweckung". Das „Nicht ich, sondern Gottes Gnade" gilt auch für Christus. In diesem Wort kann sich Ostern erschließen.

3. Aus dieser Mitte leiten sich Legitimation und Zielsetzung der Osterpredigt her. Jede Predigt kann dabei Entscheidendes von den Osterliedern lernen, sowohl was den Inhalt als auch was die Form (den Ton) angeht.

4. Osterpredigt muß von dem reden, was gestorben ist und begraben wurde, was aber nach Gottes, an Jesus ablesbarem Willen leben soll (noch einmal: Röm. 4, 17!).

NIELS HASSELMANN **B**

**Evangelische Überlieferung**

Anlaß, Aufbau, Form und Inhalt des Textes gehören eng zusammen und nehmen uns in die Kommunikationsproblematik der Predigt damals und heute hinein:
a) Paulus antwortet auf eine Anfrage aus Korinth (Situation);
b) er verweist auf den Vollzug des Evangeliums (Verkündigung des Tradierten, V. 1—2);
c) er zitiert das gemeinsame Grundbekenntnis (Credo, Aussage, V. 3—4);
d) er wendet es auf sich selbst als Prediger an (V. 8—10);
e) er verweist zurück auf die Sache (V. 11; Zielpunkt: V. 14).

Das „Was" hängt aufs engste mit dem „Wie", dem „Wo", dem „Wer" und „Wem" zusammen; das eben ist evangelische Überlieferung. Gerade die „Grundtatsache" des Glaubens (Kreuz und Auferstehung) kann nicht abgesehen von dem Prediger und dem Adressaten gesagt werden. Es gibt keine Objektivität der Verkündigung ohne meine Subjektivität, aber auch kein persönliches Bekennen ohne kirchliche traditio. Das sonntäglich gebetete Credo der Kirche bleibt ein „ich glaube".

Daher will ich im folgenden ausnahmsweise bewußt und vom Text nahegelegt *konfessorisch* zu sprechen versuchen, weil Inhalt und Form des Textes von Paulus her auch für die Predigt eine affirmative Tonlage nahelegen. Im Duktus bin ich mit A einig, möchte aber einige andere Akzente setzen.

## Anfragen und Hinweise

Es gibt viele Anfragen an Ostern. Von diesem „Lehr-Text" her muß dazu wohl eine Art „Lehr-Predigt" gehalten werden. Es gilt, sich sowohl den vielschichtigen Aussagen des Textes als auch den harten Anfragen unserer Zeit zu stellen. Dabei konzentriert sich der Text auf den Kern christlichen Bekenntnisses, auf Kreuz und Auferstehung.
Die zentrale Anfrage dürfte trotz aller Aufklärungsarbeit die Frage nach der *Historizität* des Auferstehungsgeschehens sein, hinter der die Frage nach dem *Wirklichkeitsverständnis* steht. Die Kunst des Predigers besteht darin, aufzuweisen, daß die historisierende Fragestellung, die erst durch das moderne Bewußtsein in dieser Schärfe „nahe" gelegt wird, dem Evangelium selbst damals wie heute „fern" liegt, weil es die Auferstehung zu einer historischen Quizfrage statt zu einer Anfrage an meinen Glauben zu machen sucht.

Der Text hilft durch zwei Hinweise:
a) Tod und Begräbnis Jesu sind historische Tatsachen und wohl kaum als solche zu leugnen, aber „als solche" für den Glauben eben auch recht irrelevant. Bedeutung gewinnen sie durch das „für uns", das ausgelegt wird durch das „nach der Schrift" (einschließlich Jesu Worte und Leben! Hierher gehört auch die Historizität!).
b) Umgekehrt ist es bei der Auferstehung: Historisch konstatierbar ist eine ungeheure Wirkungsgeschichte, die durch die Apostel und ihre „Erscheinungen" ausgelöst wurde. Die Kraft dahinter ist historisch nicht mehr erweisbar: Auferweckung ist eine „Tatsache" des Glaubens, eine Sache des Glaubens, hinter der Gottes Tat an uns steht — damals wie heute.

## Sache und Sachlichkeit

Ich meine, daß gerade V. 1—3 für den heutigen Hörer wichtig sind. Es geht ja um einen verläßlichen Grund und Maßstab des Glaubens. Auch der evangelische Christ will wissen, wo und worauf er steht. Wichtig ist, daß ihm klar wird, daß er seine eigene Existenz bei dieser Sache nie draußen lassen kann. *Worauf stehen wir?* Teilt der Prediger die Meinung des Paulus gegenüber seiner Gemeinde, daß er ihr bereits klar und deutlich gesagt hat, „was Sache ist"? Hat er eine befreiende Botschaft verkündet, durch die sie gerettet ist? Ich glaube, daß der Prediger hier in letztem Ernst reden und sich selbst und seine Gemeinde einbringen muß. Es geht ja buchstäblich um Leben oder Tod, oder besser: Tod und Leben, Kreuz und Auferstehung, um die Bedeutung von Jesu

Kreuz und Auferstehung ,,für mich", für mein Leben und meinen Tod. Das ist die ,,*Sache*" hier. Und der Vollzug in der Verkündigung gehört zur Sache hinzu.
Die *Sachlichkeit* des christlichen Glaubens besteht aber darin, daß ich meinen Glauben an etwas ,,Fremdem", historisch weit Zurückliegendem, von der Kirche und Gemeinde Tradiertem messe. Und die Aufgabe der Predigt besteht darin, daß dieses grundlegende ,,Fremdwort" zum ,,Eigenwort", daß tradiertes Bekenntnis zum persönlichen Bekennen wird.

### Das Bekenntnis als Maßstab

Paulus zitiert das älteste uns bekannte Credo der christlichen Gemeinde. Die Gemeinde spricht jeden Sonntag ein gemeinsames Bekenntnis der Kirche. Daran kann in der Predigt nicht vorübergegangen werden. Ich würde, nachdem am Ostersonntag statt des apostolischen das nizänische Credo gesprochen wurde, nach einem Hinweis auf unsere Schwierigkeiten mit den alten Bekenntnisformulierungen auf die Unterschiede aufmerksam machen: Im Apostolikum klingt alles ,,faktisch", obwohl jede Aussage gefülltes Bekennen ist, wenn man es auslegt. Im Nizänum wird es deutlicher im Sinne unseres Textes: ,,für uns gekreuzigt unter Pontius Pilatus", ,,und am dritten Tage auferstanden nach der Schrift".

Diese ,,Grundtatsache" unseres Glaubens hat einen sachlichen (auch historischen!) Kern, der feststeht und vorgegeben ist als Maß und Orientierung unseres Glaubens und Bekennens und der daher für die christliche Gemeinde in keiner Weise zur Disposition steht — wohl aber zur Interpretation auf mein Leben hin. Auch mein ganz persönlicher Glaube muß sich an Kreuz und Auferstehung Christi orientieren. Wenn er das nicht will, ist er eben nicht mehr ,,christlicher" Glaube. Trotz aller Weite der Interpretationsmöglichkeiten muß wie bei Paulus an diesem christlichen Konsens festgehalten oder um ihn gestritten werden.
Von daher ist auch etwas positiv zum gemeinsamen Credo durch alle Kirchen und Zeiten hindurch zu sagen — als Maßstab auch für mein Credo, das dann sprachlich anders aussehen kann. Auch die Kirche als ganze wird ihr Bekenntnis von den Herausforderungen der Zeit her (casus confessionis) je und dann konkretisieren und präzisieren und so die ökumenischen Bekenntnisse fortschreiben müssen (vgl. Barmen 1934).

### Erfahrung der Gnade

Paulus kann das Bekenntnis der Gemeinde nicht aufnehmen, ohne sich selbst ganz persönlich einzubringen. Er wagt es sogar, sich in die eigentlich abgeschlossene Liste der Apostel und ihrer Erscheinungen einzureihen, obwohl seine „Erscheinung" doch wohl ein paar Jahre später war und er Jesus lebend nicht gekannt hatte. Wegen dieser Kühnheit wurde er ja auch heftig angegriffen (vgl. 2. Kor. 10ff.). Ich meine aber, daß dies in gewisser Weise mit der „Sache" zusammenhängt, mit der Erfahrung von Kreuz und Auferstehung im Leben des Paulus, mit der Erfahrung von Verfolgung (der Gemeinde) und Erscheinung (vor Damaskus), von Sünde und Gnade.

Und ich meine, daß auch der Prediger heute in dieser apostolischen Tradition stehen muß, in dieser Kette der Zeugen, die auch am eigenen Leibe und aus eigener Erfahrung bekennen können muß, daß wir das, was wir sind, letztlich *aus Gnade sind* — auch wenn wir keine „Erscheinung" hatten, so doch Erfahrung von Gnade; und daß die Erfahrung der Gnade mein Ostern ist, dem Kreuzigung und Tod vorausgehen. Dies aber nicht in dem Sinn: Du mußt dies und das abtöten, damit... Gottes Gnade ist ja, daß meine Sünde in Christi Tod tot ist und ich damit befreit bin zum Leben — und zu harter Arbeit (V. 10), zur Arbeit auch bei der Verbreitung der Osterbotschaft, zur „Evangelisation" im rechten Sinne des Wortes.

## Vergeblichkeit und Vergebung

Die vorangegangenen Abschnitte möchte ich auch als Predigtgerüst verstehen. Dabei könnte man mit den etwas ausführlicher dargestellten Anfragen von heute beginnen, besonders mit dem naturwissenschaftlichen und historisierenden Mißverständnis, ohne daß dies apologetisch die Predigt bestimmen darf.

Als Illustration habe ich in einer Predigt 1968 zum 11. Sonntag nach Trinitatis das Stück „Meteor" von Fr. Dürrenmatt herangezogen. Mir kommt der Weg über ein kaum bekanntes und eigentlich sachlich mißlungenes Theaterstück heute zu lang vor. Wenig hilfreich ist auch ein Ansatz bei den vielen Büchern über Erfahrungen von schon fast Toten, weil das Problem von Kreuz und Auferstehung gerade nicht auf die Zone des Sterbens verengt werden darf.

Heute würde ich bei dem Wort „*vergeblich*" ansetzen, das an ganz wichtigen Stellen vorkommt (V. 2, 10, 14). Ich meine nicht nur das Gefühl der persönlichen Frustration des Predigers vor der kleinen Schar der Zuhörer. Auch nicht nur das vielleicht zunehmende Gefühl der gesellschaftlichen Belanglosigkeit der Verkündigung, sondern den auch in der Kirche vernehmbaren inneren Zweifel an der Tragfähigkeit dieser Botschaft. Dieses „vergeblich" überfällt mich und widerfährt mir immer wieder. Es gibt so viele Worte und Botschaften, was hilft da die Wiederholung? Was kann ich eigentlich ausrichten? „Aber nicht ich, sondern..." — dieses „sondern" möchte ich artikulieren. Nur die Gewißheit der Vergebung hebt die bedrängende Erfahrung von Vergeblichkeit auf.

**Predigtschritte**

1. Erfahrungen von der Vergeblichkeit der Osterbotschaft, dazu Anfragen von Geschichts- und Naturwissenschaft.

2. Kirchlicher Rückzug auf das „Bekenntnis" als festen Grund (so Grundtvig im Streit gegen den Rationalismus, evtl. exemplifizieren an Bekenntnisbewegung und Bekennender Kirche).

3. Kein Ausweg: Bekenntnisse sind auch zu befragen. Zentraler Kern: Kreuz und Auferstehung Christi für Paulus absoluter Maßstab seiner Verkündigung und seines Glaubens.

4. Was bedeutet Kreuz und Auferstehung für meinen Glauben? Erfahrungen von Ohnmacht *und* Gnade, Vergeblichkeit *und* Vergebung, harter Arbeit *und* jenem „aber nicht ich...".

## OSTERMONTAG

# 1. Korinther 15, 12—20: Widerspruch gegen den Tod

ULRICH WIMMER **A**

### I Ostern umfaßt beides: Leben und Tod

„*Weil wir nicht allein in diesem Leben auf Christus hoffen, deshalb können wir die hoffnungsvollsten und lebensbejahendsten Menschen sein.*" Unsere Hoffnung übergreift weit die Spanne zwischen Zeugung und Sterben. Sie richtet sich auf unser *Leben* (Aspekt der Gegenwärtigkeit, vgl. II, 1 und 2), sie bewährt sich im *Sterben* (Aspekt der Zukünftigkeit, vgl. III, 1 und 3). Für mich drängt dieses Osterevangelium auf intensives Leben, das das Sterben, den Tod als einen Teil des Lebens einbezieht.

Eine Krebsoperation im Bekanntenkreis wird zum Prüfstein für dieses „lebensbejahende" Menschsein. Wann saß ich das letzte Mal bei einem Sterbenden? Was geschah da (bei mir und bei dem Sterbenden)?

Die Lebensnähe dieses Textes erweist sich nicht im „*Reden über*" (Glaubenssätze, Richtigkeiten der Lehre), sondern im „*Umgang mit*". Deshalb sollten Ostergottesdienst und Predigt zum hoffnungsvollen Umgang mit mir selbst und anderen anleiten. Das schließt den Umgang mit dem Sterben und den Sterbenden ein. Weil Christus unsere Lebensspanne weit übergreift, deshalb ist unser *Glaube* voll Kraft, die *Verkündigung* (das Kerygma) nicht vergeblich, sondern schöpferisch, und die *Sündenvergebung* wirksam. Ich denke an den Buchtitel von G. M. Martin „Wir wollen hier auf Erden schon ...“; er zitiert damit Heinrich Heine.

In diesen Tagen hat mich das eben erschienene Buch von *E. Kübler-Ross* „Leben bis wir Abschied nehmen“, ein ungewöhnlicher Bildband von und mit Sterbenden, tief angesprochen. Die Leuchtkraft der *Lebensgeschichten* Sterbender wurde mir zum Kontext dieses Abschnittes. Alte und jüngere Menschen lernten ihr Sterben als Teil ihres Lebens erleben. Sie erfuhren ihnen vorher unbekannte Kräfte, wie zum Beispiel eigene Kreativität; Angehörige und Kinder erfahren in der Nähe bewußt und in Hoffnung Sterbender die Konkretion eines nicht vergeblichen (V. 14) Glaubens.

Unsere Hoffnungslosigkeit und Hilflosigkeit zeigt sich nicht an der korinthischen Leugnung der Auferstehung der Toten, sondern darin, daß wir unsere Sterbenden abschieben, nicht im Hause ertragen können. Wir tun das in der Absicht, nichts unversucht gelassen zu haben, und lassen dabei das Wichtigste unversucht: im Glauben mit ihnen am Sterben zu lernen!

## II Entdeckungen am Text

### 1. *Der Gott, der die Toten auferweckt*

Die Auferstehung der Toten ist hier kein Detail des christlichen Glaubens, das dann, wenn alles andere abgehandelt ist, unter der Überschrift „Die letzten Dinge“ gegen Ende des dritten Artikels nachgereicht wird. „Für Paulus ist die Hoffnung nicht nur ein Ausblick in ein schöneres Jenseits, sondern die *Ausarbeitung der Existenz im Diesseits* (Röm. 5, 3 ff.!)“ (Hans Conzelmann). Zukünftigkeit und Gegenwärtigkeit werden im Text streng aufeinander bezogen.

Ich kann mir das am Aufbau der Perikope verdeutlichen, wenn ich die Aussagen sternförmig auf einem Blatt anordne. In die Mitte schreibe ich: „*Auferstehung der Toten.*“ Von dieser Mitte gehen fünf Linien aus, und ich schreibe: *Auferstehung Christi* (siebenmal in den Versen 12—20); *Predigt und Zeugenschaft* (V. 14 und 15); *Glaube* (V. 14 und 17); *Sündenvergebung* (V. 17); *Hoffnung für die Entschlafenen* (V. 18 und 20).

*Glaube* gewinnt Gestalt in individueller und sozialer Kreativität (vgl. II, 2) und wird auch „Einübung in Leben, Tod und Übergang“ (Kübler-Ross, a. a. O., S. 147).

*Sündenvergebung* wird konkret im Zulassen: Das alles, das Dunkle, ist auch in mir, gehört zu mir, ich brauche es weder zu vertuschen noch zu verdrängen. In diesem Moment aber kann ich es auch loslassen, abgeben, hergeben.

*Hoffnung* für die Entschlafenen und — ich erweitere — für die Entschlafenden gewinnt Gestalt im Umgang mit unseren Sterbenden, wenn wir nämlich lernen, mit ihnen zu leben. Das bedeutet aber zugleich Ostern für uns, die wir — noch — hier leben.

Wichtige Parallelen für die *Gegenwärtigkeit der Auferstehung* sind 2. Kor. 1, 8—11, besonders V. 10; Luk. 15, 24 und im negativen Sinn Offb. 3, 1. Sie befähigt und befreit zum Umgang mit dem Sterben und den Sterbenden. Das Erlebnis und die Erfahrung des Sterbens gewinnt wiederum neu Gestalt in der Ausarbeitung der Existenz im Diesseits (vgl. III, 2).

2. *Glaube als Kreativität*

Auferstehungshoffnung läßt sich nicht verbal abhandeln — hier liegt die Grenze der Predigt, die aber anleiten kann. Auferstehung ist Neuschöpfung; mir fallen zwei modische Schlagworte ein: Kreativität und Innovation. Innovation ist das Mode- und Zauberwort der Industriewelt; immer neue Produkte und Techniken werden entwickelt, um am Markt zu bleiben. An sozialer Innovation sind wir aber ganz arm, ebenso an sozialer Phantasie, an sozialer Kreativität. Auferstehung ist aber *die* Innovation, *die* Neuerung! Ich denke dabei an *individuelle Kreativität* und an *soziale Kreativität*.

Der 71jährige Krebskranke entwickelt *seine* Kreativität, als er gelernt hat, daß der Tod ein Teil des Lebens ist. Er baut Puppenhäuser, mit denen er viele Kinder froh und glücklich macht. „Seine Kreativität erwachte in dem Augenblick, als er anfing, voll und ganz zu *leben*“ (a.a.O., S. 124).
Soziale Kreativität könnte in diesem Zusammenhang heißen: die Bedingungen zu schaffen, um die Sterbenden wieder ins Haus zu nehmen; natürlich nach Abwägung der Notwendigkeiten und Möglichkeiten. (Beispiele bei Kübler-Ross, S. 133).

3. *Der Leib als Retter der Seele*

Das Stichwort fiel im Gespräch mit einem Arzt, einem Psychosomatiker. Der Text zielt auch auf meinen Leib (vgl. z.B. Mark. 2, 1—12). Unter dem Aspekt der Gegenwärtigkeit kann der Leib nicht übersehen werden. Wir müssen ihn ernst nehmen. Vom Leib kommen die Signale. Alle seelischen Vorgänge geschehen am Leibe und werden am Leibe erfahren, so Sprache, Herz, Gefühl, Hautkontakt, Schmerz... Nehmen wir die Signale überhaupt wahr? Wir haben eine Verantwortung für unseren Leib. So wird dieser Briefabschnitt ein Beitrag zur Ganzheit des Lebens, zur Ganzheit des Menschen.

## III Was soll ich predigen?

1. Trotz aller Säkularisierung und Diesseitsorientierung *lebt unter uns ein Gespür für eine über dieses Leben hinausgehende Hoffnung*, in welcher Gestalt das auch immer sein mag (Weiterleben der Seele, Weiterleben nach dem Tode). Ich weiß natürlich, daß „Auferstehung der Toten“ im biblischen Sinne damit nicht gleichzusetzen ist. Aber hier mag sich, wenn auch in verschiedener Sprachgestalt und in verschiedenen religionsgeschichtlichen Umfeldern, der *eine* Kern, der gleiche Sachverhalt melden. Ich will als Prediger nicht „rationalistischer“ als manche meiner Zeitgenossen sein. Eine ängstliche Zurückhaltung, wo es um die Zumutung zentraler Glaubenserfahrung geht, wird von er-

wartungsvollen, aber auch von distanziert-kritischen Hörern mit Befremden und Enttäuschung registriert.

Lesenswert ist, was wieder zum Leben gekommene Ertrunkene, Abgestürzte, Unfallopfer u. a. über die Erfahrung des Sterbens berichten. Darüber berichten *Eckart Wiesenhütter*, Blick nach Drüben. Selbsterfahrungen im Sterben; *Johann Christoph Hampe*, Sterben ist doch ganz anders. Erfahrungen mit dem eigenen Tod; *C. G. Jung*, Erinnerungen, Träume, Gedanken. Jung eröffnet das Kapitel „Über das Leben nach dem Tode" mit dem schönen, nachdenkenswerten Satz: „Vielleicht braucht es die Nähe des Todes, um die Freiheit zu erlangen, die dazu nötig ist (ergänze: darüber zu sprechen)" (S. 302).

2. Wenn Auferstehung Innovation ist (2. Kor. 1, 8—11), sind meine Möglichkeiten längst nicht erschöpft oder ausgelebt. *Was entdecke ich an neuen Lebensmöglichkeiten in mir und an anderen?* Was möchte sich entfalten? Was signalisiert mir mein Leib? Wie kann ich dem Entdeckten in mir und anderen zu mehr Leben verhelfen? Der Gedanke von der *sozialen Kreativität* kann der Osterpredigt einen gesellschaftlichen Akzent geben, der über das Individuelle hinausführt: gesellschaftliche Erneuerung im Umgang der Parteien miteinander (Wahlkampf 1980), im Umgang der Tarifpartner miteinander, im Umgang mit Behinderten, mit älteren Arbeitslosen. Der sozialen Phantasie sind keine Grenzen gesetzt. Aber auch der Umgang mit Sterbenden gehört dazu.

3. *Sterbebeistand — Lebenshilfe*, so überschreibt Dr. med. Paul Bekker seinen Beitrag im genannten Buch von Kübler-Ross. Diese beiden Worte verbinden für mich noch einmal die Zukünftigkeit und Gegenwärtigkeit der Hoffnungsinhalte. Ich möchte im Umgang mit anderen und mit mir etwas lernen, was ich (andere mögen da viel weiter sein) noch nicht gelernt habe: den Umgang mit den Sterbenden und dem Sterben. Die Predigt kann dabei nur die Eröffnung eines Weges sein; sie darf kein moralischer Appell bleiben oder eine zu kurz greifende Polemik gegen das Krankenhaus werden. Eröffnung des Weges heißt fragen: Wo kann ich das lernen und einüben? Wer kann mir dabei helfen? Welche Partner brauchen wir in der Gemeinde? Welche Arbeitsgruppe könnte das Thema weiterbearbeiten? Kann ich zum augenblicklichen Zeitpunkt verantworten, dieses Thema anzuschneiden? Kann ich das alleine entscheiden? Wäre das nicht eine Sache für den Kirchengemeinderat, für eine Predigtvorbesprechung mit einigen anderen? Die vorliegenden Erfahrungen sind voll Hoffnung — sie können geübt werden.

Es gibt in Deutschland Selbsthilfegruppen von Krebskranken, die mit Fachleuten ihre Situation durcharbeiten. *E. Kübler-Ross* berichtet von Kursen „Einübung in Leben, Tod und Übergang": „Immer gehören auch todkranke Patienten aller Altersgruppen — mit Ausnahme von sehr kleinen Kindern — dazu. Es nehmen gesunde Leute teil, die durch Erfahrung eines Todesfalles oder einer anderen Tragödie erschüttert und aus ihrer normalen Bahn geworfen sind; auch Leute, die sich über ihre *eigenen Wertmaßstäbe* klar werden und über die *Richtung ihres Lebens* nachdenken wollen. Manchmal wissen sie schon, wie kurz das Leben ist, manchmal noch nicht. Es kommen medizinische Laien und Professionelle, Junge und Alte, Glaubende und Agnostiker. Sie alle teilen diesselbe Erfahrung und werden durch sie verändert" (a. a. O., S. 147).

WOLFHART KOEPPEN **B**

Ostergottesdienst und Osterpredigt als Anleitung zum hoffnungsvollen Umgang mit mir selbst und anderen (A I): Diese Zielsetzung spricht mich nicht nur persönlich an; sie entspricht sowohl dem Gefälle des Textes als auch den (manifesten oder latenten) Erwartungen der Hörer. Ich möchte sie deshalb aufnehmen und im Blick auf die alltägliche Lebenspraxis durchspielen.

Dabei versuche ich allerdings, weiter oder allgemeiner anzusetzen als A, der sich vor allem auf die Problematik „Vom Umgang mit dem Sterben und mit Sterbenden" konzentriert. Bei diesem Thema vermute ich — auch und gerade an Ostern — starke, kommunikationshemmende Ängste (Tabu!), die nur zu überwinden sind, wenn dazu in der Gemeinde ein artikuliertes Interesse vorliegt oder der Prediger aus einer starken persönlichen Betroffenheit heraus redet (wie bei A spürbar und auch vermerkt); er sollte dann über intensive eigene Erfahrungen im Umgang mit Sterbenden und deren Angehörigen verfügen. So oder so sollte die Möglichkeit zur Identifikation gegeben sein.
Dennoch: Implizit ist der Tod — nein: ist seine österliche Überwindung und daher Überwindbarkeit auch mein Thema. Daher meine Überschrift:

## IV Hoffnung als artikulierter Widerspruch

1. *Zwischen Rationalisierung und Resignation* (Die Situation im Licht des Textes):

„Die bloße Tatsache des Todes hebt ein für allemal die Wirklichkeit eines nicht-repressiven Daseins auf", schreibt *H. Marcuse* (Triebstruktur und Gesellschaft, 1969, S. 227); „der Tod ist ein Wahrzeichen der Unfreiheit, der Niederlage" (ebd., S. 233). Demgegenüber behauptet die christliche Osterbotschaft, daß eben diese Macht ihre Allmacht verloren hat. Die Pointe der paulinischen Argumentation in 1. Kor. 15 ist genau dies: zu zeigen, *daß die Auferweckung Jesu Christi als Vorgabe* (V. 20) *einer universalen Befreiungsgeschichte* (V. 24) *wirkt, die sich konkret in der Überwindung des Todes manifestiert.* Die Aufgabe und das Problem der Osterpredigt wird also vorrangig durch die Frage präzisiert, ob und in welchem Sinn dies a) aussagbar und b) verifizierbar ist im Raum menschlicher Geschichte, die grundsätzlich durch die repressive Instanz des Todes definiert ist.
Nun liegt diese Frage durchaus im Horizont dessen, was etwa die VELKD-Studie „Gottesdienst in einer rationalen Welt" (1973) an Hörer-Erwartungen (zwar nicht nur, aber doch auch) an die Osterpredigt ergeben hat:

„Die ‚Zukunft' wird von 34 %, der Tod von 32 % allgemein als ein Thema bezeichnet, das unbedingt zur Sprache kommen sollte. Die Themen ‚Frieden', ‚Gerechtigkeit in der Welt' und ‚Sinn des Lebens', die den Horizont dessen aufreißen, was man ‚neue Welt' nennen könnte und von daher österliche Grunddimensionen tangieren, werden sogar von 66 % bzw. 61 % und 58 % als unbedingt zu behandelnde Komplexe genannt" (*K.-D. Nörenberg*, Ostern und die Verkündigung des Auferstandenen, in: Breit/Nörenberg, Festtage, 1975, S. 125).

Die Frage stellen heißt freilich noch nicht, die Auferstehungsbotschaft auch als Lösungsangebot zu akzeptieren. Dem steht nicht nur das Problem der Text- und Überlieferungsgeschichte (Gemeinde- und Legendenbildung) entgegen, sondern auch der allgemeine Prozeß der Säkularisierung, welcher der Osterpredigt ihren selbstverständlichen Anknüpfungspunkt im Vorstellungsbereich des Hörers genommen hat. „Ostern, der Ursprung des Sonntags und des christlichen Festes überhaupt, ist zu einem... christlichen Spezialfest herabgesunken" (K.-D. Nörenberg, a. a. O., S. 123). Beide Schwierigkeiten kommen darin überein, daß für viele Zeitgenossen die existentielle Frage *nach dem lebenspraktischen Sinn* der Auferweckung Jesu hinter der ontologischen Frage *nach dem Ablauf*, *nach der Denkmöglichkeit* der Osterereignisse zurücktritt. Das Hauptärgernis der Auferstehungsbotschaft wird in ihrer *Zumutung an die Vernunft* gesehen — wobei diese Sicht bemerkenswerterweise sowohl von Fundamentalisten als auch von Skeptikern (als den „unwahrscheinlichen Gottesdienstbesuchern") geteilt wird, nur mit entgegengesetztem Ergebnis, was die Zustimmung anbetrifft.

Nun ist allerdings zu fragen, ob diese Verschiebung des Ärgernisses der Osterbotschaft auf die Ebene eines Vernunftproblems nicht — psychologisch gesprochen — so etwas wie eine Verdrängung ihres praktischen Ärgernisses darstellt. In unserer Gesellschaft korrespondiert dem nämlich eine mannigfaltige, subtile *Verdrängung des Todes*. Dieser Zusammenhang gibt zu denken. Das Sterben wird als Rand- und Grenzphänomen außerhalb des täglichen Lebens gestellt und seine Bewältigung bestimmten Institutionen und Berufen zur Aufgabe gemacht (vgl. A). Damit aber schwindet die Sensibilität für jene alltäglichen, allgegenwärtigen Todeserfahrungen, die D. Sölle als „Tod am Brot allein" interpretiert hat: Vereinsamung, Verdinglichung, Sinnlosigkeit, Ausbeutung usw. (vgl. Die Hinreise, 1975, S. 7—27). Die sich darin manifestierende *resignative Tendenz* ist es, mit der es die Osterverkündigung als ihrer vornehmlichen Antipredigt aufzunehmen hat.

Dazu gehört das Sich-Abfinden mit gesellschaftlichen und ökonomischen Verhältnissen auch da, wo diese für bestimmte Menschen(-gruppen) nachweisbar tödlich sind. Dazu gehört die Beschränkung auf kalkulierbare Nahziele im Bereich der vorzeigbaren Leistung und des Konsums (Beispiel: Viele nehmen an Ostern gern einen Teil ihres Jahresurlaubs, der nach Ausweis der Tourismusforschung immer mehr die apokalyptische Dimension der Erwartung annimmt, die Paulus für die Auferstehung der Toten reklamiert!). Zu dieser resignativen Tendenz gehört schließlich auch die Diskreditierung weitergreifender Utopien, ablesbar etwa an der Art und Weise, wie bereits das bloße Stichwort „Veränderung" als Indiz für Identitätsverlust und subversive Tendenzen gebrandmarkt wird.

Der gesellschaftliche Zwang zur praktischen Hoffnungslosigkeit einer angeblich rationalen, vorwiegend auf ökonomische Daseinssicherung ausgerichteten Lebenspraxis wird unter dieser Perspektive als eine besonders verschleierte *Verfallenheit an die Macht des Todes* durchschaubar. Der resignative Verzicht auf eine rationale (!) Auseinandersetzung mit dem Tod löst den von Paulus behaupteten Zusammenhang mit Christus als dem ersten Toten, der auferweckt wurde, auf. Die Macht des Todes wird gerade dadurch anerkannt, daß er unerkannt bleibt. In der Ohnmacht seiner Opfer, in der Handlungsunfähigkeit der sogenannten Realisten feiert er Triumphe. Demgegenüber begreift Paulus die Auferweckung des „Prototypen" Christus (V. 20) als Ermächtigung zum Streit gegen den Tod. Er begründet:

2. *Auferstehungshoffnung als Widerspruch* (Der Text im Licht der Situation)

Einerseits bemüht sich Paulus zu zeigen, „daß von Auferstehung nicht am Tod vorbei die Rede sein kann" (PrSt IV 2, 1976, S. 10), daß sie sich an der sich rational gebärdenden Hoffnungslosigkeit, in der der Tod seine Schatten vorauswirft, zu bewähren hat. Andererseits geht es Paulus in der Auferstehung der Toten um die Zukunft des Menschen: „Auferstehung *Christi* heißt positiv also *Befreiung des Menschen*, Auferstehung der *Toten* heißt *Befreitwerden des Menschen*" (PrSt VI 2, 1972, S. 33).

Unter dieser Perspektive erweist sich der in seiner sprachlichen Struktur so außerordentlich komplizierte Argumentationszusammenhang 1. Kor. 15, 12—20 als ein ausgesprochener *Praxistext* und als *Sprachhilfe* von unmittelbarer homiletischer Relevanz.
Entscheidend ist zunächst, daß Paulus an der Auferweckung Christi nicht als an einem isolierten „Faktum" der Vergangenheit interessiert ist, sondern deshalb, weil sie die *Zukunftshoffnung des Menschen* begründet. Paulus behauptet einen notwendigen Zusammenhang zwischen Christus und den entschlafenen Christen („Erstlingsfrucht — Ernte").

Der Apostel hat das Osterereignis „nicht in der ekstatischen Sphäre eines wunderhaften Sehens oder Erscheinens belassen", sondern es „in die alltägliche Sphäre unseres leiblichen Daseins transformiert" (*E. Fuchs*, in: Ges. Aufs. III, 1965, S. 259. Vgl. A: „Der Leib als Retter der Seele").

Ist dies so nachvollziehbar, daß die Logik des Paulus als *Argument* einleuchtet? Sind seine Behauptungen gegen rationalistischen Mißbrauch — Bestreitung oder Vereinnahmung — geschützt? Ich meine: In der

Tat! Denn in der Argumentation des Paulus werden Fragen nicht unterdrückt, Schwierigkeiten nicht durch forsche Behauptungen überspielt, sondern Einwände ernst genommen und Perspektiven aufgezeigt. Das Credo der Gemeinde — also der artikulierte Konsens — wird auf seine Implikationen und Konsequenzen hin durchleuchtet, sein Sinn (zusammenfassend: V. 20) an seine lebenspraktische Bedeutung gebunden (V. 19) — nicht rationalisierend beweisbar, aber auch nicht unsinnig, weil für Verifikation durch Lernen und Erfahrung offen.

Dies gelingt durch die Redefigur „Wenn — dann", die den ganzen Abschnitt durchzieht. Paulus negiert keineswegs die „Selbstevidenz des Glaubens" (H. Conzelmann), aber er gibt Anleitung zu ihrem Verstehen, indem er die Bedingungen dafür nennt. Indem er sich der Figur der bedingten Sprechhandlung bedient, gewinnt er in der Sprache Unabhängigkeit von der Situation. Auf diese Weise redet Paulus einer „größeren Hoffnung" (I. Aichinger) das Wort: Die Auferstehung der Toten und damit die endgültige Überwindung des Todes wird zur Potentialität unseres von Tod und Sterben gezeichneten Lebens.

Das bedeutet: (Auferstehungs-)Hoffnung ist weder Resümee bisheriger (guter) Erfahrungen noch Aufschwung in die Gegenwelt der reinen Utopie. Nicht allein der systematische Zusammenhang der paulinischen Aussagen in 1. Kor. 15, sondern auch deren Rückbindung an das Credo (V. 3b) sowie der weitere Kontext (vgl. Kap. 1, 17f.) machen deutlich: Bezogen auf „das Kreuz als das Realitätsprinzip des christlichen Glaubens" (M. Josuttis, Theologische Erwägungen zur Osterpredigt, in: Breit/Nörenberg, Festtage, S. 106) wird *Hoffnung konkret als Widerspruch. Ihr Lebensnerv ist nicht der Beweis, sondern der Protest.* Widersprechend wahrt die Hoffnung den Bezug zur Alltagswirklichkeit und vermag diese doch zu transzendieren. Sie nimmt es nicht nur mit den Sachzwängen auf, sondern vor allem mit dem Glauben an die Macht des Faktischen, mit der Ohnmacht jener resignierten Hoffnungslosigkeit, die sich gerne als „realistische" Einschätzung des Möglichen tarnt und als Erfahrungsweisheit ausgibt (und als solche — auch unter Christen! — hoch geschätzt wird.) Mit anderen Worten: *Die primäre „Leistung" der Hoffnung ist nicht das Bild der erwünschten, erträumten Zukunft, das sie entwirft, sondern der praktische Widerspruch, den sie artikuliert.*
Insofern partizipiert sie in der Tat (radikal gedacht wie bei Paulus) an dem Prozeß, der durch die Auferweckung Jesu Christi von den Toten in Gang gesetzt ist und mit der endgültigen Unterwerfung des Todes ans Ziel kommt (V. 26). Indem sie die Auferweckung Jesu Christi als „principium" — Bedingung und Beginn — einer universalen Befreiungsgeschichte begreift, wird Hoffnung zu einem Doppelten fähig: einmal zum Zweifel an den eigenen (bisherigen und daher vorläufigen) Erfahrungen; zum anderen aber und vor allem zum *Lernen an Hoffnungsgeschichten*, die im Gefolge der Osterbotschaft vom Sieg über die

Macht des Todes in der individuellen Biographie, in der Gesellschaft sowie in der Bewältigung des persönlichen Sterbens erzählen. Gerade eine als Widerspruch verstandene und vollzogene Hoffnung ermöglicht, was ich in meiner Predigt exemplifizieren möchte:

3. *An Hoffnungsgeschichten lernen* (homiletische Bilanz):

Ich möchte zeigen, *daß Hoffnung — radikal verstanden als Auferstehungshoffnung — weder Postulat ist noch absurd, sondern lernbar:* an Geschichten des Widerspruchs gegen jede Form von Todesangst und Todesverfallenheit, gegen tödliche Wiederholungszwänge und Selbstverständlichkeiten, gegen todbringende Verhältnisse.
Ich kann also die Hauptschwierigkeit der Osterpredigt keineswegs darin sehen, „daß die Auferstehung der Toten in besonderer Weise die Vernunft herausfordert und in die Krise hineinführt" (Nörenberg, a.a.O., S.135). Ich meine im Gegenteil: Die übliche rationalistische Verdrängung des praktischen Ärgernisses der Auferstehungsbotschaft liefert ihr gerade die *theologische Legitimation*. Und umgekehrt: In dem Maß, wie sich die Osterpredigt auf eine „kritische Auseinandersetzung mit der menschlichen Vernunft" einläßt, gerät sie in den Zwang, die Osterbotschaft apologetisch oder appellativ zu vertreten. Als „Proklamation einer Gegenwirklichkeit", als „Konfrontation mit dem Hörer" (K.-D. Nörenberg, a.a.O., S.139) verkommt sie — welche Verkehrung ins Gegenteil! — faktisch zur Kommunikationsverweigerung: Osterpredigt als Sprachfalle! Sie setzt sich damit in erklärten Gegensatz zu Paulus, der doch gerade *Auferstehung als Argument* zu vertreten sucht.

Läßt sich seine Argumentationsweise übernehmen? Ich meine: Ja und nein! Nein, insofern es nicht mehr möglich ist, wie Paulus im Sinn der zeitgenössischen Apokalyptik die Vorstellung einer allgemeinen Totenauferstehung als selbstverständliche *Denkmöglichkeit* vorauszusetzen. Ja, sofern die Figur der bedingten Sprechhandlung „Auferstehung" eben nicht als petitio principii einführt, sondern als ein der Verifikation fähiges Argument, als *Handlungsimpuls*. „Nicht die Vorstellung, sondern die Einstellung entscheidet" (E. Fuchs, a.a.O., S.256).

Ich werde daher in der Predigt nicht deduktiv vorgehen, sondern induktiv. Ich möchte *„Geschichten vom Widerspruch gegen den Tod"* erzählen und darin die Identifikation ermöglichende Kraft des Narrativen erproben. Solche Hoffnungsgeschichten partizipieren an der Kraft von Ostern; sie weisen über sich hinaus auf ein Jenseits, das als endgültige Entmachtung des Todes glaubend und hoffend antizipiert werden kann. Sie machen Mut zur Auferstehungshoffnung, denn sie zeigen: Widerspruch gegen den Tod ist möglich!

## V Hoffen lernen — Perspektive gewinnen (Predigtentwurf)

### 1. *Konfrontation*

Eingangs möchte ich die vermuteten Schwierigkeiten meiner Hörer mit „Ostern" verbalisieren. Deshalb beginne ich unmittelbar mit dem Text (nach Wilckens oder der katholischen Einheitsübersetzung, V. 20 behutsam verdeutlichend: „... damit hat er einen Anfang gemacht, der für alle Toten gilt") und setze ihm eine Fragenreihe entgegen:

Ist das die Möglichkeit? Wäre es das, worauf wir insgeheim warten, was wir suchen, erhoffen? Auferstehung der Toten, Leben aus dem Tod? Kann man sich darauf einlassen? Greift eine solche Hoffnung nicht ins Leere? Überhaupt: Welche Erfahrungen sprechen dafür? Läßt sich diese Hoffnung lernen, wie man auch sonst Fähigkeiten lernt, die man zum Leben braucht? Und wenn: Was bewirkt sie? Wie weit reicht sie? Wie weit trägt sie?

Über solche Fragen denkt Paulus nach, übrigens sehr viel radikaler als viele seiner heutigen Kritiker. Doch was er zu sagen hat — das ist eine harte Rede (Wiederholung des Textes in Paraphrase). — Gut gesagt! Ich fürchte allerdings: Das sind so nun doch nicht unsere Fragen. Da kommen wir nicht mit. Wir haben genug damit zu tun, einigermaßen über die Runden zu kommen und unsere alltäglichen Schwierigkeiten zu meistern. Wir bringen oft kaum die kleinen Hoffnungen auf, die von Tag zu Tag weiterhelfen, geschweige denn... Nein, lieber Paulus, überfordere uns nicht. Was wir brauchen, ist erst mal ein bißchen Mut, nicht gleich die großen Träume. Laß uns bescheiden anfangen, erste Schritte mit der Hoffnung versuchen, Erfahrungen machen, lernen. Dann sehen wir weiter. Vielleicht sogar über den Horizont — wer weiß?

### 2. *Hoffnungsgeschichten*

Unter dieser Überschrift möchte ich nun zwei bis drei Beispiele erzählen: Versuche mit der Hoffnung. Geschichten, in denen meiner Meinung nach ein Stück „Auferstehung" steckt. Ein Anfang, aller Erfahrung zum Trotz. Geschichten vom Widerspruch gegen den Tod.

Meine erste Hoffnungsgeschichte: die Biographie einer Frau, die schließlich aus den Zwängen einer zur Gewohnheit gewordenen Ehe und zugleich aus der Isolation ihres Wohlstands ausbricht und zum ersten Mal das Gefühl hat, wirklich zu leben.

Mein zweites Beispiel entnehme ich dem öffentlich-politischen Bereich: Ich versuche, einige Berichte über Protestaktionen gegen die Atommüll-Deponie und -Wiederaufbereitungsanlage bei Gorleben als „Hoffnungsgeschichten" zu kommentieren und zu zeigen, daß die dadurch vermittelte „Hoffnung" nicht vom vordergründigen „Erfolg" abhängig ist, sondern sich in dem Mut erweist, gegen die Trends öffentlicher Meinung und die Macht von Interessengruppen Widerspruch zu artikulieren, ungeachtet der persönlichen Konsequenzen.

Als dritte Hoffnungsgeschichte würde ich gern ein Beispiel für die gelungene Bewältigung des eigenen Sterbens erzählen, um zu verdeutlichen, was A mit dem Stichwort „individuelle und soziale Kreativität" andeutet: Annahme des Sterbens als Widerspruch gegen den Tod und so als Entdeckung des Lebens.

(Alternativbeispiele aus der Literatur siehe unter VI, a.)

### 3. *Interpretation — Integration*

Sind wir damit wieder bei Paulus? Ich denke schon. Nur, daß wir nicht so vollmundig wie er reden können. Uns fällt es schwer, die Auferstehung der Toten — unsere eigene also! — als Ziel aller Hoffnungen auszusprechen. Die unseren sind in der Regel kleiner, greifen höchstens bis übermorgen und klammern sich an die alltäglichen Schwierigkeiten und Fragen. Und doch: Wenn wir uns wirklich einmal darauf einlassen, uns nicht nur mit dem Nächstliegenden zufriedenzugeben, dem kleinen Vorteil und dem bevorstehenden Urlaub; wenn wir bereit sind, uns nicht nur aufs private Glück und die Erfüllung kurzlebiger Wünsche zu beschränken; wenn wir empfindlich werden für das ganze Ausmaß ungelebten und ungeliebten Lebens in unserer Mitte; wenn wir anfangen, daran zu leiden, daß es so viel sinnloses, hoffnungsloses Sterben auf unserer Erde gibt; wenn wir also Kräfte des Widerstands entwickeln gegen tödliche Selbstverständlichkeiten und todbringende Verhältnisse — dann kann es sein, daß unsere Hoffnung, unsere Leidenschaft für das Leben also, sogar vor der letzten Grenze, dem Tod, nicht mehr haltmachen will. Und dann sind wir wahrscheinlich gar nicht so weit entfernt von dem Bekenntnis, in dem sich Erfahrung und Hoffnung verbinden: V. 20.
In der Tat: Diese Hoffnung kann man lernen! Denn es läßt sich — Schritt um Schritt — erproben, wie weit sie reicht, wie viel sie trägt und ob sie sich lohnt. *M. L. Kaschnitz* hat dies in einem ihrer Gedichte sehr schön, sehr menschlich formuliert:

„Die Mutigen wissen
Daß sie nicht auferstehen
Am jüngsten Morgen
Daß sie nichts mehr erinnern
Niemandem wiederbegegnen
Daß nichts ihrer wartet
Keine Seligkeit
Keine Folter
Ich
Bin nicht mutig."
(Aus: Kein Zauberspruch. Gedichte, 1972, S. 57)

Ich hoffe, Sie können mir zustimmen, wenn ich sage: Wer sich das einzugestehen wagt und weiß, was er damit sagt, der hat damit schon seinen Widerspruch angemeldet gegen alles, was Menschen den Mut nehmen will. Der hat — fragend, andeutend, zögernd — von der Hoffnung gesprochen: einer Hoffnung, die über den Tag hinausreicht, die sich nicht verbraucht und die über den Tod hinaus am Leben festhält.

## VI Was sonst noch zu sagen ist (Material für Predigt und Gottesdienst)

Wer *Hoffnungsgeschichten aus der Literatur* sucht, dem nenne ich im folgenden drei Beispiele, die auf der Kanzel verwendbar sind:

1. Mut zum Widerspruch in der individuellen Biographie: *D. Schupp*, Kücit und Petra hoffen (2. Teil, in: I. Drewitz [Hg.], Hoffnungsgeschichten, 1979, S. 132):

Petra ist siebzehn. Sie sagt: „Ich weiß sehr gut, daß ich mir das alles nicht gefallen lassen muß." Die Eltern sehen das anders. Michael auch. „Ich bin irgendwie hin- und hergerissen. Aber lange halte ich das nicht mehr aus. Abends bin ich wie gerädert. Und dann die Heidmann mit ihrem grünen Kittel, wenn ich die schon sehe! ‚Los, los, meine Damen, frisch ans Werk, ein bißchen schneller mit den Fingern, hopp, hopp, bei euren Männern könnt ihr's ja auch!' — Und das läuft und läuft, wie am laufenden Band. Neben mir steht eine, die macht das schon sieben Jahre. Ich kann mir das gar nicht vorstellen."
Petra hat keinen Hauptschulabschluß. Der Vater sagt: „Du mußt froh und dankbar sein, daß du überhaupt eine Stelle bekommen hast. Denk doch mal an all die anderen! Oder an mich, ich bekomme auch nichts geschenkt. Alles ist Gewohnheit, wart's nur ab, in ein paar Jahren merkst du deinen Rücken gar nicht mehr! Dann machst du deine Stückzahl, ruck, zuck, du wirst schon sehen."
Die Mutter sagt: „Mit Vaters Verdienst allein schaffen wir es nicht. Deine vierhundert sind fest eingeplant. Du kannst nicht aufhören, abgesehen davon, daß ich das Herumlungern nicht dulde. Kann ja sein, daß die Arbeit stumpfsinnig ist, aber einer muß sie ja tun! Hättest du rechtzeitig etwas gelernt, könntest du dir vielleicht die Arbeit aussuchen. Aber so? Beiß halt die Zähne zusammen."
Michael sagt: „Es ist doch scheißegal, wo und wie du dein Geld machst. Hauptsache, du machst Geld. Mir stinkt es auch oft."
Petra wird jeden Morgen Punkt sechs geweckt. „Ich kann nicht mehr und ich will nicht mehr. Jetzt fange ich nämlich auch schon an, Tabletten zu schlucken wie die anderen. Und dann gewöhne ich mich auch noch daran, und es wird mir so gehen wie den anderen." Dann lächelt sie ein bißchen und sagt: „Aber das wird sich ändern, darauf können Sie Gift nehmen. Ich hoffe nämlich, daß ich irgendwann einmal eine Stinkwut bekomme..."

2. Widerspruch gegen die Nötigung zum Haß und gegen die Beschränkung der Menschenrechte — immer noch eindrucksvoll und aktuell: *M. L. King*, Eine Weihnachtspredigt über den Frieden, 1967 (in: Aufruf zum zivilen Ungehorsam, 1969, S. 103 ff., bes. S. 115, 118—120):

„Ich habe zuviel Haß gesehen, als daß ich selber hassen möchte... Haß ist eine zu große Last, als daß man sie tragen könnte. Irgendwie müssen wir imstande sein, vor unsere erbittertsten Gegner hinzutreten und zu sagen: Wir werden eure Fähigkeit, uns Leid zuzufügen, wettmachen. Wir werden eurer physischen Kraft mit Seelenkraft begegnen. Tut uns an, was ihr wollt, wir werden euch trotzdem lieben... Also werft uns ins Gefängnis, wir wollen euch trotzdem lieben. Bombardiert unsere Häuser und bedroht unsere Kinder, wir wollen euch, so schwer es auch ist, trotzdem lieben. Schickt eure vermummten Gewaltverbrecher zu mitternächtlicher Stunde in unsere Gemeinden, schleppt uns hinaus in eine abgelegene Straße und laßt uns halb totgeschlagen liegen, wir werden euch trotzdem lieben...
Ich bin selbst das Opfer aufgeschobener Träume und zerschlagener Hoffnungen, aber trotzdem sage ich..., daß ich noch immer einen Traum habe, denn, wißt ihr, man kann

im Leben nicht aufgeben. Wenn man die Hoffnung verliert, verliert man irgendwie die Kraft, die das Leben in Bewegung hält, und man verliert den Mut, dazusein, die Eigenschaft, die einem hilft, trotz allem weiterzumachen. Und so habe ich heute immer noch einen Traum. Ich träume davon, daß eines Tages die Menschen sich erheben und einsehen werden, daß sie geschaffen sind, um als Brüder miteinander zu leben. Ich träume... davon, daß eines Tages jeder Neger in diesem Lande, jeder Farbige in der Welt nicht aufgrund seiner Hautfarbe, sondern aufgrund seines Charakters beurteilt werden und daß jeder Mensch seine Würde und den Wert der menschlichen Persönlichkeit achten wird... Ich träume auch heute noch davon, daß wir mit diesem Glauben imstande sein werden, Licht in die Dunkelkammern des Pessimismus zu bringen. Mit diesem Glauben wird es uns gelingen, schneller den Tag herbeizuführen, an dem Frieden auf Erden ist..."

3. Sterben lernen — Widerspruch gegen den Tod als Einübung ins Leben: Erster Teil der Betrachtung von *E. Lange*, Nur noch ein Jahr zu leben (in: Nicht an den Tod glauben, 1975, S. 17—21). Ich schlage vor, diesen Bericht etwas zusammenzufassen, etwa so:

Es ist die Geschichte einer erprobten, bis ins Äußerste durchlittenen Hoffnung. Die Geschichte eines Mannes, dem sein Arzt die Diagnose einer Krankheit eröffnet, die mit absoluter Sicherheit in genau bestimmbarer Zeit zum Tode führt. „Noch dieses Jahr soll ich sterben. Den Namen der Krankheit kann ich kaum aussprechen. Sie ist unheimlich und tödlich... Es ist eine äußerst seltene Krankheit. Sie führt zur Entartung und Verhärtung des Rückenmarks, zu äußerster Schwäche des Patienten und schließlich zu Lähmung und Tod. Die Medizin kennt ihre Ursachen nicht. Wir (mein Arzt und ich) haben abgemacht, daß ich zu Papier bringe, was ich empfinde. Ich betrachte mich, wie ich jede Woche ein bißchen mehr sterbe..."
So schildert dieser Mann, was er erfährt und erlebt, seine Schmerzen und seine Ängste, sein Schwanken zwischen wahnsinnigen Hoffnungen und den Abgründen der Verzweiflung. Er schildert, wie sich die Lähmung durch seinen Körper frißt. Aber er erzählt auch vom letzten Weihnachten mit den Kindern, vom letzten Urlaub mit seiner Frau — bis ihm die schleichende Krankheit die Feder aus der Hand fallen läßt.
Und irgendwo in diesem Bericht heißt es: „Ich bin 42 Jahre alt. Nein, ich möchte nicht sterben. Ich möchte hier bleiben mit Frau und Kindern. Aber eines möchte ich jetzt mit aller Kraft zu tun versuchen. Ich hoffe, daß ich den Kopf hochhalten kann, wenn es geschieht, und damit fertig werde wie ein Mann... Denn ich habe mich entschlossen, Tag für Tag zu leben, mich am Leben so herzlich zu freuen, wie es nur geht..."
Dieses persönliche Zeugnis eines Sterbenden bedarf keines Kommentars, es spricht für sich selbst. Nur dies: Hier nimmt ein Mensch das eigentlich Unannehmbare an, nämlich dem eigenen Sterben mit allen Kräften seines Bewußtseins ins Auge zu sehen. Aber indem er das tut, indem er schreibt, indem er den unerbittlich herannahenden Tod in seinen Muskeln und in seinem Erleben gleichsam aufspürt, entdeckt er — das Leben. Lernt er, zu leben, zu hoffen. „Ich habe mich entschlossen, Tag für Tag zu leben, mich am Leben so herzlich zu freuen, wie es nur geht." — „Ich habe mich entschlossen": So spricht einer, der noch im Angesicht des eigenen Sterbens ans Leben glaubt, dem Tod zum Trotz.

Als *biblische Lesung* wähle ich entweder Joh. 5, 21—25 oder — mit einer kurzen, erläuternden Einführung — das die Osterbotschaft verfremdende „Gleichnis vom verlorenen Sohn", Luk. 15, 11ff. (vgl. V. 32!).
Geeignete *Lieder* sind EKG 77; 84; 86, 1—3. 5—6; 80.

# 1. Petrus 1, 3—9: Lebendige Hoffnung

ULRICH LUCK **A**

## I Erste Eindrücke

Dieser Text lebt in einer starken inneren Spannung: Lobpreis der Macht und Gnade Gottes auf der einen Seite, Anfechtung und Bewährung im Feuer auf der anderen Seite. Trauer und Freude stehen unmittelbar nebeneinander. Diese Spannung durchzieht den ganzen 1. Petrusbrief.

Wie groß sie ist, zeigt sich in neueren Predigtmeditationen z. B. darin, daß darauf hingewiesen wird, daß wir es hier mit einer Sammlung der großen Worte christlicher Verkündigung und Lehre zu tun hätten. Diese Begriffe, die auf den Hörer geradezu herabregnen, seien vom durchschnittlichen Kirchenbesucher ehrlicherweise nicht zu erschwingen. Sie würden deshalb als der im Gottesdienst übliche Jargon einfach geschluckt.

Tatsächlich liegt zwischen der durchschnittlichen Lebenserfahrung des Menschen und den großen Zusagen christlicher Verkündigung ein Bruch. Aus der „kleinen Zeit" (1. Petr. 1, 6) heraus, in der wir ja alle irgendwie leben, kann man den großen Lobpreis Gottes, mit dem der Abschnitt und damit zugleich der 1. Petrusbrief beginnen, kaum fassen und begreifen. Man sollte nun allerdings nicht gleich versuchen, dieses Problem dadurch zu lösen, daß man den Text auf das einigermaßen verständliche Maß reduziert, indem man nur einige gängige Begriffe herausnimmt oder etwa nur über die Hoffnung predigt. Der Text *ist* eine Eulogie. Hier lassen sich Form und Sache nicht voneinander trennen. Die Form ist für das Verständnis des Inhaltes wesentlich.
Deshalb sollte man sich der Struktur des Textes mit seinem Nebeneinander von Lobpreis und Erfahrung stellen und an diesem Abschnitt zeigen, wie der Mensch in der Welt gerade inmitten seiner Erfahrung zum Loben und Danken befähigt wird. Dies scheint mir in der Osterzeit eine unabdingbare Aufgabe zu sein, damit der Jubel dieser Wochen nicht nur als bloße liturgische Tradition erscheint.

## II Entdeckungen am Text

Der Lobpreis Gottes wird in der Perikope 1. Petr. 1, 3—9 in seinem Begründungszusammenhang erkennbar. Dazu muß zunächst klargestellt werden, wann und unter welchen Umständen es zum Lobpreis kommt. In der kirchlichen Tradition wird das Gotteslob zu oft als das Selbstverständliche angesehen und ausgegeben („Gott loben, das ist unser Amt", EKG 187, 5). Diese Selbstverständlichkeit verstellt die biblische Tatsache, daß das Lob Gottes immer einen konkreten Grund hat. Die Welt als solche gibt keinen Anlaß, in das Gotteslob einzustimmen oder es anzustimmen. Diese Erfahrung wird in der biblischen Überlieferung vorausgesetzt. Die Welt begegnet dem Menschen ja nicht als „gut", als geordnete Schöpfung, in der es sich auch gut und mühelos leben läßt. Kennzeichen unserer Welt ist die Ungerechtigkeit, wo Macht vor Recht geht und in der jeder Tag seine Plage hat (Matth. 6, 34).

Ein klassisches Beispiel für das begründete Gotteslob ist Ps. 118, der seinen christlichen Ort in der Osterzeit erhalten hat. Der in der Welt Bedrängte und Verfolgte hat das Vertrauen und die Hoffnung gewonnen:
Ich werde nicht sterben, sondern leben
und des Herrn Werke verkündigen.
Der Herr züchtigt mich schwer;
aber er gibt mich dem Tode nicht preis (Ps. 118, 17f.).
Diese gewonnene Gewißheit über die Hilfe Gottes für den Gerechten fordert das Lob und den Dank heraus. Indem sich so für den Menschen Gottes Recht durchsetzt, das Leben, Gesundheit, Glück oder, mit einem Worte gesagt, „Heil" schenkt, wird Gottes Macht und Ordnung, seine Güte und Gerechtigkeit in der Welt offenbar. Eben dies ist der Grund zum Lobpreis Gottes. Der bedrängte Mensch kann Vertrauen haben in dieser Welt.

Der Grund des Lobpreises Gottes liegt nicht in einer naiven, sich durchhaltenden Frömmigkeit, die die Welt trotz allem als Schöpfung Gottes hinnimmt, sondern in einer besonderen Vergewisserung, die die durchschnittliche Erfahrung überwindet.
Doch zwischen Ps. 118 und 1. Petr. 1, 3—9 liegt ein tiefgreifender Unterschied. Während Ps. 118 Gott lobt, weil er den Gerechten nicht sterben läßt, weil es nicht zum Äußersten kommt, führt 1. Petr. 1, 3—9 einen unendlichen Schritt weiter: Gottes Macht und Gerechtigkeit greift *über den Tod hinaus*. Der Tod setzt Gottes Macht keine Grenze. Er gibt vielmehr den Anlaß, daß Gottes Macht und Barmherzigkeit in der Auferstehung Jesu Christi zum Zuge kommt. Damit steht dem Menschen ein unüberschaubarer Lebensraum offen. Dieses Bekenntnis zur Auferstehung Jesu ist Grund und Vollzug des Lobpreises Gottes.

Die Frage lautet nun: Was hat die Auferstehung Jesu mit unserem Leben zu tun? Der Bezug ist für unseren Abschnitt durch die *Taufe* gegeben, die als Wiedergeburt des Menschen mit der Auferstehung Jesu eine unauflösliche Einheit bildet. Man kann sagen: In der Auferstehung Jesu wird Gottes Barmherzigkeit insofern offenbar, als diese Grund unserer Wiedergeburt ist. Die Taufe ist damit zugleich die Gegenwart des Auferstandenen *und* das neue Leben des Menschen.

Unsere Perikope bleibt jedoch beim Hinweis auf die Taufe nicht stehen. Dies könnte als sakramentaler Positivismus mißverstanden wer-

den. Die Wiedergeburt, die durch die Taufe zugesagt ist, vollzieht sich in der *Hoffnung*. In der lebendigen Hoffnung ist das Geschehen der Taufe und der Auferstehung Jesu am Menschen wirksam.
Die Hoffnung gehört für den Verfasser des 1. Petrusbriefes zunächst zu den Grundgegebenheiten des menschlichen Lebens, und sie erschöpft sich nicht in den vielen Hoffnungen, die Menschen sich machen; Leben und Hoffen sind unlösbar miteinander verbunden. Doch diese Hoffnung zerbricht im Sterben. Als Wiedergeburt durch die Auferstehung Jesu erfährt die Hoffnung eine qualitative Veränderung ihrer selbst. Sie gibt dem Leben eine Weite, die das Sterben in das Leben integriert und so den Tod überwindet.

Zur Hoffnung des Menschen gehören die Hoffnungsbilder (Bloch), an die man sich hält. Die „lebendige Hoffnung" aber braucht keine Hoffnungsbilder. Sie sind dem Menschen entzogen. Der Inhalt der Hoffnung ist „im Himmel" bewahrt als „unbeflecktes und unvergängliches Erbe". Frage: Woran soll sich der Mensch in der Welt der Enttäuschung und der zerbrechenden Hoffnung dann halten? Antwort: *An den Glauben* (V. 5)! Er wird bewahrt durch den Glauben. Im Glauben ist Gottes Macht wirksam. Durch den Glauben läßt Hoffnung „nicht zuschanden werden" (Röm. 5, 5). Insofern der Glaubende dem glaubt, den er nicht sieht, geht die Struktur des Glaubens in die der Hoffnung über.

So ist das Leben unter den Enttäuschungen und Anfechtungen der Welt gerade nicht einfach eine Zeit, die als Leiden mühevoll zu erdulden ist. Sie ist eine Zeit der Bewährung und darin der Freude. Wie sehr Glaube und Hoffnung hier zusammengehören, zeigt der letzte Vers unserer Perikope. Der Abschnitt, der mit der Hoffnung beginnt, verweist nun auf das Ziel des Glaubens (V. 9). Glaube ist nicht Selbstzweck, er ist bezogen auf Leben, auf das, was das Leben rettet. Zusammenfassend gesagt: Zerbrechen Glaube und Hoffnung als die „natürlichen" Vertrauensvorgaben des Lebens an den Realitäten der Welt, so rettet der Glaube als Glaube an Jesus Christus, so rettet die Hoffnung als Wiedergeburt den Menschen zum Leben.

## III Homiletische Rechenschaft

1. Der Prediger wird sich des Widerstreites zwischen der durchschnittlichen Lebenserfahrung und dem Lobpreis Gottes, wie er hier vorliegt, bewußt sein. Er sollte sich dabei weder auf die Seite des „reinen" Wortes noch auf die der bloßen Erfahrung stellen. Er sollte vielmehr zu zeigen versuchen, wie der Glaube an Jesus Christus in der Auseinandersetzung mit der durchschnittlichen Erfahrung als Hoffnung Gestalt gewinnt. Nur so kann er Hoffnung begründen.

2. Dieser die Hoffnung begründende und das Leben tragende Charakter des Glaubens braucht die Erfahrung von Trauer und Anfechtung nicht zu scheuen. Gerade darin, daß er sich dieser Erfahrung rückhaltlos stellt, erweist er sich — bezogen auf das Leidensgeschick Jesu von Nazareth — als Glaube an Jesus Christus. Während üblicherweise Leiden und Anfechtung unsere Hoffnung in Frage stellen, werden sie im Blick auf den „Anfänger und Vollender des Glaubens" (Hebr. 12, 2) zur Bestätigung der Hoffnung (vgl. auch 2. Kor. 4, 11). Deshalb gibt es „Freude in allem Leide" (1. Petr. 1, 3—6). So hat der Glaube, der nicht sieht (1. Petr. 1, 8), selbst die Struktur der Hoffnung.

3. Indem der Glaube im Widerstreit der Welt steht und sich als Hoffnung bewährt, verweist er auf sein Ziel, man könnte auch sagen: *auf seinen Sinn*. Es geht um der „Seelen Seligkeit" (Luther-Übersetzung). Dies scheint dem gängigen Trend, der auf Praxis und Veränderung der Verhältnisse aus ist, nicht gemäß zu sein. Doch hier geht es nicht um etwas „rein Jenseitiges", sondern buchstäblich um die Rettung des Lebens, „Leben" freilich in einem umfassenderen Verständnis. Wir werden im Widerstreit der Welt nicht zerrieben, sondern gewinnen im Glauben und damit im Durchhalten unser Leben in seiner Ganzheit. „Lebendige Hoffnung" bewahrt uns davor, angesichts unserer begrenzten Möglichkeiten in eine utopische Zukunft zu fliehen; sie verhilft uns vielmehr dazu, unser Leben mit seiner durchschnittlichen Hoffnungslosigkeit zu bestehen. Da, wo der Glaube diese Hoffnung bewirkt, haben wir Grund zum Lobpreis Gottes in unserer Welt.

ENNO ROSENBOOM **B**

## IV Erkundung der Situation

Es ist zu befürchten, daß die Verlesung des Luthertextes eine Immunisierung gegen seine Botschaft bewirkt. Doch auch mit neueren Übersetzungen läßt sich diese Wirkung kaum unterlaufen. Hier werden nur Kürzungen helfen. Nur so bleibt dem Hörer assoziativ im Sinn, was ihn angeht.
Alle Gedankengänge knüpfen bei der „lebendigen Hoffnung" an. „Gelobt sei..." ist wohl das Ergebnis, nicht aber der Einstieg zur Besinnung. Mag der Text auch eine „Eulogie" (A) sein, die Predigt über ihn wird es nicht sein dürfen. Und ist auch die Wahl des Textes vom Osterfest her bestimmt, so fordert gerade der Sonntag nach Ostern zu Aussagen heraus, die „über den Tag hinaus" gehen.

Das Themawort *„lebendige Hoffnung"* durchdringt das Leben aller Hörer wie eine Sonde: Hoffen ist ein „Existential", das heißt, es gehört zum Menschsein des Menschen. Tiere haben, soweit wir wissen, nichts zu hoffen. Als Menschen entwerfen wir dagegen im Hoffen ein

Bild von dem Leben, das wir uns wünschen. Und die Auseinandersetzung zwischen dem tatsächlich widerfahrenden und dem erhofften Leben macht die innere Gespanntheit unseres Lebens aus. Es gilt uns als geglückt, wenn sich unsere Hoffnungen erfüllen. Sie erfüllen sich freilich nur, wenn sie ihrem Inhalt nach dem erfahrbaren Leben verhaftet bleiben. Wir scheitern, wenn uns unser Hoffen dem erfahrbaren Leben entzieht oder aber die konkrete Lebenserfahrung alles Hoffen fahren läßt.

Jede Lebensstufe und jeder Lebenskreis kennt besondere Konkretionen der Hoffnung. Kinder hoffen auf das Nächstliegende, zum Beispiel auf Erprobung des Lebens im Einsatz der Kräfte, im Spiel oder im Wettstreit; sie erleben Vorfreude auf Geschenke. Oft reicht der „Entwurf des Lebens" nur bis zum nächsten Tag.

Jugendliche greifen dagegen weiter in ihre Zukunft oder auch über sich selbst hinaus. „Wozu leben?" (EKD-Synode 1978) ist der heimliche Nenner aller Überlegungen und Aktionen. Darum: Atomkraft — Nein danke! Darum: Grüne Liste. Aber darum auch: „Kinder Gottes" oder „Moon-Sekte". Verbale Äußerungen dazu darf man kaum erwarten; Analysen und Bewertungen der eigenen Situationen setzen einen hohen Reflexionsgrad voraus. Konkret sind dagegen die Wünsche für das eigene Leben: Freundschaft, Liebe; feste, wenn auch offene Beziehungen; Erfolg im Beruf; Bestätigung wirtschaftlicher, kultureller, auch politischer Ziele. Hoffen ist Vorgriff auf eigenes Erleben.

Anders artikuliert sich Hoffnung bei Erwachsenen. Die Distanz zwischen erhofftem und widerfahrendem Leben verringert sich, die Gespanntheit läßt nach, das Hoffen erlahmt. Die Einsicht in die Begrenztheit des Lebens löst die „midlife-crisis" aus: „Der Zug ist abgefahren." Entlastung brächte nur die Übernahme neuer Lebensdeutungen, bis hin zum Glauben an eine Zeit und Raum überschreitende Dauerhaftigkeit des Ich. Resignation und Hoffnung prägen den inneren Dialog.

Die Biographie der individuellen Hoffnung findet ihren Horizont in den großen gesellschaftspolitischen Konzeptionen: Liberalismus, Totalitarismus, Sozialismus. Mit diesen „Interpretationen" möchten wir der eigenen Lebenswelt mächtig werden und sie gestalten. Wir gebärden uns als „Bildner des Lebens" und erleben dann, „wie wir uns mit unseren Hoffnungen und Taten bis an den Himmel erheben, freilich auch bis an den Rand der Unmenschlichkeit und des Chaos geraten" (Pico della Mirandola).

## V Aufbau der Predigt

1. Ständig begleiten Hoffnungen unser Leben. Wir erhoffen uns ein höheres Einkommen, ein „besseres" Leben, Gesundheit, Zufriedenheit, inneren Frieden; aber auch stabile Sozialverhältnisse, gesicherte Zukunft in Beruf und Arbeit, keine Inflation, mehr Menschlichkeit im Miteinander. Solche Hoffnungen verdienen es nicht, bagatellisiert oder gar karikiert zu werden. Über das Streben nach einer ausreichenden Wohnung läßt sich leicht räsonieren, wenn man ein Pfarrhaus mit sechs Zimmern bewohnt. Und gegen ein gesuchtes Mehr an zivilisatorischen Errungenschaften anzugehen ist uns verboten, solange wir selbst davon profitieren. Alternativer Lebensstil will nicht vorgeredet,

sondern vorgelebt sein. Hoffnungen also nicht madig machen! Menschen leben davon.

2. Dennoch weiß jeder, wie Hoffnungen sich zerschlagen, ja selbst erfüllte Hoffnungen sich gegen das Leben wenden. Einschlägige Sprichwörter repräsentieren obendrein durchgängige Erfahrungen: „Hoffen und Harren macht manchen zum Narren." Oft können Hoffnungen sich nur auf Kosten der Lebensqualität anderer Menschen erfüllen. — 1933 hofften wir auf die neue Ordnung der sozialen Verhältnisse; was dann kam, war das Chaos des Krieges. Wir sehnten uns 1945 nach einer „heilen Welt" und sehen uns heute zum Umweltschutz herausgefordert. Andere streben nach klassenloser Gesellschaft, erleben aber, wie sie dabei zu anonymen Funktionen einer Staatswirtschaft werden. Wir verlangen ein Mehr an Freiheit und rufen zugleich nach der Ordnungsmacht des Staates. Ergebnis: Unsere Hoffnungen sind und bleiben höchst ambivalent. Wir können ohne sie nicht leben; andererseits können wir an ihnen zugrunde gehen.

3. Mitten in dieser Ambivalenz mutet uns der biblische Text eine Hoffnung zu, die sich darin als die „*lebendige*" erweist, daß sie an einem „unvergänglichen, unbefleckten und unverwelklichen Erbe" Anteil gewährt. Der Begriff „Erbe" verweist wie ähnliche Vorstellungen des Neuen Testaments auf nichts anderes als auf Gott selbst. Er selbst ist Grund und Inhalt dieser Hoffnung und — wie sich im Sterben und Auferstehen Jesu Christi gezeigt hat — auch ihr Garant. Denn Gott ist es, der uns ins Leben geführt hat, er begleitet uns, und bei ihm ist im Vergeben aller Schuld das Ziel unseres Lebens schon Gegenwart.

Es bleibt darum auch bei Paul Gerhardts Vers: „Weg hast du allerwegen, an Mitteln fehlt dir's nicht; dein Tun ist lauter Segen, dein Gang ist lauter Licht..." Also: „Hoff, o du arme Seele, hoff und sei unverzagt" (EKG 294).

4. Daß Gott selbst Grund, Inhalt und Garant der „lebendigen Hoffnung" ist, enthebt uns keineswegs der Auseinandersetzung. Die Lebendigkeit dieser Hoffnung will mitten im Alltag, auch im Gottesdienst der Kirche und ganz gewiß im Sterben als Vertrauen auf Gott bewährt sein. Schließlich hat Gott uns Menschen mitten in einer Welt ohne Vertrauen erfahren lassen, daß unsere Torheit und Schuld ihn nicht dazu veranlaßt hat, seine Treue zu uns preiszugeben. Im Gegenteil: Unser Nein zu ihm ist sein Ja zu uns geworden. Er bleibt unser Vater, auch wenn wir das Erbe vertun. Wem der Gekreuzigte als der Auferstandene zum Herrn wird, der kann sich insofern nicht mehr von der Hoffnung abbringen lassen, daß Gott unserem Leben letzten Sinn und eine Erfüllung gibt, die nicht ins Gegenteil umschlägt.

Zeichenhaft Beispiele bewährter Hoffnung: Die Fernsehserie „Acht Alte" (ZDF) portraitierte Frauen, die ihr Leben zu meistern verstanden, weil sie Zutrauen zu Gott und darum auch zu sich selbst hatten. Eine Vertrauensfrau der Gewerkschaften läßt sich im

Einsatz für die ihr Anvertrauten, in ihrem Kampf um die Gleichstellung weiblicher Arbeitnehmer nicht entmutigen. Eine Pastorenfrau sieht sich im Krieg zur vollen Vertretung ihres als Soldat eingesetzten Mannes herausgefordert; als ihr Mann nicht zurückkehrt, steht sie in besonderer Weise leidtragenden Menschen zur Seite.

Fernsehsendungen lassen uns teilnehmen am Einsatz junger Entwicklungshelfer: Ihre besten Jahre geben sie dran. Parolen der Angst drohen nicht selten jahrelanges Wirken zunichte zu machen. Und doch beginnen sie neue Projekte. „All Morgen ist ganz frisch und neu des Herren Gnad' und große Treu." Junge Eheleute kommen zu dem Ergebnis, daß man um der ungewissen Zukunft willen auf Kinder verzichten solle. Als den beiden klar wird, daß sie selbst auch nur aus der Hoffnung auf Gottes Zuwendung leben, gewinnt dieses Ja zum Menschen auch in ihren Wünschen an Kraft.

Heute wird mehr, als gut ist, von „Ängsten" gesprochen. Angst geistert durch viele Herzen, als Angst um die Zukunft der Erde, als Angst um die Energiereserven, als Angst über die zu vielen oder bei uns zu wenigen Kinder. Angst signalisieren die Studenten, auch die Theologiestudenten, als Sorge um zukünftige Arbeitsplätze.
„Alle eure Sorge werfet auf ihn, denn er sorgt für euch" (1. Petr. 5, 7) — diese Gewißheit gibt uns die Freiheit, unsere Ängste kritisch zu hinterfragen. Angst kann Ergebnis mangelnder Information sein; Angst macht oft dumm. Angst kann aber auch schwinden, wenn man die Zusammenhänge bedenkt oder an Aufgaben selbst mitarbeitet. Es ist gewiß schwer, Hoffnungen gegen Erfahrungen durchzuhalten. Unser Text redet nicht umsonst von einer „*Geburt*". Geburt ist nie leicht, aber Geburt schafft Freude. So will das Bewähren der lebendigen Hoffnung in den kleinen Hoffnungsläufen des Alltags durchlitten oder durchkämpft sein, damit es in uns zu der Freude kommt, in der sich Gottes Freude über die „Wiedergeborenen" spiegelt. „Lambarene" — Station immer neuer und oft enttäuschter Hoffnungen — heißt zu deutsch: Versuchen wir es!

Einschlägiges Material zum Thema „Hoffnung" findet der Prediger in den Berichtsbänden zum Deutschen Evangelischen Kirchentag 1979 in Nürnberg. Dort auch Lieder, Gebete, Spiele und nicht zuletzt Bibelarbeiten.

ZWEITER SONNTAG NACH OSTERN

# 1. Petrus 2, 18—25: Bewährung im Leiden

Evangelisch (A) — katholische (B) Bearbeitung

VOLKER LÄPPLE **A**

## I Einstieg — Anknüpfung an bisherige Erfahrungen

„Wenn ich mich nicht manchmal daran erinnern würde, daß unser Herr auch so gelitten hat, Herr Pfarrer, dann könnte ich das alles gar nicht mehr aushalten." Solche Äußerungen von kranken und leidenden Gemeindegliedern fallen mir beim Durchdenken des Predigttextes ein. Und ich habe mit beidem, solchen Äußerungen und diesem Text, meine Schwierigkeiten. Was antwortet, wie reagiert man als Seelsorger darauf? „Wie gut, daß Sie diesen Halt haben..."? Das wäre eine hölzerne und im Grunde verständnislose Reaktion. Manches Mal hätte ich gern gefragt: „Bitte erklären Sie mir das. Ich ahne, daß Ihnen die Erinnerung an Jesu Leiden Erleichterung bringt, aber ich möchte es verstehen lernen..." Allerdings habe ich so direkt nie zu fragen gewagt. Der Predigttext ist nun Anlaß und Herausforderung für mich, dieser besonderen christlichen Bewältigungsform des Leidens erneut verstehend nachzugehen.

## II Entdeckungen am Text — Unterschiede und Entsprechungen heute

1. Auf den ersten Blick mutet der Text recht fremd an. Es scheint um die Sklavenfrage zu gehen (V. 18). Die Anweisung ist aber als Exemplifizierung zu verstehen: *als Beispiel einer Einübung in ungerecht erlittenes Leiden.* Der ganze Brief ist auf dem Hintergrund einer massiven Bedrängnis der Gemeinde von außen zu lesen, als eine praeparatio ad martyrium (N. Brox, 1. Petrus, 1979, S. 127ff.). Er erwartet das nahe Ende und die Wiederkunft des Herrn. Bis dahin ist die Zeit mit Leiden ausgefüllt.

2. Ohne die eschatologische Zuspitzung aufzuheben, enthält diese Perikope doch interessante Perspektiven für *unseren Umgang mit dem Leiden*. Der Verfasser nimmt ein Stück aus der Tradition auf, in dem vor allem *Jesu Leidens- und Mitleidensfähigkeit* beschrieben wird.

Diese Beschreibung gewinnt für mich Aktualität angesichts der Leidensunfähigkeit des heutigen Zeitgenossen, wie sie *M. E. Richter* charakterisiert (Der Gotteskomplex, 1979,

S. 129—187). Stichworte sind: Verwandlung des Leidens in projektiven Haß gegen Sündenböcke; Leidensflucht durch Vermeidung und Verleugnung; heroische Leidensverachtung. Fazit: Diese Bewältigungsversuche lösen das Problem des Umgangs mit der Schwäche, der Zerbrechlichkeit und der Endlichkeit nicht.

Bemerkenswert erscheint Jesu Fähigkeit, ohne zu drohen und ohne Revanche Leidenssituationen auf sich zu nehmen (V. 22—23). Der Nachsatz „sondern er überließ (alles) dem gerechten Richter" (V. 23 c) kennzeichnet einen wirklichen Verzicht auf Rache, nicht ein schadenfrohes Vorauswissen um die Strafe für die anderen.

3. Der gefühlsmäßige Kontrast zu unserer Haltung ist so groß, daß sich *Abwehr* dagegen meldet. Sie kommt schon aus der aufgenommenen Tradition.

In Jes. 53, 4 heißt es: „Wir aber dachten, er sei gestraft, von Gott geschlagen und geplagt." Eine modernere Wendung lautet: „Jesus war auch nur ein armer Teufel, der leiden und sterben mußte wie wir." Wird im ersten Fall die Schuldfrage bemüht, um der Fremdheit des Leidens Herr zu werden, so wird im zweiten Fall die Freiwilligkeit seiner Leidensübernahme in Zweifel gezogen und damit jeder Vorbildcharakter geleugnet.

Eine dritte mir einfühlbare Abwehrhaltung stellt fest: „Ein Leben, das nur noch aus Leiden besteht, ist unerträglich." Dieser Eindruck ergibt sich aus der oben beschriebenen besonderen Gemeindesituation.

4. Um die Besonderheit der Leidensfähigkeit Jesu zu verstehen, muß man über den Text hinausgehen und den „ganzen Jesus" in den Blick bekommen. Seine Haltung dem Leiden gegenüber wird nur angemessen wiedergegeben, wenn man sich klarmacht, daß derselbe Jesus, der sich in Jerusalem seinem Martyrium nicht widersetzt, in seiner Lebenszeit kraftvoll gegen das Leiden protestiert und die Leid verursachenden Mächte bekämpft hat. Vielleicht liegt darin ein wesentliches Moment: Nur wer das Leiden anzunehmen bereit ist (einschließlich des Leidens anderer) und nicht in Leidensverleugnung ausweicht, hat Kraft, wirksam gegen das Leiden anzugehen. Beide Haltungen Jesu gehören untrennbar zusammen. Und das Christentum konnte teilweise nur dadurch zur Religion der Drepressiven werden, weil in der Leidensfähigkeit Jesu nicht zugleich die Wurzel seiner Leidensüberwindung gesehen wurde.

Als Korrelat zur Leidensunfähigkeit, wie Richter sie zusammenfassend beschrieben hat, gehört die *Apathie* als Massenerkrankung, die Unfähigkeit, gegen das Leiden in und um uns anzugehen, womit sich *D. Sölle* (Leiden, 1973) so leidenschaftlich auseinandergesetzt hat (bes. S. 46—61).

5. Die für mich wichtigste theologische Entdeckung an diesem Text besteht in dem Zusammenwirken des *Sühne- bzw. Stellvertretungsgedankens* mit dem *Vorbild- bzw. Nachfolgegedanken* (V. 24 und 21).

Nach Meinung der Exegeten hat es in V. 21 eine Umformung gegeben von apethanen = er starb für (Sühnefunktion) zu epathen = er hat gelitten (Vorbildfunktion). In V. 24 bleibt der Stellvertretungsgedanke in Geltung.

Durch das Nebeneinander beider Vorstellungskreise in einem Text ergeben sich im Blick auf die Beurteilung des Leidens folgende Überlegungen: a) Vom *Stellvertretungsgedanken* ausgehend gilt:

„Für den christlichen Glauben hat ein einziges Leiden und ein einziges Sterben in der Weltgeschichte Sinn, das Leiden und Sterben des Mannes aus Nazareth, mit dem Gott sich identifiziert hat. Man hat in der Theologie- und Frömmigkeitsgeschichte dieses Leiden so interpretiert, als sei mit dem Kreuz Jesu das Leiden schlechthin als sinnvoll erwiesen. Das freilich ist ein Fehlschluß gewesen" (*M. Josuttis*, Praxis des Evangeliums, 1974, S. 128).

Der Stellvertretungsgedanke erreicht sein Ziel im Gegenteil in der Feststellung, daß mit der Übernahme des Leidens durch Jesus gleichzeitig die Überwindung und Aufhebung des Leidens proklamiert wird, was in Jesu Heilungswundern zum Ausdruck kommt. Insofern ist „in Jesus" in gleicher Weise das Leiden überwunden wie Sünde, Schuld und Tod.

b) Das Ausbleiben der Parusie und damit das für die frühen Christen schmerzliche In-Geltung-Bleiben von Leiden, Sünde und Tod machte die Ergänzung des Stellvertretungsgedankens durch den *Vorbild- oder Nachfolgegedanken* notwendig.

Zwar hat Jesus die Negativa des alten Äon überwunden, aber in vollständige Geltung tritt der neue Äon erst mit Jesu Wiederkunft. Die kurze Zwischenzeit ist im Gegenteil besonders leiderfüllt. Da man in dieser Zwischenzeit noch nicht vollen Anteil an Jesu Überwindungsmacht gegen Leiden und Tod haben kann, kann eine Gleichförmigkeit mit ihm nur in der Gleichförmigkeit mit seinem Leiden bestehen. Und diese stellt die Teilhabe an Jesu Heil nach seiner Wiederkunft in Aussicht.

Die jetzige Teilhabe an seinem Leiden ist Gnade in dem qualifizierten Sinn der späteren Teilhabe an seiner Herrlichkeit (V. 19—20). Der Verfasser unternimmt keinen Versuch, das Leiden „produktiv" oder sinngebend für dieses Leben zu interpretieren. Sein Sinn ist exklusiv jenseitig.

c) Für uns — und damit komme ich zu homiletischen Konsequenzen — ist eine solche Aufteilung der beiden Vorstellungskreise (Vorbild- und Stellvertretung, also Leiden/Mitleiden und Überwindung des Leidens) auf Diesseits und Jenseits nicht überzeugend. So gewiß an einer eschatologischen Manifestierung der in Jesus stellvertretend vorweg geschehenen Überwindung des Leidens am Ende der Zeit festzuhalten ist, *so muß doch schon jetzt eine sinnbringende und „produktive" Interpretation des Leidens* (unter Einbeziehung beider Vorstellungskreise) *möglich sein* — wenn eine Predigt dieses Textes theologisch verantwortet werden soll. Aber das ist nicht mehr durch theologische Reflexion zu zeigen, sondern kann nur an praktischer Erfahrung aufgewiesen werden.

Dazu greife ich auf die eingangs zitierte Äußerung einer Patientin zurück und schildere die Begegnung mit ihr näher. Sie fühlte sich von Gott und der Welt verlassen und drohte an ihrem Leiden und der totalen Isolierung von der Familie zu zerbrechen. Im Zusammenhang einer schweren Krise (die Ärzte waren sich unsicher, ob sie „durchkommen" würde) entdeckte sie die Gemeinschaft mit jenem „Haupt voll Blut und Wunden" und überwand damit ihre Gottverlassenheit und teilweise auch das Nicht-verstanden-Werden von Menschen. Aus dieser Zeit stammt die oben zitierte Äußerung. Sie war durch ihre Krankheit in Gefahr gewesen, völlig ihr Selbstwertgefühl zu verlieren. Äußerungen wie „Ich bin zu nichts mehr nutze" und „Wenn ich nicht durchkomme, habe ich endlich Ruhe" zeigten ihre suizidale Gefährdung, mindestens aber ihre weitgehende Kraftlosigkeit, dem Leiden zu widerstehen. Die im gemeinsamen Leiden gefundene Verbundenheit mit Christus verlieh ihr eine neue Identität, die dem drohenden Zusammenbruch entgegenwirkte. Im Trösten einer Mitpatientin begriff sie, wozu sie „nütze" war. Ihre suizidalen Äußerungen ließen nach, und sie begann ihrer Krankheit und ihrem Leiden ernsthaft Widerstand entgegenzusetzen.

Diese schließlich gefundene Verbundenheit im Leiden beschreibt der letzte Vers (V. 25) des Textes im Bild der irrenden Schafe und des beschützenden Hirten (der zuvor selbst gelitten hat).

## III Homiletische Rechenschaft

Not lehrt beten, so sagt man, und man könnte ergänzen: Leid macht Verbundenheit mit dem leidenden und überwindenden Herrn erlebbar. Das sind „Kann-Regeln", die in ihrer Evidenz an wirkliche Erfahrungen in Not und Leid gebunden bleiben. Es ist daher nicht ratsam, sie in der Predigt als Empfehlungen an unbeteiligte Hörer auszugeben. Schon darum nicht, weil es sich bei dem Verbundenheitsgefühl um sehr intime Regungen handelt, die allenfalls anhand eigener Erfahrungen oder Begegnungen angedeutet werden können. Andererseits glaube ich, daß solche Erfahrungen sehr viel häufiger gemacht werden, als wir gemeinhin wissen, weil man darüber nicht spricht.

*J. Moltmann* schildert in seinem Buch „Der gekreuzigte Gott" unter der Überschrift „Kreuzesmystik" (S. 47—55) die gleiche Erfahrung für die Schwarzen in Amerika. Betonenswert erscheint mir dabei noch einmal die Verschränkung von Mitleiden (der *geächteten* Schwarzen mit Christus und Christus mit ihnen) und Mitüberwinden (als einem Sammeln und Konzentrieren ihrer Kräfte aufgrund der neugewonnenen *Würde* in der Christusgemeinschaft) — eine Verschränkung, die ich als Nachfolge- und Stellvertretungsgedanke in unserem Text so klar ausgedrückt finde wie in wenigen sonst.

Dieser Verschränkung entspricht die Zusammengehörigkeit von Leidensfähigkeit und Leidensüberwindung, wie sie die Lebenswege eines Martin Luther King oder Mahatma Gandhi oder einer Mutter Teresa kennzeichnet. Ihre Bereitschaft, ihr eigenes und ihrer Zeitgenossen Leiden ohne Ausweichen und ohne Revanche (V. 23) zu übernehmen, befähigte sie zu dem außerordentlichen Maß an Leidensüberwindung und -aufhebung, das sich mit ihren Namen verbindet. Ihre Haltung repräsentiert eine Nachfolge des „ganzen Jesus" (II, 4), nicht nur des leidenden.

Ich widerspreche daher der landläufigen, auch theologisch landläufigen Auffassung, nach der man Leiden, das man nicht ändern kann, hin- oder annehmen muß, während man gegen Leiden, das man beenden kann, zu protestieren hat. Hier wird auseinandergerissen, was zusammengehört, und zwar für beide vorgestellten Situationen. Dieser Aufspaltung widerspricht meine Erfahrung mit leidenden und sterbenden Patienten. Ich begegne Menschen, die gerade durch die Annahme ihres Leidensweges und ihres Sterbenmüssens für ihre verbliebene Zeit eine Lebenskraft gewinnen, in der die knechtende Macht des Leidens aufgehoben erscheint — und eben das ist eine wesentliche Form des Protestes gegen unveränderbares Leiden.

Unsere Überlegungen sollen nicht abgeschlossen werden, ohne Rechenschaft davon zu geben, daß im konkret begegnenden Leiden sich in der Regel alle nur denkbaren Motive und Tendenzen mischen oder doch mischen können. Von geheimer Apathie bis zu masochistischer Leidenslust, von Verbundenheitsgefühlen mit den wichtigsten Beziehungspersonen bis zu völligem Isolationsgefühl, von der Verwandlung des Leidens in Haß auf die Verschonten bis zur wirklichen Reifung durch Übernahme, von den verschiedensten Formen der Mitwirkung am eigenen Leiden (Umweltzerstörung und falsche Ernährung...) bis zum mutigen Widerstand gegen den Krebs im Inneren. Es ist klar, daß man dieser Differenziertheit des konkreten Leidens in einer Predigt nicht wirklich gerecht werden kann, sowenig man es allein theologisch oder seelsorgerlich zu interpretieren und zu lösen vermag. Das hohe Maß an Leidensbewältigung, das Menschen auch ohne theologische oder seelsorgerliche Hilfe für sich allein oder mit Hilfe anderer Berufe zu leisten vermögen, macht mich als Prediger bescheiden.

JOSEF PIETRON **B**

Mit dem Bearbeiter A bin ich einig:
— daß es Menschen gibt, die dadurch ihr Leid leben, „daß unser Herr auch so gelitten hat";
— daß der Predigttext mit V. 18 beginnen sollte;
— daß der exegetische Skopos eine „praeparatio ad martyrium" (Brox) ist;
— daß zunehmend Leidensunfähigkeit und daraus resultierende Fehlformen der Leidensbewältigung festzustellen sind (Richter);
— daß menschliche Reifung nicht ohne Annahme des Leidens gelingen kann;
— daß vom Leid oder gar einer Leidensmystik nicht ohne Blick auf den gesellschaftlichen Kontext gesprochen werden darf;
— daß Nachfolge Jesu kein passives oder gar masochistisches Erdulden von Leid meint;
— daß die homiletische Situation des Briefes von der unsrigen verschieden ist.
Dies ist jedoch zugleich der Punkt, an dem ich vom Blick auf die Hörersituation her gegenüber A stärker differenzieren und teilweise anders akzentuieren möchte.

## IV Erkundung der Situation

Ich gehe aus von der Situation meiner normalen Predigttätigkeit: westfälische Großstadtgemeinde, Innenstadt, wenig Kinder, relativ viele

Studenten und jüngere Akademiker, Angestellte, Facharbeiter, viele alte Leute, wenige ungelernte Arbeiter.

a) „Das Ganze von V. 19—25 schildert ein Leben, wie Sie es führen und worum ich mich bemühe, und sicher doch jeder, der zu Gott will": Das schrieb mir auf meine Bitte, sich zu diesem Text zu äußern, Frau D. auf (72 Jahre, alleinstehend, Leid gewohnt, lebt im Altersheim, möchte gern tot sein). Die Worte „wie Sie es führen" sagen nichts über mein faktisches Leben aus, wohl aber darüber, daß in den Augen von Frau D. und vieler Menschen ihrer Generation Leid nicht nur unausweichliches Schicksal eines jeden Christen, sondern sogar erstrebenswertes Los ist.

b) Ebenfalls stark leidgeprägt ist Herr B. (auch alleinstehend, früher stark depressiv, nach Behandlung zunächst Hoffnung auf Partnerin, dann Unfall mit stark entstellenden Folgen, 36 Jahre). Ähnlich um ein paar Worte zu dem Text gebeten, schrieb er auf: „Protest! Die Forderungen, die da gestellt werden, sind einfach zu hoch. ‚Folgt seinen Fußspuren' — ist das überhaupt menschenmöglich?" Angst, Protest, Abwehr des Leidens, aber, wie ich aus anderen Äußerungen weiß, ein vorsichtiges Ahnen darum, daß sein Leiden mit dem Leiden Christi zu tun hat — das sind seine Reaktionen.

c) Viele Eheleute der mittleren und älteren Generation haben gelitten und in Kauf genommen, daß ihre Ehe weitgehend auf den leibhaftigen Ausdruck ihrer Liebe verzichten muß, weil kirchliche Moral ein bestimmtes Verhalten in und erst recht vor der Ehe vorschrieb/vorschreibt. Jetzt leiden sie darunter, daß ihre Söhne und Töchter sich anders verhalten, sich mit leichter Hand über das hinwegsetzen, was ihnen selber heilig war, wofür *sie* gelitten und geopfert haben.

d) Da sind die jungen Leute, die jetzt in der Ausbildung sind oder am Anfang ihrer beruflichen Tätigkeit in Wirtschaft, Staat, Kirche stehen. Sie träumen von einer Welt (und einer Kirche!), in der es mehr Gerechtigkeit, mehr Freiheit und weniger Leid geben wird. Sie leiden — persönlich und mit anderen — an Zwang, Unterdrückung und Ungerechtigkeit und möchten aus ihrem christlichen Glauben heraus dafür arbeiten und kämpfen, daß alle Menschen nicht erst endzeitlich bei Gott, sondern schon jetzt das erhalten, was sie materiell und personal zu ihrem Leben brauchen, und daß sie in Freiheit zu der Identität hinfinden können, zu der sie von Gott her gerufen sind. Diese Gruppe wird gegen den Text scharfen Protest erheben, steht jedoch auch in der Gefahr, langfristig zu resignieren und nicht nur den Kampf, sondern auch das Mitleiden aufzugeben.

Die vier genannten Hörergruppen sind vom Leiden in je verschiedener Weise betroffen, was in der Predigt zu einer differenzierten Betrachtung führen muß. Von fundamentaler Bedeutung ist dabei „*die Unterscheidung von Leiden, die wir beenden können, und solchen, die wir nicht beenden können*" (*D. Sölle*, Leiden, $1973^2$, S. 28). Auch wenn die Unterscheidung faktisch nicht immer leicht zu treffen sein wird, ermöglicht sie es doch, dem einen Teil der Hörer von dem Tagestext her Trost und Solidarität mit dem leidenden Jesus zuzusprechen, dem anderen Teil Mut zu machen, die Leidenden in ihrem Leid anzublicken, mit ihnen zu leiden, in der Nachfolge Jesu gegen das Leid anzugehen und zumindest am begrenzten Ort „Gutes zu tun" (vgl. V. 20).

Diese Differenzierung legitimiert sich auch aus *exegetischen* (auch für den Verfasser des Briefes ist die Sklaverei nichts Erstrebenswertes, sondern ein „eklatanter Fall von Ungerechtigkeit"; Brox, a. a. O., S. 139), *anthropologischen* (die Befähigung des Menschen zum Mit-Leiden soll das Verlangen nach der „Aufhebung von Ungerechtigkeit und Diskriminierung" stärken und auf „die politische Befreiung der Unterdrückten" hinwirken; Richter, a. a. O., S. 263) und *liturgischen* Gründen: Die Predigt hat sich nicht vor dem Text „an sich", sondern vor dem Text als Lesung der Osterzeit zu verantworten. Anders ausgedrückt: Die Predigt soll auch an diesem Sonntag österlichen Charakter tragen, und dies bedeutet zum einen eine bleibende Erinnerung an den Gekreuzigten und das Mit-Leiden mit ihm, zum anderen aber auch den Ruf „zur Auferstehung heute und jetzt" (K. Marti, Leichenreden, 1971[5], S. 25).

Ich möchte den Versuch machen, die Hörer in die homiletische Problematik dieses Textes einzubeziehen. Die Hörer sollen entdecken, daß beim Umgang mit dem Leiden unterschieden werden muß, ob es unausweichlich oder beendbar ist. Denjenigen der Hörer, die unabänderlich leiden müssen, möchte ich nach besten Kräften Trost vermitteln; die anderen möchte ich ermutigen, mitzuleiden, leidensmindernd zu handeln und zumindest am umgrenzten Ort „Gutes zu tun".

## V Aufbau der Predigt

1. Ich gehe aus von dem Leidensweg der Mutter von Peter Handke (*P. Handke*, Wunschloses Glück, st 146, 1979[8]). Diese Frau ist geradezu ein Modell eines Menschen, der heute versklavt leben muß.

„Wunschloses Unglück": So überschreibt der Schriftsteller Peter Handke ein Buch, in dem er den Lebensweg seiner Mutter nachzeichnet: ein Frauenschicksal, das sie mit vielen Frauen, aber in ähnlicher Weise auch Männern der Generation teilt, die in den 20er Jahren geboren wurde. In einem kleinen Dorf in Kärnten wuchs sie auf. Sie erfuhr bald, daß Fleiß und Sparsamkeit die höchsten Tugenden sind, und lernte selber, fleißig und sparsam zu sein. Dazu gehörte, daß die Sonntagsschuhe nur sonntags getragen werden durften, daß das Ausgehkleid sofort nach dem Ausgang auf den Bügel und in den Schrank kam, daß vom frischen, warmen Brot nie sofort gegessen werden durfte, auch wenn es noch so verführerisch roch, sondern erst morgen, wenn das alte aufgegessen war.

Das Leben lief seinen vorherbestimmten Gang. Heirat, fünf Kinder, und die Frau, die als Kind eingeteilt worden war, mußte jetzt selber einteilen — anfangs aus Not, später, als das Geld gar nicht mehr so knapp war, der Ordnung halber. Die Frau, die in den frühen Ehejahren eine Zeit in der Weltstadt Berlin bei den Eltern ihres Mannes verbracht und den freieren Lebensstil ein Stück weit liebgewonnen hatte, mußte sich damit abfinden, daß die vier Wände in dem Häuschen ihres Kärntner Dorfes ihre Welt wurden. Irgend etwas spontan tun, einfach weil es Freude machte, in ein Gasthaus gehen, eine Bluse kaufen, weil sie gefiel: das war gegen die Ordnung. Der Ablauf des Jahres war durch die normalen Fixpunkte bestimmt — Maifeier, Blutspendetag, Erntedank, Rosenkranz, Silvester; ihr Mann — auch das war normal — trank und schlug sie. Keine Liebhaberei, kein Steckenpferd, aber dafür schließlich Krampfadern und Unterleibskrebs. Hatte sie irgendwann einmal einen Wunsch geäußert, der nicht „normal" war, wurde sie ausgelacht (und bald lachte sie andere aus). Nicht normal war allenfalls eine Notiz unter der Rubrik „Vermischtes" in der Kärntner Volkszeitung: „In der Nacht zum Samstag verübte eine 51jährige Hausfrau aus A. (Gemeinde G.) Selbstmord durch Einnehmen einer Überdosis von Schlaftabletten."

2. Von „Normalität" und gesellschaftlichen Zwängen derart bestimmt, gerät die Lebenssituation von Frau Handke in große Nähe zu jener der Sklaven des Petrusbriefes. Petrus aber zeigt den damaligen Sklaven eine Möglichkeit auf, aufgrund der Verbundenheit mit dem leidenden Jesus als Christen unter den Bedingungen aufgezwungenen,

ungerechten Leides zu leben und durch die Zuwendung zu dem „Hirten und Hüter" Trost zu empfangen (V. 25). Vielleicht muß ich zugestehen, daß ich als Prediger nicht mit meiner Person für die Wahrheit dieses Satzes geradestehen kann; aber als Zeuge des Glaubens der Kirche darf ich auf die vielen verweisen, die bis in unser Jahrhundert hinein im Wissen um die Gemeinschaft mit ihrem Herrn von diesem Glauben her leben und sterben konnten. (Vgl. auch den Einstieg von A und die Äußerungen von Herrn B. in meinem Beitrag!)

3. Die Hörer sollen nun die Problematik der homiletischen Situation erkennen. So kann der Text Hoffnung und Trost geben. Und doch beginnt hier zugleich mein Problem.

Ich stelle mir vor, ich müßte über dies Wort in jenem Kärntner Dorf predigen, in dem Frau Handke gelebt hat. Vielleicht wenige Wochen nach ihrem Tod. Jetzt in der Osterzeit. Was soll ich da sagen? Wie soll ich den Text zum Sprechen bringen? Zum einen: Darf ich mich an sie wenden und sagen: Frau Handke, Sie haben ein Leben lang gelitten.... Mit Jesus haben Sie Ihr Los getragen, und mit ihm werden Sie das Leben haben...?

Ja, so darf ich reden, und ich beziehe in dem Sprechakt dieses Trostes zugleich auch die Dorfbewohner mit ein, die wie Frau Handke unter einem unabänderlichen Schicksal leiden. Zum andern aber: Jesus litt ja nicht um des Leidens selber willen, sondern weil er uns vom Leid befreien wollte; und weil Gott hierzu sein Ja gesprochen hat, feiern wir in diesen Wochen Ostern, das Fest des Aufstands gegen Leid und Tod.

Liebe Dorfbewohner — so müßte ich daher auch predigen —, Sie haben gesehen, wie eine Ihrer Frauen kaputtging, wie sie erstickt ist an den dörflichen und gesellschaftlichen Zwängen, die bei Ihnen üblich sind. Das darf nicht sein! Prüfen Sie, ob die Zwänge unerläßlich sind! Fragen Sie, ob die Ordnung, die bei Ihnen gilt, zum Leben hilft oder zu leben hindert! Jesus nachfolgen bedeutet mit ihm auferstehen gegen den Tod!

Hiernach wechsele ich den Adressaten und kehre wieder zurück zur real anwesenden Gemeinde. Da diese gewiß gemerkt hat, daß jenes „Kärntner Dorf" überall liegt, genügt eine kurze Vertiefung des Erarbeiteten.

4. Abschließend skizziere ich den Preis des sich auf Jesus gründenden befreienden Handelns: Der Mit-Leidende wird selber zum Leidenden...

## VI Gestaltendes Material

1. *Gebet auf dem Weg:*
Gott, schenke uns Gelassenheit, das hinzunehmen, was wir nicht ändern können. Gott, schenke uns Mut, das zu ändern, was wir ändern können. Gott, schenke uns Weisheit, das eine vom anderen zu unterscheiden.

(Nach einem alten englischen Pilgergebet: Gebete für junge Christen. Informationszentrum Berufe der Kirche, Freiburg.)

2. *Aus einem Testament:*
Sie lernte es nie, die Schmerzen von Menschen und Tieren anzusehen, ohne selber tiefes Leid zu empfinden, und sie liebte Jesus, wer immer er sein mochte, wegen seines Mitgefühls mit dem Leidenden; sie war sehr erschüttert über die Grausamkeit seines Todes. Sie blieb in seiner Kirche und arbeitete in ihr, weil sie nicht wußte, wo anders sie hingehen sollte. Sie wußte, daß sie mit all ihrer Arbeit auch nicht eines der Leiden des Menschen entscheidend ändern konnte, aber sie arbeitete so viel und so hart wie möglich, um an jedem Tag zumindest das zu erreichen, daß ein Mensch weniger leiden mußte, und darin erfuhr sie großes Glück.
Aus dem (in der dritten Person verfaßten) Testament von *Schwester Petra Mönnigmann*, Oelde (Westf.), später Kerala (Indien) gestorben 1976. — Das Testament ist auch leicht in ein Gebet umzuformen!

Zum Thema „Leiden" vgl. THEMENSTUDIEN, Band 3, S. 216ff.: Chr. Bäumler/P. Krusche, Leiden — Schule der Freiheit. Die Red.

## DRITTER SONNTAG NACH OSTERN (JUBILATE)

# 1. Johannes 5, 1—4: Die schwere Geburt der leichten Gebote

HENNING THEURICH

A

### I Mein Zugang

Ein drückendes Joch ist zerbrochen, eine alte Assoziation zieht nicht mehr: Gebote erziehen nicht mehr zur Überwindung, und Überwindung muß nicht mehr befohlen werden; denn „unser Glaube ist der Sieg, der die Welt überwunden hat" (V. 4). Und nachdem nun „der Glaube gekommen ist, stehen wir nicht mehr unter dem Aufseher" des Moralgesetzes (Gal. 3, 25), das zur Überwindung antreibt. „Jauchzet Gott, alle Lande" (Ps. 66, 1), daß es diesen Glauben gibt, der die krampfhaften Versuche der Welt- und Selbstüberwindung beendet, der die Liebe jedem Gebot voranschickt und es dadurch leicht macht.

*Fragebogen:* Was haben Sie in Ihrem Leben überwunden? Was hat Ihnen dabei geholfen? Ihre Vitalität, Ihre Vergeßlichkeit, Ihr Wille, Ihr Glaube? Gehört das Überwundene noch zu Ihrem Leben, oder haben Sie es völlig abgestoßen, gar nur verdrängt? Befürchten Sie manchmal einen Rückfall auf überwundene Lebensstufen? Was meinen Sie noch überwinden zu müssen? Belastet es Sie, daß Sie es bisher noch nicht geschafft haben?

„Vergangen — erlebt — überwunden" (Sabine Leibholz-Bonhoeffer); eine Geschichte ist eröffnet, an deren Beginn die Erkenntnis und das Bekenntnis stehen, daß der gekreuzigte Jesus der Christus ist (V. 1). Wir sind geboren, um zu leben. So einfach ist der Sinn dieser Geschichte, und so leicht ist er zu erfüllen, wenn dabei nicht die schwere Geburt im Sterben Jesu vergessen wird. Der Glaube an ihn hält der alten Assoziation stand.

## II Entdeckungen am Text

1. Ein Sieg (V. 4) setzt in der Regel einen Kampf voraus. Hier ist der Kampf ausschließlich die Sache Jesu (Joh. 16, 33), nicht etwa die rigoroser Askese, die als ein schweres Gesetz die Möglichkeit niederhält, die Gebote Gottes könnten leicht sein. Hier gilt Luthers Aufforderung: „*Laßt uns kämpfen durch Christus, nicht durch uns selbst!*" (Vorlesung über den 1. Johannesbrief, Calwer Luther-Ausgabe 9, S. 199.) Durch den Glauben an Christi Sieg werden die Gebote leicht; ethischer Rigorismus aber hat Christi Sieg vergessen und erschwert alles, weil der moralische Druck bleibt. Sittliche Erfolge sprechen nicht notwendig *für* die Wahrheit der Askese, der Verlust an innerer Freiheit aber *gegen* sie.

2. Weil von Jesus zu sagen ist, daß er die Welt überwunden hat, darum gilt dies auch vom Glauben an ihn.

„Wenn in 1. Joh. 5, 4 nicht Jesus das Subjekt des Sieges über die Welt ist, sondern ‚unser Glaube', so bedeutet das keine sachliche Verschiebung, da der auf das Bekenntnis bezogene Glaube keine eigenständigen Siege erringt, sondern allein siegt in der ‚Teilhabe an dem einen Sieg Christi'" (*Klaus Wengst*, Der erste, zweite und dritte Brief des Johannes, Ökumenischer Taschenbuchkommentar zum NT, 16, 1978, S. 205).

Die *Synonymität von Christus und Glaube* kennen wir auch aus synoptischen Wundergeschichten, in denen Jesus nach der Heilung sagt: „Dein Glaube hat dir geholfen" (Matth. 9, 22).

3. *Gottesliebe* und *Bruderliebe* sind kaum zu unterscheiden (V. 2). Während sonst (z. B. 4, 20) die Bruderliebe Kennzeichen für die Liebe zu Gott ist, was dem ethischen Empfinden bei uns ohne weiteres einleuchtet, ist es hier umgekehrt.

*Bultmann:* „Ist wirklich die Paradoxie gewagt: weil die Bruderliebe der Erweis der Gottesliebe ist, so ist auch die Gottesliebe der Erweis der Bruderliebe? Dann wäre gleichsam ein Kreis gebildet, der von einem bloßen Zuschauer aus nicht verständlich ist, sondern nur von dem, der als Liebend-Geliebter innerhalb des Kreises steht" (Die drei Johannesbriefe, Meyers Kommentar XIV, 1967, S. 81).

In der Tat, was Bultmann als Vermutung zur Geltung bringt, trifft die Sache. Im Kreis dieser Liebe kommt die neue Gotteserkenntnis (4, 16) unmittelbar dem Bruder zugute, indem er als einer gesehen wird, der aus der Liebe des Vaters geboren ist (V. 1). Den gleichen Sachverhalt meint *Luther*, wenn er zum Schluß seines Traktats „Von der Freiheit eines Christenmenschen" schreibt:

„Durch den Glauben fähret er über sich in Gott, aus Gott fähret er wieder unter sich durch die Liebe und bleibt doch immer in Gott und göttlicher Liebe" (Reclam 1578, S. 150).

4. Der Sieg des Glaubens über den „kosmos", *die Überwindung der Welt* (V. 4), darf nicht als Vernichtung der Welt verstanden werden, so daß der Glaube sich dualistisch als Weltflucht oder Weltfremdheit artikulieren dürfte. „Welt" heißt hier die sich gegen Gott absolutsetzende Macht, die überwunden werden muß, damit der „kosmos" wieder zur Schöpfung wird, damit die Welt wieder ihren Herrn bekommt; denn „von wem jemand überwunden ist, dessen Knecht ist er geworden" (2. Petr. 2, 19). Knecht einer zwar unendlichen, aber dennoch engen, weil gottlosen Welt zu sein, das bedeutet in Angst und Unfreiheit zu leben. *Eberhard Jüngel* sagt in seinem Vortrag auf dem Nürnberger Kirchentag 1979 unter dem Titel: „Glaube, der Unfreiheit überwindet":

„Glaube ist Gottvertrauen. Denn der Glaube vertraut dem Gott, der am Kreuz Jesu Christi nicht nur das Leben dieser Welt, sondern auch die dunkle und verschlossene Macht des Todes radikal unterbricht und so überwindet" (Das Kirchentagstaschenbuch Nürnberg '79, S. 62).

Als *Leitsatz* möchte ich formulieren: Wer diese enge und bedrängende Welt im Vertrauen auf Gott überwunden hat, der hat immer noch Gottes Gebote vor sich als Gebote aus Liebe, damit das Leben so schwer wie nötig und doch so leicht wie möglich wird.

HENNING SCHRÖER **B**

## IV Spannungspole zur Klärung der homiletischen Situation

Wer herausbringen will, warum dieser Text zur Predigt nötigt, kann an den Spannungspolen nicht vorbeigehen, die der Text anspricht. Es gilt, der Erfahrungskonstellation dieser Spannungspole nachzugehen, von denen drei mir deutlich sind.

1. *Schwerkraft und Gnade*

Mit der Textzeile „und seine Gebote sind nicht schwer“ wird die Erfahrung von Schwere und Leichte angerührt. Daß sie theologischen Gehalt haben kann, zeigen die Aufzeichnungen von *Simone Weil*, die unter dem Titel „Schwerkraft und Gnade“ ($1954^2$) veröffentlicht worden sind. Simone Weil (1909—1943), Lehrerin für Philosophie und Arbeiterin in einer Automobilfabrik, christliche Mystikerin außerhalb der Kirche, in ihrer Art eine moderne Heilige in der Verbindung von Spiritualität und absoluter Solidarität, kühn und paradox in ihren Gedanken über Schöpfung und Leid, höchst unterschiedlich eingeschätzt, schreibt in dem obengenannten Werk:

„Alle *natürlichen* Bewegungen der Seele sind Gesetzen unterworfen, die denen der stofflichen Schwerkraft entsprechen. Ausnahmen macht allein die Gnade. — Man soll stets darauf gefaßt sein, daß die Dinge sich in Übereinstimmung mit der Schwerkraft vollziehen, außer im Falle einer Zwischenkunft des Übernatürlichen. — Zwei Kräfte herrschen über das Weltall: Licht und Schwere“ (S. 63).

Die Spannung von Schwere und Leichte ist eine menschliche Grundambivalenz; wir leben zwischen Leichtsinn und Schwermut. Der gute, notwendige Unterschied von Schwerem und Leichtem kann zu einer Weltauslegung führen, die Gnade als Intervention gegen den niederdrückenden Zwang versteht. Die Kraft des Tragens und Ertragens ist angesprochen. Durch den Auftrieb der Gnade werden die Gebote leichter, ohne schon zum Luftballon oder zur Seifenblase zu werden. Unsere Predigt wird daran gemessen werden, ob sie Entlastung von falschem Druck bringt, ohne es sich leicht zu machen. Barths Kategorie des Gerne-Tuns ist angesprochen.

2. *Weltverbesserung oder Weltüberwindung*

Sofern man nicht nur noch an Weltverschlimmerung glaubt, ist man für Weltverbesserung nicht unempfänglich oder sogar aktiv. Solch notwendiges Stückwerk ist nicht perfekt, es sei denn, es spiegelt Weltüberwindung vor. Weltverbesserung ist sowenig Weltüberwindung wie Kirchenreform schon Reformation ist. *Luther* hat deshalb einen Unterschied zwischen Glaube und Werken gemacht, ohne die Werke vom Glauben lösen zu wollen. *Bonhoeffer* hat von dem Unterschied von Vorletztem und Letztem gesprochen. Von der Weltüberwindung her werden wir befreit zur Weltverbesserung ohne den Druck, dabei Unfehlbares leisten zu müssen. Die wahre Weltüberwindung bewährt sich am Tod; deshalb sind Auferstehung im biblischen Sinn und Weltüberwindung gleichsinnige Worte, ohne daß das Kreuz dabei für uns als schon überwunden gelten kann. Was schon jetzt an Weltüberwindung erfahrbar ist, ist die christliche Freiheit, wie sie *Luther* am Ende seines Traktats von der Freiheit eines Christenmenschen sachlich und beschwingt zugleich beschrieben hat:

„Aus dem allen folgt der Beschluß, daß ein Christenmensch lebt nicht sich selbst, sondern in Christo und seinem Nächsten: in Christo durch den Glauben, im Nächsten durch die Liebe. Durch den Glauben fährt er über sich in Gott, aus Gott fährt er wieder unter sich durch die Liebe und bleibt doch immer in Gott und göttlicher Liebe ... Siehe das ist die rechte, geistliche, christliche Freiheit, die das Herz frei macht von allen Sünden, Gesetzen und Geboten, welche alle andere Freiheit übertrifft, wie der Himmel die Erde. Diese gebe uns Gott recht zu verstehen und zu behalten!"

### 3. *Kyrie und Halleluja*

Jeder Gottesdienst schwingt (vielleicht darf man manchmal sogar sagen: swingt) zwischen Kyrie und Halleluja, Bitte und Lob, Tiefe und Höhe; in jedem Kyrie ist ein Halleluja versteckt und umgekehrt. Wer den unblutigen Jesus will, wer den gottesdienstlichen Schrei nach Freiheit (Käsemann in Auslegung von Röm. 8, Paulinische Perspektiven, 1969, S. 211—236) als Störung der kultischen Andacht empfindet, wer Jesus nur als schöne Idee, sanftes Prinzip, harmonisches Symbol ansieht, macht es sich zu leicht; wer nur den blutigen Jesus will — ohne Lächeln, ohne Kindheit, ohne Wunder —, wird leicht schwermütig. Der Text nötigt zu einer Predigt, die tiefer in die Spannung von Kyrie und Halleluja hineinführt.

## III Was ergibt sich aus dem Text für mich als Prediger?

Der Text bringt das *Bekenntnis des Glaubens* und das *Tun der Gebote* zusammen; ich darf nicht Dogmatik und Ethik auseinanderreißen. Es ist richtig, auch von einem ethischen status confessionis, von ethischer Häresie zu reden, wenn ich damit nicht ein neues Gesetz aufrichte. Es geht darum, *wie Wahrheit und Liebe übereinkommen können*. Bonhoeffers fragmentarische Überlegungen: „Was heißt: die Wahrheit sagen?" (Ethik, $1975^8$, S. 383—395) verdienen weitergedacht zu werden. Das notwendige Nein des Glaubens gegenüber dem falschen Bekenntnis braucht ein heimliches Ja. Wir können die Lebenslüge überwinden, ohne das Leben zu vernichten, wie es der Zyniker, der Besserwisser, der Rechthaber tut. Ich muß deutlich sagen, wo ich Christus verleugnet habe, aber nicht um zu herrschen, sondern um der gemeinsamen Umkehr zu dienen.

Bekanntlich hat Luther die Predigt als eine „Kampfhandlung" und also nicht nur als einen Bericht über Kampf und Sieg Christi verstanden. Ich erinnere an die damit in Zusammenhang stehende Auffassung der Predigt bei Gustav Wingren (Die Predigt, 1959), die sich in Sätzen ausdrückt wie: „Die Sünde ist nicht eine Eigenschaft, sondern eine Gefangenschaft" (S. 34). „Das alttestamentliche Kampfelement und das neutestamentliche Siegeselement müssen miteinander verknüpft werden" (S. 70). Es mag gut sein, sich dieser Elemente wieder zu erinnern, damit der Prediger nicht, wie Kierkegaard einmal sarkastisch sagt, mit einem „Neujahrsgratulanten" verwechselt wird. Soziokultureller Exorzismus und Theologie der Befreiung haben ihren guten Sinn, wenn wir nicht Regie führen. Die Boten von Jes. 52, 7 verkündigen den Frieden und singen nicht das Hohelied alter Kämpfer. „In diesem Zeichen wirst du siegen!" war keine gute Losung für den Krieg und die Gewalt. Das Kreuzzeichen ist ein Victory-Zeichen eigener Art. Wir sind geneigt, unsere eigenen Erfolge in diesen Sieg einzuschmuggeln. Wenn Luther „überwinden" übersetzt, dann werden die Mühe sichtbar, die Verstrickungen, die Anstrengung, die Hindernisse. Es geht darum, unsere Füße auf den Weg des Friedens gerichtet zu bekommen (Luk. 1, 79). Jürgen Habermas hat beschrieben, wie Walter Benjamin im Unterschied zu bewußtmachender Ideologiekritik den Versuch rettender Kritik aus einem theologischen Erbe her unternommen hat (Bewußtmachende oder rettende Kritik. Die Aktualität Walter Benjamins, in: J. Habermas, Politik, Kunst, Religion, Reclam 9902, 1978, S. 50—95). In ähnlicher Weise müßte unsere Predigt rettende Kritik sein, die auf das semantische Potential der Bibel und die Erfahrung messianischer Momente in der Geschichte hinführt, weil die Macht aller Widersächlichkeit schon grundsätzlich gebrochen ist. Oscar Collmanns Vergleich der Heilsgeschichte mit dem Victory-Day (Christus und die Zeit), der dem Kriegsende vorausgeht, ist so verkehrt nicht. Ich möchte gerne, wenn auch nicht so mythologisch wie Luther, von der letzten Geborgenheit gegen alle Widerstände in dieser Predigt zu reden anfangen:

„Ich bin für Satan so viel, als wenn ein Glas Bier vor ihm stünde und er hätte großen Durst, und Gott setzt's ihm vor die Nase, dennoch soll er's nicht anrühren, weil Gott seine Gnade hineingegossen hat" (Vorlesung über den ersten Johannesbrief, Siebenstern TB 112, S. 195).

## V Aufbau der Predigt

1. „*Wir sind geboren, um zu überwinden.*" Nach diesem Grundsatz richten wir in der Regel unser Leben ein, auch wenn es uns schwerfällt. Ja wir müssen gerade das überwinden, was uns im Leben schwerfällt und uns das Leben schwermacht. Angst vor Versagen, Schmerzen in einer Krankheit oder durch eine Enttäuschung, Stimmungen, die uns niederdrücken — wir müssen vieles überwinden, und wir wachsen mit dem, was wir überwunden haben. Rückblickend ist uns vieles gut bekommen, was uns bis an die Grenzen unserer Kraft herausgefordert hat und wovon wir vielleicht einmal glaubten, daß wir es nie überwinden würden. „Vergangen — erlebt — überwunden."

2. „*Unser Glaube ist der Sieg, der die Welt überwunden hat.*" Was hat uns bisher geholfen, Schwierigkeiten und Krisen zu überwinden? Jeder könnte hier aus seiner persönlichen Lebensgeschichte erzählen, in der wohl auch sein Glaube ins Gewicht fällt. Hier geht es offenbar um

eine Geschichte, in der allein der Glaube hilft; er allein ist einer Welt gewachsen, deren Schwerkraft uns immer wieder auf den Nullpunkt der Lebensangst und der Todesfurcht zurückwirft.

3. Manfred Mezger: „Was wir so obenhin ‚Welt' heißen, sind wir doch selber. Und alles, was wir zum Fenster hinaus predigen: das Maßlose, das Besinnungslose, das Lieblose und das Zuchtlose — das sind wir alles selber ... ‚Welt' ist, was sich selber will; nur sich selber. ‚Welt' ist das, was sich um sich selber dreht; nur um sich selber; was — sozusagen — aus sich selber kommt, nur sich selber kennt" (Ruf und Antwort, Lesepredigten, 1968, S. 47f.). Diese Welt macht uns immer wieder Angst, ohne daß wir sie entscheidend überwinden könnten. Diese Welt hat Jesus überwunden, indem er ihre Verschlossenheit gegen Gott und Menschen genau dort geöffnet hat, wo die Macht und die Schwerkraft dieser Welt zu triumphieren scheint: am Kreuz.

4. Unser Glaube leistet dabei nicht mehr, aber auch nicht weniger, als daß er den irdischen und gekreuzigten Jesus als den Christus und Gottessohn bekennt und seinen Sieg über diese Welt einfach anerkennt. Unser Glaube will wirklich nicht tun, was Jesus für uns getan hat, sonst führte er zu einem frömmelnden Krampf, der das ohnehin schwere Gesetz der Selbstüberwindung noch zusätzlich erschwert.

5. „*Wir sind geboren, um zu lieben.*" Dieser Lebenssinn wird uns einleuchten, sobald wir die schwere Geburt der leichten Gebote gelten lassen. Jetzt brauchen wir die Gebote Gottes nicht zu ermäßigen, jetzt brauchen wir sie aber auch nicht an die Stelle Gottes zu setzen, jetzt können wir sie als Gebote der Liebe erfüllen. Sie sind die Hausordnung im Haus der Liebe, in dem unser Leben so schwer wie nötig, aber auch so leicht wie möglich sein wird; so schwer wie nötig, weil Liebe sich nicht mit Leichtsinn verträgt; so leicht wie möglich, weil Christi Sieg aller Schwermut den Grund genommen hat. Machen wir die Probe aufs Exempel: Lassen wir es uns geboten sein, jetzt und in Zukunft uns selbst und andere nicht mehr heimlich oder offen unter Druck zu setzen? *Kurt Marti:*

„liebe Gemeinde
wir befehlen zu viel
wir gehorchen zu viel
wir leben zu wenig" (Leichenreden, 1975, S. 35).

„Gott aber sei Dank, der uns allezeit Sieg gibt in Christus" (2. Kor. 2, 14).

## VI Weitere Bausteine zur Predigt

Mir gefallen die vorgeschlagenen zwei Leitsätze: Wir sind geboren, um zu überwinden. Wir sind geboren, um zu lieben. Nur tritt mir mit ihnen noch zu wenig hervor, *wie Glaube und Liebe zusammenhängen*. Denn es heißt ja nicht: Unsere Liebe ist der Sieg, der die Welt überwunden hat. Daß wahre Liebe nicht ohne Vertrauen möglich ist, wird allgemein einleuchten, gerade weil wir in unserer Lebenspraxis dahinter so oft zurückbleiben.

Das Stichwort „geboren" legt mir eine Predigt nahe über „*Die dreifache Geburt*". Der biologischen und der soziokulturellen Geburt kann als wahre Menschwerdung des Menschen die Geburt des Glaubens und der Liebe folgen. Sie ist die schwere Geburt der leichten Gebote. Nicht sich selbst überwinden ist der schönste Sieg, sondern sich finden im Gefundenwerden durch das Jawort Gottes.

Ich habe Lust, *Enzensbergers* Gedicht „geburtsanzeige" (Gedichte, ed. suhrk. 20, S. 27/28):
„wenn dieses bündel auf die welt geworfen wird,
die windeln sind noch nicht einmal gesäumt,
der pfarrer nimmt das trinkgeld eh ers tauft,
doch seine träume sind längst ausgeträumt,
es ist verraten und verkauft"
die Geburtsanzeige entgegenzustellen, die vom 1. Johannesbrief her möglich wäre, ohne damit dem Schrecken der Verfügung über Menschen etwas abbrechen zu wollen. Es geht mir um die Möglichkeit rettender Kritik:
„Mit Freude gebe ich bekannt, bekenne ich, unsere dritte Geburt.
Die Geburt des Glaubens und der Liebe mit Gott als Vater
und Jesus Christus als Bruder.
Es war keine leichte Geburt, ehe mir die Gebote leicht wurden, doch sind wir der niederziehenden Schwerkraft entronnen, denn Gott hat interveniert; nicht vor dem Tode hat er uns gerettet, aber durch den Tod hindurch rettet er uns.
Er lebt, und wir können auch leben. In unserem Kyrie ist ein Halleluja versteckt. Feiert mit uns das Fest unserer dritten Geburt!"

Als Anregung dient mir noch Kierkegaards bekannter Grabvers, frömmigkeitsgeschichtlich von Gerhard Krause gerade ausführlich kommentiert (ZThK 1979, S. 360—380), im Dänischen Gesangbuch als Schlußstrophe des Gottesdienstes vorgeschlagen, vergleichbar unserm „Verleih uns Frieden gnädiglich" in subjektiver Entsprechung. Man beachte das EKG-Liedgut zu Kampf und Sieg (z. B. Arnold).
In ähnliche Richtung weist auch der Bericht von Friedrich Trzaskalik: Auferstehung und Weltmeister (in: A. Stock/M. Wichelhaus, Ostern in Bildern, Reden, Riten, Geschichten und Gesängen, 1979, S. 225—230), der eine Auswertung eines semantischen Differentials mit den beiden im Titel genannten Begriffen bringt und zeigt, wie der Topos „Sieg und Kampf" mit Auferstehung verbunden ist, aber doch auf Unterschiede in der Art dieses „wunderlichen Krieges", den Gott hier führt, hinweist.

Schließlich lohnt es sich vielleicht, die Zeile zu meditieren, unter der 14 stories von Ernest Hemingway stehen: Der Sieger geht leer aus (Winner take nothing), rororo 280, 1958.

# VIERTER SONNTAG NACH OSTERN (Kantate)

## Kolosser 3, 12—17: Singet dem Herrn ein neues Lied

HANS MARTIN MÜLLER

A

### I Einstieg

Eine Predigt über Kol. 3, 12—17 am Sonntag Kantate wird nicht vom Text, sondern vom Proprium des Sonntags her zum Problem. Die Revision der gottesdienstlichen Lese- und Predigttexte von 1977 hat diesen Text als Epistellesung an die Stelle der früheren Lesung aus Jak. 1 gestellt und damit zu erkennen gegeben, daß am Sonntag Kantate der Kirchenmusik ein besonderer Platz gebühre. Daß damit die ,,Psalmen, Lobgesänge und geistlichen Lieder" (V. 16b) ein besonderes, ihnen im Gesamtzusammenhang des Textes gar nicht zukommendes Gewicht erhalten, ist ohne Zweifel die Absicht gewesen. Man mag über diese Absicht verstimmt sein, auch die plumpe, schulmeisterliche Art mißbilligen, in der hier Kommissionen über Traditionen entscheiden, eines wird man nicht bestreiten wollen: *Die evangelische Kirchenmusik verdient es, an einem herausgehobenen Tag in der Predigt thematisiert zu werden.* Das gilt für den einzelnen Kirchenmusiker, der Sonntag für Sonntag dem Prediger hilft, die Gemeinde in Gottes Geheimnisse zu führen; für den Laienchor, der mit seinen Stimmen und Instrumenten oft mehr für die missionarische Aufgabe der Kirche tut als der Kanzelredner; schließlich für die Kirchenmusik in ihrer Gesamtheit: Sie bringt von allen Kunstformen den geistlichen, also den unsinnlichen, um nicht zu sagen über-sinnlichen Charakter des Evangeliums am reinsten zum Ausdruck.
Der ,,Kasus" ist dem Prediger also deutlich und hilfreich vorgegeben. Erst seine Spannung zur Textaussage erzeugt das Problem: Redet der Kolosserbrief nicht von etwas ganz anderem? Steht das Singen und Spielen nicht eher am Rande?

### II Entdeckungen am Text

1. Mit dem 3. Kapitel beginnt der sogenannte ,,paränetische Teil" des Kolosserbriefes. In seinem ersten ,,lehrhaften Teil" (E. Lohse, Die Briefe an die Kolosser und an Philemon, KEK IX/2, 1977) waren die Kolosser daran erinnert worden, daß in dem ihnen verkündigten Christus *alle* Schätze der Weisheit und Erkenntnis verborgen lägen und die *ganze* Fülle der Gottheit leibhaftig wohne. Mit dieser Erinnerung sollte eine den Kolossern drohende Gefahr abgewendet werden: Sie

drohten sich durch intensive erkenntnismäßige und ethische Ausrichtung an den „Weltelementen“ Christus zu entfremden (2, 8). Darum haben sie für ihr Tun und Lassen eine besondere Ermahnung nötig: Trachtet nicht danach, den „Weltelementen“ Genüge zu tun (2, 20f.), sondern *(„trachtet) nach dem, was droben ist“* (3, 2). Das „Droben“ der Engelmächte und der das Weltgeschehen regierenden Himmelswesen ist aber nicht gemeint, sondern das „Droben, da Christus ist“. Ihm gehören und leben sie; den Weltelementen sind sie „gestorben“.

Das ist der Rahmen, in den die paränetischen Einzelermahnungen gestellt sind und gestellt werden müssen, wollen sie nicht zu einem Katalog (!) werden, den man „abhaken“ oder auch relativieren kann. Das letztere gilt besonders für die uns heute unangenehm klingenden, aber nötigen Ermahnungen der sogenannten Haustafel (3, 18ff.).

Es bedarf einer gewissen Anstrengung der einfühlenden Phantasie, sich dabei die *Bedeutung der „Weltelemente“* damals und die Möglichkeit einer Übertragung in unser heutiges Fühlen und Denken klarzumachen. Letzten Endes ist es die Eigengesetzlichkeit der uns innewohnenden und umgebenden und uns bestimmenden menschlichen und außermenschlichen Kräfte. In der Spätantike wurden sie personifiziert, mystifiziert und auch mit Engel- und Gestirnsmächten gleichgesetzt (vgl. Gal. 4). Wir sprechen heute von „Zwängen“, psychischen und sozialen Bedingungen und dergleichen. Die Wendung zum Christusglauben bringt eine radikale Wandlung im Verhältnis zu diesen Mächten mit sich.

2. Welch tiefgreifende *Wandlung des menschlichen „Habitus“* damit eingetreten ist, zeigt das Bild vom „Ausziehen“ des alten und „Anziehen“ des neuen Menschen (3, 9f.). Der hier fällige Einwand, auch bei Christen gelte also der Grundsatz des schönen Scheins „Kleider machen Leute“, verfängt nicht. Hier geht es ja darum, buchstäblich aus der Haut zu fahren und in eine neue Haut zu schlüpfen. Ja letztlich geht es nicht einmal mehr um die Haut, für die der Mensch bekanntlich alles gibt (Hiob 2, 4), sondern um das Innerste, das Herz (3, 16). Aber wer vermöchte sich ein neues Herz zu geben (Hes. 36, 26)? Wer kann aus seiner Haut heraus (Röm. 2, 28f.)? Wer wird nach droben dringen, über diese Welt hinaus und dahin, wo Christus ist (Röm. 10, 6)? Hier entschleiern sich die Imperative: Sie wollen gar nicht zu übermenschlichen Leistungen auffordern. Der paränetische Imperativ fordert nicht, sondern erinnert: Er treibt nach innen, ins Herz, was außen durch das Ohr gehört wurde: das vergebende und Frieden wirkende Wort Christi (V. 13b, 15f.). Die *Innerlichkeit* ist das Ziel dieser Erinnerung. Dadurch, daß einer dem anderen vergibt und sich Frieden um ihn verbreitet, wird er inne, daß ihn der Friede Christi regiert. Und umgekehrt: Dadurch, daß der Friede Christi in seinem Innern regiert, wird Frieden um ihn her.

3. An dieser Stelle kommt auch die *Musik* ins Spiel: das Loblied als Ausdruck dessen, was im Innern waltet (Matth. 12, 34). Diese Musik ist kein Selbstzweck, sie wird auch nicht nach ästhetischen Gesichtspunkten bewertet (E. Lohse), sondern tritt in eine Reihe mit dem

„herzlichen Erbarmen, der Freundlichkeit, Demut und Geduld" (V. 12). Es handelt sich also nicht um Musik an sich, durch die die Menschen qualifiziert würden. Auch böse Menschen haben ihre Lieder. Bei singenden Menschen kann man sich mitnichten ohne weiteres ruhig niederlassen. Denn mit Liedern kann man auch hetzen, hypnotisieren, Angst machen und betäuben. Das hat sicher auch der Verfasser des Kolosserbriefes gewußt. Darum betont er: geisterfüllte, begnadete Lieder, die aus einem Herzen kommen, in dem der Friede Christi regiert.

4. Wie die Lieder, so werden alle Worte und Taten dadurch bestimmt, daß sie *im Namen Christi* (V. 17) geschehen. Darin wird noch einmal deutlich, wie stark auf die Innerlichkeit gezielt ist, auf den Geist, aus dem heraus all das bewirkt wird, was in „Tugendkatalogen", „Haustafeln" und Dienstanweisungen für die Gemeinden beschrieben wird.

Darum ist es auch nicht wichtig, ob die jeweilige Liste vollständig ist, was umgekehrt für den „Gesetzesdienst" das entscheidende Kriterium bildet. Es kommt nicht auf den äußeren Dienst an, sondern auf die „Gesinnung", aus der heraus er getan wird (Phil. 2, 6). So wie Gott nicht auf die Gabe sieht, sondern auf den fröhlichen Geber (2. Kor. 9, 7). Die moderne Angst vor „bloßer" Gesinnung und vor einem „folgenlosen" Glauben ist dem paulinischen Denken fremd; sie hat die gleiche Wurzel wie ihr berühmtes dictum probans aus dem Jakobusbrief: das Mißverständnis des Glaubens.

Wer Christus im Herzen trägt, der wird ihn mit seinem Munde und seinen Händen preisen. Wer ihn nicht im Herzen trägt, wird auch keine Lieder „in seinem Namen" hervorbringen, ob man es ihm nun befiehlt oder nicht. Konkret gesprochen (mit J. A. Bengel, der in seinem Gnomon auf Kol. 3, 11 verweist) heißt „in Christi Namen" etwas tun, es seinetwegen tun, es so tun, daß es Christi Beifall findet, als hätte er es selbst getan. Darum ist die „Erinnerung" an Christus nicht nur das Zentrum der Evangeliumsverkündigung, sondern auch Quellpunkt des christlichen Ethos.

## III Homiletische Rechenschaft

*Sursum corda — empor die Herzen!* Der alte Abendmahlsruf ruft den Christen dahin, wohin er gehört, vor seinen Herrn und vor keine andere Instanz, seien es Herrschaften, Gewalten oder Mächte, Zwänge, Engel oder Über-Iche. Er ruft damit aber den Christen nicht „über sich hinaus", sondern er ruft ihn nach innen, in die Erinnerung, daß er Christus *gehört*, daß Christus in ihm *wohnt*, daß er seinen alten Menschen wie eine alte Haut *ausgezogen* und Christus *angezogen* hat. Alles Bilder, die nur unvollkommen und hinkend die Verwandlung beschreiben, die der Christusglaube bewirkt hat.

Diese Verwandlung ist aber keine platonische Verwandlung, sondern höchst real, abzulesen an der Sanftmut, an der Freundlichkeit, an der Geduld, an der Vergebung, an dem Frieden, der sich in der Gemeinschaft Christi verbreitet. Die Verwandlung ist auch abzuhören: an den Psalmen und Lobgesängen, die aus dem Herzen kommen. Daß sie aus einem Herzen kommen, das Christus gehört, das ist das Wichtigste. In diesem Sinne ist der Münchner im Himmel, dem das Herz nicht nach Frohlocken, sondern nach einer Maß Bier steht, kein schlechterer Christ als jener Liederdichter, der von sich sagen konnte: „Mein Mund, der fleußet jederzeit von süßem Sanftmutöle."

Am Sonntag Kantate sollte die „Hörbarkeit" der inneren Verwandlung im Vordergrund stehen. In der Spontaneität des Singens kommt die Spontaneität des Glaubens und Liebens zum Ausdruck. Daß wir hier in Mitteleuropa an einer bösen Verklemmung leiden, ist leider wahr. Sie zeigt sich ja auch an der weitgehenden Abwesenheit von Humor auf unseren Kanzeln und Kirchenbänken. Diese Verklemmung löst sich aber nicht, wenn man mehr Spontaneität befiehlt oder einen Trainingskurs dafür einrichtet, sondern durch „Erinnerung": Wer sich daran erinnert, daß der in uns wohnt, der uns vergeben hat, kann „aus sich heraus". Und damit ist der erste und wichtigste Schritt getan, an sich und anderen Entdeckungen zu machen: Kräfte, Fähigkeiten und Charismen werden entbunden, von denen man nichts geahnt hatte, vielleicht auch musikalische.

HANS NORBERT JANOWSKI **B**

## IV Erkundung der Situation

Den Prozeß der Erneuerung kann man durchaus als ein „*In-sich-Gehen*" beschreiben, wie A es tut, als einen Prozeß, der bis ins Innerste des Menschen vordringt und sein „Herz" verwandelt. Es bedeutet jedoch eine Engführung, wenn man angesichts dessen davon spricht, diese Erneuerung betreffe vor allem die „*Innerlichkeit*" oder „*Gesinnung*". Es gehört nun einmal zu unserer heutigen Situation, daß die Sprache selbst befangen ist, die theologische zumal, und daß wir sie deshalb nicht unbefangen gebrauchen können. Die bürgerliche Kultur einer folgenlosen Innerlichkeit hat jedenfalls zur Folge gehabt, daß Gesinnung allzuoft zu „*bloßer*" Gesinnung geworden ist, daß das schöne und genaue Wort „Verinnerlichung" kaum etwas anderes bezeichnet als einen Rückzug von den Realitäten der sozialen Lebenswelt.

Demgegenüber macht A zwar zu Recht darauf aufmerksam, daß diese Problematik den frühen Christen fremd gewesen ist. Jedoch wird auch dort eine Unterscheidung gemacht, wenn es heißt: „Der Friede Christi walte in euren Herzen, zu dem ihr auch berufen seid in *einem* Leibe"

(V. 15). Das ganze Pathos des Textes ist darauf gerichtet klarzumachen, daß die Reise ins Innere, die Erneuerung des Herzens, eine *soziale Dimension* hat: Christen, die den alten Menschen ausgezogen haben, sind nicht mehr isolierte Einzelpersonen oder Einzelkämpfer, sondern sie sind durch das Band der Liebe verbunden, sie wachsen zu einem neuen Leibe zusammen. Es ist bemerkenswert, daß hier nicht angenommen wird, dieses Zusammenwachsen im Umgang miteinander vollziehe sich automatisch; man muß dazu offenbar aufgefordert werden und sich gegenseitig auffordern: *Werdet dankbar!* Im griechischen Text steht hier das Wort „*eucharistoi*". Die direkte Übertragung ins Deutsche: „Werdet eine eucharistische Gemeinschaft" sagt über die Art dieser Dankbarkeit weit mehr aus. Sie zeigt sich im veränderten Umgang miteinander, in der Bereitschaft zu vergeben ebenso wie in der Fähigkeit, Frieden zu stiften und zu halten, aber auch in der praxis pietatis, im gemeinsamen Feiern des Gottesdienstes, im Singen und Beten, nicht nur in der Gemeindeversammlung, sondern auch im Alltagsleben. Der ganze Mensch wird erneuert — sein Inneres ebenso wie seine Lebensart, seine Haltung wie sein Verhalten.

Von hier aus fällt ein besonderes Licht auf die *Glaubenspraxis*: Die Erneuerung des Menschen ist ein Prozeß, nicht nur ein Faktum, das hinter uns liegt und dessen wir im Hören des Wortes innewerden. A hat darauf hingewiesen, daß unser Text neben das soziale Verhalten, Friedfertigkeit und Demut, Brüderlichkeit und Vergebungsbereitschaft, gleichberechtigt das Singen und Beten und die gelebte Frömmigkeit stellt. Der praxis pietatis kommt das gleiche Gewicht zu wie dem gesellschaftlichen Umgang der Christen miteinander. Das ist eher erstaunlich als selbstverständlich. Heute ist das, was wir früher die geistliche Lebensordnung, den praktizierten Glauben nannten, im Alltagsleben, in der Familie und im Beruf fast funktionslos geworden. Selbst im Gottesdienst erleben wir Gesang und Musik lieber als Darbietung von Organist und Chor denn als Teilnahme am liturgischen Leben.

In der urchristlichen Gemeinde hatte das Singen und Beten offenbar einen ganz anderen Sitz im Leben: Es wurde nicht nur als Entlastung und feierliche Erhebung erfahren, sondern auch als die erneuernde Kraft der Verkündigung erlebt: „In aller Weisheit lehret und ermahnt einander mit Psalmen, Lobgesängen, geistlichen Liedern; singt Gott lieblich in euren Herzen" (V. 16). Die Praxis der Frömmigkeit, das Singen, Beten und das gemeinschaftsstiftende Sakrament haben hier ein eigenes Gewicht im Prozeß der Erneuerung des alten Menschen, im Wachstum zu Gottes Ebenbild: Hier geschieht Trost und Zuspruch, hier ist aber auch die „Darbringung", ein Sichöffnen der Wahrnehmungskräfte erlaubt. In diesem Sinne ist das Singen und Beten auch ein Unterpfand des Priestertums aller Glaubenden.

## V Aufbau der Predigt

Der innere Spannungsbogen des Textes lädt ein, die Predigt als Homilie zu halten. So läßt sich auch auf zwanglose Art eine Brücke zum Sonntag Kantate schlagen, der zu der etwas willkürlichen Auswahl des Kolosser-Textes geführt hat. Wichtig ist es aber vor allem, den Text nicht ohne seinen Kontext zu lesen.

1. Cantus firmus des Textes, sein Leitthema, ist *die Erneuerung des alten Menschen nach dem Ebenbild Gottes*. Sie nimmt Gestalt an im *Freiwerden von den Abhängigkeiten*, im Freiwerden von der Vergötzung der „Weltelemente", die sich uns heute als Sachzwänge darstellen, als Leistungs- und Konsumzwang, zuweilen auch als moralisch-gesetzlicher Zwang, wenn es um Solidarität mit den Ausgebeuteten geht. Solchen Zwängen bringen wir unsere Sehnsucht nach einem gelungenen und glaubwürdigen Leben zum Opfer. Wie werden wir davon frei? Die heute vermehrte Einsicht in solche Abhängigkeiten, wie sie durch tiefere Selbsterfahrung gewonnen wird, verändert wenig. Zu neuen Menschen macht uns der gepredigte Christus; die meditatio und imitatio seines geschichtlichen Geschicks — sie zieht uns in die Nachfolge, macht uns zu neuen Menschen, die uns das Leiden und die Freude, die Güter und Gaben mit anderen teilen läßt. *Hier* wird Christus „alles in allen".

2. *Dieses Neuwerden zielt auf den ganzen Menschen.* Im Freiwerden von den Zwängen, denen wir sonst zu dienen pflegen, wird der ganze Mensch erneuert mitsamt seinem Denken, den Emotionen und Gefühlen, dem Schuldbewußtsein und den Erfahrungen des Versagens. Dabei vollzieht sich eine doppelte Bewegung: ein *In-sich-Gehen*, eine Verwandlung der Herzen im Hören und Beherzigen, aber auch ein *Aus-sich-Herausgehen* im Umgang mit anderen Menschen, eine Verwandlung und Erneuerung des Verhaltens. Der ganze Geist, in dem wir leben, verändert sich. Unser Text spricht hier vom Band der Liebe und sagt — es sei wiederholt —: „Und der Friede Christi walte in euren Herzen, zu dem ihr auch berufen seid in einem Leibe; und werdet eucharistisch" (V. 15).

3. *Solche Erneuerung prägt auch die Praxis der Frömmigkeit.* Sie gewinnt von daher ihre Bedeutung. Die Liturgie, das Singen, die Musik und das Beten geben Zeugnis von der Art jenes unbefangenen In-sich-Gehens und Aus-sich-Herausgehens. Sie entspannen und trösten nicht nur, sie „erinnern" uns auch an den neuen Menschen. Wem es trotz aller Versperrungen und Verkrampfungen, die uns heute hindern, gelingt, diese Bewegung der Herzkammer des durch Christus erneuerten Lebens mitzuvollziehen und wieder einen Zugang zur christlichen Spiritualität zu finden, der hat, wie A schließt, den „wichtigsten Schritt getan, an sich und anderen Entdeckungen zu machen: Kräfte, Fähigkeiten und Charismen werden entbunden, von denen man nichts geahnt hatte".

## VI Gestaltende Hinweise

Wenn die Situation des Gottesdienstes es erlaubt, läßt sich die Botschaft des Textes, das Ab- und Anlegen des alten und neuen Menschen, das Band der Liebe, das uns miteinander verbindet, durch mimische Darstellung verdeutlichen.

Wo die Feier des Abendmahls in den Gottesdienst integriert ist, sollte besonders hervorgehoben werden, was es heißt, Christus einzuverleiben und zu einem Leib zusammenzuwachsen.

Musik und Singen werden in diesem Gottesdienst ein besonderes Gewicht haben. Es gibt viele schöne, auch neue Lieder, die sich für diesen Tag besonders eignen. Dazu gehören EKG 239: „Nun freut euch, lieben Christen g'mein"; EKG 205: „Lob Gott getrost mit Singen"; EKG 186: „Singt, singt dem Herren neue Lieder".

Unter den neuen Liedern ist zu denken an das Lied von L. A. Lundberg: „Herr, deine Liebe ist wie Gras und Ufer"; den Wechselgesang aus Taizé: „Ich will dich preisen, o Herr, jetzt und jeden Tag" (in: Tag mit Gott, hrsg. von K. Meyer zu Uptrup, Steinkopf Verlag, Stuttgart, S. 51). Dort finden sich auch das Friedensgebet (S. 66) und manche Anregungen zur Gestaltung des Gemeindegesangs.

Als Kontrast-Zitat ein Aphorismus von Heinrich von Kleist: „Ach, wie erwähltet Ihr heut, Herr Pfarrer, so erbauliche Lieder! Gerade die Nummern, seht her, die ich ins Lotto gesetzt."

# FÜNFTER SONNTAG NACH OSTERN (Rogate)

# 1. Timotheus 2, 1—6a: Daß allen Menschen geholfen werde

CHRISTOPH HERMANN

A

Literatur: *M. Dibelius*, Die Pastoralbriefe, 3. Aufl. neu bearb. von H. Conzelmann, 1955; *H. Conzelmann*, Geschichte des Urchristentums, 1969; *P. Stuhlmacher*, Christliche Verantwortung bei Paulus und seinen Schülern, Ev. Theol. 28, 1968, S. 165 ff.

## I Einstieg

1. Der Text spricht meinen Wunsch nach einer christlichen Existenz an, in der das Beten nicht „Problem" oder „schwache Stelle", sondern *Lebenselement* ist. — Kann ich den „Weg nach innen" für mich allein gehen? Oder zusammen mit anderen? Was hindert mich daran? Offenbar ist dazu das gottesdienstliche Gebet unerläßlich.

2. Der Text verstärkt meinen Wunsch nach einem Beten, das sich nicht in der Innerlichkeit der nur persönlichen, familiären, innerkirchlichen

Anliegen verliert, sondern *Weltverantwortung* geistlich wahrnimmt; wo ich mich im Innersten des Gebets dem Äußersten, der Weite und den Nöten der Menschheit, stellen kann.

Bei Begegnungen in Taizé fand ich das am ehesten verwirklicht: Die Gespräche, die sich um Christsein in der Welt bemühten, hatten ihren Kontrapunkt im täglichen Gottesdienst. Eins nicht ohne das andere; eines vom anderen bereichert. Und mitten in liturgischen Gebetsformeln und -gesängen stand die konkrete Fürbitte für namentlich genannte Gefangene in südamerikanischen Gefängnissen. Der „Ökumenische Fürbittkalender" (1979, Lembeck Verlag) kann in unseren Gottesdiensten und Gruppen Anleitung geben.

3. Der Text läßt mich Ausschau halten nach einer Kirche, in der gottesdienstliche Gebetspraxis und Bezug zur politischen Welt zusammengehören. Und das im Kontrast zur apolitischen Tradition landeskirchlicher Frömmigkeit!

Am deutlichsten erlebte ich bei italienischen Waldensern, wie dort bewußte christliche Identität mit politisch-sozialer Aktivität und Sensibilität sich verbinden. — „Eine betende Mutter denkt politisch", so überschrieb W. Reiser eine Predigt über das Gebet der Hanna zu 1. Sam. 1 und 2; typisch, daß diese Formulierung uns überrascht.

## II Entdeckungen am Text

V. 1: Die geprägte Formelsprache fällt auf. Das bedeutet: a) Hier wird nicht deshalb zum Gebet aufgefordert, weil Beten sich zu verflüchtigen droht und problematisch geworden ist. Vielmehr ist eine bestehende Gebetspraxis wie selbstverständlich vorausgesetzt. b) Gebet erscheint hier nicht als Problem der Innerlichkeit von einzelnen. Vorausgesetzt ist die Praxis des gottesdienstlichen Gemeindegebets, einer gelebten Ritualisierung.

Darauf verweisen die vier Ausdrücke für das Gebet. Sie deuten die verschiedenen Elemente einer Ganzheit an, jenes Gebets, das im Gottesdienst einen zentralen Ort hat und seit Augustin „allgemeines Kirchengebet" heißt. „Jenes Gebet, in dem die Gemeinde im Gottesdienst... die ‚allgemeinen', d.h. alle Gläubigen... betreffenden Anliegen der Kirche vor Gott bringt" (*Dietz,* Leiturgia II, S. 420). — Ein den Pastoralbriefen gleichzeitiges Beispiel ist in 1. Clem. 59—61 erhalten.

Man kann die vier Ausdrücke voneinander unterscheiden: *deesis* ist das konkrete Bittgebet; *proseuche* umfassender Ausdruck für Anrufung; *enteuxis* (ursprünglich „Eingabe", „Bittschrift") ist speziell die Fürbitte; *eucharistia* meint das Dankgebet, und so auch das Mahlgebet.

„Für" alle Menschen: Das ganze Beten ist ein Eintreten „für". Dazu gehört auch das „Danken für alle Menschen". Die zunächst merkwürdige Formulierung läßt an die gegenseitige Abhängigkeit aller Menschen denken. Jeder Mitbürger leistet seinen Beitrag und ist angewiesen auf den Beitrag des anderen. Insbesondere die Obrigkeit trägt dazu bei, daß der Lebensraum der Gesellschaft geschützt wird. Dafür, daß „alle Menschen" ihre Funktion wahrnehmen können, wird Fürbitte getan; dafür, daß sie ihre Funktion wahrnehmen, wird gedankt.

V. 2: Die äußerste, umfassende Allgemeinheit würde verpuffen, würde sie nicht sofort — ärgerlich? — konkret: indem sie zugespitzt wird auf „die Könige und alle, die in hoher Stellung sind". In vordemokratischen Verhältnissen repräsentiert die „Obrigkeit" eines zudem weltumfassenden Staats die gesamte Menschheit; die „Obrigkeiten" sind zugleich das Schicksal der „Untertanen".

*Basileis* sind im Osten des Reichs die römischen Kaiser; der Plural weist auf das Kaisertum überhaupt. Nero und Domitian, mit deren Namen sich vom Kaiser mitverantwortete Christenverfolgungen verbinden, sind hier nicht genannt, aber auch nicht aussortiert. Die theologisch (nicht popularphilosophisch) begründete Einstellung zu den Machthabern, zu ihrer heilsamen, gottgewollten Funktion im Blick auf Ordung und Frieden, ist als Tradition stärker (Röm. 13, 1 ff; 1. Petr. 2, 13. 17). Darf man zudem einen Zusammenhang herstellen zu Polycarp, 2. Phil. 12, 3: „Betet auch für die Könige, Machthaber und Fürsten, sowie für die, die euch verfolgen und hassen" (Matth. 5, 44)?

„Die in hoher Stellung sind" — das sind die regionalen und lokalen Machthaber, von denen bei der Dezentralisierung der Macht im Weltreich oft das Entscheidende abhing für Wohl und Wehe der christlichen Gemeinden. Das Christentum blieb in rechtlich ungesicherter Position. „Wie sich die Behörden stellen, hängt von Zufällen ab" (*Conzelmann*, S. 108). Man hatte nicht den gewissen Schutz des Status der religio licita wie die Judenschaft. Man war lokalen Verdächtigungen und Ausbrüchen ausgeliefert. Die christlichen Gemeinden waren — zeitweise und örtlich ganz verschieden — politisch und religiös vogelfrei. In dieser ungesicherten Lage kam viel darauf an, wie die örtlichen Behörden ihre Schutzpflicht wahrnahmen.

Um was wird gebetet? Nicht um die Bekehrung der Obrigkeit, sondern um ihr Wohlergehen.

*Tertullian* (Dibelius, S. 31): „Wir beten immer für alle Kaiser: Wir wünschen ihnen ein günstiges Leben, gesicherte Herrschaft, ein sicheres Haus, starke Heere, getreuen Senat, ein tüchtiges Volk, einen ruhigen Erdkreis, und was immer es an Wünschen für einen Menschen und für einen Kaiser gibt."

*Justin*, Apol. I 17: „... daß ihr mit der kaiserlichen Macht auch einsichtige Gedanken haben möget." Für antikes Denken liegt hier ein enger Zusammenhang vor: „Das Wohlergehen des Herrschers schließt sein Wohlverhalten ein; dadurch ist das Wohl des Volkes gewährleistet" (*Conzelmann*, S. 113).

Das Gebet für die Obrigkeit hat eine Analogie oder Vorstufe in der jüdischen Praxis. Belege von Esra 6, 10 an („für das Leben des Königs und der Prinzen") bei Dibelius (a. a. O., S. 30). — Dagegen bittet das Achtzehner-Gebet: „Den Abtrünnigen sei keine Hoffnung, und die freche Regierung (= Rom) mögest du eilends ausrotten in diesen Tagen."

„Auf daß wir ein stilles und ruhiges Leben führen..." Kriegerische Wirren sollen ausbleiben, die Rechtssicherheit soll gewahrt sein. In *semnotes* und *eusebeia* zeigen die Christen, daß sie, entgegen den Verleumdungen, sich nach anerkannten bürgerlich-moralischen Maßstäben richten, die in der Gottesbindung (benutzt wird das Wort für die allgemeine Religiosität) begründet sind. Friedenssehnsucht und Abwehr der Vorwürfe der Unzuverlässigkeit sind die Tendenz dieses Satzes. Das rückt die „Bürgerlichkeit" dieser Lebensweise in ein anderes Licht!

V. 3—4: Theologisch steht hinter dem Gebet für alle Menschen *der Heilswille Gottes für alle*. Der Gott des eschatologischen Gerichts ist der Retter; die Verkündigung des Gerichts würde das universale Gebet einschränken (Schlatter). *Sozein* ist eschatologischer Terminus. Ebenso ist „daß alle zur Erkenntnis der Wahrheit kommen" ein eschatologischer Vorgang (Phil. 2, 11). Weil diese Verheißung gegeben ist, kann die Gemeinde für die Menschheit insgesamt auf die Bitte um Bekehrung verzichten; sie kann die säkulare Struktur der obrigkeitlich verfaßten Welt in ihrer Funktion gelten lassen.

V. 5—6: Der universale Heilswille als letzter Hintergrund von Weltöffnung und Weltverantwortung wird in liturgischen Formeln ausgeführt. Daß Gott „einer" ist, ist das höchste Gottesprädikat (5. Mose 6, 4). Damit ist seine Überlegenheit, aber auch die Eindeutigkeit seines Heilswillens festgemacht.

Das Sühnetod-Bekenntnis vertieft die Universalität noch einmal. Hier, im Lebensopfer Jesu Christi, wird die Überwindung aller religiösen, moralischen und kirchlichen Grenzziehungen handgreiflich. Darin ist er der „Mittler". „Man müßte sich wundern, wenn eine wirklich vom Heil Gottes ergriffene Seele die Universalität der Gnade leugnen könnte" (Bengel).

## III Homiletische Rechenschaft

Damit ist sichtbar geworden: *In ihrem Gemeindegebet vollzieht eine nachpaulinische Gemeinde ihre Weltverantwortung*; sie drückt ihre Haltung zur umgebenden Welt und ihrer politischen Verfaßtheit aus. — Das Profil dieser Entscheidung wird noch deutlicher, wenn man sich die Alternativen ausmalt: Die christliche Minderheit hätte sich auf ihren eigenen Heilsbesitz zurückziehen und die Welt um sie her samt ihren Strukturen den apokalyptischen Mechanismen überlassen oder sie einfach negieren können; diese Verdrängung führt dann allemal dazu, daß Glaubensinnerlichkeit und säkulare Existenz unverbunden bleiben. Sie hätte sich auch aggressiv-missionarisch um Bekehrung der heidnischen Obrigkeit bemühen oder sich schwärmerisch in den prinzipiellen Widerstand versteigen können.

Diese Gemeinde hat sich dagegen an Paulus orientiert. Er hatte die — eschatologisch begrenzte — Funktion der staatlichen Gewalt anerkennen können. Geleitet vom Zeugnis des universalen Heilswillens Gottes in Christus, kann diese Gemeinde ihren Ort in der Geschichte realistisch wahrnehmen und im Gebet ihre Solidarität mit der Welt und ihren Strukturen ausdrücken.

Man blieb christliche Gemeinde in der Weise, „daß man der Welt und dem asketischen Enthusiasmus der Gnosis zum Trotz... ein Beispiel dankbaren, geschöpflichen Menschentums bietet, welches den Ansprüchen der nichtchristlichen Umwelt nicht nur gewachsen, sondern an Lauterkeit und bürgerlicher Loyalität sogar noch überlegen ist". Jedoch: Wenn Paulus in Römer 13 die schöpfungstheologische Begründung der staatlichen Struktur deshalb aufnehmen konnte, weil es eine Struktur der vergehenden Welt war, von der man angesichts der nahen Wandlung ,,noch" Gebrauch machte, so stehen jetzt das künftige universale Heil und die gegenwärtige schöpfungsgewirkte Weltstruktur statisch einander gegenüber. ,,Ich wüßte nicht mehr, was daran hindern sollte, ... 1. Tim. 2 ... im Sinne einer statischen Schöpfungstheologie auszulegen." ,,Von einem missionarisch werbenden Zugriff auf die Welt ist nicht mehr die Rede" *(Stuhlmacher)*.

*Das Modell unseres Textes ist also kritisch zu transponieren.* Das Gebet für die Welt als Gebet für die Obrigkeit geschieht heute unter veränderten Bedingungen. ,,Obrigkeit" ist nicht einfach Teil der schicksalsmäßigen Vorgaben, sondern ,,regiert" wird vom Zusammen der auf Zeit Gewählten, der öffentlichen Gruppen und des sich artikulierenden Willens verantwortlicher Bürger.
So kann Gebet für die Verantwortungsträger auch nicht mehr geschehen, ohne daß die Betenden selbst Mitverantwortung übernehmen in aktiver Kooperation und kritischem Gegenüber. Gebet ohne Aktion würde heute zum Alibi.

## EBERHARD STAMMLER — B

Beim ersten Einlesen fiel es mir schwer, zu diesem Text ein Verhältnis zu gewinnen. Das liegt wohl an dem liturgischen Pathos, von dem diese Mahnrede getragen ist, aber auch an der unreflektierten Devotion gegenüber der Obrigkeit, die ich herauszuspüren meine. A hat mir dann aber insofern den Weg dazu aufgeschlossen, als er den glaubensgeschichtlichen und politischen Kontext vergegenwärtigt — und damit die Spannung zwischen der Übermacht des römischen Imperiums und der scheinbaren Ohnmacht eines unbedeutenden Häufleins von frommen Christen. Angesichts dessen kann ich nun über die Verwegenheit staunen, mit der das Gebet dieser bescheidenen Randgemeinden ,,alle", die gesamte Menschheit samt ihren unnahbaren Machthabern, in ihren Glauben einschließt.

Allerdings erschweren mir den Zugang auch die Erinnerungen an die Tradition der Kirchengebete für die jeweiligen Landesfürsten oder gar für ,,unseren Führer". Wurde denn die protestantische Obrigkeitshörigkeit und damit der fromme Rückzug in die Innerlichkeit durch diesen Text nicht so legitimiert, daß bürgerlicher Widerstand ins Unrecht versetzt werden mußte? Ich frage mich deshalb, ob wir heute (noch entschiedener als A) nicht gerade gegen diesen Tenor dieses Textes anpredigen müßten.

## IV Zur homiletischen Situation

1. Wenn ich mir als Adressaten dieser Predigt eine offene Gemeinde mit volkskirchlichem Charakter vorstelle, muß ich wohl davon ausgehen, daß hier das häusliche oder private Gebet zur Seltenheit geworden ist, ja mehr noch: daß der Weg zum Gebet vom Zweifel überlagert wurde. In dem Maß, in dem die Transzendenz ihren Wirklichkeitsgehalt im Bewußtsein eingebüßt hat, dürfte auch das im Gebet vorgestellte Gegenüber aus dem Blick geraten sein. Es ist denkbar, daß das ritualisierte Gebet im Gottesdienst diese Hürden etwas abzubauen vermag.

2. Mit einer zwiespältigen Resonanz ist wahrscheinlich auf die vordemokratische Vorstellung von Obrigkeit und Ordnung zu rechnen. Sie dürfte auf der einen Seite einem noch stark verwurzelten, konservativen Bedürfnis entgegenkommen, das die Religion auf den Privatraum beschränken möchte und das vom „Vater Staat" in erster Linie die Sicherung der vorgegebenen Ordnung und der Besitzstände erwartet. Auf der anderen Seite aber werden solche, die von der Kirche emanzipatorisches Engagement und partizipatorische Aktivitäten erwarten, mit erheblichem Widerstand auf jenes antike Staatsverständnis reagieren.

3. Für das zeitgenössische Verständnis dürfte auch der hier postulierte Monopolanspruch des christlichen Glaubens auf Bedenken stoßen. Allein schon der erstaunliche Vormarsch des Islam, aber auch das gestärkte Selbstbewußtsein anderer Religionen in Afrika und Asien läßt es fragwürdig erscheinen, ob die große, weltumspannende Vision des christlichen Missionsbefehls noch vertretbar ist. Es kommt hinzu, daß die ökumenische Praxis weithin dazu übergeht, missionarische Bekehrungsstrategie durch partnerschaftlichen Dialog abzulösen und damit den traditionellen Absolutheitsanspruch zu reduzieren.

## V Systematische Überlegungen und Predigtskizze

Die in diesem Text zutagetretende Zuordnung der christlichen Gemeinde zum weltlichen Staat legt eine systematische Überlegung nahe. Wenn A darauf hinweist, daß hier eine popularphilosophische Tradition nachwirkt, dann rechtfertigt dies erst recht die Distanzierung von jenem historisch bedingten Staatsverständnis. Allerdings ist nicht zu übersehen, daß der Denkfigur der Zwei-Reiche-Lehre ein ähnlicher Ansatz zugrunde liegt: Die Gemeinde Christi und das Reich der Macht beanspruchen unterschiedliche Dimensionen. Das politische Interesse der Gemeinde beschränkt sich auf den ,,Konsum", die vom Staat gewährleistete Ordnung, und ihr im Gebet ausgedrücktes Engagement zielt auf die Stabilität der bestehenden Verhältnisse. Der vom Luthertum und vom Pietismus genährte politische Quietismus liegt durchaus in der Konsequenz dieser Konzeption.

Demgegenüber tritt die den Christen aufgetragene Weltverantwortung in ein anderes Licht, wenn (etwa im Gefolge der reformierten Theologie und der ökumenischen Erfahrung) das Mandat Christi auch auf die weltlichen Bezüge ausgeweitet wird. Jedenfalls wird damit postuliert, daß die christliche Hoffnung auch die geschichtlichen Strukturen einbezieht und daß darum der christliche Glaube sich auch an der Veränderung und Erneuerung weltlicher Ordnungsgefüge zu bewähren hat. So macht A mit Recht geltend, daß mit dem Akt des Gebets öffentliche Verantwortung des Betenden nicht erledigt ist, sondern konkret wird, indem es die konkrete Aktion einbezieht.

Nun wird zwar in diesem Text auch der Welthorizont einbezogen, aber eben doch so, daß damit lediglich der Sektor des ,,Heils" ins Auge gefaßt wird. Wenn dies gar (wie A voraussetzt) nur einer eschatologischen Vision entspricht, ist erneut zu fragen, welche Relevanz sich daraus für das ,,Wohl" ergibt und wie jene Heilungskräfte als dynamisches Element in der Weltgeschichte wirken sollen. Gewiß ist es eindrucksvoll, wie jene christlichen Splittergruppen schon die gesamte Menschheit in ihre Glaubenshoffnung einzubeziehen wagten. Doch die Verkirchlichung der christlichen Gemeinde und ihr Eintritt in die Weltgeschichte hat einen Prozeß ausgelöst, der diese jenseitige Hoffnung zu einer diesseitigen Verpflichtung konkretisiert.

## Predigtskizze

Den Zielpunkt der Predigt sehe ich in dem Gebet als einem Angebot Gottes. Ich gehe davon aus, daß auf der einen Seite das Beten zu verstummen droht, weil ihm sein Gegenüber zu ferne gerückt ist, und daß auf der anderen Seite der ,,Weg nach innen" gefragt ist (A), die Sehnsucht nach dem verbindlichen Du, nach dem ,,Reden des Herzens mit Gott". In diesem Sinn kann der Appell des Textes zum Angebot für die Gemeinde werden.

1. Im Vorgang des Betens sprechen wir nicht nur mit uns selbst, sondern mit dem Herrn der Welt, und zwar so unmittelbar und unvermittelt wie das Kind zum Vater. Solches Beten, das vom ,,Abba" ausgehen mag, kann sich zur intensiven Gebetspraxis verdichten. Um uns darin einzuüben, geben die im Text genannten vier Strukturelemente (ähnlich wie Luthers ,,Gebetskränzlein") eine wichtige Orientierung.

2. Weil im Gebet der Herr dieser Welt angesprochen wird, beschränkt es sich nicht nur auf unser Innenleben, sondern bezieht die ganze Welt ein. Der Abschied von der Entweltlichung der Frömmigkeit führt zwar nicht zur Verchristlichung der Welt, aber zur vollen Inanspruchnahme des Glaubens für das Geschehen der Geschichte. Wenn wir so beten, bekennen wir uns zur Verantwortung Gottes für unsere Welt — und damit auch zu unserer eigenen Weltverantwortung.

3. Dieses Gebet will konkret werden. Im Gebet laden wir nicht nur unsere Sorgen, Wünsche und Anliegen ab, sondern wir nehmen uns damit selbst in Pflicht: Wenn wir für den Frieden beten, sind wir nach unserem eigenen Engagement gefragt; dasselbe gilt bei unserem Gebet für Einsame, Kranke, Benachteiligte und Verzweifelnde. Es geht also darum, daß sich unser Gebet auf konkrete Sachverhalte und Menschen bezieht und daß solche Information und Meditation zur Aktion führt. Nicht zuletzt: Wenn wir darum beten, daß die Botschaft des Evangeliums andere, ja „alle" Menschen erreiche und gewinne (Missionarisches Jahr), sind wir vornehmlich nach unserem eigenen „Zeugnis" gefragt.

## HIMMELFAHRT

# Apostelgeschichte 1, 3—11: Weltperspektiven

WOLFGANG BÖHMIG

A

### I Einstieg in die Predigtaufgabe

Bisher gehörte ich eher zu den Theologen, die den Himmelfahrtstag und eine besondere Himmelfahrtspredigt für entbehrlich halten. Die Erhöhung Jesu zum Vater und seine Inthronisation zum König der Welt predige ich lieber mit dem Johannesevangelisten und mit Paulus (Phil. 2, 9—11) an Palmsonntag und Karfreitag, um bei der jesusgemäßen theologia crucis zu bleiben (vgl. dazu PrSt II 2, 1974, S. 77). — Zum andern bin ich es inzwischen leid, alljährlich am Himmelfahrtstag den Verstehensstreit gegen das Mißverständnis von „Himmel" und „Himmelfahrt" auszufechten; die science-fiction-Autoren gerade unserer Tage sind bei der Verwendung von Himmelsvorstellungen weniger ängstlich als wir auf intellektuelle Erklärung bedachten Nach-Bultmann-Theologen. — Schließlich entmutigt mich die Beobachtung, daß immer weniger „Christen“ — ganz zu schweigen von den „Leuten“ — hören wollen, was speziell am Himmelfahrtstag gepredigt wird; bei anderen Kirchenfesten ist das anders.

Die erneute Beschäftigung mit dieser Perikope belehrt mich aber eines Besseren: Haenchens Ergebnis der Einzelexegese (Kommentar, 12. Aufl., S. 119) scheint mir hermeneutisch wie homiletisch richtungweisend: „Die Kirche (deren Repräsentanten die Jünger als Augenzeugen der Himmelfahrt Jesu sind) soll das richtige Verhältnis zu Himmelfahrt und Parusie lernen.“ Etwas lernen durch eine Erzählung — das scheint mir neu eine lohnende Predigtaufgabe zu sein; denn W. Eisingers Warnung, nicht zu schnell auf die übliche Predigtlinie der bekannten Himmelfahrtslieder einzuschwenken (GPM 1968, S. 238), verdient auch heute noch Beachtung. Hilfreich erscheint mir zudem der Hinweis (von G. Lohfink, zit. in Calwer Predigthilfen, Bd. 12, S. 306), bei Lukas würden „Erzählungen aus theologischen Chiffren aufgebaut“. Das heißt für die Aufgabe der Himmelfahrtspredigt: Wir können mit Hilfe dieses erzählenden Textes wieder lernen, von dem zu erzählen, was wir allsonntäglich nur in Chiffren als glaubenswichtige Jesusaussagen proklamieren: „*Aufgefahren in den Himmel, er sitzt zur Rechten Gottes, von dort wird er kommen...*“

## II Exegetische Beobachtungen

Wie hilft Lukas dem nachlukanischen Prediger zur erzählenden Christuspredigt? — Die Perikope ist in ihrem Aufbau einer Ellipse mit zwei Brennpunkten vergleichbar. Als „Brückentext“ ruht sie auf „zwei Pfeilern“: einerseits auf dem Abschiedsvermächtnis des scheidenden Jesus (V. 3—8), andererseits auf der deutenden Erzählung von Jesu Weggang (V. 9—11). Inhaltliche Propria sind einerseits das „evangelium quadraginta dierum“ (V. 3) — allein damit begründete man im 4. Jahrhundert nach Christus (!) die Einrichtung dieses besonderen Christusfestes — und andererseits der Versuch, Jesu endgültiges Verschwinden nicht berichtend, sondern deutend zu erzählen (V. 10 parallel zu Luk. 24, 4).
Theologisch wie homiletisch beherrschend erscheint allerdings der Zusammenhang beider Erzählungseinheiten: Der erzählerisch logischen Reihenfolge: Abschiedsvermächtnis — Himmelfahrtsbericht läuft die erkenntnistheoretische Reihenfolge entgegen. Primär war ja die Erfahrung: Jesus ist nicht mehr da. Daraus wuchs die Frage: Wie geht nun Jesu Sache weiter? Und auf diese Frage versucht Lukas mit dieser — bei aller Dichtheit und Verschränkung dennoch literarisch einheitlichen — Perikope eine Antwort zu geben: Jesus ist nicht plötzlich weggewesen, und er hat für die Zeit nach seinem Abschied alles geregelt! Die Zeit nach ihm ist also keine Zeit ohne ihn!

Klar festgelegt sind für die direkten und für die späteren Jesuszeugen: der *Ausgangspunkt* (Jerusalem, V. 4), der *zeitliche Beginn* (erst nach dem Geistempfang, V. 4), die *Aufgabe* (Zeugendienst, V. 8) und der *Horizont* (bis an die Enden der Erde, V. 8) ihres Apostolats. Bei einem derart geplanten Übergang von der *Jesus-Zeit* zur *Nach-Jesus-Zeit* muß also weder ein Substanzverlust noch ein Qualitätsverlust für Glauben und Verkündigung befürchtet werden — das ist tröstlich und ermutigend. Und gerade auf solche Ermutigung zielt Lukas mit dieser Eröffnungsperikope ab.

Ich halte es daher für sinnvoll, um diese Ermutigungsabsicht des Lukas zu unterstreichen, V. 5—7 in der Predigtperikope zu belassen; Haenchens Einzelexegese zeigt überzeugend, daß die Beantwortung dieses ,,Problems von höchster Bedeutung" (= der Frage nach dem Kommen der Parusie) hier am notwendigen Platz steht. Denn durch die Antwort Jesu auf die Frage der zurückbleibenden Jünger wird der Christ ,,... der schmerzlichen Enttäuschung enthoben, die das Nichteintreffen der Naherwartung gebracht hat" (Haenchen, S. 112).

Dabei bedeutet die Ablehnung der Naherwartungsvorstellung bei Lukas keineswegs den Verzicht auf die Wiederkunftsvorstellung überhaupt, wie er in V. 11 b (parallel zu Luk. 21, 27) deutlich macht. ,,Christus wird wiederkommen. Wie die Tage Auslug halten; Karfreitag lugt nach Ostern, Himmelfahrt lugt nach dem jüngsten Tag" (Bösinger, Handschrift des Heils, S. 161). Und offenbar war Lukas die Verknüpfung der Himmelfahrtsmitteilung mit der Wiederkunftsmitteilung entscheidend, wichtiger zumindest als die Vorstellung und Beschreibung des Vorgangs der Himmelfahrt allein.

Das richtige Verhältnis der Jünger/der Kirche Jesu zur Himmelfahrt Jesu besteht also nicht in ihrem Interesse am Himmel, sondern in ihrem *Dienst auf der Erde.* Ein ,,richtiges Verhältnis" zur Himmelfahrt Jesu haben nach Lukas nur die, die bis zu seiner Wiederkunft ihn als den Lebenden bezeugen. Und umgekehrt kann dann auch gesagt werden: Ein ,,richtiges Verhältnis" zur Parusie Jesu haben nach Lukas nur die, die sich nicht um den in den Himmel entschwundenen Jesus den Kopf zerbrechen, sondern um die Bezeugung seiner Gegenwart und seiner Zukunft ,,bis an die Enden der Erde". Ein Beispiel dafür liefert Lukas selbst in der Pfingstpredigt Apg. 2, 22 ff., besonders V. 34—36.

Die ,,zweigipflige" Himmelfahrtsperikope zielt also sowohl auf die *Beauftragung* wie auf die *Ermutigung der Jünger zum Christuszeugnis:* Es ist möglich (weil der Geist kommt), und es ist hoffnungsvoll (weil Jesus wiederkommt), den lebenden Jesus als den Christus zu bekennen.

## III. Homiletische Folgen

Weil die Himmelfahrtsgeschichte des Lukas auf Ermutigung der Nach-Jesus-Generation aus ist, muß auch in unserer Predigt Jesu Himmelfahrt vorrangig als *eine Hoffnung begründende Situation* erzählt werden.

Ich denke zum Vergleich an den Erlebnisbericht vom Sterben eines Familienvaters, das von seinen Kindern und Enkeln als durchaus hoffnungsvoll und ermutigend erlebt wurde und darum auch so erzählbar wurde: als ein Abschied, der den Kindern Mut zum Leben und zum eigenen Sterben machte.

Oder ich denke an die Schilderung des letzten Gesprächs zwischen Karl Barth und Eduard Thurneisen (in: E. Busch, Karl Barths Lebenslauf, S. 515), in dem der sterbende Barth als letztes gesagt habe: „Aber nur ja die Ohren nicht hängen lassen! Nie! Denn — es wird regiert!"

Und dann wäre die — wahrscheinliche oder doch mögliche — Geschichte vom Leben und Fragen der ersten Christen nach Jesus/ohne Jesus reproduzierend zu erzählen, so wie es *W. Hollenweger* in seinen Bibelarbeiten auf dem Nürnberger Kirchentag 1979 gewagt hat: Wie bei den Resignierenden und Traurigen die Erfahrung des Geistes, die Beauftragung zum Zeugnis und die Ermutigung zur Hoffnung — durch Jesu Wort! — als hoffnungsvolle Kehrseite des Weggangs Jesu erlebt und erzählbar wurde.

Homiletisch befreiend und ermutigend empfinde ich, wie frei schon Lukas mit den gängigen Parusievorstellungen der damaligen Gemeinde umgegangen ist, ohne dabei die Hoffnung auf Jesu Zukunft aufzugeben. Als homiletische „Ausführung" solcher Lukaspredigt lese ich *G. Ebelings* Predigt (Vom Gebet, 1963, S. 37—50): „Dein Reich komme":

„Was bitten wir denn eigentlich noch um das Kommen des Reiches Gottes, während es doch da ist, mitten unter uns! ... Wir werden es nur dann lernen, in rechter Weise ‚Dein Reich komme' zu beten, wenn wir alle Phantasie über die Zukunft, ja zunächst auch jeden Gedanken an ein Warten-Müssen oder auch Warten-Dürfen auf einen ferneren oder näheren Termin, auf eine neue Geschichts-Ära oder auf das, was dem zeitlichen Leben folgt, uns streng untersagen und statt dessen ein bekennendes, dankendes, lobpreisendes Ja sagen zu dem Reich Gottes, das gekommen *ist* ... ‚Dein Reich komme!' — das ist, wenn wir es recht verstünden, nichts anderes als das staunende Ja-Sagen zu dem, was tatsächlich im Kommen ist" (S. 40—43).

Gerade die möglicherweise kleine Gemeinde von Predigthörern am Himmelfahrtstag sollte ermutigt werden, selber wieder von ihren Geisterfahrungen und Jesus-Hoffnungen in unserer scheinbar jesuslosen Zeit zu erzählen — zum Beispiel beim „Kirchentee" oder Eintopfessen nach dem Gottesdienst. Wir könnten so wieder lernen, *den Himmelfahrtstag zu feiern als einen Hör- und Erzähltag wider den Anschein der Gottverlassenheit!*

## IV Erkundung der Situation

„... muß in unsrer Predigt Jesu Himmelfahrt vorrangig als eine Hoffnung begründende Situation erzählt werden" (III). — Dieser Zielsetzung möchte ich voll zustimmen. Dies kann die Predigt aber dann — und nur dann — leisten, wenn der Ausgangspunkt des Himmelfahrtsberichtes so klar wie möglich markiert wird: nämlich daß der Tod nicht mehr das schlechthin zu Meidende, zu Fliehende und zu Verdrängende ist, sondern ins Leben eingeholt und so zum neuen Ausgangspunkt des Lebens geworden ist: „*Er hat sich nach seinem Todesleiden durch viele Beweise als der Lebende vorgestellt*" (Apg. 1, 3). Dies ist es, was die neuen Horizonte (vgl. II) eröffnet hat und Hoffnung begründet.

Die Situation der Hörer im Jahr 1980 läßt davon freilich nichts erkennen; unsre Situation ist insgesamt und auf vielen Ebenen vielmehr die eines „*Seins zum Tode*".

Unser Daseinsgefühl ist zunächst politisch dadurch bestimmt, daß die Verletzlichkeit der hochorganisierten Industriegesellschaft immer deutlicher sichtbar geworden ist. Wenn der Iran den Ölhahn zudreht, wird selbst die Stimme Amerikas dünn.

Dieses Bewußtsein bringt es mit sich, daß die Verfestigung der gesellschaftlichen Verhältnisse bei uns zunimmt; die vorhandenen Ordnungen sind das scheinbar Sichere und dürfen nicht auch noch unsicher werden. Der Spielraum für Bewegung ist klein geworden; Einordnung und Bravheit sind das Gebot der Stunde (siehe die Studenten).

Damit verbindet sich zunehmende Empfindlichkeit und Gereiztheit: In unsrer Stadt wie im Lande läuft kein Bauvorhaben mehr, ohne daß eine Unzahl von Einsprüchen in einer großen Zahl von Prozessen zu verhandeln sind. Die Tendenz zu gewaltmäßigen Lösungen nimmt auf diesem angstbesetzten Boden zu; in diesem Sommer haben in unserer Gegend kurz nacheinander zwei sehr ordentliche Bürger ein Gewehr aus ihrem Schrank geholt und je einen fliehenden Einbrecher erschossen. Abrüstung (im Kleinen wie im Großen) kann fast nur noch als sträflicher Leichtsinn gesehen werden.

Auf diesem Hintergrund spielt sich Wahlkampf ab; er fasziniert, fanatisiert und polarisiert die Menschen. Wer Angst mobilisieren und Stärke demonstrieren kann, hat Chancen.

Während so an der Oberfläche um Sicherheit angesichts bedrohlicher Zukunft gekämpft wird, ist unterirdisch eine ganz andere Bewegung da: der tiefe Zweifel am Sinn von dem allem. Die zweithöchste Todesursache von Jugendlichen ist der Selbstmord. Das Leben und seine Möglichkeiten scheinen ausgereizt zu sein. Und das, was drin ist (und im Grunde ist ja soviel drin wie nie zuvor!), wird nicht mehr als etwas „Erfüllendes" empfunden. Das Todesurteil über dieses Leben erscheint vielen als das richtige Urteil.

Diese innere Situation bedeutet aber auch eine Offenheit über alles Gegebene hinaus für das „ganz andere", Offenheit für Religion in allen möglichen und unmöglichen Erscheinungsformen.

Das drückt sich übrigens auch darin aus, daß (wie A richtig feststellt) das Interesse der Hörerschaft an den Fragen der Entmythologisierung der Himmelfahrtsgeschichte großenteils verschwunden ist. Der heutige Hörer würde sich bei einer entsprechenden Predigt wohl ausgesprochen langweilen; er möchte etwas von der Sache hören (was jedoch eine sorgfältige Interpretation im Sinne von Bultmanns Entmythologisierungsprogramm keineswegs überflüssig macht).

Wenn ich mir auf dem Hintergrund dieser geistigen ,,Großwetterlage" vorstelle, wer an diesem Himmelfahrtstag überhaupt zum Gottesdienst kommt, so denke ich: Es werden neben einigen Ausflüglern diejenigen aus der Gemeinde sein, die eine Ahnung haben von dem, was Himmelfahrt Christi bedeuten könnte; die sich etwas davon versprechen, auf diese besondere Seite der Botschaft genauer zu achten; denen man also auch etwas zumuten darf.

## V Aufbau der Predigt

*Himmelfahrt macht sichtbar, was die universelle Bedeutung der durch Kreuz und Auferstehung gekennzeichneten Christusexistenz ist.* ,,Himmelfahrt sorgt dafür, daß Jesu Rede eine *Welt*rede sei" (Bösinger, Handschrift des Heils). Sie stellt fest, daß der verborgene Gott nun ,,definiert" ist (Christus zur Rechten Gottes). Sie stellt fest, wo die Zukunft der Welt hinläuft: Christus wird der Welt als richtendes und aufrichtendes Maß neu begegnen. Sie stellt fest, was der Sinn unseres Daseins in der Weltgeschichte ist: Zeuge jenes Lebens zu sein, das gekommen ist und kommen wird.

Mit dieser Aussage begegnet die Botschaft dem Hörer in seiner dreifachen Ungewißheit: Der ,,Himmel" als verborgener Hintergrund aller Dinge ist für ihn furchtbares Niemandsland (vgl. Kafka, ,,Das Schloß"; Beckett, ,,Warten auf Godot" und andere mehr). Die Zukunft unsrer Erde kommt immer rascher auf uns zu, aber immer unberechenbarer. — Der Sinn unsres Daseins in der Geschichte ist zweifelhaft.

Aus dieser dreifachen Entsprechung von Text und Hörersituation ergibt sich ein dreiteiliger Aufbau der Predigt, wie ich sie mir vorstelle.

*Einleitung:* Manche von Ihnen werden das schon erlebt haben: Eine Wanderung in den Bergen in dichtem Nebel. Man sieht nur die allernächste Umgebung, ein paar Bäume, den Pfad, eine Markierung, den nächsten Schritt. Und dann reißt plötzlich die Nebeldecke auf — ungeahnte Perspektiven in tiefe Täler öffnen sich, Bergketten stehen gegenüber, man weiß wieder, wo man ist.

Wir alle kennen Augenblicke im Leben, wo dieser alltägliche Nebel plötzlich aufreißt und wir unser Leben in ganz anderen Perspektiven sehen. Der Tod eines nahen Menschen kann plötzlich das Kleine klein und das Große groß erscheinen lassen. Denn der Nebel, den wir über diese letzte Wirklichkeit verbreiten, verzerrt die Proportionen des Lebens. Mit dem Tod Christi war für die Jünger zunächst alles verdüstert. Aber dann riß diese Nebelwand in einer gewaltigen Weise auf: Sie erkannten, daß der Tod selbst nichtig geworden, daß er aufgehoben und hineinverschlungen war in den Sieg des Lebens Gottes. ,,Jenseits der Todeslinie" wurden für sie ganz neue Horizonte sichtbar. Damit sie uns eingeprägt bleiben, wenn wir wieder im Nebel wandern müssen, *darum* feiern wir diesen Himmelfahrtstag. Wir hören die Himmelfahrtsbotschaft des Evangelisten Lukas (Textverlesung).

1. *Der Himmel sagt ja zu seinem verlorenen Geschöpf.* — Das ist es, was uns gewöhnlich verborgen ist und tiefe Depression auf das Leben legt: daß über uns ein rätselvoller Himmel steht. ,,Endspiel" heißt das Stück von *Beckett*, mit dem er unsere Situation beschreibt:

Dem Ende zutreibend, halten zwei Menschen Ausschau nach dem ungewissen Hintergrund ihres Daseins, ob von dorther ihrem Leben eine letzte Bedeutung zukäme. Aber jeder noch so angestrengte Ausblick bringt dasselbe Resultat: Nichts! Fazit: ,,Altes, von jeher verlorenes Endspiel ... Da es so gespielt wird ... spielen wir es ebenso ... und kein Wort mehr darüber."

Von dem aufgerissenen Horizont her wird dies als Kurzschluß erkennbar. Denn der Himmel sagt ja zu seinem Geschöpf. Gott führt in die Hölle, aber auch wieder heraus. Er führt in die Krise, in welcher herauskommt, was in Wahrheit dran ist an unsrer Macht und Herrlichkeit. Daran kommt keiner vorbei. Aber mitten darin steht sein ,,Ja" in Kraft — tragend, vergebend, errettend, aufrichtend. Keiner, nichts geht verloren! Dies ist das Prinzip des Weltregiments Gottes. Das meint unser Glaubensbekenntnis: ,,Christus sitzend zur Rechten Gottes."

2. *Die Entwicklung unsrer Welt hat einen klaren Zielpunkt: Christus.* — Die Zukunftsforscher kündigen uns allerhand an. Der Club of Rome hat die künftigen Konfliktfelder und deren Turbulenzen abgesteckt: Überbevölkerung, Endkampf um die Rohstoffe, neue Technologien. Immer schnellere Fahrt auf offenes Meer hinaus. Viele folgern daraus: Zukunft hat, wer sich stark macht, wer sein Gewehr im Schrank hat und sein Know-how im eigenen Tresor verschließt.

Unter dem aufgerissenen Horizont wird das als fataler Irrweg deutlich. Denn die Entwicklung läuft auf Christus zu, er ist der ,,Punkt omega" (Teilhard de Chardin). Von ihm her wird alles der Krise und der Zerstörung verfallen, was nicht als geschenktes Leben gelebt ist, was sich selbst großmachen und sichern will, was nicht in Liebe Gemeinschaft mit allen Geschöpfen sucht. Nur der Glaube, der durch die Liebe tätig wird, hat Aussicht, in die Zukunft einzumünden.

3. *Kleines menschliches Leben hat Sinn: Zeuge seines Lebens zu sein.* — Eine Marmorsäule irgendwo im Sand des Vorderen Orients ist ,,Zeuge großer Vergangenheit": An einem Einzelstück spüren wir noch die

Meisterhand, die ganze Kraft einer Kultur, die nicht mehr sichtbar ist, aber die wir von der Säule aus schauen. Als „Einzelstücke" können wir solche Zeugen des gekommenen, nicht mehr sichtbaren Christus sein — und als solche zugleich Zeugen der Zukunft. Noch ist dieses „Ganze" nicht sichtbar, aber man kann es ahnen: eine Welt, die offen ist nach oben und allen Seiten; eine Welt, in welcher der Kreislauf der Liebe und des Dienstes funktioniert. Kann man es an uns ahnen? „Ihr werdet meine Zeugen sein!" Wir haben nicht in die Zukunft zu starren, gebannt wie das Kaninchen von der Schlange, sondern ein Stück Welt zu bauen, an dem man das ahnen kann, was noch nicht sichtbar ist. Das macht den Sinn des Lebens aus.

## VI Gestaltendes Material

1. Unter den Ikonen der Ostkirche spielt die Gestalt des „*Pantokrator*" eine eminente Rolle. Es sind Himmelfahrtsbilder, weil sie beides ineinander zum Vorschein bringen: die Gestalt und das Gesicht des irdischen Jesus *und* seine richterliche Vollmacht über die Geschichte. Himmelfahrt ist der geheime Übergang vom einen zum andern. — Eine kurze Beschreibung eines solchen Pantokratorbildes oder (wo technisch machbar) eine kurze Bildmeditation über eine solche Ikone könnte Aufhänger oder gar Inhalt der Predigt sein.

2. Mit der besonderen Zusammenordnung von Wiederkunft und Zeugenschaft streicht Lukas die „Erdhaftigkeit" der Himmelfahrt heraus. *Teilhard de Chardin* hat in unserem Jahrhundert auf seine Weise die Einheit von Wiederkunft und Evolution der Erde zur Sprache gebracht:
„Wir bilden uns oft ein, in der Geschichte der Schöpfung würden sich die Dinge unendlich und eintönig wiederholen. Doch für unser kurzes Leben dauert die Zeit des Reifens zu lang. Unter der nichtssagenden Hülle der Dinge und unter der Hülle all unsrer geläuterten und geretteten Anstrengungen entsteht Schritt für Schritt die neue Erde. Das Evangelium kündet uns an, eines Tages werde die allmählich aufgeladene Spannung zwischen der Menschheit und Gott die durch die Möglichkeiten der Welt gesetzten Grenzen erreichen. Dann wird das Ende da sein. Wie ein Blitz, der von einem Pol zum andern fährt, wird sich die in den Dingen lautlos angewachsene Gegenwart Christi jählings offenbaren. Sie wird alle Dämme, hinter denen die Schleier der Materie und die gegenseitige Abgeschlossenheit der Seelen sie scheinbar zurückhielten, durchbrechen und das Antlitz der Erde überfluten... Wie ein Lauffeuer, wie eine Sintflut wird die Anziehung des Menschensohnes alle wirbelnden Elemente des Universums ergreifen, um sie seinem Leibe zu vereinigen oder zu unterwerfen. Dies wird die Vollendung des göttlichen Bereiches sein. Über die Stunde und die Art und Weise dieses furchtbaren Ereignisses zu mutmaßen, wäre müßig. Das Evangelium warnt uns davor. Aber *erwarten* müssen wir es... Nur einen Augenblick lang ist der Messias unter uns erschienen. Er ließ sich nur sehen und berühren, um sich abermals, noch leuchtender und unaussprechbarer in den Tiefen der Zukunft zu verlieren. Er ist gekommen. Doch wir müssen ihn immer noch und von neuem erwarten... Was haben wir Christen, die wir nach Israel den Auftrag haben, auf der Erde die Flamme der Sehnsucht immer lebendig zu halten, was haben wir nur zwanzig Jahrhunderte nach der Himmelfahrt aus der Erwartung gemacht?" (Teilhard de Chardin, Der göttliche Bereich).

3. „*Zeuge*": Als Beispiel könnte das Leben des Japaners *Toyohiko Kagawa* skizziert werden. „Jenseits der Todeslinie" ist der Titel seiner Selbstbiographie, gründend in seiner persönlichen Erfahrung von Tod und Auferstehung. Diese Perspektiven treiben ihn für 15 Jahre in die Slums der Hafenstadt Kobe. Dann wird er Arbeiterführer; dann Land-

reformer, der die verarmten Bauern in Genossenschaften sammelt. Dann als Pazifist Streiter gegen die japanische Anbetung der Macht. Und in dem allem und neben dem allem: der große Evangelist, welcher weiß, daß nur das gewandelte Herz rechte Zukunft hat (Kagawa — Samurai Jesu Christi).

4. *Lieder:* Zum Eingang das Osterlied EKG 81 („Mit Freuden zart..."). Als Lied vor der Predigt: „Ich möcht, daß einer mit mir geht" (Neue Lieder). Lied nach der Predigt EKG 218 („Sonne der Gerechtigkeit"). Zum Schluß des Gottesdienstes EKG 96, 1. 6. 8 („Jesus Christus herrscht als König").

## SECHSTER SONNTAG NACH OSTERN (Exaudi)

# Epheser 3, 14—21: Sprechende Gebärden

WOLFGANG TEICHERT

### Eine selbstkritische Beobachtung

„Wer Mitleid fühlen will mit einem Europäer, muß ihn tanzen sehen", zitiert Kurt Marti einen schwarzen Christen über seine weißen Glaubensbrüder. An ihren Gesten und Gebärden sollt ihr sie erkennen: Wie sie sich begrüßen bei ihren Versammlungen; die verlegen hochgezogene Schulter, die routinierte Frage „Wie geht's", nicht gesagt, um mitzugehen, sondern um weiterzugehen.
„Deshalb beuge ich meine Knie", so beginnt dieser recht pathetische Text aus dem Epheserbrief. Ich lese zunächst nicht weiter, sondern bleibe bei der Tatsache stehen, daß hier mit einer Gebärde begonnen wird. Die Nachfolge dieses Briefautors materialisiert sich in einer Gebärde. Die Nachfolge Jesu wird hier also nicht auf ein Geschehen nur in den Herzen (inwendiger Mensch), in den Köpfen oder in den privaten zwischenmenschlichen Beziehungen beschränkt, sondern sie ist eine Praxis, eine körperliche Handlung, hier der Knie, sonst vielleicht der Hände, der Füße und der Augen.
„Blick und Geste" (Matthias Kroeger) erhalten damit nicht nur geschichtliche, sondern auch theologische Bedeutung in dem Sinn, daß in, unter und mit ihnen bereits deutlich wird, wes Geistes Kind ich bin. Muß mein Bruder Mitleid haben mit mir, dann kommt alles darauf an, Gebärden und Gesten zu finden, die authentisch sind, die sich aus der ritualisierten Verkrampfung lösen, die den inwendigen Menschen nach außen kehren, um in der Begegnung zu erfahren, was es mit der Gottes- oder Lebensfülle auf sich hat.

**Entdeckungen am Text**

1. Ehe der Autor im letzten Teil seines Briefs zur Ermahnung übergeht, um seine Adressaten zum „Dienst" in und an der Gemeinschaft aus Juden und Heiden zu erinnern, schließt er seine zum Teil ziemlich abstrakten Überlegungen mit einem Gebet ab, nachdem er sie (1, 3—23) auch mit einem Gebet begonnen hat. Am Anfang und am Ende also steht *die Gebärde des Gebets*, hier sogar ausdrücklich beschrieben.

Jens Fischer (PrSt II 2, 1974, S. 207ff.) zeigt, daß diese Gebärde nicht nur als Demutsgeste zu deuten ist. Hinter ihr steht die Bereitschaft zur Hingabe; ein schöpferischer Akt sozusagen, wie auch das Wortspiel von patér und patría beweist. *Die Gebärde als schöpferischer Akt, der zugleich eine Bewegung von außen nach innen zur Folge hat* (vgl. V. 16). Es ist eine Geistbewegung. Sie hat etwas mit jenen von außen kommenden Kräften zu tun, die manches Selbstverständliche in dieser Welt nicht mehr recht geheuer erscheinen lassen; nun nicht im spiritistischen Sinn (das macht eher blind), sondern in jenem „Gefühl", wie Ernst Bloch hellsichtig beschreibt, das schlechthin „gegen das freche, selbst gegen jenes gemütlich-liberale (steht), das sich an sich selbst erbaut und noch sein Jenseits als recht verständig und umgänglich denkt".

Es handelt sich also bei der Bewegung von außen nach innen um einen tatsächlichen Wandel, sogar um eine *Verwandlung des ganzen vom Geist „bewohnten"* (nicht besessenen!) *Menschen* (V. 16f.) Dies Bild von der Verwandlung kann gar nicht real genug vorgestellt werden, weil es nämlich die Auflösung und Verflüssigung einer als sicher erlebten Lebensstruktur bedeutet. Was Luther im Bild des Reiters noch als „fröhlichen Wechsel" beschreibt, erleben Heutige eher als Schmerz der Orientierungslosigkeit oder besser (weil das leicht moralisierend klingt) als Schmerz der Gestaltlosigkeit: Ich weiß nicht, woher ich komme; ich fühle nicht konkret, wo ich gerade bin, und ich weiß nicht, wohin ich gehen werde. Noch die Nostalgie in Kleidung und Musik muß als hilfloser Versuch verstanden werden, möglichst unauffällig nach den „roots", nach den Wurzeln eigener Herkunft zu suchen.

Der fundamentale Wandel bedeutet also zunächst einmal, in sich hineinzuhören, die Gestaltlosigkeit wahrzunehmen, sie ernst zu nehmen, zu meditieren, ob ich den Kelch der Gestalt- und Gottlosigkeit auch als Teil von mir spüre und ihn zulassen oder „trinken" kann.

2. *Der Bewegung nach innen entspricht jedoch im zweiten Gebetsteil eine Bewegung nach außen, bis hin zur „Fülle" (V. 18f.)* Ganz handfest von „begreifen" geht die Rede. Und dann noch „mit allen Heiligen". Sofort fallen mir die Legenden ein, die ich von den Heiligen gele-

sen habe; handgreifliche Geschichten, die weder Länge, Breite, Höhe noch Tiefe auslassen, wenn es darum geht, die Durchsichtigkeit für das Licht, das durch sie strahlt, zu schildern; ein Gedanke, der hier nur kurz notiert wird.
Jedenfalls gilt, daß mit dem Stichwort ,,*Heilige*" (V. 18) ganz konkret bestimmte Menschen gemeint sind und in ihnen dann die nach rückwärts und vorwärts sich ausdehnende Tradition. Es ist der Versuch und die Bitte, nach Durchschreiten der Orientierungslosigkeit wieder Kontur und Gestalt zu bekommen; zu merken, daß auch dann, wenn Christus in unseren Herzen wohnt, noch zwischen Widerstand und Ergebung in der sich dehnenden Zeit eine unaufhebbare, freilich spannende Spannung bestehen bleibt.

Um es konkreter zu sagen: Es gibt im tiefgreifenden Wandel eines Menschen oder einer ganzen Epoche, die uns ergreift mit ,,Haut und Haar" und unsere Gebärden eckig macht, auch das schicksalhaft Bleibende. Denken wir zum Beispiel an die Kirche, so wie sie nun einmal real existiert in der Bundesrepublik: schmerzhaft festgelegt, aber auch manchmal bergend. Entscheidend für mich ist, ob das Bewußtsein des Bleibenden zur Quelle von Offenheit, zu Risikobereitschaft und Mut wird oder zum Grund von Verschlossenheit, zur Gebärde des abweisenden Blicks. Werden Lebendigkeit und das Wachstum der ,,Kinder Gottes" zur Freude, zum Schmerz oder zur Müdigkeit oder sogar zu allem zusammen, je nachdem, in welcher Lebensphase und Generation man lebt? ,,Habe ich überhaupt religiöse Erfahrung und unmittelbare Beziehung zu Gott, und damit jene Gewißheit, die mich als Einzelmenschen vor der Auflösung in die Masse bewahrt?" fragt der Psychologe C. G. Jung. Wie so häufig: Die Frage ist schon ein Teil der Antwort, nur die Gebärde muß noch folgen. Beim Epheserautor sind es die gebeugten Knie; beim Psychologen ist es vielleicht das genaue Hinhören und Nichtausblenden des religiösen Themas; und bei mir?

## Überlegungen zur Predigt

Mir hat sofort das *Thema ,,Gebärde"* eingeleuchtet. Mit welchem Blick oder mit welcher Geste begegne ich ,,dem Leben", um eine vage Umschreibung Gottes zu gebrauchen?

Der Afrikaner wurde schon zitiert. Er hat Mitleid, wenn er sieht, daß die Europäer keine Gebärden, keinen Tanz mehr haben, mit dem sie sich ausdrücken und darstellen können.

Der Verlust auch der Gebetssprache etwa der Psalmen hat mit solcher Ausdrucksarmut zu tun. Es ist, als ob ich immer starrer werde, als ob unsere Zeit unter Kontaktsperren, Plastikschutzschildern und Helmen jeder ,,Berührung" und damit eben auch jeder Rührung ausweicht. Denn Rührung bedeutet, daß ein System von Schutz und Starre zusammenbricht, bedeutet Lösung in Tränen oder Lachen.

Um über fremdes Leid weinen zu können, gehen Leute ins Kino; eigene Tränen, meint Kurt Marti, haben sie nicht mehr. Und manche fühlen den bohrenden Blick ihres Über-

Ich im Nacken, ihre gebeugte Gangart verrät es, aber, so Marti mit René Char, „nur noch die Augen sind fähig, einen Schrei auszustoßen".

*Welche Gebärde also brauche ich, um die Spannung von Widerstand und Ergebung durchzuhalten?*

Bei Barlach sind es die geöffneten Hände, heute eher sozialstaatlich mißbraucht nach dem Kleinkindmotto: Ich bin, was man mir gibt.

In Demonstrationen begegnen die gereckten Fäuste aufgebrachter Massen. Sie deuten ebenfalls eine Gebärde an. Aber ist sie vom Geist jenes Widerstands, der sich für das lebendige Leben frei fühlt, oder wirkt sie nur als Ausdruck von Rache und Abrechnung?

Es ist gut, daß der christliche Glaube zwei Gebärden bewahrt hat. Eine führt vom Kreuzweg zum Kreuz: die leidende Gestalt, deren Hände jedoch ausgestreckt sind, manchmal sogar verlockend, bergend, mütterlich. Die merkwürdige Doppelbewegung von Weltflucht und Weltgestaltung, die schmerzhafte und doch auch befreiende Erfahrung jenes Wandels. Am Kreuz wird sie sichtbar.

Dem Kreuz und seiner Gebärde entspricht die gebende und austeilende Geste beim Mahl.

Mir fällt ein, wie *Dietrich Mendt* sich das vorstellt, als er Jesus im Kordsamtanzug mit schwarzem Pullover trifft; er erkennt ihn zunächst nicht, weil Jesus außerhalb der Kirche steht. Dieser jedoch spricht zu ihm: „Hier ist Kirche, hier, wo ich bin." Und da saßen Menschen an Tischen und aßen und tranken. Jesus war überall, an jedem Tisch, hier einer, da einer, dort einer, viel Gelächter und Händeklatschen.

Das Kreuz des Schmerzes und dieser fröhliche Kreis gehören zusammen. Sprechende Gebärden!

Der B-Teil der Studie konnte wegen Erkrankung des Autors nicht mehr rechtzeitig vor dem Druck des Bandes fertiggestellt werden, was wir zu entschuldigen bitten.

Die Red.

# Apostelgeschichte 2, 1—21: Begeistert — betroffen — ermutigt

MANFRED KUNTZ

A

## I Einstieg — erste Eindrücke

Wenn ich „Pfingsten" höre —
hör' ich aus Goethes Reineke Fuchs die Hexameter, herrlich:
„Pfingsten, das liebliche Fest, war gekommen: es grünten und blühten
Feld und Wald; auf Hügeln und Höhn, in Büschen und Hecken
Übten ein fröhliches Lied die neuermunterten Vögel..." —
und kaum ein Kirchenchor kommt auf die Beine, weil die Gemeinde weithin ausgeflogen ist, die Feld-, Wald- und Wiesenfrömmigkeit kann Urständ feiern, der Pfarrer aber hat es schwer mit festlichen Gefühlen.

Wenn ich „Pfingsten" höre —
dann fallen mir die „Pfingstler" ein;
ich sehe viele Menschen, die gerade nicht an einem Ort zusammenkommen, die auf der Suche nach dem einen Geist an viele andere Orte gehen, weil ihnen ihre Ortsgemeinde nicht genug Gemeinschaft gibt;
ich sehe Sekten, die sich nicht zufriedengeben können mit dem Mittelmaß, die auf der Suche nach den hohen Geistesgaben sich versteigen, und sie können sich nach außen kaum verständlich machen;
ich sehe ernste Christen, die sich nicht vor Konsequenzen scheuen, die auf der Suche nach der Geistestaufe sich in der Ecke eines Hallenbades untertauchen lassen, wenn auch zum Gespött der christlichen Umgebung.

Wenn ich „Pfingsten" höre —
dann ist mir gegenwärtig, daß sich in unseren Tagen Begegnungen anbahnen zwischen „spirituellen" Gruppen innerhalb der Landeskirchen und Vertretern „charismatischer" Bewegungen, dann erinnere ich mich an den japanischen „Pentecostal" aus Brasilien, mit dem ich mich als Lutheraner auf dem Boden der Ökumenischen Hochschule in Bossey überraschend gut verständigt habe aufgrund von Bibeltexten, dann erwarte ich auf diesem Grund, daß Männer und Frauen, daß Junge und Alte, Untere und Obere von diesem Gott beseelt als Leib des Herrn zusammenkommen...

*H. Conzelmann,* Die Apostelgeschichte, Handbuch zum NT 7, 1963; *E. Haenchen*, Die Apostelgeschichte, KEK, 3. Abt., 1956; *G. Stählin*, Die Apostelgeschichte, NTD 5,

1962; *H. Strack/P. Billerbeck*, Das Evangelium nach Markus, Lukas ... und die Apostelgeschichte, Kommentar zum NT, 2. Bd, 1924.

## II Entdeckungen am Text

Hatte der auferstandene Christus vor seiner Himmelfahrt die Jünger daran erinnert, daß „alles erfüllt werden muß, was von mir geschrieben ist im Gesetz des Mose, in den Propheten und in den Psalmen" (Luk. 24, 44), wie ja schon mit seiner Wendung nach Jerusalem „die Tage seiner Aufnahme erfüllt" waren (Luk. 9, 51), so war nun „der Tag der Pfingsten erfüllt", als „ein Brausen vom Himmel wie eines gewaltigen Windes ... das ganze Haus erfüllte", wobei „sie alle voll des heiligen Geistes wurden" (Apg. 2, 1. 2. 4). — Nun alles gemäß dem zitierten jüdischen Kanon.

Die Pfingstpredigt des Petrus mündet in Psalmenauslegungen aus (2, 25 ff.), gestützt auf das ausführliche Prophetenwort (2, 16 ff.), anknüpfend an das Gesetzbuch des Mose (2, 1 ff.); denn auch ohne direktes Zitat bildet die *Sinai-Epiphanie* als Ganzes den lebendigen Hintergrund:

### 1. *Die Zeichen der Epiphanie* (V. 1—4)

Die sieben koordinierten Hauptsätze, konsequent durch „und" eingeleitet, lassen eine klare Systematik erkennen:
Auf die Situationsangabe nach Zeit, Personen, Ort (V. 1) folgen drei parallele Satzpaare, deren Prädikate, durchweg im Aorist des einmaligen Geschehens, regelmäßig voranstehen:
Das „objektive" Geschehen („es geschah") des Schalls („Echos"), plötzlich (Zeit) vom Himmel (Ort), verglichen mit einem brausenden gewaltigen Wind: Umfassend erfüllte er das ganze Haus, wo sie saßen (V. 2).
Die „subjektive" Erscheinung („es erschienen ihnen") der sich verteilenden (vgl. V. 3b) Zungen (Zeit und Ort impliziert), verglichen mit Feuer (auch hier knapper): Individuell setzten sie sich (bzw. setzte es sich) auf jeden einzelnen von ihnen (V. 3).
Die Sache selbst, daß sie alle (das heißt zusammen wie das ganze Haus und jeder für sich) erfüllt wurden (Passiv!) vom heiligen Geist (in, mit und unter den Zeichen von „Windesbrausen" und „Feuerzungen"): Bewirkung des Wortes („sie fingen an zu reden"), und zwar in anderen Zungen (vgl. V. 3a), wobei sie der Gabe des Geistes entsprechend (erstmals Imperfekt — der Anfang setzt sich fort, auch wenn es immer wieder eines neuen Anfangs bedarf: 4, 31) sich begeistert äußern (V. 4).
Von seinem Geist erfüllt, der wirksam ist wie der unverfügbare Wind, verändernd wie das bereinigende Feuer, empfangen sie das Wort als neuen Anfang, die Vielfalt neuer Sprache, die Begeisterung.

2. *Die Wirkung der Epiphanie* (V. 5—13)

Wiederum zu Beginn eine Situationsangabe, sozusagen die Gegenseite (V. 5). Wichtig ist, daß es zunächst ausschließlich Juden sind, und zwar ausdrücklich fromme Juden, die sich aus aller Welt in Jerusalem angesiedelt haben.
Auf die Epiphanie, in die die Geistempfänger einbezogen sind, erfolgt traditionell die Reaktion der Betroffenen, so daß sich alle möglichen historisierenden und psychologisierenden Erklärungsversuche erübrigen.

Dreifach wird diese Reaktion variiert: von dem Auflauf des erschütterten Volkes (V. 6a; anschaulich der Volkshaufe, der hier zusammenströmt) über die staunende Bestürzung (V. 7a; anschaulich das ekstatische Verhalten der „verwunderten" Menschen; beide Verben übrigens in bezeichnenden Zusammenhängen: vgl. neben Jer. 4, 9 auch 2. Mose 19, 18b; 34, 10 und nicht zuletzt Mark. 2, 12 par.; Matth. 8, 27 par.) bis hin zur verlegenen Bestürzung (V. 12a; anschaulich die Verlegenheit, wie einer den anderen fragt).

Dreifach wird im Zusammenhang damit das Hören hervorgehoben; die Erschütterung nämlich darüber, daß jeder einzelne sie in seiner eigenen Sprache reden hörte (V. 6b; Imperfekt — der Vorgang dauert an). Sie, obwohl diese Redenden doch alle miteinander Galiläer sind, in seiner eigenen Muttersprache („in der wir geboren sind") hört, heißt es zu Beginn der Aufzählung (V. 8; Präsens; das merkwürdige „Siehe!", auch wenn es zum Stil der Septuaginta gehört, läßt auch hier die Epiphanie aufblitzen; Luk. 2, 10 u. ö.). Sie in seinen Zungen hört, heißt es zum Abschluß der Aufzählung (V. 11b; Präsens) mit ausdrücklichem Bezug auf die „anderen" Zungen am Schluß des ersten Teils (V. 4b).

Das Sprachenwunder (verständliches Hören!) steht klar im Gegensatz zu 1. Mose 11. Für diesen Bezug spricht erstens die ausdrückliche Feststellung, daß sie sie in ihren Sprachen die „Großtaten Gottes" reden hören; das genaue Gegenteil von 1. Mose 11, wo sich die Menschen nicht mehr verstehen, weil sie nur von ihren eigenen „menschlichen Großtaten" geredet hatten. Dafür spricht zweitens der Kontext der Tora, wobei neben den einen Gegensatz: „Gesetz auf dem Sinai / Geist auf dem Zion" der andere tritt: „Verwirrung in Babel / Verstehen in Jerusalem" (V. 5 ausdrücklich genannt). Schließlich spricht dafür auch die benachbarte Völkerliste in 1. Mose 10, auch wenn sie nicht die unmittelbare Vorlage bildet.

Der vielverhandelte Umfang der Liste (V. 3—11a) läßt sich am ehesten ermitteln, wenn man auch hier die strenge Form beachtet:
Nach den drei Völkerschaften im persischen Raum (V. 9a) werden drei Bewohnerschaften (vgl. V. 5) von Ländern aneinandergereiht, wobei ein Bogen geschlagen wird (V. 9b); die Frage, wie Judäa mit dem Kontext zu vereinbaren ist, muß daher nicht gestellt werden.
Im gleichen Stil werden nun drei Landschaftspaare angefügt, die beiden ersten noch im kleinasiatischen Raum, das letzte, am Schluß etwas ausführlicher, in Nordafrika (V. 9c. 10a, b), so daß mit zwölf Völkern die ganze Welt umfaßt ist.
Und nun mag man fragen, ob Lukas nach seinem ersten Ziel Jerusalem (V. 5.; vgl. Luk. 24, 52) nicht auch das letzte Ziel Rom andeutet, wenn in einem Neuansatz auch die anwesenden Römer hervorgehoben werden, wobei hier erstmals von jüdischen Pilgern die Rede ist (V. 10c). Zusammenfassend heißt es: „Juden und Proselyten", wobei „Kre-

ter und Araber" noch einmal die weiten Grenzen abstecken: die Menschen im Westen — die Menschen im Osten; die Inselbewohner — die Festlandbewohner; im Meer — in der Wüste.

Der ganze Erdkreis von Gottes Geist erreicht — und doch scheiden sich an ihm die Geister: Wiewohl „alle überwältigt und verlegen" sich die ernste Frage stellen (V. 12), gibt es doch auch „andere", die höhnisch ihre Antwort haben (V. 13); beide aber brauchen in den Zeichen des Geistes das Wort.

3. *Die Deutung der Epiphanie* (V. 14—36)

Diese Petrusrede gehört zum Pfingstereignis samt den Reaktionen wie der Dekalog zur Theophanie mit ihren Auswirkungen (2. Mose 19f.).

Dabei entspricht der dreifache Einsatz (V. 14. 22. 29) den drei vorausgesetzten Schriftkomplexen, die er jeweils aufnimmt und mit dem folgenden verknüpft (V. 16. 25), wobei der dritte Teil der Rede wieder dreimal Texte auslegt, Psalmzitate, bis hin zum christologischen Höhepunkt (V. 36). Im vierten Abschnitt (V. 37—41) machen sich die Hörer auf den Weg („das wandernde Gottesvolk"); im fünften Abschnitt (V. 42—47) wird das Leben der Gemeinschaft dargestellt (das Ziel des Gottesvolkes).

Daß der Predigtperikope Grenzen gesetzt sind, liegt auf der Hand. Das Auftreten des Petrus als Sprecher des Zwölferkreises darf jedoch nicht fehlen, zumal er mit dem „Erheben seiner Stimme" und seiner „begeisterten Rede" (V. 14a) unmittelbar im Kontext der Epiphanie steht (V. 4b. 6a).

Seine hellenistische Adresse (V. 14. 22. 29) im parallelistischen Stil prophetischer Rede (V. 14b) nimmt die negative Reaktion auf die Epiphanie (V. 13) apologetisch auf und ernst (V. 15; jetzt hört es sich an, als hätten — umgekehrt — die meisten gespottet) und leitet über zur positiven Aufnahme der Verheißung des Propheten Joel (V. 16), die man nicht kürzen sollte. Das Zitat folgt weithin der Septuaginta, freilich streng bezogen auf die jetzt erfüllten letzten Tage (vgl. V. 17a mit V. 1).

Durch die Hinzufügung des „prophetischen Redens" wird das Verständnis des Sprachwunders als klare Rede gegenüber babylonischer Verwirrung ausdrücklich bestätigt.
Die beiden Verben „ausgießen" und „prophetisch reden" entsprechen sich wie Ursache und Wirkung. Der Geist trifft auf seinen Gegensatz, das Fleisch, wie das lebenschaffende Wasser auf den dürren Boden bzw. auf das Fleisch als verdorrtes Gras (vgl. Jes. 40, 6ff.). Als Schöpfergeist (Ps. 104, 29f.), als Erlösergeist (Ps. 51, 12f.), als Pfingstgeist (Jl. 3, 1f.) verströmt Gott sein Bestes in die Welt, und zwar auf alles Fleisch. — Noch auf das Gottesvolk beschränkt?

Prophetische Existenz bewirkt der Geist; denn das „prophetische Reden" wird auch im folgenden durch Ereignisse erklärt, die zur prophetischen Verkündigung gehören. Es geht also nicht in erster Linie um ein Volk von Ekstatikern, sondern um Menschen in einem klaren Verhältnis zu Gott, wie die aufschlußreiche Parallele vom enthüllten An-

gesicht und vom ausgegossenen Geist des Herrn deutlich macht (Ez. 39, 29). Die Beziehung zu Gott selbst ist es, die in seiner Neuschöpfung von Grund auf anders geworden ist (Jer. 31, 31ff.). Alle sind jetzt unmittelbar zu Gott. — Ist damit Moses Wunsch erfüllt, daß es keine privilegierten einzelnen mehr gibt (4. Mose 11, 29)?
Elementare Gruppierungen werden sichtbar: 1. Söhne und Töchter — also auch Männer und Frauen. 2. Junge und Alte — die Generationen also mit ihren uralten und immer wieder neuen Problemen. 3. Knechte und Mägde — die Unteren also und mit ihnen auch ihre Herren. — Was hat sich bis in die Haustafeln hinein geändert (Kol. 3, 18—4, 1)?

Wie Gott es ist, der den Geist ausgießt, so ist er es auch, der die Wunder gibt, die Kräfte der Veränderung, und zwar in der alten Schöpfung von Himmel und Erde: Über der Erde, die als Lebensraum zum Kriegsschauplatz geworden ist, setzt er am Himmel Zeichen des Gerichts durch die Verdunkelung des Lichtes bis hin zu seinem großen Tag, der als Gerichtstag zugleich der neue Schöpfungstag sein wird. Die Rettung aber im Gericht liegt für jeden in der Hinwendung zu ihm selbst, in der Anrufung seines Namens, im Bekenntnis zu dem Herrn, das nur der Geist schenkt: „... niemand kann Jesus den Herrn heißen ohne durch den heiligen Geist."

## III Homiletische Rechenschaft

Als Prediger geht es mir besser als jedem Redner: Ich habe ein Buch aufzuschlagen, ich bekomme einen Text, es steht geschrieben! Ich bin also nicht allein mit mir, mit meinem ausgepumpten Herzen, mit meinem leeren weißen Blatt Papier. Fürs erste weiß ich also, was ich zu tun habe.

Auch der bekannte Text gibt mir zu tun; Entdeckungen regen mich an, und vielleicht beginnt es so zu strömen, daß es mich mitreißt. Das aber ist zugleich Gefahr für meine Hörer, die womöglich überschüttet werden und nicht getränkt, zugedeckt und nicht überrascht, befremdet und nicht angefreundet.

Ich mache mir nichts vor. Die schwerste Arbeit steht noch aus, die bei dieser ungewöhnlich langen Perikope zuerst Beschränkung heißt: Wird es wohl gelingen, diesem Text entlang die Zeichen aufzuzeigen, die Wirkung zu vermitteln, die Deutung zu riskieren? Halte ich es aus, mich so der Strömung dieses Geistes auszusetzen, daß ich gerade nicht zum Fenster hinaus predige hinter denen her, die sich am Frühling freuen, wohl aber in Richtung auf die Tür, vor der noch viele auf die Lebenszeichen der Gemeinde warten? Daß ich nicht das babylonische Blabla in der Welt und in der Kirche zum beherrschenden Thema werden lasse, vielmehr das Wunder, das sein Wehen wirkt; wo das, was sich fremd war, Freund wird. Daß ich mich nicht mit Andeutungen begnüge, statt mit ihm hineinzuleuchten in die Grundbeziehungen, die seit Adam und Eva, seit Eva und Kain, seit Kain und Abel unser Leben spannend machen?

Werde ich „Pfingsten, das liebliche Fest" mit meiner Gemeinde so feiern, daß wir froh werden an den Wahrzeichen des kommenden Gottes? Des Gottes, der leidet *an* seiner Welt, *mit* seiner Welt, *mitten* in seiner Welt, die in Feuer- und Wolkensäule die Zeichen des wandernden Gottesvolkes trägt, den Stempel des Herrn, der sich nicht distanziert von uns, der an seinem großen Tag der Offenbarung mit Jesus hinabsteigt bis in die Karfreitagssonnenfinsternis, ehe er den Vorhang aufreißt: Blitzstrahl und Hoffnungsstrahl zugleich für alle Welt...

HERMANN RIESS **B**

## IV Erkundung der Situation

1. „Reineke Fuchs" und die in die Natur ausfliegende Gemeinde — damit sind zwiespältige Pfingstgefühle beschrieben, die wohl jeder Prediger kennt. Mit A weiß ich mich eins bei der Warnung, aus diesen Beschwernissen in die Polemik gegen abwesende Ausflügler zu flüchten. Pfingsten ist gewiß „mehr als grüne Birken". Wenn es aber richtig ist, daß Israel an Pfingsten neben der Gabe der Tora auch dankbar die Gaben des Landes, die Früchte des Feldes gefeiert hat, dann muß man doch wohl doppelt aufpassen und die Hintergründe des „lieblichen Festes" bedenken. Wir beobachten ja auch an anderen Stellen, wie oft kirchlichen Aussagen der Bezug zur Schöpfung fehlt. Offenkundig haben wir — zu unserem Schaden — einiges von diesem Bezug verloren und vergessen. Und wer das Stichwort „Pneuma" verfolgt, wird bemerken, wie im Neuen Testament der Geist sich auch als Schöpfer-Geist entdecken läßt.

2. Was ist mit denen, die statt auszufliegen zum Gottesdienst kommen? Gehen wir fehl, wenn wir voraussetzen, daß für sie bei Pfingsten das Thema „Kirche" auftaucht? Doch welche Empfindungen werden dabei wach?
„Alles hat seine Zeit, auch Kritik an der Kirche" — so beginnt ein Vorschlag für die Predigt unter dem Leitwort „Freude an der Kirche" (D. Nestle, a. a. O., S. 92). Dieser Gedanke läßt sich nicht ohne weiteres in die gängige protestantische Ekklesiologie einfügen. Wir sprechen gern von Kirche als dem irdenen Gefäß, von der Magd, die als Mauerblümchen lebt — häßlich mit Falten und Runzeln —, eine graue Maus, die sich in alle möglichen Bereiche einmischt, die sie nichts angehen.

Mir geht das Wort von E. Troeltsch nach, der ein Minimum von Kirche gefordert hat, jener „mit allen Härten, Gebrechen und Geistlosigkeiten ausgestatteten amtlichen Institutionen".
Nun kann man natürlich einwenden, inzwischen habe der Wind umgeschlagen. Seit die Frage aufgeworfen wurde: „Wie stabil ist die Kirche?" scheint die Welt oder vielmehr die Kirche wieder in Ordnung zu sein. Aber ist sie es wirklich?

3. Wer die Kirche dauernd schlecht macht, sie rückständig, schwerfällig, unfähig nennt, der kann schlecht einladen zu der Botschaft, die die Kirche zu vertreten hat. So miserabel, wie manchmal dargestellt, ist das Verhältnis der Kirche zur Öffentlichkeit nicht. Und trotzdem kann uns nicht wohl sein bei manchen beruhigenden Aussagen zum Thema Kirche. Was uns in Apg. 2 gesagt wird, paßt jedenfalls nicht dazu. Feuer und Wind sind kaum als Kennzeichen einer „stabilen Kirche" zu verstehen. Die Pfingstgeschichte stellt uns viel eher die Frage: „Wie mobil ist die Kirche?" Aber werden damit dann nicht auch Ängste wach? Viele wünschen sich die Kirche eher als Unterstand und als Wärmestube, als Ofen, um den man sich setzen kann. Der Erzähler von Apg. 2 holt uns bei solchen Wünschen ab. Was wach wird, ist die Ahnung von einem Abenteuer, das uns fordert, vielleicht sogar überfordert.

4. Genau dies aber kann ich nicht als Absicht des Lukas erkennen. Der Eindruck, den der Text bei mir hinterläßt, ist eher ermutigend. Gewiß hat die Christenheit viel — zu viel — an Inspiration und Zivil-Courage verloren auf ihrem Weg der Nachfolge Christi. Aber der Geist von Pfingsten widerspricht dem Ton der Resignation, der unter uns so üblich geworden ist. Hier wird nicht nur gut zugesprochen, sondern auf den verwiesen, der unsere Hoffnung ist.

5. Zu Pfingsten steht das Stichwort „Kirche" freilich auch im Horizont der Ökumene. Wohin sind wir eigentlich geraten, daß dort, wo in Apg. 2 die neue Gemeinschaft signalisiert wird, bei uns ein Streitapfel liegt? Es wird gut sein, vor dem Ausarbeiten der Predigt aufmerksam das Wort des Ökumenischen Rates der Kirchen zu studieren, das wir auf Pfingsten 1980 zu erwarten haben.

Im übrigen fallen auch mir in diesem Zusammenhang — ähnlich wie A — die Pfingstler ein, vor allem bestimmte Gruppen. Ich meine die „Pentes" in Äthiopien, die mit ihrer ganzen Art zu glauben und zu leben (etwa mit ihren Glaubensheilungen) der großen Gruppe der Pfingstler nahestehen. Wenn die letzten Berichte zutreffen, sind sie in Addis Abeba, aber auch sonst im Lande, Hauptzielscheibe der Verfolgung von Staat und Partei. Dabei werden sie offenbar im Stich gelassen von anderen christlichen Kirchen und kirchlichen Gruppen. In äthiopischen Rundfunksendungen wird gegenwärtig Tag für Tag dazu aufgefordert, solche „Pentes" zu melden und sie zu liquidieren. Manche von ihnen suchen Schutz bei anderen Christen. Aber wer riskiert es schon, durch Aufnahme von Gebrandmarkten und Verfolgten die eigene Existenz zu gefährden?

Gruppen von Christen in der Verfolgung, dies gehört wohl von Anfang an zum Hintergrund der Pfingstgeschichte des Lukas. Eine Gemeinde, die heute Pfingsten feiert, darf dies nicht aus den Augen verlieren.

## V Aufbau der Predigt

Meinen Vorschlag möchte ich gliedern in die drei Schritte: *begeistert — betroffen — ermutigt*.

1. In der Pfingstgeschichte werden Menschen *begeistert* (V. 4a). Ohne die Gabe des Geistes gibt es keine Christenheit, ja im Grunde keinen einzigen Christen. Luthers Erklärung zum dritten Artikel erinnert uns daran: „... nicht aus eigener Vernunft und Kraft." Daß ich glaube, ist ein Wunder des Geistes, der nicht aus dem eigenen Herzen kommt mit den Ängsten und Wünschen, nicht von innen, vielmehr von außen. Darauf weisen die Bilder vom Sturm und vom Feuer. Der Geist naht sich Menschen, die sich zusammendrängen im Haus, dort Schutz suchen wie vor einem drohenden Gewitter. Das Kommen des Geistes vom Himmel (von Gott) her überwindet und zerbricht Barrieren der Sprache und der Isolierung. Verwirrte, Vereinsamte, Zerstreute werden aufgesucht (Situation von Gen. 11) und gesammelt. Sie hören einander, verstehen einander, werden begeistert. Eben hatten sie sich noch ängstlich versteckt, nun werden sie Feuer und Flamme, machen den Mund auf, danken und loben Gott.

2. Menschen werden *betroffen*. Die Wirkung des Geistes läßt sich nicht einordnen in das Gewohnte. Es ist auch nicht so eindeutig, daß dem Spötter einfach der Mund verschlossen würde. Was wächst, ist die Erkenntnis: Wir verdanken uns als Kirche nicht eigenen Ideen, Anstrengungen, Leistungen, vielmehr dem Wirken Gottes. Diese Erkenntnis wächst durch die Predigt, in der Petrus auf die Schrift zurückgreift, indem er Jesus predigt als den Christus. Dabei weckt er Freude an Jesus. Der Pfingstprediger kann nur in den Spuren Jesu bleiben, der Kinder zu sich kommen ließ und sie in die Arme schloß; der Lahme gehen ließ, Blinden die Augen auftat und Tauben das Ohr öffnete; der Trauernde tröstete, Einsame und Niedergeschlagene ermutigte. Der Geist hilft uns, daß wir Jesus gegenwärtig glauben können als den, der weiter wirkt. So wird die Bibel, die von ihm erzählt, zur Quelle der Gewißheit.

3. Damit aber werden wir *ermutigt*. Das Bild, das die Christenheit mancherorts nach außen bietet, beschwert viele, die die Kirche liebhaben. Doch Gottes Geist nimmt es auf mit den Spannungen — auch in unserer Christenheit. Er sammelt und hält zusammen, was sonst in Gegensätze zerfällt. Er verschleiert nicht Unterschiede, ebnet nicht

ein, sondern deckt auf und bringt in fruchtbare Beziehung zueinander, was sonst auseinanderfällt. Der Geist hilft unserer Schwachheit auf. Manche werden an Pfingsten 1980 sagen: „Die Zeiten sind vorüber, in denen ein Martin Luther King seinen Traum hatte von einer gerechten Welt.“ Der Geist läßt auch heute neue Hoffnungen wachsen. Wir haben Anlaß, ihn zu erbitten: den Geist, der Glauben weckt, wo Mißtrauen wohnt; der Liebe wachsen läßt, wo Haß wirkt; der Hoffnung ermöglicht, wo Niedergeschlagenheit herrscht. Wir wissen, daß wir um Jesu willen nicht umsonst bitten.

## VI Gestaltendes Material

### 1. Aus der „Fahrt ins Staublose“ von *Nelly Sachs* (1961):

„SCHON
reden knisternde farbige
Bänder
fremde Münder
neue Heiligensprache.
SCHON
rollen unter den Flügeln der Adler
die Sterbelaken der Horizonte fort
denn auch des Todes Drama
schmerzt seine Zeitläufte ab
weiß
hinter dem Vorhang
um neuen Beginn.“

### 2. Lieder zum Gottesdienst:

Schmückt das Fest mit Maien (EKG 107); Jauchz, Erd, und Himmel, jub'le hell (EKG 100); Du heiliges Licht, edler Hort (EKG 98, 2); Du, Herr, hast selbst in Händen (EKG 105, 8).

### 3. Vorschläge zur Schriftlesung:

Joel 3, 1—5 oder Röm. 8, 9—16.

### 4. Literaturangabe

Von folgenden Büchern habe ich Anregungen erhalten: PrSt II 2, 1974 *(D. Nestle)*; GPM 1967/68 *(G. Casalis)*; 1973/74 *(R. Bohren)*; Calwer Predigthilfen Bd. 12 *(J. Strauß)*; *D. Bonhoeffer*, Widerstand und Ergebung; *G. Ebeling*, Das Wesen des christlichen Glaubens, 1959; *J. Chr. Hoekendijk*, Kirche (in: Theologie für Nicht-Theologen), 1966; *W. Huber*, Kirche, 1979; *Thomas Zacharias*, Farbholzschnitte zur Bibel, Kösel-Verlag München, und die dazugehörige Bildbeschreibung von *Günter Lange*, Kösel-Verlag.

# 1. Korinther 12, 4—11: Vielerlei Gaben — ein Geist

PIETER DE HAAS

A

## I Einstieg

Der Text versetzt mich zunächst in eine fatale Stimmung, weil hier die Kluft zwischen damals und heute, aber auch zwischen Anspruch und Wirklichkeit unserer Gemeinden offensichtlich wird. Ein schroffer Gegensatz zwischen Amtskirche, Institution, Kirche als Arbeitgeber einerseits und Charisma, Spontaneität und Engagement andererseits.

Nach unserem Text zu urteilen, sprüht die Gemeinde in Korinth vor Energie. Jeder hat seine Gabe und arbeitet mit zum Aufbau der Gemeinde. Wie sieht es bei uns aus? Da sind sicher Leute, die viel für ihre Gemeinde tun. Oft fallen sie gar nicht auf, aber wenn sie gebraucht werden, sind sie da. Man kann sich auf sie verlassen. Aufs Ganze gesehen ist unsere Kirche aber keine Kirche der Charismata, sondern eine Kirche der Ämter, der Dienststellen.

Bei den „Gnadengaben" handelt es sich nicht um Ämter. In Korinth waren nur „Laien" in der Gemeinde. Niemand war „hauptamtlich". Die Funktionen in der Gemeinde waren nicht abhängig von beruflichen Qualifikationen. Kirche ist hier nicht Amtskirche und auch nicht Arbeitgeber. Es ist eine Gemeinde der Laien, der „Ehrenamtlichen". Keiner wird für seine Arbeit in der Gemeinde bezahlt. Sogar Paulus nicht (vgl. 1. Kor. 4, 12 und Apg. 18, 3).

## II Das Schlüsselwort des Textes

Schlüsselwort ist „*Charisma*". Die deutschen Übersetzungen Gabe, Gnadengabe sagen nicht Gleiches aus. Deshalb sollte in der Predigt versucht werden, den Sinn des Wortes genauer zu verdeutlichen.

Vielleicht hilft folgendes Beispiel: Ein charismatischer Künstler ist einer, der nicht so sehr durch Ausbildung, sondern durch persönliche Gabe zum Künstler wird; man spricht auch von einem begnadeten Künstler. Was seine Arbeit zur Kunst macht, ist nicht erlernbar, nicht übertragbar, weil es auf besonderer Begabung beruht.

Im außerbiblischen Sprachgebrauch wird das Wort „Charisma" wenig verwendet. Wenn der Kaiser seinen Geburtstag oder einen militärischen Sieg feierte und mit seinen Soldaten seine Freude teilen wollte, dann gab er ihnen „*Charisma*", eine zusätzliche Menge Geld. „*Opsonia*", Sold, war das Geld, worauf die Soldaten ein Anrecht hatten;

Charisma war Gabe, Geschenk kraft Freude und Gnade des Kaisers. In der Bibel hat das Wort eine neue Dimension bekommen. Charisma ist hier *geistige Gabe*. Die Gemeinde hat keinen Anspruch darauf; Charisma bleibt Geschenk kraft Gottes Güte und Gnade.

Die Verse 4—6 sind „trinitarisch" formuliert: Mancherlei Gaben — ein Geist; mancherlei Dienste — ein Herr; mancherlei Kräfte — ein Gott. Die Charismata deuten in diesem Zusammenhang auf Aktivität hin.

Von Paulus werden dabei im einzelnen aufgelistet: Weisheit, Erkenntnis, Glaube, Heilung, Wunder, Prophetie, Unterscheidung der Geister, Zungenreden, Deutung der Zungenrede. In Vers 28 spricht Paulus noch von Lehrern und Verwaltern.

Die Liste der Charismata in den Versen 8—10 ist kein Gesetz. Es wäre irreführend, zu meinen, daß alle diese Gaben vorhanden sein müßten, um wirklich Gemeinde zu sein. Paulus staunt nur über die Vielfalt der Charismata in Korinth, die alle *einen* Ursprung haben.

## III Herausforderung

Die Zahl der charismatischen Christen, die ich in der bürokratisierten und etablierten Amtskirche der Bundesrepublik kenne, ist gering. Max Weber hat Institutionalisierung mit Veralltäglichung des Charismas umschrieben. In unserer Institution Kirche sind die meisten Charismata veralltäglicht. Einige haben wir nicht bewahren können, wie Heilung, Wunder und Zungenrede; diese sind in die sogenannten Sekten abgewandert.

Ich möchte einige Beispiele dieser „Veralltäglichung" des Charismas in der heutigen Kirche nennen: „Weisheit" und „Erkenntnis" werden veralltäglicht in Ausbildung mit Abschlußprüfung und einer entsprechenden Einstufung in die Gehaltsskala im Arbeitsfeld Kirche. Zu den Charismata „Prophetie" und „Unterscheidung des Geistes" ein Zitat von *Bonhoeffer:*

„Sind wir noch brauchbar? Wir sind stumme Zeugen böser Taten gewesen, wir sind mit vielen Wassern gewaschen, wir haben die Künste der Verstellung und der mehrdeutigen Rede gelernt, wir sind durch Erfahrung mißtrauisch gegen die Menschen geworden und mußten ihnen die Wahrheit und das freie Wort oft schuldig bleiben, wir sind durch unerträgliche Konflikte mürbe oder vielleicht sogar zynisch geworden — sind wir noch brauchbar? Nicht Genies, nicht Zyniker, nicht Menschenverächter, nicht raffinierte Taktiker, sondern schlichte einfache, gerade Menschen werden wir brauchen" (Widerstand und Ergebung, S. 31).

Ist es utopisch, dafür offen zu sein, daß in der Kirche auch „Verwaltung" ein Charisma sein könnte?

Warum bleibe ich trotz einer solchen Kritik an der Institution Kirche noch weiter Pfarrer? Weil ich glaube, daß der Heilige Geist die Kirche erneuern kann! Das lasse ich mir an Pfingsten sagen. Wir könnten und sollten Charismata in der Kirche wieder entdecken. „Siehe, ich mache alles neu" (Offb. 21, 5).

ROLF HANUSCH

# B

## IV Erkundung der Situation

Die „fatale Stimmung" von A kann ich nicht teilen. Sie geht zu sehr vom beamteten Amtsinhaber und zu wenig von der Gemeinde aus.

Zu meiner alltäglichen Gottesdienstgemeinde zählen eine kleine Gruppe alter Menschen, einige verstreute „Gebildete" und dazu eine in den letzten Jahren größer werdende Gruppe von Studenten und Schülern. Nach dem Gottesdienst sitzen einige von ihnen beim Predigtnachgespräch zusammen am Tisch: die alte Frau, die wunderschön aus der Geschichte des Stadtteils erzählen kann; der Stadtplanerstudent, der mit seiner Gruppe für die Alleebäume im Stadtteil kämpft; der pensionierte Jurist, der viele Entscheidungen in seinem Leben revidieren möchte; die übersensible Künstlerin, die seit Jahren auf den Erfolg wartet; der alte Mann, der schon sein halbes Leben lang an den Rollstuhl gefesselt ist.
Gewiß, so auf den ersten Blick ist das ein Haufen Leute ohne besonderen Glanz. Im Gespräch entdeckt sich aber ein Schatz an Erfahrungen, Wünschen, Bedenken, Ängsten und Träumen. Vor allem aber ist Vielfalt spürbar als eine Summe von Unterschieden. Jeder kann was, hat Eigenes, Unverwechselbares, und zwischen den Jungen und den Alten, den Studenten und den alteingesessenen Bewohnern, scheinen Welten zu stehen. Sie sprechen unterschiedliche Sprachen und kommen aus verschiedenen Kulturen. Der *eine* Geist wird von vielen nicht wahrgenommen.

Hier liegt eine *Grunderfahrung:* Seine eigenen Gaben und seine Begabung vermag man *nicht ohne Widerspruch* einzubringen; und allgemein anerkannt oder gar gefeiert werden sie selten. Viele haben hier resigniert und stellen ihr Licht unter den Scheffel. Die Selbstverständlichkeiten des guten Zusammenlebens sind verlorengegangen. Viele haben Angst, das Eigene offen in eine Gruppe einzubringen, zu veröffentlichen. Das Urteil darüber, was anerkannt ist, liegt in fremden Händen; am eindeutigsten wird diese Fremdbestimmung bei den Massenmedien in den dort propagierten Verhaltensregeln. Die Verleugnung der eigenen Begabung zugunsten einer angepaßten Schablone erscheint dann häufig als einzig praktikable Möglichkeit.

Hinter solchen Erfahrungen steht das vielfach angesprochene Phänomen des *Konsensverlustes*. In unserer pluralistischen Industriegesellschaft gibt es keine selbstverständlichen Gemeinsamkeiten mehr, auf die man sich verlassen kann. Die alten sinngebenden Wert- und Normsysteme sind zerbrochen. Dies gilt auch für die Kirchen, wie Ernst Lange für die ökumenische Bewegung eindrücklich nachgewiesen hat (Bildung als Problem der Kirche, in: Erneuerung der Kirche, hrsg. von J. Matthes, 1975, S. 192f.). Viele suchen angesichts dieser Erfahrungen den Weg zurück zu den Quellen der Traditionen. Gerade so aber wird der Konsens nicht wiederhergestellt; er wird nur noch mehr aufgespalten in zu verteidigende Satzwahrheiten. Selbstverständliche Gemeinsamkeiten können nur neu gestiftet werden, und zwar in gemeinsamen Erfahrungen von Übereinstimmung. Dann werden auch die alten Erfahrungen wieder lebendig.

Hier bildet jede noch vorhandene gelungene Kommunikation — zum Beispiel im Tante-Emma-Laden, beim Altennachmittag, bei Haus- und Straßenfesten — eine *kostbare Gegenerfahrung* zur allgemeinen Einwegkommunikation vor dem Fernseher und der damit verbundenen Verkümmerung eigener Sprache und Kreativität. Viele spüren das, gerade alte Menschen und Jugendliche. Es kommt darauf an, diese positiven Erfahrungen wieder ins rechte Licht zu stellen.

Das Erstaunen des Paulus über die vielen Charismata in Korinth kann auch in Beziehung gesetzt werden zu dem Staunen über die vielen Begabungen in einer Gemeinde, wie es bei Gemeindenachmittagen oder bei einem Familiengottesdienst zum Ausdruck kommt: „Was kann der so schön malen!" – „Die kann so gut backen!" — „Sie haben das gut organisiert." — Andere können singen, Erste Hilfe leisten, fotografieren usw.
Auch für mich als Pfarrer ist es wichtig, mir vor Augen zu führen, wer alles in meiner Gemeinde etwas Eigenes macht: Kranke besucht, im Bezirksausschuß sitzt und für Zebrastreifen kämpft, gehbehinderten Nachbarn den Einkauf macht, Dokumente zur Geschichte der Gemeinde sammelt, Andachten vorbereitet, betet.

*Gemeinde also als verborgene Schatzgrube voller Begabungen.* Wie aber findet das alles zusammen? Wo ist in allem der *eine* Geist? — Auf dem Wege zu einer Antwort werden auch noch so bescheidene Erfahrungen wichtig: Predigtnachgespräche, in denen die Meinungen zunächst aufeinanderprallten und dann doch Momente der Verständigung auftauchten; Familiengottesdienste, in denen die Kinder Kinder sein durften, ohne daß sich die Erwachsenen aufregten; Nachbarschaftstreffen, bei denen im Stadtteil die Hausbewohner im Vorgarten zusammensaßen und aßen und sich zum ersten Mal vorstellten und miteinander sprachen.

Gewiß liegen auch die großen Ereignisse wie Kirchentage, ökumenische Konferenzen und anderes im Erfahrungshorizont, aber — von eigenen Erlebnissen der Teilnahme abgesehen — haben die beschriebenen kleinen Erfahrungen ihnen an konkreten Eindrükken etwas voraus.

## V Aufbau der Predigt

1. *Aufmerken auf die vielen Begabungen in uns.*
Die „Veralltäglichung" (vgl. A) ist für mich gerade die eine Herausforderung, darin noch Keime von Gnadengaben zu entdecken. Viele haben zum Beispiel von Kind auf den Wunsch, immer mehr zu wissen und zu erkennen. Aus diesem Wunsch wird aber spätestens in der Schule eine lästige Pflicht, der oft nur unter Druck und Tränen entsprochen wird. Die Neugierde und der Forscherdrang, die sich etwa

beim langen Betrachten einer Blume ergeben, werden verbogen in das Auswendiglernen der Zahl von Staubgefäßen. Und so geht es für viele ihr ganzes Leben lang, auch im Beruf. Da will einer Lehrer werden, um mit Kindern gemeinsam etwas vom Leben zu entdecken, aber der Druck, zu guten Zensuren zu kommen, seitens der Eltern, der Schulverwaltung und auch der Schüler, ist so groß, daß er zum Stoffeinpauker wird. — In unserer Gemeinde kam eine Frau auf die Idee, zu helfen, aber nicht durch ein noch besseres Paukstudio, sondern durch ein anderes Gestalten von Stunden, um wieder die *Lust am Lernen* zu wecken: durch Bereitstellen von spannenden Materialien; durch Menschen, die über bestimmte Dinge Bescheid wissen und davon berichten können, was sie immer schon weitergeben wollten, von den Sternen, von den Blumen, von Afrika, aus der Heimatgeschichte usw.
*Hier läßt sich die ganze Vielfalt von Begabungen darstellen*, wobei auch leicht übersehene Gaben, wie zuhören können, als Kranker fröhlich sein, weinen können oder für sich allein sein können, wichtig sind, um nicht in einen Aktionismus zu verfallen.

In diesen Schritt hineinverwoben sind also schon die Darstellung und Kritik der Kräfte, die gegen die Entfaltung der Gaben in uns stehen, und auch Hinweise auf eine mögliche Aufhebung dieser Einschränkungen.

2. *Die Vielfalt der Begabungen hat eine Quelle.*
Diese Vielfalt ist, wenn wir nach ihrem Ursprung fragen, kein zufälliges Durcheinander, sondern das vielfältige Wirken des einen Geistes Gottes in uns. Pfingsten will uns Mut machen, die Gaben, die in uns stecken, neu zu gebrauchen. Ungewohnt für uns selber entdecken wir, daß wir Dinge können, die wir uns bisher kaum träumen ließen. Hier gibt es keine Rangordnung, etwa Kopfarbeit vor Handarbeit. Alle Gaben bekommen Wert und Würde, jeder einzelne ist hier beachtet. Der Geist, der dies stiftet, wird aber für alle *in der Liebe* spürbar, in dem Sich-Einfühlen in den anderen, in der Gemeinde.

3. *Jeder ist legitimiert zu einem vollen Leben. Die Gemeinde ist dafür der weite Raum.*
Angesichts der meist individuell erlebten Legitimationskrise (Wie soll ich überhaupt noch richtig leben?), die etwa im Beispiel der „fatalen Stimmung" von A beschrieben ist, liegt für mich in dieser Zusage die Bedingung für alle Begeisterung: Liebe Gemeinde, gerade die kleinen Dinge, ein Lächeln, ein Händedruck, ein gemeinsames Aufatmen sind Zeichen der Ankunft der Liebe in unserem Leben. Sie sind — wir sind — mehr als viele Machtmittel von Institutionen ... Kommen wir so zusammen, um miteinander zu feiern und zu leben, so beginnt damit ein neues Leben für uns.

Jede Konkretion ist hier zugleich Kritik an vielen Erscheinungsformen der kirchlichen Institutionen, eine Kritik allerdings im Vertrauen auf den Geist, der uns lebendig macht, aufmerksam auf das Geschenk der Begabungen unter uns. Das macht uns zur Gemeinde.

## VI Gestaltendes Material

Der Gottesdienst kann den Charakter des Aufmerksammachens durch *meditative Elemente* betonen. Eine „stille Zeit" unter der Fragestellung: „Welche Begabungen spüre ich in mir und kann sie nicht ausleben?" wäre mir vor der Predigt und nach Verlesen des Textes wichtig.

Auf das eine oder andere Lied würde ich einmal zugunsten von meditativer Orgelmusik verzichten. EKG 98 ist sicher als Wochenlied möglich. Zum Abschluß: EKG 108. Als Evangelienlesung Joh. 3, 16-21 mit der Betonung von Liebe und Wahrheit.

Die Intention der Predigt gibt ein kurzes Gedicht von *Alfred Andersch* wieder:
Paris, 1. Mai 1977
sich an den händen fassen
die augen zumachen
und losrennen
daran
daß euch dieser wunsch überfällt
erkennt ihr
die ankunft der liebe
dann
dürft ihr nicht zögern
faßt euch an den händen
macht die augen zu
rennt los
(in: In diesem Lande leben wir, Hrsg. Bender, 1978, S. 36).

Zurückhaltender beschreibt das Gedicht von *Detlev Block* mögliche Begeisterung:
Rücknahme
Vieles trennt uns
nicht nur ein ganzes Jahrzehnt.
Ich hier, du dort.
Du so, ich so.
Ich pro, du contra.
Aber der eine Satz
gestern abend,
gedeutet durch die kleine Handbewegung,
hat mich
unsicher gemacht.
Ich glaube
ich habe Anlaß,
brüderlich von dir zu denken
(in: Rafe, GTB Siebenstern 301, S. 17).

Zur thematischen Aufnahme des Textes vgl. THEMENSTUDIEN, Band 1, S. 100 ff. (bes. S. 108): H. Theurich/H. Schröer „Das unaufgebbar Christliche an der Kirche". Die Red.

# Römer 11, 33—36: Die Tiefe Gottes

JOHANNES BECKER

A

## I Einstimmung

*Mit „O" fängt es an. „O welch eine Tiefe..."* Das erste Wort ist ein staunender Ausruf. Bisher wurde argumentiert in Rede und Gegenrede. Jetzt wird's hymnisch. Ein Begeisterter spricht. Er hat sich in Feuer geredet oder vielmehr geschrieben. Was als nüchterne Darlegung begonnen hat, endet als Gedicht. Unsere Perikope setzt hier ein. — Kann man so anfangen? Wie soll ich staunend in das Lob einstimmen, wenn ich nicht bis hierher zugehört habe? Soll die Predigt die Erklärung nachreichen? Soll ich Römer 9—11 in Kurzfassung bringen? Juden und Christen — das muß heute wohl noch einmal anders gedacht werden, gewiß nicht als Predigteinstieg. Es wird nicht leichter, sondern komplizierter, wenn ich V. 32 dazunehme. Oder kann ich das allgemein gehaltene Lob der Größe Gottes mit anderen Erfahrungen und Argumenten als Paulus illustrieren?

*Ein Hymnus als Predigttext?* Mein Stil ist nicht hymnisch. Meine Glaubenseinsicht und -freude hat andere Ausdrucksformen. Andere mögen so reden. Enthusiastische Frömmigkeits- und Verkündigungsformen, bei uns schwer erträglich, sind anderen Gruppen der Christenheit selbstverständlich. Dem afrikanischen Gast nehmen meine Konfirmanden hingerissen ab, was sie bei mir nur komisch finden würden. Ob ich das nun zu Anfang sage?
Vielleicht werde ich bloß über diesen Ausruf „O" predigen. 38 Lieder im Gesangbuch fangen damit an. Was kann uns begeistern? Was löst uns die Zunge? Wie muß Gott uns kommen, bis wir singen und dichten? Was haben wir zu erzählen, bis wir beim „O" ankommen und andere mitreißen?

## II Am Text entlang

a) *Ein Gedicht:* Die Kommentare heben den klaren Aufbau hervor. Alles in Dreiergruppen: Reichtum — Weisheit — Erkenntnis. Wer — wer — wer? Von ihm — durch ihn — zu ihm. An diesem Gedicht hat der Pneumatiker Paulus gearbeitet. Die Begeisterung hat sein Denken nicht überlagert, sondern beflügelt. Enthusiasmus steht nicht gegen Rationalität.

b) *Mitwisser eines Geheimnisses:* Paulus deduziert in kühner Logik von der freien Barmherzigkeit Gottes her. Er hat ein Geheimnis herausgekriegt. Das legt er dar. Den unerforschlichen Wegen Gottes ist er doch ein kleines Stück nachgegangen. Aus seiner Tiefe hat er doch einen Faden herausgefischt. Was Gott im Sinn hat, ist ihm doch in dieser Sache klargeworden. Eben weil er ihn hier zu fassen gekriegt hat, rühmt er die unfaßliche Größe Gottes. Und ein bißchen sich selbst?

c) *Die Tiefe:* Ein Modewort aus gnostischem Sprachgebrauch. Ich lasse das Bild auf mich wirken: eine blanke Oberfläche, darunter ein dunkles Gewässer. Wer kann es ausschöpfen? Immer wieder glättet sich die Fläche des Wassers hinter dem Eimer, der daraus schöpft, als sei nichts entnommen. Die Oberfläche spiegelt den Himmel wider und das Gesicht, das sich darüber neigt, und verbirgt, was unten ist. Die Tiefe schweigt. Wer kann sie ausloten? Man kann sich hineinwerfen, aber niemand dringt bis zum Grund vor. — Hier steht nicht: So ist Gott. Aber sein Reichtum ist so, die Fülle seiner Möglichkeiten erschöpft sich nicht. Seine Weisheit faßt Vergangenes, Gegenwärtiges und Zukünftiges sinngebend zusammen. In liebender Erkenntnis richtet und ordnet er die Wege der Menschen.

d) *Bausteine der Theologie:* Paulus holt sich die Begriffe heran; er zitiert aus dem Alten Testament: Jesaja und Hiob. Er greift gnostische Schlagworte auf: bathos — sophia — gnosis. Er nimmt stoische Formeln zu Hilfe: ex — dia — eis. Er spricht apokalyptisches Gedankengut an: die unerforschlichen Wege und Urteile Gottes. Seinen unbekannten römischen Lesern will er entgegenkommen mit Begriffen, von denen er meint, daß sie sie kennen. Woher holen wir die Begriffe unserer Verkündigung?

„Eine moderne biblische Theologie kann nicht umhin, eine Deutung der Bibel mit modernen Begriffen zu sein. Hoffen wir auf eine moderne Theologie, so müssen wir die Herkunft und den Sinn der modernen Begriffe verstehen. — Hier hat die Naturwissenschaft die Schlüsselrolle. Sie ist der harte Kern des neuzeitlichen Denkens" (*C. F. von Weizsäcker*, in: Deutlichkeit, S. 149).

Ich denke auch an die ungeheuren Einsichten der Humanwissenschaften. Politik? Wirtschaft? Publizistik? Auf den Feldern, auf denen sich modernes Leben vollzieht, möchte ich nicht Schlagworte einsammeln, sondern Einsichten gewinnen, nicht Begriffe einschwärzen, sondern Gesprächspartner für den Glauben finden.

e) *Ist Gott unbegreiflich?* Seine Urteile (NT 75: „Entscheidungen") sind nicht nachzuprüfen. Das klingt skandalös. Ein Richter, der seinen Urteilen die Begründung verweigert? Mein Rechtsempfinden wehrt sich dagegen. Ich kann auch nicht preisen, daß seine Wege uneinsichtig sind. Daran leide ich ja. Gottes himmelhohe Überlegenheit flößt eher Furcht als Freude ein — für sich genommen. Nur im Kontext des Römerbriefes ist der Jubel des Paulus verständlich. Nur wo Christus mir Gott nahe bringt, kann ich den fernen Gott ertragen. Weil er hier gütig und verläßlich ist, wird er es auch da sein, wo ich keine Rechenschaft kriege und nicht mehr mitkomme. Nun lese ich noch einmal genau: an-ex-ereuneta — an-ex-ichniastoi. Die Partikel „ex" scheint mir wichtig. Das kommt in den Übersetzungen nicht heraus. Das Forschen und Nachgehen in seinen Spuren kommt an kein Ende. Aber er nimmt mich doch ein bißchen mit, genügend weit, um ihm den Rest mit großem Vertrauen zu überlassen.

f) *Gegenfragen:* So stehen sie im Alten Testament. Bei Deuterojesaja, bei Hiob. Prophetische und poetische Rhetorik macht sich zum Anwalt Gottes gegenüber den Anklagen von unten: „Wer hat...?" „Wer kann...?" „Wer ist...?" (V. 34f.). Gott gibt keine Rechenschaft. Er verweist den Frager auf seinen Platz. — Bei Paulus klingen die Zitate nun anders. Der Tadel ist raus; sie rufen nur noch zum Staunen auf. Sie setzen in fragender Umschreibung die privativen Verbaladjektive von V. 33 fort: Wie Gott unbegreiflich und unerforschlich ist, so ist er auch unverfügbar, unbelehrbar (er braucht keine Belehrung) und unbestechlich. Die verneinende Vorsilbe „un" hebt ihn immer von den Menschen ab: So ist er nicht! Nun aber: Wie ist er denn? Christliches Auftrumpfen mit der Unvergleichlichkeit Gottes ist schlechter Stil im Glaubensgespräch. Imponiergehabe ersetzt keine Argumente. Welche Projektionen unterlaufen dabei? Ich möchte mein Plädoyer für Gott nicht mit der Negation beginnen. Offene Fragen sollen offen bleiben.

Wie niederschmetternd apologetisches Verweisen auf die Größe Gottes sein kann, weiß *Tilmann Moser* (Gottesvergiftung, S. 81): „Dein Geheimnis ist, daß du dem Kind auf allen seinen seelischen Ebenen als ein riesiges Objekt dargestellt wirst... Deine Schrift und deine Lieder sprechen in subtiler Weise alle Kinderängste und -sehnsüchte an... Je mehr du von Menschen verehrt oder gefürchtet wirst, desto weniger war ihr frühes Beziehungsleben in Ordnung. Du bestehst aus Verweisung, Entschädigung, Ersatz..."

g) „Was nah ist und was ferne, von Gott kommt alles her." Die triadische Formel aus stoischer Philosophie (V. 36) ist hier auf das Geschichtshandeln Gottes bezogen. Darin zeigt sich seine Größe. — Unser Denken assoziiert anders: Wir staunen über die Dimensionen des Universums, wir illustrieren mit den Wundern der Schöpfung. Den Vätern ist hier die Trinität eingefallen: Von dem Vater — durch den Sohn — aber: zum Heiligen Geist? Eher paßt wohl die Verknüpfung mit Vergangenheit, Gegenwart und Zukunft. Aber soll man die Trias so zerteilen? Liegt ihre poetische Kraft nicht gerade in der Wiederholung: Ihm — Ihn — Ihn?

*Friso Melzer:* „Das Neue, das Überraschende und Aufregende, das Erstaunliche hier ist jedoch die Tatsache, daß dreimal nur einer genannt wird: GOTT. Er ist der Erste, also kommt alles von Ihm. Er ist der Letzte, also geht alles zu Ihm. Er wirkt als der Allgegenwärtige, also hat alles sein Sein durch Ihn. Alles, also auch ich" (Über die Betonung der Worte im Artikel „Sprachdenker", in: Sprachwissen für Theologen, S. 121, hrsg. von Helmut Fischer.

## III Ansätze

a) Vielleicht nehme ich wirklich bloß die Interjektion „O" auf. — Oder ich lasse mich zum Lob der Größe Gottes anstiften.

Bei Johann Christoph Hampe „Dein Tag bricht an" finde ich die Erzählung „Das Reich den Kindern" von *Kurt Ihlenfeld*: Wie der kleine Pjotr seinen Lehrer fragt, wie groß der liebe Gott ist (7 Minuten). Dies zu Anfang lesen oder erzählen und den Gedanken weiterführen: Gott ist nicht zu definieren wie die Grenzen Rußlands, aber er hat noch Platz genug in der Seele des atheistischen Lehrers. Vertiefung und Klärung. Textlesung Römer 11, 33f. am Ende.

b) *Trinitatis* — deswegen ja dieser Text. Vielleicht wird eine Lehrpredigt erwartet. Sie kann wieder wichtig sein: Die später ausgeformte Trinitätslehre der Kirche als ihre Form des Staunens und des Eintauchens in die Tiefe des Reichtums, der Weisheit und der Erkenntnis Gottes. Viele Gebete und Lieder sind davon geprägt.

c) *Strukturiertes Leben.* Das Lob Gottes setzt den Punkt hinter die Sätze wie bei Paulus, wie Mittag- und Abendläuten, Tischgebet und Losungsbuch. Gotteslob zu festen Zeiten in geprägten Formen wehrt der Hektik, setzt Akzente, eröffnet Horizonte. Praktischer Vollzug heute?

HELMUT SCHMIDT **B**

Ich stimme A zu: „Mein Stil ist nicht hymnisch. Meine Glaubenseinsicht und -freude hat andere Ausdrucksformen." Auch gilt: Lobpreis Gottes will nicht zum „Text" gemacht werden, den wir sorgfältig auslegen. Es geht um ein Echo; wir sollen uns zum Lob Gottes anstiften lassen (A). Wichtig, daß bei Paulus „die Begeisterung ... sein Denken nicht überlagert" (A). Der Hymnus nimmt gewollt und durchdacht Tradition auf, macht Aussagen. Um so wichtiger die Frage: „Was löst *uns* die Zunge?" (A)

## IV Erkundung der Situation

1. *Der Lobpreis* (V. 33—36) hat seinen Ort im Zusammenhang von Röm. 9—11. Hier spekuliert der Apostel nicht aus theologischer Neugier. Anstoß sind erschütternde Erfahrungen: Das Evangelium überschreitet die Grenze zu den Gottlosen und hinterläßt das Volk Gottes ablehnend. Ist Gott noch treu? Ist er noch derselbe? Auch der eigene Ort wird strittig (1. Kor. 10; Gal. 2, 1ff.). Der Hymnus verklärt hier nicht durch den Aufruf zu blindem Vertrauen (mit E. Käsemann, HNT 8a, 1973, S. 306). Paulus antwortet vielmehr, daß ihm das Geheimnis Israels (und damit auch Gott) *nicht* verborgen ist (E. Käsemann, a.a.O., S. 307). Als „Mitwisser eines Geheimnisses" deduziert er „in

kühner Logik von der freien Barmherzigkeit Gottes her" (A). Widerstand lähmt ihn nicht, sondern vermag schöpferische Wahrnehmung, Leben, Predigt zur Annahme von *Gottes* Gerechtigkeit in Christus zu entbinden (10, 1 ff.).

Ich stimme A darin zu, daß historische Situation und theologischer Gehalt von Röm. 9—11 trotz des Zusammenhanges in der Predigt nicht kurzgefaßt nachgeliefert werden sollten. Ebensowenig eignet sich das heutige Verhältnis von Juden und Christen zu einem „Einstieg".

2. *Das Trinitatis-Fest* ist als kirchlich-liturgischer Auslegungsrahmen zu bedenken. Der Text führt hier kaum zur Sache. Das Fest aus mittelalterlicher Tradition ist im Bewußtsein der Gemeinde kaum verankert. Möglich wäre eine Lehrpredigt, vor allem angesichts der Vorbehalte gegenüber Aussagen des Credo oder der Dogmatik. Es ginge dann um ein Nachbuchstabieren der geheimnisvollen Wege Gottes zum Menschen — auch gegenüber denkerischer Hybris. Die Predigt dürfte nicht als kirchlicher Mathematikunterricht mißverstanden werden, der seine Axiome wie selbstverständlich voraussetzt. Begründung liegt in V. 33 und 36b, nicht in der Dreigliedrigkeit der Aussagen, die wohl Anlaß zur Zuordnung (Trinitatis) waren.

Einleuchtend *M. Mezgers* Rat, nicht mit dem Satz zu beginnen, „damit können wir heute nichts mehr anfangen". „Dann halte gleich deinen Mund und ärgere die Leute nicht. Es muß nicht immer am Dogma liegen, wenn die einsichtige Auslegung nicht gelingt" (GPM 57/1968, H. 5, S. 278).

Die Erfahrung der Gleichzeitigkeit von Ohnmacht und Zuversicht (Sonntagsevangelium Joh. 3, 1 ff.), von Liebe und Sprachlosigkeit begründet die Schwierigkeit, in unserer Sprache zu antworten. „Die Trinitätslehre ist nichts Anderes als die Entfaltung der Erkenntnis, daß Jesus der Christus oder der Herr ist" (K. Barth, KD I/1, S. 353).

3. „*Strukturiertes Leben*" (IIIc): Dieser Predigtvorschlag stellt das Gotteslob nicht in den paulinischen Zusammenhang, sondern in unseren alltäglichen Lebensablauf: eine wichtige Chance für die Predigt.

Morgensegen, Abend- und Tischgebet, Kirchgang, Bibellesungen — all dies stellt für viele heute vergehende Sitte, frommen Zwang ohne Lebensbezug dar. Aber verläuft das Leben heute weniger strukturiert und zwanghaft? Gerade in der Formalität liegt wohl Vergleichbarkeit. Nur wird die „Liturgie" durch Arbeitszeit, Arbeitsteilung, Terminkalender, Fernsehprogramm, Hausaufgaben, Konsumgewohnheiten geregelt. Selbst der biologische Rhythmus kann dabei außer Takt geraten (Streß). Bedeuten zum Beispiel Krankheit, Pensionierung, Ferienzeit umgekehrt nicht, eine neue, *eigene* „Liturgie" zu finden? Nur fehlt diesen Riten die „Tiefe". Sie vermitteln nicht Leben, sondern sichern, halten Sinnlosigkeit aus dem Blick, blenden Zukunft ab, aber auch Begegnung mit sich selbst.

Hier könnte ein entscheidender Unterschied sichtbar werden, auch eine Erwartung: Lobpreis weitet den Blick (auch über das Ich hinaus), gründet, hebt uns auf (Röm. 9, 1 ff. und 11, 33 ff.). So könnte die Predigt zu einem „ora et labora" anleiten, das sich mit kritischem Bewußtsein als zeitgenössischer Bürgertugend nicht nur verträgt, sondern es geradezu befreiend ermöglicht. (Vgl. a—c unter VI.)

4. *Lob des verborgen-offenbaren Gottes.* Am nächsten liegt mir, dem Hörer zur Einstimmung in den Text zu helfen (IIIb). Thema: Der verborgen-offenbare Gott ist treu! Dabei sollten auch Sprache und Gehalt des Textes anregen, wie Paulus sich „Bausteine der Theologie" aus dem Umkreis seiner Adressaten holt (IId) und „Gegenfragen" stellt (IIf). Welches Vorverständnis der Hörer ist dabei in Betracht zu ziehen? Ich wähle das Stichwort „Humanismus" (vgl. aber auch „Mündigkeit", „Emanzipation" u.a.): „Die Gottheit Gottes bekundet sich darin, daß sie die Wirklichkeit des Menschen aufdeckt und so der Menschlichkeit des Menschen Bahn bricht" (E. Käsemann zu Röm. 9—11, a.a.O., S. 304). Einige Erinnerungen zu diesem Stichwort:

a) In keinem Jahrhundert nach Christus sind wohl mehr Menschen gewaltsam umgekommen als in unserem (Kriege, KZ's, Hunger, Verkehr usw.). Wir leben in einem reichen, durchorganisierten Gemeinwesen. Trotzdem leben Millionen unter dem Sozialhilfestandard. Die Suizidrate hat die Zahl der Verkehrstoten erreicht. Von dem täglichen Aufwand für einen Schwerkranken bei uns könnten in Ländern der Dritten Welt hunderte Gesunde leben. Was bedeutet dies für unser Verständnis von Humanität? Von Gottes Gerechtigkeit?

b) „Heute ... erscheinen nicht nur einige Kirchengüter, sondern ungefähr alle wichtigen Bereiche des menschlichen Lebens — Wissenschaft, Wirtschaft, Politik, Recht, Staat, Kultur, Erziehung, Medizin, soziale Wohlfahrt — dem Einfluß der Kirchen, der Theologie, der Religion entzogen und in die direkte Verantwortung und Verfügung des so selber ‚säkular' gewordenen Menschen gestellt" (*H. Küng*, Christ sein, 1974, S. 18f.).

c) „Moderne Theologie" (vgl. IId) nimmt dies auf: „Täuscht man sich, wenn man wider allen Anschein der Meinung ist, daß die Entwicklung gerade der modernen Welt selbst ... die Frage nach dem Menschsein heute in einer Weise aufwirft, daß die Antwort auf die Frage nach dem Christsein eher erleichtert als erschwert wird?" (*H. Küng*, a.a.O., S. 18). Resümee Küngs: „Christentum und Humanismus sind nicht Gegensätze", aber Christentum ist nur als „radikaler Humanismus" richtig verstanden (a.a.O., S. 23).

d) Was hat das mit dem Einstimmen des Hörers in Gottes Lob zu tun? Noch einmal *Küng*: „Jesu ganze Botschaft ist ein einziger Appell, sich nicht zu ärgern, sondern sich zu ändern: sich auf sein Wort zu verlassen und dem Gott der Gnade zu trauen ... Wer diesem Wort nicht glaubt, wird seine Taten der Dämonie verdächtigen. Ohne sein Wort bleiben seine Taten zweideutig. Nur sein Wort macht sie eindeutig" (a.a.O., S. 304; vgl. IIe).

e) Anknüpfung also: Humane Ziele — inhumane Erfahrungen — etsi deus non daretur (D. Bonhoeffer, Widerstand und Ergebung, S. 206ff.). Lob Gottes erscheint scheinheilig, will neu verstanden sein, nicht als Ausdruck christlicher Identität, sondern „radikaler Humanität" — Gottes!

## V **Aufbau der Predigt** (nach IV, 4)

1. *Schritt:* Die Paradoxie des Gotteslobes am Beispiel des Paulus. (Vorschlag: Zunächst nur V. 33 und 36 lesen.) „Von ihm und durch ihn und zu ihm sind alle Dinge!" Liebe Gemeinde, was ist das eigentlich für ein Mensch, der sehenden Auges so reden kann? Und was ist das eigentlich für ein Gott, dem alle Dinge dieser Welt so zugeschrieben

werden?" — Zynisch dichtet *B. Brecht* (entsprechend EKG 234): ,,Lobet die Kälte, die Finsternis und das Verderben! Schauet hinan: Es kommet nicht auf euch an, und ihr könnt unbesorgt sterben" (Ges. Werke Bd. 8, S. 216, werkausgabe ed. suhrkamp). Paulus ist kein Zyniker. Ihn trifft die Verkehrung der Verhältnisse in Israels Unglauben. Er fragt in der Tat: ,,Ist denn Gott ungerecht?" (Röm. 9, 14). Ist es nicht diese Verborgenheit Gottes, die auch uns Not macht, gerade wenn wir unvoreingenommen sehen, was in der Welt, in der Kirche, in unserem eigenen Leben vorgeht? (Vgl. Fakten, Erfahrungen, Beobachtungen, IV, 4.)

2. *Schritt:* Was ist das für ein Mensch, der in dieser Lage Gott preist und an dessen Gerechtigkeit festhält? (Röm. 9, 14b). Biographie des Paulus (Verfolgung, Schiffbruch, Streit mit und in den Gemeinden, Gefangenschaft, Folter usw.). Aber er ist Christus begegnet, hat einen Auftrag, erlebt Befreiung, Christus als des Gesetzes Ende, der auf die Verlorenen zugeht (Röm. 10, 4).

3. *Schritt:* Die Erfahrung, daß Gott jeden meint, ist nicht leicht zu haben. Zumeist drängt sich unser Urteil vor! Aber die Aktivitäten von Kirchen und Christen bringen im Wettlauf mit Ungerechtigkeit, Unterdrückung und Verurteilung erst das Zentrum paulinischer Erfahrung zu Gesicht: Auf diesem Wege droht Verzweiflung, Enttäuschung. Sowenig Paulus die Juden bekehrte, sowenig die Kirche die Weltverhältnisse. Paulus warnt (V. 34. 35!): Keine Erfolgserlebnisse bewegen ihn zum Lob.

4. *Schritt:* Vertrauen auf die Herrschaft und Gerechtigkeit Gottes. (Beispiele! Wie Gottes Wegen Raum und Echo gegeben wird: Friedensnobelpreisträgerin 1979 Mutter Teresa; provokativer: Besuch von Bischof Scharf bei der Terroristin U. Meinhof im Gefängnis; Christoph Blumhardt — vgl. VI unten.)

*Schluß:* Paulus ruft nicht zur Passivität auf. Aber er ,,ermutigt", um Gottes und des Nächsten willen sich in aussichtsloser Erfahrung zwischen alle Stühle zu setzen, mit Gottes Herrschaft zu rechnen und das gerechte Gericht (auch über unser Leben!) ihm zu überlassen. Diesen Glauben drücken V. 33—36 aus (vgl. unter VI, H. Albertz).

## VI Materialien zur Predigt

### 1. Texte und Zitate

a) *D. Bonhoeffer (Widerstand und Ergebung,* 1955[6], S. 206f.): ,,Unsere Kirche, die in diesen Jahren nur um ihre Selbsterhaltung gekämpft hat, als wäre sie ein Selbstzweck, ist unfähig, Träger des versöhnenden und erlösenden Wortes für die Menschen und für die Welt zu sein. Darum müssen die früheren Worte kraftlos werden und verstummen, und unser Christsein wird heute nur in zweierlei bestehen: im Beten und im Tun des Gerechten unter den Menschen."

b) *E. Cardenal* (Das Buch von der Liebe, Siebenstern-TB 168, S. 24): „Nun fällt es dem modernen Menschen schon schwer, allein zu sein; auf den Grund seines eigenen Ichs zu steigen, ist fast unmöglich für ihn. Sollte er aber doch einmal mit sich selbst im stillen Kämmerlein bleiben und gerade kurz vor der Erkenntnis Gottes stehen, dann macht er das Radio oder das Fernsehen an."

c) *Chr. Blumhardt* (Ansprachen, Predigten, Reden, hrsg. v. J. Harder, 1978, Bd. 3, S. 176—78, Brief): „Oft kommt es mir vor, als ob wir auch zur Welt gehörten und mit den Mitteln der Welt kämpfen wollten. Das Bewußtsein, wir seien ganz andere, wenn wir nur protestieren und auf Frieden bedacht sind, scheint mir falsch. Ganz tief im Innersten sind wir eben auch Kinder unserer Zeit und hoffen auf unser Tun und Streben statt auf den Glauben allein."

d) Zu *Mutter Teresa* (vgl. u. a. DIE ZEIT, Nr. 44/1979): „‚Gott sorgt vor', sagt sie entwaffnend, ‚er gibt, was er für richtig hält.' Mutter Teresa lehnt es ab, auf Fragen einzugehen, ob es angesichts des Massenelends auf der Welt und besonders in Kalkutta Sinn hat, so vereinzelt zu wirken ... ‚Nein', sagt sie entschieden, ‚für mich gibt es keinen Unterschied, ob es ein Mensch ist, der Liebe und Hilfe braucht, oder ob es viele Hundert sind.' Denn jeder Arme sei ‚der hungrige, nackte Christus'." Immerhin hat sie einen Orden gegründet mit mehr als 1800 Schwestern (und über 800 Brüdern) sowie 120000 ehrenamtlichen Mitarbeitern, 158 Einrichtungen.

e) *H. Albertz* (Dagegen gelebt, rororo aktuell 1976, S. 59): „Wir sind eben eine völlig säkularisierte Gesellschaft, die die einfachsten Selbstverständlichkeiten der Nachfolge Jesu nicht mehr kennt ... und also darum vielleicht sogar verständlicherweise so empört ist, wenn, wie in diesem Falle ... ein Mann wie er (Bischof Scharf), stadtbekannt ... sich herabläßt, mit einem Menschen zu reden, den diese Gesellschaft am liebsten längst auf dem Scheiterhaufen verbrannt hätte. Und damit also deutlich macht, daß niemand aufgegeben werden darf." (Zum Besuch bei U. Meinhof im Berliner Gefängnis.)

## 2. Zur Verwendung im Gottesdienst

*Glaubensbekenntnis* (Heidelberg 1966) in: Wachet und betet, hrsg. v. G. Bezzenberger und Chr. Zippert, 1978, S. 38.
*Lieder:* EKG 132; 140; 161, 1 und 4—6; 193, 4—6.
*Gebete:* H. Osterhuis, Du wartest auf uns (Herder-Verlag), S. 15.

# 1. Johannes 4, 16b—21: Alles, was wir brauchen, ist Liebe

HANS CHRISTIAN KNUTH **B**

## Predigtentwurf

1. Die Beatles haben recht: „*Alles, was wir brauchen, ist Liebe!*" Säuglinge, die lange Zeit im Hospital aufwachsen, bleiben Patienten ihr Leben lang. Warme Haut ist wichtiger als sterile Laken. — Heranwachsende machen sich viele Sorgen über sexuelles Verhalten und Fehlverhalten; sie sollten viel mehr dafür sorgen, in ihrer Liebe glücklich zu werden. — In der Ehe suchen wir volles Glück, das auch noch in Krankheit und Alter, Not und Armut gedeiht. — Beim Schlager der Beatles wäre auch an die Liebe zu denken, die ältere Menschen, etwa Großeltern von ihren Enkeln, erwarten.

2. *Wer gibt uns Liebe, die wir brauchen?* Zweideutigkeit begleitet alle Lebenserfahrungen, und ohne Glauben an die Liebe werden wir an ihren Verwirklichungen vorbeigehen. Wir müssen ihr etwas zutrauen. Denken wir an die genannten Beispiele: Die Mutter, die ihr Kind liebt, glaubt an die Zukunft des Kindes. — Luther hat einmal vor einer Schulklasse den Hut gezogen und ehrerbietig gesagt: Guten Tag, meine Herren zukünftigen Schulmeister und Prediger, Ratsherren und Bürgermeister. So glaubte er liebend an die Zukunft der Heranwachsenden. — Oft muß der Glaube an die Zukunft einer Ehe einspringen, wenn Schuld und Leichtsinn vorhandene Brücken einstürzen ließen. Wer seinem Partner nicht traut, wird immer Anlaß zum Mißtrauen finden, auch wenn der Privatdetektiv nichts zu berichten hat. — Wir Jüngeren brauchen den Glauben und den Mut der Alten. Wir brauchen ihren Humor und ihr Zutrauen zum Leben, weil wir ja wissen, daß wir eines Tages auch alt sind. Liebe zu sich selbst und zum Nächsten, die aus dem Einverständnis mit dem Alter, und das heißt aus dem Glauben an die Zukunft des Alters kommt, kann bei alten Menschen hinreißend befreiend wirken; eine unerhörte Hoffnung für einen jungen Menschen, dessen Zukunft das Alter ist.

3. *Doch woher kommt der zur Liebe notwendige Glaube? Aus dem Wort und Werk Christi, von dessen Liebe wir uns anstecken, mitreißen und aufrichten lassen.* Er hat geliebt, obwohl er wußte, daß sich die Liebe nicht auszahlt. Sie hat ihn sein Leben gekostet. Er hat von der Liebe Gebrauch gemacht, obwohl er wußte, daß er dabei verbraucht werden würde. Er stellt das Gebot der Liebe als Angebot vor uns hin. Er ist kein Forderer, sondern ein Förderer unserer Liebe. Er schreibt sie nicht vor, sondern lebt sie uns vor — bis in den Tod am Kreuz.

Wer ihm darin nachfolgt, scheitert nicht, auch wenn er zerbricht; er bleibt im Recht, auch wenn er menschlich betrogen wird. Wer so „zugrunde" geht, geht zum Grunde des Lebens. Sein Leben in der Selbsthingabe an den Nächsten wurde am Kreuz nicht widerlegt, sondern erfüllt. Der Gekreuzigte ist zum Ziel seiner Liebe gekommen, weil seine Liebe durch diesen Tod in unsere Herzen gelangt. Hier wird er auferweckt von den Toten. Hier redet der auferstandene, lebende und liebende Herr, der in uns Haß und Tod, Sünde und Lebensgier überwindet, an dessen Sieg wir glauben, auf dessen Liebe wir zugehen können.

## Bedrückende Einschränkungen

1. *Selbstbeschränkt und weltvergessen*
,,All you need is love" — B setzt ein bei der allgemeinen Sehnsucht, nicht aber bei dem Urschrei nach Liebe. Breit, aber nicht tief, schlagermäßig, aber nicht hoch genug angesetzt. Die Höhe des Satzes ,,*Gott ist Liebe*", der nur bekannt werden kann als ein de profundis, wie ein heimlicher Lobgesang aus der Tiefe, ist so nicht zu erklimmen. Phänomenologisches Vorgehen führt zur individualistischen Engführung; die Finsternisse dieser Welt und die Schrecken schuldhafter menschlicher Destruktivität werden nur angeblendet. B schränkt dabei den universalen Aspekt der Liebe Gottes ein und kreist nur um das eigene Heil. Die Furcht vor Gott kommt nicht vor, die Bruderliebe wird zum Appendix. Regressionspraxis nach dem Motto ,,Zurück in die Urheimat des Mutterschoßes"? Weltflucht? Andacht für das Idyll?

2. *Selbstgekränkt, weil gottvergessen*
,,Gott ist Liebe" — das widerstreitet aller Erfahrung, wirkt sperrig und aufreizend wie ein Produkt christoider Bewußtseinsspaltung. ,,Gott ist Liebe" — und der 29jährige Student Jürgen M. stach 137mal mit einer Schere auf seine Freundin ein und tötete sie, die er doch so sehr liebte (Die Zeit, 13.7.79). Kommen gegen solche menschlichen Abgründe sechs Verse mit 13mal Liebe an? ,,Gott ist Liebe" — ,,und die Vietnamesen machen mit ihren Minderheiten, was die Nazis mit ihren Juden gemacht haben. Nur benutzen sie statt der Gasöfen das Meer — das ist billiger" (ein thailändischer General, in: Die Zeit, 27.7.79). Die Spannung zwischen dem kühnsten theologischen Satz im Neuen Testament (Doerne) und der Absurdität menschlichen Lebens Anno 1979 hält B nicht durch; er grenzt ein und ab, ohne das Ausharren bei seinen Hörern an der Grenze zum Nichts zu vermitteln.

## Beeindruckende Beobachtungen

1. *Der Text: liebesversessen, aber realitätsbemessen*
Die sieghaft klingenden und zum Teil gnomisch formulierten Spitzensätze (,,Gott ist Liebe"; ,,wir haben Zuversicht am Tag des Gerichts"; ,,Furcht ist nicht in der Liebe"; ,,die vollkommene Liebe treibt die Furcht aus") verdrängen keineswegs Nichtliebe, Schuldverfallenheit, Unglauben, Angst und Lüge. Der Verfasser nimmt deshalb mit den Gegnern den *Streit um die Wirklichkeit* auf (vgl. die Form des Rechtsstreits). Er konzentriert die Auseinandersetzung auf die *Notwendigkeit* der Liebe Gottes in Blick auf Unglauben und Lieblosigkeit. Er stellt die Gegner als zukunfts- und duvergessen hin. Weil unser Le-

ben ein Gemisch ist aus Furcht und Liebe, Angst und Freiheit, ein Schwanken zwischen der Sehnsucht nach dem Bleiben im „Haus der Liebe" und dem Unbehaustsein in der Welt als dem „Haus ohne Hüter", deshalb *radikalisiert* er Gottes Liebe. Um unseretwillen unterscheidet er zwischen Gottes und unserer Liebe, damit wir nicht auf unser eigenes Lieben beschränkt bleiben müssen. Raumgreifend, universalisierend werden Gott und Liebe *identifiziert*, werden Gottes Sein und unser Sein durch die Liebe *definiert*.

2. *Wir: gottgeliebt und selbstbemessen*

Treffend B: „...in der Liebe, die nichts fordert, haben wir Anteil an der Schöpfermacht Gottes selbst." Seine Liebe ist Bewegung auf die Welt zu, in der Sünde und Tod herrschen (vgl. Joh. 3, 16), ein Geschehen mit uns. „Gott ist Liebe" wird weder aus der Geschichte noch aus der Natur noch aus dem eigenen Leben erkannt. Die Geschichte wird geschrieben von Macht und Untergang; in der Natur herrscht das Gesetz des Stärkeren und des Todes, und im eigenen Leben ist immer mehr Angst als Liebe. „Gott ist Liebe" — das kann nur verstanden werden aus der Selbstidentifikation Gottes mit dem gekreuzigten Menschen Jesus (vgl. V. 15 f.). Das Kreuz ist der Ort der Entscheidung des Streites zwischen Gottes Liebe und unserer Lieblosigkeit.

Weil ihr erstes Interesse unserer Lieblosigkeit gilt, manifestiert sich die amor crucis als Schöpfermacht da, wo Unglaube, Haß und Tod ihr Unwesen treiben. Der Sieg der Liebe scheint zwar durch tagtägliche Erfahrungen mit der Ohnmacht der Liebe angesichts der Angst, der Gewalt und des Hasses widerlegt zu werden. Aber die Wahrheit des deus revelatus darf weder problematisiert noch durch andere Eigenschaften Gottes wie Zorn oder Gewalt relativiert werden.

Gott ist und bleibt unwiderruflich und ausschließlich Liebe, auch als Zürnender! Nur so erfahren wir uns selbst als von Gott Geliebte, nur dann kann der Satz „Gott ist Liebe" nicht mehr „als Ausdruck einer lieblosen Ungeheuerlichkeit und ungeheuren Lieblosigkeit mißverstanden werden" (E. Jüngel, Gott als Geheimnis der Welt, S. 457).

3. *Wir: glaubensvermessen und liebesvermessen*

Menschliches Lieben, das im Text so auffallend überpersönlich und gar nicht im Sinne einer individuellen Liebesfähigkeit erscheint, vollendet sich *im Glauben*. Der Mensch ist in der Liebe, nicht die Liebe im Menschen. Leben im Glauben ist Versetztwerden außerhalb unser selbst. Deshalb formuliert V. 17b kühn: „denn wie er ist, so sind auch wir in der Welt". *G. Klein* deutet konsequent vom Glauben her: „Wir sind in der Welt so dran wie Christus im Himmel: vom Tod zum Leben durchgedrungen, aufgehoben bei Gott" (Predigten, 1971, S. 53). Der Ort des Glaubens ist die Liebe, die uns in unserer Welt zu Liebenden verwandeln will.

„Wo mein Glauben an Gottes Liebe und mein eigenes Lieben zu ein- und demselben Akt zusammenfallen, bin ich nicht mehr das Opfer christoider Bewußtseinsspaltung, sondern in meinem Glauben ein einheitlicher Mensch" (G. Klein, a. a. O., S. 50).

4. *Wir: ichbefreit und weltversessen*

Bultmann (KEK 1967, S. 76) betont, daß die parrhesia als Folge der agape, also die Haltung der uneingeschränkten Freiheit und Offenheit vor Gott und den Menschen, das eigentliche Thema des Textes ist. Liebe bewirkt das genaue Gegenteil von Zukunftsangst (V. 17) wie von jeder Selbstbeschränkung (V. 20f). Darum sind die Streitfragen, ob in V. 19 der Indikativ oder der Imperativ zu lesen, ob „Gott" oder „den Bruder" dort einzufügen ist, müßig. Liebe meint eine Bewegung, die von Gott ausgeht, mich meint und durch mich weitergehen will. Das Geschehen dieser Liebe darf nicht auf verschiedene „Objekte", auf verschiedene Akte und Zeiten verteilt und so auseinandergerissen werden. Unser Lieben bleibt die Antwort, die Gottes uns geschenkter Liebe entspricht.

Dennoch thematisiert der Text die *Furcht vor Gott*. Hier darf nicht vorschnell billiger Liebe das Wort geredet werden. In unserer Liebe ist Furcht, weil wir mißachten, daß es auch den Zorn Gottes (als Ausdruck seiner Liebe!) über unsere Liebe zu den Abgöttern gibt; weil wir im Kreisen um das eigene Wohl und Heil und in der Begrenzung unserer Liebe auf bestimmte Gruppen das erste Gebot mißachten, das nicht vom Gebot der Bruderliebe getrennt werden kann. Nur schuldhaft können wir übergehen, daß Gottes Liebe die Verheißung eines neuen Himmels und einer neuen Erde einschließt.

Die Verheißung der Freiheit aber konkretisiert sich schon jetzt, wo die Liebe ans Werk der Befreiung geht, der Befreiung von Mächten, Zwängen und Ängsten, im persönlichen und sozialen, wirtschaftlichen und politischen Leben. Liebe und Freiheit kennen weder Leidens- noch Konfliktscheu, wollen Grenzen überschreiten, Mauern niederreißen, Entfernungen überspannen, die Augen öffnen und die Füße in einen weiten Raum stellen (Ps. 31, 9).

## Befreiende Fragen

„Wo läßt sich inmitten dieser Entfremdung, dieser leblosen und gottlosen Welt wieder eine leben- und gotterfüllte Welt gewinnen, so etwas wie *Heimat aus der Heimatlosigkeit?* ‚Wohin sollen wir gehen? Immer nach Hause' (Novalis). Und welches Zuhause kann das sein, wenn es nicht das physische Nichts sein soll? ... Fängt alles mit einer neuen Gottesbeziehung an oder mündet es erst darein?" (*R. Leudesdorff*, Themenstudien 3, S. 15).

1. *Selbstgekränkt: Liebt Gott mich bleibend?*

Beim Betreten eines Domes fühle ich mich auf- und angenommen. Oder beim Abendmahl erlebe ich, wie mein Glauben an die Liebe und mein eigenes Lieben zusammenfallen. Oder ich erfahre im Umgang mit schwierigen Jugendlichen angstfreie Räume, wenn alles Imponiergehabe abfällt und wir einander unsere Verletzlichkeit und unsere Zweifel sagen können. Oder ich fühle mich in der Fürbitte fernen Menschen verbunden. Aber mich kränkt der Zwang, loslassen zu müssen und nicht bleiben zu dürfen. Mich kränkt es, daß ich Erfahrungen der Liebe Gottes nicht festhalten kann.

2. *Furchtbesessen: Ist die Furcht doch stärker als die Liebe?*
Resignation zieht hinunter. Beispiele sinnvoller Weltflucht ziehen mich an. Meine Gefährdungen, die Ängste anderer, die Schrecken dieser Welt kann ich beschreiben. Die Furcht ist scheinbar konkreter als die Liebe. Ich nehme auch Feuerbachs Sorge ernst, daß die Theologen mehr an der potentia absoluta und an den Geschäften mit der Angst interessiert sind als an der Wahrheit des deus revelatus.

3. *Selbstversessen: Vertreibt die Angst um mich selbst die Bruderliebe?*
Ich habe Sorge, daß das Suchen nach der eigenen Identität zum Bleiben bei sich selbst führt. Ich möchte Selbstverwirklichung als Entfaltung der mir gegebenen Gaben, als Weitergabe der mir gewährten Liebeserfahrungen verstehen. Zu leicht müssen andere dafür bezahlen, wenn ich das Ideal meines eigenen Bildes suche. Ich will mich nicht zu wichtig nehmen.

4. *Zukunftsvergessen: Führt die Angst vor der Strafe zur Selbstliebe?*
Ich beobachte, daß viele Menschen sich in ihre Wohnungen verkriechen und viele Gemeinden sich in den Schatten ihrer Kirchtürme zurückziehen. Wo heute im öffentlichen Bereich Entscheidungen fallen, sind wir als Kirche selten präsent. Zunehmend erlebe ich die Kirche als Ort und Hort des Rechts; Gesetze, Verordnungen, demokratische Wahlen — alles wird perfekt geregelt, geordnet, verwaltet. Gesetzeslücken und Organisationsmängel setzen ein ungehemmtes Engagement frei. Wenn der kirchliche Apparat so beängstigend wächst — geschieht es nicht aus Angst, nicht mithalten zu können?

5. *Realitätsbemessen: Hat er uns nicht zuerst geliebt?*
Ich will weitermachen, meinem pastoralen Auftrag treu bleiben, dranbleiben an den Aufgaben in der Gemeinde, zusammenbleiben in den Rechtsräumen der Kirche mit Freunden und Fremden. Ich will die Gemeinde weiter als Haus der Gemeinschaft verstehen, damit Menschen sich dort „zu Hause" fühlen. Ich möchte unsere schlichte Kirche sakraler gestalten, neue Häuser der Begegnung bauen helfen, weiter Gottesdienste feiern, damit Menschen durch die Liebe bestimmt werden. Ich möchte den an den Straßenecken stehenden Jugendlichen Räume verschaffen und mich ihren Fragen aussetzen, Behinderten mehr als nur Gastrecht einräumen, dafür sorgen helfen, daß alte Menschen so lange wie möglich in ihrer vertrauten Wohnung bleiben. Bei allem aber gilt: Ich muß mich nicht übernehmen! Es hängt nicht alles an meinem Lieben.

6. *Mein Predigtentschluß:*

*Abholen* bei der Not, sich von Gott nicht geliebt zu wissen, in sich selber verliebt zu sein, andere nicht lieben zu können.
*Mitnehmen* an Orte, wo wir „einfach zulassen, daß der Strom der Liebe durch uns hindurchgeht“ (E. Cardenal, Das Buch von der Liebe, GTB 168, S. 30).
*Mutmachen*, das „Haus der Liebe, in das Gott uns längst hineingenommen hat“ (K. Barth, nach PrSt II 2, 1974, S. 106) mit anderen zu bewohnen und hierin zu erfahren: „Ich, ein Mensch, du ein Mensch, was ist das: eine Gefährtenschaft, ein Bündnis, ein Halt, ein Schutzwall gegen das Nichts“ (L. Rinser, Grenzübergänge, FTB 2043, S. 272).

HANS CHRISTIAN KNUTH **B**

## Kennzeichen der Situation

A hat gute Gründe, wenn er das Wunder und Geheimnis der Liebe Gottes meditiert, wie es nur wenigen erkennbar wird: *als eine Erfahrung wider alle Erfahrung*. Auch die „normale“ Liebe ist aber ein Wunder der Schöpfung zur Erhaltung unserer Welt. Ich setze „breit“ an, um möglichst viele Hörer mitzunehmen auf den Weg in die Tiefe.

Unsere Zeit kann man präzise auf die Formel bringen: „Alles, was ihr fehlt, ist Liebe.“ Im Ringen um gelingende Sexualität ebenso wie im Kampf um Frieden unter den Völkern, in der Arbeit der Psychotherapie ebenso wie in der Diakonie, im Streit der Generationen nicht weniger als im Kampf der Rassen, Klassen und Geschlechter. Es geht um mehr, um besser gelingende Liebe. Die Angst vor dem Tod — schon im Blick auf das noch ungeborene Leben oder angesichts unserer Umwelt — *ist Angst vor einer Welt ohne Liebe*. Der Predigttext erlaubt mir zwei Thesen: 1. *In allem Urstreben nach Liebe geht es im Grunde um die Suche nach Gott als ihrem tragenden Grund*. — 2. *Bei allen Phänomenen gelingender Liebe setzt Gott sich durch als die Macht der Liebe*.

Noch im Entsetzen vor den Bestialitäten dieser Welt (vgl. A) wird deutlich, daß auch die Welt weiß, daß sie ohne Liebe zur Hölle wird. „Sadismus und Destruktion sind pervertierte, hoffnungslose und tragische Versuche, den Menschen zu erkennen“ (*E. Fromm*, Das Christusdogma, 1963, S. 176).
Zur „Engführung anthropologischer Grundlegung der Liebe“ vgl. *A. Plack*, Die Gesellschaft und das Böse, $1969^6$, S. 334: „Eine neue Ordnung der Liebe hätte die kollektive Bereitschaft zum Kriege, die in tausend Fakten sich kundtut, vom *privatesten Alltag her* abzubauen.“
*O. Pfister* (in: Das Christentum und die Angst, $1975^2$, S. 18) hat Vers 18 als „die beinahe wie einen neurologischen Lehrsatz formulierten, zur höchsten Bewunderung hinreißenden Worte“ bezeichnet.

Ähnlich *M. L. King* (in: Kraft zum Lieben, 1970, S. 180): „Nur durch unser Festhalten an Liebe und Gewaltlosigkeit wird die Furcht der weißen Gesellschaft beseitigt werden."

*Martin Luther* sah die gesamte Welterfahrung als durch die Liebe konstituiert: „Alles fließt aus dieser Bewegtheit heraus: so wie sie ist, so ist auch alles; und ohne sie ist alles andere ein törichtes Sichabquälen" (Komm. z. Gal. von 1519; WA 2, 575 ff.; übersetzt in der Calwer Luther-Ausgabe, Bd. 10, Siebenstern TB 124/125, 1968, S. 224 ff.). Hierher gehört auch Luthers Fundamentalzitat zur Gotteslehre: „Gott ist ein glühender Backofen voller Liebe" (WA 36, 425, 13).

## Bausteine zur Predigt

Aufschlußreich ist D. Sölles Gegenüberstellung von B. Brecht und Max Frisch. Brecht liebt den Menschen auf ein Bild hin und sorgt dafür, daß er ihm ähnlich wird. Frisch sieht das Liebesgebot im Zusammenhang mit dem Bilderverbot: Du sollst dir kein Bildnis machen! *Sölle:* „Liebe entwirft den anderen, ist nicht ohne Hoffnung zu denken, läßt sich aber desohneacht den Entwurf wieder aus der Hand schlagen, umwerfen" (in: Atheistisch an Gott glauben, 1968, S. 36).

Man kann auch einsteigen mit dem Bestsellertitel von *Simmel:* „Liebe ist nur ein Wort" und ihn einem Zitat von *G. Ebeling* gegenüberstellen: „Rechtes Wort ist Ereignis von Liebe" (Luther, Tübingen 1964, S. 309).

Von einem Rabbi wird erzählt, er habe im Traum die Hölle gesehen. Dort saßen alle Bewohner an langen, festlich gedeckten Tischen. Vor sich die schönsten Gerichte auf den Tellern. Aber jeder starrte nur heißhungrig auf seinen Teller, niemand konnte etwas essen, denn alle hatten steife Armgelenke und konnten die Löffel nicht zum Munde führen. Dann sah der Rabbi den Himmel. Auch hier saßen alle an langen, festlich gedeckten Tischen. Auch im Himmel hatten alle steife Arme und konnten ihren Löffel nicht zum eigenen Munde führen. Aber welcher Unterschied! Man lachte und schmauste, trank und freute sich: Einer fütterte den anderen mit seinem steifen Arm. So bekam jeder sein Essen, so wurden sie alle satt.

## Kollektengebet

Herr unser Gott! Du liebst nicht nur das Liebenswerte, Du liebst uns so lange, bis wir liebenswert werden. Laß Deine Liebe Wege finden durch die Mauern um unser Herz, durch die Mauern, die zwischen uns Menschen stehen, durch die Mauern, die wir vor Dir aufbauen. Treib unsere Furcht aus mit Deiner Liebe. Du hast uns zuerst geliebt, mache Du uns nun auch zu Liebenden. Durch unseren Herrn Jesum Christum.

## Fürbittengebet

Herr, wir bitten Dich für Deine Kirche. Schenke ihr auf der ganzen Welt die Kraft, Zeuge Deiner Liebe zu sein. Mach' sie zum Werkzeug Deines Friedens, daß sie Liebe übe, wo man sich haßt, daß sie verzeiht, wo man sie beleidigt, daß sie verbindet, da wo Streit ist. Daß sie Hoffnung weckt, wo Verzweiflung quält, daß sie ein Licht anzündet, wo die Finsternis regiert, daß sie Freude bringt, wo der Kummer wohnt.

Wir bitten Dich für die vor Dir Verantwortlichen in Staat und Gesellschaft: Gib den Regierungen Mut und Entschlossenheit, den Frieden zu wahren, Versöhnung zu erkämpfen, Gerechtigkeit durchzusetzen, und laß im Kampf um die Macht die Macht Deiner Liebe gewinnen.

Wir bitten Dich für alle, die sich nach Liebe sehnen und allein bleiben mit ihrer Einsamkeit. Für die Verstoßenen und Verlassenen, die verprügelten Kinder und geschlagenen

Frauen, die verachteten Väter und verletzten Männer, die moralischen Minderheiten und gedemütigten Alten, die Hungernden und Gefolterten, die Müden und Zerschlagenen, die Überbeanspruchten und Überforderten: Gib ihnen Ruhe und Frieden in der Erfahrung Deiner Liebe, heile gebrochene und versteinerte Herzen, gib den Familien eine Chance als Quelle des Urvertrauens, das uns ein Gleichnis ist für den unausschöpflichen Grund, aus dem wir schöpfen, wenn wir Dir vertrauen.
Herr, wir bitten Dich für uns selbst. Du bist Liebe! Laß uns bleiben in Dir, bleib Du in uns, treibe die Furcht aus und befreie uns zu einer Liebe, die herkommt und hinwächst zu dem, der auch der Anfänger und Vollender der Liebe ist: Jesus Christus, unser Herr.

# ZWEITER SONNTAG NACH TRINITATIS

## Epheser 2, 17—22: Kirche als Bauplatz

THOMAS AEHNELT **A**

### I Einstieg

*Kirche als Bauplatz!* Ein mir sympathisches Bild, das der Verfasser des Epheserbriefes hier benutzt. Zugleich ein alltägliches Bild: halbfertige Rohbauten, von Gerüsten umgeben, die den Arbeitern eine Hilfe zur Vollendung des Gebäudes bieten. Doch die bloße Sympathie verfliegt, wenn ich versuche, mich in die Lage des Bauarbeiters zu versetzen. Ich müßte mir den Vorwurf des „Schreibtischchristen" gefallen lassen. Kann man vom warmen Zimmer aus die bei Wind und Wetter Arbeitenden zur Vergegenwärtigung dieses Predigttextes heranziehen? Ich schwanke; und doch wäre es schön, wenn das Leben der Gemeinde eine Aktivität sichtbar machen würde, wie sie jeder belebte Bauplatz beim Betrachter hinterläßt.

Woher stammt das *Kapital* zur Finanzierung des Bauvorhabens? Reicht es aus, oder wird wieder nur eine der halbfertigen Betonruinen oder eines der leerstehenden Bürohochhäuser produziert, durch welche viele unserer Innenstädte geprägt sind? Sie tragen bei zur Entwurzelung des Menschen, zur Vertreibung aus den Städten. Die „Unwirtlichkeit der Städte" produziert Heimatlosigkeit. Der Vergleich mit leerstehenden Kirchen und Gemeindehäusern drängt sich auf. Mit welchem Kapital wurden sie gebaut? Aus einem Brief eines Theologenehepaares in der DDR:

„Wir kriegen weder Baumaterial noch Baugelände für neue Kirchen. Ist das nun unser Ruin? Ist das Grund zu flammenden Protesten? Wir grübeln auch über neue Gottesdienstformen... Vielleicht findet man schneller zu neuen Formen, wenn man gar nicht erst die alten Gehäuse weiterbaut. Wie gesagt, das ist keine freiwillige Erkenntnis, aber plötzlich fällt einem eben auf, daß kein einziger Gottesdienst in den ersten drei Jahrhunderten unserer Kirche in einer ‚Kirche' stattfand! ... Wenn wir nicht Geld, Kraft und Phantasie zum Kirchbau verbrauchen können, dann müßten wir doch sehr viel mehr Kapital zum Gemeindeaufbau verwenden können... Doch komisch, unsere jungen Gemeinden würden sich viel lieber in Tag- und Nachtschichten für einen Kirchbau aus Steinen abrackern, als diese viel, viel... ja, schwerere? ... Bauarbeit zu leisten."

## II Entdeckungen am Text

Die Perikope ist ohne Berücksichtigung des gesamten 2. Kapitels des Epheserbriefes schwer zu predigen. *Die Situation der Heiden vor Christus* — das bildet das Thema der Verse 1, 8 und 11ff. Das „en Christo Jesu" V. 11 und 13 (vgl. V. 15: „en auto"; V. 18: „di autu", V. 21, 22: „en ho") ist der hermeneutische Schlüssel. Der an Heidenchristen adressierte Brief verdeutlicht in V. 11ff. den *Wendepunkt* für ihr Leben: *Jesus Christus*. Ohne ihn wären sie ohne das Bürgerrecht Israels, ohne Verheißung, ohne Hoffnung und ohne Gott in der Welt (V. 12). Das Blut Christi aber hat die Grenzen aufgehoben. Die einst Fernen sind zu Nahen geworden (V. 13). Der neue Mensch, die neue Schöpfung läßt sich nur von ihm her verstehen. Er ist es, der in seiner Person Frieden stiftet, indem er allen Menschen, den Fernen und den Nahen, den Zugang zum Vater eröffnet.

V. 17 nimmt Jes. 57, 19 auf: In Jesus Christus ist die dem verstreut lebenden Volk Israel gegebene Verheißung erfüllt. Dadurch besitzt Jesus Christus nicht nur für die ehemals „Fernen", die Heiden, Bedeutung, sondern auch für die „ Nahen", die Juden. Beide gewinnen erst durch ihn einen neuen Zugang zu Gott. — „Nahe" heißt jetzt: in Jesus Christus durch den Geist Zugang zum Vater haben. „Fern" heißt jetzt: als Heiden oder Juden ohne Christus leben. Jesus Christus ist der Friede der Menschen mit Gott. Zugleich verkündigt er eben diesen Frieden als vollzogen und somit gültig.

„*Friede*" besagt dabei mehr als die bloße Abwesenheit bzw. Verdrängung von Konflikten. Statt vom friedlichen Nebeneinander Gottes und der Menschen ist hier vom versöhnten Miteinander die Rede. *Proexistenz statt Koexistenz* (Schmauch)! Gollwitzer hat nachdrücklich darauf hingewiesen, daß das Wort Frieden im biblischen Sprachgebrauch ganzheitlich und umfassend zu verstehen ist.

„Wünscht man einander... Schalom, so wünscht man damit, daß es dem anderen schlechthin wohlergehe nach Leib und Seele, daß er sein Leben entfalten könne, daß seine Unternehmungen vorangehen, daß er in Freundschaft mit seinen Mitmenschen lebe und die Sonne von Gottes Gnade ihm scheine. Wenn Friede regiert, wenn ich in der neuen Zeit des Friedens unter dem Friedensfürsten lebe, dann gönne ich dem anderen Leben und Glück, weiß mich dafür verantwortlich und helfe ihm dazu."

V. 18ff. nennt die *Konsequenzen*, die dieser Friedensschluß für die Heiden hat: Sie werden eingebürgert in Gottes Volk. Sie erhalten Heimat im Hause Gottes.

Das „*Haus Gottes*" ruht auf den Aposteln und Propheten. Luther hat dies in seiner Formel von der Kirche als *creatura verbi*, als „Geschöpf des Wortes Gottes", zum Ausdruck gebracht. Damit wird der Grundlage der Kirche jede Statik entzogen. „Schöpfung des Wortes" impliziert ein immer neues Werden von Kirche, ihren Ereignischarakter, der sich nicht in starre dogmatische Korsetts zwingen läßt. Dem korrespondiert das Bild vom unfertigen Haus Gottes, das noch im Wachsen ist.

Die Begrenztheit des Bildes zeigt sich darin, daß Jesus Christus in ihm nicht als Fundament neben den Aposteln und Propheten genannt wird, sondern als Schlußstein (Jeremias). Hier geht das Bild des Gebäudes in das nachfolgende Bild des Leibes über. Jesus Christus ist der Schlußstein, der Zielpunkt des Baues; er ist das Haupt des Körpers, dessen Glieder wir sind und in dem wir wachsen.

„Der Epheserbrief erzählt die Geschichte Jesu Christi als die Geschichte einer universalen Friedensstiftung. Zum Wesen des Friedensstifters gehört es, daß er auf beiden Seiten steht; er ergreift für beide Seiten Partei. Das ist die selbstloseste Weise, wie jemand an einem Streit teilnehmen kann. Jesus Christus hat in dem Streit zwischen Gott und den Menschen beiden Seiten die Treue gehalten. Er ist Gottes Sohn und des Menschen Bruder geblieben" *(Zahrnt)*.

Mit Recht haben Doerne und andere auf die stark liturgische Prägung dieser Perikope verwiesen. Die ausnahmslos indikativischen Heilszusagen unterstreichen diese Erkenntnis. Ein Merkzeichen für die Predigt!

## III Homiletische Rechenschaft

Gehen wir vom plastischen „Bild der Baustelle" aus: *Christen sind Bauarbeiter für den Frieden.* Kirche ist das Aufgebot des Friedens in dieser Welt. Dazu sind keine übermenschlichen Anstrengungen zu unternehmen. Das allsonntägliche Bekenntnis „Nun ist groß Fried ohn Unterlaß, all Fehd hat nun ein Ende" bezeugt den schon Wirklichkeit gewordenen Friedensschluß Gottes mit seiner Welt, unter dem wir als Christen leben. Daher läßt sich indikativisch von unserem christlichen Leben sprechen. Kein erhobener moralischer Zeigefinger, keine Sympathie- oder Antipathiegefühle sind hier am Platz. Als Glieder Christi werden wir einfach zu Bauleuten seines Friedens berufen.

Dabei wird jeglicher Wunsch nach bloß privater „Erbauung" in seine Schranken zu verweisen sein. Erbauung ist kein individualistischer, sondern ein ekklesiologischer Begriff; er ist immer auf die Gemeinde bezogen. Wir stehen in der Gemeinschaft derer, die uns das Wort überliefert haben, und derer, die dessen gleich uns bedürfen. Barth spricht von einer Verbindung zur Bruderschaft.

„Verbindung zur Bruderschaft ist solide Verbindung, aber Verbindung in Freiheit, in der kein Einzelner aufhört, dieser Einzelne zu sein, in der er sich gerade in seiner Besonderheit mit den anderen in *ihrer* Besonderheit verbindet. So heißt Erbauen ... sich ... gegenseitig zu *halten* und zu *tragen* ..." (Barth).

MARTIN WESKOTT **B**

## IV Zur Situation

„Kirche, das ist ein Haus mit einem Turm", lautet die häufigste Antwort auf die Frage „Was ist Kirche?" im Konfirmandenunterricht. Ein Gebäude ist konkret und anschaulich. Vielleicht steht es seit Jahrhunderten im Ort. Jenseits aller theologischen Versuche, „Kirche" zu beschreiben, haben die Kirchengebäude, die heute noch (wenn Hochhäuser sie nicht vertrieben haben) architektonisch und optisch im Mittelpunkt der Stadt stehen, am meisten das Bild von Kirche geprägt. *Kirche als Denkmal, Gemeinde als Erhaltungsgemeinschaft für dieses Denkmal.*

Die Wirkung dieser Tradition ist so stark, daß sie die Worte des Neuen Testaments über Sinn und Ziel der Kirche erdrücken kann. Welch ein augenfälliger Widerspruch: eine sorgsam renovierte, gepflegte Kirche mit wertvollem Altar — und die Kirche des Baumeisters Christus, eine Baustelle mit all ihrem bewegten Treiben; eine große Werkstatt, wo jeder einen konkreten Bauplatz hat, wo er unter dem Dach Christi arbeiten, leben und sich mit anderen unterhalten kann.

Es ist denkbar, daß der Verfasser auf Anschauungsmaterial, das zum Alltag der Bewohner von Ephesus gehörte, zurückgreift. Der Tempel der heidnischen Fruchtbarkeitsgöttin Artemis oder Diana in Ephesus zählte zu den sieben Weltwundern der Antike. Wie dieser Prachtbau die Leute zum Staunen brachte, so will die Kirche als wunderbares Werk Gottes betrachtet werden. Aber eben nicht als ein in Stein erstarrtes Gebäude, sondern als eine Bewegung, eine „Behausung Gottes im Geist" (V. 22).

*Diese neue Qualität von weltweiter Gemeinschaft in Christus* — das geht im kirchlichen und im bürgerlichen Alltag weitgehend unter. In einer fertigen, gut funktionierenden Kirche ist sie schwer zu erkennen. Sie leuchtet erst ein, wenn deutlich wird, daß Kirche eher einer Baustelle als einem Museum gleicht. Daß alle, die darin Bürger- und Heimatrecht haben, *Mitarbeiter auf einer Baustelle* sind. Wir fragen deshalb: Wie müßte eine Gemeinde dann eigentlich aussehen? Wie sieht die Gemeinde aus, zu der ich spreche? Gibt es da Bauplätze für alle Mitbürger oder nur für den Pastor? Wird deutlich, daß wir nicht nur etwas zu erhalten und zu pflegen haben, sondern an etwas *bauen* sollen?

Solche Bauleute wirken nach Meinung des Epheserbriefs mit ihrem Glauben hinein in den Alltag. Sie leben aus, was sie glauben. Eine Gemeinschaft der Nachfolger, das sind nicht die, die sich nur Christen *nennen*. Auch in der Volkskirche muß das von diesem Text her festgestellt werden. Wo könnte sonst die Wirkung des Schlußsteins zum Tragen kommen, der ja mehr als ein nur plakativer Schmuck ist?

## V Betreten der Baustelle erlaubt

Die Bildebene des Textes legt die Verwendung von Postern oder Dias nahe. Ich selbst möchte in die Mitte meiner Predigt ein Motiv aus der Poster-Serie „Die Menschen dieser Welt gehören zusammen" stellen, die auch als Dia-Serie erhältlich ist. (Bezug der Posters und der Dia-Serie: EMS-Materialdienst, Vogelsangstr. 62, 7 Stuttgart 1.)

Ausgewählte Motive könnten so zum Beispiel den provisorischen Charakter der Kirche, ihre Anfälligkeit für das Modische und das Monumentale deutlich machen. Oder „Bauplätze", die zum Bauen und Mitgestalten einladen. Es gibt genug Aufgaben, Bauplätze, die bei dem immer notwendigen Wiederaufbau, Umbau und der Rekonstruktion von Kirche ausgefüllt und besetzt werden können.

1. Das Wort aus dem Epheserbrief ist Kritik und Ermutigung. *Kritik* an einer Kirche, die als Denkmal in Stein erstarrt ist, einer historischen Sehenswürdigkeit ähnlich. Und *Ermutigung*, zusammen mit anderen unter dem einen Horizont Christi zu leben und zu wirken.

2. Wichtig ist, daß wir bei unserer Bautätigkeit nicht die *Ausrichtung auf den „Schlußstein"* in aller Hektik und allem Eifer vergessen. Sonst fällt am Ende alles zusammen.

3. Der Gottesdienst einer Gemeinde ist *Ort dieser Ausrichtung*, dieser Rechenschaft, dieses Maßnehmens.

4. Das *gemeinsame Mahl* führt alle „Baugruppen" zusammen und sollte als grundlegende Ermutigung zum gemeinsamen Wirken verstanden werden. Hier wird befestigt, was all unser Handeln bestimmt: Jesus Christus hat Frieden gestiftet, Mauern niedergerissen und Zäune überwunden. Das Miteinander von Juden und Heiden in Ephesus wird zum Vorschein des universalen Friedens. Die Gemeinde darf in ihrem Bauen das Aufgebot dieses Friedens sein.

5. Dieser Friede, der Zäune abbricht (V. 14), hat etwas mit jeder Art von Konflikt in der Welt zu tun, mit dem Konflikt zwischen Ost und West, mit dem Konflikt zwischen reichen und armen Gesellschaften, mit dem Rassismus und Nationalismus, mit der Kluft zwischen sogenannter wertneutraler Wissenschaft und ihren realen Folgen für die Menschheit.

Das sollte an Beispielen aus dem Alltag der oder anderer Gemeinden (Umtauschaktion für Kriegsspielzeug; warum ein Jugendlicher den Kriegsdienst verweigert u. a.) und an Brückenbauern (Pontifeces) unserer Zeit verdeutlicht werden.

6. Was durch den Schlußstein Jesus Christus in die Welt gekommen ist, soll sich als Bewegung unseres Denkens und Lebens widerspiegeln, so wie Juden und Heiden trotz aller Trennung unter Christus zusammenwuchsen. Dieser Friede ist etwas, auf das wir bauen, hinbauen, hinarbeiten sollten als neue Qualität des eigenen Lebens und des Zusammenlebens.

Das Dasein der Friedenskirchen wird dabei zur Anfrage an eine volkskirchliche Wirklichkeit und ein Denken, das eher eine opportunistische Einstellung zum Frieden hat. Wer sich mit dem Frieden als Waffenstillstand abfindet, verkennt die weltweite Dimension des Friedens in Christus!

## VI Baumaterial

Aus: *E. Brezing*, Ein Christ erblickt das Licht der Welt (1977):

Mir träumte neulich in der Nacht, / der Herr, er hab' sich aufgemacht, / um seine Kirche zu besehen, / in der so vieles war geschehen, / seit er die Seinen einst verließ / und sie sein Werk zu treiben hieß.

Der Herr — er kam inkognito —, / er fand als Kirche ein Büro / mit lauter Akten und Karteien; / er staunte ob der Zahlenreihen, / in denen säuberlich gebucht / das Irdische, das sie gesucht.

„Wird denn bei euch nicht auch zugleich", / fragt er beim Gehn, „das Himmelreich, / das euch der Herr einst anvertraut, / in diese Welt hineingebaut?" / „Mein Herr, Ihr Standpunkt ist veraltet; / hier wird die Kirche nur verwaltet."

*U. Ranke-Heinemann*, Selig sind die Friedensstifter (Warschau, 1. September 1979, in: Junge Kirche 10/1979, S. 418):

„Das Christentum als Religion der Eroberer, als Gewalt, als Glaube an einen Kriegsgott, das Christentum als Verbündeter der Gewalt, das ist die große Verfälschung des Christentums, die sich durch die ganze Geschichte belegen läßt. Von Kaiser Konstantin, der mit seinem Heer, wohlgemerkt mit seinem Heer am Himmel ein Kreuz sah bzw. zu sehen meinte, und neben diesem Kreuz die Worte: ‚In diesem Zeichen sollst du siegen', und der dieses Zeichen auf den Schilden und Fahnen seiner Soldaten anbringen ließ, spannt sich ein weiter Bogen bis in die Gegenwart. Auch wir heute sehen das Zeichen des Kreuzes am Himmel, nämlich an den Jagdbombern, die wohl auch in diesem Zeichen siegen wollen.
Und wir sehen es auf den Panzern auf der Erde, die doch nicht die Erde des einen gegen den anderen, sondern die Erde aller sein soll. Das Kreuz ist das Zeichen dessen, der Tod und Angst von uns wegnimmt. Wir haben daraus ein Zeichen auf Tötungsmaschinen gemacht, die den Tod und die Angst bringen. Friede hat uns der gebracht, den wir als Erlöser bekennen. Aber dieser Friede ist uns abhandengekommen. Er hat keinen realen Nutzwert mehr. Darum erwarten wir Frieden von Bomben und Panzern."

Lesungen: Die Seligpreisungen (als Ordnung des Friedens) oder Luk. 19, 16—24 (Einladung zum Mahl des Friedens).

Lieder: EKG 214; 215, 1—2; 288.
Ferner: „Ein Schiff, das sich Gemeinde nennt" und „We shall overcome" (Nr. 3 und 4 aus: „Brot und Friede", Lied, Bild und Meditation, hrsg. von Brot für die Welt. Beide Lieder mit neu gestalteten Texten zu Melodien des Kirchengesangbuchs eignen sich gut für den Gebrauch im Gottesdienst an diesem Sonntag.

Literatur:

Der Friede Gottes und der Friede der Welt. Biblische Verkündigung beim 13. Dt. Ev. Kirchentag Hannover 1967 (Bibelarbeiten zu Eph. 2, 11—22 von Gollwitzer, P. Krusche, H. Lilje und H. Zahrnt). — *Lang, F.:* Eph. 2, 17—22, in: Hören und Fragen, hrsg. von A. Falkenroht und H.-J. Held, Band 4, 2. Teil, 1976, S. 29—36; *Steck, K. G.:* Eph. 2, 19—22, in: Herr, tue meine Lippen auf, Band 4, 1959, S. 266—275; Gaugler, E.: Der Epheserbrief, Zürich 1966, S. 100ff.; *Barth, K.:* KD, Registerband, S. 506f.; *Casalis, G.:* Eph. 2, 17—22, in: GPM 1963/64, S. 222—226; *Herbert, K.:* Eph. 2, 17—22, in: GPM 1970, S. 280—285.

## DRITTER SONNTAG NACH TRINITATIS

# 1. Timotheus 1, 12—17: Befreiendes Beispiel

HERMANN BLENDINGER **A**

### I Pauluslegende — Lebenslegende

Bei einem ersten (und, wie ich gestehen muß, widerwilligen) Durchgang durch den Text machte ich mir die Notiz: „Die Pauluslegende ist hier schon fertig entwickelt." In Klammern schrieb ich dazu: „... auch wenn Paulus sie selbst geprägt haben sollte. Auch Luther hat an seiner Lebenslegende kräftig mitgestrickt." An dem Einfall der „*Lebenslegende*" bin ich hängengeblieben. Nicht nur Luther oder Augustinus — *im Grunde arbeitet jeder Mensch an seiner Legende*. Sie ist nicht identisch mit der Summe der Lebensschicksale, der Leistungen und Widerfahrnisse, sondern beruht auf Auswahl und Interpretation. Gleiche Erlebnisse werden von verschiedenen Menschen ganz verschieden interpretiert und rufen bei ihnen oft kontroverse Reaktionen hervor. Vor allem aber: die Lebenslegende, die einer entwickelt, weist direkt auf die Antwort hin, die der Betreffende auf die Frage nach dem Sinn seines Lebens gibt. Für die Predigt könnte sich diese Erkenntnis als hilfreich erweisen. — Die Perikope legt in ihrer Abgrenzung die etwas anders gestellte Frage nahe: Von woher interpretiere ich mein Leben? Auch hier wird Lebensgeschichte interpretiert.

Bei diesem sehr individuell zugespitzten Auslegungsansatz bringe ich das drei Tage später, am 25. Juni, fällige 450jährige Jubiläum der Confessio Augustana nur schlecht unter. Vielleicht hilft die Überlegung weiter, daß auch das Bekenntnis der Kirche kein lebensfernes Konstrukt ist, sondern mit der Lebensinterpretation, die in der Gemeinschaft favorisiert wird, zusammenhängt.

## II Botschaft und Biographie

Der 1. Timotheusbrief liest sich wie eine Gemeindeordnung. Er ist geschrieben an eine von Irrlehre bedrohte und verwirrte Gemeinde. Welcher Gestalt die Irrlehre ist, läßt sich aus den Andeutungen des Briefes nur vermuten. Die Ausleger nehmen eine eher rigoristische als libertinistische Richtung der Gnosis an. In der Perikope geht es um die „*traditio fidei*", die auf zwei Schienen läuft: Zum einen auf dem autobiographischen Bekenntnis des Paulus beruhend: Mir, dem Verfolger, Lästerer und Frevler, ist Barmherzigkeit widerfahren (V. 13); zum anderen von dem feierlich eingeführten Lehrsatz getragen: Christus Jesus ist in die Welt gekommen, die Sünder zu retten (V. 15). Damals war dieses uns heute so liturgisch anmutende Bekenntnis ein *Protest*, und zwar gegen die gnostischen Irrlehren, die den hier behaupteten Satz verdunkelt haben. Gegen Lohn- und Leistungsdenken gerichtet, hat solch ein Satz stets einen schweren Stand. Laut V. 18 ist das Bekenntnis dieser Verse das die Gemeinde konstituierende zentrale Evangelium.

Die von manchen Auslegern gestellte Frage, ob es sich hier um ein echtes oder ein von einem Späteren dem Paulus zugemutetes Bekenntnis handelt, geht an der Textsituation vorbei. Der Text enthält nur dem grammatischen Sinne nach ein Ich-Bekenntnis. Hier legt nicht einer Zeugnis nach Weise der Pietisten ab (man sollte um der Genauigkeit willen „Zeugnis ablegen" und „bekennen" auseinanderhalten). Der Text stellt in der Ich-Form die gnadenreichen Widerfahrnisse des Paulus als vorbildlich für christliche Existenz überhaupt dar. An der Verfasserfrage hängt für die Predigt nichts, deshalb lasse ich mich auf die Fiktion, der Brief sei von Paulus geschrieben, ein und versuche zu hören, was der Text sagen will.

Das Reizvolle an diesem Abschnitt ist, daß die zentrale Botschaft des Neuen Testamentes gewissermaßen narrativ als *biographische Notiz* dargestellt wird. Die dogmatische Formel V. 15 ist die *Zusammenfassung einer Lebenserfahrung*. „Wenn Erfahrung nicht sprechen darf, gibt es keine Frömmigkeit" (W. Kühnholz, in PrSt VI 2, 1978, S. 118). Das Entscheidende für sein Leben erlebt Paulus *als Widerfahrnis*. (Man beachte die Passiva im Text!) In seinen Aktivitäten war er ein Lästerer, Verfolger und Schmäher gewesen. Eine Qualifikation, die sein Tun aber erst von seiner Bekehrung erhält. „Hinter den negativen Qualifikationen des Apostels in V. 13a verbirgt sich höchste religiöse Aktivität" (E. Schweizer, in GPM 32. Jg., S. 268).
Was Paulus widerfahren ist, hat *Modellcharakter*. An seiner Lebensgeschichte ist Gottes Barmherzigkeit in Christus für alle ablesbar. Sein Schicksal ist für die ganze Kirche „erbaulich".

Luthers Übersetzung von „protos" ist zumindest mißverständlich. Paulus bezeichnet sich nicht als den ersten, also schlimmsten Sünder, sondern als den ersten geretteten Sünder. Er ist die „exemplarische Manifestation des Heilshandelns Gottes in Jesus Christus" (Schweizer, a. a. O.). Darum mündet der Abschnitt in die Aufforderung zum allgemeinen Lobpreis Gottes, denn die Barmherzigkeit meint nicht nur Paulus, sondern meint alle.

Schwierigkeiten macht uns Heutigen die Begründung, die Paulus für *Gottes Erbarmen* gibt: „weil ich es unwissend getan habe im Unglauben" (V. 13; V. 16 wird das Erbarmen Gottes noch einmal ganz anders begründet). Das klingt so, als ob Gott mildernde Umstände anrechnen müßte, um barmherzig zu sein. Die Erklärungen, welche die mir zugänglichen Auslegungen versuchen, befriedigen mich nicht. Der Satz steht für mich nicht auf der Höhe der neutestamentlichen Tradition. Unglaube ist sonst in der Bibel kein Anlaß zur Nachsicht, sondern ist *Sünde*.

Von woher interpretiert der Paulus des 1. Timotheusbriefes sein Leben? Was ist der Kern seiner Lebenslegende?
1. Indem er in die Mitte seines Lebens Gottes Erbarmen in Christus stellt, interpretiert er sein Leben nicht von seinen Höhen, sondern *von seinen Tiefen her*. Was er ist, liegt nicht in seinen Möglichkeiten; er ist es aus Gnade. (Vgl. 1. Kor. 15, 10: „Von Gottes Gnade bin ich, was ich bin." Nur Gott selbst kann sagen: „Ich bin, der ich bin.") Darum muß er die dunkle Vergangenheit nicht verdrängen.
2. Paulus versteht sich als christliches Vorbild. Aber nicht irgendwelcher Tugenden wegen, sondern weil er das Vorbild eines *Geretteten* ist. Auf dem Hintergrund unserer Erwartungen an christliche Vorbilder ist der Hinweis auf die Lebenslegende des Paulus dann doch überraschend.

## III Der Prediger als exemplarischer Hörer

Den Schwierigkeiten des Predigers mit dem Text gibt M. Mezger (GPM 26. Jg.) Ausdruck, wenn er auf die naheliegende Versuchung hinweist, „jeden Hörer mit Gewalt in die vorgläubige Existenz hinein (zu verdammen), damit man um so schöner den Sünderheiland anbieten kann" (S. 279). Der Text legt den Dreischritt Sünde-Gnade-Dank, jene reichlich ausgeleierte Predigtfigur, nahe. (Gerade dies war es, was mich zunächst so aggressiv gegen den Text gemacht hat.) Aber auch *von Sünde* muß hier geredet werden, sowenig Paulus bei seiner Lebenslegende Sünde verschweigt. Dabei ist aber zu bedenken, daß unsere Einstellung zu Sünde und Schuld gegenüber früheren Generationen anders geworden ist. Das betonte Reden davon rüttelt nicht auf, es ermüdet. Psychologen weisen darauf hin, daß Schuldgefühle bei uns im Abnehmen begriffen sind.

Begründung: „Der Auflösung von Norm und Autorität außerhalb des Menschen entsprach eine Reduktion des Über-Ich oder bei jungen Menschen oft nur ein spärlicher Aufbau von Über-Ich-Strukturen. Da Schuldgefühle wesentlich auch an der im Über-Ich verinnerlichten Gesellschaftsmoral erwachsen, entstanden entsprechend weniger Schuldgefühle" (*R. Affemann*, in: Ev. Komm. 1979, S. 507).

An dieser Befindlichkeit haben nicht nur die Predigthörer, sondern auch die Prediger selbst teil. Und jedenfalls gibt uns der Text keinen Anlaß, Schuldgefühle künstlich aufzubauen. Erstens gelingt das kaum; zweitens ist Katzenjammer keine Voraussetzung für Bekehrung; drittens erzeugt man, wenn schon, zumeist nur Schuldgefühle, die mit Leistungsversagen zusammenhängen; und viertens sind Schuldgefühle etwas anderes als Schuld. Was Schuld ist, weiß ich von mir aus nur bruchstückhaft; ihre Erkenntnis ist auf Offenbarung angewiesen.

*Ein Geschenk* steht in der Mitte des Textes. Mit Geschenken habe ich Schwierigkeiten. Es ist gar nicht so einfach, sich als Beschenkter zu bekennen und anzunehmen. Einige Beobachtungen dazu:
1. Ein Geschenk drängt mich, mich zu „revanchieren“. Mit dem „danke“ bin ich nicht aus der Schuld. Es kann leicht zum Anfang einer Kette werden, in der des Hin- und Herschenkens kein Ende mehr ist. Geschenke können abhängig machen.
2. Empfangene Geschenke entsprechen oft nicht unseren heimlichen Wünschen. Es kann sein, daß ich mit einem Geschenk nichts anfangen kann; es taugt höchstens zum Weiterschenken. Aber von solchen Gedanken darf ich mir nichts anmerken lassen. Geschenke verführen oft zum Heucheln.
3. Ich möchte mir gerne etwas Bestimmtes schenken lassen, aber ich kann nicht „bitte“ sagen. Mein Stolz erlaubt mir das nicht. Ich stelle mich lieber als einen dar, der nichts braucht. Und wenn mir das Erwünschte angeboten wird, lehne ich dankend ab. Geschenke müssen manchmal geradezu aufgedrängt werden.
4. Ich bin mißtrauisch; ich vermute irgendeine Tücke des Gebers, die ich nicht durchschaue. Will er mich erziehen? Gebraucht er mich für etwas, das er selber nicht brauchen kann?
Der Prediger wird nur dann überzeugend von Dank und Erbarmen als Interpretament des Christenlebens reden können, wenn er selbst Erfahrungen mit Barmherzigkeit und Dankbarkeit gemacht hat. Der Text lädt offen dazu ein, das Evangelium narrativ und autobiographisch illustriert zu entfalten.

GERHARD SCHNATH **B**

## IV Die Situation: Zeit bedrohlicher Beispiel-Losigkeiten

Auf welche Beispiel-Losigkeiten, auf welche charakteristischen „Irrlehren“ trifft der Bekenntnis-Protest des „Paulus“ in der exemplarischen Beispielhaftigkeit seiner biographischen Lebenserfahrungen (vgl. A) im Juni 1980?

Meine Vermutung geht dahin, daß wir — Bevölkerung, Gemeinde wie Prediger — uns in einem Klima befinden werden, das in einer Serie von Wahlkämpfen in zunehmendem Maße von personalisierten wie polarisierten „Bekenntnissen“ aller Art geschwängert, ja durch lautstarke Anti-Bekenntnisse vergiftet sein wird. Es bedarf keiner sonderlich prophetischen Begabung, um vorauszusehen, daß — wenn nicht ein Wunder geschieht — in beispielloser Weise

die Spitzenkandidaten sich als Einzelpersonen zur möglichst totalen Identifikation anbieten werden,
die von ihnen exemplarisch vertretenen Positionen als über Heil und Unheil entscheidende Heilslehren verkündet werden,
und diese nicht inhaltlich gefüllt, sondern vornehmlich als negative Anti-Bekenntnisse gegen die „Widersacher", die das Erreichte zu verschlingen suchen (analog zu 1. Petrus 5, 8), gepredigt werden.
Sollte das Wunder sich dennoch ereignen, wäre der Lobpreis unseres Textes Anlaß zu einem Dankgottesdienst.

Zweifellos wird es in der vermutlich den Charakter einer Bekenntnis-Schlacht annehmenden Wahlkampfatmosphäre auch Stimmen geben, die dies als bösen und das Gemeinwesen gefährdenden „schlechten Stil" brandmarken und zur Vernunft rufen. Ich fürchte nur, daß bürgerliche Vernünftigkeit nicht viel auszurichten vermag, wenn der Status confessionis ausgerufen und das je eigene (Anti-)Wahlprogramm als articulus stantis et cadentis nationis beschworen wird.

In solchem Szenario gewinnt für mich das Bekenntnis des Paulus exemplarischen Gegenwartsbezug und darin einen befreienden Klang. Ich entdecke in ihm ein Kriterium zentraler Glaubenserfahrung, das buchstäblich *Modellcharakter dafür hat, ob Leben mit Ewigkeitsrang gelingt oder verspielt wird. Dieses möchte ich gern in der Predigt zur Geltung bringen.*

## V Predigtaufbau: Beispielhafte Pro-Existenz

Kirche Jesu Christi definiert sich als Gemeinschaft derer, die Geschichte und Geschick dieser Welt im Lichte Gottes zu sehen lernen, die beides immer wieder zu entdecken und aufzudecken bereit sind und darüber immer wieder dankbar den Lobpreis Gottes anstimmen. Das einzige, was sie vor anderen auszeichnet, ist einerseits das Wissen um Elend und Kreuz kreatürlicher, zumal menschlicher Wirklichkeit (auch ihrer eigenen) — andererseits die „intra muros" unausdenkbare, aber geschichtlich verifizierbare Chance, gültiges Leben neu zu entbinden. Beides ist „eph hapax" an den Tag und ans Licht der Welt gekommen in dem beispiellosen Beispiel Jesu von Nazareth. Beides ist der „pistos ho logos", das schlechthinnige Axiom (V. 15), das allein und ausschließlich über Heil und Unheil, Gedeih und Verderb entscheidet. Dies ist und bleibt der wahre articulus stantis et cadentis nicht nur der Kirche, sondern der ganzen Welt.

1. Für Eigenlob, Selbstruhm und Personenkult bleibt da kein Raum. Dies alles zeugt nur — freilich eindeutig! — von Unwissenheit und Unglauben. Denn der „natürliche Mensch vernimmt nichts vom Geiste Gottes" (1. Kor. 2, 14). Beides hat zur Folge, daß dem Heiligen Geist widerstrebt wird (Apg. 7, 51). Sollte es aber gar wissentlich oder durch Christen geschehen, so frage ich mich, ob das nicht eben den Tatbestand der „Lästerung wider den Heiligen Geist" (Matth. 12, 31) erfüllt.

Paulus entschuldigt seine Unwissenheit und seinen Unglauben nicht. Es tut auch nicht not, ,,jeden Hörer mit Gewalt in die vorgläubige Existenz hinein zu verdammen", wie M. Mezger von A zitiert wird. Dazu sind Unwissenheit und Unglaube viel zu fatal. Wenn nicht Gotteslästerung selbst, so sind doch jedenfalls deren komplementäre Auswirkungen (Verfolgung und Frevel) Realitäten, deren wir täglich in Fülle ansichtig werden. Unwissenheit und Unglauben in bezug auf die fundamentale, zentrale wie universale Weltwirklichkeit ,,en Christo" erweisen sich in ihren Auswirkungen als so lebensbedrohlich, daß sie schlechterdings unentschuldbar sind. Wer sie — als einzelner wie als Gruppe, Verband, Gemeinwesen, Institution — nicht im Lichte Jesu als solche erfährt, wird sich, wie auch Paulus zuvor, selbst im Verfolgen und Freveln für einen moralisch qualifizierten Eiferer halten und noch dazu meinen, daß er Gott und den Menschen einen guten Dienst damit tue (Phil. 3, 6; Apg. 22, 3—6).

2. Demgegenüber benennt 1. Joh. 1, 1—10 (liturgisch wieder und wieder erinnert, aber so wenig vollzogen) präzise eines der essentiellen Kriterien eines Lebens aus Glauben, das allein ,,*Gemeinschaft miteinander*" ermöglicht. Hier wird Sünde bekannt. Soll solch ein Sündenbekenntnis nicht frommes Ritual bleiben, sondern wird es existentiell vollzogen, dann krümmt sich der auf andere hin ausgestreckte Zeigefinger und weist wie die anderen Finger auf die Bekennenden zurück. Daß wir Christen immer wieder der Versuchung erliegen, uns der Sündhaftigkeit oder unseres bekennenden Eingeständnisses wie einer moralischen Qualifikation zu rühmen, das leugnet den Grund solcher Einsicht. Der diabolische Trick, die unverfügbare ,,pistis" Gottes (A weist mit Recht auf die Passiva im Text) in den moralischen Standard des eigenen Glaubens zu verfälschen, macht uns blind für Elend und Kreuz dieser Welt im Lichte Jesu.

Die zentrale ,,objektive" Botschaft des Neuen Testaments kann folgerichtig nur im Medium ,,subjektiven" Bekennens glaubhaft bezeugt werden. Dieses Medium ist, wo nicht identisch mit der Message, so doch integrales Element ihrer Vermittlung. Es scheint mir die Tragik aller Dogmen zu sein, daß sie das ausschließlich in der ersten Person Singular wie Plural vollziehbare Bekennen in die scheinbare Objektivität des ,,Es" oder ,,Man" zu münzen versuchen muß. Glaube und Liebe gibt es nicht ,,a se"; sie sind ,,pro nobis" — oder überhaupt nicht.

3. Wes Geistes Kinder sind wir? Lehrt die Bitte des Paulus, den Heiligen Geist nicht zu betrüben (Eph. 4, 30), uns ,,beten, daß auch die anderen den Heiligen Geist empfangen" (Apg. 8, 15)? Leuchtet es uns ein, daß es hier nicht um etwas mehr oder weniger Religiosität geht, auch nicht um bloße Stilfragen oder ein paar verzeihliche Entgleisungen in der verständlichen Hitze des Wahlkampfes? — Paulus jedenfalls beansprucht und steht dafür exemplarisch ein, daß es um das Leben schlechthin, um Leben mit Ewigkeitswert geht. Ich möchte das nicht auf die leichte Schulter nehmen, und wenn ich mich nicht täusche, spüren es viele unter uns: Irgendwie kann das so, wie wir miteinander umgehen, kein gutes Ende nehmen. Woran denke ich? Drei Beispiele:

Ich denke an mein Verhältnis zu meinen Kindern im Spiegel eigener Kindheitserfahrungen. Wenn meine Eltern zum Abendmahl gingen, riefen sie uns zusammen und fragten, ob wir irgend etwas gegen sie auf dem Herzen hätten. Sie baten uns, das auszusprechen und ihnen zu vergeben. Ich habe in dieser Erfahrung eine unbeschreibliche Freiheit aufleuchten sehen, die aus dem Krampf autoritativer elterlicher Unfehlbarkeit zu einer Gemeinschaft entbindet, die auf Vertrauen gründet und uneingeschränkte Zuwendung ermöglicht. Die Autorität der Eltern beruhte nicht auf ihrer eigenen Macht, sondern in ihrer Bindung an den „König der Welt". Deshalb durfte und wollte sie sich an Jesus messen und gegebenenfalls auch kritisieren lassen.

Ich denke zweitens an die Diskussion um den §218. Können die Äußerungen der Kirchen zu diesem buchstäblich leidvollen Thema ernstgenommen werden, solange die Kirchen nicht eigene Bußfertigkeit in dieser Sache erkennen lassen? Müssen ihre Äußerungen nicht infolgedessen lediglich als moralischer Rundumschlag oder als versteckte Wahlkampfhilfe gehört werden? Der selbstgerecht ausgestreckte Zeigefinger macht alle Lebensbotschaft zum Thema 218, die doch frohe, befreiende Botschaft sein soll, zunichte. Denn wie sind wir, die Christen, bislang mit ledigen Müttern umgegangen? Und wie gehen wir mit gewordenem Leben um?

Und ich denke drittens an den Wahlkampf. Mir fällt dazu ein Erlebnis ein, bei dem ich erstmals begriffen habe, was Unwissenheit und Sünde im biblischen Sinn mit Unvernunft, was also — umgekehrt — Weisheit und Glaube mit Vernünftigkeit zu tun hat. Es war kurz nachdem die Entscheidung über die Wiederaufrüstung im Bundestag gefallen war. Damals erzählte uns Gustav Heinemann, wie sehr ihm die Argumente der Befürworter zu schaffen gemacht hätten, gerade weil etliche davon auch ihm einleuchtend erschienen waren. Es sei ein wahrlich nicht leichtes Abwägen des Für und Wider gewesen. Und als er schließlich, als die Entscheidung fällig war, beim Hammelsprung durch die „Nein-Tür" gegangen sei, da hätte manches „Ja" in seinem Herzen wie in seinem Kopf durch die Tür mit hindurch müssen. Und er sei überzeugt, den meisten Für-Sprechern sei es umgekehrt nicht anders ergangen. Wehe uns, schloß Heinemann damals, wenn aus politischen Entscheidungen wieder Heilslehren gemacht werden.

4. Die eine, unteilbare Wahrheit, „gewißlich wahr und ein teuer wertes Wort", die voll angenommen zu werden lohnt, ist Wahrheit „sub specie crucis". Und selbst sie ist nur erst Widerspiegelung in einem dunklen Wort, Weisheit und Erkenntnis in Bruchstücken (1. Kor. 13, 9 und 12), ist vorerst „arrabon" (2. Kor. 1, 22). Jeder — in der Einzahl wie in der Mehrzahl — hat immer nur einen Zipfel der Wahrheit. Und müssen Entscheidungen gefällt werden — wer könnte sie anders denn mit Furcht und Zittern fällen, weil doch immer auch eine Portion „Wider" gegen seine eigene Sicht und Einsicht mit durch das Nadelöhr muß.

Die jeweilige Wahrheit der anderen muß mit im Spiel bleiben. Wir sind darauf angewiesen. Wer seine Opponenten — zu Hause, in der Wirtschaft, in der Politik — verteufelt, treibt den Teufel mit Beelzebub aus. Er bedroht unser gemeinsames Überleben.

Aber darum ist uns Barmherzigkeit widerfahren, auf daß an uns beispielhaft Jesus Christus erzeige die ganze Geduld, zum Vorbild dafür, was Glauben heißt, welcher allein Leben, das diesen Namen verdient, ermöglicht. Ehre und Ruhm und Dank dafür gebührt Gott allein, dem König der Welten, dem Unvergänglichen und Unsichtbaren und allein Weisen in alle Ewigkeit. Amen.

## VI Hilfen zur Gestaltung

Ich denke das CA-Jubiläum am sachgerechtesten zu begehen, indem ich von der in CA VII bekundeten Freiheit des „satis est" praktischen Gebrauch mache: „Nec necesse est ubique esse similes traditiones humanas, seu ritus aut ceremonias ab hominibus institutas." Diese Freiheit schließt die Einbeziehung sinnvoller „traditiones" ein.

Für den Gottesdienst schlage ich vor, in ihm (dem Charakter des 3. Sonntags nach Trinitatis gemäß) den Grundtenor eines Buß- und Fürbittegottesdienstes anzustimmen. Der alte Sonntags-Psalm 32 — ich selbst werde meine Übertragung in „Themen der Hoffnung" (S. 11) benutzen —, aber auch Psalm 103 bieten sich als *Introitus* an.

Zur „Ortsbestimmung" des *Kyrie* würde ich einige exemplarische Pressezitate aus den Beispiel-Losigkeiten des Wahlkampfes vorlesen, nach Möglichkeit dazu auch eine Notiz aus der Jugendgerichtsbarkeit oder dem Familiengericht.

Dem *Gloria* möchte ich Vers 15 unserer Perikope voranstellen, als *Schriftlesung* 1. Joh. 1, 5—2, 2 zitieren.

Die *Fürbitte* sollte konkrete Beispiel-Losigkeiten beim Namen nennen, unsere eigene Verflochtenheit damit bekennen und zum jeweiligen Ruf des „Herr, erbarme dich" führen.

Als *Lieder* wären zu nennen: EKG 336, EKG 166 oder EKG 268 (1—4+8) sowie EKG 231 (1—6).

# VIERTER SONNTAG NACH TRINITATIS

## Römer 14, 10—13: Keine falsche Scheu vor Konflikten

HANS P. SCHMIDT **A**

## I. Schritt

Keiner soll den anderen richten oder verachten.
Jeder ist für sich selbst verantwortlich.
In einer Zeit, da Toleranz zum Alibi für Gleichgültigkeit werden kann, klingt das wie eine Bestätigung für Selbstgenügsame. Aus dem Zusammenhang gerissen, scheint der Text einem christlichen Individualismus das Wort zu reden. Doch ist die Rede von einem Gruppenkonflikt in der Gemeinde, in den einzugreifen sich Paulus nicht scheut. „Starke", die sich der christlichen Freiheit erfreuen, werfen „Schwache", die sich über bestimmte Regeln und Gewohnheiten ihrer eigenen Welt nicht hinaustrauen, durch Kritik und Verachtung auf sich selbst zurück *und* drängen dabei viele zu einer Freiheit, der sie nicht gewachsen sind.

*Calvin* kam zu der Überzeugung, der Schwache dürfe „die Wohltat der Freiheit ... nicht früher genießen, als sie sein Glaube wirklich ergriffen hat".
*Kant* — ein über fatale Auswirkungen der Aufklärung aufgeklärter kritischer Aufklärer — warnte vor dem „befremdlichen, nicht erwartbaren Gang menschlicher Dinge". Er räumte ein: „Ein größerer Grad bürgerlicher Freiheit scheint der Freiheit des *Geistes* des Volkes vorteilhaft und setzt ihr doch unübersteigliche Schranken; ein Grad weniger von jener verschafft hingegen dieser Raum, sich nach allem ihrem Vermögen auszubreiten" (Was ist Aufklärung? 1784).

Frei zu werden und auf dem Weg zur Freiheit zur eigenen Lebenserfüllung zu kommen, das scheint gar nicht so einfach zu sein. Will Paulus die Gemeinde gegen Anstöße abschirmen? Haben sich die Mehrheitsverhältnisse in der Kirche verändert? In Rom waren die Starken in der Überzahl. Droht uns heute eine Herrschaft der Schwachen? Mit ängstlicher Scheu vor Konflikten im eigenen Bereich?

## II. Schritt

Paulus hat die Gemeinde in Rom nicht gegründet. Als er den Brief schrieb, kannte er sie nur vom Hörensagen. Immerhin: Er hat sich ausführlich informieren lassen. Nur im Römerbrief folgt auf die allgemeine (12, 1—13, 14) eine spezielle Paraklese (14, 1—15, 13). Freilich: Nicht alles konnte seine Zustimmung finden. Trotzdem: Paulus akzeptierte die Gemeinde als von Jesus berufene Brüder, als Geliebte Gottes und berufene Heilige (1, 6). Er schrieb ihr kraft der ihm „verliehenen Gnade" (12, 3), mit der er allen zu „dienen" suchte. Nie sagte er — auf Amtsautorität pochend —, ich bin Apostel, ihr seid Anfänger; also horcht und gehorcht. Das war nicht sein Weg. Und zwar nicht nur aus didaktischen Gründen. Mit dem Wort des Evangeliums, das er verkündigte, waren nicht fällige Antworten für konkrete Lebenslagen wie Handlungsregeln mitzuliefern. Nach dem „Willen Gottes" (12, 2) ist von den Betroffenen selbst stets neu zu fragen. Jeder sollte im Umgang mit Problemen und Konflikten die Freiheit und Fähigkeit eigener Urteilsbildung gewinnen (dokimazein! 12, 2 und 14, 22).

Der Predigttext gehört zum parakletischen Teil des Briefes, der mit 12, 1 beginnt und dessen Argumentation — wie oft bei Paulus — in 15, 13 mit einem Gebetswunsch schließt: Von Problemen und Konflikten der Gemeinde ist im Vertrauen auf den „Gott der Hoffnung" die Rede. Seine Gnade ist mächtiger als die Sünde (5, 12—21!). Bei Paulus herrscht nicht die komplementäre Dialektik von Sünde und Gnade, die unter dem Krisen-Eindruck des Ersten Weltkriegs und im Einflußbereich der Existenzphilosophie für die Evangelische Theologie bestimmend geworden ist.

Vgl. *H. Schröer*, Die Denkform der Paradoxalität als theologisches Problem, 1960. Exemplarisch: *G. Krüger*, Dialektische Methode und theologische Exegese. Logische Bemerkungen zu Barths Römerbrief. Zwischen den Zeiten, 5 (1927), S. 116—157.

Das 14, 11 (und Phil. 2, 10f.) aus Jes. 45, 23 übernommene Zitat spricht (wie 15, 7ff.) von der Hoffnung für die ganze Schöpfung. (Vgl. Käsemann, An die Römer, 1974², S. 357, 370f.) Die Hoffnung auf Gerechtigkeit, Frieden und Freude (14, 17; 15, 13) muß nicht länger auf ein Ende oder gar ein Jenseits der Geschichte verschoben werden. Jetzt und hier ist die Herrschaft Gottes im Kommen. Menschen können frei werden zum „Dienst der Gerechtigkeit" (6, 19ff.; 8, 12ff.). Der Glaube hat „Hand und Fuß" (6, 19). Sein Aktionsbereich kennt keine Grenzen (12, 9—21). „Der für die gesamte Antike grundlegende, bis heute nachwirkende Unterschied zwischen kultischer und profaner Sphäre (ist) ... für den Christen aufgehoben" (Käsemann, S. 359 zu 14, 14!). Nun geht es um „Gottesdienst im Alltag der Welt" (12, 1f.). Der aber wird behindert oder gar verhindert durch Ingroup-Bildungen von „Schwachen" und Selbstgefälligkeiten von „Starken".

Anlaß und Vorgeschichte des Konflikts bleiben teilweise offen. Deutlich wird freilich: „Starke", die offensichtlich in der Mehrheit sind, vertreten (wie die Enthusiasten in 1. Kor. 6, 12) die These: Alles ist erlaubt! Und sie stoßen damit bei „Schwachen", die sich an bestimmte Traditionen halten, die ihnen zugleich Halt geben, auf Kritik. Sie weisen die Kritik zurück, indem sie im Selbstgefühl ihrer Freiheit und Stärke sich von den anderen distanzieren und sie als „Schwache" diffamieren. Nicht wenige scheinen unter diesem Meinungsdruck der „Starken" trotz eigener Bedenken ihre Lebensform aufgegeben und — hin- und hergerissen — sich einer Freiheit unterworfen zu haben, die als fremde Forderung sie überfordert, ja in ihrer eigenen Erlebnis- und Ausdrucksfähigkeit (vgl. näphäsch/psyche!) verletzt hat. Wahrheit kann zynisch werden, wenn sie den anderen nicht hilft.

Paulus redet nicht beiden Gruppen gut zu. Er bezieht Position, ohne zum Parteigänger zu werden. Eindeutig teilt er die *Meinung* der Starken, nicht aber ihr *Verhalten*. Sie mißbrauchen ihre Freiheit, wenn sie die Selbstfindung der anderen nicht fördern, ja deren Selbstachtung verletzen oder gar zerstören. Wer in seinem eigenen Lebensverhalten die Lebensbedürfnisse des anderen nicht beachtet, hat sein eigenes Leben verfehlt und das Leben anderer gefährdet.

V. 10f. weist mit jedem Satz auf die Tragweite des Konflikts hin. Ethische Weisungen folgen bei Paulus nicht als bloßer Anhang zu allgemeinen Lehraussagen. Hier werden lebenspraktische Erwägungen, denen es gelingt, eine Fülle von Konflikten anzusprechen und der gemeinsamen Bearbeitung zugänglich zu machen, zur Sinnspitze der Lehrbildung (vgl. 15, 4—6). Wer Solidarität mit dem Bruder aufkündigt, setzt sich selbst ins Unrecht. V. 12 betont in Form einer Sentenz den alleinigen Rechtsanspruch Gottes. Menschen sollen aus dem Zwang zur Gesetzlichkeit befreit werden, wie auch die Rechtsprechung aus den

Zwangsvorstellungen und Gruppeninteressen der Menschen. Der Schwache kann seine Lebensform nicht für alle verbindlich machen. Der Starke darf seine Erkenntnis nicht dem Schwachen gewaltsam zumuten. V. 13 zieht die Folgerungen für beide Gruppen, wobei auch hier vor allem die „Starken" gewarnt werden, nicht „Anstoß" und „Ärgernis" zu geben.

## III. Schritt

1. Ich finde das erstaunlich: Obwohl Paulus die Gemeinde noch nicht persönlich kannte, hatte er keine Scheu, sich auf die in ihr bestehenden Konflikte einzulassen. Probleme wurden nicht aus Sorge um eine mögliche Gefährdung der Einheit heruntergespielt, sondern thematisiert. Christliche Freiheit kann nur gelingen, wenn das Mißlingen der Freiheit ständiges Thema der gemeinsamen Tagesordnung bleibt. Wenn sich Gruppen hinter die Mauern ihrer partikularen Frömmigkeitsgeschichte und Selbstinteressen zurückziehen, ihre eigenen Traditionen oder Erkenntnisgewinne zur Norm erheben, dann werden alle daran gehindert, die Verantwortung der christlichen Freiheit wahrzunehmen.
Folgt die Predigt diesem ermutigenden Grundzug der Paraklese (12, 1; 15, 1—6), so wird sie, von der Praxis angestiftet, ebenfalls zur Praxis anstiften.

2. Für Paulus geht es in allen Konflikten, die der Rede wert sind, um den rechten Umgang mit den Charismen. Kein Gemeindemitglied ist ohne Gnadengaben (12, 3ff.). Doch kommen sie nicht immer den anderen zugute. Schon die Propheten warnten: „Der Weise rühme sich nicht seiner Weisheit, der Starke rühme sich nicht seiner Stärke, der Reiche rühme sich nicht seines Reichtums..." (Jer. 9, 23f.). Gnade und Recht stehen in den sozialen Beziehungen auf dem Spiel.
Das Vorgehen des Paulus kann für den Predigtdienst nicht ohne Folgen bleiben: Er kann nur recht versehen werden, wenn er auf Konflikte, die heute die Solidarität der Christen bedrohen, eingeht. Werden sie in Sorge um die Tragfähigkeit der Gemeinde nicht besprochen, so bleiben ihnen alle um so hilfloser ausgeliefert.

3. Für mich bleibt es eine offene Frage, ob wir als Prediger nicht oft den „Starken" gleichen, die für die christliche Freiheit contra-produktiv kämpfen, indem sie gegen „Schwache" zu Felde ziehen. Sicher läßt sich jederzeit wider eine fundamentalistische Bibelfrömmigkeit, gegen die Selbstgenügsamkeit von Ortsgemeinden, gegen bestimmte religiöse Bedürfnisse der sogenannten Kerngemeinde Einspruch erheben. Wie aber können Gruppengrenzen durchlässig werden? Wie lernen Christen füreinander einzustehen? Paulus erinnerte in diesem Zusammenhang an das „Vorbild" Jesu (Röm. 15, 1—6; Gal. 6, 2). Wie kann

die gemeinsame „Erbauung“ (14, 19) ihren Fortgang nehmen? Wie kann der Prediger zur uneingeschränkten Solidarität anstiften?

4. Der Text berichtet, was damals die Auseinandersetzungen auslöste. Zu predigen ist über ganz andere Konflikte, die heute den „Gottesdienst der Christen im Alltag der Welt“ blockieren. Vielleicht sind es Konflikte, die nicht mehr aufmerksam genug (Konfessionen/Ökumene am Ort, reich/arm, einflußreich/teilnahmslos, jung/alt) oder überhaupt noch nicht so recht (Umweltverantwortung, Sicherheitspolitik, Rassenfrage, ausländische Mitbürger) wahrgenommen werden. Vielleicht hilft dabei die Frage weiter, was heute anderen Anstoß (próskomma) und Ärgernis (skándalon) bereitet.

Immer mehr Christen nehmen zum Beispiel Anstoß am sogenannten „Eurozentrismus“: an der Neigung, die abendländische Art, altvertraute Lebensformen und Lehrformeln des Glaubens für universal zu halten. Sie hindern andere, ihren eigenen Weg zu finden. Und wir bleiben selbst dabei einem System verhaftet, das weltweite Herausforderungen eher als Bedrohung empfindet, zur Bestandswahrung neigt und der Befreiung von Unterdrückten und Armen im Wege steht.

HELMUT KERN

# B

## IV. Schritt

1. A ist es überzeugend gelungen, das dem Apostel angesichts der „Starken“ und „Schwachen“ seiner Gemeinde wichtige Anliegen klarzumachen: *Richtige Erkenntnis und Durchsetzen derselben sind zweierlei!* Und die selbstkritische Rückfrage an eigene theologische „Stärke“ in ihrer Wirkung auf heute in Erkenntnis evangelischer Freiheit „Schwache“ ist sowohl in unserem fachlichen Debattieren als auch in unserer Predigtarbeit eher selten. Daß damit dennoch keinem billigen schiedlich-friedlichen Nebeneinander das Wort geredet, sondern die Notwendigkeit ausdrücklich bejaht wird, *Konflikte im Wissen um den gemeinsamen Herrn offen auszutragen*, nimmt die Qualität jeweiliger Glaubenserkenntnis als eine je demselben Herrn verpflichtete ernst.

2. Dennoch bleibt auch für A das Problem, *wie in der christlichen Gemeinde Konflikte zu lösen seien*, eine offene Frage. Besseres Wahrnehmen von Konflikten und die Ausschau nach Anstößen und Ärgernissen, die uns unser je eigenes Christsein erschweren, können sicher helfen, die Frage viel ernster zu nehmen: „Wie lernen Christen füreinander einzustehen?“ Aber eben *als Frage*! Wir wollen versuchen, ob wir ihr nicht doch einen Maßstab beilegen können, der konkrete Antworten auf diese Frage erleichtern kann.

3. Der Predigttext trifft die Hörer gezielt als „*Starke*“ oder „*Schwache*“, als Richtende oder Gerichtete, als Verachtende oder Verachtete. Der Text könnte als Freibrief gelten, allem im konkreten Lebensvollzug sich niederschlagenden Streit ade zu sagen oder das Thematisieren und Austragen von Konflikten um des lieben Friedens willen in steriler Schwebe beharren zu lassen. Erhalten hier etwa diejenigen recht, die die nach Antwort drängenden Lebensfragen ihrer Brisanz wegen unter Hinweis auf die zu wahrende Einheit der Kirche in einer „Sowohl-als-auch“-Bewertung belassen möchten? Ja wird der Vorwurf, daß sich die Kirche im Konzert gesellschaftlicher Gruppen disharmonische Klänge ihres „Ansehens“ wegen nicht leisten könne, durch unseren Text gar noch geistlich legitimiert, wenn Gott als Richter allein die Wahrheitsfindung zukommt?
„*Keine falsche Scheu vor Konflikten*“ — diese von A aufgestellte Devise findet im Blick auf innerkirchlich notwendige Streitgespräche sicher bei den meisten in der Kirche Engagierten Zustimmung. Doch daraus resultierende notwendige Entscheidungen, sofern sie gesellschaftspolitische Tabus berühren und dem „Ruf“ der Kirche schaden könnten, zählen leider nicht zu den für unsere Kirche typischen Konsequenzen. Sie werden vielmehr unter Berufung auf den Versöhnungsauftrag gern vermieden.

4. Die Mahnung unseres Textes ruft angesichts scheinbar unüberwindlicher Gegensätze in ethischen Glaubensentscheidungen nicht zu fatalistischer Neutralität oder Resignation, sondern zu brüderlichem Umgang miteinander *trotz* unterschiedlicher Konsequenzen. Wenn ich ernst nehme, daß mir im Evangelium mehr als eine Sache — nämlich der lebendige Herr selbst — begegnet, dann können unterschiedliche ethische Entscheidungen niemals den Charakter sich bekämpfender Ideologien haben. Vielmehr sollten sich bei solchen Differenzen die Streitenden nicht nur verbal, sondern de facto als „Brüder“ verstehen und darauf achten, daß das, was „der Geist Gottes treibt“, nicht untergeht, wenn unsere Geister aufeinanderprallen. Der uns gemeinsame Herr ist ja mehr als ein gemeinsamer mathematischer Nenner. Das Ernstnehmen von Bruderschaft über alle Schranken hinweg wurzelt in *seiner* Bruderqualität. Er stellt mir je neu die Frage, ob meine vermeintliche „Stärke“ vor *seiner* Stärke, die in seiner vermeintlichen „Schwäche“ — in seiner Liebe und Hingabe — liegt, bestehen kann! Diesem Maßstab, diesem immer wieder schmerzhaften Lernprozeß müssen sich Prediger und Hörer in ihrer meist von ganz anderen Maßstäben beeinflußten Situation an Hand dieses Aposteltextes stellen.

## V. Schritt

„Wir sehnen uns nach einer Kirche, die klare Weisungen gibt. Wir können uns eine zerstrittene Kirche nicht länger leisten, wollen wir

Christen nicht zusehends an Glaubwürdigkeit verlieren!" Solche und ähnliche Äußerungen sind bekannt. Paulus aber leistet sich durchaus solchen Streit! Ihm geht es nicht um eine vordergründige *Einheit der Kirche*, sondern um ihren *einen Herrn*. Allerdings, auch er weiß: Die bloße Berufung auf diesen Herrn sagt über die Qualität eines Glaubens noch nichts aus. Menschen aber, die nach Jesu Willen fragen, werden diesen Herrn heute oft ganz anders, ungewohnt, in neuer Sprache, mit überraschenden, auch Kopfschütteln erregenden Stellungnahmen lebensnah einzubringen versuchen.

Man kann die von A erwähnten Beispiele ergänzen, wobei auch vergleichsweise „harmlose" Standpunkte — etwa *zur Art des Gottesdienstes* — durchaus zu belastenden Konflikten werden können.

Dies kann passieren zwischen Anhängern traditioneller oder experimenteller Gottesdienste, zwischen Befürwortern eines liturgisch reichen oder streng auf die Wortverkündigung konzentrierten Gottesdienstes, zwischen Verehrern künstlerisch geprägter Kirchenmusik oder Liebhabern neuen Liedgutes, zwischen älteren Gemeindegliedern, die sich mit neuen Formen der Abendmahlsfeier schwer tun, und solchen, die gerade zur herkömmlichen Form kaum Zugang finden.

Immer wird jede Seite von sich „starken" Glauben behaupten. Geht es hier überhaupt um Glaubensstärke, dann mißt sie sich an *dem* Herrn, der den Gottesdienst nicht auf den Tempel beschränkte, sondern auch „außergottesdienstlichen" Menschen die Liebe Gottes glaubhaft zu machen verstand.

Belastender als solche Differenzen sind allerdings die *unterschiedlichen Bewertungen zentraler dogmatischer und aktueller ethischer Fragen:*

Wo bestimmte biblische oder kirchliche Vokabeln in der Predigt eines Pfarrers oder im Programm einer kirchlichen Gruppe fehlen, orten viele heute sogleich den Geist des Antichristen, rückt angeblich „starker" Glaube angeblich „schwachem" Glauben zu Leibe.

Wo Gemeinde Jesu Christi in Ostblockstaaten nicht plump ideologisch Kirche „gegen", sondern Kirche „im" Sozialismus zu sein versucht, ist der Vorwurf der Preisgabe des „reinen Evangeliums" rasch parat, wird ebenfalls eine merkwürdig unangefochtene Glaubensstärke gegen scheinbar Verrat übende Glaubensschwäche ins Feld geführt.

Wo eine ökumenische Christenheit heute jahrhundertealte Bindungen zwischen skrupellosen Mächten und der Kirche kritisch hinterfragt und — nicht primär darauf bedacht zu „missionieren" — zunächst einmal schlichtweg Menschenrechte für sich wehrende unterdrückte Mitmenschen fordert und letztere symbolhaft auch materiell unterstützt, wird leicht der Verdacht einseitiger ideologischer Unterstützung laut, glaubt man wiederum genau zu wissen, wo die „Starken" und wo die „Schwachen" im Glauben zu finden sind.

Wo christliche Gruppen heute oft energischer als die etablierte Kirche die Fragen von Friedensforschung und Abrüstung, menschenfreundlicher Energie und neuem Lebensstil stellen, werden sie zwar in der Regel geduldet, manchmal sogar respektiert, aber letztlich dennoch nicht ganz ernst genommen und eher auf der Seite der „Schwärmer", das heißt der „Schwachen", gebucht, der gegenüber die Position der Stärke auch theologisch begründbar sei.

Wo viele junge Menschen heute angesichts zunehmend bedrohten menschlichen Lebens das Geborenwerden von Kindern nach gewissenhafter Prüfung nicht meinen verantworten zu können — ich denke hier nicht an die „Bequemen", sondern an die ernsthaft Nachdenkenden! —, sollte man auch hier nicht vorschnell urteilen, wo in dieser Frage Glaubensstärke und Glaubensschwäche anzutreffen ist.

Wenn Paulus vor gegenseitigem Veruteilen warnt um des gemeinsamen Herrn willen und auch den im Glauben vermeintlich Schwachen den Glauben nicht abspricht, will er gerade *nicht zur „Neutralität" aufrufen*. Einander zu richten ist nicht unseres Amtes. Aber einander den gemeinsamen Herrn und die Qualität seines Herrseins vor Augen zu führen ist uns geboten. Seine Qualität, seine Stärke aber ist und bleibt die seines *Kreuzes*. Darum wird letzten Endes immer *die* Stärke im Streit unserer „Positionen" vor diesem Herrn und Richter bestehen, die den Gekreuzigten bei sich hat, nicht nur mit Worten, sondern im Versuch verantwortlichen Lebens im Dienst an den von Gott — auch! — geliebten Mitmenschen. Jesu Kreuz will nicht verurteilen, sondern beschämen. *Diese* „Schwäche" tut weh, aber darin liegt ihre wahre Stärke. Ihre *Wirkung* sollen wir getrost diesem Kreuz überlassen. *Uns* bleibt aufgetragen, Zeugen dieses gekreuzigten Herrn zu sein!

### VI. Schritt

Als Beispiel einer Berufung auf unseren Text sei aus dem Schreiben des Landesbruderrats von Nassau-Hessen an BK-Pfarrer zu Weihnachten 1939 zitiert:

„Auch in der BK müssen wir barmherzig miteinander sein, die Alten mit den Jungen und die Jungen mit den Alten, daß jeder den anderen versteht, ihn trägt und ihm, soweit möglich, den freien Raum des Lebens und des Wirkens läßt, der ihm innerlich notwendig ist. Auch die Starken müssen mit den Schwachen Barmherzigkeit haben, d. h. diejenigen, die in einer ungebrochenen Glaubenshaltung zu stehen gewillt sind, mit denen, die hier und dort Notwendigkeiten des Lebens schauen, die sie vielleicht mit Recht meinen berücksichtigen zu müssen, und umgekehrt. Wieviel Barmherzigkeit muß Gott mit uns haben!" (zit. in „Weltweite Hilfe" 4/1979, S. 19).

Bei aller Frage im nachhinein, ob dieses Wort so ausgewogen sein mußte, steht uns sicher keine leichtfertige Kritik zu, war es doch damals ungleich schwerer, öffentlich Stellung zu beziehen als heute.

Mögliche Schriftlesungs-Texte: Matth. 5, 43 ff.; Matth. 7, 1 ff.; Phil. 2, 5 ff.
Hilfreiche Lieder: EKG 272, 6—8; 217, 1 + 5—7; 105, 7 + 8 + 11; 335, 5—6.

# 1. Korinther 1, 18—25: Das Kreuz Jesu — Umwertung aller Werte

HEINRICH BALTENSWEILER A

## I Einstieg — erste Fragen

1. Hier geht es um Alternativen! Mit Leidenschaft wird die Umwertung aller Werte gefordert. Das ist heute so üblich, manchem sogar sympathisch. Daß zudem Erste zu Letzten und Letzte zu Ersten werden, diese Wahrheit ist uns von jeher vertraut. In den Evangelien begegnet uns das Wort von den Ersten und Letzten immer wieder im Munde Jesu. Es ist ein Schlüsselwort der Botschaft vom Reich Gottes. Vielleicht sehen wir in der Umwertung aller Werte eine Chance für uns und unsere theologische Existenz. Aber könnte sich Jesu Wort nicht auch gegen uns selber richten? Unser Text stellt uns unterschwellig die Frage: Gehören wir zu den Berufenen?

2. Wir bekennen uns wohl zur Einsicht, daß menschliche Weisheit und Gottes Weisheit zwei inkommensurable Größen sind. „Crux sola nostra theologia" war die Losung der Reformatoren, und sie konnten sich mit Recht auf Paulus und unseren Text berufen. Aber hat nicht gerade unser Theologisieren und Theoretisieren das Wort vom Kreuz wieder zu einer menschlichen Weisheit gemacht? Wer könnte behaupten, daß die Theologenweisheit mit der göttlichen Weisheit konform sei?

3. Die Aussage, daß das Wort vom Kreuz denen, die gerettet werden, eine *Kraft Gottes sei*, zielt darauf ab, den „Beweis des Geistes und der Kraft" von der Christenheit zu fordern. Leiden wir nicht alle darunter, daß dieser Beweis oft so dürftig ausfällt? Oder anders gefragt: Ist vielleicht mit unserer Kreuzespredigt etwas nicht in Ordnung?

## II Entdeckungen am Text

Die historischen Umstände, unter denen Paulus den 1. Korintherbrief schrieb und unter denen die Empfänger den Brief lasen, sind nicht mehr eindeutig rekonstruierbar. Soviel aber ist deutlich:

Die Gemeinde in Korinth wird von Spaltungen heimgesucht. Die Autorität des Apostels ist angeschlagen, und er muß sich gegen Angriffe verteidigen. Vielleicht sind urchristliche Wandercharismatiker in der Gemeinde eingetroffen, die diese gegen Paulus aufhetzen. Die Gemeinde wird von enthusiastischen Strömungen geschüttelt, indem Gemeindeglieder, die sich auf ihre Weisheit und Erkenntnis berufen, offenbar die Oberhand gewonnen haben.

Diesen historischen Hintergrund voraussetzend, richten wir unser Augenmerk vor allem darauf, wie der Text in sich selber spielt. Er ist durchweg von Gegensätzen durchzogen, also antithetisch aufgebaut, wobei Gegensatzpaare nicht nur in sich selbst gegensätzlich sind, sondern als ganze wieder zum Ausgangspunkt neuer Antithesen werden.

Man kann den ganzen Abschnitt in zwei Blöcke gliedern (vgl. *Klaus Berger*, Exegese des Neuen Testamentes, UTB 658, 1977, S. 49): Die Verse 18—21 handeln vornehmlich vom Tun Gottes in unserer Welt, während die Verse 22—25 mehr die Tätigkeit des Apostels ins Auge fassen. Doch dies ist eher ein formaler Aspekt. *Inhaltlich* begegnen uns als erstes Gegensatzpaar die Weisheit und die Torheit *dieser* Welt: Hat nicht Gott die Weisheit der Welt zur Torheit gemacht? (V. 20). Diesem Gegensatzpaar als ganzem wird die Weisheit *Gottes* gegenübergestellt, welche identisch ist mit der Torheit der Predigt (dem Wort vom Kreuz). Ähnliches finden wir in den Versen 22—25. Den Juden ist das Wort vom Kreuz ein Ärgernis, den Griechen eine Torheit. Sie bilden wieder ein Gegensatzpaar, das als Gesamtheit den Berufenen (aus Juden und Griechen) gegenübergestellt wird. Für die Berufenen ist das Wort vom Kreuz weder Ärgernis noch Torheit, sondern Gottes Weisheit oder — wie es ausdrücklich heißt — Gottes Kraft, so daß der Gegensatz „*töricht—weise*" umgewandelt wird in den Gegensatz „*schwach—stark*", womit ein Übergang aus der erkenntnistheoretischen Ebene auf die Ebene der existentiellen Betroffenheit signalisiert wird.

Bei der Bestimmung des semantischen Feldes unseres Textes müssen wir also davon ausgehen, daß eine vollständige Neubildung vorliegt.

Paulus stellt hier, wie auch an anderen Orten, eine Verbindung von „*Sich-Rühmen*" und *Schwachheit*" her. Gerade die Schwachheit oder das Kreuz gibt Anlaß zum Sich-Rühmen, und nicht die eigene Kraft oder die eigene Weisheit. Wenn Paulus in diesem Sinn eine Umwertung aller Werte vornimmt, so greift er wohl nicht auf gnostische Vorbilder zurück, sondern denkt in alttestamentlichen Kategorien. Schon dort wird immer behauptet, daß die Weisheit der Weisen nichts vermag im Vergleich mit der von Gott ausgehenden Weisheit.

Klaus Berger (a. a. O., S. 221) weist darauf hin, daß es sich dabei um einen Topos jüdisch-hellenistischer Polemik handelt, der stets dann aktuell wurde, wenn Weise jüdischer Provenienz in Wettstreit mit Magiern ihrer Umwelt traten. Nur Gott gibt rechte Weisheit! Besonders deutlich wird dies in der Daniel-Tradition (Dan. 2, 27—30). Daniel ist den anderen nicht überlegen kraft eigener Weisheit, sondern weil Gott ihm die Geheimnisse aufdeckt. Wenn jüdisch-hellenistische Missionare sich mit andern Wundertätern messen mußten, versuchten sie mit dem Rückgriff auf die Erzählungen von Daniel (oder auch von Mose, der in Konkurrenz mit den ägyptischen Magiern gestanden war) den Streit für sich zu entscheiden.

In einer ähnlichen Situation, wo Paulus sich gegen seine Gegner behaupten muß, verwendet er das gleiche Schema. „Ausgehend von dem Gegensatz der Weisheiten identifiziert er die Weisheit Gottes mit dem Skandalon des Kreuzes (Tertium comparationis ist also, daß auch die wahre Weisheit für Menschen, die von Gott nichts wissen, Skandalon, nämlich Dummheit zu sein scheint)" (K. Berger, a. a. O., S. 223). Sozusagen eine *zweifache Umkehrung aller Werte!*

## III Homiletische Rechenschaft

Wir können nun die in Abschnitt I angetönten Fragen aufnehmen und aufgrund neu gewonnener Einsichten vertiefen.

1. Gerade die zuletzt genannte doppelte Umkehrung aller Werte weist uns darauf hin, daß die Torheit des Kreuzes nicht „einsichtig" gemacht, sondern immer *nur geglaubt* werden kann. Geht es so nicht auch mit jeder Berufung? Diese kann nicht erfüllt, sondern auch nur geglaubt werden (vgl. Abraham!). Aber wie können wir die Predigthörer von der falschen „*securitas*" zur richtigen „*certitudo*" des Glaubens führen?

2. Kann die Kreuzestheologie nicht auch wieder in eine Weisheit dieser Welt ausarten? Diese Frage stellt sich heute besonders für viele moderne Menschen im Hinblick auf die klassische Satisfaktionstheorie des Anselm von Canterbury. Inwiefern ist eine solche Predigt des Kreuzes heute noch hilfreich? Muß sie nicht dazu führen, daß das Ärgernis des Kreuzes am falschen Ort gesehen wird, nämlich in der Künstlichkeit der Konstruktion von uns heute überholt scheinenden Vorstellungen und nicht mehr in der Sache selbst?

Eng verwandt mit diesem Problem ist ein zweites. Wie können wir verhindern, daß eine falsch verstandene Kreuzespredigt zu einer Art geistlichem Hochmut der Christen gegenüber allen anderen Erkenntnissen führt? Wenn die Weisheit dieser Welt nichts ist vor Gott, könnte dies nicht zu einer pauschalen Ablehnung weltlicher Erkenntnis beitragen? In der Vergangenheit beanspruchte die Theologie den ersten Platz in der Rangordnung der Wissenschaften. Diese wurden als Dienerinnen der Theologie verstanden. Besonders galt dies in bezug auf die sogenannten Humanwissenschaften. Wir denken dabei an die Anthropologie, Psychologie, Soziologie, Pädagogik, vergleichende Verhaltensforschung usw. Müßte nicht die christliche Theologie bereit sein, in ihnen nicht nur Hilfswissenschaften zu sehen, sondern mit den Vertretern dieser Wissenschaften in ein echtes und offenes interdisziplinäres Gespräch einzutreten? Dann erhebt sich aber die Frage: Wie kann in einem solchen Gespräch das Kreuz Jesu in seiner eigentlichen Intention zur Geltung gebracht werden?

3. Inwiefern wirkt die Kreuzespredigt in dieser Welt als *Kraft Gottes?* Wie wir oben angedeutet haben, hat der Tod Jesu für viele heutige Menschen seine Bedeutung im Sinn einer soteriologischen Konstruktion eingebüßt. Trotzdem leuchtet der Tod Jesu als Licht auf im Dunkel dieser Welt, und zwar in dem Sinn, daß Jesus am Kreuz solidarisch geworden ist mit allen Menschen, die leiden und verfolgt werden. Daß Gott bei den Schwachen, Armen und Leidenden dieser Welt ist, dafür ist das Kreuz Jesu unübersehbares Zeichen, und insofern ist die Kreuzestheologie eine der Wurzeln der Theologie der Befreiung. In dieser

Bewegung wird deutlich, daß das Heil des einzelnen nicht als ein Rückzug aus dieser Welt und eine Vertröstung auf eine jenseitige Welt verstanden werden darf, sondern daß die Kraft Gottes in dieser Welt wirksam ist. Wie können wir aber verhindern, daß das Kreuz Jesu nicht nur Vorbild und Motivation zum eigenen Handeln wird, sondern seine Heilsbedeutung behält? Und was heißt es dann für uns, mit andern Menschen im Leiden solidarisch zu werden?

HEINRICH OTT **B**

## IV Erkundung der Situation

1. Die wesentlichen Probleme und Schwierigkeiten der Predigtsituation werden von A sehr klar erkannt, und er bringt die hier aufbrechende Spannung mit der Verwendung des Nietzsche-Wortes von der „*Umwertung aller Werte*" markant zum Ausdruck. Aber gerade diese radikale Formel läßt uns aufmerken auf die Verständnisschwierigkeiten, mit denen gerade dieser Text (in seinem ganzen zentralen Stellenwert für die neutestamentliche Botschaft!) uns konfrontiert. Ist es denn das, was unsere Predigthörer von uns hören wollen, was sie erwarten und innerlich aufzunehmen bereit sind, am Sonntagmorgen oder wann immer es sein mag?
„*Bereitsein*" und „*Verstehenkönnen*" sind nicht unbedingt zweierlei. Beides hängt, vielleicht gerade in unserem Fall, sehr eng zusammen. Darum: Sind die Adressaten der Verkündigung, treue und langjährige Gemeindeglieder oder auch Leute am Rand der Kirche, die aber doch gelegentlich von der kirchlichen Predigt noch etwas an höherer, hilfreicher Sinngebung erwarten — sind sie bereit für den Schock der „Umwertung aller Werte" und der „Torheit aller Menschenweisheit"? Werden sie also einer *ehrlichen* Predigt über diesen Text (die nicht nur irgendeine dogmatische Konstruktion der Kreuzestheologie entwickelt und mit Beispielen garniert) überhaupt zuhören können? Erwarten sie denn nicht viel eher eine Bestätigung ihres eigenen Bezugssystems, eine Re-Affirmation der (zum Teil christlichen) Werte, von denen sie sich seit langem überzeugt haben? Erwarten sie nicht viel eher eine emotionale Stabilisierung als einen verunsichernden Schock? Werden sie sich nicht kopfschüttelnd, leicht verwirrt abwenden: „Diesmal ist wieder einmal über die Köpfe der Gemeinde hinweg gepredigt worden..."? Wird das *verbum alienum*, das fremde und wahrhaft befremdliche Wort der Predigt gerade dieses Textes nicht im Verständnishorizont der Zuhörerschaft, mit der wir zu rechnen haben,

höchstens als ein „typischer Intellektualismus" der Theologenwelt ankommen?

2. Die letztgültige Antwort auf all diese Fragen liegt wohl darin, daß der Heilige Geist schon selber das Seinige wirken wird und daß es einstweilen am Prediger ist, das Wagnis eben zu unternehmen und tapfer das Evangelium zu verkündigen. Doch diese Zuversicht dispensiert mich nicht davon, in der konkreten Situation das brennende existentiell-hermeneutische Problem, das hier aufbricht, in seiner ganzen Schärfe ernst zu nehmen. Die *Fremdheit* des Wortes Gottes darf nicht zur bloßen *Befremdlichkeit* einer sinnlosen oder das Herz des Hörers nicht erreichenden Behauptung herabsinken.

Beim Bestreben, dieser Gefahr zu begegnen, tauchen andere Gefahren auf, die ebenfalls von A klar identifiziert worden sind.

a) Da ist einmal die Gefahr, daß man versucht, *das Fremde und Anstößige zu erklären.* Man erklärt theologisch, *warum* Gott seinen Sohn am Kreuz hat sterben lassen (müssen). Damit wird man bei traditionell unterrichteten und gesinnten Gemeindegliedern vielleicht auf Verständnis und Zustimmung stoßen. Sie haben die Versöhnungslehre Anselms, diese erklärende Theorie des Christusgeschehens und besonders des Kreuzesgeschehens, noch irgendwie im Kopf — schon darum, weil diese in Katechismen und so vielen Kirchenliedern ihren Niederschlag gefunden hat. Aber wenn man die Schärfe der Aussage des Textes realisiert, so erkennt man, daß diese Art von Rationalisierung eine Verharmlosung darstellt. Das „Wort vom Kreuz" fordert, daß das Kreuzesgeschehen *vergegenwärtigt,* nicht aber irgendwie *durchschaubar* gemacht wird. Denn letzteres wäre genau gegenläufig zum Text; die Menschenweisheit (sc. des Theologen, der die Pläne Gottes durchschaut) würde wieder in ihr Recht eingesetzt.

b) Eine weitere Gefahr in der hier vorliegenden Konstellation Text — Gemeinde — Prediger, ebenfalls von A gesichtet, ist die des *geistlichen Hochmutes des Christen*. Dieser scheint auf den ersten Blick sogar Anhalt zu gewinnen am Wortlaut des Textes selbst: Ist denn da nicht gleich am Anfang die Rede von „denen, die verlorengehen" und „denen, die gerettet werden"? Gebietet uns vielleicht der Duktus gerade dieses Textes heute, daß wir uns auf das alte, traditionell eingespielte christliche Denkschema von den „Verlorenen" und „Geretteten" (welches wohl gerade heute seine menschlich-allzumenschlichen Züge offenbart) betont *nicht* mehr einlassen? Denn in diesem Schema, welches den Verlauf der Heilsgeschichte in den Grundzügen „überblickt", manifestiert sich erneut ein Stück typischer Menschenweisheit.

3. In einem letzten Punkt noch möchte ich bei dieser Erkundung der Predigtsituation an A anknüpfen: A sucht sich die Gotteskraft, die in

dem Wort vom Kreuze liegt, dadurch einsichtig zu machen, daß Jesus in Solidarität bei den Leidenden, Armen und Schwachen der Welt ist. Doch wird er dabei plötzlich selber unsicher und fordert (mit Recht!), daß Christi Kreuz nicht *nur* „Vorbild und Motivation" sein dürfe, sondern eigentliche „Heilsbedeutung" behalten müsse. Auch dies (das Kreuz als solidarische Opfertat Jesu) wäre noch einmal eine Verharmlosung des Textes.

## V Überlegungen zur Predigt

Was ist angesichts dieser akkumulierten hermeneutischen (und existentiellen!) Schwierigkeiten gerade dieses Textes zu tun? Sollte man etwa überhaupt darauf verzichten, diesen Text zu predigen, und ihn im Raume der „Arkandisziplin" (Bonhoeffer) belassen? — Dem wäre mit der Gegenfrage zu begegnen: Können wir *überhaupt* das Evangelium Jesu Christi verkündigen, wenn wir gerade vor diesem Text kapitulieren?

Wir müssen davon ausgehen, daß es zwar heute (trotz gewisser konvergierender Tendenzen in der zeitgenössischen Theologie, etwa daß Gott selber mit-leidet) keine „approbierte" Kreuzestheologie gibt, daß aber eine alte (die Anselmsche) im christlichen Bewußtsein noch sehr verbreitet ist, gegen die es anzugehen gilt, weil sie nach unserer heutigen Sicht gerade das eigentliche Skandalon der Kreuzesbotschaft verdeckt. Der Prediger kann sich also auf keine gefestigte dogmatische Position stützen.

Mein Vorschlag in dieser schwierigen Lage (wo sich die Schwierigkeit allen Predigens gleichsam potenziert) geht dahin: Der Prediger soll möglichst nichts in rationale Reflexion auflösen, sondern versuchen, etwas von der radikalen Erschütterung, welche das Skandalon der Kreuzesbotschaft bewirken müßte, durch mehr emotional wirkende Denkanstöße zu vermitteln.

Die besondere Situation läßt es nicht als ratsam erscheinen, hier einen durchsichtigen Predigtentwurf vorzuschlagen. Der Prediger muß seinen ganz persönlichen Weg finden und soll sich an kein Modell anlehnen.

Eine Predigt sei hier erwähnt, eine katholische Karfreitagspredigt, die 1968 in Luzern gehalten worden ist und durch ihre Anstößigkeit eine Art von kirchlichem Lehrzuchtverfahren in der Diözese Basel ausgelöst hat. Diese Predigt, gehalten von *Gonsalv Mainberger*, trug den anstößigen Titel „*Jesus starb umsonst*". Sie wurde offenbar von zahlreichen Zuhörern nicht (oder vielleicht gerade so sehr gut?) verstanden, sondern als häretisch empfunden. Denn sie vermittelte — für mein Empfinden — in zeitgemäßer Form wirklich das Skandalon des Kreuzes. Ich zitiere einige zentrale Sätze:

„Jesus ist als Glaubender gestorben. Als Vertrauender hat er alle Möglichkeiten des Erklärens und des Sich-Hineinfühlens und des Sich-Zurechtmachens der Dinge dieser Welt abgelehnt und hat das Umsonst umfangen. Das war sein eigentliches Kreuz... Er hat die Sinnfrage ultimativ herausgefordert. Aber ebenso gründlich hat er sich ihrer Beantwortung... versagt. Sonst wäre er nicht *Mensch* gewesen. Denn Mensch-sein heißt: der Antwortlosigkeit, dem Unsinn preisgegeben zu sein. Um mit uns und für uns Mensch sein zu können, ist er wahrlich umsonst gestorben...

Unterscheidend-christlich leben heißt mit dem Umsonst leben können. Und zwar mit dem Umsonst Jesu. Es ist nicht irgendein Umsonst, sondern das aus dem Glauben. Das *Umsonst* aller unserer Angelegenheiten, damit die Angelegenheit *Gottes* aufbreche und zu uns komme und uns heile."

Also keine raffinierte neue Sinngebung (zum Beispiel via stellvertretendes Sühnopfer), sondern der *Verzicht auf alle menschliche Sinngebung!* Die Predigt des Wortes vom Kreuz müßte den, der sie wirklich mitvollzieht, vor einen solchen Abgrund bringen, wo nur noch Gott (nicht eine menschliche Theorie über Gott!) helfen kann. *Ein solches Erlebnis des Schocks, der Erschütterung, des Abgrundes, des Wankens aller Grundlagen, der Umwertung aller Werte müßte das „Wortgeschehen" dieser Predigt sein.*

## VI Konfrontation mit der Antipredigt

Vielleicht ist es hierzu notwendig, (scheinbar) heterodox zu predigen wie Gonsalv Mainberger. Etwa: ein konventionelles Schema (wie das von den „Verlorenen" und „Geretteten") frontal anzugreifen. Oder sich einer radikalen Kritik am Christentum auszusetzen. Ich nenne als Beispiel einen Text des Zen-Buddhisten *Suzuki Daisetsu* (vollständig in „Christentum im Spiegel der Weltreligionen", 1978, S. 35f.):

„Der gekreuzigte Christus ist ein schrecklicher Anblick, und ich kann nicht anders, in meiner Vorstellung verbindet er sich mit dem sadistischen Impuls einer seelisch überreizten Phantasie. — Christen werden sagen, die Kreuzigung stelle eben das Kreuzigen unseres Selbst oder des Fleisches dar, weil ohne Unterwerfung des Selbst von uns keine sittliche Vollkommenheit erreicht werde. — Hierin unterscheidet sich der Buddhismus vom Christentum. Der Buddhismus erklärt, daß es von Anbeginn kein Selbst gibt, das zu kreuzigen wäre. Anzunehmen, daß es ein Selbst gäbe, ist für ihn der Ausgangspunkt aller Irrtümer und Übel. Nichtwissen ist die Wurzel alles Falschen. — Da es kein Selbst gibt, bedarf es der Kreuzigung nicht..."

Welcher christliche Verkündiger zeigt sich — ohne zu simple apologetische Ausflüchte — dieser (typisch buddhistischen) Kritik gewachsen? — Ich habe hier nicht dazu raten wollen, *über* dieses Thema zu predigen. Aber die Predigt des Wortes vom Kreuz müßte aus einer Gewißheit heraus erfolgen, die zum Beispiel in dieser Konfrontation noch standhält.

Zur thematischen Behandlung vgl. THEMENSTUDIEN, Band 2, S. 33ff.: B. Wolf/Chr. Meier, Das Kreuz Jesu — was fangen wir damit an? — Zum Text vgl. im gleichen Band S. 55f. Die Red.

# Römer 6, 1—11 (12—14): Die große Veränderung — und keine Konsequenzen?

A

JOACHIM TRACK

## I Einstieg: Wir wissen. Aber...

Von einer „*großen Veränderung*" ist hier die Rede, von der Veränderung meines Lebens, meiner Gegenwart und Zukunft. Da werde ich zögernd. Zu viele große Worte vom neuen Anfang, vom großen Aufbruch, vom radikalen Wandel sind schon gemacht worden. Ein wenig entmutigt hat man sich alsbald wieder als der Alte entdecken müssen, mit den bekannten Grenzen, den unerledigten Fragen, mit Schuld, die weiterwirkt. Erfahrung lehrt bei großen Worten skeptisch zu sein. Beim näheren Zusehen entdecke ich: Es ist nicht nur diese allgemeine Skepsis, die mich zurückhaltend werden läßt. Trotz aller gegenteiligen Erfahrung sind diese Worte von der „großen Veränderung" die einzigen, denen ich glauben, vertrauen möchte. Zurückhaltend werde ich vielmehr, wenn ich mich frage, ob ich ihnen geglaubt habe. „Ihr wißt doch", sagt Paulus. Ja, ich weiß! Aber was habe ich daraus gemacht? *Lebe ich von der großen Veränderung her?* Warum fällt mir das überhaupt so schwer? Paulus lädt ein, neues Vertrauen zu gewinnen. Werde ich das wieder neu entdecken? Das läßt mich gespannt sein auf die weitere Begegnung.

Auf dem Wege solcher Begegnung: Mit Paulus kann man sich schwer tun. Gedrängt, in dogmatisch gefüllter Sprache, anstrengend in seinem Anspruch wie in seinem Zuspruch, begegnet er mir. Doch Paulus kann man auch lieben, gerade um solcher Abschnitte willen. In seiner Sprache, den aus dem Rahmen fallenden und überschießenden Konstruktionen, wird etwas sichtbar von dem Staunen, der Betroffenheit über die gesehene Wahrheit. Da redet einer, der selbst hineingerissen ist in die Bewegung der Wahrheit, der in immer neuen Anläufen eindringt in das Geheimnis jener Veränderung unseres Lebens in Jesu Kreuz und Auferweckung, der die Tiefe, die Spannungen und den Reichtum solcher Erfahrung zur Sprache bringen will. Unser Text will mich und mein Predigen in diese gleicherweise anstrengende wie lebendige Denk- und Lebensbewegung mit hineinnehmen.

## II Entdeckungen am Text: Sein Leben finden

1. An keiner anderen Stelle äußert sich Paulus so ausführlich zur *Taufe*. Gern hat man darum diesen Abschnitt als locus classicus der Tauflehre betrachtet. Die neuere Exegese weist unser Verstehen in andere Richtung. *Wie wir als Getaufte leben können und sollen,* ist das Thema unseres Abschnittes. Es will ernst genommen sein, daß Paulus sich we-

der für allgemeine dogmatische Erörterungen zur Taufe noch für frei im Raum stehende ethische Überlegungen interessiert. Dogmatik und Ethik, Indikativ und Imperativ gehören zusammen. Christliche Existenz ist gekennzeichnet von der in der Taufe gewonnenen Freiheit von der Sünde, einer Freiheit zum Leben, die wir wahrnehmen sollen. Darin zeigt sich, wer Christus für uns ist.

Der Imperativ ist in den Indikativ integriert (Käsemann, S. 166). Dieses wechselseitige Verhältnis von Indikativ und Imperativ wird noch einmal überlagert von dem spannungsreichen Zusammenhang von zugesprochener und erfahrener Gnade, überwundener Sünde und Hoffnung auf zukünftige Vollendung. Es ist das Ineinander dieser drei Gedankengänge, das diesem Abschnitt seine innere Dynamik gibt und ihn auch anstrengend macht. Der Text wehrt sich so gegen den verständlichen Drang, es einfacher zu sagen und zu machen. Durch Reduktion ist hier nichts gewonnen.

2. Die These von der „*billigen Gnade*" (6, 1) ist ein Vorwurf von außen (vgl. 3, 5 ff.). Er ist beliebt und mag seinen Grund im Erscheinungsbild der Christen haben; und die Versuchung, es sich bequem zu machen, sich einzurichten mit Gott, ist allenthalben groß. Aber Sachkenntnis verrät der Vorwurf der „billigen Gnade" nicht. Wer das Heilsgeschehen, die Gnade, die Taufe recht verstanden hat, dem kommt so etwas nicht in den Sinn. Die Verse 1—11 bilden einen inneren Zusammenhang. In einem dreimaligen Anlauf (2—4, 5—7, 8—10), in dessen Mitte jeweils ein erinnerndes, mahnendes, einladendes „ihr wißt... wir wissen" steht und der in der feierlichen Schlußformel von V. 11 sein Ziel findet, entfaltet Paulus den *Herrschaftswechsel*, der sich in der Taufe ereignet hat, in seinen realen Konsequenzen. Zwei Gedankengänge sind mir dabei wichtig geworden.

*Zum einen:* Wer ich bin, das entscheidet sich darin, wem ich in meinem Leben Macht gebe, wovor ich mich fürchte, wem ich vertraue. Hier setzt Paulus ein: Sünde ist nicht einfach Verfehlung, Schwäche. Sünde ist eine Macht! Ihr Raum zu geben ist naheliegend, denn ihre Macht ist augenfällig. Gegen dieses Augenfällige stellt Paulus seine neue Erfahrung: In Jesu Tod und Auferweckung ist die Sünde an ein Ende gekommen (V. 10). Sie gehört in all ihrer Macht zu einer vergangenen, abgeschlossenen Wirklichkeit.
*Zum anderen:* Wer dies erkannt hat, sich davon in der Taufe hat betreffen lassen, der wird ein anderer. Für ihn hat die Sünde keine Macht, weder über seinen Leib (V. 6) noch über sein Gewissen (V. 7). Er *wird* ein anderer! Er muß das nicht erst aus sich machen. Hier fehlt jeder moralisierende Ruf. Diese Veränderung ist einfach wahrzunehmen und darin wahr zu machen.

3. „Man kann viele Leben erzählen, nur nicht sein eigenes" (M. Frisch). Man kann in viele Spiegel schauen, viele Gesichter sehen, nur nicht sein eigenes. *Wie gewinne ich meine Identität? Wie finde ich mein Leben?* Diese Frage scheint aussichtslos zu sein. Aber entgegen

den üblichen Ratschlägen, es nochmals und nochmals mit uns zu versuchen, heißt es bei Paulus: Identität und Leben gewinnen wir nicht aus uns selbst, sondern so, daß wir in unser Bild sein Bild, in unseren Weg den Weg Christi, in unser Leben sein Leben einzeichnen lassen. Der Weg des Getauften zum Leben ist ein Sich-Hineinziehenlassen in seinen Tod, um teilzunehmen an der Verheißung seines Lebens. Das ist eine harte Wahrheit: Endgültige Befreiung gibt es nicht anders als durch die „Todestaufe" hindurch (V. 3—4); die Taufe ist wirkliches Sterben. Das ist eine befreiende Wahrheit: Unser Sterben in der Taufe (und in unserem Tod) ist anders als sein Sterben. Es darf ein Sterben sein, das nicht mehr hilflos der Macht des Todes und der Sünde preisgegeben ist (Hahn). Christus ist für uns gestorben, damit wir zum Leben kommen.

4. Der Getaufte darf für sein Leben darum wissen, daß seine Zukunft nicht aussichtslos im Tod endet. Ihm ist *eine neue Lebenswirklichkeit eröffnet*. „Die Taufe ist Projektion der Äonenwende in unser persönliches Dasein hinein..." (Käsemann, S. 153). Der Glaubende ist an einen neuen Ort gestellt. Eine Erfahrung, die freilich nicht offen auf der Hand liegt. Das will entdeckt sein! Daß wir auferweckt werden, liegt in unserer Zukunft, darf für sie erwartet werden (vgl. die Differenzierung zwischen dem Auferweckten und den Glaubenden in V. 5 und die Betonung des Glaubens in V. 8). In diesem Unterwegs will uns Paulus einladen zu einem Vertrauen, das von erfahrener Rechtfertigung unter dem Kreuz sich ausstreckt nach der Zukunft der Auferweckung. Unser Leben soll so zum Zeugnis der gegenwärtigen Macht dieser neuen Wirklichkeit werden.

## III Homiletische Rechenschaft: Gott mehr zutrauen

Paulus spricht die Getauften auf ihre Erfahrungen hin an. Geschenkte und übernommene Erfahrung in der Taufe verändert das Leben, weist ein in eine neue Lebensrichtung, ins Christsein. Daß bei uns weder mit Taufe noch mit Konfirmation sich das Bewußtsein eines solchen lebensverändernden Herrschaftswechsels verbindet, wird oft in der Predigtliteratur erwähnt. Dies durch die Predigt rückgängig machen zu wollen ist verfehlt. Der Aufbruch zum Glauben, der Herrschaftswechsel vollzieht sich bei uns nicht als ein öffentliches, im Sakrament besiegeltes Ereignis. Bekehrung ist von bestimmter Frömmigkeit zu sehr geprägt. Will ich dennoch der inneren Struktur des Textes folgen, werde ich nicht von einem sichtbaren Datum, aber *von Erfahrungen des Herrschaftswechsels ausgehen* müssen.

Das Nachdenken über solche Erfahrung weist mich in eine doppelte Richtung: Da sind Erfahrungen des Widerstandes gegen diese Botschaft; sie ist mir fremd, zu groß in ihrem Zuspruch und Anspruch.

Aber da sind auch Erfahrungen, in denen etwas aufgeleuchtet ist von der befreienden Veränderung des Evangeliums.

Zu meiner Situation, und ich denke auch der gegenwärtiger Hörer, gehört auch die Erfahrung des Widerstandes. Das muß ich sagen, sonst werde ich unecht. Auch in ihrem Widerstand wollen die Hörer angenommen und verstanden sein. Um die Erfahrung der neuen Freiheit nicht unter einem „Berg von Negativität" zu verschütten, soll aber nicht das Zögern ausgebreitet werden, sondern die Frage nach seinem Warum. So kann unsere Situation auf die Erfahrung der Freiheit in Christus hin erhellt werden. Dann aber wird es wichtig, Erfahrungen anzusprechen und anzubieten, die jene Freiheit zur Sprache bringen, und Anregungen zu geben, sich selbst darin zu entdecken. Kein Appell an die Willenskraft! Wahrnehmen der Veränderungen mit ihren realen Konsequenzen!

Erfahrungen des Widerstandes: Werde ich mißtrauisch, weil mir etwas „umsonst" angeboten wird, voraussetzungslos? Unsere Zeit lehrt mit solchen Angeboten skeptisch zu sein. Kann das etwas Gutes sein? Solche Sachen haben meist einen Haken. Schön, wenn man dieser Botschaft vertrauen und seine Schwäche, seine Schuld loswerden könnte. Doch so erscheint das unheimlich und befremdend. — Kann man so leben in unserer Gesellschaft? Können wir heraus aus diesem Rahmen? Führt solcher Aufbruch nicht zum Zusammenbruch? Ich habe Angst vor der falschen Bewegung, vor dem Leiden, vor dem Hineingezogenwerden in den Tod, der „Offenheit" dieser Hoffnung. Zugleich aber leide ich an dieser Art zu leben, dieser Gesellschaft, diesem Gelähmtsein in Angst, diesem Gefangensein in dem Bilde, das man von sich gemacht hat und doch nicht ist.

Wo ich Gott einmal mehr zugetraut habe als der Macht der Sünde, der Verhältnisse, da war, ja da *ist* Veränderung möglich. Die Angst lähmt, die Hoffnung macht den Menschen weit. Wo ich in das Bild, das ich mir von mir selbst und anderen mache, sein Bild einzeichnen lasse, lerne ich neu sehen und leben. Wo ich für mich und andere noch etwas erwarten und hoffen kann — auch gegen den Augenschein —, werde ich menschlich. Erfahrungen der Freiheit, die das Leben in allen Bereichen durchdringen.

## ERNST ÖFFNER B

„*Nur von Verwandelten können Wandlungen ausgehen*" (S. Kierkegaard). Ich teile das Zögern von A im Blick auf den Text. Steckt dahinter die Angst vor Überforderung? — Paulus meint: Ihr *könnt* anders handeln, ihr *könnt* der Gerechtigkeit zum Durchbruch verhelfen. Weil Gottes Vertrauen in eure Fähigkeiten so groß ist und ihr euch nicht mehr um eure Selbst-Rechtfertigung (eure „Identität") Sorgen zu machen braucht, *könnt* ihr ohne Angst, also in Freiheit handeln! Ihr könnt das, weil ihr ohne Sünde, den alles verstörenden Keim des „Todestriebes", seid. Euch ist von Gott der Keim des „Lebenstriebes" eingepflanzt. Und wessen „Herz" vor Gott „recht" ist, der kann für andere beherzt das Rechte tun. — Ist meine Angst vor der Überforderung also Symptom dafür, daß ich — auch als Pfarrer und Theologe — meine „Rechtfertigung" noch nicht konsequent genug als Geschenk und Widerfahrnis begriffen, ergriffen, realisiert habe?

## IV Erkundung der Situation

### 1. *Als Getaufte leben heißt bewußt leben*

Paulus konnte in seiner Argumentation an Erfahrungen seiner Gemeinde anknüpfen, die markant und allen gemeinsam waren (V. 3. 6. 9: ,,Ihr wißt doch!"). Ihre Taufe war für die damaligen Christen eine eindrückliche Erfahrung. Aber wir heute? Nein, *wir* wissen nicht. Wir in unserem mittelständisch-christlichen Milieu wurden getauft, taufen und lassen taufen, und nachher ist es ebenso wie vorher.

Würden alle getauften Kinder bewußte Christen, die den Willen Gottes ernst nehmen und für Gerechtigkeit und Frieden eintreten — müßte das nicht unser Zusammenleben (Familie, Schule, Gemeinde), unsere Gesellschaft (Benachteiligung von Behinderten, Kranken, ,,Asozialen") und die Politik (Nordirland, Nord-Süd-Problematik, Entwicklungshilfe) radikal ändern? Könnte dann die ,,Normativität des Faktischen" noch so vorbehaltlos akzeptiert werden? *Die Taufe ernst nehmen hieße bewußt leben — in allen Lebensbereichen.* ,,Niemand hungert, weil wir zu viel essen, sondern weil wir zu wenig denken!"

Wir wissen die Taufe vielfältig zu deuten, aber wir machen keine lebenverwandelnde Erfahrung mit ihr und ziehen keine Konsequenz aus ihr. Hängt meine Angst vor Überforderung vielleicht mit dieser Nivellierung des bürgerlich-christlichen Lebens zusammen, in dem es keine Zäsuren und keine Höhepunkte, aber auch kein Leiden (,,mitsterben") mehr gibt? Haben wir uns damit abgefunden, mehr getrieben als bewußt zu leben?

Der Text gibt zwar keine Grundlage her für eine Abhandlung über die Taufe. Er handelt von der *Tatsächlichkeit und Erfahrbarkeit* sowie der *Konsequenz und Bewährung der Rechtfertigung* (darum empfehle ich, über den ganzen Sinnabschnitt V. 1—14 zu predigen). Dennoch wurden in den letzten Jahren in manchen Gemeinden neue Erfahrungen mit der Taufe gemacht, die sie doch wieder als Anschauungshintergrund für das genannte Thema geeignet erscheinen lassen. Man entdeckte in der Kindertaufe wieder *das bedingungslose ,,Vorweg" der Liebe Gottes wie der Eltern zu diesem Kind*, vor allem, was das Kind tun kann: Die Taufe als Symbol des Angenommenseins ,,allein aus Gnaden", ohne Leistung.

### 2. *Einfach konsequent sein*

Wie können, dürfen, sollen wir als Getaufte leben? Das ist das Thema von Röm. 6. Als Getaufter *bin* ich ein anderer, ich muß nicht erst einen anderen aus mir machen (A). Ich *kann* anders, freier, mutiger leben und gegen den Strom schwimmen (2. These der Barmer Theologischen Erklärung!), nicht ohne Angst, aber ohne die lähmende Angst vor der Angst.

Ich erinnere mich an ein Gespräch mit lateinamerikanischen Theologen. Sie fragten uns nachdrücklich, oft aggressiv, worin denn das Christliche ,,unseres" nach Lateinamerika und Afrika exportierten ,,kapitalistischen Systems" liege. Seien das nicht überwiegend Christen (gewesen), die da im Namen Gottes oder der freien Marktwirtschaft ausbeuten, unterdrücken, Terrorregime unterstützen? Wie ernst nähmen wir unseren Glauben, und was sei das für eine Theologie, die aus solcher Erfahrung keine Konsequenzen zöge? Und dann erzählten sie uns von Basisgemeinden, von Zusammenschlüssen ausgebeuteter

Landarbeiter, von Priestern, die in den Elendsquartieren, den Favellas, hausen und nichts anderes tun, als ihren Glauben konsequent zu leben — und die dabei das Sterben Christi am eigenen Leib erfahren. Aber sie erfahren auch, so versicherten uns unsere Gesprächspartner, die Kraft der Hoffnung, die nicht resignieren läßt, die Geduld und Zähigkeit zu kleinen, aber konsequenten Schritten, Kraft auch zum Leiden. Welche leben- und gesellschaftsverändernde Macht es sein kann, wenn Christen ihren Glauben „einfach" *leben", als Zellen der Veränderung, weil sie selbst verändert sind.*

„Wie wir mit unserem (ganzen) Leben — und dem anderer — umgehen, darin zeigt sich, wer Christus für uns ist" (A). *Johannes Rau*, Predigersohn, engagierter Christ und Ministerpräsident des Landes Nordrhein-Westfalen: „Ich fürchte, man merkt zu wenig von unserer Taufe und zuviel von unserem mittelständisch-christlichen Milieu... Fehlt es da am persönlichen Stil oder an der gesellschaftlichen Dimension?" (Assoziationen, hrsg. von W. Jens, Bd. 2, 1979, S. 138). *Vielleicht sollten wir einfach konsequenter sein und in solcher Konsequenz glaubwürdig, „identisch".*

3. „*Was bist du, das du nicht empfangen hast?*"
In Röm. 6 geht es zentral um Selbstverständnis, Handlungsmotivation und — darin eingeschlossen — um die Identität der Christen (V. 11: „haltet euch für Menschen...", „urteilt über euch selbst"). Christliche Ethik ist nicht Applikation von Idealen und Tugenden oder übergeschichtlichen Normen, sondern Handlungstendenz aufgrund der zugesagten Rechtfertigung. So steht sie weniger unter dem „du sollst", sondern fragt vielmehr, „was jeweils sein kann", so, daß der Spielraum aufs äußerste genutzt wird. In diesem Sinne wäre christliches Handeln nicht der ständig mißlingende Versuch, den Graben zum Ideal zu überspringen, sondern *Zu-sich-selbst-Kommen, Realisierung dessen, was schon ist, weil es geschenkt ist. Darum geht es primär gar nicht um irgendwelche Aktivitäten, sondern um die eigene Identität.*

So spricht schon Jesus in einem Kontext, in dem es um das missionarische Durchdringen der Welt geht (Matth. 5, 16), indikativisch: „*Ihr seid* das Salz der Erde, das Licht der Welt" (Matth. 5, 13f.). Ein späterer Kommentator verstand das nicht mehr und fälschte die Zusage moralisierend um in einen Appell: „Ihr sollt sein..." Welches kräftigende, befreiende Zutrauen dagegen bei Jesus — und bei Paulus: Ihr seid frei (vom Zwang der Sünde) — darum könnt ihr...

Offenbar kommt es nur darauf an, ins Spiel zu bringen, *was man als Christ schon ist*, sichtbar zu machen, *wovon man de facto lebt*. Christliches Handeln und christliche Kommunikation (auch die Predigt!) sind nur im Rückgriff auf Identität möglich. Alles andere wird sich von selbst ergeben. — Aber wie finde ich meine Identität? Das ist ja die Frage von A. Und er antwortet mit Paulus: Indem ich in mein Bild Christi Bild einzeichne. Das meint jenes grundlegende „mit", das Martin Albertz zum Thema einer ganzen Predigt gemacht hat (Die Herrlichkeit Gottes, 1962, S. 50ff.): mitgekreuzigt, mitgestorben, mitbegraben, mitleben werden.

,,Ich male in den Staub des Werktags / ein neues Bild von mir. / Es trägt die Spuren von gestern. / Es trägt auch die Spuren des Frühlings / und die Spuren von besserer Zeit. / Werde ich das Bild behalten? / Werde ich die Spuren des Frühlings fühlen? / Die Spuren von Liebe? / Ich male in den Staub des Werktags / ein neues Bild von mir. / Hauch es an, Gott, damit es lebt!" (*Bernhard Lang*).

In seinem Buch ,,Wozu ist das Christentum gut" (1972, S. 172ff.) zitiert *Heinz Zahrnt* eine Geschichte von Heinrich Buhr. Ein junger Mann war in der Zeit seines Examens in einen Leistungswahn gefallen. Selbst seinen geliebten Reitsport hatte er deswegen aufgegeben, weil er nicht dauernd trainieren konnte, und betrieb statt dessen Kraftsport, ,,um noch ein paar Kilo und noch ein paar mehr zu heben". Zufällig, bei einem Spaziergang, traf er auf jemanden, der vom Pferd gestürzt war — und er machte sich auf die Suche nach dem Pferd. ,,Da kam ihm, als er schon aufgeben wollte, das Pferd... entgegen. Er griff es, saß auf und fühlte den Augenblick als Geschenk. Und nun trainierte er nicht auf Leistung auf einem Pferde, sondern er ritt."

Zahrnt folgert aus dieser ,,Gleichniserzählung" dreierlei: 1. ,,Durch Leistung ist die Identität... und damit die Freiheit nicht zu erlangen." 2. ,,Der Mensch kommt nur zu sich selbst, indem er von sich selbst loskommt." 3. ,,Seine Identität und Freiheit kann der Mensch nicht durch Leistung erringen, sondern nur als Geschenk empfangen" (,,zufällig" — ,,er ritt" — ,,fühlte den Augenblick als ein Geschenk"). Dieses Gleichnis kann zum Ausgangspunkt einer Predigt über das christliche Selbstverständnis werden. Empfangen geht vor Handeln! (Weiteres Material bei *Zahrnt*, Warum ich glaube, 1977, S. 180—188; bei *W. Lohff*, Rechtfertigung neu verstanden, EK 1973, S. 752ff.; bei *J. M. Lochman*, Rechtfertigung in einer gnadenlosen Zeit, EK 1975, S. 523ff.)

## V Aufbau der Predigt

Ob die Predigt bei den Erfahrungen neuer Tauffeiern einsetzt (IV, 1), Beispiele praktischer Konsequenzen des Glaubens darstellt (ohne die Begründung zu vergessen! IV, 2) oder der Frage der Identität nachgeht (VI, 3), hängt von der Situation der Gemeinde ab. Jedenfalls ist gegenüber dem ,,individualistischen Mißverständnis" der Rechtfertigungslehre (J. M. Lochman) gerade in unserer Zeit ihre individuelle *wie* gesellschaftliche Bedeutung zu verdeutlichen, signalisiert durch die Thematik ,,Identität" und ,,Gerechtigkeit".

Liebe Gemeindeglieder, für den Gottesdienstbesuch gibt es viele ,,Motivationen". Allen gemeinsam: Wir verstehen uns — im weitesten Sinne — als Christen. Vorwurf: Der Glaube, den die Christen in den Gottesdiensten bekennen, und ihr Leben im Alltag stimmen nicht überein. (Homiletische Leitfrage:) *Wie können wir glaubwürdig Christen sein?* — Textverlesung (verständlicher als Luther: Käsemann, HNT, oder U. Wilckens).

1. ,,Ihr wißt doch": Die Taufe — die große Veränderung? (V. 3—5). ,,Hört mir auf mit großen Worten. Bleibt realistisch!" Unser Erfahrungsdefizit. Angst vor der falschen Bewegung — warum? (A)

2. ,,Ihr wißt doch": Ihr müßt euch nicht verändern — ihr seid verändert! (V. 6—8). Frei von der ,,Sünde", vom unwiderstehlichen Sog des Todestriebes. Hoffnung haben können. Lieben können. Zukunft ha-

ben. Verantwortlich, bewußt handeln können. „Nur von Verwandelten können Wandlungen ausgehen" (Kierkegaard).

3. „Ihr wißt doch": Was bist du, das du nicht empfangen hast? (V. 9—11). Wie gewinne ich meine Identität? Zahrnt — Geschichte mit Interpretation. In unser Bild (und in das des andern) Christi Bild einzeichnen (Gedicht!).

4. Die Konsequenzen: Die Glieder als Waffen der Gerechtigkeit in den Dienst Gottes stellen (V. 12—14). Keine Appelle! Beispiele? Nichts Außergewöhnliches! Dabei Erfahrungen des Mit-Sterbens (Angst!) wie des Lebens auf Hoffnung hin (mit-leben werden).

Schluß: Die Bedeutung des „mit" (Christus, V. 3. 6. 8): zu Kräften kommen, nicht auf sich allein angewiesen sein (Bonhoeffer: „Christus als Gemeinde existierend"!). Frei von Torschlußpanik, das Letzte aus dem Leben herauspressen zu müssen wie aus einer Zitrone. Gegen den Strom schwimmen können („um an die Quelle zu kommen, muß man gegen den Strom schwimmen", polnisches Sprichwort). Weil ich eine Identität habe (Taufe: Name; Wochenspruch Jes. 43, 1!). Ich bin „wer", nicht nur „was". So kann ich — ohne ständige Anstrengung und Überforderung — glaubwürdig sein. Weil ich recht bin, kann ich das Rechte tun. Ohne Angst.

„Ich möchte gerne frei sein von meiner Angst, gegen den Strom zu schwimmen, damit ich tun kann, was recht ist. Ich möchte gerne frei sein von dem Zwang, immer nur an mich selber zu denken, damit ich auch den anderen sehe. Ich möchte gerne frei sein von meiner Art, den bequemsten Weg zu gehen, damit ich mich mit gutem Gewissen freuen kann über das Erreichte ... Wenn Christus euch befreit, dann seid ihr wirklich frei" (*Peter Cornehl*).

## VI Materialien

*Lieder:* EKG 84; 258, 1—3; 105, 1—3; 262, 10—11.

*Wochenspruch:* Jes. 43, 1; *Schriftlesung:* Matth. 5, 13—16 („Ihr seid ...")

*Gebet:* „Herr, wir möchten dich heute nicht so sehr um etwas bitten. Wir wollen diesmal nicht etwas von dir bekommen und sagen deshalb auch nicht: ‚Gib uns dies und das!' Sondern wir beten zu dir, daß du unsere Augen für das öffnest, was du uns schon längst geschenkt hast. Wir haben Fähigkeiten und wissen es gar nicht. Wir danken dir dafür. Amen."

*Symbolik:* In manchen Kirchen steht ein Taufstein in Kreuzform oder mit Darstellungen von Kreuz und Auferstehung: „In seinen Tod getauft".

# Apostelgeschichte 2, 41—47: Auspendeln gegebener Chancen

KLAUS ONNASCH

A

**I** Was bringt Lukas dazu, ein Bild von der Urgemeinde zu zeichnen, in dem sie vollkommen zu sein scheint? Umreißt er damit seine Erwartungen an seine eigene Gemeinde? Entwickelt er Perspektiven für eine Kirche der Zukunft? Wünsche verlegen wir oft in die Vergangenheit. Wir sehnen uns nach den ,,goldenen Zeiten". Anfang und Ziel, altes Paradies und neuer Himmel entsprechen einander. In unserer Vorstellung können wir uns in Orte und Zeiten begeben, die wir für vollkommen halten. So können wir einer unbequemen Gegenwart entfliehen. Wir können unsere Situation aus dem Abstand heraus aber auch besser wahrnehmen, ihre Schwierigkeiten neu angehen und bewältigen.

In einer Übung zur Gestalttherapie heißt es: ,,Gehen Sie, wohin es Sie zieht, und erleben Sie das Dortsein... Wie ist es dort? ... Wie fühlen Sie sich dort? ...
Nun öffnen Sie die Augen und gewahren Sie die Situation hier. Was heißt es, hier zu sein? ... Und wie fühlen Sie sich jetzt? ... Vergleichen Sie die beiden Situationen...
Gehen Sie noch einmal fort, wohin es Sie zieht, an denselben Ort oder an einen anderen... und schöpfen Sie dies Erleben ganz aus... Pendeln Sie weiterhin hierher und dorthin und gewahren Sie, was Sie dabei erleben... Nehmen Sie in Ruhe das Erlebnis des Pendelns ganz in sich auf..." (*J. O. Stevens*, Die Kunst der Wahrnehmung, $1978^4$, S. 25 f. Die drei Punkte innerhalb der Zitate zeigen jeweils eine Pause für den Leser an.)

Lukas hat in der Urgemeinde den Ort gefunden, wo es ihn hinzieht. Kann dort auch der Ort sein, wo *ich* sein möchte? Ich nehme die Vorstellung des Pendelns auf und führe das Bild weiter aus. Die Bewegung des Pendels kann mich aus der Enge der Gegenwart in die Weite bringen und neue Perspektiven eröffnen. Die Zeit wird dadurch zu einer ,,Ausdehnung der Seele" (Augustin), wo ich in die Vergangenheit zurückgehen und in die Zukunft vorlaufen kann. Das Pendeln kann mir Anregungen geben. Aber ein Pendel kann mich auch bedrängen (vgl. E. A. Poes Erzählung ,,Die Grube und das Pendel"). Die Urgemeinde wird mir so harmonisch geschildert, daß mich solche Perfektion bedrückt. Wo finde ich mich wieder mit den Spannungen und Bruchstellen der eigenen Gemeinde? Das Brot wird gebrochen (Apg. 2, 42 und 46). Wie kann die *Geschichte* so aufbrechen, daß wir an ihr teilhaben können?

In einem Gottesdienst mit einer Predigt über diesen Text habe ich das große Pendel einer Standuhr an die Kanzel gehängt. Ich hoffe, daß wir durch den Text so in ,,Schwingung" gesetzt werden, daß wir unsere Situation deutlicher wahrnehmen und Anstöße für die Zukunft unserer Gemeinde erhalten.

II Bei dem Text handelt es sich in den Versen 42—47 um ein „*Summarium*" (entsprechend Apg. 4, 32—35 und 5, 12—16). Lukas hat es selbst verfaßt.

Die Überlieferung, auf die er sich bezieht, berichtet nur von einzelnen Taten (vgl. Apg. 4, 36f.). Sie werden erzählt, weil sie nicht dem üblichen Verhalten in der Urgemeinde entsprechen. Lukas nimmt sie jedoch als Beispiele, die das gesamte Leben der Urgemeinde kennzeichnen sollen. So entwirft er ein Bild, das der historischen Situation in Jerusalem nicht entspricht.

Der Text ist im Zusammenhang des *lukanischen Geschichtsverständnisses* zu sehen: An die Stelle der Naherwartung tritt der weite Zeitraum, in dem die Kirche entsteht. Die Predigt von Jesus Christus breitet sich aus in Zeit und Raum — von dem Anfang in Jerusalem „bis an das Ende der Erde" (Apg. 1, 8). Das Summarium steht nicht als Block für sich, sondern inmitten einer Bewegung. Voran geht die apostolische Predigt, die die Geschichte von Jesus Christus verkündet. Hier liegt der Ursprung der Gemeinde. Es folgt der lange Weg der Kirche hin zu allen Völkern. H. Conzelmann meint, daß die Struktur der Urgemeinde einmalig und unwiederholbar sei. Das betrifft, wie ich meine, das Wirken der Apostel sowie die Bindung an das jüdische Gesetz und den Tempel; sonst aber ist Kontinuität möglich — bis an das Ende der Erde. Diese weltweite Perspektive scheint mir für die Predigt wichtig.

Das Bild der Urgemeinde wird vollkommen geschildert. Die Zahl 3000 ist eine vollkommene Zahl (3 x 10 x 10 x 10). Das Wort „alle" findet sich viermal im Text, hinzu kommt das Wort „ganz". Auch Zeit und Raum sind ganz erfaßt: „Tag für Tag" (zweimal) und „Haus für Haus". Die gesamte Gemeinde ist einmütig.

Lukas schildert auch den weiteren Weg der Kirche als Siegeszug — im Unterschied zu den Paulusbriefen, wo auch Zusammenbrüche, Schuld und Leiden aufgedeckt und dargestellt werden. Nach E. Käsemann hängt diese Sicht des Lukas damit zusammen, daß er „das Ärgernis des Kreuzes Jesu nicht tief genug empfand" (Der Ruf der Freiheit, $1968^4$, S. 167).

Die *vier Merkmale der Urgemeinde* (V. 42) stellen kein starres Schema dar, mit dem jede Gemeinde gemessen werden muß. Sie bieten vielmehr die Möglichkeit zur Konzentration (das „Bleiben" bezeichnet die Intensität), damit die Gemeinde ihre Mitte findet und sich nicht zersplittert.

Die „*Lehre der Apostel*" ist die Verkündigung des Lebens, der Passion und der Auferstehung Jesu Christi. Dort hat die Gemeinde ihren Ursprung. Lukas selbst zeigt, wie diese „Lehre" der Apostel frei und lebendig erzählt und überliefert werden kann.

*Gemeinschaft* bedeutet hier nicht nur das Mitteilen und Miteinanderteilen aller Belastungen und Freuden, sondern auch die gemeinsame Verwaltung des Besitzes. Die Gemeinschaft besteht auch darin, das eigene Haus für Zusammenkünfte zu öffnen und es so mit der Gemeinde zu teilen.

Ob das *Brotbrechen* das Herrenmahl bezeichnet, ist umstritten. Das Brot wird bei gemeinsamen Mahlzeiten nicht mit dem Messer geschnitten, sondern vom Gastgeber gebrochen und dann weitergereicht. Dieses Brechen am Anfang gilt auch als Bezeichnung für die gesamte Mahlzeit. Nach V. 46 handelt es sich um ein Sättigungsmahl. Der eschatologische „Jubel“ legt nahe, daß solches Mahl mit dem Herrenmahl verbunden war.

Die *Gebete* zeigen, daß die Gemeinde auf Gott hin ausgerichtet ist.

Die Verbindung von „*Tempel*“ und „*Häusern*“ macht deutlich, daß die Urgemeinde zwar die Beziehung zum alten Israel mit seinen Verheißungen wahrt, aber nicht im abgeschlossenen Bezirk bleibt. Sie geht in die Häuser. Dabei zersplittert und verliert sie sich nicht, sondern kommt wieder im Tempel zusammen, um sich dort ihres Ursprungs und Ziels zu vergewissern. Hinweis, die Wechselbeziehung von Gottesdienst und einzelnen Gruppen in der Gemeinde lebendiger zu gestalten.

„*Gott tat hinzu...*“ (V. 46): Die Konzentration auf diesen Satz gibt Gelassenheit, auch für die Predigt. Gemeinde entsteht nicht durch die große Aktivität, auch nicht durch Ermahnungen und gute Vorsätze. Dieser Satz kann von Hektik befreien und innere Ruhe schenken, die ganz von selbst auf andere ausstrahlt.

III Als Prediger habe ich den Text unterschiedlich erlebt. Teils hat er mich mit seiner „Vollkommenheit“ bedrängt, teils weiten Raum (auch zur Predigt) gegeben. Die Urgemeinde ist offen in jeder Beziehung: offen gegenüber Gott (Gebet, Jubel, Lob, auch Furcht), offen füreinander (Gemeinschaft, Brotbrechen, Haus, Besitz) und offen für alle Menschen (das „ganze Volk“; im Zusammenhang: bis an das Ende der Erde). Solche Offenheit wünsche ich mir für mich und meine Gemeinde auch. Oder ist das alles nur *idealisierte Vergangenheit?*

Und wie sehe ich die *eigene* Vergangenheit? Ich vergolde zum Beispiel meine früheren Zeiten in der Studentengemeinde und werde dadurch der Ortsgemeinde, in der ich jetzt arbeite, nicht gerecht. Habe ich das Schlechte vergessen? Oder sind gerade die schweren Konflikte, die ich damals durchgestanden habe, im Rückblick lohnend und fruchtbar gewesen? Dann kann ich auch von den Schwierigkeiten erzählen. Im Unterschied zu Lukas hat Paulus die Konflikte in den ersten Gemeinden offengelegt und von seiner Kreuzestheologie her verstanden. Zusammengenommen ergibt das ein spannungsvolles Bild von den Anfängen der Kirche, das mir hilft, die gegenwärtige Kirche besser wahrzunehmen.

In der Predigt bin ich der Wechselbeziehung von Gottesdienst in der Kirche und in den einzelnen Häusern nachgegangen. Einzelne Gruppen unserer Gemeinde treffen sich nicht mehr in kirchlichen Räumen; statt dessen laden sich die Mitglieder zu Hause ein. Die Atmosphäre ist dort persönlicher und freier. Der Aufwand des Gastgebers muß gering bleiben, um nicht in eine Konkurrenzsituation zu geraten. Eine Möglichkeit ist es, nur Brot (ohne Aufschnitt) anzubieten. Wir brechen es gemeinsam und spüren seinen Geschmack neu. Diese Hauskreise treffen sich wieder im Gottesdienst und bringen dort Fragen und Anregungen ein; sie vergewissern sich ihres Ursprungs und Ziels und gewinnen Offenheit.

Auf die Gütergemeinschaft bin ich nicht eingegangen. War ich zu bequem? Ist hier Unruhe angebracht? — Das „Pendeln" hat sich gelohnt! Ich hoffe, daß es gelingt, daß wir gemeinsam in Bewegung geraten.

## INGO LEMBKE B

Die Lektüre von A hat mich von dem Zwang befreit, meine Gemeinde an der Urgemeinde messen zu müssen. („Wie ideal war damals alles — wie deprimierend ist es heute.") Statt dessen nehme ich die Merkmale der Urgemeinde zum einen als *„Beispiele,* die das gesamte Leben der Urgemeinde kennzeichnen sollen", zum anderen als *Instrumente*, um mit meinen Hörern die Situation unserer Gemeinde abzutasten. Wo ist es lebendig bei uns? Wo kann man sich wohl fühlen? Wo fehlen Dimensionen der Urchristengemeinschaft, die uns neue Anstöße geben können? Die Folie der Gemeindestrukturen damals über die Folie unserer Gemeindestrukturen heute gelegt, kann Brüche, Gegensätze, aber auch Gemeinsamkeiten sichtbar machen. Und Mut zur Beteiligung an einem lebendigen Gemeindeleben.

**IV** Zu meinen Hörern im Gottesdienst gehören zunächst die älteren Gemeindeglieder. Ich treffe sie auch im Seniorenkreis, in der Frauenhilfe, im Bastelkreis wie beim Tanzen oder auf dem Ausflug.

Mir fällt der letzte „Gemeindeausflug" ein: Mitgefahren sind etwa 50 Leute über 60 Jahre, betreut von sechs Mitarbeitern. Sie suchen Unterhaltung und Gemeinschaft. Es wird gesungen; wir besichtigen ein Kloster und eine kleine Stadt; es wird gegessen und gesprochen. Die Andacht gehört selbstverständlich dazu — das ist kirchlicher Stil, das kennen sie auch von früher aus der Heimat im Osten. Ein eigenes Milieu — diese Altenwelt; mit weniger Öffnung zum Alltag der Berufstätigen und Kinder und Jugendlichen als wünschenswert und denkbar. — Wie hätte ein Ausflug aussehen müssen, der wirklich Gemeindeausflug und nicht Seniorenausfahrt wäre?

Neben den Senioren sind da Kirchenvorsteher, Eltern von Konfirmanden und einzelne, die die mittlere Generation repräsentieren. Sie gehören zu meiner Altersgruppe, und ich setze wohl deshalb bei ihnen am meisten Interesse für die Themen voraus, die mich selber beschäftigen. Ich mag ihnen am ehesten Probleme anderer Menschen — in Nicaragua oder als Asylanten aus Ghana in unserem Kirchenkreis — zumuten, bedenke aber zugleich: Es sind vom Beruf und vom Alltag gestreßte Menschen, die auch Ruhe und Rückenstärkung suchen. Im Gemeindeleben in der Woche tauchen sie wenig auf. Thematische Gesprächskreise werden von ihnen in unserem besser situierten Vorortmilieu ebenso wie Feste noch am ehesten besucht.

Die anwesenden Konfirmanden tun sich schwer mit der für sie fremden Situation im Gottesdienst. Die Themen der Lieder, Texte und Gebete gehen wenig auf ihren Lebenshintergrund ein. Den Bezug zur Gemeinde haben sie ausschließlich über ihre Konfirmandengruppe.

Bei der Frage: *Wer sind meine Hörer?* fällt mir auf, wie stark die Alters- und Kulturunterschiede sind. Angesichts der harmonischen Gemeinsamkeit der Urgemeinde werden mir diese trennenden Unterschiede besonders deutlich. Mit Sicherheit spiegeln sie damit die gesellschaftliche Situation wider, die zunehmend alters-, gruppen-, interessen- und adressaten-spezifisch strukturiert ist. Demgegenüber ist der Gottesdienst inzwischen einer der wenigen Orte, an dem Menschen unterschiedlichen Alters und Herkommens zusammenkommen.

*Ich möchte die Überwindung von Alters-, Kultur- und Gruppenschranken zum Leitthema der Predigt machen.* Und zwar in der Überzeugung, damit nicht nur das alte Problem der „Verkreisung" in der Gemeinde, sondern zugleich die missionarisch-diakonische Aufgabe der Christen als „Kirche für andere" anzusprechen. A hat mit Recht darauf hingewiesen, daß das Bild der Urgemeinde nicht statisch, sondern dynamisch gesehen werden muß: Diese Gemeinde will das Evangelium bis an das Ende der Erde ausbreiten.

Im Missionarischen Jahr 1980 ist die Frage wichtig: Wie kann eine Gemeinde so bergend und bindend sein, daß sie ihren Mitgliedern Heimat, Vertrautheit, Trost und Zuflucht geben kann, und zugleich so dynamisch, die eigenen Gruppen-, Alters- und Kulturgrenzen zu überschreiten?

Ich erinnere mich an das Ergebnis eines Projektes, bei dem wir über eine längere Zeit versucht haben, das Thema „Dritte Welt" in den Alltag einer Gemeinde eindringen zu lassen. Das wichtigste Ergebnis war, daß offensichtlich zur Beteiligung an den Problemen der Dritten Welt die gleiche Aufgeschlossenheit gehört, wie sie für Fragen einer anderen Gemeindegruppe, der Nachbarn im Stadtteil oder der Benachteiligten in der eigenen Gesellschaft nötig ist. Vielleicht ist hier sogar ein notwendiger „Aufstieg" vom Nah- zum Fernbereich zu behaupten. „Wenn die Diskussionsgruppe der Gymnasiasten mit der Discogruppe der Lehrlinge und Hauptschüler umzugehen gelernt hat, so ist sie auch potentiell sensibler für Themen der Dritten Welt geworden."

**V** Mir scheint sowohl das „Bild vom Pendel" wie der Hinweis auf die gar nicht harmonischen Verhältnisse etwa in Korinth (vgl. A) geeignet zu sein, dem Hörer genügende Freiheit gegenüber dem Text zu verschaffen, um die vier Merkmale des Gemeindelebens aus V. 42 als Abtastinstrumente der eigenen Situation zu nutzen. Dabei geht es mir um das Aufdecken von schon bestehenden Ansätzen und die Ermutigung zu neuen Möglichkeiten. Konkretionen hängen von der je eigenen Gemeinde ab.

1. *Festhalten an der Lehre*

Ist das Festhalten an vorgegebenen Formeln und Traditionen gemeint? Das wäre so unerquicklich wie das Auswendiglernen im Konfirmandenunterricht. Andererseits herrscht mehr und mehr das *Bedürfnis*

*nach Orientierung*. „Woran man sich halten kann — christliche Orientierung in einer orientierungslosen Zeit" ist das Thema einer Hochschulgemeinde. Hier meldet sich verstärkt der Wunsch nach überindividueller Verbindlichkeit, die sich in „lehrmäßiger Form" äußert. Dieses Verlangen äußert sich deutlich im Gespräch mit unserer katholischen Nachbargemeinde: Was sagen die Kirchen zu Sexualität, Abtreibung, Scheidung...?
Die gemeinsame Stellungnahme der Kirche über „*Grundwerte und Gottes Gebot*" könnte unsere Gemeinde zum Beispiel mit den politischen Parteien am Ort ins Gespräch bringen und die zuwenig an der Basis stattgefundene Diskussion nachholen. Um christliche Lehre anderen deutlich zu machen, muß ich übrigens deren Lehre kennen. Unsere Gemeinde in Auseinandersetzung mit Marxismus oder katholischer Soziallehre — eine bereichernde Vorstellung!

2. *Festhalten an der Gemeinschaft*
Von diesem Wunsch leben die meisten unserer Gemeindegruppen und kommen damit dem Wunsch vieler nach „mehr Heimat" entgegen. Wer zu einer Gruppe gehört, fühlt sich wohl; aber es ist nicht leicht, hineinzukommen. Wie wirkt die Gemeinde als Gemeinschaft zwischen den Gruppen? Könnte nicht unser nächstes Gemeindefest diesem Ziel dienen? Verschiedene Gruppen laden die anderen zum Mitmachen ein; Gemeinde wird einladend und transparent nach außen. (Erfahrungen des Kirchentags könnten uns helfen: Markt der Möglichkeiten — gemeinsames Singen — Schweigen — Malen — Beten — Diskutieren.) Was ich in meiner Gruppe empfange, sollte ich weitergeben, um Jesu Anfrage zu begegnen: Und wenn ihr nur zu euren Brüdern freundlich seid, was tut ihr da Besonderes? Tun das nicht auch die Heiden? (Matth. 5, 47).
„Liebe, das heißt die Welt mit den Augen des anderen sehen", lautet ein Impuls von der Vollversammlung des Ökumenischen Rates in Nairobi. Nur so lernen wir im Kleinen die Bedingungen zum Überleben im Großen: den Umgang mit Macht-, Interessen-, Kultur-, Religionsgegensätzen usw. Erst Gemeinschaft mit andersartigen und fernen Menschen entspricht der universalen missio dei.

3. *Festhalten am Brotbrechen*
Mir fällt die Freude und der Jubel beim Herrenmahl der ersten Christen auf (V. 46), was so sehr im Gegensatz zu den Leichenmienen unserer Feiern steht. Ein starker Impuls, das Abendmahl in den Alltag eines frommen Lebens zurückzuholen. Ob wir nicht einmal ein „Feierabendmahl" vor der Kirchenvorstandssitzung feiern sollten? Mit den Konfirmanden gestalten wir auf Freizeiten das Frühstück gern zu einem feierlichen Liebesmahl aus. Überhaupt geht es darum, gottesdienstliche Elemente ebenso aus dem Kirchengebäude nach draußen wie Alltagsprobleme hereinzuholen.

4. *Festhalten am Gebet*
Wie kann es gelingen, dem Bewußtsein von Gottes Gegenwart in den alltäglichen Kleinigkeiten Ausdruck zu verleihen? Das frei gesprochene Gebet in der Gruppe läßt Fragen, wie wir sie eben noch besprochen haben, in anderem Licht erscheinen. Konzentration auf das Wesentliche meines Glaubens! Das kann auch anderen helfen, Klarheit zu finden.
,,*Gott tut hinzu*" (V. 46) — egal welche Konkretionen des Gemeindeaufbaus und der Mission sich finden lassen — *es sind Chancen*, keine aufgedrückten Lasten.

Das Thema bietet sich für einen Abendmahlsgottesdienst an, um bestehende, fehlende und verheißene Gemeinschaft deutlich zu machen.

Lieder: EKG 232, 1 u. 2; 471, 1—4; 264; 205, 1 u. 5—6; 159.

## ACHTER SONNTAG NACH TRINITATIS

# Epheser 5, 8—14: Aufstehen, es ist schon hell!

LENORE UND ULFRID KLEINERT **A**

### I Gewagte Einsätze

1. ,,Kinder der Finsternis" — ,,Kinder des Lichts" (V. 8) — Ich sehe verschiedene Menschen vor mir:

Eine Frau aus dem Altersheim, die mir ab und zu auf dem Weg zur Arbeit begegnet: Mit aschfahlem Gesicht und finsterer Miene geht sie bei gutem und schlechtem Wetter starren Blickes an mir vorbei, ohne je meinen Guten-Morgen-Gruß zu erwidern. Wenn ich an sie denke, verstehe ich, daß die Jugendlichen in unserem Club von alten Menschen oft als von ,,Scheintoten" reden. — ,,Finsternis"?

Anders eins unserer Kinder, das unbefangen-freundlich mit strahlenden Augen auf andere zugeht und um das es meist so hell ist wie in Larssons ,,Haus in der Sonne". — Oder der Pfarrer, in dessen Gemeinde wir beim Nürnberger Kirchentag zu Gast waren und der eine ungeheuer ansteckende, weil echte Herzlichkeit beim Feierabendmahl ausstrahlte. — Oder eine Kirchenvorsteherin, die zurückhaltend, aber liebevoll die Ereignisse in der Gemeinde hilfreich begleitet und deren warmherzige Augen viel Güte ausstrahlen. — ,,Kinder des Lichts"?

2. *Die ,,Frucht des Lichtes" ist unteilbar* (V. 9) — Kurzprotokoll eines Streitgesprächs zwischen Lenore und Ulfrid:

*Sie:* Bei „Licht" denke ich nur an Angenehmes, Schönes; an Wärme und Leuchten; an ein Ereignis, das am Anfang aller Schöpfung steht. Mir fällt auch eine vor achtzehn Jahren gehörte Predigt zum Text ein, die mich an etwas Helles, Freundliches erinnert.
*Er:* Licht kann auch verbrennen!
*Sie:* Dagegen gibt es Gott sei Dank Sonnenbrillen und -creme.
*Er:* Licht wirft auch Schatten!
*Sie:* Der kann dann sehr wohltuend sein.
*Er:* Licht wird aber von der Finsternis geschieden. Licht „straft" sogar die (Werke der) Finsternis.
*Sie:* Gerade das gefällt mir am Text nicht. Ich finde als „Frucht des Lichtes" eigentlich auch nur die *Gütigkeit* gut; sie allein kann Menschen verwandeln. Nicht zufällig gilt sie als typisch weiblich; wenn ein Mann gütig ist, wird das extra als etwas Besonderes vermerkt. Dabei müßte Gütigkeit *das* Menschenrecht werden. Während ich Güte als etwas Warmes empfinde, haben Wahrheit und Gerechtigkeit für mich etwas Kaltes, Tötendes.
*Er:* Männliches?
*Sie:* Da scheint immer alles klar. Aber wer weiß denn schon, was *Wahrheit* ist? Da ist alles so logisch, als ob im Leben immer alles aufginge. Ich denke an die *Gerechtigkeit* des älteren Sohnes oder der Weinbergarbeiter der ersten Stunde; die Güte des Vaters und des Weinbergbesitzers sind mir viel lieber. Ich denke an die Gerechtigkeit des Vaters, der für den Mord an seinem Sohn Vergeltung fordert; die Menschlichkeit, die eine Staatsanwältin in so ein Gerichtsverfahren bringt, sprengt solche Gerechtigkeit (vgl. Just-Dahlmann, Tagebuch einer Staatsanwältin, 1979, S. 188f.).
*Er:* Aber dient nicht solche Menschlichkeit (zum Beispiel bei Just-Dahlmann) der Gerechtigkeit? Und dient nicht die Gerechtigkeit — wenn es sie zum Beispiel in Südafrika gäbe — der Menschlichkeit? Hat Wahrheit nicht auch etwas Helles, Erleuchtendes, Wegweisendes? Güte kann doch auch blind sein und das Gegenteil dessen bewirken, was sie will (vgl. Brecht, Der gute Mensch von Sezuan).
*Sie:* Nein, wahre Güte ist nicht blind.
*Er:* Aber sie verwandelt leider nicht nur zum Guten, sondern stößt — jedenfalls in unserer Gesellschaft, wie auch schon bei Jesus — auf Widerspruch. Sie scheidet die Geister; als Frucht des Lichtes „straft" sie die Finsternis.
*Sie:* Ja, und wahre Wahrheit ist nicht kalt, verletzend, lieblos, sondern mit Güte verbunden.
*Er:* Und so ist wahre Gerechtigkeit auch nicht blind, wenn sie zuteilt; sie trachtet vielmehr danach, daß jedem das Lebensnotwendige zuteil wird.

### 3. *Das neue Sein* (V. 8—14)

Trotz aller Aufforderungen (V. 8b, 11, 14a) — hier wird keine Moral gepredigt. Vielmehr wird das scheinbar Unmögliche gefordert: „Stehe auf von den Toten!" Erwachend vom Todesschlaf finsterer Selbstbezogenheit, leuchten die Gesichter der Christen, „von Christus erleuchtet", als „Licht in dem Herrn". Natürlich hat das notwendige Konsequenzen: *ein neues Verhalten* (V. 9), *ein prüfendes Urteil* (V. 10), *ein klärendes Scheiden* (V. 11). — Wie wirkt sich das aus in einer Welt, die noch dem alten Äon verfallen ist? Im Epheserbrief lesen wir nur sehr pauschal und abstrakt von solchen notwendigen Konsequenzen. Wir müssen deshalb selbst zu entdecken suchen, was damit heute gemeint ist.

## II Umstrittene Entdeckungen

1. *Bekehrung anderer oder Klarheit in den eigenen Reihen?*

Historisch-kritische Erkundung verunsichert besonders an einer Stelle (V. 11): Die Werke der Finsternis sollen nicht „*gestraft*" (unrev. Luther), sondern „*überführt*" werden; so jedenfalls übersetzt H. Schlier in seinem Epheser-Kommentar unter Hinweis vor allem auf 1. Kor. 14, 24f. *Es gehe hier um die Bekehrung der Heiden,* die — durch den Wandel der Christen bewegt — „selbst ins Licht übergeführt" werden. Das Licht (Schlier sieht hiermit in V. 13 unter Vorwegnahme von V. 14 bereits Christus gemeint) bringe das Übergeführte zum Scheinen oder Aufscheinen; so käme es in einem radikalen Sinn „zu einer Offenbarung der Heiden". Diese Deutung ist exegetisch und systematisch umstritten.

Vom neutestamentlichen Sprachgebrauch her läßt sich „elegchein" jedoch auch im Sinne von „*überwinden*" verstehen, und dafür spricht, daß hier nicht wie in 1. Kor. 14, 24f. von Personen, sondern von „Werken" gesprochen wird; „elegchein" wird aber im Zusammenhang mit Werken kaum den Sinn von "überführen", „bekehren" haben.

Wenn es aber den Sinn von „überwinden", „hinter sich lassen" hat, entfällt auch der systematische Einwand, mit der Bekehrung der Heiden durch den Wandel der Christen werde allzu optimistisch das harmonische Bild einer letztlich konfliktfreien Welt gemalt, in der sich alles zum Guten wandelt. Die Feindschaft zwischen Licht und Finsternis läßt sich nicht vorschnell aufheben. Wohl aber gilt, daß der „Wandel der Kinder des Lichts" mit den „Werken der Finsternis" nichts gemeinsam haben soll; er soll sie vielmehr überwinden.

Unter Verweis auf den sonstigen Gebrauch von „elegchein" im Neuen Testament meint *J. Gnilka* in seinem Epheser-Kommentar (S. 255f.), *es gehe hier um eine innergemeindliche Auseinandersetzung,* um einen Klärungsprozeß in der Gemeinde, in dem Werke der Finsternis zu überwinden und „Sünder in der Gemeinde zurechtzuweisen bzw. zu überführen" sind.

„Wenn die Zurechtweisung durch das Licht geschah, wenn in ihr die christliche Wahrheit wirksam war, hat sie die Kraft zu lichten, erfolgreich zu überführen, für sich einzunehmen, konkret: den Bruder oder die Schwester zurückzugewinnen. Das Anliegen ist also nicht, Heiden zu bekehren, sondern den Sünder in der Gemeinde vor dem Abfall zu bewahren, zurückzurufen. Diese auf Vervollkommnung der Gemeinde gerichtete Sorge entspricht dem Anliegen des paränetischen Teiles des Briefes... Daß der Leib Christi wächst und in Liebe sich aufbaut, daß die Gemeinde sich immer überzeugender und vollkommener darstellt, macht das vermutlich wichtigste praktische Anliegen des Verf. aus" (Gnilka, S. 258).

Von da aus läßt sich systematisch eine Verbindung zu Schliers Interesse an einer Bekehrung anderer ziehen. Vorrangig aber erscheint dem Verfasser die Vollkommenheit der Gemeinde — ein Vorrang, der wiederum von Jesu Gottesherrschaftsgleichnissen her (Matth. 13, 24—30. 47f.) relativiert werden muß.

## 2. *Einzelheiten*

V. 8: „Licht sein" können die Christen, weil sie „im Herrn", nicht „in der Welt" oder „in sich selbst" sind. Die Aussage steht zwischen Joh. 8, 12; 12, 46 (vgl. auch V. 14: Jesus als das Licht) und Matth. 5, 14—16 (die Nachfolger Jesu als das Licht der Welt: das Sonntagsevangelium!).

V. 9 ist als Parenthese eingeschoben. Auffällig ist, daß anders als vorher in V. 4b und nachher in V. 20 nicht die „eucharistia" genannt wird. Die drei Teile der „Frucht des Lichtes" sind sonst im NT nie gemeinsam genannt (wohl aber in Qumran). Gnilka übersetzt „agathosyne" als Gutsein (Gutestun) „dikaiosyne" als Rechtschaffenheit (rechtes Handeln) und „aletheia" als Treue, die geübt werden muß.

V. 10 meint „dokimazein" nicht nur „prüfen", sondern weitergehend „sich entscheiden für" (Schlier).

V. 11 fällt auf, daß die Werke der Finsternis (einzelne werden in V. 3f. genannt) eo ipso „unfruchtbar" sind; „Frucht" bringt nur das Licht!

V. 14 ist ein kultischer Erweckungsruf an den Mysten. Im christlichen Kult ist er durch die dritte Zeile ergänzt worden. Der Kontext (V. 8!) und Parallelen (z. B. Ode Sal. 15, 1ff.) legen nahe, daß dieser Ruf im Zusammenhang der Tauffeier gesprochen (oder als Psalm, so Gnilka, gesungen) wurde. Während Schlaf und Tod in gnostisch geprägten Äußerungen das Vergessen des Menschen um seine himmlische Heimat meinen, chiffrieren sie christlich den Zustand der Sünde. „An die Taufe gemahnend, soll das Tauflied den Gemeindegliedern jene Worte in das Gedächtnis zurückrufen, die sie nicht bloß selber einmal gehört, sondern deren Inhalt sie auch in ihrem Leben erfahren haben" (Gnilka, S. 263). Genau hier liegt eine der Schwierigkeiten heutiger Predigt über diese Paränese!

# III Tendenziöse Bilanz

*Ich nehme meine Taufe an.* Zwar habe ich anders als die Epheser mein Tauflied nie gehört; und auf die Frage, ob ich die Auferstehung der Toten schon in meinem Leben erfahren habe, kann ich nur von Erfahrungen erzählen, die mich ein Stück davon erleben ließen (in einer Partnerkrise, deren Ende noch nicht in Sicht ist). Dennoch lasse ich mir ins Bewußtsein rufen, was da von Geburt an zu mir gesagt ist: Wache auf, der du schläfst, und stehe auf von den Toten, so wird dich Christus erleuchten.

*Was sehe ich im neuen Licht?* Zuerst sehe ich Menschen, von denen ich spüre, daß sie — bei allen Schatten unter den Augen — als Kinder des Lichts zu leben versuchen. Sie strahlen Güte und Herzlichkeit aus, eine vertrauengewährende Wärme, die ansteckend ist. Ich verweile bei ihnen und lasse mich anstecken.
Dann sehe ich — in neuem Licht — die unfruchtbaren „Werke der Finsternis", die von mir, in unserer Gemeinde, unserer Fachhochschule, unserer Kirche produziert werden. Von dem her, was in Eph. 5, 3f. steht, erkenne ich „Unreinheit" (als Uneindeutigkeit, als Hinken nach

beiden Seiten), ,,Habgier" (als Gegenteil der erstrebten Kultur des Teilens) und — gerade nach dem Betriebsausflug! — viel gemeines, albernes und zweideutiges Gerede wieder.

Nachdem ich bei mir selbst angefangen habe (der Pfarrer im Licht oder im Zwielicht?), möchte ich auch die Gemeindeversammlung und den Kirchenvorstand, Mitglieder und Mitarbeiter, das Kuratorium und vielleicht sogar die Kirchenleitung (denn sie alle sind getauft) zu eindeutigem Verhalten auffordern, wo es um Gütigkeit, Gerechtigkeit und Wahrheit geht.

Ich denke an die Auseinandersetzungen um einen Mitarbeiter, an den Konflikt um den Boykott südafrikanischer Früchte, an den nicht offen geführten Streit um die Theologie in der Diakonenausbildung, an das laue Sowohl-Als-auch fast aller kirchenoffiziellen Verlautbarungen oder an unsere selbstverständliche persönliche wie institutionelle Habgier, durch die wir zu teilen verlernt haben. *Ich möchte, daß Licht in all diese Angelegenheiten kommt.*

GERD HEINRICH **B**

## IV Reflexionen zum Thema

*Keine Gemeinschaft?*
Hier Licht und dort Finsternis! Dazwischen gibt es keine Gemeinschaft. Es sind zwei Welten (,,früher" — ,,nun"), zwischen denen es ,,keine Abstufungen" (Conzelmann z. St.) gibt. Und doch besteht zwischen beiden Existenzformen eine gewünschte spezifische Kommunikation. Anders müßte ich mich — in beiden Welten lebend — von mir selber trennen; anders würde der Friede unter uns am Ende sein. Das Licht soll etwas ,,aufdecken". Das kann es wohl auch, denn Licht hellt auf, wandelt um. ,,Erleuchtung ist nach neutestamentlichem Verständnis nicht ein Anstrahlen, sondern eine Verwandlung in Licht" (2. Kor. 4, 3—6; Conzelmann).

*Gottes Erziehung*
Die ,,Entdeckungen", die A gemacht hat, helfen mir zu erkennen, daß es nicht um den Streit je eigener Interessen gehen soll. Ob ,,strafen" oder ,,bekehren", ,,hinter sich lassen" oder ,,zurückgewinnen" — es geht dabei nicht um die Entladung unserer Affekte, wie wir es gewöhnlich so angehen lassen. Der Gedanke der Erziehung Gottes steckt in diesem Text. In Gottes Nachfolge (V. 1) sollen die ,,Kinder des Lichts" zurechtweisen, und als solche erhalten sie selbst ihre Zurechtweisung. Es soll daher kein unbarmherziges Aufdecken sein (bloßstellen), sondern eine ,,erzieherische Zurechtweisung" (Büchsel, ThWbNT 2, S. 470ff.) in der Zuversicht, daß andere ,,Anteil bekommen" können (V. 5).

Vgl. das Sonntagsevangelium Matth. 5: ,,leuchten lassen vor den Menschen — daß sie sehen — und den Vater im Himmel preisen". Güte und Zurechtweisung kommen aus dem gleichen Herzen (Hebr. 12, 6). — ,,Du sollst den Bruder nicht hassen in deinem Herzen, sondern du sollst deinen Nächsten zurechtweisen, damit du nicht seinetwegen Schuld auf dich lädst" (Lev. 19, 17).

*Gütlich*

Keine Gemeinschaft zwar, aber auch keine Trennung – wie geht das zusammen? Zurechtweisung ja, in allem Ernst und zuzeiten wohl unter Schmerzen um der erkannten Wahrheit willen; manchmal ist Licht dann wie ein Feuer. Aber ohne Haß im Herzen; Haß trennt. Sich die Wahrheit sagen — wenn es denn überhaupt um Wahrheit geht und nicht um ,,Habsucht" (V. 5) — geschieht immer aus Güte.

Das alles spricht gegen ,,*Polarisationen*" (ein demokratischer Euphemismus für Spaltungen!). Es ist also auch eine Lektion für predigende Kirchenpolitiker, ebenso für die neuen Propheten im Lande, auch für alle ,,Kinder des Lichts", die Kirchenvorstände und Gemeinden fraktionieren. Allein die Gotteserziehung kann Licht in unsere Verhältnisse bringen.

Dennoch kein leidiges ,,*Sowohl-Als-auch*", wie A sagt, sondern durchaus Streit um das wahre Licht, weil es genug Finsternisse gibt. Aber der Kampf um Gottes Wahrheit muß in Güte geschehen, weil Gottes Wahrheit *Güte ist.* Streitende, die in solcher Bindung stehen, lassen die Bereitschaft erkennen, sich gütlich (aus Güte) zu einigen. Güte, Gerechtigkeit und Wahrheit sind gleichzeitig gefragt und das, ,,was dem Herrn wohlgefällig ist" (nämlich ,,alles in Christus zu vereinen, was im Himmel und auf Erden ist", Eph. 1, 10).

*Früchte?*

Kann die Predigt einen konkreten Streit in die Güte hineinziehen? Im Streitfall (Nachbarschaft oder die aktuelle politische Auseinandersetzung, Kampf vor dem Forum der Bürger um ihre Stimmen oder um ihr Wohl) will ich einfach die gutwillige Unterstellung machen, daß der Gegner (Wem bin ich der Nächste?) ursprünglich auch ,,in Güte" leben und handeln will. Wenn dies Wort nicht trügt, sollte ich mit den Früchten des Lichts wenigstens einmal rechnen.

*Lichtvolle Predigt?*

Die Predigt soll selbst eine ,,Lichtquelle" sein, selbst aufdecken und ,,erzieherisch zurechtweisen". Wie unpopulär jede moralische Pose ist und wie leicht man der Verwechslung unterliegt, wissen wir. Deshalb muß theologisch klargestellt sein: ,,Das ist nicht meine Weisheit, ich erdichte nicht diesen Schein, sondern Gott selbst ist das Licht" *(M. Luther).* Nur dann bleiben Güte, Gerechtigkeit und Wahrheit in der Predigt beieinander.

Ich kenne einen engagierten Christen, ehrenamtlich in kirchlicher Spitzenposition, ein treuer Predigthörer. Gelegentlich gestand er unverblümt, wie tief enttäuscht er sei in all seinen Erwartungen und Predigthoffnungen. Was fehlt?

Kann die Taufe als Anknüpfungspunkt, als greifbares Lebensdatum, etwas Licht im Leben vergegenwärtigen? Nicht allein als ,,schlicht Wasser", sondern als Weckruf? Bringt das Licht? Die Taufe müßte in der Predigt erst hervorgeholt werden, um den Hörer dort abholen zu können.

,,Ich stelle mir Licht und Finsternis vor wie gut und böse oder wie wissend und unwissend", sagte mir eine Leserin dieses Textes. Wir sind geneigt, alles leicht metaphorisch im Sinne einer Lebensphilosophie zu verstehen. Deshalb muß die Predigt letztlich ohne Bilderrede das ,,Licht" *benennen,* wie es der Text tut. Von Angesicht zu Angesicht: Christus wird dich erleuchten!

## V Gedanken und Sätze zur Predigt

### *Aufstehen, es ist schon hell!*

*Wie am Morgen*
Die Ermunterung kommt ohne Umschweife. Es ist schon hell! Ein Lebensgefühl wie am Morgen, wie an einem schönen Anfang. Ein helles Leben ist ein lebendiges; Angst wird überwunden. Glaube weckt die Lebensgeister. Wach auf — von den Toten! Eine Bewegung wie in den Morgenliedern des Gesangsbuches will mich erfassen. Ein Weckruf! Ich habe geschlafen und nichts gewußt und gemerkt. Jetzt lebe ich auf, höre, sehe und fühle.

*Leben*
Es geht gleich in die Praxis: Nicht das Leben erzieht, sondern Gott will erziehen. Bevor wir die weitreichenden Behauptungen über unseren geistlichen Zustand auch nur begriffen haben, sollen wir schon loslaufen. Christliche Praxis ist ein Lernen im Vollzug. Lebt als Kinder des Lichts und prüft, was Gott haben will. Das ist die gute Art, zum Glauben zu erziehen. Denn es ist ermutigend, wenn mir etwas zugetraut wird. Ich lebe davon. Wo helles, selbstloses Leben auflebt, auch in den kleinsten Anfängen (Güte wagen; Güte zutrauen), da wird Gott selber aufgespürt, seine Auferweckung von den Toten. Das meint Leben, dem das Ehrenprädikat zusteht, ,,Licht" zu sein. Licht vom Licht!

,,Prüfen" heißt herausfinden, was Gottes Wille ist. Prüfet! 75 000 ,,legale" Schwangerschaftsabbrüche jährlich, überwiegend aus ,,sozialen Gründen"! Unser Volk ist reich genug, sich das leisten zu können. Bedarf der Wille Gottes hierzu einer neuen Definition?

*Mitleben lassen*
Alle sollen mitleben und ans Licht gezogen werden in spürbarer, zuweilen strafender, aber immer gütiger Weise. Auch wo es keine Gemeinschaft mehr gibt, soll keine dauernde Trennung sein. Gottes Wahrheit ist *werbende* Wahrheit, überzeugend und letztlich plausibel, weil sie gütig ist. Ziel ist ein neues Zusammensein Gottes mit allen Geschöpfen (G. Ebeling, Dogmatik I, S. 224). Und dazu braucht er die ,,Kinder des Lichts"; sie sind geradezu geboren für die ,,Kinder der Finsternis". Gottes Erziehung ist eine Gemeinschaftserziehung. Wem

das Bild nicht zu grob ist: Wir sitzen alle auf ein und derselben Schulbank.

## VI Angebote

Das Sonntagsproprium macht reichlich Angebote: Eph. 5, 9 ist *Wochenspruch.* Psalm 115, 1 (Hallelujavers) korrigiert Mißverständnisse: „Nicht uns, Herr, nicht uns, sondern deinem Namen gib Ehre um deiner Gnade und Treue willen." Auf das *Sonntagsevangelium,* Matth. 5, stößt man auch ohne liturgische Ordnung; es ist unentbehrlich. *Alttestamentliche Lesung* ist Jes. 2 (Völkerwallfahrt): „Von Zion wird Weisung ausgehen... Da werden sie ihre Schwerter zu Pflugscharen machen... laßt uns wandeln im Licht des Herrn." *Zum Meditieren:* Ps. 139, 12 („Finsternis ist wie das Licht").

*Gesangbuchmeditation:* EKG 226 (Hauptlied), bes. Vers 8 und 9. *Epiphaniaslieder:* bes. EKG 50. *Morgenlieder:* EKG 336, 3 („Treib aus, o Licht, all Finsternis"); EKG 337, bes. Vers 3 und 6; EKG 339; EKG 349 („daß wir, eh wir gar vergehn, recht aufstehn"); EKG 218 („Weck die tote Christenheit").

*Neue Lieder:* „Weil Gott in tiefster Nacht erschienen" *(D. Trautwein);* „Manchmal kennen wir Gottes Willen, manchmal kennen wir nichts. Erleuchte uns, Herr, wenn die Fragen kommen" *(K. Marti/A. Juhre);* „Erleuchte mich, Herr, mein Licht. Ich bin mir selbst verborgen und kenne mich doch nicht; darum erschüttere uns, daß wir aufwachen und vom Tod aufstehen" (*Oetinger,* bei W. Nigg, S. 20).

„Die wir ein Licht in Händen tragen,
Von Wind bedroht,
Wir wollen Liebes zueinander sagen
in dieser Not.
Es sollen unsre Lichter fackelgleich
zusammenschlagen für das eine Reich.
So sei in allertiefster Weltennacht
Ein neues Licht am ew'gen Licht entfacht"
(Spruch 1940, *Schalom Ben-Chorin*).

# Philipper 3, 7—11 (12—14): Die alles verändernde Wende

BRIGITTE TER-NEDDEN-AMSLER **A**

## I Einstieg — erste Eindrücke

Hier spricht ein Mensch aus der *tiefen Freude* heraus, Sinn und Ziel seines Lebens gefunden zu haben! Die erstaunliche Entwicklung eines Lebens wird nicht breit entfaltet, sondern in die knappe Antithese „einst Gewinn — jetzt Verlust“ (um eines andern Gewinns willen) gefaßt: Gerade dadurch zeigen sich Entschiedenheit, Festigkeit und leidenschaftliches Bejahen des vollzogenen Schrittes um so deutlicher. Paulus lädt damit ein zum Nach-Denken und Nach-Vollziehen solch neuer Lebenseinstellung.

Allerdings: Die Schärfe, mit der die eigene Vergangenheit nun verurteilt wird, erweckt Bedenken. Bekehrte neigen bekanntlich dazu, ihre Vergangenheit negativ einzustufen. War diese Vergangenheit so „schlecht“? Was war an ihr „schlecht“? — Als Prediger weiß ich ja um die theologischen Implikationen, die den Apostel frühere Werte für „Dreck“ oder „Kot“ erklären lassen. Dennoch höre ich das für uns Peinliche des Ausdrucks mit, und ich möchte es nicht einfach übergehen, abblocken oder gar erbaulich überhöhen. Des Apostels Vergangenheit ist die *jüdische*. Wenn er sie mit einem solchen Wort belegt — ist die jüdische Religion dann nicht „unanständig, wertlos“? Diese verhängnisvoll naheliegende Folgerung schwingt beim Lesen des Textes mit.

Der Schauspieler *Ernst Ginsberg* (er konvertierte zum Katholizismus) im Rückblick auf etwa 1910: „Uns Kindern sagte mein Vater: Ihr habt euch anständiger zu benehmen als die andern; von euch schließt man auf alle.“ — Für diese Kinder ein leidvolles Wettmachen-Müssen eigener vermeintlicher Minderwertigkeit. Hier wird Klärung in der Predigt nötig sein!

Die Einschätzungen seines neuen und alten Lebens, so wichtig sie sind, zielen ab auf den eigentlichen Mittelpunkt des Textes: *Gottes Heilstat in Christus,* die dem Menschen zugute kommt.

## II Entdeckungen am Text

Unser ungemein dichter Text (mit der Hinleitung 3, 2—6 und den Folgerungen in V. 12—14) läßt sich angehen von den Satzgliedern aus, die vom Heilsgeschehen in Christus sprechen. Also: „um Christi willen“ (V. 7); „Wert der Erkenntnis Christi Jesu“ (V. 8) usw. Die Wirkung dessen wird dargelegt in V. 9b—c (über die „Gerechtigkeit“) und V. 10b—11 (Teilhabe an Leiden, Tod und Auferstehung).

Der Christustitel zeigt an, daß es sich um ein Paulus weit übergreifendes *weltwichtiges* Geschehen handelt: Paulus ist Beispiel für *alle Menschen,* die sich durch die Tat Gottes in ihrer Vergangenheit und Gegenwart neu sehen lernen. (Als kompliziert empfinde ich den Text wegen der paulinischen Eigenart, daß Aussagen über Gott/Christus und den Menschen ineinanderliegen!)

Von der Wende her — um diese zu verdeutlichen und die Auseinandersetzung mit den Gegnern zu führen (sie halten die Beschneidung für heilsnotwendig) — wird der Blick auf die eigene Vergangenheit nötig: auf den *Menschen unter dem Gesetz.* Wichtig: Paulus gedenkt seiner jüdischen Vergangenheit mit Stolz! (Vgl. 2. Kor. 11, 18. 22ff.) Das als Gesetz aufgefaßte Alte Testament *bleibt* heilig (Röm. 7, 7ff.; Gal. 3, 17), und er *hat* es erfüllt (anders als Röm. 7, wo es als nicht erfüllbar gilt!). Es gereicht aber da zum Verderben, wo der Mensch sein Vertrauen darauf gründet. Als *Heilsweg* ist es abgetan. Aller fromme Selbstruhm ist deshalb ausgeschlossen.

Aus der Predigt von *Brinkmann:* „Ein Pharisäer ist kein Heuchler. Er ist nicht nur unter dem Gesetz, er hält es auch. Darum kann und darf er sich dessen rühmen. Der Pharisäer hat Freude am Gesetz, denn es verschafft ihm die von jedem Menschen ersehnte Geborgenheit. Er läßt sich seinen Glauben etwas kosten, doch zuletzt erleichtert dieser das Leben. Man weiß, wie man dran ist, und hält etwas Vorweisbares in Händen. Man trägt an seinem Teil zur Menschen- und Weltverbesserung bei. Lohnt es sich nicht, dafür zu leben?"

Ich halte fest: Paulus ist von der eigenen *Gerechtigkeit aus Werken* zur *Gottesgerechtigkeit aus Glauben* bekehrt worden — *nicht* aus der Gottlosigkeit zum Glauben, *nicht* aus der Verzweiflung zum Trost! Die rettende Tat des souveränen Richters eröffnet dem Menschen in Gegenwart und Zukunft das Heil. Der Glaube, als Aneignen, ist reines Empfangen, niemals Leistung (dia mit ek = „aus", nicht mit acc. = „wegen"!). Das ist die Gabe, die so groß ist, daß sie alles andere abtut, vernichtet.

V. 10f.: Glaube schließt bei Paulus immer ein Erkennen und Wissen über das Heilsgeschehen ein (vgl. Röm. 6, 8f.). Der Aufbau der Verse stellt die Teilhabe an Jesu Leiden und Tod ins Zentrum; die „Kraft seiner Auferstehung" bildet die Klammer, wobei sie in V. 11 ausdrücklich futurisch gefaßt wird: als Hoffnungsgut. (Vgl. Röm. 6, 1ff.; 2. Kor. 5, 7; 1. Kor. 13, 12.)

Die Heilsbedeutung von Jesu Passion wird hier nicht mit Hilfe der alttestamentlich geprägten Vorstellungen der „Stellvertretung" oder des „Sühneopfers" ausgesagt, sondern hellenistisch-mysterienhaft: als unsere *Anteilhabe* an Christi Tod und Auferstehung (vgl. III, c). Paulus versteht sein an Leiden reiches Leben als ein Beispiel für dieses Geprägtsein. Die Rechtfertigungslehre dringt bei ihm immer in die letzten Gegensätze von Leben und Tod vor.

*Einen* Gedanken möchte ich noch einbringen, obwohl er in unserem Text nicht verbaliter ausgesprochen wird, sondern in 4, 1 (und den vielleicht zu einem andern Brief gehörenden Schlußermahnungen 4, 4; vgl. auch 1, 18; 2, 2. 17f.; 3, 1): den Gedanken der *Freude*. Er durchdringt, meine ich, auch unsern Text. Glaube — unter dem Kreuz — bedeutet Freude, weil der Mensch der Zuwendung Gottes gewiß bleiben kann.

## III Homiletische Rechenschaft

Aus der Exegese ergeben sich verschiedene Schwerpunkte, welche die Predigt bestimmen können:

a) Paulus spricht hier von seinem Bekehrungserlebnis: In Terminus und Vorstellungsgehalt schwingt für mich dabei wie selbstverständlich *pietistisches Gedankengut* mit und damit die Frage: „Was ist in Paulus eigentlich vorgegangen?" Die psychologische Frage findet – das ist mir lieb — keine Antwort. Ich denke an die Aussage, daß jede religiöse Bekehrung eine „Liebesgeschichte zwischen Gott und Mensch" (E. Brock-Sulzer) bedeutet und damit in die Unantastbarkeit gehört. Noch wichtiger: Im Hinblick auf seine Vergangenheit leitet Paulus allein die theologische Frage: „Was ist Glaube?", und sie *wird* beantwortet, exemplarisch für alle. Es gilt: Jedes Pochen auf Vorweisbares — sei es eigene Frömmigkeit oder moralische Größe — ist radikal ausgeschlossen.

b) Ich höre den Text immer schon vermittelt durch die *Interpretation der Reformatoren:* Aus dem historischen Nacheinander bei Paulus ist das dialektische Zugleich von Gesetz und Evangelium geworden; die einmalige Wende wird sozusagen eine „Wende in Permanenz" (G. Ebeling), welche das ganze Leben der Christen bestimmt. Von daher sind die Verse 12—14 wichtig: Der Glaube, in Christus geschenkt, *bleibt immer im Kommen*. Das ist Mahnung und tröstliche Aufmunterung zugleich.

c) Wo zeigt es sich, daß das Leben des Christen durch die Dialektik von Gesetz und Evangelium bestimmt ist? Ich habe als Beispiel den *Ausschließlichkeitswahn* vor Augen, der Andersgläubige blindlings verachtet (die Juden! vgl. I). Ich denke an mancherlei Schattierungen von *religiösem Selbstruhm*, der sich auf eine theologia gloriae gründet (die Pläne Gottes kurzerhand zu kennen meinend). Aufgebrochen werden solche Haltungen niemals durch besserwisserische Überlegenheitsreden. Allein der Mitvollzug jener frohen, gewissen und trotz allen Dunkels festen Gelassenheit, für die Paulus ein Beispiel ist und zu der unser Text einlädt, bringt Befreiung von religiöser oder ideologischer Erstarrung und weitet den Blick.

d) Darin bleibt allezeit die Möglichkeit des *Leidens* mit eingeschlossen (theologia crucis). Realität wie Geheimnis dessen drückt der Gedanke der *Teilhabe am Leiden Christi* aus. Er ist rational nie ganz zu erfassen, aber Menschen (wie Paulus) leben ihn in staunenswerter Weise.

*E. Ginsberg:* ,,Ich bekenne mit Dankbarkeit, daß der Glaube die Freude, das Glück, der Trost und der Segen meines Lebens und des Lebens der Meinigen gewesen ist und daß ich in den Tagen, in denen ich dieses schreibe, die letzte Bestätigung und Stichhaltigkeit dieses Glaubens erfahren durfte: Angesichts des Todes, dem mich eine schwere Lähmungskrankheit entgegenführt, die für einen Ungläubigen nur mit einer Tat wie der Hemingways zu beenden wäre, die der Glauben aber im Blick auf das Kreuz zu ertragen vermag."

*Literatur: G. Barth*, Der Brief an die Philipper, 1979; *Ernst Ginsberg*, Abschied, hrsg. von E. Brock-Sulzer, 1965; *Heinrich Brinkmann*, Was ist Glaube?, Predigt 1944, in: Freiheit und Verantwortung, Festschrift für O. Hammelsbeck.

BEATE STIERLE

# B

## *Anknüpfung an A*

Das Thema der Perikope (,,Glaubensgerechtigkeit") ist durch die theologische Tradition überaus belastet und kompliziert. Von daher und weil das Thema, wie A schreibt, in den Bereich einer ,,Liebesgeschichte Gottes mit dem Menschen", also in den Bereich des Unantastbaren, gehört, erschiene es mir am besten, wenn in der Predigt ein *konkreter Fall* verhandelt würde, wenn also erzählt und erörtert würde, wie jemand eine neue Glaubenseinstellung gewonnen hat und was das für Konsequenzen hatte. Dabei müßte die *,,Subjektivität" der Glaubenserfahrung* wohl im Blick bleiben. Wo es um den Glauben geht, geht es um die intimsten Dinge im Leben eines Menschen. Hier ist jeder unverwechselbar (Exemplar, nicht Exemplum!). Die Übertragbarkeit von Glaubenserfahrungen ist entsprechend schwierig. Dennoch könnten in der Predigt bestimmte *Strukturelemente von Glaubenserfahrungen* aufgezeigt werden (vgl. A III), die Hinweise geben. (Was A als schwierig empfindet: daß bei Paulus Aussagen über Gott und Mensch/Welt ineinanderliegen, scheint mir zum Beispiel ein solches Strukturelement zu sein.)

## IV Erkundung der Situation

Eberhard Bethge berichtet in seiner Bonhoeffer-Biographie, daß Dietrich Bonhoeffer im letzten Jahr seiner Haft, beginnend etwa ab April 1944, im theologischen Denken und in der Beurteilung der Welt eine gewisse Wende vollzogen habe (Bethge, D. Bonhoeffer, 1978, S. 959 ff.):

Während Bonhoeffer sich vorher sehr stark mit Literatur des 19. Jahrhunderts und mit Glaubensäußerungen vergangener Zeiten beschäftigt habe, habe er sich ab da der Gegenwart zugewandt. Der Begriff der „religionslosen Welt" rückte in den Mittelpunkt seines theologischen Denkens. Er begann, hier eine positive Möglichkeit zu entdecken, den Glauben zu leben und verantwortlich für die Welt dazusein.

Bethge berichtet, wodurch die Wende ausgelöst wurde: Bonhoeffer sei damals mitgeteilt worden, sein Prozeß, von dem er sich immer wieder baldige Freiheit versprochen hatte, dürfe nicht wieder aufgerollt werden, weil er belastendes Material für andere ans Licht bringen würde. Was die Zerstörung einer wichtigen Hoffnung bedeuten mußte, führte jedoch nicht zur Resignation. Bonhoeffer entdeckte in den Zumutungen seines Lebens eine vom Glauben her eröffnete Lebensmöglichkeit. Obwohl die Zukunft mehr denn je ungewiß für ihn war (und schließlich mit seiner Ermordung endete), konnte er die Realität der Welt, wie er sie erlebte, annehmen. Nicht die Rettung des Alten erschien ihm in dieser Situation wichtig, sondern die Einstellung auf das unbekannte Neue, das mit all dem Schrecken, den es enthielt, zu übernehmen war und zur Verantwortung herauszufordern schien.

Wie wird eine Gemeinde, wenn sie auf eine solche oder ähnliche Erfahrung hin angesprochen wird, reagieren?
Ich stelle mir zunächst ihre *Hilflosigkeit* vor. Die normalen Gottesdienstbesucher (wie auch der Prediger), sofern sie nicht stark von pietistischen Traditionen geprägt sind, werden vermutlich die Armut und die Begrenztheit ihrer eigenen religiösen Erfahrungen empfinden. Einer großen Persönlichkeit kann man so etwas zutrauen. Aber einem durchschnittlichen, normalen Menschen?

Die Hilflosigkeit verstärkt sich durch die *volkskirchliche Realität*. Wo gibt es in unserer Gesellschaft Situationen, in denen Glaube auf dem Spiel steht? Wo kein Bekenntnisnotstand herrscht, da erscheint es schwer, auszumachen, wo ein Christ in seinem Glauben und seiner Verantwortlichkeit herausgefordert ist. Da ist vieles möglich, und die Konturen verwischen sich. Vielleicht wird Gott mit gewissen Wertvorstellungen in Verbindung gebracht; vielleicht erscheint er als Garant von Geboten, bestimmten Verhaltensformen und Sitten. Aber selbst hierüber streiten sich Christen. Was ist Gottes Gebot?

Zu diesen Schwierigkeiten kommen die spezifischen *Erfahrungen der technisierten, verwalteten Welt*. In dieser Welt scheinen Glaubenserfahrungen nicht notwendig zu sein. Die Welt ist profanisiert. Die Erledigung und Lösung ihrer Probleme nimmt der Mensch mit den Möglichkeiten, die ihm Gesellschaft, Staat, Medizin oder Technik bieten, selbst in die Hand. Warum soll er die alltäglichen Dinge mit Gott in Verbindung bringen? An gewissen Grenzstellen vielleicht, wo Tod, Unglück, Krankheit usw. dem Menschen begegnen, wird noch nach Gott gefragt. Das heißt aber: Gott wird an die Grenzen des menschlichen Lebens verwiesen. Er wird allenfalls als Lückenbüßer für den Mangel menschlicher Möglichkeiten gebraucht.

Wo dennoch gewisse Glaubenserfahrungen ausgesprochen werden, erscheinen sie *privatisiert*. (Jeder wird selig nach seiner Art!). Andererseits sind Glaubenserfahrungen schwer festzumachen; sie scheinen *zweideutig* zu sein. Leuchtet einem Menschen irgendwann etwas Unbedingtes, ein Stück Gewißheit oder Sinn auf, so entgleitet ihm dies leicht schon im nächsten Augenblick. Aus Unbedingtem wird wieder Bedingtes, aus Gewißheit wird Ungewißheit. Offensichtlich gehört auch die *Ambivalenz* zum Glauben hinzu: Angst mischt sich mit Mut, Unglaube lebt neben dem Glauben, Zweifel ist der Hoffnung beigemischt.

Gerade weil dies so zu sein scheint, wäre es wichtig, bei Leuten wie Paulus, Ginsberg, Bonhoeffer in die Schule zu gehen und ihre Erfahrungen zu prüfen, ob sie nicht *Seh- und Deutungshilfen für eigene Glaubenserfahrungen enthalten*. — Mir scheinen in folgenden Punkten solche Hilfen zu liegen:

a) *Offenbar erweist sich Gott an ganz unerwarteten Stellen im Leben:* In der Überbietung des göttlichen Gesetzes am Kreuz hat *Paulus* ihn erlebt; im Schaffen und in der Krankheit *Ginsberg*; in der religions- und gottlosen Welt kann *Bonhoeffer* anfangen, von Gott zu reden. Offensichtlich aber wird Gott hier nicht an den Rändern des menschlichen Lebens, sondern mitten darin erfahren.

b) *Glaube geht mit einem Aufbruch einher*. Gott kann aus alten Gewohnheiten, Sicherheiten, Bindungen herausrufen. Er kann Menschen, Positionen, ja das Gesetz selber in Frage stellen. Er fordert uns damit heraus, uns auf ein Unverfügbares einzulassen und das Verfügbare aus der Hand zu geben. Dies Verfügbare, die „Welt", erhält damit einen neuen Stellenwert. Sie gehört — vor Gott — nicht zu den letzten Dingen, und damit verliert sie zugleich ihre Mächtigkeit. Und damit schwindet auch die Angst vor der Welt. Freude und Gelassenheit (A) können Platz greifen. Die Möglichkeit einer nüchternen Handhabung und Gestaltung tut sich auf.

c) *Die Welt bleibt damit trotz allem „Welt in Gottes Hand"*. Sie bleibt seine Schöpfung, sein Geschenk, und Gott hat etwas mit ihr vor. Deshalb kann man sie nicht als nichtig abtun. Sie wird der Ort, wo verantwortliches Handeln von Gott gefordert wird. Erst wenn dies mitbedacht wird, wird erkennbar, warum Paulus von seinem Anteil am Geschick Jesu Christi reden kann. Selbstgenügsames Handeln ist keine Verantwortung in Christi Sinn, denn Gottes Willen will in der Welt Platz gewinnen. Dies kann weltweite Konsequenzen haben. Leiden kann gefordert sein (A).

„Später erfuhr ich und ich erfahre es bis zur Stunde, daß man erst in der vollen Diesseitigkeit des Lebens glauben lernt. Wenn man völlig darauf verzichtet hat, aus sich selbst etwas zu machen — sei es einen Heiligen oder einen bekehrten Sünder oder einen Kirchenmann (eine sogenannte priesterliche Gestalt!), einen Gerechten oder Ungerechten, einen Kranken oder einen Gesunden — und dies nenne ich Diesseitigkeit, nämlich in der Fülle der Aufgaben, Fragen, Erfolge und Mißerfolge, Erfahrungen und Ratlosigkeiten leben —, dann wirft man sich Gott ganz in die Arme, dann nimmt man nicht mehr die eigenen Leiden, sondern das Leiden Gottes in der Welt ernst, dann wacht man mit Christus in Gethsemane, und ich denke, das ist Glaube..." (*Bonhoeffer*, Widerstand und Ergebung, 1962, S. 248/9).

## V Predigtaufriß

Ich möchte der Gemeinde helfen, *Erfahrungen mit Gott mitten im Leben zu machen*.

1. *Abholen der Hörer:* Was würden Sie sagen, wenn jemand Sie auf Ihre Glaubenserfahrung hin anspräche? Vielleicht würde es Ihnen ähnlich gehen wie mir, daß Sie Hilflosigkeit, Leere, Zweideutigkeiten empfinden. Wo gibt es Situationen, in denen unser Glaube auf dem Spiele steht?

2. *Beispielgeschichte:* Paulus, Ginsberg, Bonhoeffer.

3. *Trial and error:* Ich weiß nicht, ob Sie diese Beispiele hilfreich finden. Unsere alltäglichen Erfahrungen sind wenig klar. Bei großen Persönlichkeiten scheint alles so einleuchtend und überzeugend. Aber vielleicht können wir solche Leute auf ihre Erfahrungen hin befragen. Vielleicht können wir bei ihnen in die Schule gehen. Vielleicht können wir uns mit ihrer Hilfe herantasten an das, was auch bei uns möglich und wirklich ist.

*Gott mitten in der Welt!* Ist er das wirklich? Oder ist er nur an den Rändern des Lebens im Spiel? Vielleicht müßten wir anfangen, unsere eigenen Erfahrungen ernst zu nehmen: die Hilflosigkeit, Leere, Zweideutigkeit. Spricht Gott vielleicht gerade durch sie?

*Glaube als Aufbruch!* Ruft Gott ins Weite? Ruft er in die Geborgenheit? Was bei Paulus und Bonhoeffer zur Klarheit geronnen ist, erscheint bei uns unklar. Oder geschieht es vielleicht nur verborgener und kleiner, in vielen kleinen Aufbrüchen und Erfahrungen, die immer zugleich auch verwechselbar sind?

*Unsere Verantwortung für die Welt:* Müssen wir sie auf unsere eigene Kappe nehmen, für Gott und ohne Gottes Gebot? Leben und Verantwortung als Möglichkeit des Glaubens, der im Leben und der Welt Gottes Geschenk und Aufgabe entdeckt, der Gottes Spuren und die Entstellungen in ihr sieht und das Leiden Gottes in der Welt übernimmt im Vertrauen darauf, daß Gott die Zukunft gehört.

4. *Lösungsversuch:* Unser Leben wird vielleicht zweideutig bleiben. Was übrigens bei Paulus oder Bonhoeffer nach außen hin jetzt so klar erscheint, ist in der bewegten Situation selbst nicht so klar gewesen. Deshalb darf auch bei uns getrost einiges verworren bleiben. Aber wir sollten nicht aufgeben, Gottes Vorhaben in der Welt auf der Spur zu sein. Es könnte ja sein, daß wir gleich ihnen plötzlich an irgendeinem Punkte Klarheit erhalten und spüren: Gott spricht uns an.

5. *Lösungsverstärkung:* Ich wünsche Ihnen, daß Sie immer wieder solche Klarheit in Ihrem Leben gewinnen; daß Ihnen der Glaube Mut, Gelassenheit und Freude gibt, um auch Verantwortung für die Welt zu tragen; daß Sie im Leben und im Sterben entdecken: *Gott ist mit mir!* Er hat etwas mit mir vor!

## VI Materialien zum Gottesdienst

Ich möchte mit dem gottesdienstlichen Rahmen die Glaubensgewißheit und das Vertrauen in Gott verstärken. Deshalb würde ich *Vertrauenslieder* singen lassen: 915; 942; 201; 195, 2—4; 45, 3—5.

Auch in den *Gebeten* würde ich das Vertrauen zu Gott ausdrücken und zum Beispiel Vorlagen von *Oosterhuis* (Ganz nah ist dein Wort, 1979) benutzen: als *Kollekte* S. 13 (Ganz nah ist dein Wort, Herr, unser Gott, ganz nah deine Gnade...); als *Fürbittengebet* S. 107 (Deine Stimme hat uns gerufen, Gott...).

Wem das Gleichnis vom Schalksknecht nicht gefällt, der könnte die Geschichte von Abrahams Auszug (1. Mose 12, 1—4) als *Lesung* benutzen.

# ZEHNTER SONNTAG NACH TRINITATIS

## Römer 11, 25—32: Lebensrecht für alle Völker

JÜRGEN GOETZMANN (A) —
REINHARD KÖSTER (B)

A/B

## I Einstieg — erste Eindrücke (A)

Ich erinnere mich an eine bestimmte Predigttradition, die in den Texten von Röm. 9—11 vor allem das Geheimnis der „*Erwählung*" als eine zentrale Denkfigur zur Vergewisserung der Christen benützte. Davon bin ich heute sehr weit entfernt und kann mir nicht vorstellen, daß ich darüber predigen wollte. Gleichwohl empfinde ich keinen Widerwillen gegen die Predigten von damals. Sie erinnern mich eher an so etwas wie Geborgenheit. Offenbar hat die Denkfigur der „Erwählung" damals den beabsichtigten Vergewisserungseffekt erzielt, und ich registriere diese Erinnerungen mit einer gewissen Überraschung.

Wie ich mir nicht vorstellen kann, eine Erwählungspredigt im klassischen Sinn zu halten, so kann ich mir auch nicht vorstellen, daß ich eine

„*Israelpredigt*" im klassischen Sinn halten könnte. Ich bestreite nicht das Recht des Themas. Aber: Israel und die Kirche, Israel und die Völker — gehört das nicht eher in dogmatische Aufsätze oder synodale Stellungnahmen als in eine Predigt? — Mich fasziniert Vers 32, wo ich gerne ansetzen möchte.

## II Entdeckungen am Text (A)

*Erste Entdeckung:* Wir begegnen hier keiner zufälligen Spekulation des Paulus, die ihren Ursprung in seiner persönlichen Situation hätte („Auch ich bin ja ein Israelit..." Röm. 11, 1). Vielmehr handelt es sich um die bewußt durchkonstruierte theologische Grundüberzeugung, daß das rechtfertigende Handeln Gottes den Schlüssel für das Verständnis der konkreten Geschichte des Volkes Israel und der Heilsgeschichte hergibt. Die Argumentationslinie des Paulus gipfelt in V. 32, der das Recht des göttlichen Erbarmens für alle bezeugt.

Dabei wird die *Rechtfertigungslehre* in einem konkreten geschichtlichen Bezug entfaltet. Das rechtfertigende Handeln Gottes betrifft nicht nur Individuen, sondern richtet sich auf die ganze Welt. *Am Lebens- und Heilsrecht eines Volkes wird das Lebens- und Heilsrecht aller Völker exemplifiziert.*

Reduziert man die Botschaft von der Rechtfertigung der Gottlosen zu einer individuellen Heilslehre, so geht ihr Kern, nämlich „die Botschaft von neuer Schöpfung unter dem Recht der göttlichen Gnade" (*Käsemann*, Römerbrief, S. 302), verloren.

Die Konkretion der Rechtfertigungslehre am Geschick des Volkes Israel könnte in der Predigt insofern eine Rolle spielen, als die Geschichte dieses Volkes und das Verhältnis der Kirchen zu ihm zeigen, daß es den christlichen Völkern gerade an diesem Punkt nicht gelungen ist, Lebens- und Heilsrecht aller Völker zu verwirklichen. Sie haben sich zwar — wenigstens in der Theorie — das Postulat des Paulus „Alle Völker haben Lebensrecht" zu eigen gemacht; aber die Praxis ihres Verhältnisses zu Israel zeigt, daß sie heimlich einen Nachsatz hinzufügen: „... aber die Juden nicht!"

*Zweite Entdeckung:* Paulus hat seine These, daß Gottes Heilshandeln der ganzen Welt gilt, dadurch am Geschick des jüdischen Volkes und der Völker konkretisieren können, daß er bekanntes *apokalyptisches Material* verwendet. Er erinnert an die These, daß am Ende der Tage für die Völker von Zion Heil und Gerechtigkeit ausgehen werden (Jes. 2). Die emotionale Fremdheit des Stoffes darf bei uns nicht den Eindruck aufkommen lassen, daß die Verwendung des apokalyptischen Materials dem Wegschieben der konkreten Frage diene. Im Gegenteil: Für Paulus werden die Dinge erst dadurch konkret. Er spricht von der Hoffnung auf Israels Umkehr, wie wir von den Olympischen Spielen 1980 in Moskau reden.

*Drittens*: Die eigentliche Aussage des Paulus liegt da, wo er die Argumentationsweise des jüdisch-apokalyptischen Materials auf den Kopf stellt. Bisher sagte Israel: *Erst wir, dann die Heiden!* Bei Paulus heißt es: *Erst die anderen, dann ihr!* Aber zugleich werden die Heidenchristen vor Hochmut gewarnt: Bildet euch nichts auf eure Rettung ein — ihr seid hineingekommen, weil Israel ungehorsam war.

*Viertens:* Damit richtet sich dieser Text indirekt auch gegen eine bestimmte inhaltliche Füllung der Hoffnung: Wenn Israel das Unheil als *Unterdrückung* erfahren hat, dann legt sich der Umkehrschluß nahe, daß Heil haben *Herrschaft haben* bedeutet. Aber der Schluß ist falsch! Frieden unter der Herrschaft Israels ist nicht dasselbe wie Frieden unter der Herrschaft Gottes. Weil es für Gottes Erbarmen keinen Vorrang gibt, streitet Paulus gegen alle Ausformungen von Hoffnung, die bewußt oder unbewußt, gehässig oder gedankenlos andere ausschließen oder den Vorrang des einen vor dem anderen begründen wollen.

*Fünftens:* Auf die Frage, worin denn das Israel und den Völkern zugesagte Heil bestehe, gibt der Text zunächst keine Antwort. Das hängt sicher damit zusammen, daß Paulus die inhaltliche Füllung der apokalyptischen Heilserwartungen als bekannt voraussetzen konnte. Für uns bieten sich zwei Dinge zur Beachtung an: Zum einen die Beobachtung, daß Paulus unmittelbar nach dem argumentativen Höhepunkt seiner Rede (V. 32) in den Hymnus übergeht. „Alle haben in Gott ihr Ziel!" Und zum anderen (weniger hymnisch; streitbarer, dafür im Ansatz konkreter) der Satz in Röm. 14, 17: Das Reich Gottes ist Gerechtigkeit, Friede, Freude im Heiligen Geist. Jedenfalls eine Zielangabe, die die Predigt über unseren Text erleichtern kann.

## III Die Frage nach unserem Standort (B)

*Wo hat in unserer Zeit die Frage nach dem Lebens- und Heilsrecht von Völkern Bedeutung?*

Man billigt „selbstverständlich" allen Völkern ein Lebensrecht zu. Doch herrscht im Hintergrund eine Mentalität, die von der Überzeugung geprägt ist, *daß dem Tüchtigen das Leben gehört*. Gemeint ist Leben im Sinne der säkularisierten Heilsvorstellungen oder im Sinne besserer Lebensqualität. Dies wird gedankenlos von den abendländischen Völkern in Anspruch genommen, ohne auf andere Völker übertragbar zu sein, die oft nicht einmal die Grundvoraussetzungen für zivilisiertes Leben entwickeln können. Und das nicht ohne den selbstbewußten Hinweis auf die Errungenschaften der abendländischen Kultur.

Der eschatologischen Vorstellung „Frieden für alle unter der Herrschaft Israels" entspricht heute die Formel „Wohlstand für alle unter der Führung des Abendlandes". Die anderen kommen zum Heil, indem sie von uns lernen, so denken christliches und marxistisches

Abendland in gleicher Weise. Erst das Abendland, dann die anderen, und dann nur so, daß unser ,,Heilspegel" oder ,,Lebensstandard" dadurch nicht gefährdet wird.

Dieser Mentalität begegnet eine wachsende Gegenströmung: Der Glaube, daß die bisherige Geschichte ihre positive Fortsetzung haben wird, schwindet. Gibt es noch ein bewahrenswertes Erbe? Ein Erbe, aus dem Hoffnungen geschöpft werden können?

Ich begegne einer zynischen Einstellung: Von einem Auftrag und einer Verantwortung des Abendlandes zu sprechen, sei Unsinn und Borniertheit; die faktischen Vorrechte werden brutal genutzt.

Ich begegne resignierter Trauer angesichts des Versagens der abendländischen Völker, deren Verhältnis zu anderen Völkern in so erschreckendem Maße von Unterdrückung und Ausbeutung bestimmt war und ist.

Ich begegne der Einsicht, daß unsere ,,Heilsvorstellungen" den anderen Völkern kein Heil bringen, sondern Entwurzelung und Selbstentfremdung. Die Unmenschlichkeit und die zerstörerischen Kräfte unserer Vorstellungen von Lebensqualität werden allmählich erkannt.

Der Text kehrt die Reihenfolge ,,erst Israel, dann die anderen" um und spricht damit gegen die Hoffnung auf privilegierte Plätze. Alle, auch Israel, sind ungehorsam! Und darum will ich in der Predigt das Wissen um das Versagen der sogenannten christlichen Völker vertiefen. Sie haben die ,,Hoffnung auf Gerechtigkeit, Friede und Freude im Heiligen Geist" in hemmungsloses Streben nach Wohlstand verkehrt. Sie haben ihr Existenzrecht in ihrer Tüchtigkeit gesehen statt in Gottes Erbarmen. Sie haben in der ganzen Welt zwar den Bazillus der Hoffnung verbreitet, aber die Verantwortung für die Hoffnungen, die sie erzeugten, nicht übernehmen wollen. Sie verbrauchen ihre Kraft mit der Aufarbeitung eigener Krisen. (Im Zusammenhang unseres Textes verdienen die Verbrechen am jüdischen Volk besondere Erwähnung.)

Aber der Text spricht gegen die Aufgabe aller Hoffnung. Die Verheißungen Gottes haben in unserer Geschichte gewirkt (Hoffnung auf eine menschlichere Welt, auf die Überwindung von Not und Elend, auf Gerechtigkeit statt Willkür, auf Liebe statt Gewalt, auf Gleichheit, Freiheit, Brüderlichkeit; Einsicht, daß die Welt für die Menschen da ist und die Menschen füreinander). Das sind *Geschenke des Erbarmens Gottes*. Sie bleiben gültig, nicht als Privateigentum eines Teils der Menschheit und schon gar nicht als Grund zum Rühmen. Aber sie bleiben auch für die Menschen der abendländischen Völker bestehen. Gott gibt sie, um Menschen zu retten, die Rettung brauchen. Daraufhin können wir leben, und daraus ergeben sich auch die Leitlinien für einen ,,vernünftigen Gottesdienst" (Röm. 12, 1).

## IV Zutrauen zu den Hörern gewinnen (B)

Welche Widerstände mögen gegen die Intentionen einer solchen Predigt bestehen? — Die Hörer sind an den Fragestellungen, die der Text aufwirft, wahrscheinlich überhaupt nicht interessiert. Ihre Hoffnungen sind stark individualistisch, ebenso ihr Glaube an das Erbarmen Gottes. Sie sind von den säkularisierten Heilsvorstellungen unserer Zivilisation beherrscht, auch ohne sich das einzugestehen. Globale Perspektiven überfordern sie. Sie machen sich vielleicht Gedanken über Familienangehörige, die von der Kirche nichts wissen wollen, nicht aber über die Frage, was wir für die sogenannten christlichen Völker erhoffen können.
Solche Gedanken erzeugen die resignierte Frage, ob eine Predigt über diesen Text überhaupt Gehör finden kann. Ich versuche mir deshalb klarzumachen, welches *Potential* bei den Gottesdienstbesuchern vorhanden ist und wie es auf die Ziele gelenkt werden kann, die vom Text her wichtig sind.

1. Ich glaube, daß ich bei den meisten Übereinstimmung finden werde, daß uns bei der Frage nach unserer Zukunft das Verhältnis zwischen uns und der nichtchristlichen Welt nicht egal sein kann. Die Frage, wie wir uns dieses Verhältnis vorstellen sollen, ist also angebracht. Ich halte sie für eine gute Möglichkeit des Einstiegs.

2. Ich fühle mich eins mit den Hörern im Glauben an Gottes Erbarmen, an Gottes Willen, die Menschen zu retten. Ich kann sie ermutigen, darüber nachzudenken, welche Hoffnungen sich für die Menschenwelt daraus ergeben.

3. Zweifel am Wert unserer säkularisierten Heilsvorstellungen sind vorhanden. Ich könnte sie wachrufen, zum Beispiel durch die Erwähnung einer Stadtteilsanierung im benachbarten Stadtteil, die die zerstörerischen Möglichkeiten einer Planung des Wohlstands für alle deutlich sichtbar gemacht hat. Das kann die Bereitschaft stärken, gemeinsam und praxisnah neue Hoffnungen zu formulieren, die sich an dem Wort „Gerechtigkeit, Friede und Freude im Heiligen Geist" orientieren.

4. Ich rechne bei jungen Hörern mit einer Abneigung gegen abendländische Borniertheit, vor allem im Wissen um das Versagen der sogenannten christlichen Völker. Das ermutigt mich zu der Bitte, aufmerksamer darauf zu achten, wo in uns der Glaube an unsere Tüchtigkeit und die Überlegenheit unserer Kultur noch wirksam ist und wo wir unsere Privilegien gedankenlos nutzen.

5. Die Hoffnung auf wachsende Menschlichkeit ist sicher nicht erloschen. Sie kann gestärkt werden, wenn ich auf die in unserer Ge-

schichte wirksamen Verheißungen Gottes als Grund bleibender Hoffnung für uns und für alle Völker hinweise.

## V Aufbau der Predigt (A)

1. *Wohlstand für alle?*

Ich beginne mit dem Zitat aus Martin Luther Kings Rede in Washington: „Ich habe einen Traum…" Mit wenigen Strichen läßt sich hier zeigen, wie realistisch und biblisch ein solcher Traum ist. Welche Träume haben wir?

Kleine, individuelle Träume. — Umfassende, unser Volk und die Völker Europas umgreifende Träume. — Kein Krieg mehr, wenigstens nicht bei uns. — Keine Inflation, oder doch wenigstens nur eine, die durch Lohnanpassung unwirksam gemacht wird. — Keine neue Energiekrise. — Wohlstand für alle.

Gibt es noch andere *hoffnungsvollere* Träume: im Blick auf die Umwelt, in der wir leben (grüne und bunte), im Blick auf die Völker der Dritten Welt? Wie unterscheiden sie sich von dem allgemein verbreiteten Traum: Wohlstand für alle?

2. *Ende für alle?*

Viele Träume der Völker enden mit blutigem Erwachen, wenn der für das eigene Volk erträumte Wohlstand nur auf Kosten anderer zu erreichen war. So richtet man sich in der Wagenburg ein. In der Theorie gestehen wir allen gleiches Lebensrecht zu; in der Praxis beharren wir — aufgrund unserer wirtschaftlichen und kulturellen Leistungen — auf unserem Vorrecht. Man sehe sich das Schicksal des jüdischen Volkes im Abendland an; man vergleiche die Perspektiven, die sich den Völkern der Dritten Welt bieten. Das Ende der Menschheit, und sei es auf Raten, scheint vorprogrammiert.

3. *Erbarmen für alle*

Gegen die Selbstzerstörung des Menschen, die gleichzeitig Auflehnung gegen Gottes Ehre bedeutet, *proklamiert Paulus Gottes Erbarmen für alle*. Unsere Vorrangphantasien werden bestritten und in ihrer zerstörerischen Konsequenz offenbar gemacht. Unsere Sehnsucht nach Frieden und Leben wird als begründet anerkannt — nicht aber begründet in unserem Leistungsanspruch. Dadurch bekommt auch unser persönliches Versagen, auch das Versagen der Völker des Abendlandes ein neues Gesicht. *Hoffnung steht gegen Resignation*. Tapferkeit wächst in kleinen Dingen, weil die große Hoffnung vorgegeben ist. Keine Wunschträume mehr, die sich aus der Fortschreibung der Gegenwart ergeben, sondern Konsequenzen für die Gegenwart, die sich aus der von Gott für seine Schöpfung vorgesehenen Zukunft ableiten.

4. *Leben für alle*

Was kann „Gerechtigkeit, Friede, Freude im Heiligen Geist" als Ziel der Herrschaft Gottes für uns heute bedeuten? Ich zeige am Beispiel der Rede Kings, wie erfülltes Leben für alle Völker aussehen könnte. Nicht Umkehr der Herrschaftsverhältnisse, sondern Entdecken von Bruderschaft. Nicht einfach Umverteilung von Ansprüchen, sondern Bereitschaft zum Teilen. Nicht Vergrößerung der eigenen materiellen Lebensbasis, sondern Erfahrung von Geben und Nehmen in der Liebe. Nicht Haben, sondern Sein. *Leben für alle!*

## VI Veranschaulichung (B)

Zur Veranschaulichung ist eine Abwandlung des Spiels geeignet, bei dem vier Menschen in einer Gondel darum streiten, wer die überladene Gondel verlassen muß, weil sein Wert am geringsten ist. Bei einem Anspiel vor der Predigt könnten vier Leute als Vertreter der christlich-abendländischen Kultur, der kommunistischen Welt, Afrikas und Asiens darum streiten, wem das größere Lebensrecht zukommt. Dabei könnten insbesondere die Überzeugungen von der Vorrangstellung des Abendlandes bewußt gemacht, aber auch das vielfältige Versagen der christlichen Völker und die Fragwürdigkeit ihrer säkularisierten Heilsvorstellungen aufgezeigt werden. Zusätzlich könnte man durch unterschiedlich großen Platz in der Gondel veranschaulichen, wie unsere Heilsvorstellungen den Raum für die anderen einschränken. Am Ende des Spiels würde ich einen Sprecher auftreten lassen, der erklärt, daß die Fragestellung nicht sein kann, „wer aussteigen muß", sondern „*wie gemeinsame Hoffnung für alle aussieht*".

„Ich träume, daß eines Tages auf den roten Hügeln Georgias die Söhne einstiger Sklaven und die einstiger Sklavenhalter brüderlich vereint am gemeinsamen Tische sitzen werden. Ich träume, daß der Staat Alabama, wo heute der Gouverneur ungerechte Verbote und Anordnungen erläßt, sich umwandeln wird, so daß dann kleine schwarze Knaben und schwarze Mädchen den weißen Knaben und den weißen Mädchen die Hände reichen können, um als Brüder und Schwestern gemeinsam den Weg in die Zukunft zu beschreiten. Ich habe heute einen Traum. Ich träume, daß eines Tages jedes Tal zugeschüttet und jeder Hügel, jeder Berg abgetragen werden wird, daß das Unebene eben und das Ungerade gerade gemacht werden wird und daß die Glorie des Herrn sich offenbaren und sichtbar werden wird für jeden Menschen, und alle Augen werden die Herrlichkeit erschauen" (*Martin Luther King*, beim Marsch auf Washington am 28. 8. 1963).

Zur thematischen Auseinandersetzung im Verhältnis von Judentum und Christentum vgl. THEMENSTUDIEN, Band 2, S. 215 ff.: R. Rendtorff/B. Just-Dahlmann „Juden und Christen — Ausbruch aus einem Mißverständnis". Die Red.

# Epheser 2, 4—10: Geschaffen zu guten Werken

KLAUS-PETER JÖRNS A

## Perspektiven einer veränderten Welt

Eine „Bibel im Kleinen" hat B. Pfister Eph. 2, 1—10 genannt, und J. Beckmann fand hier „das Herz der Reformation" schlagen. Ein Christus-Text und doch ein Gottes-Text, und darin eben ein Basis-Text für Kirche, für Gesetz und Evangelium beziehungsweise für die evangelische Sündenpredigt (K. Barth).

### 1. *Der Gegenspieler Gottes*

Lasse ich mich auf die schwierige Abgrenzung V. 4—10 ein, so bleibe ich gleich an dem „*Aber Gott...*" hängen und suche die semantische Opposition: Wogegen steht dieses „aber"? So geht mein Blick zurück zu dem merkwürdigen Titel des „Archonten der Macht (in) der Luft": ein Todesfürst, der die Sohnschaft des Ungehorsams, die Zorneskindschaft, verleiht (V. 1—3). Und ich reihe meine Gedanken mit früher Gehörtem zusammen: Das Totsein, von dem V. 1 redet, das wir bei lebendigem Leibe erleiden, wird buchstäblich „aus der Luft gegriffen", aus der „*Macht der Luft*". Es gleicht dem „Haschen nach Wind", an das mich Kohelet erinnert. Das kommt dabei heraus, wenn ich das, was viel „Wind macht", was mich aufbläht (vgl. 1. Kor. 13, 4), für die wahre Bewegung, für das Leben halte.

„*Aber Gott...*" — damit wird der große Unterschied zum „Archonten der Macht (in) der Luft" markiert: Beide herrschen, beide haben Macht und Gefolge unter uns, beide sind „energisch" auf ein Ziel aus: auf den Tod der eine, auf das Leben der andere. Der Unterschied ist im Motiv begründet: Gott treibt Liebe! Dem Luftarchonten fehlt jede Beziehung zu uns; wen der Archont der Macht (in) der Luft beherrscht, der ist Luft für ihn.

Was wie ein Wortspiel aufgeht, hat tiefen Grund: Das Verständnis von „Hölle" im Epheserbrief wird durch jenen mit „Luft" gekennzeichneten Bereich umschrieben, der *unter* der „Himmelswelt" (2, 6) angesiedelt zu denken war, in der Gott und Christus in Gemeinschaft mit den in Glauben und Gnade Geretteten ihren „Sitz" haben (1, 20; 2, 6). An eine unterirdische „Hölle" wird hier nicht gedacht; „Hölle" ist auch ein „Himmel" über uns.

Hier hat die Gnosis ihren Namen zu Recht, denn sie *weiß* etwas, was die Vorstellung von der „Hölle" unter unseren Füßen verbirgt: daß wir Menschen beeinflußt werden von „Mächten" über uns und um uns.

2. *Der geöffnete Himmel*

Hier ist der Text radikal; er macht keine Umschweife: Nicht *daß* wir beeinflußt werden, ist der Rede wert, sondern die Frage, *von wem* und *wodurch* und *wozu*. Und ich verstehe den schwierig zu lesenden Text als eine leidenschaftliche Parteinahme dafür, *daß wir in Christus leben und sterben möchten, weil wir mit Christus auferstehen.*
Seinen Grund hat das darin, wie unser „Himmel" aussieht: Wenn „aber Gott" uns liebt und uns nach seinem Heilswillen (1, 11) mit Christus lebendig gemacht, mit ihm auferweckt und in die Himmelswelt eingesetzt hat (2, 5 f.), dann *ist* uns dieser Himmel zugedacht als das „Gottesgeschenk" (2, 8), das uns als Möglichkeit zu leben „im voraus bereitet" (2, 10) wurde. Und deshalb soll unser Leben diese Himmelsbeziehung haben. So möchte ich die drei Aoriste in V. 5 f. verstehen: Der Zugang *ist* offen zum Himmel durch Christus, weil durch ihn das Leben eröffnet worden *ist*. Er *ist* unsere Himmelsbeziehung, und das heißt dasselbe, als wenn ich sage, er ist unser Leben.

Alle Zusage ist ihrem Wesen nach offen nach vorn: auf das *Wahrwerden* ihrer Wahrheit, auf Geschichte des Heils *als Heilung* hin. So auch der Himmel, der *mir* zum Himmel werden soll: Er *ist* — wie anders könnte ich von seiner Wahrheit hören und reden —, und er *wird*, weil er immer als Stückwerk (1. Kor. 13!) beginnt. So auch die Liebe Gottes, die *meine* Liebe werden soll: Sie *ist* — wie anders könnten Menschen sie bezeugen —, und sie *wird*, weil sie mich Stück für Stück zu sich hin überwindet. Wenn der Epheserbrief die Christen an ihr Getauftsein in Christi Tod und Auferstehung (vgl. Röm. 6) erinnert, an ihr damit geschehenes Neuwerden zum Gottesgeschöpf (V. 10), so hat diese vergangenheitliche Dimension des mir vorausgegangenen Heilshandelns Gottes ihre Bedeutung doch im Jetzt des eröffneten Himmels — wie alle Eschatologie.

Daß der Epheserbrief auf gnostisches Denken eingeht, ist unbestreitbar: Er tut es homiletisch bedeutsam und weiß auch warum: Den Einfluß des Luftarchonten, diesen zur Zorneskindschaft verleitenden „Führer", gilt es in jedermann mit allen Kräften zu binden. Wenn man 1, 19 hierzu liest, wo von der überschwenglichen Größe der Macht Gottes und von der „Energie" seiner Stärke gesprochen wird, dann finde ich auch darin gutes gnostisches Wissen von den Chancen unserer „Himmelsbeziehung": Am Leben erhält uns nicht die Drohung vor dem Tod, sondern die aufgezeigte Attraktivität des Lebens selbst, die alle Lebensfeindschaft bindet. Darum — weil das Leben sich selbst, also seine Lebensenergie und -kraft, darstellt — mündet Gottes Heilswerk in die Bereitung zu den guten Werken ein. Sie gehören in die Energie der Lebensdynamik des Heiligen Geistes (vgl. 1, 3—14) hinein, sind Teil dieser Energie und darum attraktiv. Wie die „guten Werke" Jesu in den Evangelien, die mich immer wieder mit großer Kraft anziehen (vgl. Matth. 5, 16, wo er uns zu „schönen Werken" verleiten will!). Wie Gottes größtes gutes Werk: den geschändeten Liebenden, Jesus, nicht im Tod, sondern im Leben, auch in meinem, zu lassen.

3. *Ein Machtwechsel findet statt*

Der Luftarchont, der Zornesführer, hat Einfluß. Er hat auch etwas zu bieten: die Lust an der Zerstörung (2, 3). Er setzt gigantische Maschinerien in Gang und hält sie in Bewegung, auch unter den „Zivilisierten", wie wir uns nennen. Die absolute Lust ist aggressiv und unduldsam. Wir wissen das auch von unserer Sexualität her: Lüsternheit kennt nur Objekte, die als Personen bedeutungslos, „Luft" sind; da brauchen wir uns auf niemanden von Angesicht zu Angesicht einzulassen. Darin ist kein Unterschied zum Krieg.

Und was heißt da: „*Gott aber...*"? Es heißt, die Lust in die Liebe zu binden, ohne die Eigenliebe zu verleugnen. Das ist in unserem Kontext die konstruktive Seite des Heils und der Erlösung. Denn es sind ja immer noch *wir*, auch mit unserer Sexualität, die erlöst und zur Auferstehung berufen sind. So sind Erlösung und Auferstehung in sich final wie die vor-bereiteten guten Werke: „daß wir in ihnen wandeln sollten". Ich betone: Nicht irgendwer, sondern „*wir*".

## Aussicht auf ein verändertes Leben

Es ist richtig: Der Text ist ein einziger Anakoluth (G. Krause) und liest sich entsprechend schwer (vor). Neuere Übersetzungen teilen Einheiten ab. Homiletisch aber ist der Anakoluth von Bedeutung: Der Verfasser des Briefes nimmt gnostisches Denken auf, und er korrigiert dieses Denken da, wo es ihm Mißverständnisse nahezulegen scheint, die seine Anknüpfung an die paulinische Theologie verwischen könnten. So kommen die Einschübe in V. 5 und V. 8 f. (zur Gnade, zur Rettung als *Gottes* Gabe) zustande, so wird aber auch gnostisierende Erlösungsbeschreibung korrigiert, indem das Sich-Ausliefern an den Anti-Himmel und seinen Einfluß als Sünde beschrieben wird, die im Wandel sich manifestiert. Schließlich wird auch das im Wortlaut rein vergangenheitlich erscheinende Auferstehungsdenken entgnostisiert, indem Auferstehung durch die Einschübe klar an Gnade und Glaube und Gottes Handeln (nicht an die Himmelsreise) gebunden wird. Mir ist das homiletisch wichtig:

Der Verfasser des Briefes spricht seine Hörer in *ihrem* Denken an; er läßt sich darauf ein und weiß es auch umgangssprachlich positiv auszuschöpfen. An den Grenzpunkten aber zieht er die Grenze. Und dies so klar und deutlich, daß mit dem „Gott aber..." für den Hörer/Leser auch deutlich wird, warum es attraktiv ist, diesem Gott zu folgen, sich gerade von ihm beeinflussen zu lassen und *seinem* Himmel offen zu bleiben. Weil das einmündet in die guten Werke, in die Manifestation der Lebensenergie, die wir brauchen.
Das spricht mich an; davon möchte ich reden. Denn das habe ich bei mir selbst als Predigthörer immer häufiger festgestellt: *Ich folge nur gern, wenn mir eine neue Aussicht beschert wird,* etwas, was mich da hinzieht, anzieht.

*In Eph. 1 und 2 ist von den gegensätzlichen Energien die Rede, die von Gott* (und seinem Geist) *und vom „Widersacher"* (und seinem Geist)

*ausgehen*. Was bewirken sie? — Gottes Energie ist Segen (1, 3) und die Kraft des neuen Lebens (Röm. 6, 4). Da wird das Leben vorwärtsgetrieben. In dem Versuch, das Denken seiner Hörer und die Christusbotschaft zu verbinden, sah der Epheserbrief die Möglichkeit, diese „Lebensenergie" im Leben der Hörer erkennbar und ergreifbar zu machen. Dazu mußte er sich auf sie einlassen.
Wie lassen wir uns auf unsere Hörer ein? Auf das, was sie interessiert und betrifft? Zum Beispiel, wenn wir der Frage nachgehen, *wessen „Machwerk"* (V. 10) *wir sind.* Wie sieht unser Himmel aus, und in welchem Himmel wähnen wir Jesus, den Auferstandenen? Ob wir ihn treffen, wenn wir in „unsere Himmel" kommen? In unsere Himmel aus Luft und Lust, wie sie zuvor beschrieben wurden? Und müßten wir uns hier nicht auch einlassen auf jene Seite unserer Existenz, die der Epheserbrief mit der „*Zorneskindschaft*" beschreibt? Ich — ein Zorneskind? Sind es meine Kinder? Sehe ich uns wirklich so an — oder nur von der Kanzel herab, weil es da so in diesem Brief steht? Wenn ich dieser Frage standzuhalten versuche, müßte ich dann nicht eingestehen, daß auch die Liebe der Christen zerstörerische Lust und Aggression als Gesellen hat? Dann könnte auch zum Thema „Lust" mehr gesagt werden, als die Verdrängungsmechanismen in der Gemeinde zu beschleunigen. Auch menschlicher Lust gilt Erlösung, Versöhnung, aus der die Kraft kommt, die die Welt mit uns zur Vollendung treibt. Vielleicht schämen wir uns dann, so oft entschuldigend gedacht und gesagt zu haben, wir seien doch auch „nur" Menschen.

HERMANN RÜCK **B**

## Kinder des Unglaubens — Kinder des Glaubens

Dies scheint mir die leitende Gegenüberstellung zu sein. Der Kraft des „Archonten" steht die neue Schöpfungstat Gottes in Christus gegenüber, auf daß wir nicht mehr die „*Kinder des Zorns*" seien, sondern das von Gott bereitete gute „*Werk seiner Güte*".
Diese paulusnahe Rechtfertigungslehre des Textes scheint mir der Predigt wert! Doch dann könnte ich besser gleich über Röm. 3, 18 reden. Was mich besonders reizt, ist hier die Gegenüberstellung der *Weltsicht und Weltdeutung* des Verfassers zur *Gottesgabe* eines überschwenglichen Reichtums an Güte und Gnade.

Seine Welterfahrung von Kälte, Zorn, Abwesenheit und grenzenloser Heils- und Gnadenlosigkeit scheint unserer gegenwärtigen naturwissenschaftlichen Weltsicht nahe zu sein, die uns soviel Menschenverachtung, Grenzenlosigkeit und Begegnungsarmut erfahren läßt. Und ebenso nahe ist uns die unentwegt hineindrohende — auch in den Entscheidungen der Herrschenden immer neu realisierte — Irrationalität. Wie wenn ,,Mächte" und ,,Gewalten" unkontrolliert in die Ratio und in die Vernunft von fortschrittsgläubigen Politikern hineinmischten! Was sich im Ansatz oftmals so ,,menschlich" gibt und über ,,Lebensqualität" von Menschen redet, vermag sich im Handlungsrahmen so schnell als Unmenschlichkeit und Lebenszerstörung zu qualifizieren. So gesehen ist das Weltbild des Verfassers dem unseren näher, als wir zunächst glauben mögen. Der Unterschied liegt in der befreienden Textaussage, *daß innerhalb der Machtbefugnisse irrationaler Mächte eben nicht die Ratio, sondern die Güte herrscht.* Das weckt mein Interesse, auch für die Predigt.

Ich gestehe, daß ich diese meine Intention erst niederschreiben mußte, ehe ich mich nun A zuwenden kann, der mich in seiner eher verunsichernden Aussage und seiner Resignation zunächst geärgert und mir einige Nüsse zum Knacken gegeben hat. ,,Luft" — das soll also Stichwort für jenes nicht von Lebenskraft gekennzeichnete Denken sein, das jeden Sinn in Zweifel zieht und zunichte macht. Und im Gegensatz dazu das ,,Aber Gott...", seine sinngebende, zeitfüllende und lebensspendende Energie.

Jener unpersönliche und entpersönlichte Gegenhimmel ist einsichtiger und leichter zu definieren als die Qualität der persönlichen und personumschließenden Gottesnähe (das ,,Reich der Himmel" unter uns). Was kann gemeint sein? ,,*Himmel*" wäre in der Ebene meiner sinnlichen Wahrnehmung, was Beziehungen stiftet, interpersonale Begegnung aufrechterhält, Wärme und Zuwendung erfahrbar macht. ,,*Unhimmel*" wäre Beziehungslosigkeit, Verlust und Unmöglichkeit personaler Beziehungen, Kälte und Abwendung von mir, von allen. Die Energie der Güte Gottes ist personale Zuwendung — das andere dagegen ein verpufftes Getue, das entpersönlichend wirkt und abschreckt. — Und was sind die ,,*guten Werke*"? Sie sind in der Güte des Gotteswerkes beschlossen, aufgehoben und von ihr hergeleitet. Diese Güte umfängt auch mein Unvermögen.

Und nun folge ich A gern. Perspektiven sollen durch diesen Text und mit dieser Predigt eröffnet werden, sozusagen durch die ,,Luft" hindurch in eine ,,himmlische" Welt hinein, in der die eigentliche Energie, *Gottes guter Geist,* am Werk ist. Den Anregungen von A in seinem letzten Abschnitt folgend, gehe ich nun auf die mir bekannten Erwartungen und Erfahrungen der potentiellen Predigthörer ein:
Sie leben von ihrer Biographie her in Träumen.
Sie bearbeiten die Lebensrealität durch Hoffnung.
Sie erwarten einen Glauben, der ihnen nicht so einfach zufliegt.

### Die Situation der Hörer

,,*Geschaffen zu guten Werken!*" Sobald wir von ,,Werken" reden, wird unter Protestanten ,,evangelische Freiheit" beschworen: Freiheit, die Menschen freisetzen soll von vorgegebenen, umsorgenden Normen, die sie aber zugleich aussetzen soll den bedrängenden Anforderungen von Glaubens- und Lebensanforderungen: „*Du müßtest eigentlich!*", sagt man denn zu sich selbst. Evangelische Christen sind eben nicht frei, nicht evangelisch! Voll großer Sehnsucht nach bedingungslosem *Verpflichtetsein* für Gott und für die Welt leben sie doch wohl unentwegt in einem *Unbefriedigtsein* erstrebter Lebenserfüllung.

Die evangelische Sehnsucht „Gib, daß nicht bet' allein der Mund, gib, daß es geh' von Herzensgrund", diese Sehnsucht nach religiöser oder glaubensmäßiger Identität zwischen Wollen, Sein und Handeln — das dürfte die Anforderung sein, der sich die Hörer ausgesetzt sehen, und zwar auch immer wieder durch unsere Predigt.

„*Aus Gnade seid ihr selig geworden*", ihr seid es schon — das ist das Ärgernis unserer evangelisch apostrophierten Tradition. Immer noch ist es mein Wunsch, „meine Gabe" als Antwort auf die befreiende Kraft des Evangeliums zu präsentieren, statt Gottes Gabe ohne Gegenpräsent anzunehmen (V. 8 und 9). Ärgerlich ist diese Glaubenstatsache für meine „Zorneshaltung", daß ich nicht fähig sein sollte, wenigstens ein kleines Entgelt der Zuwendung Gottes entgegenzusetzen. Da liegt für mich auch die Predigtmotivation: *eine Gegenpredigt zu meinem Anforderungsanspruch zu halten.* Gott *hat!* Und wir *sind!*

Ein solches Umdenken ist schwierig, wo doch diese unsere (christliche?) Gesellschaft von uns einen permanenten Leistungsnachweis christlicher Gesinnung und alternativer Lebensweise fordert. Verantworte dich vor den anderen! Daß *Gott* uns verantwortet, ist ein Evangelium, das meiner Logik und meinem Wissen um „alle Schuldigkeit" widerspricht. Doch dieser Text will mich ja gerade lehren, auf diesem neuen Terrain zu stehen, in Gottes Rechtsprechung und in seinen guten Werken — mit Lust! — zu leben, zu lustwandeln. „Kinder des Zorns" stampfen auf und streiten mit Windmühlen. „Kinder der Liebe" tauchen in Gottes bergende Güte ein.

## Zur Predigt

„*Wir sind sein Werk!*" Mut machen und die Spuren dieses mutmachenden Glaubens bestätigen — das ist mein Predigtziel und mein *Text*.

„*Haschen nach Wind*", wie es mir in so vielen „Statements" und „Erklärungen" unserer Zeit hauptsächlich begegnet — das ist mein *Gegentext*.

*Die Kraft der aufrichtenden Liebe* (V. 4), einer subjektivierenden Liebe, die zum Leben und Sterben befreit — das ist für meine Predigt die *Basis*. Es ist die Basis allen christlichen Glaubens und Lebens.

„*Baptisatus sum!*“ Diese sichere und gesicherte Zuwendung Gottes in Christus — das ist das *Leitmotiv* meiner Predigt. Getauft in das Leben! Lust am Leben! Das ist ein Evangelium, das sogar junge Hörer froh macht. Ich weiß: „Wir selbst sind Gottes gutes Werk.“

Zur thematischen Behandlung des Textes vgl. THEMENSTUDIEN, Band 3, S. 37—50: *Chr. Meier/B. Wolf,* Güte und Grausamkeit wohnen Tür an Tür. (Aus der Reihe: Der Mensch im Widerspruch.) Daselbst S. 49—50 ein Predigtentwurf zum Text. Die Red.

## ZWÖLFTER SONNTAG NACH TRINITATIS

# Apostelgeschichte 9, 1—9 (10—20): Christus in der Offensive

SIEGFRIED BRILL

A

### I Gegendarstellung

„Mythen sind dazu da, von der Phantasie belebt zu werden“, sagt Camus. Es gilt wohl auch für theologische Tradition, wo sie narrativ ist. Ich stelle mir einen so streitbaren Geist wie Paulus vor: Hätte er lesen können, was Lukas über ihn zu Papyrus brachte, wie hätte er wohl reagiert? Wenn gar die Medienrituale unserer Zeit auch die seinen gewesen wären... Nachdem schon so mancher im Namen des Paulus geschrieben hat, mag es kein Sakrileg sein, wenn ich es auch einmal in seinem Namen versuche:

„Gegendarstellung“

„In der Apostelgeschichte werden über mich Aussagen gemacht, die nicht den Tatsachen entsprechen und überdies geeignet sind, meine Person und mein Wirken in ein falsches Licht zu rücken. Es wird behauptet, ich hätte Auftrag und Vollmacht gehabt, Angehörige der Christengemeinde zu verhaften, nach Jerusalem zu bringen und ihre Hinrichtung zu erwirken. Dies ist unwahr. Wahr ist vielmehr: Das Synedrium, in dessen Auftrag ich arbeite, hatte gar nicht das Recht zu dieser Jurisdiktion. Dementsprechend bin ich weder unmittelbar noch mittelbar an Todesurteilen beteiligt gewesen.
Behauptet wird, ich sei durch eine übernatürliche Erscheinung auf dem Wege nach Damaskus zum Apostel bekehrt worden. Auch dies ist falsch. Richtig ist dagegen: Christus hat mich zum Apostel berufen. Die Erscheinung vor Damaskus ist jedoch eine freie Erfindung; dies gilt auch für die Folgeerzählungen. Zu den Fakten habe ich mich im Galaterbrief geäußert.

Auch legt die Apostelgeschichte den Schluß nahe, ich hätte erst nach meiner Bekehrung den Namen Paulus angenommen. Dies entspricht nicht den Tatsachen. Ich habe immer auch meinen römischen Namen getragen. Meine Hinwendung zu Christus bedeutet keinen totalen Persönlichkeitswechsel. Ich verweise auch hierzu auf Ausführungen in meinen Briefen. — Paulus"

## II Modell „Damaskus"

Das Dementi des Paulus — eine phantastische Spielerei, gewiß. Doch nicht unernst; der Exeget kann kaum widersprechen. Was bleibt aber dann von der Erzählung des Lukas?

Lukas ist der Meister der großen Szene. Kein zweiter Autor des NT hat das Vorstellungsvermögen der Nachwelt so eindringlich mit Bildern versorgt wie er. Was bis heute vom NT populär ist, stammt überwiegend von Lukas. Noch trivialisiert zum Auslagenarrangement des Weihnachtsgeschäfts ist die Weihnachtsgeschichte lukanisch inszeniert. Das Gleichnis vom verlorenen Sohn und das vom barmherzigen Samariter — „Sondergut" des Lukas — liefern weithin bekannte und akzeptierte Bilder für das, was als christlich gilt. Ohne Lukas wäre der Pharisäer kaum zu jenem zeitlosen und darum immer wieder aktuellen Typus des schrecklich Selbstgerechten avanciert, so verzerrt dieses Urteil auch historisch sein mag.
Der Heilige Geist hat in Lukas seinen Protagonisten gefunden; in dem grandiosen Festival des Verstehens wird ein Abstraktum in den Bereich der Sinnlichkeit geholt: eine Szene, die Formen ekstatischer Frömmigkeit das Szenario lieferte. Man kann noch weitergehen: Die lukanische Theologie ist insgesamt („Mitte der Zeit", Äonenwende) große Szene, ein Paradigma narrativer Theologie.

Unser Predigttext gehört ganz und gar in diese Linie lukanischer Gestaltungskraft. Daß aus einem Saulus ein Paulus wird, indem jener sein Damaskus erlebt, ist historisch gesehen verzerrt; seiner mirakelhaften Elemente wegen ist es vielleicht für manchen geradezu anstößig. Doch die Gestaltung schafft, im unbekümmerten Umgang mit den historischen Fakten, eine dramatische Situation, in der sich das Ereignis *zum Gleichnis* weitet und sich als solches der Nachwelt eingeprägt hat. Denn je intensiver ich in den Text hineingehe, desto mehr verschwimmen die Konturen der historischen Gestalt des Paulus; „history" wird unwichtig, die „story" prägt den Text (s. Haenchen in RGG³ I, Sp. 502). So tritt das einmalig Zufällige hinter das exemplarisch Allgemeingültige zurück. Lukas liegt weniger am Recherchieren von Fakten; er konstruiert ein Modell, das Wirklichkeit theologisch identifizierbar machen soll. Hierin liegt die Stärke, aber auch die Gefahr lukanischer Gestaltung, gerade auch in unserem Text.

*Für welche Interpretation von Wirklichkeit steht dieses Modell — „Damaskus"?*

1. „Damaskus" steht für das Scheitern des Verfolgers der christlichen Gemeinde. Zur Dramaturgie gehört, daß der Verfolger noch schlimmer gemacht wird, als er es in Wirklichkeit war. Daß das Motiv der Verfolgung dennoch merkwürdig vage und beiläufig bleibt, steht dem

nicht entgegen. Dies unterstreicht nur die Zuspitzung auf die Situation des Scheiterns. Der scheitert, der sich auf dem falschen Weg befindet; der die Wahrheit Christi nicht wahrhaben will; der einem Ziel nachjagt, das dem Neuen entgegensteht. Das Scheitern ist total, physisch und psychisch. Das beliebte Weg-Motiv macht sinnfällig: Dieser Saulus erreicht sein Ziel nicht einmal als Ort. Blind, hilflos, seiner selbst nicht mächtig wird er in die Stadt hineing*eführt*. Daß „Sein-Damaskus-Erleben" zum geflügelten Wort wurde, entspricht durchaus dem Parabelhaften des Textes.

2. „Damaskus" — Christus setzt seine Wahrheit selber durch. Für einen Dialog mit Saulus und seinen Auftraggebern ist da kein Raum; Raum ist nur für das mächtige Wort Christi. Jeder Dialog wird sekundär, wo die Entscheidung schon gefallen ist. Die so eindrucksvolle Dramaturgie mit ihren retardierenden und gegenläufigen Elementen (Ananias! Angst der Gemeinde!) bleibt Vordergrund, äußerlicher Schein vor diesem Hintergrund. Christus ist kein Deus ex machina, der noch alles zum Guten wendet, sondern Gestalter des Spiels von Anfang an. Weil die Würfel schon gefallen sind, wird die Szene durchsichtig. Und dieses Wissen macht den Text zum Sinnbild der Gewißheit.

3. Aus Saulus wird Paulus. Das falsche Ziel aufgeben zu müssen, dies gestaltet Lukas als ein tiefgreifendes Anderswerden. Daß der Jude aus Tarsus den Namen Saul(us) und als römischer Bürger den Namen Paulus führt, wird Lukas zur Gelegenheit, eine Bekehrung zu inszenieren, die einem Identitätswechsel nahekommt. Zwar taucht in unserem Textteil der Name Paulus noch nicht auf; doch gilt es auch hier, die Gesamtkomposition zu sehen und die ohne sie ja nicht denkbare *Rezeption*. Auch der angebliche Namenswechsel wird zum geflügelten Wort. In dieser Rezeption wird zugleich die von Lukas wohl nicht intendierte Dialektik sichtbar: Das Wortspiel des Namenswechsels markiert eben nicht nur Identitätswechsel, sondern — durch den Reim unterstützt — auch das Moment der Kontinuität in solchem Wechsel.

## III Illusion oder Hoffnung?

Dieser Text ist eine Versuchung für den Prediger. Wo anschaulich gestaltet wurde, liegt die Gefahr nahe, die Vorlage zu imitieren oder gar überbieten zu wollen. Damit würde man wahrscheinlich nur die ohnehin vollzogene Textrezeption bestätigen: eine Geschichte, die zum Inventar christlicher Vorstellungen geworden ist, ohne daß die Differenz zwischen „history" und „story" bewußt ist.

Der Text ist kein fügsames Material, sondern ein Widerstand. *Welche Arbeit verlangt dieser Widerstand vom Prediger?*

1. Unabdingbar ist, dem Hörer zu erklären, daß es nicht um den historischen Paulus geht, sondern um Paulus als Figur einer Erzählung, die wie ein Gleichnis sich ins Allgemeine weitet.

2. Narrative Theologie von der Originalität der lukanischen bietet, gerade weil sie das Theologische nicht in Formeln und Deduktionen darstellt, einen hörerbezogenen Ansatz für die Predigt. Das Anschauliche motiviert zur Auseinandersetzung. Denn es kann, einmal vor Augen gestellt, die eigenen Erfahrungen mobilisieren, unsere Bilder der Wirklichkeit, die vielleicht ganz anderer Art sind.

Damit wird *eine* Richtung der Textarbeit angedeutet. Es stellt sich nicht nur die Frage, ob es in concreto ein bißchen anders gewesen ist, sondern ob Lukas in seiner großen Gestaltung nicht in gefährlicher Weise idealisiert und Illusionen schafft, die die Wirklichkeit Lügen straft. Was *wir* sehen, spricht gegen die Sicht des Lukas:

Es scheitern keineswegs die, die falsche Ziele anstreben. Die Gegner des neuen Äon erreichen Damaskus, ohne angehalten zu werden. Die Prinzipien von Macht und Repression, innerhalb und außerhalb der Christenheit, finden Wege, sich zu erhalten. Wo Christus in den Unterdrückten und Gedemütigten täglich gekreuzigt wird, da gibt es keinen spektakulären Eingriff von oben. Wo Menschen scheitern, zerbrechen, weil sie falschen Zielen nachjagen, da bleibt es so oft beim Scheitern. Ohne das Produktive einer Bekehrung zu neuer Identität, die von anderen akzeptiert wird.

Diese kritische Sicht ist unabdingbar, wenn der Text mehr sein soll als ein Trugbild.

3. Der Wunsch, als Wirklichkeit imaginiert, schafft die Illusion; aber diese setzt auch die Hoffnung aus sich heraus, das Moment des Utopischen. Man kann gerade die ungeschützte Naivität der lukanischen Gestaltung als Gestaltung von offenen Wünschen dechiffrieren. In den großen Szenen sind unsere Hoffnungen gegen alle Erfahrungen festgehalten.

Wer die Damaskusszene so aufnimmt, kann sich nicht bequem zurücklehnen und Zuschauer sein. Hoffnung, aus Leiden erwachsen, verträgt in biblischer Sicht keine Passivität, sondern sie fordert aktives Handeln. Es ist nicht der Fehler des Lukas, daß unsere Passivität es Verfolgern leichtmacht; daß wir wegsehen, wo den geringsten Brüdern des Christus etwas angetan wird; daß wir das bessere Neue nicht zu tun wagen.

HERMANN RAISS **B**

## IV Eine Gewißheit, die verändert

Ich fragte einen geübten Predigthörer, was er sich bei der Verlesung dieses Textes denke. Er sagte: „Da bin ich aber gespannt, was er daraus macht." Das ist zwar ein freundlicher Vertrauensvorschuß für Bibelwort und Prediger, zeigt aber doch, daß der Text zunächst kein Echo auslöst. Wie soll sich ein Hörer in diesem Text wiederfinden? Niemand schnaubt bei uns mit Drohen und Morden gegen Christen, und solche dramatischen Bekehrungen würde man wahrscheinlich unter die exotischen Vorkommnisse einordnen, die man leicht verwundert zur Kenntnis nimmt, die aber niemand betreffen oder gar betroffen machen.

Es kommt also darauf an, möglichst rasch eine Hörbereitschaft herzustellen. Hilfreich scheint mir dabei die Feststellung von A, daß Lukas als ,,Liebhaber der großen Szene" hier dramatisch verdichtet, was die Urgemeinde sehr überrascht und verwundert haben muß: Aus einem führenden Verfolger wurde ein führender Verfechter ihrer Sache. Sie fühlte sich dadurch in der Gewißheit bestärkt, *daß Christus selber hinter der Ausbreitung des Evangeliums steht*. Angesichts von Verfolgung und der verwegenen Hoffnung, geistig die Welt für Christus zu erobern, war diese Gewißheit ausschlaggebend. Auch Paulus hat sie geteilt und sein ,,Damaskus" als Beauftragung verstanden. Die Situation ist — wie gesagt — nicht übertragbar, aber die Gewißheit ist angesichts der heutigen Ängste und Resignationen ebenso wichtig. Hier scheint mir die Brücke zur Situation des Hörers möglich.

1. *Haben wir diese Gewißheit?* Oder deutet die Selbstsicherheit, mit der wir oft als Verfechter der Wahrheit auftreten und Andersdenkende ablehnen und bekämpfen, auf etwas anderes hin? Was uns gleichgültig ist, bekämpfen wir nicht, nur das, was uns ,,angeht" und was wir als Angriff auf uns selbst empfinden, als Infragestellung unserer Überzeugung. Je mehr diese Überzeugung den Kern unserer Existenz betrifft, um so empfindlicher sind wir gegen die Infragestellung, desto aggressiver ist unsere Abwehr.

Der Atheist und der Kommunist stellen unseren Glauben in Frage. Darum sind die Unvereinbarkeitserklärungen von hoher Gefühlserregung und Aggressivität begleitet. Der konservative Standpunkt stellt den revolutionären in Frage und umgekehrt. Jede Seite neigt dazu, für den eigenen Standpunkt Ausschließlichkeit zu beanspruchen. Die Fronten sind starr und scheinbar unveränderlich. Aber ist das ,,Schnauben" gegen die andere Position nicht in Wirklichkeit das Eingeständnis eigener Schwäche, ein letzten Endes atheistischer Standpunkt, der mit Gott gar nicht ernsthaft rechnet?

Je fanatischer Angriff und Verteidigung, desto größer ist die uneingestandene und oft nicht einmal bewußte Schwäche der eigenen Überzeugung.

Zunehmend klammern sich Christen an überlieferte Frömmigkeitsaussagen und -formen, die von anderen gar nicht mehr verstanden oder nachvollzogen werden können, wie jedes Gespräch auf der gymnasialen Oberstufe etwa zeigt. Sicheres Auftreten verdeckt da eine tiefgehende Unsicherheit.

Die freie Luft des Evangeliums, in der wir unsere eigene Situation nicht verleugnen, sondern uns von dem Geist regieren lassen, ,,der euch in alle Wahrheit leiten wird" (Joh. 16, 13) — das muß von vielen als Bedrohung empfunden werden. Saulus ist — so gesehen — kein Einzelfall. Da kann nur die Gewißheit weiterhelfen, daß die Wahrheit und der Fortgang des Reiches Gottes nicht mit uns steht und fällt, daß wir guten Mutes und ruhigen Blutes unser Teil tun können, weil das Ganze in besseren Händen liegt.

2. *Diese Gewißheit würde auch unsere Einstellung verändern* — zu Gegnern und solchen, die sich nicht als Christen verstehen. Bei Christen scheint heute die Verteidigung zu überwiegen. Dahinter stecken Ängste. Man traut dem Gegner im Grunde nicht zu, daß er sich ändern oder gar zum Freund werden könnte. Konfrontierung und Frontdenken sind verbreitet. Ein Atheist bleibt ein Atheist; ein Evangelikaler bleibt ein Evangelikaler; einem Gleichgültigen ist nicht beizukommen usw. („Da kommt man einfach nicht ran!") Solange diese Einstellung uns beherrscht, bestehen kaum Aussichten, daß christlicher Geist die Welt verändert. Lautstarke Bekenntnisse und praktische Resignation gehen Hand in Hand. Die Gewißheit, daß der Fortgang des Reiches Gottes in guten Händen liegt, würde bedeuten, im Gegner einen potentiellen Mitstreiter zu sehen.

Wenn man überzeugt ist, daß der christliche Glaube für den Menschen nichts Fremdes ist, sondern seiner innersten Struktur entspricht, dann ist der andere darauf ansprechbar; mehr noch: dann müssen Vorformen, Bruchstücke, Ansätze christlichen Glaubens auch jetzt schon bei ihm vorhanden sein. Ich habe bei manchem Gottesleugner mehr versteckten christlichen Glauben entdeckt als bei manchem, der sich lauthals dazu bekannte, aber fast im gleichen Atemzug die haarsträubendste Menschenverachtung an den Tag legte.

3. *Diese Gewißheit würde uns offensiv werden lassen.* Eine Offensive, die nicht die Niederwerfung des Gegners zum Ziel hat (auch nicht seine geistige Umerziehung), sondern sozusagen seine Umarmung — könnte das nicht heute gewinnend sein? Die „religiösen Bedürfnisse" nehmen zu. Sie sind Reaktion auf Sinnentleerung und Orientierungslosigkeit. Die Gefahr besteht, daß sie erneut so befriedigt werden, daß Religion zum „Opium" wird. Unsere Verantwortung ist groß, aber unsere Chancen sind es auch.

## V Christus in der Offensive (Predigtskizze)

Um Hörbereitschaft herzustellen, schlage ich folgende einleitenden Sätze vor:

Liebe Gemeinde, aus einem Verfolger der Christen wurde ein Verfechter ihrer Sache, aus dem Saulus ein Paulus. Das hat die ersten Christen überrascht und verwundert. Einer, der sich sehend dünkte, erweist sich als blind; und nun muß er sich führen lassen. Für die Christen damals war diese tiefgreifende Veränderung im Leben des Paulus kein zufälliges Einzelgeschick, sondern *Sinnbild*: Die Zukunft lag in guten Händen, denen man sich getrost anvertrauen konnte. Man brauchte inmitten einer bedrohlichen Umwelt nicht in Angst zu versinken und nicht zu resignieren. Man brauchte sich auch nicht in die Verteidigung drängen zu lassen und auf den Gegner einzuschlagen, wie Saul es tat und viele nach ihm. Eine gute Gewißheit, die auch bei uns viel verändern könnte.

1. *Die Gewißheit, daß Christus seine Sache führt, bewirkt statt Selbstsicherheit erwartungsvolle Offenheit.*

Man könnte mit der Schilderung von Gesprächssituationen einsetzen: Etwa ein Gespräch mit Oberstufenschülern, für die überlieferte christliche Aussagen zumeist „Fremdsprache" sind und die auch mit kirchlichen Riten und Gebräuchen oft nichts mehr anfangen können; dennoch beginnen sie interessiert und intensiv mitzudenken, wenn im Zusammenhang mit menschlichen Grundbedürfnissen christlicher Glaube als etwas Befreiendes eingebracht wird.
Der Zusammenprall von konservativen und fortschrittlichen Standpunkten; wie entkrampfend und entspannend wirkt es, sobald erkannt wird, daß beide ihre Berechtigung haben und aufeinander angewiesen sind.
Das Gespräch mit einem Atheisten, der zwar eine traditionelle, ihm unchristlich erscheinende Gottesvorstellung ablehnt, in Wirklichkeit aber erkennen läßt, daß er im selben Hoffnungshorizont lebt wie wir.

Dann könnte man zur Erkenntnis führen, daß hinter dem starren Festhalten an einer Position uneingestandene Unsicherheit steckt. Vorsicht vor zu direkter Deutung („das ist in Wirklichkeit nur Angst"), was schwer annehmbar ist. Besser ist die Frageform, noch besser, von sich selbst zu reden:

Ich frage mich, was dahintersteckt, wenn ich mich manchmal aufrege und auf andere losgehe. Müßte die Gewißheit, daß unsere Sache in guten Händen liegt, uns nicht gelassener und erwartungsvoller an eine Situation herangehen lassen? Ich finde es unerträglich, wie wir oft miteinander umgehen, besonders in der Kirche. Es wird gar nicht gefragt, was der andere meint, sondern er wird wie ein kleines Kind in besserwisserischer Weise belehrt. Wenn Christus nicht einfach für die eigene Seite vereinnahmt werden soll, warum dann nicht die eigene Hilflosigkeit eingestehen? Warum nicht den andern einladen, zusammen nachzudenken? Warum nicht vom Gegner lernen?

2. *Die Gewißheit, daß Christus seine Sache führt, bewirkt statt Angst vor dem Gegner Vertrauen auf seine mögliche Änderung.* Während die Christen in Damaskus noch vor Saulus zittern, hat Christus ihn bereits auf seine Seite geholt. Während wir meinen, wir müßten Christus den Menschen nahebringen, ist er ihnen schon vor uns nahe. Diese Gewißheit verändert unsere Einstellung zum Gegner; sie kann in ihm den potentiellen Mitstreiter sehen und eine hoffnungslos entzweite Situation hoffnungsvoll machen (Anregungen unter IV, 2.).

3. *Die Gewißheit, daß Christus seine Sache führt, bewirkt statt angstvoller Abwehr oder wütendem Angriff eine „Offensive der Umarmung".* Wir befinden uns im missionarischen Jahr. Wie lassen wir den Andersdenkenden spüren, daß es uns wirklich um ihn geht und daß er uns kein Belehrungs- oder Bekehrungsobjekt ist? Wer suchende und fragende und (oft gar nicht bewußt) an innerer Leere leidende Men-

schen gewinnen will, muß menschliche Nähe gewähren, geduldig zuhören können, Gesprächspartner sein. Wenn Christus seine Sache führt, dann dürfen wir ihren guten Fortgang getrost ihm überlassen.

## VI Material für den Gottesdienst

Lesung: 1. Kor. 15, 3—10a (mit ein paar einleitenden Worten, die mit dem Predigttext verknüpfen).

Lieder: EKG 210, 1. 2. 8; EKG 224, 1—3; EKG 262, 2. 8; EKG 87, 3. 4.

Gebet:
Sie treten so sicher auf,
deine Feinde — aber auch deine Freunde.
Ich kann so sicher nicht sein.
Die alten Worte des Glaubens,
sie wollen mir manchmal nicht recht von den Lippen.
Oft weiß ich nicht, wie es weitergehn soll
mit der Welt, der Kirche und mir selbst.
Mach mich gewiß, daß du deine Sache führst,
und laß mich an meinem Teil ein wenig daran mitwirken.

# DREIZEHNTER SONNTAG NACH TRINITATIS

# 1. Johannes 4, 7—12: Brücken

GERHART ORTH

A

## I Einstieg — erste Eindrücke

Am 31. August 1980 soll über diesen Text gepredigt werden, wenige Wochen vor der Wahl zum Bundestag. Schon jetzt zeichnet sich ab, daß wir einen ungewöhnlich harten Wahlkampf erleben werden. Die Konfrontation wird unkontrollierbare Leidenschaften mobilisieren und sich nicht nur in verbalen Aggressionen entladen. In der letzten Phase des Wahlkampfes wird nun ein Predigttext verlesen, in dem 11 mal „Gott" und 15 mal „Liebe" vorkommt. Werden solche geläufigen Sätze in der Flut der Wahlreden, der Bilder und Berichte, der Plakate und Parolen nicht untergehen? Nichtssagend klingen wie die leeren Phrasen eines Parteiredners, dem im Wahlkampf nichts Neues mehr einfällt und der durch ständige Wiederholungen nur auf das Fehlen von Argumenten aufmerksam macht? Oder könnte es geschehen, daß gerade in einer aufgeheizten Atmosphäre schier unversöhnlicher Gegensätze sich Menschen ansprechen lassen auf ihre von Gott gewollte und ermöglichte Verbindung zum Nächsten? Unser Kapitel warnt vor den „falschen Propheten" (4, 1), die behaupten, daß christlicher Glaube und soziales Handeln nichts miteinander zu tun hätten; die sich aus allem heraushalten, was in der bösen Welt und schmutzigen Politik passiert, um sich an ihrer eigenen Glaubenserkenntnis zu erbauen und „vor Frömmigkeit zu schmatzen" (Luther). Genau das aber ist unbiblisch, weil Gott nicht „irgendwo in weiter Ferne" geblieben, sondern „in unser armes Fleisch und Blut" eingegangen und Mensch geworden ist (4, 2). Wer Gottes Geschichte in Jesus Christus ernst nimmt und annimmt, kann den Glauben nicht von der Liebe trennen. Er wird vielmehr dazu helfen, daß Feindbilder abgebaut und auch im Gegner noch Menschen erkennbar werden, die Gottes Bild in sich tragen.

## II Entdeckungen am Text

*Vers 7*: „Konservative" wie „Progressive" melden dagegen ihren Einspruch an. Die einen können fragen, wieso jedem, der „lieb hat", schon deshalb Gotteskindschaft und Gotteserkenntnis zugesprochen werden muß.

Solche Bedenken hatte vielleicht schon Codex A, der „ton theon" einfügt, so daß es dann heißt: „Wer *Gott* lieb hat, der ist von Gott geboren und kennt Gott."

Auf der anderen Seite bestreiten fortschrittliche Leute den pauschalen Satz: „Die Liebe ist von Gott." Sie behaupten, daß Liebe eine partnerschaftliche Begegnung oder ein zwischenmenschliches Erlebnis ist, das mit Gott zunächst nichts zu tun hat und keinesfalls von Kirche und Theologie vereinnahmt werden darf.

*Vers 8*: Mit knappen Worten wird festgestellt: „Wer nicht liebt, hat Gott nicht erkannt." Das löst persönliche Betroffenheit aus. Wieviel Lieblosigkeit und Rechthaberei, wieviel Intoleranz und Arroganz gibt es bei denen, die Gott „ganz genau" kennen wollen! Wer nur sich selbst liebt und finden will, verliert nicht nur seinen Nächsten, sondern auch Gott. Ein Egoist ist ein Atheist, auch ohne es zu wissen.

Bemerkenswert: Es heißt „Gott ist Liebe" und nicht „Gott ist die Liebe". Bultmann hat darauf hingewiesen, daß hier nicht philosophisch eine Wesensbeschreibung Gottes oder der Liebe gegeben, sondern Gottes rettendes Tun in der Bedeutung für die Menschen verkündet wird.

*Vers 9*: Die „Liebe Gottes" kann nicht distanziert als eine ontologische Aussage betrachtet und entfaltet, sondern nur als ein überwältigendes Ereignis (ephanerothe) bezeugt werden. Sie ist „nicht nur ein Wort", sondern hat Geschichte gemacht und die Welt verändert. In Jesus Christus ist Gottes Leidenschaft für die Welt „ans Licht gekommen".

Wegen dieser Aussage wird V. 9 oft isoliert als Predigttext zu Weihnachten oder Epiphanias gewählt. Die Sendung des eingeborenen (des einzigen und geliebten — vgl. Gen. 22,

2) Sohnes in die Welt hat *ein* Ziel: „daß wir durch ihn leben sollen.“ Wahres Leben gibt es demnach nicht aus eigener Einsicht oder Kraft, sondern nur dadurch, daß wir uns von Gottes Liebe erfüllen und senden lassen.

*Vers* 10: Noch einmal wird hier betont, daß die Liebe zu Gott nicht eine Möglichkeit des Menschen ist. Der Bund zwischen Himmel und Erde (hebräisch: berith) kann nur von Gott ausgehen. Er allein ist der „pontifex“, der die Brücke über den Abgrund menschlicher Schuld gebaut hat.

Der letzte Teil von V. 10 ist nach Bultmann der kirchlichen Redaktion zuzuschreiben. Es wirkt zunächst auch seltsam und formelhaft, wenn hier von „Sühnopfer“ und „Sünden“ die Rede ist. Aber das Unfaßbare und einem Außenstehenden nicht Beweisbare der Liebe Gottes kann nur dann deutlich gemacht werden, wenn gesagt wird, daß der autonome Mensch alles andere als liebenswert und bündnisfähig ist.

Gottes Liebe zum eigenmächtigen, selbstherrlichen Menschen ist im Grunde „Feindesliebe“, denn der Mensch hat sich gegen seinen Herrn und Schöpfer erhoben. Nur die Tat der Versöhnung (Kol. 1, 21—22) holt ihn in die Gemeinschaft mit Gott zurück. Von hier aus versteht sich Jesu Aufruf an seine Jünger: „Liebet eure Feinde“ (Matth. 5, 44). Die Feindesliebe ist urchristliches Proprium und erweist, ob Christen „Kinder ihres Vaters im Himmel“ (Matth. 5, 45) sind.

*Vers* 11: Hier folgt eine Zäsur; der Vers beginnt ebenso wie der Eingang in V. 7 (agapetoi). Befremdlich wirkt, daß jetzt von der Liebe als unserer Pflicht und Schuldigkeit (opheilomen wie 1. Joh. 3, 16) gesprochen wird. Aber auch Jesus sagt im Gleichnis vom hartherzigen Schuldner, daß Vergebung der Schuld den verpflichtet, der sie empfangen hat (Matth. 18, 33). Die Liebe ist das Gesetz Christi (Gal. 6, 2), das er selbst erfüllt und seiner Gemeinde als normative Regel aufgegeben hat.

*Vers* 12: „Niemand hat Gott je gesehen.“ Der Satz ist hier zuerst an die Adresse der Irrlehrer gerichtet, die behaupten, Gott aus eigener Geisteskraft erkannt und gesehen zu haben. Sie bestreiten daher den Grund seiner Menschwerdung in Christus (4, 3) ebenso wie die Inkarnation in der Gemeinde (Matth. 18, 20) und im Nächsten, der meine Liebe nötig hat (Matth. 25, 40). Es gibt kein Recht und keine Methode, Gottes Bild und Wesen festzuhalten oder zu definieren. Wir können seinem Zugriff aber auch nicht ausweichen oder uns entziehen (Luk. 10, 25—37). In dem Bruchstückhaften und Unvollkommenen der Nächstenliebe kommt Gottes Liebe zur Erfüllung (teteleiomene), denn seine Kraft ist in den Schwachen mächtig (teleitai — 2. Kor. 12, 9).

## III Homiletische Rechenschaft

Beim Umgang mit dem Predigttext ist mir wiederholt das Wort „*Selbstverwirklichung*“ in den Sinn gekommen, das mir in letzter Zeit oft begegnet ist und viel Verwirrung auslöst.

Kürzlich schrieb mir ein Freund, ich müßte jetzt, nachdem ich mich fast dreißig Jahre als Pfarrer „verausgabt" hätte, dringend an meiner Selbstverwirklichung arbeiten. Meiner Frau, Mutter von fünf Kindern, wurde zum Geburtstag gewünscht, daß sie endlich Zeit und Lust finden möchte, sich selbst zu verwirklichen.

Ich habe Beispiele vor Augen, wo sich im Namen der Selbstverwirklichung Ehepartner, Eltern und Kinder hemmungslos voneinander trennten.

Eine Frau hatte im Betriebsrat und bei einem Fortbildungskurs entdeckt, daß sie sich bisher kaum entfalten konnte. Sie hatte jahrelang als Ehefrau und Mutter angeblich eine aufgezwungene Rolle spielen müssen. Jetzt gab sie ihrem Mann und ihren drei Kindern den Laufpaß, um endlich den Part in Freiheit spielen zu können, der ihren Begabungen und Wünschen entsprach. Von einer Verantwortung vor Gott wollte sie auch nichts mehr wissen, obwohl sie engagierte Mitarbeiterin in der Gemeinde gewesen war.
Ich habe ihr gesagt, daß sie sich aus der Bindung an Gott und an ihre Nächsten nicht so einfach dispensieren könne, weil diese Beziehungen nicht selbst produziert, sondern ihr mit dem Geschenk des Lebens und den ihr anvertrauten Menschen aufgetragen seien. Sie fragte mich dagegen, ob ich als Christ und „Funktionär der Kirche" nicht auch immer wieder aus der Rolle falle und ein „Intimverhältnis" zu Gott pflege auf Kosten meiner Mitmenschen.

Auf Kosten seiner Mitmenschen seiner eigenen Selbstverwirklichung zu leben — genau davor warnt der 1. Johannesbrief, genau das ist der Irrweg der falschen Propheten (4, 1). Wir alle brauchen die Lektion: Wir haben Gott nicht ohne unseren Nächsten. Dieser unser Nächster kann sehr schwierig, ja widerwärtig sein. In Jesus Christus ist uns aber zugesagt, daß Gott nicht ohne die von Problemen und Schuld belastete Welt sein will. Wenn wir uns auf ihn beziehen und berufen, können wir keinen einzigen Menschen aufgeben, auch den Gegner nicht. Das muß gerade im Endspurt des Wahlkampfes gepredigt und gehört, geglaubt und gelebt werden. Wir haben die Zusage, daß Gott sich zu solchen Friedensstiftern als seinen Kindern bekennen will (Matth. 5, 9).

ULRICH RENNER **B**

## IV Zur Situation

*Der Wahlkampf*, den A zur Situationsangabe anführt, ist ein wesentlicher Aspekt in diesen Wochen. Die Liebe von Menschen zueinander, die in V. 11—12 ausdrücklich als Folge oder sogar Bedingung der Gottesliebe genannt wird, wird von Wahlkämpfern oftmals mit Füßen getreten. Auch Christen beteiligen sich daran, den politischen Gegner herabzusetzen oder fertigzumachen.

Ein Politiker, der sein Christsein ernst zu nehmen versucht, fragte kürzlich auf Anfrage nach dem Stil des Wahlkampfes, was er denn machen solle. Wenn er dem politischen

Gegner auch nur punktuell recht gäbe, liefen ihm die Wähler davon, und seine Wahlversammlungen seien leer.

Ich bin oft darauf angesprochen worden, daß dieses Umgehen von angeblichen Christen miteinander der beste Beweis für die Verlogenheit des christlichen Glaubens sei. Genau im Gegensatz zu unserem Text: Gott werde zitiert und der Gegner beschimpft.

*Müssen Wahlkämpfe so sein?* Auch wir sind ja als „stille Teilhaber" daran beteiligt. Wenn einer, den wir nicht mögen, fertiggemacht wird, freuen wir uns; wenn einer von unserer Farbe in Vorteil gerät, trifft den politischen Gegner Schadenfreude. Die Kritik richtet sich nicht gegen den Wahlkampf selbst und die sicher nötigen harten Auseinandersetzungen, wohl aber *gegen den Stil*, in dem wider besseres Wissen argumentiert oder geholzt wird. Von unserem Text her haben wir dagegen Widerspruch einzulegen, was allerdings nur glaubwürdig ist, wenn wir in kirchlichen Gruppierungen selber in einem anderen Stil und Ton miteinander umgehen. Es gibt Ansätze dazu, die wir als ansteckend herausstellen könnten. Wenn wir den Wahlkampf in dieser heißesten Phase nun aber nicht ändern und beeinflussen können? Dann ist es gut, daß V. 10 etwas über die Versöhnung aussagt. Brücken der Versöhnung sind nicht billiger zu haben als durch Leiden hindurch. Versöhnung der Schuld durch das Leiden des Sohnes heißt freilich nicht, daß Vergangenheit durchgestrichen werden kann, ohne daß eine Veränderung unseres Sinnes und unserer Gedanken erfolgt (Röm. 12, 2).

Der Wahlkampf ist ein gewichtiger, aber eben *ein* Aspekt unseres Lebens in dieser Zeit. In unserer Gemeinde wird (Jak. 4, 15!) an diesem Sonntag der seit Jahren übliche *Ferienschlußgottesdienst* gehalten, zu dem die Urlauber und Teilnehmer der Jugendfreizeiten und Altenerholungsmaßnahmen besonders eingeladen werden. Auch sie werden mit ihrem Denken den Gottesdienst — teils aktiv in ihrer Mitarbeit — mitbestimmen.

In den Ferienschlußgottesdiensten der vergangenen Jahre stand der Dank im Vordergrund: für die schönen Erlebnisse, die Begegnung mit anderen Menschen, die Weitung des Horizontes. Diese Erfahrungen wurden der gottesdienstlichen Gemeinde vermittelt. Und auch die, die nicht im Urlaub waren oder keine Ferien gehabt hatten, wurden in die Bewegung des Dankes hineingenommen.

Nun ist nicht überall zu gleicher Zeit Ferienschluß, und ich denke, daß der Text auch bedrückend sein kann in seinen festgeformten, fast sicheren Aussagen. In der Gottesdienstgemeinde sind auch Menschen zusammen, die daran leiden, daß bei ihnen Gottesliebe und gutes menschliches Umgehen miteinander auseinanderfallen: Menschen, die Liebe zu üben versuchen, aber von sich selbst nicht sagen mögen, daß sie Gott kennen (V. 7); Menschen, die von der Liebe Gottes wissen und es so schwer haben, davon ihr Leben mit anderen bestimmen zu lassen. Ihnen möchte ich Mut machen: *Vom immer neuen Werden des Christen ist hier zu reden*, nicht von der Perfektion. Der Sohn ist nicht in die

Welt gekommen, um sie zu verschönen und zu überhöhen, sondern zur Versöhnung für unsere Schuld — „damit wir durch ihn leben sollen".

## V Aufbau der Predigt

*Der Sohn ist „in die Welt gesandt, damit wir durch ihn leben sollen"* (V. 9).

1. Für jugendliche Freizeitteilnehmer, für Urlauber, für Teilnehmer an Altenerholungsmaßnahmen, ja für uns alle besteht die Gefahr, Urlaubserlebnisse und gute Gruppenerfahrungen als eigentliches Leben anzusehen, während die wiederbeginnende Schule, die Arbeit, der Alltag zu Hause nur die Mittel sind, sich Urlaub leisten oder an Freizeiten teilnehmen zu können. Sollten die vielen guten Erfahrungen nicht in die kommenden Tage und Wochen mitgenommen werden, „damit wir leben"? Damit sich Vergangenes für die Zukunft erschließt, so daß von daher auch die Gegenwart Licht bekommt? Natürlich sind Erfahrungen nicht wiederholbar, aber sie sind transportierbar, wenn uns bewußt wird, daß wir in ihnen die Zuwendung Gottes erfahren, der auch in Gegenwart und Zukunft Grund unseres Lebens ist.

2. Was aber gilt für die schlechten Erfahrungen, die wir mit anderen und sie mit uns gemacht haben? Transportieren wir sie auch in die vor uns liegende Zeit? Hier werden wir daran erinnert, daß „Versöhnung für unsere Sünden" geschehen kann. Das gilt für die, die traurig sind, die an sich selbst leiden, weil sie im Alltag die Gottesliebe und die Liebe zu Menschen so schwer zusammenbringen, die zum Beispiel auch durch den Wahlkampf verunsichert und verletzt sind.

3. *Christoph Blumhardt* hat in einer Predigt zum Text (in: Ihr Menschen seid Gottes!) die besondere Betonung darauf gelegt, daß Gott sich durch die Sendung seines Sohnes „mit uns verwandt zeigt".

Er fährt fort: „‚Er ist mein Sohn' — damit ist gesagt: ‚Ihr Menschen braucht euch nicht in der Weise um Gott zu bemühen, als ob ihr ... ganz getrennte Menschen von mir wäret; nein! es ist ja verlogen, ihr gehört von Haus aus zu mir!'"

In einem „freien Verhältnis zu Gott" können wir leben.

4. Diese Eröffnung der Zukunft aus der Sendung des Sohnes bewahrt uns davor, Menschenliebe zu einem neuen Gesetz zu machen, uns unter den Druck neuer Aktivitäten und Aktionen zu bringen. *Gott ist in dieser Welt — auch gegen den Augenschein.* Das löst nicht alles in Harmonie auf. Aber zu einem Leben, das vom Kreuz Jesu Christi bestimmt ist und vom Kreuz im eigenen Leben weiß, gehört die Gewißheit, daß das Vertrauen Gottes mir gilt und daß ich in das Vertrauen anderer Menschen hineingenommen bin. Diese Gewißheit hilft mir dazu, auch selber Vertrauen und Liebe zu suchen und auszubreiten.

## VI Gestaltendes Material

1. Freizeit auf einer einsamen und fast unbewohnten Schäreninsel in der Ostsee:

In einer Gruppe mit Jugendlichen und jungen Erwachsenen, mit großen Gegensätzen und Grüppchenbildungen, feierten wir das Abendmahl. Es wurde ausgesprochen, was uns ärgerte und beschwerte. Unsere Erfahrung: Diese Feier im großen Kreis auf dem Fußboden bei Kerzen um Brot und Wein schaffte ganz neue Verbindungen untereinander; neue Möglichkeiten des Zusammenlebens eröffneten sich, so daß die weiteren Tage — bis heute — davon geprägt waren und sich auch Außenseiter in diese „durch ihn" gestiftete Gemeinschaft hineingenommen fühlten.

2. Möglichkeit des Einstiegs bietet auch die Anregung von A, von „Selbstverwirklichung" her über „Leben" nachzudenken. Wir können ja werden, *was wir schon sind*: nämlich Kinder Gottes, wenn wir den Sohn in seiner Liebe und seinem Kreuz annehmen und dadurch frei werden, mit anderen zu leben und füreinander einzutreten. Es gibt keine Selbstverwirklichung, die auf Kosten anderer Menschen geht. Sonst wird Gott verleugnet, sonst greift Menschenverachtung Platz! Selbstverwirklichung ist nur möglich, wenn ich anderen gerecht werde und ihnen zum Recht verhelfe. Dadurch werde ich frei.

3. *Ingeborg Bachmann* schreibt in einem Gedicht vom Leben, das in seinem Fragen und seiner Zielgerichtetheit immer wieder durch Banalitäten erstickt zu werden droht. (Das wird am deutlichsten, wenn in jeder Zeile nach dem Querstrich ein zweiter Sprecher liest.)

„Wohin aber gehen wir / ohne sorge sei ohne sorge
wenn es dunkel und wenn es kalt wird / sei ohne sorge
aber / mit musik
was sollen wir tun / heiter und mit musik
und denken / heiter
angesichts eines endes / mit musik
und wohin tragen wir / am besten
unsere fragen und den schauer aller jahre / in die Traumwäscherei ohne sorge sei ohne sorge
was aber geschieht / am besten
wenn totenstille / eintritt."

4. *Lieder:* EKG 54, 2; 61, 7; 165, 3; 246.
Ich möchte mit der Gemeinde das folgende Lied einüben oder von einer Gruppe singen lassen:

Unser Leben sei ein Fest
Jesu Geist in unserer Mitte
Jesu Werk in unseren Händen
Jesu Geist in unseren Werken
Unser Leben sei ein Fest an diesem Tage und an jedem Tag.

5. *Lesungen:* als Evangelium des 13. Sonntags nach Trinitatis: Luk. 10, 25—37; als Epistel: Röm. 12, 1—5.

# Römer 8, (12f.) 14—17: Das Erbe der Freiheit antreten

HANS-THEO WREGE **A**

## Paulus in der Gegenwart?

1. „*Zum Gehorsam verpflichtet*" — in den Hochzeiten der dialektischen Theologie wäre dies wahrscheinlich zur Überschrift des Textes geworden; heute fordert es den Widerspruch von *Selbstfindung und -verwirklichung* heraus. „*Sarx*" (Fleisch) wird freilich in der neuen Luther-Übersetzung mit „*Selbstsucht*" wiedergegeben. Das schafft eine neue Plausibilität, räumt —vielleicht — alte leibfeindliche Vorurteile aus und dürfte vor allem dem soziologisch interessierten Hörer einleuchten: Selbstsucht, Selbstabschließung, Verlust aller Kontakte — das führt zum gesellschaftlichen Tod und macht krank.

Die Midas-Sage fällt mir ein: Was immer der König berührt, verwandelt er sich an, macht es zu „Gold" — und damit ungenießbar. Der Hungertod ist die Folge.

*Wie verhält sich der Ungeist solcher Selbstsucht zum Thema der Selbstfindung?* Wo immer sich in den Jahren Menschen in Familien, Gemeinden, Selbsterfahrungsgruppen und am Arbeitsplatz trafen, sind diese beiden Impulse aufeinander gestoßen: das Programm der *Selbstfindung* und der Kampf gegen *selbstsüchtige Isolierung*.

2. „*Geist Gottes*" und „*Gottes Kinder*" (Paulus redet wie selbstverständlich nur von „Söhnen") — zuallererst höre ich dies als *Kirchenmusik*. Bachkantaten, Schützmotetten — Jugendkantoreien, die schönen Gottesdienste des Herrn. Da war der Geist unmittelbar zu spüren. Ich sorge mich um die Predigt: Wird sie nicht doch wieder zu einem *Lehrvortrag* über den Geist, über die Gotteskindschaft, zur Rede eines einzelnen, die die Gemeinde auf die Dauer passiv werden läßt, ermüdet und mit irgendwelchen Richtigkeiten abspeist? Wo kommt denn die Geist- und Glaubenserfahrung der Gemeinde zu Wort?

Vielleicht war es dies Verstummen der Vielen, gegen das die Kirchenmusiker protestiert haben, wenn sie nicht nur Psalmen und biblische Hymnen, sondern sogar hochabstrakte Brieftexte des Paulus vertonten. Aber auch hier die Vereinnahmung. Aus dem Geist Gottes ist dann recht bald der Geist dieser speziellen Musik, der Geist lutherischer Gotteshäuser geworden. Aber kann Gottes Geist nur so erfahren werden? Gibt es nicht auch hier Alternativen, Traditionen und Erfahrungen, deren Dynamik wir noch gar nicht mit Gottes Geist zusammengebracht haben?

Wie erfahren denn heute Kinder den Geist, der Knechtschaft überwindet? Wie erleben Jugendliche Befreiung von der Furcht durch Gott —

oder ist uns Gott letztlich doch mehr die Ursache dunkler Befürchtungen geblieben? Wie stellt sich denn erwachsenen Christen diese unmittelbare Geisterfahrung dar, in der sich handgreiflich erweist, wes Geistes Kinder wir sind? Haben Ältere wirklich schon einmal das Erbe der Christuserfahrung angetreten, ihre Leiden im Zusammenhang seines Kreuzes, ihre Triumphe im Licht seiner Auferstehung gesehen?

3. Aber selbst wenn diese Fragen ihre Antworten wirklich finden, bleibt der Paulustext eine Herausforderung für die Predigt im Deutschland der angehenden 80er Jahre. Später nämlich und damit heftiger als in den westlichen Nachbarländern vollzieht sich bei uns die *Ablösung von Vaterfiguren, paternalistischen Ansprüchen* und *autoritären Strukturen*. Wird Paulus auf diese Seite gestellt, dann ist das Urteil bereits gefällt: Verwerfen wir den alten Reaktionär und suchen uns lieber einen emanzipativen Propheten- oder Jesustext!
Jedoch: Wer den Mißbrauch von Vaterschaft mit der Väterlichkeit überhaupt verwechselt, wer überall nur die Stimme des Vaters hört, gegen die er sich auflehnen *muß*, wird wohl immer infantil bleiben. Kann er selbst Vater werden? So sinnvoll ein Autoritätskonflikt sein mag — Paulus und Luther haben das je auf ihre Weise gezeigt! —, so wenig darf er als permanentes Alibi für die Unfähigkeit zum Lieben, zur Solidarität, zur Verantwortung herausgeputzt werden.

## Begriffe in erfahrbare Erzählung umsetzen

Paulus selbst redet keineswegs jeder Autorität, jedem Gesetz, jedem Vater und jedem Geist das Wort. Wenn er wie hier Geist und Fleisch = Selbstsucht, Sohnschaft und furchterfüllte Knechtschaft kritisch gegenüberstellt, dann steht dahinter ein *Konflikt mit der Autorität des Gesetzes*, wie er bis dahin im Raum der Spätantike noch nie durchgefochten wurde. Wenn je, dann ist der Theologe hier in seiner Sachkompetenz gefordert: Er weiß, unter welchen Bedingungen sich paulinische Theologie entfaltet hat. Die Frage stellt sich aber um so mehr, *in welcher Form* er der Gemeinde an diesem Prozeß paulinischer Selbst- und Glaubensfindung Anteil geben will.

Normalerweise wird der Apostel unter Rückgriff auf seine *Begriffe* ausgelegt, was für die Seminare angemessen, aber auch dort schon schwer genug ist. Denn die paulinische Terminologie ist nicht nur fremd (z. B. „Fleisch"), sondern sie wird auch keineswegs besonders konsequent angewandt (die Rolle der „Sarx" Röm. 8, 12. 13 a wird V. 13 b ohne weiteres auf den Leib/„Soma" übertragen, eine Inkonsequenz, die einige Handschriften korrigieren): Die wirkliche Konsequenz des Paulus läßt sich zumindest in der *Homiletik* eigentlich nur durch den Rückgriff auf ein Medium gestalten, von dem der Apostel selbst in den Briefen kaum Gebrauch gemacht hat: die *Erzählung*.

*Von Paulus und seiner Lebenserfahrung erzählen* — das bedeutet sicherlich nicht, die Damaskusszene der Apostelgeschichte im Sinne älterer Historienmalerei auszuschlachten — zu sehr geriete uns der ,,Held" dann zur Ausnahmeexistenz, die den Normalchristen unserer Gottesdienste denn doch überfordert. Wer solche Extra-Erlebnisse hatte, mag gut reden haben. Vielmehr so erzählen, daß der Eifer um das Gesetz als dies ,,verdammte Streben" erkennbar wird, das noch heute unser Leben vergiften und den Geist des Übertrumphens, jenes schreckliche Sich-gegenseitig-in-den-Schatten-Stellen, provozieren kann.

Sieh, wie er sich abstrampelt, um dem Gott der Normen Geltung zu verschaffen! Wie er, der Musterschüler, auf die anderen achtet. Wie er bevormundet, richtet und überall den Unrat, die Auflehnung witternd, umherzieht. Welchen Geist sät er da aus? Welche Früchte reifen bei den so ,,Betreuten" heran? Daß der Zorn des Eiferers vor allem den Jesusleuten gilt, hat seine erzählbare Logik. Wer am Kreuze hängt, ist auch von Gott verflucht. Wer die Normen des Gesetzes verletzt, gehört an den Schandpfahl — zu viel stellt er in Frage, zu tief ist die Verunsicherung, wenn Gott anders als zwanghaft-gesetzlich erlebt wird. Wer den Namen des Gekreuzigten wiederaufleben läßt, muß selbst verfolgt werden.

Nichts ist dem Eiferer so wichtig wie die Anerkennung von seiten dessen, dem er sich verschrieben hat. Keine Katastrophe könnte darum größer sein als das Damaskuswunder: Gott stellt sich auf die Seite der Verfolgten, nicht der Verfolger; er ist bei den ,,Gesetzlosen", nicht bei den Eiferern; bei Jesus, nicht bei denen, die ihn kreuzigten. Der Schock ist so tief, daß an seiner Verarbeitung ein neuer Mensch entsteht: Paulus! Den Geist des Gesetzes durchschaut er als Knechtschaft, das Eifern um die Normen als Ausdruck von Selbstruhm und tötender Macht der Selbstsucht (,,Fleisch"). Gott hört auf, ein Dienstherr und Sklavenhalter zu sein.

Das ganze israelische Gesetz erscheint jetzt in einem neuen Licht: Was daran gültig bleibt, ist Ausdruck der Liebe zu allen Menschen. Was abgetan wird, sind all die religiös-zwangshaften Praktiken, die das Heil durch Unterwerfung unter Beschneidung, Diätvorschriften usw. erringen wollen. Solchen Geist der Unterwerfung hat Paulus abgetan. Statt dessen lebt er einem Gott, den er in freier Zuwendung ,,*Vater*" nennen kann — ein Vater, der nicht wert auf sklavischen Gehorsam legt, der die Seinen nicht in Furcht und Schrecken hält; ein Vater vielmehr, der selbständige Söhne neben sich groß werden läßt, der die Erbschaft nicht ängstlich vorenthält, sondern großzügig austeilt. Der Geist dieses Gottes macht nicht verschlossen, sondern mitteilsam. Er gleicht einem offenen Haus, einer Einladung. In diesem Haus haben die Schlüssel ihre Aufgabe verloren: Da jeder ein- und ausgehen kann, wird er beweglich, unternehmungslustig, verliert die ängstliche Rücksicht auf das einmal Erworbene. Die Sorge, ob all das Wertvolle auch sicher verschlossen sei, wird unbegründet.

Trotzdem hören die Sorgen des Paulus nicht auf. Es ist freilich nicht mehr Gott oder das Gewissen, die ihm zu schaffen machen. Schwierig ist vielmehr der Umgang mit zwei Gruppen von Christen, die das offene Haus des Gottesgeistes so nicht hinnehmen können.
Da sind auf der einen Seite solche, die der Macht des Geistes im Grunde nicht trauen: Sie führen wieder neue Normen und Regeln ein. Nur wer die Gebote hält, darf zu Gott und zu uns gehören. Die Türen des Gotteshauses werden wieder eng gemacht. Paulus tritt ihnen mit der drastischen Erinnerung an Christus entgegen: Dessen Geist steht nicht auf der Seite ängstlicher Absonderung.
Auf der anderen Seite sieht sich Paulus von geistbewegten Enthusiasten umgeben: Selbst das offene Gotteshaus ist ihnen noch zu eng. Wer vom Geist Gottes umgetrieben wird, der fühlt sich auch als Gottes Liebling. Dieser Geist weht natürlich, wo er will — aber wie unterscheidet er sich dann von der Willkür der gläubigen Fans? Paulus macht die merkwürdige Erfahrung, daß solche Geistgruppen sich ihrer großartigen Erfahrungen rühmen, mit ihren geistgewirkten Machttaten protzen und sich gegenseitig in den Schatten stellen. Er selbst macht wenig Eindruck auf diese Christen, die ihn mit kaum verhohlener Geringschätzung behandeln. Was ihn bewegt, ist ihnen zuwider; und wenn er großartige Geisterlebnisse hatte, dann redet er kaum davon.

Trotzdem verwirft Paulus die Erfahrung des Gottesgeistes nicht. Er stimmt zu: Wer vom Geist berührt wird, der ist Gottes Sohn. Nur wird dieser Geist in der Solidarität mit dem Leiden Jesu und dem Leid der Menschen verankert. Ein Geist, der sich um diese Seite der Realität drückt, ein Geist, der einen Bogen um die dunkle Seite unserer Erfahrungen macht, ein Geist, der nicht gerade im Tal des Todes das Banner der Hoffnung aufrichtet, kann für Paulus nicht Gottes Geist sein.

### Erzählung als Gegenwart des Geistes

Ich habe dem Theologen nichts Neues erzählt — und vielleicht auch nicht der Gemeinde. Viel kommt darum auf die Art der Erzählung an: Der Hörer sollte sich in ihr wiedererkennen können; sie sollte ihm Anlaufpunkte für seine Erfahrungen und seine Fragen geben. Kann ein Prediger so erzählen, ohne sich selbst vorher in den Prozeß paulinischer Geisterfahrung hineinversetzt zu haben?

## Befreiung erzählen

Eine Geschichte soll man — nach der bekannten chassidischen Anekdote — so erzählen, daß sie selber eine Hilfe sei:

„Mein Großvater war lahm. Einmal bat man ihn, eine Geschichte von seinem Lehrer zu erzählen. Da erzählte er, wie der heilige Baalschem beim Beten zu hüpfen und zu tanzen pflegte. Mein Großvater stand und erzählte, und die Erzählung riß ihn so hin, daß er hüpfend und tanzend zeigen mußte, wie der Meister es gemacht hatte. Von der Stunde an war er geheilt. So soll man Geschichten erzählen" (*M. Buber*, Die Erzählungen der Chassidim, 1949, S. 6).

So soll man vom Geist erzählen: begeisternd! So von der Freiheit: befreiend! Die Predigtaufgabe, die A stellt, ist anspruchsvoll. Um Begriffe in Erzählung umzusetzen, muß man sie am Ort ihrer ursprünglichen Erfahrung aufsuchen. Das wird nicht möglich sein, ohne sich „in den Prozeß paulinischer Geisterfahrung hineinversetzt zu haben". Aber wie macht man das?

Methodismus liegt Paulus fern. Er hat sein Damaskuserlebnis selbst nie erzählt. Wo er auf seine — nicht eigentlich seine eigene, sondern die über ihn selbst gefallene — Entscheidung für Christus zu sprechen kommt, gebraucht er bezeichnenderweise passivische Wendungen: „Ich ließ mich um alles bringen ..."; „... weil ich von Christus Jesus ergriffen worden bin" (Phil. 3, 8. 12). Die Entscheidung zwischen Knechtschaft und Freiheit, Verderben und Heil fällt nicht kraft rationaler Erkenntnis oder durch eigenen Willensentschluß, sondern dank einem in der Tat unverfügbaren Macht- und Ortswechsel. Paulus ist ergriffen, wie der Erzähler in der Anekdote hingerissen ist.

„An ihren Früchten soll man sie erkennen." „Frei ist, wer frei macht." Paulus ist dafür das beste Beispiel. Er, der ein Verfolger der Christen war, nimmt Verfolgung auf sich, um möglichst viele für Christus zu gewinnen. Er verfügt über sich als den Freien, um jedem zu dienen, damit durch den Dienst seiner Person möglichst viele Anteil am befreienden Evangelium finden. So wird Paulus zum Vorbild der Freiheit, der neuen Kreatur in Christus, damit man an ihm ablesen kann, was das Evangelium in seiner Predigt sagt.

Befreiung geschieht nicht nur durch spektakuläre Befreiungsbewegungen. Oft genug führen sie nur wieder in neue Unfreiheit. „Sie gehen in den Kampf gegen die Götzen mit der Seele von Götzendienern" — wie Manès Sperber präzise formuliert hat (Wie eine Träne im Ozean, 1976, S. 115).

Unvergeßlich ist mir die Erinnerung an eine Frau, die ich über lange Zeit in ihrem Sterben begleiten durfte. Bei jedem Besuch hatte das entsetzliche Zerstörungswerk des Krebses grausamere Spuren an ihrem zerfallenden Leib hinterlassen. Aber von Mal zu Mal wurde ihr Geist heller, ihr Herz fröhlicher. Jeder, der an ihrem Bett saß, unfähig, das furchtbare Geschick von ihr abwenden zu können, ging getröstet wieder von ihr, beschämt, daß er mehr nehmen als selber geben konnte. Sie schaute auf Gott und das verheißene Erbe der Befreiung, während wir andern nur auf die Krankheit und den sicheren Tod starrten. Sie lebte nicht aus eigener Kraft. Für das, was ihrem schwachen Leib zu tragen auferlegt war, reicht Menschenkraft nicht aus. Sie hätte mit Paulus sagen können: „Nicht ich lebe, sondern Christus in mir." In ihrer Gegenwart fiel alle Beklemmung von einem ab, die Angst, nichts zu sagen zu haben; die Ohnmacht, nicht helfen zu können. Die Nähe eines freien Menschen löst Fesseln.

„Ich kannte
eine lahme Frau,
die ist
zu Fuß
nicht weit gekommen.
Sie hat das angenommen
und lernte sitzen
und hören.
Im Zuhören
konnte sie sehr weit gehen."
(Lied aus „Uns allen blüht der Tod", Text: F. K. Barth/P. Horst; Musik: P. Janssens.)

Bewegungsfreiheit, die es erlaubt, aus sich herauszugehen!

## Vom Geist ergriffen oder vom Teufel geritten?

Die Übersetzung von „*Fleisch*" mit „*Selbstsucht*" — das NT 75 ist Wilckens darin gefolgt — ist theologisch nicht unproblematisch. „Selbstsucht" hat einen moralischen Ton. „*Geist*" und „*Fleisch*" meinen bei Paulus dagegen zwei einander ausschließende Weisen menschlicher Gesamtorientierung.

*Selbst-Bestimmung, -Findung, -Verwirklichung* und ähnlich heißen die schillernden Stichworte, die nicht nur, wie A andeutet, neue Plausibilität eröffnen, sondern auch zu verheerenden Mißverständnissen Anlaß geben. Sie sind en vogue, gerade auch in kirchlichen Kreisen. Aber sind sie auch hilfreich? Hat Paulus sich um seine „Selbstverwirklichung" Sorgen gemacht? Jesus? Der Glaube kennt den sich selbst verwirklichenden Menschen als den Sünder, der ganz auf sich selbst fixiert ist und dem die elementarste aller Bewegungsfreiheiten fehlt, nämlich aus sich selbst herauszugehen.
„*Selbstverwirklichung*" ist ein unklares und wenig geeignetes Wort, um dem Anliegen Ausdruck zu geben, für das es steht. Vieldeutig ist schon der Begriff des Selbst, der seit Hegel und Kierkegaard in den unterschiedlichsten Bedeutungen von Philosophie und Psychologie gebraucht wird. Er wird auch in den gegenwärtigen psychologischen Schulen nicht einheitlich verwandt. Moderne Popular-Psychologie appelliert mit der Selbstverwirklichungsparole an jeden Betroffenen,

demütigende Abhängigkeitsverhältnisse aufzulösen, permanente Selbstverleugnung abzulegen, herabwürdigenden Selbstverzicht aufzugeben. Nicht zu bestreiten und erschreckend ist schon, wieviel derartige Selbstverleugnung und Aufopferung des Eigenen im Namen der christlichen Liebe gefordert wurde. Doch bleibt die uns neugelehrte „Kunst, ein Egoist zu sein" (so ein Bestsellertitel von J. Kirschner) die Antwort auf die Frage schuldig, wer denn dies Selbst überhaupt ist, das sich selbst verwirklichen soll/will.

Paulus kennt kein isoliertes Selbst. Dies findet vielmehr erst zu sich selbst in seinen Beziehungen, indem es bezogen ist auf eine Wirklichkeit außerhalb seiner selbst. Wes Geistes Kinder wir sind, wird eben nicht von uns selbst entschieden.
Dies Axiom paulinischer Anthropologie, daß der Mensch nicht aus sich selbst zu leben vermag, sondern von seinem Herrn und dessen Macht her ist, was er ist, und das in seinem Handeln verrät (vgl. Käsemann, An die Römer, S. 207), ist für das emanzipierte Selbst-Bewußtsein der größte Stein des Anstoßes.

Unsere Sprache bewahrt nur schwache Erinnerungen an den geleugneten anthropologischen Sachverhalt: „vom Teufel geritten werden", „den Schalk im Nacken haben" und ähnliche Wendungen. Luther kannte und benutzte Augustins Bild vom Menschen als Reittier, auf dem entweder Gott oder der Teufel sitzt. Der Mensch kann sich seinen Reiter nicht wählen.

Goethe war diese Erfahrung nicht fremd: „Ich bin aus meiner Bahn geschritten, und ich soll nicht wieder hinein. Ein feindseliger Dämon, der Macht über mich gewonnen, scheint mich von außen zu hindern, hätte ich mich auch mit mir selbst wieder zur Einigkeit gefunden" (Die Wahlverwandtschaften, 1809).

Daß wir uns selbst entzogen sind, wissen am besten die Liebenden. Wer liebt, ist ganz durch das Dasein des geliebten und ihn liebenden Menschen bestimmt.

„Wo die Liebe hinfällt: so, daß ein Herz Feuer fängt, da geschieht eine das ganze Dasein dieses Menschen verwandelnde Unterbrechung seines Lebens. Das liebende Ich will und kann nicht mehr bei sich selbst sein: es will bei einem anderen sein, eben bei dem geliebten Du. Elementarer kann ein Menschenleben kaum unterbrochen werden. In der Liebe ereignet sich zwischen zwei Menschen, was Jesus im Blick auf unser Verhältnis zu Gott gesagt hat: wer sein Leben verliert, der wird es gewinnen ... Wenn ich mein Herz verliere, dann hat ein anderer über mich entschieden — und dafür oder dagegen kann ich gar nichts tun" (*E. Jüngel*, Glaube, der Unfreiheit überwindet. Vortrag auf dem Nürnberger Kirchentag, Manuskript, S. 5).

Jüngel wendet diesen Vergleich auf den Glauben an: „Im Vertrauen, im Glauben an Jesus Christus ist das wahr: Ohne ihn wären wir nichts. Der Osterchoral sagt es sogar in bezug auf die ganze Welt: ‚Wär er nicht erstanden, so wär die Welt vergangen' ... Der Glaube kennt keine tiefere Knechtschaft als die vom Menschen selbst erzeugte und selbstverschuldete Unfreiheit eines Lebens ohne Gott und gegen Gott. Es sind diese Fesseln, mit denen der Mensch sich selber fesselt, von denen der Glaube befreit." Der so von sich selbst befreite Mensch kann aus sich herausgehen. Glaube ist neues Können. Luthers ,,simul" freilich bleibt dabei in Geltung, und darum bleiben gerade in der Gemeinde die Imperative in Kraft, wie Paulus selber nicht müde wird zu betonen (vgl. bes. Gal. 5, 1 und 13).

### Den Blick auf das Erbe richten

Mit dem letzten Satz der Perikope möchte ich die Predigt beginnen, dem Hörer das Erbe vor Augen malen, ihn verlocken, das Erbe der Freiheit anzutreten. Ob die angeführten Beispiele ,,mitreißend" sind? Sicher gibt es bessere, der jeweiligen Situation angemessenere. Auf das Beispiel der Liebenden will ich nicht verzichten. Es verdeutlicht die unbestreitbare menschliche Grunderfahrung, daß ich mein Leben gewinne, wenn ich mich selbst verliere. Übertragen: Gott hat sein Herz an uns verloren, um unser Herz für sich zu gewinnen. Wessen Herz er gewonnen hat, der sagt zu ihm: Vater! Dies Wort zeigt nun keinen Autoritätskonflikt mehr an, sondern die Freisetzung ,,zur Liebe, zur Solidarität, zur Verantwortung" (A).

## FÜNFZEHNTER SONNTAG NACH TRINITATIS

## 1. Petrus 5, 5—11: Demut — eine zeitgemäße Tugend?

JOHANNES KUHN

A

### Kein leichter Zugang

Freiwillig würde ich mir den ganzen Text nicht aussuchen. Ich habe den Eindruck, daß er sich aus verschiedenen Sprüchen zusammensetzt. Sie sind, für sich genommen, leichter im Umfeld des Hörers anzusiedeln.

Bei einem kleinen Rundgespräch stellte sich genau dies heraus: Es waren mehr die einzelnen herausragenden Worte, die Anlaß zum Nachdenken und zur Diskussion gaben, als der gesamte Ablauf. Dabei waren die Teilnehmer des Gesprächs bemüht, das heutige Umfeld dieser Worte zu artikulieren und sich von da aus ihrem Verständnis zu nähern. Abwehrreaktionen gab es zum Beispiel bei ,,Demut", ,,Teufel" (mit besonderer Intensität!); bei anderen Worten waren die Reaktionen abgestufter.

Weil Vorverständnisse das Zuhören blockieren können, wäre es besser, aus diesem Abschnitt einen einzigen Verszusammenhang herauszuheben und darüber die Predigt zu halten, zum Beispiel über das Thema „*Demut — eine zeitgemäße Tugend?*"

Zum neuen Verständnis des Wortes und der gemeinten Sache sollten wir uns bewußt machen, wie sich *Bescheidenheit* und *Demut* unterscheiden.

Ein bescheidener Mensch ist sich seiner Schwächen und Fehler, seiner Möglichkeiten und Grenzen stets bewußt, erkennt den Rahmen, in dem er zu bleiben hat. Bescheidenheit ist die höchste und reifste Form menschlichen Selbstbewußtseins, die man erlangen kann...
Demut aber ist im tiefsten ein echter Gegensatz zur Bescheidenheit; sie ist nicht Selbstbewußtsein, sondern Selbstvergessenheit. Wer bescheiden sein will, darf sich selbst nie aus den Augen verlieren. Wer demütig ist, hat sich schon selbst aus den Augen verloren. Er ist unterwegs zu den Menschen und Dingen mit jener offenen, selbstvergessenen Gespanntheit der Erwartung, wo und wie ihm da wohl Gott begegnen und die Offenheit des Augenblicks seiner himmlischen Gegenwart erfüllen wird — spürbar oder auch ganz im Verborgenen. Demut ist die grenzenlose, selbstabgewandte Erwartung der Gnade Gottes (aus „Predigten" von *Peter Kreyssig* und *Dorothea Margenfeld*, hrsg. von Klaus Dengler).

Solche Unterscheidungen sind wichtig, weil das Wort „Demut" ziemlich ambivalent gebraucht wird. Manchmal nach der Weise jenes Sprichworts: „Wer sich zum Schaf macht, den fressen die Wölfe"; oder auch so, wie *Morgenstern* einmal behauptet: „Manche Menschen machen sich vor anderen so klein wie möglich, um größer als diese zu bleiben." Ganz anders *Ebner-Eschenbach* (Aphorismen): „Demut ist Unverwundbarkeit." Zumeist aber wird „Demut" von dem Mißverständnis begleitet, daß sie eine Haltung sei, die einem Menschen dann bleibt, wenn ihm alles genommen ist. Was dann herauskommt, ist jenes unterwürfige und unfreie Wesen, das sich ständig für seine eigene Existenz entschuldigt. *Friedrich Nietzsche* hat von diesem Typ mit spitzer Zunge bemerkt: „Der getretene Wurm krümmt sich. So ist es klug. Er verringert damit die Wahrscheinlichkeit, von neuem getreten zu werden. In der Sprache der Moral: Demut."

Vielleicht liegt der eigentliche Widerstand gegen eine „demütige Haltung" viel tiefer. Der natürliche Mensch wehrt sich dagegen, daß man ihn an einen Ort verweist, an dem er in jedem Fall der zweite und nicht der erste ist. Und darum geht es: Gott in seiner Größe und Macht anzuerkennen, seine eigenen Grenzen zu sehen und zu akzeptieren und damit ein Gefühl für das Maß des eigenen Lebens zu gewinnen.

### **Demut — eine Lebenshaltung** (V. 5)

In einer Morgensendung („Geistliches Wort", SDR) habe ich in der Konfirmationszeit dieses Thema aufgenommen:

Unsere jungen Leute, verehrte Hörer, fragen manchmal nach neuen Lebenshaltungen ... Dabei haben die ja vor Augen, was wir ihnen alles so vormachen. Manches Mal auf eine Weise, die sie Abstand nehmen läßt von einer Lebenshaltung, wie wir sie vertreten. So ganz unrecht haben sie damit nicht. Denn wir haben uns manches angewöhnt und manches verloren, was wir gern bewahrt hätten — aber wir haben es nicht geschafft. Ob es unsere jungen Leute schaffen?

Ich denke dabei an eine Lebenshaltung, die ist nur etwas *für Starke*. Aber wenn Sie jetzt die Ohren gespitzt haben, in der Erwartung, was jetzt kommt, und ich nenne das Stichwort — ich glaube, Sie sind enttäuscht: *Es geht um die Demut!* Ja, Sie haben recht gehört: Es ist wirklich nur etwas *für Starke*: zur Demut gehört viel Mut. — In unserer Zeit hat Demut nicht viel zu bestellen. Sie scheint für manchen geradezu ein ,,Geschmäckle" zu haben, irgend etwas Anrüchiges, das man nur bei ,,verdruckten" Leuten findet. Nun ist das ja auch so eine Sache. Sich ,,demütig" verhalten — wer kann sich das überhaupt leisten? Demut stört uns dort, wo wir unsere Selbstverwirklichung vorantreiben. Ja manchem mag das, wenn er das Für und Wider überlegt, ein einziges Verlustgeschäft sein.

Dabei sagen uns heutzutage sogar die Psychologen, daß der Mensch sein körperlich-seelisches Gleichgewicht verliert, wenn er nicht aus einer übersteigerten Aktivität zuweilen in die Haltung der passiven Entspannung und Versenkung hinüberwechselt. Also, das sehen wir vielleicht ein und versuchen nun, durch so etwas wie meditative Lebenstechniken einen Zustand der inneren Ruhe und Gelöstheit zu erzeugen, der etwa der Demut entspricht. Aber ob das damit gemeint ist? Kann man Gebärden und Gesten des Glaubens äußerlich nachahmen, ohne auch an ihrem Geist teilzuhaben?

*Woher erfährt Demut ihre eigentliche Kraft?* — Ich habe mich immer etwas gewundert, und es beunruhigt ja sogar, daß es in den Psalmen heißt: ,,Wenn du mich demütigst, Gott, so machst du mich groß." Oder: ,,Ich danke dir, Gott, daß du mich demütigst und hilfst mir." Eigentümlich, da werden doch unsere Maßstäbe auf den Kopf gestellt. Wir meinen, wer sich demütigt, der macht sich klein, gering, armselig; zu einem Hauch, der schnell weggeblasen ist. Aber die Bibel ist anderer Meinung. Da ist einem überhaupt erst geholfen, wenn er erfahren hat: Gott überläßt mich nicht meinem Hochmut, nicht den Ideen und Tricks, die ich anwende, um mich durchzusetzen. Er überläßt mich nicht mir selbst. Er läßt es zu, daß ich irgendwo scheitere, auflaufe. Plötzlich werde ich inne, wohin ich mich verlaufen habe und wie ich dabei bin, mich selbst zu verfehlen. Ausgeliefert einer Lebenshektik, die Angst hat vor Mißgeschick und nur den Erfolg gelten läßt.

Darum: Demut ist nur etwas für Starke! Man ahnt doch an Jesu Gestalt, an seinem Beispiel, daß Demut nichts für schwache Charaktere ist. Sie ist etwas für Leute, die nicht fürchten, sie könnten sich etwas vergeben. Ja, es gehört schon Mut dazu, diese Lebenshaltung einzunehmen. Und wer hat diesen Mut schon? Aber dort, wo man so bittet: ,,wenn du mich demütigst, so machst du mich groß", ist es, *als hätte man den Ort außerhalb der Welt gefunden*, von dem aus man vieles aus den Angeln heben kann. Und es ist ja auch tatsächlich so, man hat einen Ort gewonnen, der Einsichten gibt, aus denen heraus man unterscheiden, abwägen kann, Wichtiges und Unwichtiges neu beurteilen lernt.

Demut also *ein Schlüssel zum Leben*? Ich denke schon. Und es ist dabei das ganze Leben gemeint. Ob unsere jungen Leute irgendwann zu solch einer Lebenshaltung finden werden? Mancher mag da skeptisch sein: Wie sollten sie es schaffen, wo wir es auch nicht geschafft haben? Aber Gott fängt immer wieder neu an. Auch mit unseren Söhnen und Töchtern. Und vielleicht widerfährt ihnen, was wir oft so vermißt haben: ,,Den Demütigen gibt Gott Gnade" (1. Petrus 5, 5).

## **Unter der Hand Gottes** (V. 6)

Demut ist kein Begriff, sondern ein Verhalten spezifischer Art. Es läßt sich in Prozesse verwickeln, in denen man bereit ist, sich zu demütigen

„unter die gewaltige Hand Gottes". Es ist erstaunlich, wie oft die Bibel, wenn sie von Gott spricht, von seiner Hand redet. Gottes Hand ist nicht nur die Übermacht, mit der er seinen Entschluß ausführt, sondern Ausdruck seines Erbarmens. Es liegt sozusagen über mir ein Strahl von seinem Angesicht. Sie ermutigt Menschen, einander weiterzusagen: „Siehe, des Herrn Hand ist nicht zu kurz, daß er nicht helfen kann."

„Demütigt euch nun unter die gewaltige Hand Gottes..." (V. 6). Ich denke, es liegt etwas darin von dem, was *Bonhoeffer* einmal mit den folgenden Worten beschreibt:

„Wunderbare Verwandlung. Die starken, tätigen Hände sind dir gebunden. Ohnmächtig, einsam siehst du das Ende deiner Tat. Doch atmest du auf und legst die Rechte still und getrost in stärkere Hand und gibst dich zufrieden.
Nur einen Augenblick berührtest du selig die Freiheit, dann übergabst du sie Gott, damit er sie herrlich vollende."

Es wird nicht immer leicht sein, still und getrost das Seine in stärkere Hände zu geben und sich darunter zu demütigen. Oft haben wir die Hand Gottes gespürt, als hätte sie sich gegen uns zur Faust geballt: „Deine Hand liegt Tag und Nacht schwer auf mir."
*Rudolf Bösinger* schreibt dazu:

„Hand oder Kralle — was umschließt uns. Die Hand ist oft nicht zu sehen in den Verhältnissen... Sie ist unser Schicksal. Nur sie alleine. Und das andere, die Verhältnisse und was wir sonst so Schicksal nennen, ist der Handschuh dieser Hand...
Und was heißt nun, sich unter die gewaltige Hand Gottes demütigen... Ja sagen zu der Gesamtheit des eigenen Lebens... Einwilligung in Gottes Führung... Jetzt wollen wir nur sagen, daß die erste Stufe der Gewinn der Sorglosigkeit ist. Habe ich nur das Schicksal, bin ich ohnmächtig unter ihm. Glaube ich an die gestaltende Hand, bin ich über meinem Schicksal...
Dazu ein Lutherwort vom göttlich gebotenen Sorgenwegwerfen: ‚Wer das nicht lernt, solch Werfen, der muß bleiben ein verworfener, zerworfener, unterworfener, ausgeworfener, abgeworfener und umgeworfener Mensch'" (aus Rudolf Bösinger, Die Handschrift des Heils, S. 191 ff.).

Wir werden, solange wir Menschen sind, über dieses Gleichnis, daß Gott „Hände" hat, nicht hinauskommen. Gerade dann, wenn wir gar nicht mehr so genau sagen können, wer Gott ist. Aber es kommt darauf an, daß wir Augenblicke finden, in denen wir uns mit allem, was uns erfüllt oder beschwert, in die Hände Gottes kauern. Dabei kann man dem nachsprechen, der uns die Nähe Gottes so deutlich wie niemand sonst gemacht hat: „In deine Hände befehle ich meinen Geist, Vater!" Ist darin nicht die Fortsetzung jenes Verses beschrieben: „... daß er euch erhöhe zu seiner Zeit"?

**Alle eure Sorge...** (V. 7)

Die Sorge ist so etwas wie die graue Schwester des Lebens. Vermag sie doch dort, wo Farben, Formen und Phantasie zu Hause sind, alles mit einem Grauschleier zu überziehen. Darum heißt es ja auch bei Jesus Sirach: ,,Sorge macht alt vor der Zeit." Irgendwo ist in ihr verborgen das Bemühen, sich um jeden Preis absichern zu können. Und das nicht nur für heute, sondern möglichst für morgen und übermorgen auch. Aber nun: ,,Alle eure Sorgen..." Das ist Aufatmen, gelassenes Annehmen und Abgeben. Hergeben, was uns beschwert, und sich abnehmen lassen, woran man sich so gewöhnt hat.

,,Alle eure Sorgen werfet..." Dem entspricht das geheimnisvolle Wort: ,,Er trug unsere Krankheit und lud auf sich unsere Schmerzen." Die sorgenvollen Schatten unseres Lebens werden verändert, wenn sie mit Christus in Berührung kommen. Sich helfen zu lassen geschieht, indem man die Sorge wegwirft.

,,Alle eure Sorgen werfet..." Gott will, daß wir heute unser Leben aus seiner Hand nehmen und das Morgen ihm befehlen. Wer sich heute schon mit dem herumschlägt, was er morgen alles zu tun hat, was morgen alles auf ihn zukommen wird — oder auch nur zukommen könnte —, bringt sich damit um das Heute, das Gott ihm gewährt. So bringen wir uns mit der Sorge um die Zukunft, um die Gegenwart, in der Gott uns nahe sein will.

## **Nüchternheit, Wachsamkeit, Widerstand** (V. 8—9)

Es sind die entscheidenden Stichworte der Verse 8 und 9, und sie begegnen uns als Anrufe, die uns angreifen und unser Leben gestalten wollen.

Wachet! Das ist ein Weckruf. Er besagt: ,,Eigentlich steht ihr ja schon am Tage; seht die Lage, wie sie ist. Erkennt doch, daß ihr euch an eurem Elendsplatz genau am Ort der starken Hand Gottes befindet... Erst der Geweckte merkt, wie tief der Schlaf; der Sehende, wie verführerisch der Traum; der Nüchterne, wie bezaubernd die Trunkenheit" (aus *Georg Eichholz*, Herr, tue meine Lippen auf, S. 361).

## **Und nun — der Teufel** (V. 8)

,,Ich kann über den Teufel wenig sagen. Ich habe kein Bild von ihm zu bieten. Er läßt sich so wenig fotografieren wie das Schicksal. Das ändert nichts daran, daß er da ist. Oder sagen wir es einmal weniger herausfordernd: daß Gefahr da ist, Gefahr, die mir gilt, Gefahr, die mich auslöschen will, Gefahr, die mich ganz persönlich begehrt. Ich also ein Happen für irgend etwas, das mich im letzten zu zerstören droht.
...Er, der Teufel soll uns nicht haben! Widersteht ihm... bejaht das Leiden! Wickelt euer Leben nicht in Cellophan, in Cellophan sind schon Kinder erstickt" (*Rudolf Bösinger*, Die Handschrift des Heils, S. 193).

Wer glaubt, flieht nicht. Auch nicht vor dem, was so intensiven Verschlingcharakter hat: die Angst, das Leiden, die Sorge. Wer glaubt, wird bleiben, gestärkt, gekräftigt, gegründet durch den, der ,,von Ewigkeit zu Ewigkeit" ist (V. 10f.). Petrus beschließt diese Zeilen mit ,,Amen".

Dazu der Prediger *Kohlbrügge*: „Kein Kaiser und kein König ist imstande, so etwas zu schreiben, etwas, worin mehr Gewalt steckt als in tausend Kanonen. Dieses ‚Amen' ist wider die Hölle, dieses ‚Amen' bricht der Welt Kraft und des Teufels List. Dieses ‚Amen' hält fest, ob du es glauben kannst oder nicht."

Es war von Gott die Rede, vom Teufel, vom Menschen. So weit gespannt ist dieser Text. Aber noch einmal: Ich werde als Prediger versuchen, ihn thematisch anzugehen in der Erwartung, über das einzelne Wort Zugang zum Ganzen zu finden.

*Gebet*

Wir sitzen alle in demselben Boot
als Menschen dieser Zeit,
als unvollkommene Geschöpfe,
die sich Sorgen machen und sich ärgern,
die sich freuen und gerne lachen,
die voll Skepsis sind und voll Erwartung,
die nicht ohne Hoffnung leben können.
Hoffnung heißt, es steht noch etwas aus,
es muß noch etwas kommen,
etwas Lohnendes und Wesentliches.
Was die Christen Hoffnung nennen,
meint stets beides:
Hoffnung für die Welt
und Hoffnung über diese Welt hinaus.
Selbstverständlich ist weder die eine
noch die andere Hoffnung.
Sie wird uns nicht geschenkt
und in den Schoß geworfen,
während wir an ganz anderes denken.
Doch man kann sie lernen,
Schritt für Schritt,
von Jugend an, vertrauend, tätig, überlegend.
Und wer sie lernt, wird niemals ganz verzweifeln.
(*Hannelore Frank*, Zuversicht, S. 104.)

ROLF STEINHILPER **B**

## Zur Gestalt der Demut

Sich den Sklavenschurz der Demut umbinden — das scheint von uns so weit entfernt wie die Zeit der Leibeigenschaft von unserem modernen Industriestaat. Natürlich ist für Petrus nicht das Gewand von Bedeutung, sondern die Sache. Doch ist diese uns verständlich? Die Verhaltensforschung hat die Demutsgebärde als eine unterwürfige Haltung der Rangordnung verstehen gelehrt. Der Starke hatte sich durchgesetzt und den Schwächeren kleingekriegt. „Ich lasse mich nicht von Ihnen demütigen", so wehrt sich der angegriffene Mensch, um sich vor ungerechtfertigten Beschuldigungen zu schützen und sich selbst zu behaupten. Ist Demut also das „Gewand der Abhängigkeit" oder die manchmal einzig verbleibende Möglichkeit einer Überlebensstrategie?

„*Demut*": Das *Wort* ist fast im Verschwinden, so wie Pflanzen oder Tiere bei uns aussterben, weil sie keinen Lebensraum mehr haben. Können wir die *Sache* retten? — „*Hochmut*" dagegen hat deutlichere Konturen. Wer kennt ihn nicht, den stolzen patriarchalischen Patron, der mit der weiblichen Gestalt der Demut nach Belieben umspringt? Wo diese Verbindungen eingehen, nimmt sich der Hochmütige davon aus, macht sich davon und verhindert geradezu, daß Gemeinschaft entsteht. Hat er Angst davor, oder will er „durcheinanderbringen"?

Dennoch bringt diese schwache „Gestalt der Demut" in unserem Text eine außergewöhnliche Bewegung zustande. Sie findet Schutz durch die „gewaltige Hand Gottes". Ihr wird ein Freiheits- und Entfaltungsraum zugewiesen, wie er dem aus der Sklaverei herausgeführten Volk Israel zuteil geworden ist. Sie darf über Klüfte der Generationen hinweghelfen und frei von bedrückender Sorge leben. Sie bekommt ein Wächteramt zugewiesen, das die Bedrohungen von innen und außen nicht ohnmächtig, nicht mit Illusionen, sondern mit Initiative bestehen kann. Doch zugleich ist diese schwache „Gestalt der Demut" ein Anlaß, den „Starken", den Widersacher und Teufel, auf den Plan zu rufen. Offensichtlich ist kein Mensch so angefochten wie der, der in Demut lebt.

## Zum Gespräch mit dem Text

„*Allesamt aber miteinander haltet fest an der Demut!*" (V. 5). — Ein Wort an alle! Natürlich, das Wort geht immer an alle; aber das Besondere des Petrus-Wortes ist, daß hier die *Generationen* gemeinsam ansprechbar sind. Wo vermag das heute noch zu geschehen? Der Gottesdienst kann jedenfalls ein Ort dafür sein. Die Jüngeren haben eine Aufgabe an den Älteren und umgekehrt. Sie können sich nicht gleichgültig sein. Sie müssen nicht miteinander „fertig" sein oder sich gegenseitig „fertigmachen". Sie haben etwas füreinander übrig. Die Demut weist sie einander zu; sie ist nicht Besitz, sondern ein Ferment der Begegnung, Aktion und Handlungsimpuls. Weil Gott den Hochmütigen widersteht, können die Demütigen getrost ihres Weges gehen.

Nach dem geglückten Durchzug durchs Rote Meer konnte Israel verstehen, was die gewaltige Hand Gottes auszurichten vermag. Sie hatte den Gefangenen die Freiheit und den Mächtigen ihre Ohnmacht gezeigt (Ex. 14, 31). Der Hochmut der Ägypter blieb auf der Strecke, als Gott sein Volk in die Freiheit führte.

Dieser Aufbruch in die Freiheit ist der Weg der Demut. Es ist der gesegnete, begleitete und zielgerichtete Weg. Einige Stationen dieses Weges:

1. *Die Entsorgung: „Alle eure Sorgen werfet auf ihn“* (V. 7)

So wie der erschöpfte Wanderer am Bach zuerst seinen Rucksack hinüberwirft, um selbst leichter zu springen, so wird dazu aufgefordert, das schwere Gepäck der Sorge auf Gott zu werfen. Ist das nicht das kleine, einfache, ja kindliche Tun dessen, der es sich leichtmachen will? Doch diese viel benutzte Karikatur hilft keinem und trifft auch keinen. Denn dieses „Werfen“ kostet Kraft und gezielte Anstrengung. Es ist erstaunlicherweise leichter, seine Last weiterzuschleppen, als sie abzuwerfen. Es ist leichter, weiterhin zu stöhnen und zu ächzen und mit bitterer Miene zu klagen, wie schwer man es habe, als aufzuatmen und sich darüber zu freuen, weil Gott das Untragbare trägt und die schwere Sorge abnimmt. Welch eine Anmaßung, welch gottloser Hochmut steckt in zurückgehaltener Sorge! Und welch eine befreiende Arbeit geschieht durch ihr Abwerfen — als Einübung in die Demut.

2. *Die nüchterne Wachsamkeit* (V. 8)

Wenn wir unsere Sorgen nicht weiterzuschleppen brauchen, können wir aufmerksamer und umsichtiger leben. Das Leben gewinnt an echter Naivität und verliert an falscher Harmlosigkeit. Sorge ist gefährlich, weil sie den „Widersacher“ nicht wahrnimmt. Er ist eine Realität; übersehen wir ihn am Tage, so setzt er in der Nacht zum Sprung an.

Deshalb kommt er auch in den Träumen vor, dieser dem Löwen gleiche Teufel. In der Traumsymbolik wird der Löwe nicht unterschätzt: „Sein Auftreten meint das, was er ist: ein gewaltiges Tier von unbändiger, aber souverän zusammengehaltener Energie, zielgerichtet und, wenn er ein anderes Lebewesen anspringt, direkt im Angriff, unablenkbar. Er ist groß in seiner Ruhe, heiß und leidenschaftlich in seiner Begierde und unbarmherzig in der Vernichtung“ (*Aeppli*, Der Traum und seine Bedeutung, S. 371).

C. G. Jung sah es als wichtige Aufgabe um die Lebensmitte an, *seinen eigenen Schatten sehen zu lernen* und also nicht auf den anderen zu projizieren. Das Böse kennt keine Verantwortung, deshalb muß es zur Verantwortung gebracht werden. Das bedeutet Leiden, zugefügt durch eine weltweite Macht (V. 9), die überall am Werk ist. Sie findet auch in scheinbar so gesicherten Verhältnissen ihre Angriffsflächen.

Was immer gesät wird an Gutem und Beständigem — eine Hand sät dagegen. Sie will zunichte machen und gefährden. Was immer Menschen ermutigt und zur Gemeinde gerufen hat — sie ist bedroht durch Spaltung und Auflösung. — Kap. 2, 1 nannte die innere Bedrohung: Bosheit, Trug, Heuchelei, Neid, Verleumdung. Darüber ist nüchtern zu wachen!

3. *Der gebotene Widerstand* (V. 9)

Im Bewußtsein, daß dieser Kampf nicht allein und ausnahmsweise, sondern gemeinsam und unaufhörlich im festen Glauben aufgenommen sein will, gilt es zu widerstehen.

Luther konnte sehr konkret den Widersacher schildern, der an der schwächsten Stelle den Menschen angreift. Gerade dort, wo einer wenig gedankliche Klarheit gefunden hat, wird er in Zweifel geführt, und wo er sich der Liebe versagte, in die Isolation gedrängt (Luther, Epistel St. Petri gepredigt und ausgelegt 1523, WA 12, S. 259—399).

Wer das Böse sieht, kann dagegen kämpfen. Doch Kampf und Leiden sind begrenzt; die „Berufung zu seiner ewigen Herrlichkeit in Christus" bleibt unerschüttert. Wir sind im Aufsehen auf ihn stärker, als wir wissen, und widerstandsfähiger, als wir denken.

Der Abschnitt endet im Lobpreis. Der Weg der Demut ist nicht Schwäche, sondern Stärke. Sie lebt vom Beispiel dessen, der am letzten Abend, da er mit seinen Jüngern zusammen war, ihnen die Füße wusch: „Ein Beispiel habe ich euch gegeben, daß ihr tut, wie ich euch getan habe" (Joh. 13, 15). Der Demütige stellt sich zur Verfügung in realer Einschätzung der empfangenen Gabe, ohne Minderwertigkeit, ohne Selbstüberschätzung. Das Spannungsfeld des Generationenkonfliktes bietet dazu ein Übungsfeld an. Demut hat in der Befreiungsbotschaft Gottes ihren besonderen Platz. Ohne sie werden Trennungen größer. Mit ihr aber beginnt ein spannungsvolles Leben, das die wahren Machtverhältnisse kennt und sich dabei bewährt.

Eine Beispielerzählung von *Martin Buber*: „Einmal, als in Rabbi Mendes Haus keine Brotschnitte war, kam sein Sohn weinend zu ihm gelaufen und klagte, sein Hunger sei so groß, daß er ihn nicht mehr ertragen könne. ‚So groß ist dein Hunger nicht', sagte der Vater, ‚denn sonst hätte ich etwas, um ihn dir zu stillen.' Der Knabe schlich sich schweigend fort; ehe er noch aber an der Tür war, sah der Rabbi eine kleine Münze, einen Dreier, auf dem Tisch liegen. ‚Ich habe dir unrecht getan', rief er, ‚du bist in Wahrheit hungrig.'"

## SECHZEHNTER SONNTAG NACH TRINITATIS

# 2. Timotheus 1, 7—10: Selbstdisziplin als christlicher Lebensstil?

MATTHIAS VON KRIEGSTEIN

Der Text ist voller Ansatzpunkte für eine Predigt. Ich folge meinem unmittelbaren Interesse und konzentriere mich auf zwei Textteile: „Geist der Zucht" und „Gnade, die uns gegeben ist in Christus Jesus vor der Zeit der Welt".
Die kleingedruckten Passagen in dieser Studie sind Teile einer gehaltenen Predigt, auf die sich auch die Hörerreaktionen beziehen.

## Reflexionsbeginn und möglicher erster Predigtteil

*Was heißt Zucht, was heißt Selbstdisziplin angesichts der Tatsache, daß wir in verschiedenen Lebensbereichen an Grenzen gestoßen sind?*

1. Wir haben das zunächst *im Umgang mit der Natur* sehr deutlich erfahren: Wir sind an Grenzen der Erhöhung der landwirtschaftlichen Produktivität gekommen, soweit die Steigerungsraten durch chemische Düngung und Schädlingsbekämpfung bedingt waren. Wir sehen, daß wir diesen Weg der Produktionssteigerung verlassen müssen, wenn wir nicht ständig in erhöhtem Maß Gifte mit der Ernährung aufnehmen wollen. — Smogalarm in den Städten... Autoabgase in den Innenstädten... Umkippen von Flüssen...

Wir haben eine Zeitlang die Besorgnis gehabt, als könnte schon im Jahr 1979 die Energieversorgung gefährdet sein. Und wir sehen uns der Tatsache gegenüber, daß wir uns mit der Atomenergie auf eine Technik eingelassen haben, bei der viele Fragen sowohl technisch als auch politisch ungeklärt sind. Und wir stehen offenbar am Ende einer Ausnutzung der Wasserreserven nach nur wirtschaftlichen Gesichtspunkten. Das Absinken des Grundwasserspiegels in vielen Stadtrandgebieten und die sich daraus ergebenden Änderungen in der Natur verdeutlichen oftmals drastisch die Notwendigkeit des Umdenkens und Umplanens.

2. Wir stoßen auch an die *Grenzen eines undisziplinierten Umgangs mit unserem Körper.* Erbkrankheiten und Dauererkrankungen wie Diabetes, hoher Blutdruck, Herzleiden und Erkrankungen der Atemwege nehmen in einem bedrohlichen Umfang zu. Viele von ihnen sind auf unkontrollierte und übertriebene Ernährung und unsinniges Bewegungsverhalten zurückzuführen.
Gab es in der Nachkriegszeit so viele Menschen mit Übergewicht? Es war nicht möglich, oft mehr zu essen, als der Körper nötig hatte. Es war unmöglich, soviel Alkohol zu trinken, wie wir das heute tun. Wir müssen heute Heime einrichten für übergewichtige Kinder. Von diesen Kindern ist nur ein geringer Prozentsatz wirklich organisch krank. Der weitaus größere Teil mästet sich oder wird gemästet durch falsche Ernährung, unkontrollierten Süßigkeitskonsum und mangelnde Bewegung.
Ist es früher üblich und möglich gewesen und ist es heute sinnvoll, daß Kinder den ganzen Tag an irgend etwas kauen oder lutschen? In der Schule und im Konfirmandenunterricht geht es meist nicht ohne eine Süßigkeit, einen Kaugummi und später eine Zigarette ab.
Für diese naive, unkontrollierte Befriedigung spontaner Wünsche sind die Schüler und Konfirmanden nicht verantwortlich zu machen. Denn wir leben ihnen das alle mehr oder weniger vor. Wir wollen nicht verzichten, wir wollen genießen; wir wollen den erreichten Wohlstand mehren; wir wollen unsere überheizten Räume; wir wollen die Kraft nicht aufbringen, die Kinder einmal zum Verzicht auf Süßigkeiten anzuleiten. Wir haben zum Beispiel nichts dagegen, daß neben fast jeder Schule ein Kiosk steht, an dem die Schüler immer wieder in der unvernünftigsten Weise ihren Bedarf decken. Durst wird zum Coca-Cola-Durst.
Wie tief diese Umprägung ursprünglich elementarer Bedürfnisse auch bei uns Erwachsenen sitzt, können wir uns klarmachen, wenn wir uns fragen: Können wir auf die gewohnte Tasse Morgenkaffee, die Zigarette nach dem Essen oder auf die geliebte Flasche Bier am Abend — zumindest gelegentlich — verzichten?
Und wir erleben auch die *Grenzen einer Medizin*, die den vielfältigen Erkrankungen mit immer neuen Techniken begegnet, die aber nur sehr wenig zur Verhinderung dieser Krankheiten beiträgt. Dies wird ganz deutlich, wenn alten Menschen auf der Intensivstation um jeden Preis das Leben verlängert wird, weil das Sterben, das gesunde und normale Sterben, im Denken der modernen Medizin keinen Platz hat.

3. Wir sind auch an die *Grenzen unserer seelischen Gesundheit* gestoßen. Die Bundesregierung hat 1975 einen Bericht herausgegeben, in dem sie darauf hinweist, daß ungefähr jeder dritte Bundesbürger einmal in seinem Leben psychisch krank war oder ist. Eine er-

schreckend hohe Zahl: 20 Millionen. Sie weist darauf hin, daß wir entweder nicht mehr in der Lage sind, spontan zu leben, oder daß die Umstände so schwer geworden sind, daß sie unsere Anpassungsfähigkeit überfordern. Und wir wissen, daß psychische Erkrankungen in den Zeiten der materiellen Not sehr viel weniger verbreitet waren. Vielleicht haben wir es bei dem rastlosen und notwendigen Wiederaufbau nach dem Krieg vernachlässigt, unsere Seele weiter zu entwickeln, und das heißt auch nach dem Ziel und dem Sinn unseres Lebens zu fragen. Es scheint doch so zu sein, daß sich unser Wohlstand fortlaufend vermehrt hat, aber unsere Ansprüche auch, und zwar nicht nur die materiellen Ansprüche, sondern auch die Ansprüche in unseren Beziehungen: Eltern stellen hohe Anforderungen an ihre Kinder. Kinder erwarten die Erfüllung aller ihrer Wünsche von den Eltern. Wir leben in einer Gesellschaft, die eine Inflation der Ansprüche hervorgebracht und uns nicht zugleich den Verzicht gelehrt hat.
Unkontrollierter Medienkonsum: Bei einer Umfrage unter amerikanischen Vorschulkindern stellte sich heraus, daß nahezu jedes zweite Kind lieber auf den eigenen Vater als auf den Fernseher verzichten möchte...

Dies sind Konkretionen des gesellschaftlichen Umfeldes, in das hinein der Text heute ausgelegt wird. Natürlich benötigt man nicht alle; aber es muß ein Syndrom in den verschiedensten Bereichen sichtbar werden, *von dem wir alle nur unter großen Schwierigkeiten Distanz gewinnen können.*

## Der Text als Antwort auf Herausforderungen seiner Zeit

1. Der 2. Timotheusbrief ist in der Phase einer sich konsolidierenden Gemeinde an einen hervorgehobenen Amtsträger gerichtet, der aber nicht prinzipiell von anderen Gemeindegliedern unterschieden wird. Der Adressat wird zur Selbstüberwindung aufgefordert (V. 7f.), entgegen seinem Temperament mutig seinen Glauben zu bekennen, selbst wenn das zum Leiden führen sollte. Darauf bezogen heißt „sophronismos" *Selbstüberwindung.*

2. Der Text will beitragen zu einer ersten *Ordnung der Gemeinde,* die gegenüber der urchristlichen bereits verhältnismäßig bürgerliche Ideale (V. 7) vertritt und damit auch größere Personenkreise erfassen und binden kann. Dies geschieht in Anlehnung an Paulus und in Abgrenzung von Ketzern gnostischer Prägung, die behaupten, der Geist des Menschen sei bereits erlöst und hänge bedauerlicherweise mit der Materie des Körpers zusammen. Die Erlösung soll durch seine Kasteiung fortgesetzt werden. Eine strenge Askese wird zur Voraussetzung des Einswerdens mit der Gottheit. — Im Blick auf diese religiösen Auffassungen bedeutet das Wort „sophronismos" einen *maßvollen* Verzicht.

Das frühe Christentum setzt damit die jüdische Tradition fort, in der Lebensregeln ihre Begründung primär von sozialen Beziehungen her erfahren. Askese wird, hier von wenigen späten Ausnahmen abgesehen, nicht als Heils- oder Läuterungsmittel angesehen (vgl. Strathmann, Geschichte der frühchristlichen Askese, 1914, S. 14ff.).

Das christlich-bürgerliche Ideal der Pastoralbriefe legt eine mittlere Haltung nahe: Vor asketischer Übertreibung wird ebenso gewarnt wie vor großem Reichtum, unmäßigem Essen und sexuellen Exzessen (vgl. Dibelius, Die Pastoralbriefe, Handbuch zum Neuen Testament, 1955, S. 33).

Dementsprechend ist unser Text — im Zusammenhang der Pastoralbriefe — noch frei von einer *dreifachen Verfremdung des asketischen Gedankens*, die wir vor Augen haben müssen, wenn wir heute innerhalb der Kirche von Askese sprechen:

Erstens: Der Verzichtgedanke hat sich mit dem Verdienstgedanken verbunden. „Im mittelalterlichen Katholizismus hat sich das meritorische Wesen im Zusammenhang mit zahllosen Entsagungsübungen besonders üppig entfaltet und den Protest der Reformation hervorgerufen" (Köberle, Askese als Hilfe und Gefahr, in: Wege zum Menschen, 1971, S. 337).

Zweitens ist in der Geschichte der Kirche die Askese, die ja häufig am Körper ansetzt, durch die Verquickung „mit einer generellen Sinnenfeindschaft" (ebd.) entstellt worden.

Und drittens steht uns Askese in Form des Fastens häufig als raffiniertes Umgehen von Speisevorschriften vor Augen: Fisch wird als Nicht-Fleisch definiert, damit man gut essen kann.

3. „Für die Antike bedeutet das Evangelium... im besonderen die Kraft zu leben. Das war ein Novum; denn das Zeitalter... war eine Ära der Selbstmorde... die Stoiker... vertraten für den Fall, daß das Leben unerträglich geworden sei, den Standpunkt: ‚Gott hat den Menschen zwar das Leben geschenkt, aber auch die noch größere Gabe, es selbst zu beenden'" (*Barclay*, Briefe an Timotheus pp., 1974, S. 136; zu V. 8).

4. Diese Akzentuierungen christlichen Lebens werden mit einer kurzgefaßten Dogmatik begründet (V. 9f.). Mit Worten sich bildender kirchlicher Lehre wird die felsenfeste, unerschütterliche Gewißheit ausgedrückt, daß dies der einzige Weg einer menschlichen, sinnvollen und hoffnungsvollen Lebensorientierung ist.

## Exegese des Hörers

Mir ist nach dem spontanen Festhalten des gegenwärtigen gesellschaftlichen Kontextes vom Wort „sophronismos" her und nach der Exegese des Textes klar, daß ich mit der Predigt bestimmte Einstellungen der Hörer beeinflussen möchte. Um sie ansatzweise kennenzulernen, habe ich zwei Gruppen von Konfirmanden und eine Gruppe von Kirchenvorstehern an der Vorbereitung beteiligt. Sie wurden gebeten, erstens nach dem einmaligen Hören des Textes ihre unmittelbaren Gefühle aufzuschreiben. Sie hielten zweitens nach der eigenen Lektüre des Textes ihre Gedanken zu den Stichworten „Zucht", „Askese",

„Selbstüberwindung“ fest. Und sie beantworteten drittens die Frage, ob sie mit den Worten etwas anfangen können: „Gnade, die uns gegeben ist in Christus Jesus vor der Zeit der Welt.“

Zu 1: Es wurden viele verschiedene Gefühle genannt: „Sicherheit, sich leiten lassen zu können; Ängstlichkeit, leiden zu müssen oder selbst zu versagen; Erleichterung, Vertrauen, Nachdenklichkeit.“

Zu 2: Die Assoziationen der Konfirmanden waren vor unkommentierter Aufnahme des Begriffs Zucht: „Zuchthaus; strenge Erziehung; Tieraufzucht.“ Zu den anderen Begriffen assoziierten sie sachentsprechend: „Verbot bestimmter Speisen und Getränke; das Rauchen aufgeben; sich überwinden, nachzugeben, wenn man im Unrecht ist; arm, aber glücklich — reich, aber unglücklich.“ Mehrfach wird die Bewertung der Konfirmanden deutlich: „Ich würde nie auf etwas verzichten, was ich haben könnte.“ Die Kirchenvorsteher werten umgekehrt: „Sich etwas versagen können; eigene Wünsche und Bedürfnisse hintanstellen; verantwortliches Handeln.“

Zu 3: Die Konfirmanden, aber auch die Kirchenvorsteher sind mit dieser Frage überfordert.

## Zielsetzungen der Predigt

a) Für die Konfirmanden soll „Zucht“, soll Selbstdisziplin als positive Möglichkeit ins Blickfeld gerückt werden.

b) Gegenüber einer Nuance in den Äußerungen der Kirchenvorsteher möchte ich Selbstdisziplin nicht als Ideal individueller Frömmigkeit betonen, sondern von den Problemen der Gesellschaft her begründen.

c) Für beide Gruppen möchte ich an einem Punkt einen elementaren Verstehenszugang zu der theologisch reichen, als fremd empfundenen Sprache eröffnen.

## Aufbau der Predigt

1. Die Problemeröffnung (siehe oben) soll Solidarität mit der Zielsetzung herstellen, daß Selbstdisziplin gesellschaftlich nötig ist.

2. Dies muß gegen den Einwand der Schwarzmalerei gesichert werden durch Hinweise auf unseren scheinbar positiven gesellschaftlichen Zustand (Wohlstand, kein Krieg, Meinungsfreiheit...), der jedoch nur den Rahmen für wirklich echte positive Tendenzen abgeben kann:

In der Landwirtschaft sind die Zeiten einer immer stärkeren chemischen Düngung und Ungezieferbekämpfung vorbei.
In der Energiefrage beginnt sich das Bewußtsein durchzusetzen, daß man natürliche Energiegewinnung aus Wind und Sonne verstärkt fördern muß.

In der Medizin und Psychologie gibt es Menschen, die nach den Ursachen von Krankheiten zu fragen beginnen und nicht allein die Symptome kurieren.
Bei vielen Menschen wächst der Gedanke, daß es besser ist, alte Menschen in Ruhe zu Hause sterben zu lassen, als den Todeskampf mit Hilfe der modernen Medizin um jeden Preis zu verlängern.

3. Ich möchte diese positiven Möglichkeiten vor ethischem Rigorismus (auch vor dem Verdacht) schützen, indem ich auf mögliche Mißverständnisse des Wortes „*Zucht*“ eingehe, die dem Sinn des Textes nicht entsprechen. Diese sind jedoch so naheliegend, daß ich den Begriff durch das Wort „*Selbstdisziplin*“ ersetze.

Stichworte: Zucht meint keinen strengen Vater oder Lehrer mit dem Rohrstock; Zucht steht nicht gegen Lebensfreude, auch nicht gegen sexuelle Freude; das Wort muß im Zusammenhang mit Kraft und Liebe gesehen werden. Kraft allein ist ziellos und kann zur Kraftmeierei und zur Gewalt entarten. Liebe allein ist uferlos und kann zur Nachgiebigkeit verkümmern, die notwendige bittere Wege vermeidet und anderen Menschen so weit nachgibt, daß sie unselbständig gehalten werden. Und Selbstdisziplin allein kann zu lebensunfrohem Mißmut verkommen. Der Verzicht wird nicht zur Chance für uns selbst, sondern zum Knebel für andere.

Nur wer gelegentlich verzichtet, erlebt auch Genuß. Wer immer genießt, erhöht seine Ansprüche bis zur Unerfüllbarkeit, an der er leidet. Ein positiver Weg ist nur im Wechsel von bewußtem Verzicht und bewußt erlebter Freude zu suchen.

4. Ich möchte mögliche Überforderungsgefühle abbauen, die von V. 7 ausgehen (Gott *hat* uns gegeben), indem ich den Geist nicht als sicheren Besitz und Ausweis der Christen anspreche, sondern als Angebot auffasse, an dem wir einzeln und gemeinsam wachsen können.

5. Ich entlaste die Hörer einen Augenblick von der Konfrontation mit ihrer Lage, indem ich an einem weit zurückliegenden und einem sehr entfernten Beispiel auf den positiven Sinn von Verzicht und seinen gesellschaftlichen Bezug hinweise:

„Dsi Gung ... sah ... einen alten Mann, der in seinem Gemüsegarten beschäftigt war. Er hatte Gräben gezogen zur Bewässerung. Er stieg selbst in den Brunnen hinunter und brachte in seinen Armen ein Gefäß voll Wasser herauf, das er ausgoß. Er mühte sich aufs äußerste ab und brachte doch wenig zustande. Dsi Gung sprach: Da gibt es eine Einrichtung, mit der man an einem Tag hundert Gräben bewässern kann. Mit wenig Mühe wird viel erreicht. Möchtet ihr die nicht anwenden? Der Gärtner richtete sich auf, sah ihn an und sprach: Und was wäre das? Dsi Gung sprach: Man nimmt einen hölzernen Hebelarm, der hinten beschwert und vorne leicht ist. Auf diese Weise kann man das Wasser schöpfen, daß es nur so sprudelt. Man nennt das einen Ziehbrunnen. Da stieg dem Alten der Ärger ins Gesicht, und er sagte lachend: Ich habe meinen Lehrer sagen hören: Wenn einer Maschinen benutzt, so betreibt er alle seine Geschäfte maschinenmäßig; wer seine Geschäfte maschinenmäßig betreibt, der bekommt ein Maschinenherz. .. Nicht, daß ich solche Dinge nicht kennte, ich schäme mich, sie anzuwenden“ (*Tschuang-tse*, 4. Jahrhundert vor Christus, aus: Rommel, Unser Tag und unser Abend, 1975, S. 37).

Ein Entwicklungshelfer bot in einem Dorf an, einen Brunnen so zu verändern, daß das Wasser im Dorf geschöpft werden konnte. Es war üblich, daß die Frauen das Wasser in Krügen vom außerhalb gelegenen Brunnen holten. Der Dorfälteste nahm das Angebot nur unter einer Bedingung an: Wenn der Entwicklungshelfer zugleich eine Lösung wüßte, was die Frauen sinnvollerweise in der Zeit machen könnten, die sie sonst zum Wassertragen verwendet hätten ...

Keine Maschinenstürmerei, sondern Anlaß zum Nachdenken, ob alles technisch Mögliche auch getan werden soll.

6. Ich versuche Konsequenzen ins Auge zu fassen, die wir als einzelne, als Gruppe, als Gemeinde auch wirklich realisieren können.

Ein Beispiel: Verwendung von umweltfreundlichem Papier im privaten Schriftwechsel und in der kirchlichen Papierfülle. Für die Herstellung von 1000 kg normalem Papier werden zwei Bäume gefällt. Bei Umweltpapier wird überhaupt kein Holz benötigt. Bei normalem Papier benötigt man 280 $m^3$ Wasser, bei umweltfreundlichem nur 1,8 $m^3$. Außerdem spart man 2500 Kilowattstunden Energie.

Als umfassende Konsequenz ist nur die gemeinsame kontinuierliche Reflexion und Praxis eines auf die Ausgangsprobleme antwortenden *Lebensstils* möglich. Alles andere führt zur individuellen Überforderung. (Je nach Gemeindesituation könnte dieser Gedanke am Tage des ausländischen Mitbürgers auch in Richtung auf eine Gruppe expliziert werden, die einen disziplinierten partnerschaftlichen Umgang mit Ausländern erkundet, erprobt und andere daran teilnehmen läßt.)

7. Abschließend möchte ich noch einmal im Rückgriff auf den Text Mut machen:

... Man stellte sich das früher in der Tat so vor, daß Gott vor der Schöpfung schon das Gute und das Schlechte verteilt hat ... Wir können versuchen, das so für uns aufzunehmen: Es ist die Überzeugung der Christen, daß der Weg der Kraft, der Liebe und der Selbstdisziplin zu unserem Wohl, zum Nutzen der Gemeinschaft und zur Gestaltung einer menschlichen Zukunft unabdingbar und verheißungsvoll ist. Wir wollen Gott bitten, daß wir in diesem Weg Chancen sehen, daß wir ihn versuchen und daß wir auf ihm immer wieder ermutigt werden.

## Wirkung der Predigt

Ich wollte meine Zielsetzung an einem Punkt hinsichtlich ihrer Realisierung kontrollieren und bat deswegen die Konfirmanden vier Tage nach dem Gottesdienst, noch einmal ihre Einfälle zu den Worten Zucht, Askese und Selbstüberwindung aufzuschreiben. Ergebnis: Ein Drittel fand „Askese“ uneingeschränkt gut (ist das ein Umkippen aufgrund der Autorität des Pfarrers?), zwei Drittel nur in bestimmten Fällen. Eine typische Äußerung dafür: „Beispiel: Wenn man Geld ausgeben könnte, es aber für einen guten Zweck spendet. Ich finde es gut, solange es einem selbst nicht schadet.“ Die sich in diesen Worten ausdrückende Umwertung ist besonders intensiv bei den Konfirmanden, die mit ihren Eltern den Gottesdienst besucht haben. Diese haben sich offenbar gegenüber ihren Kindern durch die Predigt bestätigt gefühlt.

Lernpsychologischen Gesetzmäßigkeiten, die auch für die Predigtwirkung bereits untersucht wurden (Lerle, Arbeiten mit Gedankenimpulsen, 1965, bes. S. 128f.), entspricht es, daß das Beispiel vom Kiosk sehr gut erinnert und die Geschichte von Dsi Gung schwach erinnert werden. Alles andere kann nicht mehr aktualisiert werden.

## Gestaltendes Material

*Lesungen:* Genesis 11, 1—9; Lukas 12, 15—21.
*Lieder:* EKG 173; Schalom-ökumenisches Liederbuch 136 und 180.
Sehr schöne *Texte* (auch ein Gebet), die in der Liturgie verwendet werden können, finden sich bei Bosmans, Vergiß die Freude nicht, 1977[6] (z.B. S. 15, 23 und 27).

*Selbstdisziplin als christlicher Lebensstil?* —Diese Frage *kann* nur der bejahen, der Selbstdisziplin von disziplinarischer und leibfeindlicher Freudlosigkeit freihält. Diese Frage *muß* der bejahen, der die Wichtigkeit der spontanen individuellen und kirchlichen Wünsche und Ansprüche an der gesellschaftlichen Unmöglichkeit ihrer Erfüllung mißt und der die Folgen ihrer Realisierung mit der Chance vergleicht, die in der gemeinsamen Suche nach disziplinierten Alternativen liegt.

# SIEBZEHNTER SONNTAG NACH TRINITATIS

## Römer 10, (5—8) 9—17: Einübung ins Hören

WOLFGANG STECK

### I Einstieg — erste Eindrücke

1. Wie ein Kapitel „*Predigtlehre*" kommt mir der Text vor. Denn was Paulus beschreibt, ist genau jener Vorgang, den wir am nächsten Sonntag im Gottesdienst erleben, als Prediger und als Hörer. Der Pfarrer redet, die Gemeinde hört. Die Predigt kommt von Herzen und geht zu Herzen. Und dazwischen liegt das mündliche Wort, liegen die Sätze, die Argumentationen, Bilder, Vorstellungen und Erzählungen, die wir jetzt entwerfen werden. Sie gehen vom Mund des Predigers zum Ohr des Hörers. Sie geben verschlüsselt weiter, was wir in ihnen verdichtet haben. Und sie werden vom Hörer wieder entschlüsselt. *Ein kleines Schema des homiletischen Aktes: vom Herzen zum Mund, vom Mund zum Ohr, vom Ohr zum Herzen.* Da ist der homiletische Zirkel wieder geschlossen.

2. Aber da fällt mir auf, daß Paulus nur vordergründig Homiletik treibt. Er benützt das Schema der homiletischen Wahrnehmung, um ein Kapitel „*Theologie*" darzustellen, eine originelle Version der Rechtfertigungslehre. *Durch Glauben wird der Mensch gerecht. Das ist das theologische Thema des Textes.*

Aber woher sollen wir den Glauben nehmen, wo so vieles gegen den bloßen Glauben spricht und so vieles für das Werkhafte, das Substantielle, das Verläßliche und Stabile? Der Glaube kommt *aus dem mündlichen Wort*, sagt Paulus.
Aber was sind schon Worte? Was sind schon meine Predigten, meine manchmal sicheren, manchmal zweifelnden Sätze von der Kanzel? Ist meine Predigt nicht nur ein ganz unvollkommener und vorläufiger Versuch, jene Wirklichkeit zu erschließen, die sich hinter den Worten verbirgt, die Welt Gottes? Die Wirklichkeit Gottes müßte sich anders präsentieren als in bloßen Worten, deutlich und sichtbar. Man müßte sie so fassen und fühlen, so mit ihr umgehen können wie mit der Welt, die ich kenne, wie mit den Dingen und Menschen, die mich umgeben. Man müßte in den Himmel hinaufsteigen, um Gott herabzuholen auf den Boden der Tatsachen. Dann könnte ich glauben. Oder man müßte in den Abgrund hinabsteigen und Jesus von den Toten zurückholen, damit ich ihn hier und heute erlebe. Dann würde ich der Wirklichkeit Gottes Glauben schenken. Der Glaube ist fern und unwirklich wie die Worte, Schall und Rauch. Aber das Werkhafte, das Gegenständliche ist nahe.
Nein, sagt die Glaubensgerechtigkeit: Nahe ist dir nicht das, was deine Welt ausmacht. Nahe ist dir das Wort in deinem Munde und das Wort in deinem Ohr. Das Wort des Glaubens, das wir predigen, ist deinem Herzen näher als alles andere (V. 6—8).

3. Da entdecke ich, wie beides miteinander verschmilzt, die *theologische Rechtfertigungslehre* und die *homiletische Kommunikationstheorie*. Der Prediger als Sender, der Hörer als Empfänger, die Predigt als die Mitteilung, das kenne ich. Und daneben die theologische Homiletik: Verkündigung, Sendung, Bekenntnis. Paulus schließt beides zusammen. *Wie der Glaube entsteht, das ist das homiletische Thema des Textes und damit auch das Thema der Predigt.*
Der Glaube kommt aus dem mündlichen Wort. In meinem Mund, wenn ich auf der Kanzel rede, ist mir der Glaube nahe. Der Mund bekennt, was das Herz glaubt. *Aus dem Glaubensinhalt* (Gott hat Jesus von den Toten auferweckt) *wird Glaubenspraxis:* Jesus ist mein Herr. Dasselbe ereignet sich beim Hörer, nur umgekehrt. Indem ich höre, daß Jesus mein Herr ist, erfahre ich, was Auferstehung meint, wie aus Zweifel Glaube wird, wie sich das gehörte Wort als nahe erweist, als deutlich und wirklich.

Als ein Kapitel theologischer Homiletik und zugleich als eine originelle Darstellung der Rechtfertigungslehre — so verstehe ich den Predigttext. Genau dies darf die Predigt vom kommenden Sonntag allerdings nicht werden. Auch für mich, den Prediger, gilt: Glaube mit deinem Herzen und bekenne mit deinem Mund! Wir sollen nicht über die Predigt predigen und nicht über die Rechtfertigungslehre reflektieren. Auf der Kanzel sollen die geschriebenen Sätze des Paulus zur mündlichen Botschaft werden, zum nahen Wort des Glaubens.

## II Entdeckungen am Text

Literatur zur Vertiefung: *M. Luther*, Vorlesung über den Römerbrief (1515/16); *K. Barth*, Der Römerbrief (1919); *E. Käsemann*, An die Römer (1974[3]); *E. Bizer*, Fides ex auditu (1961[2]).

Ich finde im Text *drei Denkbewegungen*, drei homiletische Horizonte, die unseren Dialog mit den Hörern umreißen könnten. Paulus argumentiert *hermeneutisch* (Was bedeuten die biblischen Texte für die gegenwärtige Situation des Glaubens?), *anthropologisch* (Wo erlebe ich Glauben?) und *soteriologisch* (Was bewirkt der Glaube?). Die drei Fragehorizonte überlagern sich. Ich versuche, sie voneinander zu trennen, um sie dann wieder zu einem Sinnganzen zusammenzusetzen.

### 1. *Der hermeneutische Horizont des Textes*

*Der Glaube kommt aus dem mündlichen Wort.* Das ist die These, die Paulus entfaltet und von der er seine Hörer überzeugen möchte.

Dabei macht er es uns nicht leicht, ihm zuzustimmen. Denn Paulus argumentiert nicht logisch, indem er neue Einsichten aus schon bekannten Erkenntnissen ableitet (zum Beispiel: daß der Glaube nur lebendig bleibt, wenn er ständig neu erlebt wird; daß es Glauben nur da gibt, wo er gerade entsteht, im Hören und Reden).
Paulus belegt seine Grunderkenntnis auch nicht aus der Welt unserer Erfahrungen, wie wir es wohl in unseren Predigten immer wieder versuchen (zum Beispiel: wie einen ein gutes Wort trifft, das die Situation verändert; wie abständig uns geschriebene Texte vorkommen).

Paulus wählt eine andere homiletische Methode. Er erschließt die Wirklichkeit des Glaubens mittelbar, indem er biblische Texte auslegt. Dabei geht er mit dem Alten Testament, der Bibel der ersten Christen, nicht so um, wie es fromme Juden (und nicht nur sie) gewohnt sind (daß die Bibel zum Beispiel bestätigt, was uns sicher ist; daß sie das Verläßliche ist im Wechsel der Zeit, die Basis, auf der unser Glaube ruht; daß wir in ihr einen Schatz von Erfahrungen finden, die durch Jahrhunderte bewährt sind usw.). Paulus zerbricht die Stabilität des ewig Gültigen: Was immer richtig ist, kann nicht das sein, was uns jetzt angeht.

Wozu gebraucht Paulus dieses hermeneutische Verfahren? Eben um den grundlegenden Unterschied zwischen Gesetz und Evangelium nicht lehrhaft zu erläutern, sondern in der Praxis des Glaubens nachzuvollziehen.

Die Prämisse ist ganz einfach: Evangelium ist das mündliche Wort, Gesetz ist der geschriebene Text. Der Gegensatz wird in V. 5—8 zugespitzt. Mose *schreibt* — die Glaubensgerechtigkeit *sagt*. Das Gesetz ist das Dauerhafte, Stabile, was immer wahr ist und immer schon gegolten hat. Das Evangelium ist das Lebendige, das Unmittelbare, was gerade jetzt wahr ist und in diesem Augenblick gilt. Und die Gegenwart überholt die Vergangenheit. Mose ist weit weg, damals schon und heute erst recht. Nahe ist dir das Wort, in deinem Munde und in deinem Herzen.

Paulus führt den *Kontrast zwischen dem „ewig Wahren" und dem „jetzt Gültigen"* zweimal vor:

a) *Zuerst* (V. 5—13) *stellt er das ferne und das nahe Wort einander gegenüber:* Wenn sich der Glaube selbst als unbezweifelbare Tatsache erweisen ließe, wenn wir Gott vom Himmel und Jesus von den Toten herbeibringen könnten — wer sehnte sich nicht nach solchen spektakulären Erfahrungen? Das ist die Stimme, besser: die Schrift der Gesetzesgerechtigkeit. Sie beweist durch den Augenschein. Die Glaubensgerechtigkeit aber überzeugt durch Hören und Sagen, durch mündliches Bekenntnis und durch herzliches Gebet. Außerhalb des mündlichen Wortes gibt es nur Beweise für die Richtigkeit des Gesetzes, aber nicht für die Gültigkeit des Evangeliums.

b) Im zweiten Durchgang (V. 14—17) beschreibt Paulus, *wie die homiletische Bewegung in Gang kommt*. Der Glaube entsteht aus meinem eigenen Bekenntnis. Ich höre mich glauben — das ist die Geburtsstunde der Glaubensgerechtigkeit. Präziser läßt sich nicht beschreiben, wie ich im Gottesdienst Glauben erlebe. Wenn ich das Glaubensbekenntnis spreche, erfahre ich, was das heißt: Ich glaube. Und auch die Predigt kommt nicht im bloßen Zuhören ans Ziel, sondern erst dort, wo ich nachspreche, was ich höre; wo es in meiner eigenen Sprache, in meiner eigenen Welt, in meinem eigenen Leben wirklich wird. Oder mit den Worten des Textes: wenn ich den anrufe, an den ich glaube. Doch wie kommt es zu solchem Glauben, der sich im Beten und Bekennen, im Leben und Handeln ausspricht?

„Wie sollen sie den anrufen, an den sie noch nicht glauben? Und wie sollen sie zum Glauben an ihn kommen, wenn sie nicht von ihm gehört haben? Wie sollen sie endlich von ihm hören können, wenn keiner da ist, der ihnen verkündigt?"

Die Antwort liegt in der Frage. Der hermeneutische Zirkel kommt nicht in mir selbst zustande, zwischen meinem Herzen, meinem Mund und meinem Ohr, sondern *im Dialog zwischen Menschen.* Ich brauche das Wort des anderen, um selbst zu Wort zu kommen. Ich brauche seinen Mund und sein Ohr, und er braucht meine Stimme und mein Gehör. Der Prediger braucht den Hörer, der Hörer den Prediger. Und das gilt nicht nur für die Predigt am Sonntag. Sie ist nur ein musterhaftes Exempel für die alltäglichen Situationen, in denen Glaube entsteht.

„Der Glaube macht, daß man willig ist zu hören ... nicht nur das Wort, das vom Himmel her schallt, sondern das bis heute aus dem Munde irgend eines frommen Menschen hervorgeht" (*Luther*).

## 2. *Der anthropologische Horizont des Textes*

Literatur zur Vertiefung: *Rudolf Bultmann*, Theologie des Neuen Testaments, 1958[3] (S. 221 ff.: Kardia); Homiletisches Wörterbuch 1970 (S. 39 ff.: Hören; S. 52 ff.: mündig); Homiletisches Lexikon zu den Predigtstudien 1974 (S. 107 f.: Herz).

Vom Hören zum Glauben, zum Bekennen, zum Hören ...: das ist der hermeneutische Zirkel, in dem der Glaube Wirklichkeit wird, das

Schema der homiletischen Kommunikation. Paulus setzt die *anthropologischen Kategorien* dazu. Auch sie bilden einen Zirkel: *vom Ohr zum Herzen, zum Mund, zum Ohr...* Warum beschreibt Paulus die Bewegung des Glaubens auch mit Begriffen der Person? In V. 9 scheinen sie entbehrlich, ab V. 14 stehen nur noch die Verben, die Aktivitäten des Glaubens: verkündigen — hören — glauben — anrufen. Der Angelpunkt ist V. 10. Denn dort wird der Glaubensgerechtigkeit der Platz im Subjekt des Glaubens angewiesen. Im Herzen wird der Mensch gerecht (nicht im Verstand), durch den Mund wird er gerettet (nicht durch der Hände Arbeit).

Das *Herz* ist die Mitte eines Menschen, Zentrum seiner Innenwelt. Von hier geht sein eigenes Leben aus, Wollen, Planen, Handeln. Der Verstand richtet sich nach außen. Er zerlegt die Wirklichkeit und setzt sie wieder zusammen. Das Herz dagegen ist der Ort der gläubigen Identität. Und identisch mit uns selbst werden wir eben durch die Gerechtigkeit des Glaubens, nicht durch Gesetzestreue, durch Fremdbestimmung, durch Einpassen in fremde Lebensformen.

Der *Mund* ist die Stimme des Herzens, im Guten wie im Bösen. Wenn das Herz voller Glück ist, dann lacht der Mund. Und wenn ich die Lippen zusammenpresse, ist mein Herz verschlossen. Mit dem Mund kann ich andere Menschen töten (8. Gebot) oder ihnen Leben schenken, so wie der Lebenshauch durch den Mund Gottes geht.

Das *Ohr* schließlich verbindet Herz und Mund miteinander. Es verbindet mich mit mir selbst, wenn ich spreche. Und es verbindet mich mit dem Herzen des anderen, wenn ich seinen Mund höre. Lebendig wird der Mensch, indem er hört. Das belegt die Weckformel, mit der Jesus seine Worte einleitet oder schließt: „Wer Ohren hat, der höre." Leben entsteht, wenn Innenwelt und Außenwelt zueinanderkommen. Genau das geschieht, wenn ich eine Predigt höre. Die Worte sind nicht meine, ich nehme sie auf. Und zugleich höre ich, wie mein Ich sich am Dialog der Predigt beteiligt, wie fremde Worte zu eigenen werden, wie mein Herz zum Sprechen kommt.

## 3. *Der soteriologische Horizont des Textes*

Wenn wir die Bewegung des Textes nachvollziehen, dann verstehen wir die Grammatik des Glaubens, die sich in den Begriffen der Rechtfertigungslehre so schwer in gegenwärtige Predigt umsetzen läßt. Die Lehre der Reformatoren mag uns fremd erscheinen. Es sind lauter geschriebene Sätze. Und die Form des Schriftlichen entsteht, wenn einem die Gegenwart zu entschwinden droht. Der Glaube entsteht aus dem Mündlichen. Es sind zwar nur Worte, die wir austauschen, aber wir teilen uns in ihnen selbst mit. Und in diesen Worten ereignet sich, was wir ein Wunder nennen: daß neues Leben geschaffen wird und neuer Glaube.

Es ist gewiß nicht zufällig, daß Paulus in V. 9 die urchristliche Taufliturgie zitiert. Denn wie es bei der Taufe ist: zu sehen ist nur Wasser, zu hören aber das Bekenntnis des Glaubens, so ist es am Sonntag auch bei der Predigt: fast nichts zu sehen, aber viel zu hören: „Die Laute sind gleich wie Füße und Wagen und Räder, auf denen das Wort zu den Ohren der Hörer dahinfährt... Wenn der Hörer still dasitzt und das Wort aufnimmt, dann laufen die Füße dessen, der da predigt, über ihn hin" (*Luther* zu V. 15).

## III Homiletische Rechenschaft

Ich bin mir nicht sicher, ob die exegetische Erschließung des Textes das Predigen am Sonntag leichter macht. Gewiß, irgendwie beflügelt mich der Schwung des Textes. Ich möchte so predigen können, wie Paulus Briefe schreibt, mir meiner Sache ganz sicher sein, das Ziel im Auge haben und dann so einfühlsam mit meinen Hörern ins Gespräch kommen. Ich versuche, sie mir vorzustellen: einzelne Gesichter, Charaktere; ihre Stimmen werden laut; ich versuche, in ihren Worten zu reden, mich in sie hineinzuhören; ich versuche, in der Predigt das nachzuvollziehen, was der Text über die homiletische Bewegung sagt. „Liebe Gemeinde, was erleben wir jetzt, wenn wir reden und hören?" So könnte ich beginnen.

Aber dann kommt mir die Situation am Sonntagmorgen mit einem Male gestellt und unwirklich vor. Wir reden ja gar nicht miteinander. Ich rede. Und wir hören auch gar nicht aufeinander. Die anderen sitzen stumm da. Hören sie überhaupt so zu, wie es der Text ausdrückt: mit ihrem Herzen?

Es kommt mir vor, als müßte ich viele verschiedene Rollen gleichzeitig spielen. Ich muß eine Predigt vortragen, und ich höre mich, wie ich spreche, meine Stimme, meine Worte, meine Sprache. Ich möchte mich dabei gerne so reden hören, wie ich wirklich bin, meinen Glauben so ausdrücken, wie er mich bewegt. Das könnte die Bewegung des Glaubens sein, in die mich der Text hineinzieht. Aber nein, sie kann es nicht sein. Denn der Glaube soll ja zwischen uns verwirklicht werden. Ich müßte also zugleich einer von ihnen werden, ihre Sprache sprechen, ihr Ohr entleihen, ihr Herz teilen.

Die Begriffe des Textes, die meine Situation beschreiben, machen mir das Predigen noch schwerer. Welchen Segen bringen die Füße der Boten, die Gutes verkündigen? Ich denke da mehr an andere als an mich, an Menschen, denen ich meinen Glauben verdanke: meiner Mutter, einem Pfarrer. Und dabei entdecke ich, daß ich mich schon heimlich von der Kanzel in eine Kirchenbank gesetzt habe. Ich würde mir die Predigt lieber anhören, als sie halten. Die Fragen des Paulus wirken wie Appelle, die mich ziemlich unfreiwillig auf die Kanzel zurückholen: Wie sollen sie hören, wenn keiner da ist, der verkündigt, wenn keiner zu ihnen gesandt ist? Ein Gesandter — bin ich das?
Aber da bin ich auch schon wieder bei den Hörern, diesmal als Prediger. Vielleicht hilft mir die Erkundung der Situation.

## IV Erkundung der Situation

Assoziationen zur Situation der Predigthörer stellen sich ein. Ich sehe sie vor mir, wie sie die Stufen heraufkommen, wenn ich zum Fenster der Sakristei hinausschaue. Zweifel kommt auf, wenn ich meine Predigt zum letzten Mal durchblättere. Klingt alles nicht viel zu „schriftlich"? Ist sie meinem eigenen Munde nahe genug? Wird sie denen die Ohren öffnen, für die ich sie geschrieben habe?

Und dann die umgekehrte Erfahrung, wenn ich die Menschen nach dem Gottesdienst gehen sehe: Ich habe sie vor mir sitzen sehen, habe mich reden hören, war ganz dabei, als ich redete. Es waren meine Worte, meine Bilder, meine Konkretionen. Ein Gefühl der Befriedigung: Das Wort war mir nahe, meinem Herzen, meinem Ohr, meinem Mund. Aber war ich vielleicht der einzige Hörer? „Das brennendste Problem der Predigt ist der Mensch, der sie nicht hört" (W. Jetter).

In anderen Situationen geht es mir ähnlich. Im *Seelsorgegespräch* zum Beispiel bin ich Hörer. Ich lasse mein Gegenüber reden, ermuntere ihn dazu, gebe Anstöße, damit er sich selbst besser hören kann, daß sein Mund und sein Ohr näher zusammenkommen. Ich ziehe mich zurück und überlasse ihn der Kommunikation mit sich selbst. Ich habe es so gelernt. Machen es die Hörer meiner Predigt auch so mit mir?

Auch in den Hörereignissen der Alltagswelt entdecke ich Parallelen. Zu „Hörer" assoziiere ich „*Telefongespräch*". Ich nehme den Hörer ab und melde mich. Manchmal ist die Meldung der einzige kommunikative Akt. Ich könnte den Hörer genausogut auf den Schreibtisch legen. Manchmal kommt Kommunikation zustande, wenn ich intensiv zuhöre, um zu verstehen. Aber wenn ich dann rede, bin ich eigentümlich allein. Kannst du mich noch hören? frage ich zweifelnd.

Hören ist schwierig. Es ist einfacher, andere zum Hörer zu machen. Dabei setzt sich unsere Lebenswelt aus vielen verschiedenen Hörszenen zusammen. Wir leben davon, daß wir hören. Das ist durchaus nicht nur altruistisch gemeint: Meine Frau lebt davon, daß ich sie höre, ihr intensiv zuhöre, mich in sie hineinhöre. Nein, ich selbst lebe vom Hören. Wenn ich zuhöre, bin ich ganz beim anderen und zugleich bei mir selbst. Sein Mund und mein Ohr gehören zusammen wie zwei Organe desselben Körpers. Und das Wort ist uns nahe. Es verbindet uns.

Eine solche Hörsituation wird die *Predigt* am Sonntag sein. Ich werde versuchen, die Hörer zu meinen Nächsten zu machen. Und zugleich sollen in der homiletischen Hörszene all die Hörszenen anklingen, die unser Leben und unseren Glauben bestimmen.

## V Aufbau der Predigt

Thema: *Einüben ins Hören*

### 1. *Szenen des Hörens*

a) Der Augenblick: Predigt. — Reden oder Hören — was ist schwerer? Monolog oder Dialog? Die Arbeit des Predigthörers.
b) Alltägliche Hörszenen: Offene Ohren oder verschlossene Lippen? Andere hören oder sich selbst hören?
c) Die Instanzen des Hörens: Ohr, Herz, Mund. Der Zirkel des Hörens: Hören, erleben, leben.

### 2. *Das nahe und das ferne Wort*

a) Noch einmal die homiletische Hörszene: Der Dialog mit dem biblischen Text — Nähe und Distanz. Predigterfahrungen und Alltagserfahrungen mit biblischen Texten, Worten, Bildern, Symbolen.

b) Paulus im Dialog mit den römischen Christen und mit der Bibel. Schriftlichkeit als Zeichen entschwindender Gegenwart. Das mündliche Wort: die Propheten, Jesus, unsere Predigt.
c) Alltagserfahrungen: Reden, als ob wir schreiben würden. Leben als Hören.

3. *Wie der Glaube entsteht*

a) Die Predigt als kirchliche Alltagssituation: Wiederholung und Routine. Das Sichtbare als Symbol der gesetzlich geordneten Welt. Kann man Unsichtbares hören?
b) Das Wunder der homiletischen Hörszene: Der Glaube kommt. — Wie die Gesetzesgerechtigkeit entsteht: Die Sehnsucht nach dem sichtbaren Wunder, Gott vom Himmel auf den Boden der Tatsachen und Jesus von den Toten zurückholen. Mirakel schaffen Distanz. Verstandesgläubigkeit und Herzensglaube.
c) Alltägliche Wundergeschichten: Wo der Glaube hörbar wird, für mich und die anderen, für uns beide. Das Risiko des Glaubens: Er entsteht immer nur, bleibt unwiederholbar und unvollendet. „Wer Ohren hat, der höre!“

Liedvorschläge: EKG 127, 1—3 (Liebster Jesu, wir sind hier); 129, 1—3 und 6 (Tut mir auf die schöne Pforte); 143, 1—3 (O Gott, du höchster Gnadenhort); 144, 1—3 (Herr, öffne mir die Herzenstür); 145, 1. 2. 6. 7 (Herr, für dein Wort sei hoch gepreist); 346, 10 (Willst du mir geben).

## ACHTZEHNTER SONNTAG NACH TRINITATIS
(Erntedankfest)

# Römer 14, 17—19: Dank als brüderliches Teilen

PETER KREYSSIG **A**

**I** Der erste Blick auf die Aufgabe löst einen leichten Schock aus: Erntedank als Fest — und mein Text stammt aus einem etwas bornierten Streit (nach Meinung des Paulus) um das Essen von „nicht-koscherem“ Fleisch! Wir sollen oder wollen vielleicht sogar unserem Dank Ausdruck geben für die alltägliche Nahrung — und der erste Satz versichert mir, daß die Gottesherrschaft mit Essen und Trinken nichts zu tun hat! Ich habe mich darauf gefreut, Menschen in der Großstadt das Lob des Schöpfers in der Natur ein wenig erschließen zu helfen — aber der Schwerpunkt des Textes zielt offenbar auf das Thema Erlösung in bezug zum sozialen Umfeld des Menschen: Heiliger Geist = Friede, Freude, Gerechtigkeit. Erstes Ergebnis: eine Neigung, mit dem Unbekannten zu hadern, der mir das einbrockt. Brauchen unsere Predigthörer — und das sind nicht die, welche nie kommen! — zuallererst eine Mahnung, daß Essen und Trinken leider viel zu wichtig genommen werden? Ist das fair? Hier brauche ich erst mal selber Friede, Freude und Gerechtigkeit im Blick auf den verordneten Text.

Versuchen wir es! Die Situation vom Herbst 1980 ist noch nicht da; wir schreiben Oktober 1979. Aber womöglich ist die Perikopenordnung schon weiser als wir jetzt. Vielleicht ist dann wirklich Streit um wichtige Lebensmittel und den gehorsamen Umgang der Christen mit ihnen. Beim Lebensmittel ,,Energie" liegt das heute schon auf der Hand. die einen sparen, legen sich krumm, halten ,,autofreie" Sonntage... und andere ärgern sich über solchen puritanischen Aktionismus. Womöglich gibt es dann noch ganz andere, gar nicht vorhersehbare Verteilungskämpfe, und der traditionelle Erntedank hat gar keine Luft mehr zum Atmen. Schon gibt es Boykottaktionen gegen billige Importe aus unchristlich anmutenden Verhältnissen (südafrikanische Orangen). Das hat eine gewisse Nähe zu der Situation, die Röm. 14 im Auge hat. Aber es hilft nur begrenzt; Erntedankpredigt als Kasualrede hat als Situationsentwurf ein Jahr vorher deutliche Grenzen.

II Lassen wir die Situation, und setzen wir uns dem Text aus! Eines muß man bei näherer Betrachtung von vornherein zugeben: Freude, Friede und Gerechtigkeit sind nicht nur entscheidende Desideria in einem theologischen Streit um Essen und Trinken. Sie sind auch die entscheidende Grundlage für einen Dank gegen Gott. Ob wir uns nun untereinander über den gehorsamen Umgang mit Lebensmitteln im weitesten Sinne streiten oder nicht: Diese drei Grundgesichtspunkte behalten ihre Relevanz für den rechten Christusgehorsam und die Verständigung mit den Mitmenschen (V. 18!), sowohl für den Dank wie für die Auseinandersetzung.

a) *Friede*

Paulus meint doch, daß es nicht einfach bei der Spannung zwischen den Satten und Schwachen, dem Großzügigen und Ängstlichen bleiben darf. Die liberalen Starken haben keineswegs schon ein Fundament wirklichen Friedens, wenn sie sagen: Für uns ist das Gott sei Dank (noch!) kein Problem! Die ängstlichen Puritaner dürfen sich nicht damit zufriedengeben zu sagen: Nun, wir wenigstens nehmen die Sache ernst und machen es richtig! Jeder hat und behält seinen Frieden — das ist in Wahrheit gar keiner.

b) *Freude*
Frohe Dankbarkeit für die Großzügigkeit und Güte Gottes ist ein lobenswertes Bewußtsein des Menschen. Aber bei aller subjektiven Ehrlichkeit kann es dennoch faktisch ein viel zu enges Bewußtsein darstellen, wenn es die Nöte und Probleme der „Schwachen" übersieht oder gar ignoriert. „Ich bin zunächst einfach froh und Gott von Herzen dankbar, daß es mir so gut geht und ich seine Gaben nützen kann" — wenn diese Art Freude bei sich stehenbleibt und nicht alsbald auch danach fragt, warum sich in meiner Nähe jemand nicht freuen kann, ist der Wurm drin, meint Paulus.

c) *Gerechtigkeit*
Auch hier geht es nicht um das Bewußtsein als solches, sondern um seine angemessene Weite. Das Pathos, mit dem oft unter den Starken, den Habenden um noch verbleibende Mängel an Gerechtigkeit gestritten wird, zeigt seine ganze Verlogenheit erst, wenn man sich der Ungerechtigkeit im weiten Kontext, im Verhältnis zu den „andern" bewußt wird. Springen wir in die Gegenwart: Solchen Streit um soziale Gerechtigkeit gibt es noch immer in den Industrieländern des Nordens — die verelendete südliche Welt schaut dem fassungslos zu; dieses heillos verengte Gerechtigkeitsbewußtsein schockiert sie aufs tiefste. Und so wird sie dazu gedrängt, unter Gerechtigkeit selbst auch immer mehr den bloßen Ausgleich ihres Mangels zu sehen und zu verfechten und nicht mehr darüber nachzudenken, was Gerechtigkeit im Sinne des ihr Gemäßen bedeutet.

Unter diesen Aspekten war Erntedank bei uns in den vergangenen Jahren eigentlich auch schon immer umstritten: eine Auseinandersetzung zwischen Christen mit verschiedener Weite des Bewußtseins: ländlicher Bereich — Großstadt; Agrarwirtschaft — industrielle Produktion; schließlich der Nord-Süd-Gegensatz als globales Problem. Die Differenz im Bewußtsein schafft Spannungen zwischen denen, die im Extrem sagen: „Wir wissen, was Elend ist; wir haben eben hart gearbeitet, jetzt geht es uns gut, und das ist nun mal so...", und denen, die angesichts des Welthungers und der wachsenden Diastase zwischen Habenden und Habenichtsen nur noch mit schlechtem Gewissen im satten Europa leben und dieses schlechte Gewissen überall in den Wohlstand eintragen.

In dieser Situation wird die Optik des Paulus in unserem Text sehr interessant und provokativ. Solange wir den Erntedank der dankbar und zufrieden auf sicherem Boden sich Wähnenden und den Aktionismus der vom schlechten Gewissen Umgetriebenen gegeneinander streiten sehen oder gar selbst gegeneinander ausspielen, ist der Gehorsam, den Paulus meint, noch gar nicht in Sicht. Herrschaft Gottes wäre daran zu erkennen, daß diese beiden verselbständigten und widerstreitenden Elemente zueinander finden und sich als ein Frieden erweisen, der Freude an der Gerechtigkeit hat: Dankbarkeit gegen Gott auch im abnehmenden oder stagnierenden Wachstum oder gar in ernsten Verteilungssorgen, die deshalb um so selbstverständlicher Rücksicht nimmt auf den Mangel und den Bedarf der Schwachen und Angewiesenen. Nicht weniger, sondern mehr hilfsbereites Verständnis!

Am Duktus der Predigt wird sich für uns selber ablesen lassen, in welchem Geist wir formulieren: Ob unter dem Druck irgendwelcher Katastrophenängste und unter der ungeheuren Verantwortung unseres Erdteils für Weltfrieden und soziale Verpflichtung für die Elenden und Hungernden die Imperative überwiegen und ein schlechtes Gewissen als Motor in Gang setzen, oder ob wir aus einem Vertrauen auf Gottes Weltregiment aus dankbarer Hoffnung heraus reden und brüderliches Teilen als eine Form dieser Dankbarkeit verstehen. Halten wir uns nicht mit der Frage auf, ob wir es schaffen können und ob es denn etwas nützt unter so vielen. Unter diesen Aspekten hätte auch die Behebung *unseres* Mangels vor 35 Jahren wohl nie begonnen.

**III** Wie kann ich diese dankbare Freude als friedenschaffende Gerechtigkeit brüderlichen Teilens selber mitteilen? Das wäre doch das homiletische Ziel. Besser als eine utopische Hoffnung zu schildern wäre es, bei einem neutestamentlichen positiven Beispiel einsetzen zu können wie etwa dem Scherflein der Witwe. Den Hintergrund von Röm. 14 erst umständlich schildern und dann auf die Gegenwart applizieren zu müssen wäre ein schrecklich negativer Anmarsch. Vielleicht ist es hier wirklich gut, sich in der Schriftlesung einen positiven Gegenpol zu schaffen, bei dem man einsetzen und die Textaussage verankern kann. Nachdenken über die Frage, deren Berechtigung die meisten von uns Pfarrern aus Erfahrung belegen können: Wie kommt es, daß Menschen, die relativ wenig haben, so viel ungezwungener und fröhlicher etwas abgeben können?

## THEOPHIL ASKANI — B

**IV** Ich sehe die Situation noch vor mir, als sei es gestern gewesen. Es war Pfarrkonvent, und man hatte sich zum Mittagessen versammelt. Einer der Amtsbrüder wurde gefragt, warum er seit Jahrzehnten kein Fleisch esse. Es war nicht das erste Mal, daß man ihn fragte, aber diesmal stand er auf und sagte, es gehe ihm um Römer 8 und um das, was der Apostel dort vom Seufzen der Kreatur geschrieben habe. Ich höre das Lachen der Theologen noch, es war erheblich und blamabel. Als aber der peinlich Befragte still blieb, wurden die Herren allmählich auch stiller, und vielleicht begann der eine oder der andere tatsächlich darüber nachzudenken, was das Seufzen der Kreatur Römer 8 auch bedeuten könne. Dies Nachdenken ist offenbar nicht selbstverständlich. Beim Kirchentag in Nürnberg noch konnte man unbefangen zwei Stunden lang über Römer 8 diskutieren, ohne über das eigene Seufzen hinauszukommen.

Nun ist freilich kaum zu vermuten, daß die Enthaltsamkeit römischer Christen mit dem Respekt vor dem Leben der Mitkreatur zu tun hatte. Aber wir werden über den Text nicht predigen können ohne Achtung vor jenem Verzicht, welche Gründe er auch gehabt haben mag. Fast möchte ich sagen, ehe wir den Mund auftun, sollten wir ein wenig Sympathie gewonnen haben für Leute, von denen es in der alten Luther-Übersetzung so lapidar heißt: „Wer aber schwach ist, der isset Kraut."

Das Nachdenken ist uns allerdings sehr erschwert. An dem Tag, an dem wir zu predigen haben, ist der Altar von Kraut und Rüben und Rauchfleisch umgeben, und vielleicht ist es auch im kommenden Jahr so wie in diesem, daß die Gartenbesitzer ihre Äpfel in der Erde vergraben, weil die Kelter das Obst nicht mehr angenommen hat. Kurzum, es liegt alles in der Luft, nur nicht das Thema von Römer 14 — selbst wenn man den Bogen so weit spannt, wie das der kleine Bub getan hat, der auf meine Frage beim Erntedank-Gottesdienst im Münster zu Ulm, was denn das Schönste am Ernte-Altar sei, zur Antwort gab: „Das Mikrophon." Die Erwartung der Gemeinde ist eindeutig. Wir werden sie nicht übersehen können. Wie aber ist das zusammenzubringen: Ernte-Dank und ausgerechnet Römer 14?

Ich teile mit A die Verlegenheit, die Weisheit der Perikopen-Ordner nicht erkennen zu können. Jedenfalls braucht es keine Phantasie, um Scharen von Predigern zu sehen, die nach der Lektüre des Satzes, das Reich Gottes sei nicht Essen und Trinken, abtriften auf die breite Straße des Mottos: „Der Mensch lebt nicht vom Brot allein." Dieses Thema ist ganz gewiß gut biblisch, aber es steht an einem anderen Ort. Ganz abgesehen davon, daß, wer es traktiert, das Hungern einschließen muß und das Nicht-hungern-Können. Wem der Magen verschlossen ist, der weiß plötzlich, wie sehr die Bibel recht hat, wenn sie den Menschen auch von seinen Eingeweiden her bestimmt sieht. Es geht wahrhaftig nicht nur um eine halbe Stunde Essen oder nicht, sondern darum, daß der Himmel bedeckt ist und die Farben anders werden, wenn die Lust zum Brot verlorengeht.

Also, Vorsicht vor großen Worten! Vorsicht aber vor allem bei dem Text, der uns noch vor eine ganz andere Frage stellt, nämlich die, wie wir als Christen miteinander umgehen, wenn wir mit aller Leidenschaft verschiedener Meinung sind.

V 1. Wir werden uns wohl oder übel ernsthaft mit Römer 14 befassen müssen. Die letzten Kapitel des Römerbriefes werden, in allen Kommentaren jedenfalls, merklich dünner behandelt als die vorausgehenden. Wir dagegen werden gerade diese Kapitel besonders zu traktieren haben. *Die Magna Charta des Zusammenlebens unter Christen wird ein Exerzitium für die Zukunft sein.*

Dabei wird sich zeigen, welche Zumutungen die Worte des Apostels enthalten. Bei unserem Text und für unseren Textabschnitt buchstabiert der Apostel, was das Wort aus Markus 7 heißt, daß der Mensch nicht von außen, sondern von innen her unrein wird: „Nichts ist in sich selbst unrein, sondern unrein ist es für den, der etwas für unrein hält." Das ist ein Wort ungeheuerlicher Freiheit und zwingender Verantwortung zugleich. Freigegeben ist die Welt der Dinge, der Entscheidungen. Man muß sich einmal vorstellen, *was für ein König ein Christ sein könnte unter Leuten, die sich an tausend Zwänge gebunden sehen!* Gebunden aber ist der Christ an seinen Herrn und gebunden darin an den Bruder, der in seinem Gewissen wiederum seinem Herrn steht und fällt. So ergibt sich die eigentümliche Konsequenz, *daß die Rücksicht dem Freien zuzumuten ist.* Wer Spielraum hat, wird auch Raum drangeben können. Die Schrift Luthers von der Freiheit eines Christenmenschen ist nicht weit davon.

2. *Aber freilich, das Exerzitium fällt uns schwer.* Dabei könnten wir manches sehr wohl verstehen. Wir kennen die Motive der Leute nicht, die sich in Rom auf Gemüse beschränkten. A spricht von koscherem Fleisch; die Tatsache, daß es auch um die Einhaltung von bestimmten Tagen geht, läßt Käsemann daran zweifeln, ob es sich um eine unmittelbare Parallele zu 1. Kor. 8, also zur Problematik des Götzen-Opferfleisches, handele. Würde letzteres gemeint sein, wären die Gründe ohne lange historische Explikation auch Zeitgenossen einsichtig zu machen. Das Unbehagen um unseren Wohlstand wächst. Straßen, Technik und Energie sind an sich nicht unrein, und es ist nicht einsichtig, warum ein Fahrrad Gott wohlgefälliger sein soll als ein Auto; wenn wir aber den Wohlstand insgeheim einem Götzen geweiht hätten und wenn das Lebens-Mittel so zum Lebens-Zweck geworden wäre, dann würde vieles erklärlich. Dies etwa, daß beides so unheimlich nahe beieinander ist in unserem Land: *Fülle und Leere, Sattsein und Unzufriedensein, Erfolg und Resignation, höchster Lebensstandard und höchste Selbstmordrate der Welt.* Denn das ist der Lohn der Götzen allemal: Man sitzt in der Sonne und friert.

Trotzdem, das Exerzitium fällt uns schwer! Schon deshalb, weil eine Gewissens-Überzeugung ja in den seltensten Fällen lupenrein und unvermischt auftritt. Es mag auch in Rom so gewesen sein. In unserem Land haben in der Regel die Theologie und hundert andere Dinge eine unheilige Allianz. Die Predigt eines Pfarrers und die Entscheidung des Gemeinderats über die Renovation des Pfarrhauses hängen manchmal eng zusammen. Die Theologie der Kerngemeinde und die Philosophie der Neuzugezogenen haben gelegentlich eine unmittelbare Verbindung zu Baupreisen und Lebensstandard. Die Plakette „Kernkraft — Nein danke!" und die Stellung zu den Früchten aus dem Apartheidland haben viele Komponenten. Als wir vom Studium ins Pfarramt kamen, sagte einer unserer Mitstreiter, er erkundige sich vorher, ob in einer Christengemeinde Wein oder Tabak angebaut werde; je nachdem fielen die theologischen Argumente aus.
Dies ist weder ironisch noch als Karikatur gemeint. Tatsächlich liegen auch hier die Wurzeln von Zorn, Streit und Unverständnis, die Wurzel auch dafür, daß manchmal schwer zu sagen ist, wer der „Schwache" und wer der „Starke" ist. Es gibt einen heimlichen, sanften Terror der Schwachen, und es gibt eine Hilflosigkeit auch der Starken.

3. Darum geht es mir wie A: Die Predigt wird darauf zulaufen zu erläutern, *was Gerechtigkeit, Friede und Freude im Heiligen Geist bedeuten* für eine Gemeinde, die in der Gefahr ist, sich zu zerstreiten. Die drei großen Worte sind in der Tat ein Scheide-Wasser für unsere Argumente und der Prüfstein für das Gewissen der Starken und der Schwachen. Hier kommt heraus, was Erkenntnis des Glaubens ist und Wahrung des theologischen Besitzstandes, was der Unterschied ist zwischen recht haben und einem anderen zum Leben helfen, und ob in unserem engen Horizont die gemeinsame Freude vor Gottes Angesicht ein Argument sein darf oder nicht.

**VI** Ich würde mich gerne hier für die drei Worte an die Definition von *Ernst Käsemann* halten: „Gerechtigkeit ist nicht das rechte Handeln, sondern die göttliche Macht, Friede die Aufgeschlossenheit gegen jedermann, Freude der Stand unter offenem Himmel."

Unter der göttlichen Macht der Gerechtigkeit wird zum Beispiel herauskommen, daß die Frage des Wein-Trinkens im Remstal und das Problem der Orangen aus Südafrika, wie immer man dazu stehen mag, verschiedene Qualitäten hat, und mancher hat sich wohl zu Recht daran gestoßen, daß das oben so unvermittelt nebeneinandersteht. Vor dem Frieden aber, den Gott für den anderen und für mich in all unserer Verschiedenheit geschaffen hat, kommt heraus, wo unser Stückwerk ist und wie groß der Raum ist, den Gottes Güte uns miteinander schenkt. Nur recht gehabt zu haben ist überall ein trauriges Geschäft, in der Christusgemeinde kann dies traurige Geschäft unmittelbar mit der Schuld zusammenhängen. Wo ist dein Bruder Abel?

Die Freude aber, die Rudolf Bohren einmal den zartesten Beweis Gottes genannt hat, hat eine eigene Kraft, auch für unser Urteil. Darum ist das Lachen über den anderen, von dem am Anfang die Rede war, so peinlich und blamabel. Das Lob Gottes aber, die Freude über seine Freiheit und darin wohl auch einmal das gemeinsame Lachen über eigene Vorläufigkeit und eigenes Stückwerk der Erkenntnis — das wäre ein Zeichen dessen, was der Heilige Geist tut.

# NEUNZEHNTER SONNTAG NACH TRINITATIS

## Epheser 4, 22—32: Keine fromme Kostümierung

FOLKMAR BRAUN **A**

### I Einstieg — erste Eindrücke

*Den „alten Menschen" ablegen und den „neuen Menschen" anziehen* — das erinnert an weit zurückliegende Begebenheiten. Kindliches Gebahren war irgendwann nicht mehr angemessen. Neues Gebahren, das im Verhalten der Erwachsenen musterhaft vorgegeben war, sollte angenommen werden. Begleitet war die Forderung von einem starken Werben der Älteren, im voraus honoriert mit einem Vorschuß aufs Erwachsenwerden; eine Zumutung, die einem mehr zutraute als man sich selbst. Es gab aber auch das beklemmende Gefühl, Erwartungen zu enttäuschen. Beglückend war es, wenn die Selbstzweifel widerlegt wurden durch die Erfahrung, daß Loslassen nicht nur Verlust bedeuten, sondern auch für ein neues Stadium der Reife öffnen kann.

Die Aufforderung, „abzulegen" und „anzuziehen", weckt aber nicht nur Erinnerungen, die weit zurückliegen; sie reicht auch nahe heran an die Gegenwart. Sie hat noch nichts verloren von ihrem werbenden Ton. Aber die Zumutung, Gewohntes fahren zu lassen, wird als bedrohlich empfunden. Das mag daran liegen, daß man sich selbst inzwischen besser kennt. Die Anteile des „Alten", die wir mit uns tragen, sind größer geworden. Sie machen einem wohl zu schaffen, aber sie überraschen einen nicht sehr. Ich habe mich daran gewöhnt, meinem „alten Menschen" immer wieder zu begegnen, obwohl ich ahne, daß er mich entstellt. Beim Versuch, den „alten Menschen" abzulegen, merke ich, wie sehr ich mit meinen Selbsttäuschungen verwachsen bin. Die Befürchtung, das Nichterprobte unpassend zu finden und nach dem Ablegen zwischen Altem und Neuem entblößt dazustehen, ist groß. Ich brauche einen Vorschuß auf den Menschen, „der nach Gott geschaffen ist in rechtschaffener Gerechtigkeit und Heiligkeit", so wie ich als Kind einen Kredit aufs Erwachsenwerden nötig hatte. So könnte ich zurücklassen, was mir nicht länger gemäß ist, und es wagen, Neues, das bereitliegt, aufzunehmen.

## II Entdeckungen am Text

1. Den alten Menschen ablegen heißt nicht Selbstaufgabe. Illusionäres Trachten und falsche Selbsteinschätzung, die den Menschen fehlleiten und nicht zu sich selbst kommen lassen, sollen aufgegeben werden. Ohne das (angedeutete) Bild vom Kleid und positiv gewendet kommt in V. 23 der gleiche Gedanke zum Ausdruck. „*Nous*" ist „das jeweilige Vernehmen des mich Betreffenden" (Conzelmann), die Fähigkeit der Wahrnehmung, eine Art überprüfender Einsicht, die dem Wollen die Richtung weist: *der Mensch als eine auf Verantwortung hin ansprechbare Person.* Seine Erneuerung vollzieht sich nicht durch irgendeinen magischen Austausch (vgl. V. 1), eine innere Erhebung in einen neuen Stand, sondern als *Erinnerung durch den Geist.*

Der Geist „ändert uns, nicht magisch, sondern durch Hören und Glauben. Jesus sagt einmal von diesem Geist: ‚Er wird euch an das erinnern, was ich gesagt habe'" (*M. Mezger*).

In unserem Zusammenhang wird man hinzufügen dürfen: Er wird euch erinnern an das, was durch die Taufe an euch geschehen ist, nämlich an den „Vorschuß" auf den Menschen, der nach Gott geschaffen ist; der soll angenommen werden.

„*Nous*" als „das jeweilige Vernehmen des mich Betreffenden" bedarf der steten Erneuerung, damit ich wahrnehmen kann, was mich jeweils betrifft. Das erfordert fortlaufende *Neueinstellung auf die Außenwelt.* Anders ist wirklichkeitsnahe Teilhabe am Leben nicht möglich; und der Austausch von Erfahrungen, die mich hineinziehen in einen Prozeß wachsender Lebendigkeit, bricht sonst ab. Verzicht auf solchen Austausch hieße zunehmende Verkümmerung des Lebens.

Stetem Wandel kann sich aber nur aussetzen, wer darin immer noch sagen kann, wer er ist. Die erneute Aufnahme des Bildes vom Kleid in V. 24 macht deutlich, daß ich den neuen Menschen nicht in mir finde, daß er aber wie ein Bereitgelegtes mir längst angeboten ist.

2. Die in den Versen 25 ff. sich anschließenden Mahnungen entfalten „*die Grundbewertung des christlichen Lebens*" (H. Schlier). Wie in der Forderung, das illusionäre Wesen aufzugeben und ein neues, mir gemäßes Wesen anzunehmen, liegt auch in den Ermahnungen *das Versprechen von authentischem Leben.*

*Die Lüge ablegen und die Wahrheit reden* (V. 25):
Das erlaubt es, keine Scheinwelt mehr bauen und mit Mühe unterhalten zu müssen; das verspricht ungeschminkten Austausch von Erfahrungen, der nicht bestimmt ist vom ängstlichen Vergleichen und Be-

rechnen; das bietet Nähe, die einen nicht bedroht, weil sich ein ehrlicher Ort finden läßt, an dem glaubwürdig gelebt werden kann.

*Dem Zorn Grenzen setzen* (V. 26):
Zorn muß nicht unterdrückt, aber er soll begrenzt werden. Auch darin liegt ein Versprechen. Jeden Abend reinen Tisch machen, das hieße Versöhnung dessen, was im Geschäft des Tages im Unguten auseinanderstrebt. Die Nacht würde zum Raum der Verschonung, der Aufschub gewährt und einen zweiten Anlauf gestattet. Das wäre bereits Eingrenzung des Teufels (V. 27).

*Nicht auf Kosten anderer leben* (V. 28):
Arbeitsamkeit ist eine Tugend, sofern sie das eigene und fremdes Leben erhält. Bemerkenswert ist, daß in der Gemeinde mit „Dieben" gerechnet wird. Das bringt mich auf den Gedanken, daß es auch gesellschaftlich sanktionierte Weisen des Stehlens geben kann. Unter Umständen werfen sie sogar noch etwas ab für die Bedürftigen.

*Kein faules Geschwätz* (V. 29):
Eine Gemeinde lebt davon, daß Menschen miteinander ins Gespräch kommen, ohne zum Gerede zu werden. Aussprache und Ansprache in der Gemeinde werden aber nur dann hilfreich sein können, wenn Kommunikation als schutzbedürftig erachtet wird.

*Den Heiligen Geist nicht traurig machen* (V. 30):
Durch dieses Gebot erhalten die vorhergehenden und die in V. 31 f. folgenden Mahnungen ihr besonderes Gewicht. Auch hier geht es nicht allein um eine innere Haltung, sondern um Wahrnehmung gegebener Möglichkeiten authentischen Lebens, die im Verhalten ausdrücklich werden. Gemeint ist, sich nicht dagegen zu sträuben, gebaute Brücken zum Guten zu betreten.

Beschrieben ist die „Grundbewegung des christlichen Lebens", das Ablegen des alten und das Anziehen des neuen Seins, an das der Geist erinnert durch Kennzeichnung mit dem Namen Christi seit der Taufe. Verweigerung wird den neuen Menschen nicht zerstören, erregt aber Trauer, weil sie Selbstausschluß bedeutet von dem, was jetzt schon möglich wäre und vorerst noch verhindert wird. Bis zum Schluß wird darum geworben, sich zu trauen, im Sterbenlassen des Alten das Neue zu ergreifen. Der letzte Satz begründet die Zumutung mit der Erinnerung an die in Christus zuteilgewordene Vergebung.

## III Homiletische Rechenschaft

Die Mahnung, den „alten Menschen" abzulegen, hängt von der Voraussetzung ab, daß es den „neuen Menschen" gibt. *Neuwerden ist menschenmöglich!* Dem steht mit erheblichem Gewicht die Erfahrung entgegen, daß meistens nur wenig neu wird und manches nach menschlichem Ermessen so bleibt, wie es war.

Wann habe ich mich als einen „neuen Menschen" erfahren? Es gibt solche Erfahrungen, sind sie aber stark genug, das Künftige zu verbürgen? Bin ich nicht eher derselbe geblieben? In einer Treue zu mir selbst, die verteidigt werden muß, auch um derer willen, die es mit mir zu tun haben?
Wohl sehe ich in Jesus Christus den Menschen, der nach Gott geschaffen ist, und ich erkenne in ihm mein menschliches Maß. Aber vermag ich den neuen Menschen so ohne weiteres zu predigen — gegen die Erfahrungen, die ich mit anderen teile und die keineswegs für ihn sprechen? Es könnte zu rasch eine Absage werden an die „alte Welt", in der ich mit anderen leben möchte.

Hier ist Behutsamkeit geboten. So möchte ich versuchen, für mich und andere einen Rückweg, eine Rückkehr zu beschreiben, die uns zu den Stationen der Verweigerung und Behinderung zurückführt. Das soll nicht als gewaltsame Prozedur der Entkleidung geschehen, sondern als gemeinsame Wanderung zu den Orten und Stellen, an denen wir uns geweigert haben, *uns selbst und andere so wahrzunehmen, wie Gott uns gemeint hat*. Die Botschaft des Textes gibt mir die Hoffnung, auf diesem Wege der Einkehr des neuen Menschen, unseres menschlichen Maßes, nicht nur aus der Ferne ansichtig, sondern gewärtig zu werden. Sie ermutigt mich, darauf gefaßt zu sein, daß hinter allen Stationen der Verweigerung und Behinderung ein „zweiter Blick" auf uns selbst und die anderen uns eines Besseren belehren wird. Diesen „zweiten Blick" zu tun — dafür möchte ich werben.

GÜNTER GOLDBACH **B**

## IV Die Situation

Fast bilde ich mir ein, die Gedanken unserer Gottesdienstbesucher lesen zu können, wenn sie den Text hören:
a) Die einen, wohl vorwiegend die Älteren, werden denken: Gut so! Endlich eine klare Sprache. Endlich wird gesagt, wo's lang gehen soll. Gut so! Die Kirchen haben es endlich begriffen: Wenn über Grundwerte debattiert wird — sie haben sich auf die Gebote zu berufen. Die müssen wieder zu Ehren gebracht werden. Daran muß erinnert werden, was schon immer hätte gelten sollen. Gut so!
b) Die anderen, wohl vorwiegend die Jüngeren, werden denken: Schrecklich! Eine Moralpredigt. Das hat uns gerade noch gefehlt. Das hören wir ohnehin den ganzen Tag: Tu dies! Tu das! Hör damit auf! Schrecklich! Muß denn die Kirche da auch noch mitziehen?! Müssen da solche Texte ans Licht geholt werden?! Schrecklich!
c) Wieder andere, „Kenner der Materie" (bei uns eine Reihe von Theologen, Dezernenten und Referenten kirchenleitender Organe, Geisteswissenschaftler der Universität) werden denken: Natürlich! Das ist die Auseinandersetzung mit der Gnosis. Der Kampf des Guten mit dem Bösen im Innern des Menschen. Spiegelung des kosmischen

Dualismus. Wir können dabei mithelfen, diesen Dualismus der Substanz zu überwinden. Dazu müssen wir etwas tun. Das Vokabular der Gnosis wird benutzt, um „christlich“ zu argumentieren. Natürlich!

Hier gilt es deutlich zu machen: a) *Die Aktualisierung von Geboten ist nicht das Entscheidende*. b) *Es geht nicht um Moral.* — c) *Historische Reminiszenzen sind ohne Belang.* Worum geht es? Um eine uns *allen gemeinsame* Situation: Wenn Christen so angesprochen werden wie hier, dann ist etwas Unerfreuliches die Voraussetzung, was wir im allgemeinen nicht auf uns selbst beziehen, was wir uns nicht gerne sagen lassen, was wir auf Abstand halten — und sei es auf historischen Abstand. Dennoch: Man muß von uns Christen sagen: Siehe da, sie lügen auch. Sie sind auch jähzornig. Sie sind auch nicht immer ehrlich. Sie sind auch Schwätzer. Sie sind auch Leute, denen nicht immer das rechte Wort gegeben ist. Sie sind auch Leute, in deren Herzen viel Bitterkeit und Lästerung, viel Bosheit und Unnachgiebigkeit steckt. Wäre dem nicht so, der Apostel brauchte das alles nicht zu erwähnen. Die Erinnerung an die Gebote, die Ermahnung zum Guten, das Wort „auf den Kopf zu“ setzt voraus, daß ein begründeter Anlaß dazu besteht. Wie werde ich das den Selbstgerechten, den Widerstrebenden, den Gleichgültigen deutlich machen können? Um dann das Eigentliche zur Sprache bringen zu können: das Verhältnis von Indikativ und Imperativ, von Dogma und Ethos, von Sakrament und Ethik?

## V Aufbau der Predigt

Nach exegetischer Erkenntnis sind für den Epheserbrief keine bestimmten Adressaten und keine konkrete Situation anzunehmen; die allgemeine Absicht des Verfassers ist es vielmehr, paulinische Gedanken im Stil der Tauf- bzw. Neophyten-Ermahnungen für die Folgezeit festzuhalten. Wer davon ausgeht und sich von der fehlenden systematischen Ordnung dieser exemplarischen Paränese und durch das Pathos vieler Predigten über den Text nicht abschrecken läßt, der gewinnt seinerseits eine große Freiheit zu hörer-nahen Konkretionen und zu text-nahen Systematisierungen. Die letzteren sollen den Aufbau der Predigt insofern bestimmen, als sie die schon unter IV genannten Verhältnisbestimmungen (von Indikativ und Imperativ, von Dogma und Ethos, von Sakrament und Ethik) in den für den Christen paradoxerweise kontingent-gleichzeitig geltenden Zeitkategorien nacheinander zur Sprache bringen: *nicht mehr* (der alte Mensch), *schon jetzt* (der neue Mensch), *noch nicht* (der vollendete Mensch).

1. Der alte Mensch steht unter dem Diktat seiner Triebe und Begierden, die an Gott vorbei das Leben zu garantieren scheinen. Durch Christus ist ein Existenzwechsel möglich geworden. Der alte Mensch kann „abgelegt“, ein neuer Mensch kann „angezogen“ werden. Die neue Existenz ist charakterisiert durch bestimmende Zugehörigkeit. Der Wechsel ist keine zauberhafte Transsubstantiation, sondern *ein Herrschaftswechsel*. Das apostolische Evangelium besteht eigentlich in der Botschaft von der Nicht-Identität unseres Ich mit dem alten Menschen. Wir können nicht sagen: Gott ist „auf dem Wege zu uns“, ir-

gendwann wird er uns begegnen. Nein, er ist uns schon begegnet und längst in unserem Leben drin. Er hat uns längst beim Kragen genommen und alles „Alte“ von uns abgeschüttelt. Wir *sind* nicht mehr der alte Mensch. Wir müssen es nur *wahrhaben* wollen.

2. Der Appell wäre sinnlos, die Wirklichkeit des neuen Menschen ein reiner Behauptungssatz, wenn sich *der Wahrheitsbeweis* nicht führen ließe. Der christliche Glaube lebt von der Gewißheit, daß sich der neue Mensch „bewahrheitet“ hat, daß er in Jesus Christus erschienen ist. Er „ist“ der neue Mensch, der „nach Gott geschaffen ist in rechtschaffener Gerechtigkeit und Heiligkeit“ (V. 24). Er wirkt an den Glaubenden, und „in ihm“ sind sie „schon jetzt“, was sich an ihnen erweisen soll. Nichts am Sein des neuen Menschen ist möglich und geschieht, was im zuvorkommenden Tun Jesu Christi nicht schon vorweggenommen wäre.

3. Der neue Mensch kann nicht ohne seine, des Menschen, *freie Einwilligung* Wirklichkeit werden. Gott zwingt ihn nicht, sonst wäre der neue Mensch kein Mensch. Gottes guter Wille in seinen Geboten wird sichtbar, aber Erfüllung der Gebote ereignet sich nicht zwangsläufig, eine andere façon de vivre stellt sich nicht von selbst ein. Wohl aber haben wir Sehnsucht nach der Nähe Gottes. Es mag um unsere sittlichen Leistungen stehen, wie es wolle — und es steht schlecht! —, das aber hat er an uns gewirkt, daß wir uns danach sehnen, mit ihm in Freundschaft zu leben. Das ist das Siegel auf unserem Leben: Gott hat schon etwas mit uns angefangen! Das ist unverkennbar. Wir spüren es. Die Freude darüber bleibt die größte Kraft, die einem Menschen in seinem Leben zuwachsen kann.

## VI Gestaltendes Material

1. „Denk dir nur, Jan, Stephanie war da. Sie war endlich da, und wir haben uns wieder versöhnt.“ — Jan starrte auf den Tisch. Er wollte etwas antworten, aber er hatte auf einmal ein Würgen im Hals, dick wie ein Kloß. Wütend drehte er sich weg. „Mit Stephanie machst du ein Fest“, schrie er mit einer ganz fremden Stimme, „mit Stephanie, die deine kostbare Kette, die sie erst viel später erben sollte, auf einer Party verloren hat! Die sich monatelang nicht um dich gekümmert hat! Mit ihr machst du ein Fest. Das hast du mit mir noch nie gemacht. Das ist einfach nicht gerecht!“ — „Aber Jan“, sagte der Großvater erschrocken, „wir sind doch alle Tage beisammen und haben es schön miteinander. Komm“, bat er, „freu dich ein bißchen mit. Zwischen Stephanie und mir war etwas in Unordnung, und wir haben es wieder in Ordnung gebracht. Das muß man doch feiern. Und für dich ist ja auch noch etwas übrig. Keiner kommt zu kurz.“ Er schob Jan an den Tisch, und Jan ließ es sich gefallen. Er saß lange schweigend über dem Rest der Sahnetorte. Als er fertig war, half er den Tisch abräumen und trug das Geschirr in die Küche. Und danach sagte er wie immer: „Machen wir ein Spielchen zusammen, Großvater?“ (Vgl. das Original der „Neufassung“ und Weiterführung der Geschichte vom verlorenen Sohn, in: Vorlesebuch Religion, Bd. 3, 1977, S. 188ff.)

Das ist die raffinierte Tarnung des alten Menschen: unsere berechtigte Empörung aufgrund scheinbarer Ungerechtigkeit; die unreflektierte

Wut aus uneingestandenem Neid; der natürliche Egoismus aus Angst vor dem Zukurzkommen. Und dennoch: Wir sollen und können bestimmte Dinge hinter uns lassen: Wir sind frei zum Nachgeben aufgrund einer anderen Gerechtigkeit; wir sind frei zum Nachdenken über die uneingestandenen Motive unseres Redens und Handelns; wir sind frei zum Nachvollziehen der Gedanken und Wege der Liebe — post Christum praedicatum.

2. Eine Geschichte ist mir berichtet worden: Da ist ein Zug Gefangener unterwegs auf einer langen Straße in Rußland. Im Zug marschieren ein alter orthodoxer Priester und ein junger Bursche; sie versuchen miteinander zu reden, wenn kein Soldat der Begleitmannschaft in der Nähe ist. Dennoch, aus keinem erkennbaren Anlaß, vielleicht nur, weil ihn das ehrwürdige Gesicht des Alten reizte: Einer der Soldaten schlägt plötzlich mit seiner Peitsche in das Gesicht des alten, so daß die Haut zerplatzt und das Blut hervorschießt. Der Junge will sich auf den Soldaten stürzen, aber der Alte hält ihn zurück. Nicht nur, weil er weiß, daß das sowieso keinen Sinn hätte. Nein, er sagt: ,,Ich bin glücklich, daß ich an diesem Tage" — es war eben der Karfreitag — ,,auch einen Streich erleiden muß. Mein Herr hat sehr viel mehr unschuldig erleiden müssen."

Es muß nicht diese fromme story sein. Aber Beispiele müssen sich finden lassen dafür, daß einem das Unrecht, das er erleiden muß, zum Signum der Jüngerschaft werden kann. Ja mehr noch: Selbst eine elende und aussichtslose Wirklichkeit kann dadurch erträglich werden, daß sie als Christuswirklichkeit gesehen und erlebt wird. — Natürlich: Das kann verstanden und mißverstanden werden. Das kann Lästerung provozieren und den Lästerern das Maul stopfen. Das bleibt in der eigentümlichen Ohnmacht und Zweideutigkeit des Kreuzes Christi, das gleichwohl in den Schwachen mächtig und für sie eindeutig zu sein vermag — ubi et quando visum est Deo.

3. Wolf-Dietrich Schnurre erzählt in einer Tierfabel die Geschichte eines Chamäleons, das die Fähigkeit, die Hautfarbe zu wechseln, gerade in dem Augenblick verlor, als es eine grüne Hautfärbung angenommen hatte. ,,Warum weinst du?", fragen die anderen. ,,Weil ich nun immer grün bleiben muß", antwortet das Chamäleon unter Tränen, ,,auch wenn die Blauen am Ruder sind."

Es ist deutlich, wie man die kleine Geschichte symbolisch deuten kann: Wer durch die Taufe mit dem Geist Gottes versiegelt ist, der kann sich nun auch nicht mehr überall anpassen, alles mitmachen, sein Fähnlein einfach immer nach dem Wind hängen. Der muß Farbe bekennen, um im Bild zu bleiben. Das ist gar nicht immer so leicht. Es könnte uns auch das Wasser in die Augen treiben, wenn es das durchzuhalten gilt. Versiegelung durch den Geist Gottes heißt eben nicht, daß wir an ein geheimnisvolles Kraftwerk angeschlossen sind und nun in den ungetrübten Genuß dieser Kraftwirkung kommen. So tun und reden wir zwar oft. Aber es ist eben nicht so. Und deshalb glaubt man uns auch meist nicht. Das ist kein Schweben über den Wolken — der reditus ad baptismum.

Als Lesung ist das Evangelium von der Heilung des Gichtbrüchigen (Matth. 9) akzeptabel: Gott verzeiht die Hoffnungslosigkeit des alten Menschen. Er verzeiht um derer willen, die für den Hoffnungslosen die Hoffnung nicht aufgeben; die ihn mit ihrer Hoffnung zu Jesus tragen.

Als Lied scheinen EKG 129 (zum Eingang), 264 (vor der Predigt), 112 oder 152 (nach der Predigt) geeignet.

Zur thematischen Behandlung vgl. THEMENSTUDIEN, Band 3, S. 231 ff.: *M. Ferel/R. Schloz,* Die Freiheit, sich zu ändern. Die Red.

## ZWANZIGSTER SONNTAG NACH TRINITATIS

# 1. Thessalonicher 4, 1—8: Neue Akzente setzen

HANS JAKOB GABATHULER **A**

### I Erste Annäherungen

*Erschreckende Autorität*

Ich bin überrascht, mit wie schwerem Geschütz der Apostel bei seinen ethischen Anweisungen auffährt: Er ermahnt, erinnert an Weisungen, die er mit dem „Willen Gottes" gleichsetzt, und behauptet, wer seine Forderungen ablehnt, lehne Gott ab. Mir wäre wohler beim Augustinischen „Liebe, und dann tue, was du willst!" Es beruhigt mich dabei wenig, daß Paulus in der Missionssituation die Christen zur deutlichen Abgrenzung gegenüber der heidnischen Umwelt rufen mußte und (nur?) darum so konkret in das Leben der Briefempfänger hineinredete. (Mir als Prediger geht dabei durch den Kopf, wie gerne ich mich „allgemein-konkret" ausdrücke und bestimmte Dinge nicht direkt aussprechen mag.)

*Fortschreiten im Christwerden*

Mich fasziniert die Spannung zwischen den Aussagen „Ihr wandelt ja auch entsprechend" und „So sollt ihr nun darin noch weitere Fortschritte machen". Immer ist für mich schon alles geschehen — von Gott her (4, 8). Und immer habe ich nichts in Händen, bleibt alles verloren, wenn ich mich nicht um „das Fortschreiten" (Heiligung) mühe. Vergesse ich das eine, gerate ich auf den Weg zum Libertinismus; vergesse ich das andere, verirre ich mich in Gesetzlichkeit.

*Paulus besucht seine Gemeinde*

Wo liegt für diesen Brief der „Sitz im Leben"? Er wird, ein knappes Jahr nach dem Aufenthalt des Paulus in Thessalonich, durch einen Boten überbracht. Der Brief ist die Antwort auf das, was Timotheus kurz vorher an Mitteilungen und Fragen aus Thessalonich zum Apostel getragen hat.

Ich stelle mir vor: In einem Privathaus kommen die bedrängten, angefeindeten Christen abends zusammen, Mann und Frau, Freier und Sklave, und hören der Verlesung des Briefes zu. Paulus erscheint wieder lebendig vor ihnen; Predigtbrocken sind im Brief zu vernehmen. Deutlich wird ihnen wieder: *Christen sind anders als Heiden!* Darin bestärkt sie vor allem unsere Perikope. Die Frauen lächeln befriedigt vor sich hin, werfen bezeichnende Blicke auf ihre Männer, als der Apostel die Rücksichtnahme auf die „Gefäße" so stark betont. Der Abschnitt wird zu vielen Gesprächen nach der Verlesung und im stillen Kämmerlein Anlaß gegeben haben...

Mit dieser Anstrengung meiner Phantasie ist der Ärger darüber fast verschwunden, daß Paulus hier einzig Männer anredet und Frauen nur Objekte sein läßt. Paulus, ein Miturheber der Diskriminierung der Frau in bald 2000 Jahren Kirchengeschichte? Auf diesen Text beruft man sich dabei besser nicht.
Es scheint mir möglich, aus unserem Abschnitt eine Geschichte zu komponieren und sie als Predigt im Gottesdienst zu erzählen.

## II Entdeckungen am Text

Literatur neben den Kommentaren: *H. Schlier*, Der Apostel und seine Gemeinde (1972); *E. Schweizer*, Gottesgerechtigkeit und Lasterkataloge bei Paulus, Festschrift für Käsemann (1976), S. 461—477. — Übersetzung: Am brauchbarsten scheint mir Wilckens, nach dem hier zitiert wird.

*Ein „Abriß" paulinischen Elementarunterrichts*

In unserem Abschnitt erinnert der Apostel die Briefempfänger, ehemalige Heiden, an den ihnen bei seinem Aufenthalt in Thessalonich erteilten ethischen Elementarunterricht. Bedenkenswert, daß er diesen in der Zusammenfassung in die Form des auf bessere Einsicht hinzielenden fragenden Bittens kleidet (4, 1; vgl. 5, 21!). Die ethische Elementarbelehrung steht unter dem Zentralbegriff der „*Heiligung*" (4, 3a) und wird verbunden mit dem Hinweis auf das Gericht (4, 6b) und darauf, daß das neue Leben in Christus Gottes Gabe ist (4, 8).

Inhaltlich argumentiert Paulus auf der Basis jüdisch-hellenistischer Gesetzesauslegung. Diese strich als differentia specifica der jüdischen Gemeinde das *Fehlen heidnischer Laster* heraus (Götzendienst als Voraussetzung von Hurerei und sozialer Ungerechtigkeit in Sap. 14, 12ff.; Hinweis auf das Gericht 14, 30f.; vgl. Röm. 1, 29—31). Die Trias „Götzendienst" (4, 5b), „Hurerei" und „Habgier" (vgl. 1. Kor. 5, 10f.) bezeichnet darum nicht speziell „thessalonische Laster", sondern dient dazu, das *Neue* aufzuzeigen, das die Christen der Hafenstadt von der großen heidnischen Mehrheit unterscheidet.

### *Exegetische Hinweise*

V. 1: Allgemeine Einleitung in die Paränese des Briefes und Erinnerung an die Predigt des Apostels. „Davon, daß man sich einem Gott wohlgefälligen Leben unterzieht, gibt es auf Erden ja kein Ende... Der Gehorsam ist in ständiger Bewegung zu größerem Gehorsam" (Schlier).

V. 2f.: In der apostolischen Predigt gibt der Herr Jesus selbst Weisung und kommt der Wille Gottes zum Ausdruck.

V. 3a: Inhalt der Ermahnung ist die *Heiligung* (Übergabe des gesamten Lebens an den Willen Gottes, Röm. 12, 1; totale Bezogenheit auf Gott, totale Beanspruchung durch Gott, 1. Thess. 5, 23). Heiligung wird als Abwendung von zwei heidnischen Lastern spezifiziert:

V. 3b—5: Mit „Hurerei" ist all das gemeint, was für den Juden Paulus heidnischer Mißbrauch der Sexualität ist. Nur im Judentum gab es damals für den Mann die Beschränkung seines Sexuallebens auf die Ehe als Norm. Positiv fordert der Apostel (wie in 1. Kor. 7, 2) das gute Zusammenleben des Mannes mit seiner Ehefrau als Mittel zur Abwendung von Hurerei. Auch die Selbstsucht hat in der Ehe von Christen keinen Platz mehr („nicht von Gier getrieben").

V. 6a: Neben die Hurerei tritt die Bereicherung auf Kosten des Bruders (J. Schneider, ThWBNT V. 740: nicht „mit Gewalt und List gegen den Bruder vorgehen").

V. 6bf.: Da Gott zur Heiligung beruft und nicht zur Unreinheit, verlangt er Rechenschaft über den Wandel des Christen.

V. 8: Der Vers weist abschließend auf 4, 2 zurück: Aus dem Apostel spricht nicht einfach ein wie auch immer gearteter Mensch, sondern Gott selbst, der durch seinen Heiligen Geist die Heiligung der Christen vollbringen will.

## III Als Prediger heute

1. Ich bin Pfarrer einer „Volkskirche" — was immer das heißen mag. Auf jeden Fall macht mir von daher das „Abgrenzungsdenken" des Textes Schwierigkeiten. Mich schmerzt einerseits, daß in der volkskirchlichen Mitgliedermasse sehr wenig entschiedenes Christentum, sehr wenig bewußt von der „Heiligung" her gestaltetes Leben vorhanden ist. Insoweit leben wir alle in Thessalonich. Andererseits leide ich gerade unter jenen, die zur entschiedenen Distanzierung rufen. Sie erscheinen mir fast immer so pharisäisch, daß ich mich spontan mit den anderen solidarisiere. Ich möchte so predigen, daß deutlich wird: Christen sind „Geheiligte", aber dem Pharisäismus gehen sie aus dem Weg wie der Teufel dem Weihwasser. Sich selbst einbringen können sie nur in der Spannung: „Ihr wandelt ja auch entsprechend" und „So sollt ihr nun darin noch weitere Fortschritte machen".

2. Christen leben alternativ. — Für mich ist die Hauptentdeckung am Text, daß Paulus den Thessalonichern Mut macht, sich signifikant von den Heiden zu unterscheiden, was er an zwei heidnischen Hauptla-

stern exemplifiziert. — Ich wünsche mir, es gäbe heute eine eindeutige und einsichtige Liste von Tatbeständen, von der her deutlich würde, was Christen von anderen unterscheidet, so wie das damalige Kataloge heidnischer Laster vermochten. Ich denke, daß auf einer solchen Liste Fragen der Sexualität oder des Finanz- bzw. Eigentumsgebarens sehr weit vorne rangieren müßten. Auch der Umgang mit Energie, den Massenmedien, das Kaufen und Nichtkaufen von bestimmten Dingen gehörten dazu. Nach meiner ,,Erkundung der Situation" würde ich mich dabei nicht an die im Text genannten Probleme gebunden fühlen, sondern bei mich bedrängenderen Fragen einsetzen, um Mut zu machen, auf einem möglicherweise ganz beschränkten Gebiet alternativ zum Trend zu leben — um der Heiligung willen. Vielleicht wirkt das am überzeugendsten, wenn ich einfach ein einschlägiges Beispiel alternativen Lebens erzähle.

3. ,,Durch die Autorität des Herrn Jesus." — Daß Paulus den steilen Anspruch (V. 3 und 8) durch das auf bessere Einsicht hinzielende fragende Bitten (V. 1) erträglicher macht, beseitigt nicht meine Schwierigkeiten: Gerade auf ethischem Gebiet besitze ich nicht den Mut und die Vollmacht, ,,Anweisungen durch die Autorität des Herrn Jesus" zu geben. Und eine einfache Repetition der Anweisungen des Apostels ist mir auch nicht möglich. Einzig möglich erscheint mir der Weg, *umfassende Aspekte göttlichen Willens aufzuzeigen* und sie dem Predigthörer — angewandt auf das gewählte Problem — als Ertrag meines Nachdenkens vorzulegen. Ich hoffe, daß ich ihm gleichzeitig Mut mache, mir zu widersprechen, wenn er aufgrund seiner eigenen Überlegungen zu einem anderen Schluß kommt.

ERNST-ULRICH KATZENSTEIN **B**

## IV Streifzüge zur Erkundung des Terrains

1. *Verunsichert*

Das scheint der Sinn der Sache: Wir beide fühlen uns angegriffen, sind verunsichert. Anweisungen gegenüber sind wir skeptisch geworden. Wir empfinden sie als autoritär, zumindest moralistisch. Fehlt uns darum der Geist? Sind wir deshalb keine ,,Autoritäten" mehr in Sachen Lebenswandel?

Mich tröstet der Gedanke vom ,,Fortschreiten". Der Geist ist in Bewegung, will uns ,,auf dem laufenden" halten. Dazu gehört auch das Fragen und — sich selbst in Frage zu stellen. Es schafft eine Solidarität der Betroffenen. Wir stehen nicht über unseren Hörern. Was uns nachdenklich stimmt, sollten wir ihnen vermitteln können, sollte sie anregen, selbst nachdenklich zu werden. Geist, Glaube, Christsein läßt unruhig werden und unruhig machen. Das aber geschieht selten mit Allgemeinplätzen, selten bei Erörterungen über des Kaisers Bart. Es greift erst da an, wo es um das alltägliche Leben geht: Probleme der Partnerschaft, Besitz und Finanzgebaren und die kleinen und kleinsten Leidenschaften. Es geht um den Ort, an dem uns die Frage trifft: „Und das will ein Christ sein?!"

2. *Hinter den Gardinen...*

Es gibt in der Regel zwei Situationen, in denen ich meine Gemeindeglieder am besten kennenlerne: bei Eheproblemen und bei Beerdigungsgesprächen. Da begegne ich der Wirklichkeit. Meine Erfahrung kann ich so umschreiben: „Es gibt nichts, was es nicht gibt!" — „Wir können und dürfen nicht so tun, als ob nicht sein *kann*, was nicht sein *darf*!" Und: „Hinter den Gardinen der Wohn- und vor allem der Schlafzimmer spielt sich viel mehr ab, als wir ahnen oder als wir zu ahnen bereit sind." — Daß jemand die Wahrheit und nichts als die Wahrheit hören will, ist schwer zu erreichen; ich weiß es. Aber wenn es schon nicht die Verzweiflung ist, die den Mund öffnet: das Aufzeigen von Solidarität im Geschehen und in den Gefühlen kann manches erreichen.

Fremdgehen, Abtreibung, finanzielle Vorteile herausholen, Besuch im Sexshop oder in einer Lifeshow, wenn man schon mal mit dem Verein auf Reisen geht — all das gehört für viele heute zur selbstverständlichen Lebensgewohnheit. — „In jener Situation sind meine Leidenschaften eben mit mir durchgegangen. Es wäre ja dumm, ein Pferd nicht zu reiten, das man gesattelt findet. Das gehört doch einfach dazu." So klingt es! So ist es! — Und auf der andern Seite:

3. *Tue recht und scheue niemand!*

Man möchte „recht" dastehen: Pflichtbewußtsein, Verantwortung, Gerechtigkeit, Klugheit, Ordnung, Sachkenntnis, Besitz und schließlich auch Glaube gehören zum Image. Das will man hören! Darin will man sich bestätigt wissen. Spätestens im Nachruf.

Diese Heuchelei gibt es auch bei denen, die sonntags in die Kirche gehen, die oft nur so tun, als wären sie selbst nicht beteiligt. Und doch sitzen sie vor uns mit ihren Problemen, mit ihrem Schuldbewußtsein, mit ihrer ganzen Lebenswirklichkeit, deren Beurteilung oft nur dem Mehrheitsentscheid unterliegt: Es machen doch alle so! Diese Zweigleisigkeit ist sicher auch eine Folge der in Texten wie 1. Thess. 4, 1—8 verwurzelten Moralität. Obwohl der Unterschied zwischen christlichem und heidnischem Leben damals stärker religiös geprägt war und „modernes Heidentum" sicher nicht mehr als ein Schlagwort ist, steckt wohl hinter beidem so etwas wie eine ichbezogene Urreligiosität.

4. *Ersatzheilige?*
Es nützt niemandem, wenn wir dieser Art Wirklichkeit ausweichen. Vor allem haben wir ja auch selber Anteil an diesem alltäglichen Geschehen. Deshalb müssen wir uns in die Predigt mit einbringen, die Gemeinde spüren lassen, daß das alles uns selbst nicht nur bewegt, sondern auch betrifft, genau wie sie. Wir können kein Beispiel für eine heile und moralische Welt sein. Auch wir haben unsere Probleme. Wenn wir nicht am eigenen Leib und in der eigenen Familie zu spüren bekommen, worum es bei der Botschaft Christi geht, werden wir andern nicht auf die Beine helfen. Wir können und dürfen nicht als „Ersatzheilige" das Schlafmittel für das Gewissen anderer sein oder sie als „Unheilige" in ihrem Tun bestätigen. Das gilt sicher für alle Christen.

5. *Akzente liegen anders*
Ich bedaure deshalb, daß die Verse 9—12 nicht mehr zu unserer Perikope gehören. Da wird wenigstens die Liebe angesprochen, an der Paulus sonst so viel liegt. Da liegt für mich der Kern der Dinge, auch jener Lebensführung, mit der wir Ehre machen sollen: die Erkenntnis unserer Unvollkommenheit, die Einsicht in die Wirklichkeit menschlicher Existenz, die Erkenntnis, daß auch wir diese Liebe brauchen. Allein sie ermuntert.
Daß Christen so vor ihrer eigenen Tür kehren können, daß wir selbst der Liebe bedürfen, die verzeiht und Mut zum Neuanfang gibt, *nur das* kann andern Beispiel sein. Hätte ich diese vergebende Liebe nicht nötig, könnte ich andern kaum weiterhelfen. Wenn ich nur moralisiere, riskiere ich, nicht mehr ernst genommen zu werden. Man nimmt mich allenfalls noch in Kauf. So geht es mir darum, die mir zu einseitig beschnittene Perikope im Gottesdienst durch Lesungen auszugleichen und in der Predigt entsprechende Rückbezüge nicht zu scheuen.
Nur in der immer neu vergebenden Liebe, in dem täglichen Mut zum Neuanfang, der für mich in der Verkündigung und im Leben zum Ausdruck kommt, liegt das Beispiel, die Art Lebensführung, die Gott Ehre macht.

6. *Strafen*
Das trifft mich besonders schwer. Für mich sind die Drohungen und Strafen, wie sie im Text angedeutet sind, ein großes Problem. Noch schwieriger ist es, das andern einsichtig zu machen. Vielleicht ist *das* ein Weg: Gebote sind für mich kein hartes Gesetz. Es sind tiefe und weise Einsichten, die dem Menschen vor Augen halten, was für Folgen es haben könnte, wenn... Sie sind für mich eine Anregung, die Konsequenzen meines Handelns zu überlegen, *bevor* ich meinen „Leidenschaften" folge. Und dazu bin ich um so mehr verpflichtet, je mehr ich selbst um meine Abhängigkeit von der Liebe weiß, für die Jesus Christus mit seinem Leben eingestanden ist. Auch wenn ich immer neu scheitere.

## V Predigt zum „Nachdenken“

1. Für mich ist die Wirklichkeit wichtig, das mich umgebende, mich einbeziehende Leben. Davon gehe ich aus. Auch von denen, die uns der Heuchelei bezichtigen, weil wir „in die Kirche rennen“, sonst aber die Teufel unserer Nachbarn sind. Manchen Anlaß geben wir dazu. Nicht nur, daß wir uns teuflisch benehmen. Viel schlimmer ist unsere eigene Bigotterie, unser Pharisäismus.

Beispiel: Ein Familienvater geht fremd und zieht schließlich zu seiner Geliebten innerhalb des angestammten Wohnbereichs. Folge: Eine seiner Töchter verliert ihren Verlobten, denn dessen Eltern, „gute“ Mitglieder der Kirchengemeinde, bringen die Verbindung auseinander. „Nicht mit der Tochter eines Ehebrechers!“, heißt es. Auch das ist Realität! Die Gemeinde redet über das Geschick des Mädchens. So empfindet sie jeden Gottesdienstbesuch und andere Kontakte nur noch als passiven Seelenstriptease, zieht sich zurück. Die Gemeinde gibt ihr keine Geborgenheit mehr.

2. Ich möchte weiter umschreiben: Christsein beginnt mit dem Kümmern um das eigene Leben. Das gilt auch für uns. Auch wir haben unsere Probleme. Wer sagt: „In meiner Ehe gab es nie Schwierigkeiten“, der lügt oder hat ein schlechtes Gedächtnis. Oder er hat mit der Unterschrift auf dem Standesamt seine Persönlichkeit aufgegeben. Auch das ist keine gute Voraussetzung für partnerschaftliches Miteinander.

3. Christsein ist nicht identisch mit Gutsein im moralischen Sinn; das ist relativ. „Gott allein ist gut.“ Es geht um Güte! Sie entsteht aus der Liebe zum Nächsten und dem, was für ihn gut ist. Nicht aus dem, was ich für ihn als gut empfinde. (Vgl. den barmherzigen Samariter!)

Jene oben erwähnte Tochter kümmert sich jetzt um ihren alten „Vater“ im Krankenhaus. Er wird täglich besucht. Sicher ist er nur „Erzeuger“. Aber die Verpflichtung aus der empfangenen Liebe, aus der Vergebung, von der sie selbst lebt, wiegt für die Tochter schwerer, so bedrückend die Erinnerung auch bleibt.

Allein Güte bleibt dem wirklichen Leben zugewandt. Nur so können neue Akzente in unser Leben gesetzt werden.

## VI Erläuternde Beispielgeschichten und Texte

*Lesung:* 1. Thess. 4, 9—12; 1. Kor. 13; Joh. 8, 1—11.

*Lieder:* EKG 105, „Zeuch ein zu deinen Toren“ (1. 6—8); EKG 217, „Herz und Herz vereint“; EKG 383, „O Gott, du frommer Gott“; EKG 190, „Wohl denen...“

„*Wenn die Liebe fehlt...*
Pflichtbewußtsein ohne Liebe macht verdrießlich;
Verantwortung ohne Liebe macht rücksichtslos;
Gerechtigkeit ohne Liebe macht hart;
Klugheit ohne Liebe macht heuchlerisch;
Ordnung ohne Liebe macht kleinlich;
Sachkenntnis ohne Liebe macht rechthaberisch;
Besitz ohne Liebe macht geizig;
Glaube ohne Liebe macht fanatisch;

Ein Leben ohne Liebe ist sinnlos."
(Aus dem Neukirchner Kalender 1976 [21. 6.], Teil eines Gedichtes.)

Oder das Gedicht: „Christus hat keine Hände..."

Und für den, der die Anekdote nicht scheut: „Müssen Pfarrer auch auf die Toilette?" — „Ja, nur nicht so oft!"

Besuch auf dem Friedhof. Ein Knabe geht durch die Reihen und liest die Inschriften: „... treue, tugendhafte Gattin", „... lieber, guter Sohn...", „... einzig geliebter, vortrefflicher Gatte...". Aufforderung an die Mutter: „Mama, nun zeig mir auch den Friedhof, wo die bösen Menschen begraben werden." (Ausführlich bei Hans von Campenhausen, Theologenspieß und -spaß.)

# EINUNDZWANZIGSTER SONNTAG NACH TRINITATIS

## Epheser 6, 10—17: Eiserne Christen sind nicht gefragt

MEINOLD KRAUSS **A**

### I Erste Eindrücke

Trotz meiner blühenden Phantasie kann ich mir eines nicht vorstellen: Franz von Assisi, Roger Schütz, Mutter Teresa oder gar Jesus *in Waffenrüstung*. Würden die Genannten in Wort und Bild so dargestellt — es wäre für mich eine Karikatur par excellence. Warum eigentlich? Das Bild von der „Waffenrüstung Gottes" ist doch biblischen Ursprunges, im Alten sowie im Neuen Testament zu finden. Dürers Bild „Ritter, Tod und Teufel" ist somit ganz folgerichtig: Christliche Existenz hat es mit „Kampf" zu tun. Doch ich stocke und frage: Nur christliche Existenz?

„Der Goliath des Glaubens" (so stelle ich mir den im Text beschriebenen Christen vor) ist mir unheimlich. Was ist mit den Kleinen und Schwachen, denen diese gewaltige Rüstung verpaßt wird? Was ist, wenn der Schild größer ist als der, der ihn tragen soll? Und doch: Das Bild des „*eisernen Christen*" hat auch etwas Beruhigendes. Ich bin geschützt, nicht verwundbar, ich kann in Deckung gehen. Je länger ich jedoch über diese Waffenrüstung nachdenke, um so zwiespältiger wird mir der Text. Christen standen schon immer in der Gefahr, dieses Bild falsch zu verstehen.

Vor mir liegen zwei Predigten aus der Kriegszeit. *Erstes Thema:* ,,Auf zu heiligem Kampfe!" a) Den Feind erkannt! — b) Die Rüstung angelegt! — c) Das Feld behalten! — *Zweites Thema:* ,,Unser Christenleben soll ein heiliger Kriegsdienst sein! a) Blickt auf den Führer! — b) Erkennt den Feind! — c) Auf zu den Waffen!
Es gibt kirchliche Kreise, wo derartige Parolen auch heute noch benutzt werden. Deshalb scheint mir eine völlige ,,*Entmilitarisierung*" des Textes dringend notwendig zu sein.

Es geht nicht um meine ,,Zu-Rüstung", sondern um meine ,,Ent-Rüstung". Zweierlei verdeutlicht sich: *Erstens:* Nur meine ,,Ent-Rüstung" macht mich stark. *Zweitens:* Das Starksein wird mir zugesprochen (Geschenk und kein Naturrecht!).

## II Entdeckungen am Text

Der Scopus des Abschnittes liegt in der Mahnung: ,,*Werdet stark in dem Herrn*" (V. 10). Diese wird in zwei Aufforderungen gegliedert: 1. Ziehet die Waffenrüstung an (V. 11a—13a); 2. Haltet nun stand (V. 14a). Die christliche Gemeinde geht schwach (,,ent-rüstet") in den Kampf und ist gerade so unbesiegbar.

Keinerlei Macht steht ihr zur Verfügung, ja sie muß sich ständig vor der Versuchung in acht nehmen, sich selber Macht beschaffen zu wollen. Sie hat keine ,,Gottes-Beweise", keine schlüssigen Argumente, sie hat nichts aufzuweisen, was anderen doch unbedingt einleuchten müßte. Sie hat keine Erfolge zu verbuchen; sie existiert zwischen Gleichgültigkeit, Verdächtigung und Verachtung; sie existiert trotz Müdigkeit und Verwirrung, die sich in der Kirche ausbreiten. Sie lebt allein von der verläßlichen Zusage: ,,Ihr könnt bestehen!" In diesem Zusammenhang denke ich an das alttestamentliche Wort: ,,Fürchtet euch nicht, stehet fest. Der Herr wird für euch streiten, und ihr werdet still sein" (2. Mose 14, 13 und 14).

Wir brauchen also in keiner Weise Feldzüge für den Glauben zu führen. Jedoch: *Wir haben zu kämpfen!* Es ist der Kampf des Unglaubens gegen den Glauben, der Hoffnungslosigkeit gegen die Hoffnung, der Selbstbehauptung gegen die Liebe. In diesem Kampf müßten wir, auf uns selbst gestellt, unterliegen. Denn wir haben es nicht einfach mit ,,bösen Menschen" zu tun, sondern mit den Mächten des Bösen. Und diese Mächte der Zerstörung, der Ungerechtigkeit und des Hasses sind stärker als wir.

Ich denke, während ich diese Zeilen schreibe, an die augenblicklichen Vorgänge im Iran (Besetzung der Amerikanischen Botschaft, Forderung an die USA, den Schah auszuliefern).Da gibt es ganz plötzlich und unvorhergesehen gewaltige Strömungen, die ganze Völker erfassen können. Ideologien, die das Denken vergiften (Faschismus). Es gibt fast unausrottbare, tief verwurzelte Vorurteile (Antisemitismus, Homosexualität) und scheinbar unabänderliche, soziale Gegebenheiten (Nichtseßhafte).

Bleibt bei diesem Fazit also nur eine lähmende Schicksalsgläubigkeit übrig? Ein Fatalismus, der zur Feststellung kommt: Da kann man eben nichts machen... Wie's kommt, so kommt's... Wir sitzen eben am kürzeren Hebel. Ein Aufbegehren, eine Revolution gegen diese unmenschlichen Sachzwänge ist bisher immer gescheitert. Bleibt also nur die Resignation? (Übrigens ein Terminus aus der Militärsprache: re-signare = das Zeichen des Sieges zurücktragen.) Nicht für die Christen! Sie sollen die Überlegenheit des Feindes nüchtern erkennen, ohne darüber zu verzweifeln und ohne sich im Kampf zu übernehmen. Sie wissen: Einer ist „der Stärkere" (Luk. 11, 22) — Christus. Deshalb heißt auch „die Waffenrüstung Gottes anlegen" nichts anderes als „*Christus anziehen*". Der Kampf, um den es hier geht, ist nicht ein allgemeines „Menschsein heißt Kämpfer sein!", sondern es ist der in jedem Sinn des Wortes „letzte" Kampf, der Kampf Christi gegen das Böse. Wir sind nicht Zuschauer eines noch unentschiedenen Zweikampfes, sondern bereits Zeugen des Sieges Christi (1. Joh. 3, 8; Kol. 2, 15).

Die Eigenart dieses „Christuskampfes" liegt nicht darin, daß wir einen Sieg erringen, sondern daß wir *den schon gewonnenen Sieg Christi proklamieren*. Zu dieser Proklamation gehört die Erkenntnis: Es geht nicht um meine Ideen, Programme und Lehren, sondern um die eine Wahrheit, die uns in Christus geschenkt ist (Joh. 14, 6; Joh. 18, 37). Es geht um die geschenkte Gerechtigkeit, die uns erst befähigt, uns für eine „bessere Gerechtigkeit" in allen Bereichen der Welt einzusetzen. Allein im Bezeugen dieser Wahrheit und Gerechtigkeit verkündigen wir den Frieden des Evangeliums. Wir haben nicht über diesen Frieden und diese Gerechtigkeit zu diskutieren, sondern wir haben den schon gewonnenen Frieden und die geschenkte Gerechtigkeit zu bezeugen und damit auch konkrete Schritte zu unternehmen, denn Wahrheit und Gerechtigkeit haben ganz gewiß auch eine soziale Dimension. Das Evangelium wird jedoch nur dann eine Friedensbotschaft sein, wenn es den Glauben und das Heil bezeugt, die allein durch Christus geschenkt werden. Darum gilt: „Werdet stark im Herrn durch die Kraft, die seine Stärke verleiht" (Wilckens).

## III Homiletische Rechenschaft

Ich fühle mich von diesem Text abgestoßen und zugleich auch angezogen. Das zwiespältige Gefühl rührt daher, daß ich erkenne, welche *Gefahr*, aber auch welche *Chance* diese Perikope hat.

1. Die *Gefahr* sehe ich darin, daß es nur schwer gelingt, den Text zu entmilitarisieren, weil das Bild vom „eisernen Christen" zu einprägsam ist. Selbst die Feststellung, daß es mehr um die Sachhälfte und weniger um die Bildhälfte geht, hilft zunächst wenig weiter. Soll ich die Bilder also doch übernehmen, zumal — so weisen einige Ausleger darauf hin — es ja mit Ausnahme des Schwertes keine Angriffswaffen, sondern nur Verteidigungswaffen sind? Und das Schwert — so wird gesagt — sei nun mal das Wort Gottes, und dem müsse, ja könne man einen Angriff zubilligen. Bei diesem Gedanken erschrecke ich, weil mit diesem Schwert, dem vermeintlichen Wort Gottes, wirklich schon viele Menschen „erschlagen" wurden und noch erschlagen werden.

Mir fällt die „Denkschrift zu Fragen der Sexualität" ein, wo anstelle konkreter Hilfen nur eine „falsche" Bibelstelle zitiert wird. Mein pfarramtlicher Alltag macht mir jedoch deutlich, daß wir uns als Christen nicht hinter einem Bibelwort verstecken und abpanzern dürfen. Ich merke bei jedem Gespräch: Je mehr ich mich ent-rüste, meine vorschnellen Antworten und vorgefertigten Lösungen zurückhalte, desto überzeugender und somit standfester kann ich sein.

Kennzeichen meines Christseins ist nicht die Zu-Rüstung, sondern meine Ent-Rüstung, und dabei entdecke ich, daß meine Schwäche zur Stärke wird.

2. Die *Chance* dieses Textes sehe ich in der Aktualisierung folgender Stichworte:

a) *Stärke:* Stärke ist gefragt innerhalb und außerhalb der Kirche. Wer wünscht sich nicht eine starke Gemeinde, einen starken Glauben? Wer wünscht sich nicht eine starke Persönlichkeit, einen starken Staat? Wer Stärke besitzt, ist angesehen, gilt etwas. Je mehr ich meine Schwäche erkenne, desto mehr sehne ich mich nach Stärke. Der Text zeigt mir, wo meine Schwäche zur Stärke wird: „in dem Herrn und in der Macht seiner Stärke" (V. 10).

In diesem Zusammenhang erinnere ich mich an den Besuch bei einer schwer krebskranken Frau, zwei Tage vor ihrem Tod. Bevor ich das Zimmer betrat, erkundigte ich mich bei dem Stationsarzt nach ihrem Befinden. „Sie liegt seit gestern abend im Koma", war die Antwort. Diese erschreckende Nachricht nahm mir jedoch die Angst, mit dieser Frau in ein Gespräch eintreten zu müssen. Ich ging in das Sterbezimmer und erschrak, als sie die Augen öffnete: „Schön, daß sie mich besuchen, Herr Pfarrer!" Ich ergriff ihre entgegengestreckte Hand und schwieg verlegen. Nach einer Zeit der Stille sagte sie: „Ich weiß, daß ich sterben muß, aber mein Leben geht nicht auf ein Ende, sondern auf ein Ziel zu. Bitte, sprechen sie mit mir ein Gebet." Als ich später ihr Zimmer verließ, hatte ich erfahren, wie Schwäche zur Stärke wurde.

b) *Kampf:* Daß dieser Kampf kein allgemeines „Menschsein heißt Kämpfer sein" propagiert, habe ich schon gesagt. Und doch scheint mir das Stichwort ein Anknüpfungspunkt für den Lebens-Kampf zu sein, bei dem es keineswegs nur um den Kampf einer gesicherten Existenz geht, der heute bereits in der Schule beginnt. Vielmehr in verstärktem Maße auch um den „Kampf des Heils". Die reformatorische Frage: „Wie kriege ich einen gnädigen Gott?" lautet heute: „Was gibt meinem Leben Sinn und Inhalt? Wo und wie finde ich etwas, was Bestand hat und über mein eigenes Leben hinausweist? Wo finde ich Heil (Heilung) in einer kaputten Welt?"

Immer mehr Jugendliche machen auf vielfache Weise deutlich, daß ihnen der „Kampf ums Heil" ebenso wichtig ist wie der Kampf um eine abgesicherte Existenz. Wie wäre es sonst erklärbar, daß die sogenannten „Jugendreligionen" einen solchen Zulauf haben? Die Suizidhäufigkeit, besonders bei Jugendlichen, scheint ein weiteres Indiz zu sein für den „letzten" Kampf, den „Kampf um das Heil".

c) *Evangelium:* „Geschichten gegen die Angst" — nichts anderes ist das Evangelium. Keine Moral- und Tugendlehre, keine Anweisung zur sinnvollen Daseins- und Lebensgestaltung. Wer im Evangelium die

Geschichte gegen seine eigene Angst entdeckt, für den wird es Friedensbotschaft. Und die Friedensbotschaft dieser Perikope lautet: Ich muß kein Goliath des Glaubens sein, „denn seine Kraft ist in den Schwachen mächtig" (2. Kor. 12, 9).

## HANS-GEORG WIEDEMANN — B

*Vorbemerkung*

Es ist nicht zu verschweigen, daß wir uns schwergetan haben mit diesem Text, seinen militärischen Bildern, seinen großen Worten, seinem „Kampfesgeist". Kaiser- und Kriegspredigten, „Hofpredigergesänge", die zu diesem Text gehalten worden waren, machten es uns noch schwerer. Obwohl wir bald herausfanden, daß es im Text in jeder Hinsicht um „Abrüstung" geht, fanden wir es schwer, uns der Wirkung des militanten Bildmaterials zu entziehen. Tatsächlich bleibt ja eine kämpferische Grundhaltung bestehen; es geht um Widerstand und Verteidigung, auch um Angriff (Schwert des Geistes, V. 17), aber gegen welchen Feind? „Nicht einmal ein ordentlicher Feind ist für die Kirche heute noch aufzutreiben", klagt Manfred Josuttis. „Die Engel und Dämonen, vor denen der Epheserbrief die Gemeinde warnt, haben den Himmel geräumt, es gibt sie nicht mehr. Und eine Verfolgung durch politische Mächte ist für den Augenblick nicht zu erwarten."

Nun hatten wir nicht den Auftrag, diese Predigtmeditation für ein südamerikanisches Land oder für ein Land des „Ostblocks" zu schreiben, sondern für diese Bundesrepublik. Also den Text beiseite legen und warten, „bis es wieder mal soweit ist"? — Da erinnerten wir uns an das Erlebnis des Kirchentages in Nürnberg, besonders an die Podiumsdiskussion über „Homosexualität und Evangelium". Dort traten „militante Christen" auf, die für das Reich Gottes hungerten und in die Halle schrien, daß Homosexualität eine von Gott gehaßte Sünde sei, die Jesus aber heilen könne. Sie wußten es ganz genau und machten den vielen „Betroffenen" mit ihrem „Wissen" und ihrer „Glaubensstärke" Angst. Auch an anderen Orten wird wieder zur Verteidigung „christlicher Werte des Abendlandes" aufgerufen. Solche Gruppen rufen bei manchen Bewunderung hervor (wie sind sie so sicher und glaubensstark), bei den meisten aber Unsicherheit und Angst. Und das ist eben immer die Wirkung des Gebrauches von Waffen, seien es Bomben oder drohende Worte: *Sie machen Angst.* — Das Evangelium des Friedens verträgt keine Art von Waffengebrauch.

### IV Erkundung der Situation

Ich denke an das Ehepaar P. in meiner Gemeinde. Sie haben vor kurzem ihre vierzehnjährige Tochter durch ein Brandunglück in der Wohnung verloren. Sie sprechen von ihrer völligen inneren Leere. Sie hören aus dem Text: „Ergreifet den Schild des Glaubens!"

Ich denke an die Familie T. Die Beziehungen der vier Menschen sind heillos zerstört. Alle Versuche, einen modus vivendi zu finden, enden immer wieder in zerstörenden Aggressionen. Aus dem Text hören sie: „Nehmt den Helm des Heils!"

Ich denke an Frau B. Ihr Mann hat sie verlassen. „Abgelegt wie eine alte Hose", sagt sie verbittert. Sie will keinem Menschen mehr vertrauen. Aus dem Text hört sie: „Umgürtet eure Lenden mit Wahrheit!"

Ich denke an viele Arbeiter der Glashütte, die in meiner Gemeinde wohnen. Ihre Werkwohnungen sind von dem Unternehmen verkauft worden. Sie haben berechtigte Angst vor untragbaren Mieterhöhungen. Aber was sollen sie machen? Sie sitzen am kürzeren

Hebel. Ihre Arbeitsplätze sind ohnehin gefährdet. Aus dem Text hören sie: „Tut an den Panzer der Gerechtigkeit!"

Ich denke an viele andere, die ihre tägliche Arbeit tun und damit genug Mühe haben. Sie genossen nicht das Privileg einer guten Ausbildung wie ich und haben auch wenig Zeit zum Denken. Sie leben vom Morgen zum Abend, haben ihre Freuden und sind leidlich zufrieden. Aus dem Text hören sie das gewaltige Wort: „Ziehet an die Waffenrüstung Gottes!"

Was können Menschen mit diesen großen Worten und starken Aufrufen anfangen? Viele sind zu müde oder zu enttäuscht zum Kämpfen, oder sie sehen nicht, wofür oder wogegen man kämpfen soll. Sie hören die Worte des Textes wie unverständliche Stimmen aus einer fremden Welt.

Auf der anderen Seite gibt es bei einigen vielleicht auch eine geheime Sehnsucht. Wessen Tage im Gleichmaß verlaufen, der mag am Grunde seiner Zufriedenheit die Frage spüren, ob das denn alles sei, was ihm das Leben zu bieten habe.

Der im Betrieb eingespannte und dem Betrieb ausgelieferte Arbeiter mag hinter seiner Ohnmacht den Wunsch spüren, einmal auf den Tisch zu hauen — einmal den Maßgebenden zu sagen, was ihm stinkt. Sucht er nicht vielleicht nach einem, der ihn dabei unterstützt?

Die von den Männern und vom Leben enttäuschte Frau B. möchte nicht in ihrer Verbitterung bleiben. Aber sie weiß nicht, wie sie zu neuem Vertrauen kommen soll.

Die Eltern des verunglückten Mädchens möchten gerne ihren Glauben wiederfinden.

So mag es auch manche geben, die sich nach einer Sicherheit im Glauben sehnen, die nicht so schnell erschüttert werden kann; oder nach mehr Mut, Dinge zu sagen, die anderen nicht gefallen; oder nach einem Engagement, das ihr Leben interessanter machen könnte. So können die „eisernen Christen" und die „Goliathe des Glaubens", die der Text vorzustellen scheint, auch Bewunderung und heimlichen Neid hervorrufen, gepaart mit dem resignierenden Gefühl: „So werde ich nie sein können. Solche Kraft habe ich nicht."

Ich werde mich also sehr unterschiedlichen Empfindungen gegenübersehen: heimlicher Bewunderung für die Sicheren im Glauben, Resignation über die eigene Unsicherheit, Erschrockensein über der Forderung solcher Glaubensstärke, Verwirrung über der Frage, gegen wen es denn zu kämpfen gilt. Wichtig erscheint mir dabei vor allem eine Entlarvung der falschen Bilder. Es geht im Text gerade um *die* Alternative zu jedem gewalttätigen Tun, auch bei den edelsten Motiven.

## V Aufbau der Predigt

1. Liebe Gemeinde! Als ich diese Sätze zum ersten Mal las, wurde mir angst und bange. Ich dachte an viele Bilder: Martin Luther mit geschwungenem Hammer beim Thesenanschlag in Wittenberg; sein

kraftstrotzendes Denkmal in Eisenach; donnernde Pastoren auf hohen Kanzeln, die den Feinden des Glaubens flammende Reden entgegenschleuderten; Glaubenshelden, die mit erhobenem Kopf ins Martyrium gingen; Kreuzritter beim Aufbruch zum Kampf gegen die Heiden, gerüstet mit dem ganzen Waffenarsenal unseres Textes: mit Panzer, Schild, Helm und Schwert.
Das ist doch, Gott sei Dank, nicht mehr unsere Welt. Trotzdem beunruhigt mich etwas an diesen martialischen Gestalten: Sie waren so sicher, so stark! Wenn ich dagegen in mich hineinsehe, sehe ich keinen „Goliath des Glaubens", sondern einen Menschen, der mehr Fragen als Antworten hat, der oft verzagt und unsicher ist. Wenn es je Glaubenshelden gegeben hat — ich selbst jedenfalls bin keiner!

2. Aber könnte es nicht sein, daß jene Gemälde von den „eisernen Christen" und den „Goliathen des Glaubens" gar nicht stimmen? Daß da die Wunschträume ganzer Generationen hineingemalt worden sind, mit denen sie sich ihre Ängste verdeckten? Daß spätere Generationen die Männer und Frauen der Vergangenheit verherrlichten, weil sie Helden brauchten? Martin Luther war kein solcher Glaubensheld; er hat oft von seiner Angst und seinen Zweifeln, die er Anfechtungen nannte, gesprochen. Auch Jesus selbst war kein solcher Glaubensheld; die Schreiber der Evangelien haben ihn nicht dazu gemacht und seine Angst nicht verschwiegen. Und die kleine Gemeinde in der Stadt Ephesus — muß sie sich nicht eher wie ein verlorenes Häuflein vorgekommen sein?

3. Als ich den Text mit diesen Fragen von neuem las, merkte ich erst richtig, daß da anstatt von Waffen und Rüstungen von einer entschiedenen „*Abrüstung*" die Rede ist. Denn was sind die Waffen? Gerechtigkeit statt Panzer, Evangelium des Friedens statt Marschstiefel, Glaube statt Schild, Heil statt Helm, Wort Gottes statt Schwert. Die Waffen werden umgetauscht. Es geht hier um das Gegenteil von Gewalt: um Gerechtigkeit, Wahrheit, Glauben und Frieden. Nun meinen manche, auch die Gerechtigkeit, auch der Friede oder die Wahrheit müssen gegen Widerstände durchgesetzt werden, und wenn nötig mit Gewalt. Hier aber heißt es: Der Panzer *ist* die Gerechtigkeit! Also keine Gerechtigkeit, die das Opfer von Menschen erlaubt. — Der Schild *ist* der Glaube! Also kein Glaube, der andere verdammt. — Der Gürtel, das Koppelschloß, *ist* die Wahrheit! Also keine Wahrheit, derentwillen man Menschen totschlagen dürfte. — Die Marschstiefel *sind* der Friede! Also kein Friede, der mit Waffen droht. — Anders als erwartet und schwer für uns zu verstehen (weil wir uns eine Welt ohne Gewalt nicht vorstellen können), spricht unser Bibelabschnitt vom Zerschlagen aller Waffen: „Die Waffen verrotten zu Staub, die Bomben werden taub!" Sie sind nicht geeignet, Gerechtigkeit, Wahrheit

und Frieden zu bringen — es sei denn, sie werden eingeschmolzen, und wir stellen daraus Werkzeuge her.

4. Was aber ist nun eigentlich falsch an dem Bild vom „eisernen Christen“? Falsch daran ist die mit dem Bild gegebene Vorstellung, als erwüchsen Glaube und Wahrheit aus eigener Kraft; als handelte es sich um Gewißheiten, die wir selbst geschaffen hätten. Ich möchte an dieser Stelle die zweite Strophe von Luthers Lied „Ein feste Burg“ zitieren, das in der Tradition mit dem Klischee von Glaubensstärke und Heldenmut verbunden wurde: „Mit unsrer Macht ist nichts getan, wir sind gar bald verloren.“ Auch den Anfang von Luthers Auslegung des dritten Glaubensartikels.

5. „Werdet stark durch die Verbindung mit dem Herrn! Laßt euch von seiner Kraft stärken“ (V. 10; Gute Nachricht). — Wahrheit, Gerechtigkeit und Frieden, nach denen wir uns sehnen, sind nicht unsere Werke und Leistungen, sondern *Gaben Gottes*. Wir können über sie nachdenken und zu den Menschen davon reden, so überzeugend wir es vermögen. Aber *daß* sich einem Menschen Wahrheit eröffnet, *daß* er Vertrauen und Glauben gewinnt, *daß* ihm Glück und Heil begegnen, können wir nicht bewirken. Ich meine, das entlastet und befreit uns. Bevor wir etwas tun, sind wir selbst Beschenkte, angenommen mit unseren Zweifeln, Ängsten und Unsicherheiten. Wer sich darauf einläßt, wird merken, daß er gar keine „Rüstungen“ mehr braucht, keine starken Worte, keine zur Schau gestellte Sicherheit. Kraft kommt schon aus der Tatsache, daß er seine Schwäche nicht mehr verstecken muß. Nun kann er mit anderen so umgehen, mit ihnen reden, streiten und sie zu überzeugen versuchen, daß er sie achtet als Menschen, die Gott ebenso angenommen hat wie ihn. Das schließt jede Waffengewalt aus, auch die des „niederschreienden Wortes“. — *Wir brauchen keine Glaubenshelden! Und wir brauchen keine Glaubenshelden zu sein!*

## VI Gestaltendes Material

*Lieder:* EKG 201 (Ein feste Burg; darauf kann in der Predigt eingegangen werden); auch EKG 278 (Ich weiß, woran ich glaube); im Kontrast dazu Luthers Erklärung zum dritten Artikel.

Wer auf die Frage des *gewaltlosen Widerstandes* eingehen möchte, könnte an M. L. King, Gandhi, Paul Schneider, Pater Delp u. a., auch an Teresa von Kalkutta denken.

Wer zeigen möchte, was aus diesem Text zu anderer Zeit gemacht worden ist, sollte in Predigtsammlungen aus der Kaiserzeit und aus dem Dritten Reich blättern.

Ob man nicht auch die Geschichte von „David und Goliath“ als zusätzliche Deutungshilfe in den Gottesdienst einbringen sollte, besonders, wenn jugendliche Hörer und Konfirmanden dabei sind?

ZWEIUNDZWANZIGSTER SONNTAG NACH TRINITATIS (Reformation)

# Philipper 1, 3—11: Gottes Gnade dankt nicht ab

WERNER RANNENBERG

A

## I Einstieg — Erste Eindrücke

Dank und Zuversicht im Blick auf das Leben der Gemeinde — das spricht aus allen Sätzen dieses Abschnittes. Das fasziniert, aber es erschreckt zugleich im Blick auf den Kasus, auf die „zufällige" Begegnung dieses Textes mit dem Reformationsfest im Jubiläumsjahr 1980. Wer an diesem Tag Reformationsfest feiern will, könnte sich also auch an einem anderen Text orientieren. Wer überhaupt noch feiern kann und feiern will, nachdem schon das ganze Jahr über gefeiert worden ist: 400 Jahre Konkordienformel, 450 Jahre Confessio Augustana, muß fragen: Wo ist „Gemeinschaft am Evangelium"? Wir sehen und erfahren doch fast täglich den Ungeist der Gleichgültigkeit und Lieblosigkeit, des Egoismus und der Streitsucht, des Pharisäismus und der Ohnmacht in unserer Kirche und unseren Gemeinden. Paulus schreibt dankbar und zuversichtlich. Wie würde Luther schreiben — 463 Jahre, nachdem er das „Werk" der Reformation angefangen hat?

Sah es damals in Philippi tatsächlich so rosig aus? Das ist schwer vorstellbar. Andererseits: Sind wir vielleicht blind geworden auf einem Auge, so daß wir nur noch Mißstände und Mißverhältnisse, nur noch Negatives und Defizite im kirchlichen Leben sehen und beklagen? Gibt es nicht vielleicht neben einem „Jubelchristentum" auch eine ebenso falsche wie unlutherische „masochistische Koketterie" (G. Isermann)?

Wir haben Strom in unseren Häusern; das ist so selbstverständlich, daß wir es gar nicht mehr bewußt wahrnehmen. Ganz anders sah das plötzlich während der Schneekatastrophe im Winter 1978/79 aus, als die Stromversorgung ausfiel, Menschen in dunklen Häusern und Straßen leben mußten, nicht mehr heizen und kochen, nicht mehr ihre Kühe melken, nicht mehr die Straßenbahn benutzen konnten. Da wurde deutlich und erlebbar, was Strom bedeutet, was alles von ihm abhängt, welche Gabe er ist. Man war glücklich, als wieder die Heizung ging, die Straßenbahn fuhr und man sich auf die Bundesbahn wieder verlassen konnte.

Vielleicht ist uns das Wirken Gottes im Leben von Kirche und Gemeinde, auch im persönlichen Leben, so selbstverständlich geworden, daß wir es gar nicht mehr zu entdecken und zu sehen vermögen. Paulus schreibt mit Dank und Zuversicht im Blick auf das Leben der Gemeinde! Sollte ich das nicht auch tun können, wenn ich mit Luther bekenne:

„... gleichwie er (der Heilige Geist) die ganze Christenheit auf Erden beruft, sammelt, erleuchtet, heiligt und bei Jesu Christo erhält im rechten einigen Glauben" (Erklärung zum dritten Artikel)?

## II Entdeckungen am Text

Auch in Philippi gibt es Parteiungen, die auf sehr menschlichen, persönlichen Eifersüchteleien beruhen (1, 15). „Vollkommen" ist auch diese Gemeinde nicht (1, 27f.; 3, 15; 2, 12). Die Liebe muß noch mehr zunehmen (1, 9). Sie soll nicht blind, sondern im Gegenteil scharfsichtiger und immer feinfühliger werden. Dennoch ist *Dank* das beherrschende Thema dieses ganzen Abschnittes (1, 3). Aus allen Zeilen spricht die innige Verbundenheit des Paulus mit dieser Gemeinde.

Durch die „herzliche Ansprache" von V. 7f. unterscheidet sich das Proömium dieses Briefes von denen aller anderen paulinischen Briefe. Daß er diese Gemeinde gegründet hat, kann nicht der entscheidende Grund sein, auch nicht die ihm von dieser Gemeinde erwiesene Wohltat (4, 10), mag sie für Paulus in der Situation des Gefangenen auch besonders hilfreich gewesen sein.

Paulus betet für diese konkrete Gemeinde „mit Freude" (1, 4) und weiß im Glauben, daß sie vollendet werden wird (1, 6). Hier herrscht Gemeinschaft, die ihn zum Danken führt (1, 3). Mit „Gemeinschaft" aber ist nicht der feste Bund gläubiger Brüder, nicht die Teilhabe des einen am anderen gemeint, sondern vielmehr die Teilnahme, die jeder einzelne am Evangelium gewinnt und nun gleichsam in einem gegenständlichen Akt dem Bruder gewährt. Allein aus der Teilhabe am gegebenen und gewährten Evangelium als der großen Gabe Gottes ergibt sich Gemeinschaft (1, 5).
Darum gehört auch der Apostel mit der Gemeinde untrennbar zusammen. Mit ihr steht er vor Gott — und umgekehrt (1, 17). Dieses wird am „Tage Christi" (1, 6) offenbar werden. Hinter dem Jetzt der Gegenwart steht also nicht der berechenbare Ablauf der Zeit, sondern jener eine unberechenbare Tag Gottes, dem allein Wahrheit und Wert zukommt. Von diesem Tag her gewinnt das Jetzt ebenso den Charakter eines flüchtigen Augenblicks wie den der Ewigkeit. Nicht in der Macht der Heiligen, auch nicht in der Macht des Apostels, wohl aber in der Macht Gottes steht es, das angefangene Werk zu vollenden. Aller Glaube ist ein „Wandern zum Ziel der Vollendung" (1, 6). Darum betet der Apostel für die Gemeinde „mit Freude", weiß er doch im Glauben Gott als den Garanten ihrer Vollendung.

Weil also „Gemeinschaft am Evangelium" in Gott vollendet und in der Geschichte unvollendet ist, darum gehören Dank und Bitte untrennbar zusammen. Inhalt der Bitte ist, daß jeder einzelne das Ziel der Vollendung erreiche (1, 9—11). Jeder der in 1, 9—11 genannten Begriffe will dabei die Gesamtheit der gläubigen Haltung bezeichnen. „Das Wesentliche zu prüfen" (1, 10) — um diesen Satz besonders herauszustellen —, setzt einen Komplex von Lebensregeln voraus, dessen Fülle und Mannigfaltigkeit nicht durch ein übergreifendes Prinzip bestimmt ist. Darum steht der Gläubige vor der Aufgabe, aus dieser Fülle „das Wesentliche" zu wählen. Es geht also um das „vornehmste Gebot" (Mark. 12, 28). Maß ist nicht das Gesetz, sondern die Liebe. Schon die Tat der Liebe — also wohl auch die dem Apostel erwiesene Wohltat (4, 10) — ist ein Zeichen des Lebens in eschatologischer Vollendung.

## III Homiletische Rechenschaft

1. *Mein Glaube steht auf dem Prüfstand*, wenn ich an die Kirche, an die konkrete Gemeinde denke. Die „Liebe" (V. 9) muß noch mehr zunehmen; sie soll nicht blind sein, sondern immer scharfsichtiger, feinfühliger werden. Wenn das so ist, dann muß ich die Defizite in Gemeinde und Kirche ansprechen, dann darf ich sie nicht unter den Teppich kehren. Die Liebe deckt nicht zu, sie deckt auf, läßt hellsichtig werden.

2. Die „Gemeinschaft am Evangelium" befreit zugleich dazu, *mit beiden Augen zu sehen*. Es ist zum einen nicht selbstverständlich, daß es das Evangelium gibt und daß es mir nach wie vor verkündigt wird. Es ist ein „heller Schein", den Gott wie in diese Welt, so in mein Leben gegeben hat; auch die Anfechtung ist ein Widerschein dieser Gabe. — Wir werden uns zum anderen um mehr Brüderlichkeit und Solidarität, um mehr Bereitschaft zu Opfer und Verzicht, um einen breiteren und tieferen Grundkonsens, um mehr Erleben und Äußerungsformen von Gemeinschaft mühen müssen. Aber das uns Tragende und Verbindende, was Zukunft eröffnet und auch der Gegenwart ihren Schein gibt, ist dieses Evangelium.

3. Gerade weil und wenn wir in der Fülle einander widersprechender Lebensregeln, Normen und Werte unsicher geworden sind, *werden wir dankbar sein* für diesen „objektiven Wert", für diese gemeinsame Grundlage, die uns bei aller Verschiedenheit dennoch zusammenhält und zusammenführt, bis in unsere Ehe und Familie hinein. Wir werden dankbar sein, daß uns nicht der Zufall, in einem bestimmten Kulturkreis geboren zu sein, nicht nur der mehr oder minder bewußte Entschluß unserer Eltern, uns taufen zu lassen, sondern Gott selbst — jeden einzelnen — zu Gliedern dieser Kirche und Gemeinde berufen und durch diese Berufung geheiligt, gesammelt und erleuchtet hat.

## IV Reformationsgedenktag: Dankfest oder Denkfest?

1. „Wer Reformation feiern will, könnte sich auch an einem anderen Text orientieren“ (A). Die Versuchung ist sicherlich nicht nur im Jubiläumsjahr 1980 groß, diesem ersten Impuls einfach nachzugeben. Woran liegt das? Mir macht weniger das Zusammentreffen von Text und Kasus als der Text selbst zu schaffen, der es in sich hat. Viele Wörter mit Gewicht finden sich im Text, die es nahelegen könnten, sie unter dem Vorzeichen „*Dank*“ zu feiern, nach dem Muster eines Gedichts von *L. Zenetti*:

„Das Wort Hoffnung und das Wort Vertrauen
das Wort Dankbarkeit und das Wort Treue
Freiheit nenne ich und das Wort Mut
auch Gerechtigkeit und das große Wort Frieden
und was wir Glück nennen Glückseligkeit
die unbegreifliche Gnade und das leise Wort Geduld
und das Wort Erbarmen ja davon lebe ich...
Feiern will ich die Wörter
von denen wir leben“
(Sieben Farben hat das Licht, 1975, S. 12).

Ungeklärt ist der Zusammenhang des Textes: Schließen sich nur Dank und Vertrauen zusammen, wobei V. 6 der authentische Kommentar zu dem Wort „Freude“ V. 4 ist (wie Iwand, Predigtmeditationen II, S. 158ff. mit E. Lohmeyer, MeyKomm. z. St. meint) —, oder sind die weiteren Begriffe ebenfalls notwendiger Kommentar, um Grund und Tragweite des Dankes freizulegen? Hier möchte ich noch weiter fragen.

2. A nennt den Dank das beherrschende Thema des ganzen Abschnitts und lädt dazu ein, wenn auch mit spürbarem Unbehagen, den *Gedenktag* als *Dankfest* zu begehen. Was hindert's, sich den Text so zurechtzulegen?

*A. Schönherr* etwa empfiehlt: „Dieses Wort soll uns wieder Freude machen an unserer Kirche. Grund zum Überdruß und Ärger an ihr ist genug da. Wieviel Uneinigkeit und Parteisucht, Ehrgeiz und Eitelkeit machen sich auch unter denen breit, die durch Christi Kreuz Brüder sind! ... Aber wir sollen das alles nicht sehen und bekennen ohne die Freude, mit der Paulus hier zu seiner Gemeinde in Philippi spricht. Kein Wort der Kritik, auch wenn sie noch so berechtigt ist, ohne getrost hindurch zu greifen durch all das Kleine und Minderwertige zu dem hin, der uns alle in seiner Hand hat und nicht losläßt! Nicht mäkeln, sondern beten!“ (Predigtgedanken B 3/4, 1968, S. 324).

Vielleicht hat Bruce Marshall recht: „Das Unglück in dieser Welt von heute besteht darin, daß die, die beten, nicht denken, und die, die denken, nicht beten.“ — Bei Paulus jedenfalls führt das Danken gerade zum kritischen Denken hin: Er bittet um Erkenntnisvermögen (V. 9) und Urteilskraft (V. 10). Wie vermeide ich es, daß beides am Ende meiner Predigt doch abgedankt hat?

3. Es ist für mich ein wichtiger Hinweis auf die homiletische Situation, daß EKG 201 immer noch das Reformationslied schlechthin ist.

Ein kleiner Zwischenfall wird zum Denkanstoß. Kurz vor dem Reformationsfest kommt Frau X mit einer Bitte zu mir: „In den letzten beiden Jahren haben wir ‚Ein feste Burg' nicht mehr gesungen! Diesmal singen wir es doch endlich wieder, oder ...?" Ich habe das Gefühl, daß ich mich diesem Wunsch nicht entziehen kann, zumal ich von anderen Gemeindegliedern ähnliches zu hören bekomme.

Welche Motive und Erwartungen stecken dahinter? Am wenigsten sicherlich das Bedürfnis, gerade am Reformationstag „den Wahrheitsanspruch der Kirche, die Legitimierung seiner Existenz als ‚evangelisch' zu überprüfen" (P. Stolt, PrSt V 2, 1971, S. 239). Wieweit spielt der Wunsch eine Rolle, protestantisches Selbstbewußtsein zu feiern? Relikte konfessionellen Ressentiments gibt es gewiß; einiges überwunden Geglaubte mag durch eine spürbare ökumenische Abkühlung wiederbelebt werden; entscheidend ist das wohl nicht. Ich halte es auch für zu hoch gegriffen, ein grundsätzliches „Bedürfnis nach Sinn und Orientierung vermittelnder Tradition" zu vermuten (PrSt IV 2, 1976, S. 253).

Was Frau X trägt, ist ja nicht eine Tradition, sondern die Gemeinschaft, die sie im Rahmen ortskirchlicher Aktivitäten erlebt; hier fühlt sie sich durchaus zu Hause, hier ist ein guter Teil ihrer Identität festgemacht. Daheim hat sie Ärger mit ihrem Mann, der wenig Verständnis für sie hat und ihr kaum Freiheiten läßt; Probleme mit den erwachsenen Kindern, die ihr entgleiten; Schwierigkeiten mit dem Altwerden.

Ich kenne viele, auch junge Gemeindeglieder, die in ähnlich spannungsvoller Situation sind. Es sind Menschen, deren Identität sich angesichts der vielen kleinen Gnadenlosigkeiten des Alltags auf schwankendem Boden bewegt. Ihre Erwartungen richten sich in eigentümlicher Weise auf etwas, was im Gedicht Zenettis angesprochen ist: Sie haften an Bruchstücken von Tradition, bestimmten Wendungen, Formulierungen, Namen (Luther!), die anscheinend Eindeutiges, Positives signalisieren, gute Erfahrungen widerspiegeln.

*J. B. Metz* hat in seinem Münchner Reformationsvortrag von 1979 („Hoffnung auf Reformation") die Situation dieser Menschen getroffen, wenn er generalisierend diagnostiziert, der heutige Mensch sei „ausgespannt zwischen Verzweiflung und Engagement, zwischen Apathie und spärlicher Liebe, zwischen rücksichtsloser Selbstbehauptung und schwach entwickelter Solidarität".

Die entsprechenden Defiziterfahrungen, in denen sich die Gnadenlosigkeiten des Alltags spiegeln, werden das Reformationsgedenken nicht einfach Dankfest sein, sondern Denkfest werden lassen müssen.

4. Nicht zufällig leitet Metz aus dieser Situationsanalyse die Forderung nach einer zweiten Reformation ab:

Die alte reformatorische Frage, wie uns denn Gnade werde, wird neu virulent. Der heutige Mensch benötige dringend die „Heimkehr der Gnade" — bis in die politische Dimension hinein: „Aber darf es das überhaupt geben — Gnade in der Politik? Lebt unsere moderne Politik, die uns weit gebracht hat, nicht gerade von ihrer immanenten Gnadenlosigkeit, die heute allenthalben Sachgesetzlichkeit ist?"

Durch solche Fragen wird Phil. 1, 3 ff. für mich ein geradezu brisanter Reformationstext, insofern Gottes Gnade (V. 7) sich als geheime Mitte des Textes erweist: Es ist Gottes Gnade, welche die Bewegung des Dankes trägt und treibt, die ihrerseits die Gnade in der Gemeinschaft am Evangelium (V. 5) wieder einholen will.

„Koinonia, Teilnahme, bedeutet hier Sachbezogenheit: Gemeinschaft ist gegründet in der Bezogenheit auf diese, allen gemeinsame, sie verbindende Sache" (*Iwand*, S. 159).

Paulinische Sachbezogenheit gegen die Sachgesetzlichkeit alltäglicher Gnadenlosigkeiten — so heißt die Alternative. Ihre ganze Tragweite enthüllt sich, wenn erkannt ist, daß die Gemeinschaft am Evangelium nach dem Philipperbrief die Konsequenz der Gemeinschaft an den Leiden Christi hat (wozu Phil. 1, 5 mit 1, 27ff.; 3, 10, aber auch Röm. 8, 17ff. zu vergleichen ist; G. Eichholz, Die Theologie des Paulus im Umriß, 1972, S. 153).

5. Diese Bezogenheit auf das Kreuzesgeschehen gibt dem Dank des Paulus erst seine besondere Qualität und sein Gefälle: Der Blick auf das Leiden Christi schärft den Blick für die gnadenlosen Horizonte des Lebens, deckt die Mechanismen auf, mit deren Hilfe wir uns immer wieder dagegen abmauern wollen, nimmt die im Kreuz Christi erfahrene Gnade Gottes wahr und geht mit ihr gegen die Gnadenlosigkeiten des Lebens an.

Man beachte, wie der Dank des Paulus die Adressaten seines Briefes in die Bewegung der Gnade hineinziehen will (V. 7): Der Dank des Christen darf nicht bei Gefühl und Gesinnung stehenbleiben, sondern muß zum Lebensvollzug werden, welcher der Gnade Gottes folgt. Darum mündet Phil. 1, 3 ff. in die Bitte von V. 9 ff.: Danken will realisiertes Gottvertrauen sein, Mitarbeit am Rettungswerk der Gnade, das uns schon erreichte und in dessen Arbeit wir hineingezogen sind. Gottes Gnade dankt nicht ab! Daß sich dies in der Gemeinschaft von Menschen, die darauf vertrauen, auch heute noch erfahren läßt — dies darf man dann aber auch getrost seinen Hörern weitergeben!

Zur Ergänzung des hier kurz Skizzierten möchte ich jedem Prediger unbedingt empfehlen, vor einer Predigt zum Text das Kapitel „Gnade und Dank" bei *H. Gollwitzer*, Befreiung zur Solidarität, 1978, S. 155 ff. zu lesen.

## V Predigtskizze

Der Anfang einer Reformationspredigt *E. Jüngels* schärft noch einmal den Blick für die Situation der Hörer; meisterhaft sind hier ihre durchaus ambivalenten Erwartungen aufgenommen und behutsam kritischer Bearbeitung zugänglich gemacht:

„Es gibt Worte, liebe Gemeinde, in denen kann man zu Hause sein. Man kann zu ihnen seine Zuflucht nehmen, so wie man bei einem Unwetter etwa sich unter ein schützendes Dach rettet. Es gibt Worte, die beschützen uns. Man kann sich in ihnen regelrecht unterbringen. Von ihnen soll heute die Rede sein. Denn unser Text lädt uns ein, uns (darin) unterzubringen und darin zu bleiben... Wenn es der Kirche gelänge, sich darin unterzubringen, wenn sie wenigstens versuchte, dabei zu bleiben, dann wäre in ihr eine Reformation im Gange, die uns um die Zukunft der Kirche nicht mehr bangen ließe..." (Geistesgegenwart, 1974, S. 86).

So hätte ich gern angefangen, um auf den Zusammenhang von Gnade und Dank zuzugehen — hätte sich mir nicht ein Einfall von *Max Frisch* aufgedrängt (Tagebuch 1966—71, 1972, S. 253 ff.).

Liebe Gemeinde, im Tagebuch des Schriftstellers Max Frisch habe ich eine kleine Eintragung gefunden, die mich nachdenklich gemacht hat. Warum, so fragt er, gibt es eigentlich keine Instanz wie die Steuerbehörde, die vielleicht einmal oder zweimal im Jahr eine Liste unserer Dankbarkeiten verlangt? Einmal wenigstens müßte man sich dann Rechenschaft darüber ablegen, wem man eigentlich dankbar ist. Und wofür. Vor allem aber: Ob durch unser Danken etwas anders wird, ob etwas in Bewegung kommt...
Fast sehe ich diesen Briefanfang des Paulus so. Da legt einmal jemand eine ganze Liste seiner Dankbarkeiten vor. Und wir? Können wir uns darin unterbringen? Können wir auch so danken? Und wie kommen dabei andere Menschen in unser Blickfeld?
Aber das ist es ja gerade! Wir haben unsere Schwierigkeiten mit dem Danken. Jemand hat sogar gemeint, es sei „eine erregende und beschämende Tatsache, daß unsere Sprache zwar das Wort ‚Für-Bitte' gebildet hat, aber nicht das Wort ‚Für-Dank'... Das sei bezeichnend dafür, daß wir stärker von den Leiden und Nöten anderer Menschen zum Mit-Leiden, als aus dem Dasein der anderen und der Gnade, die wir erfahren haben, zum Mit-Freuen und Mit-Danken bewegt werden" (*W. Stählin*, Das Angebot der Freiheit, 1970, 2, S. 240). Ist das wirklich so?

Als wir neulich mit kirchlichen Mitarbeitern ein Abendmahl feierten, da sollten alle ihre ganz persönlichen Anliegen und Probleme vor Gott bringen. Was kam da nicht alles an Spannungen, Konflikten, Leiden auf den Tisch! Hinterher aber sagten einige: Ich konnte kaum zuhören bei all den Klagen. Es gibt doch so viel zu danken! Warum immer so viel Negatives? Unwillkürlich dachte ich daran, daß es in Amerika eine Zeitung gibt, die mit großem Erfolg nur positive Meldungen bringt. Eine entsprechende Fernsehsendung in Deutschland hatte enorm viele dankbare Zuschauer.

Meint es Paulus so? Dürfen wir tatsächlich Danken und Denken, Klagen und Danken so gegeneinanderstellen? Mir ist nicht wohl dabei. Im Gegenteil: Ich spüre, wie nötig Gottes Gnade, auf die Paulus vertraut, in einer Welt wäre, in der Menschen wahrhaft gnadenlos miteinander umgehen, indem sie alles am liebsten unter den Tisch kehren möchten, was sie belastet, weil es nicht in Ordnung ist...

Gerade an diesem Punkt macht mir Paulus Mut: Gottes Gnade hat nicht einfach abgedankt. Angesichts der Gnadenlosigkeiten der Welt nicht unbewegt zu bleiben, das wäre Gnade! Darum dankt Paulus für die Gemeinschaft am Evangelium, weil sie Gemeinschaft unter dem Kreuz Christi ist. Der Blick auf das Leiden Christi schärft den Blick für das Leiden in der Welt, macht frei davon, sich alles Belastende vom Leibe zu halten. Wer einmal am eigenen Leib erfahren hat, wie gut es tut, mit seinen Problemen von einem anderen ganz ernst genommen zu werden, der weiß, was damit auf dem Spiel steht. Von der Gnade her erkennen wir ganz, was es heißt, gnadenlos dran zu sein (Gollwitzer)! Es ist Gnade, endlich auch einmal mit den Augen derer sehen zu können, deren Klagen immer ungehört bleiben. Man muß dann nicht einfach immer so weiterleben wie bisher, sondern kann unterbrechen, kann „anders leben lernen, damit andere überhaupt leben können" (Metz).

Paulus hat diese Gnade erfahren. Wo ist unter uns etwas davon zu spüren?

Hier würde ich erzählen vom Feierabendmahl auf dem letzten Kirchentag, wo Menschen unterschiedlichster Überzeugungen und Interessen miteinander in der Gemeinschaft des Gekreuzigten und Auferstandenen an einem Tisch feiern konnten, ohne die Konflikte und Gnadenlosigkeiten der Welt unter den Tisch fallen zu lassen. Es gibt ähnliche tröstliche Gemeinschaftserfahrungen auch in meiner Gemeinde. Solche Erfahrungen, so unscheinbar sie sein mögen, wollen uns hineinnehmen in die Bewegung des Dankes, die erfahrener Gnadenfreude entspricht.

Gottes Gnade dankt nicht ab! Das ist die Erfahrung, die Paulus, die Luther gemacht haben. Und wenn es der Kirche gelänge, sich darin unterzubringen, wenn sie wenigstens versuchte, dabei zu bleiben, dann wäre in ihr eine Reformation im Gange, die uns um die Zukunft der Kirche nicht mehr bangen ließe...

## VI Gestaltendes Material

### *Ein Bußgebet*

„Es ist nicht leicht für dich, wenn du plötzlich Jahrhunderte überspringen sollst. Es ist nicht leicht für dich, wenn du plötzlich Gedanken ungeliebter anderer denken sollst. Es ist nicht leicht für dich, wenn du plötzlich deine Rechte durch Rechte anderer in Frage stellen sollst. Es ist nicht leicht für dich, wenn du plötzlich anerkennen sollst, daß du nicht der bist, den du selber in dir siehst. Es ist nicht leicht für dich, wenn du dich plötzlich nicht mehr laut entrüsten sollst, weil alle Gegner sich zur Abrüstung entschließen. Es ist nicht leicht für dich, wenn du plötzlich ganz konkret bejahen sollst, was du abstrakt schon immer in der Schrift gelesen hast. Es ist nicht leicht, ich weiß es — aber es geht nicht anders" (*Seidel/Zils*, Psalmen der Hoffnung, 1973, S. 17).

*Eine Vaterunser-Paraphrase* von Detlev Block, die sich wie eine Paraphrase von Phil. 1, 3ff. liest:

„Liebe in Person, überall und nirgends. Überall da und am Werk, aber nirgends zu erkennen als allein durch Jesus. Du hast einen Namen. Gib, daß wir ihn aussprechen und nicht verschweigen. Mach durch uns sichtbar, wer du bist und wie du es mit der Welt meinst. Überzeuge uns davon, daß wir viel tun können für deine Sache. Laß uns das Machbare verantwortlich tun und da, wo uns die Hände gebunden sind, vertrauen. Ermögliche allen Menschen menschenwürdige Verhältnisse, leiblich und geistig. Laß uns selbst dafür arbeiten, wie Er es getan hat. Mach täglich einen neuen Anfang mit uns. Ganz gleich, was war. Wir wollen dasselbe mit unseren Mitmenschen versuchen. Und hilf uns bei schweren Entscheidungen das Rechte zu tun, damit wir die Probe bestehen. Nur mach uns frei von Selbstsicherheit und Resignation und der irreführenden Macht, die in beiden wirkt. Denn dir gehört alles. Bei dir ist kein Ding unmöglich. Du bist die Liebe für alle Zeit. Wirklich" (Mach täglich einen neuen Anfang, 1979).

*Liedvorschläge:* EKG 205, 1—6; 258, 1—3. 6—8; 262, 1—3. 10 und 11. Ein neues Lied: „Alles, was wir sind, hat Gott geschenkt" (D. Trautwein, Frankfurter Lieder, 1979, Nr. 5).

*Lesung:* Eph. 2, 1—10.

Zum Kasus „Reformation" vgl. auch THEMENSTUDIEN, Band 3, S. 71—80: *Chr. Bartels,* Das lösende Wort. Die Red.

## DRITTLETZTER SONNTAG DES KIRCHENJAHRES

## Römer 14, 7—9: Wider die kurzschlüssigen Alternativen

FRITHARD SCHOLZ **A**

### I Kritischer Einstieg

„Kommt alles beim Bügeln", sagte der Schneider, als der Kunde beim Anprobiertermin vorwurfsvoll an den falsch eingepaßten und zu kurz geratenen Jackenärmeln herabblickte. Diese naßforsche Handwerksregel haben die Textzuschneider, die Perikopenmacher, wohl auch im Sinn gehabt, als sie die bisherige Perikope Röm. 14, 7—13 — ohnehin schon gewaltsam! — um die Verse 10—13 verkürzten und das übrigbleibende Fragment eines Fragments, nunmehr ganz auf angeblich kirchenjahresschluß-gemäße Beerdigungstonart gestimmt, vom vierten Sonntag nach Trinitatis (Reihe VI) auf den drittletzten Sonntag (Reihe II) verfügten. Nur daß sie das Ausbügeln dieses handwerklichen Miß-

griffs dem „Kunden" überlassen, für den das jahreszyklische Fallen der Blätter und die früher hereinbrechende Dämmerung der Novemberabende durchaus kein Signal für das Einschwenken auf Friedhofstexte ist.
Kurzum: Der Prediger wird sich weder von der höchst fragwürdigen Abgrenzung der Perikope noch von deren Plazierung im Kirchenjahr dazu verleiten lassen dürfen, in seiner Auslegung des Textes von dessen Verkürzung und Verzerrung zum locus classicus der Begräbnisliturgie auszugehen.
Gewiß — würden sich diese Sätze nicht *auch* dazu eignen, an offenen Gräbern gesprochen zu werden, und dies wegen ihrer Relativierung der scheinbar äußersten, absoluten Grenze zwischen Leben und Tod vor dem Angesicht des „Herrn", dann hätten sie sich kaum so unlöslich als Trostwort mit dem Friedhofskasus verschlungen. Nichtsdestoweniger eignen sie sich dazu nur äußerstenfalls; denn der Text, nichts weniger denn Schlußformel eines Nachrufs, spricht nur von der besonderen Grenze des Todes, um daran zu erinnern, daß die Grenzen, die das Leben in Wahrheit bestimmen, sämtlich nur relative Grenzen sind. Die Aussicht auf die paulinische Pointe, daß das vor allem Konsequenzen fürs Leben schon *vor* dem Tod hat, wird dem beerdigungsgewohnten Prediger durch die gängige Verwendung des Textes nur allzuleicht verstellt. Den Prediger aus solcher Betriebsblindheit und den Text aus lebensbaumartiger Verwurzelung auf dem Friedhof zu lösen ist Sache zunächst der exegetischen Besinnung.

## II Die Argumentation des Textes

Im Unterschied zu dem zeitlosen Profil, das die (der Kasual-Rezitation folgende) Perikopenbegrenzung vorspiegelt, haben diese Verse eine höchst *situationsgebundene Funktion* in der längeren Paränese (Röm. 14, 1—15, 6), mit der Paulus die Christen in Rom anleiten will zu einer ihrem Namen gemäßen *Bewältigung von Konflikten*, die — entsprungen aus einem noch „unerwachsenen" Selbstbewußtsein der Glaubenden — den Umgang der Gemeindeglieder miteinander beeinträchtigen. Gerade mit ihren alle Zeit umspannenden Vokabeln dienen die Verse 7—9 Paulus dazu, eine konkrete seelsorgerliche Kritik theologisch auszubalancieren.

Er begründet nämlich seine Ermahnung zu bestimmter Versöhnung in der gegebenen Situation durch die Erinnerung an die unter Christen schwer zu bestreitende *Gebundenheit an den gemeinsamen Herrn*. Als hochgeneralisierte Formulierung konsensstiftender Glaubensinhalte ist Röm. 14, 7—9 zwar kontextunabhängig verwendbar (siehe I), ihren kerygmatischen Sinn gewinnen diese Sätze aber erst im funktionellen Bezug auf die situationsspezifische Paränese.

Indes: Von der Situation der römischen Gemeinde, auf die er mit seiner Paränese abstellt, hatte Paulus ein kaum schärferes Bild, als wir es heute aus seinen Worten rekonstruieren können.
Dafür spricht die (gegenüber 1. Kor. 8) bloß andeutende Weise, mit der er von den Objekten der Enthaltsamkeit, Fleisch und Wein, spricht (Röm. 14, 1 f. 21), und die (im Vergleich mit Gal. 4, 9 f.) sachlich höchst zurückhaltende Beurteilung der „Tagewählerei" (Röm. 14, 5 c). Möglicherweise unterstellt Paulus sogar nur aufgrund vager Informationen ähnliche Verhältnisse in Rom wie die ihm wohlbekannten in Korinth und Galatien. Es lassen sich deshalb über die streitenden Parteien nur Vermutungen aufstellen wie die, daß die „Schwachen" eine synkretistisch beeinflußte judenchristliche Minderheit waren, die sich gegen die libertären Zumutungen einer heidenchristlichen Gemeindemehrheit aus Gründen des Selbstschutzes durch Verstockung zur Wehr setzte.

Die Exegese hat sich also an die paränetische *Argumentation* des Paulus selbst zu halten, ohne die Tatsache zu vergleichgültigen, daß es dafür situativen Anlaß gab; markiert er doch die Frontlinie im Konflikt zwischen den „Parolen des vollkommenen Gehorsams und der christlichen Freiheit ... der in veränderter Form jeder neuen Generation zu schaffen macht und immer wieder zur Gruppenbildung in der Christenheit führt" (*Käsemann*, S. 353). Entsprechend ist die Paränese des Paulus von typischer Bedeutung gerade darin, wie sie Röm. 14, 7—9 zur Einweisung in konkretes Verhalten ausmünzt. Hervorzuheben sind folgende Argumente:

Wer den, der guten Glaubens auf seine Weise „für den Herrn" lebt, durch Aufrichtung selbst bestimmter Grenzen aus der Gemeinschaft der Nachfolger Christi ausschließen will, macht den unzulässigen Versuch (V. 3 c), in die Funktion des Weltenrichters einzugreifen — einen Versuch, der sich letztlich ohnehin als untauglich erweisen muß, da der Herr mächtiger ist als das Unvermögen des Knechts, dem Stand in der Gnade durch eigenes Stehenbleiben zu entsprechen (V. 4 c).

Weder ist von der Freiheit selbst, derer sich einer im Glauben gewiß ist, etwas abzustreichen, noch sollen äußerliche Verhaltensregeln — seien es geschriebene oder ungeschriebene — ihrer freimütigen Ausübung Grenzen setzen. Wer solche Freiheit aus Glauben, ledig aller normativen Korsetts (mögen sie ihm Fessel oder Krücke sein) lebt, hat sich nicht mehr dem moralischen Urteil seiner Mitwelt zu beugen, steht er doch damit unter der alleinigen Jurisdiktion des Herrn, dessen Auferstehung die Wahrheit allen menschlichen Urteilens als Schein erwiesen hat. Nur diese neue Verantwortlichkeit kann als Maßstab dafür gelten: Ob menschliche Freiheit selbstsüchtige Willkürfreiheit ist, die hinterrücks von den Mächten des Todes-Aions beherrscht wird und die sich verwirklicht in der Sünde, die Beziehungslosigkeit heißt. Oder ob sie Freiheit aus Glauben, libertas Christiana, ist; in ihr nämlich bewährt sich das Stehen unter der Herrschaft Christi in der Tat, welche in der Zeit des Geistes Beteiligung an der oikodomè des Leibes Christi ist.

Leitet zwar der Ruf in die Nachfolge den Menschen in radikale Vereinzelung vor Gott, jenseits aller naturwüchsigen Bindungen (Luk. 9, 60. 62!), so ist sein telos doch nicht das fundamentale Alleinsein privativer Existenz wie im Besitzindividualismus bürgerlicher Emanzipation, sondern — qualitativ darüber hinaus — Konstitution einer neuen Form der Sozialität, in der das eschatologische Recht des Bruders Bedingung gerade meiner eigenen Freiheit ist. Darum auch zielt der Aufruf des Paulus zur Einheit der Gemeinde auf dem Hintergrund seiner Charismenlehre nicht auf Gleichmacherei, die auf Kosten der besonderen Berufung des einzelnen ginge, sondern auf die Einsicht, daß jedes Glied am Leibe Christi auf die von ihm verschiedenen anderen angewiesen ist. Vorbild ist dafür Jesus Christus selbst, der seine göttliche Freiheit im Dienst an den Unfreien opferte und gerade so an ihnen wirksam werden ließ (Phil. 2, 5 ff.!); ,,stark" war er nicht für sich selbst, sondern für die ,,Schwachen".

Den sicheren Grund für diese Argumente, die auf den christusgemäßen Umgang mit vermeintlich unvermittelbaren Positionen zielen, benennt Paulus Röm. 14, 7—9: Nach alttestamentlichem Vorbild polarer Redeform wird das Gesamt menschlicher Existenz — totum pro partibus — als umfassendste Alternative ausgedrückt und zugleich relativiert auf sein Umgriffensein durch die Herrschaft des auferstandenen Gekreuzigten. Keine Weise christlicher Existenz — und trete sie noch so ausschließend gegen andere auf — vermag andern ihr Recht abzusprechen, nämlich auf ein Leben und Sterben ,,für den Herrn". Wird sie doch vielmehr ihr So-Sein und So-Handeln in den Dienst an jenen andern stellen und im Anderssein des Bruders dessen Dienst sich selbst gegenüber erkennen können.

Zur Literatur: Ausreichende historische Information bieten die neuesten Kommentare von O. *Michel* (MeyerK IV, 1978[14]) und *E. Käsemann* (HNT 8a, 1973); gegen Michel, der die Liebe der Freiheit als Korrektiv gegenüberstellt, folge ich theologisch Käsemanns Deutung der Liebe als eines Moments der Freiheit selbst.

## III Homiletische Ziele

Wie die römischen Verhältnisse Paulus, den Sympathisanten der ,,Starken", zum Anwalt der ,,Schwachen" machen, so läßt er den Prediger, der sich vom Apostel der Freiheit Beistand im Kampf gegen die gesetzliche Enge einer traditionell fixierten Gemeinde erhofft, scheinbar ohne Legitimationsgrundlage.

Doch die Kanonisierung dieser Paränese verändert die hermeneutische Situation auf eigentümliche Weise: Sosehr der Text Tradtionskritik um jeden Preis untersagt, sowenig ist er Berufungsinstanz für ein Beharren auf Hergebrachtem um jeden Preis. Er wäre fatal mißverstanden (und -gepredigt), nähme man ihn als Rechtfertigung, um den Freiheits-Rigorismus der ,,Starken" durch eine Ordnungs-Diktatur der ,,Schwachen" zu ersetzen. Denn die *,,Schwachen"* des Textes sind in Wirklichkeit immer die, *die den Preis zahlen müssen* für die Vorrechte derer, die das Sagen haben.

Genau diese *situationsabhängige Struktur* der paulinischen Paränese bezeichnet die Predigtperikope: *Sie kritisiert die kurzschlüssigen Alternativen der Glaubenspraxis* (und wären sie so umfassend wie ,,leben/sterben"), welche Verächtlichmachung hinüber- und Aburteilung herüberfliegen lassen. *Sie setzt dagegen die wahre Alternative*, die Leben oder Sterben ,,für sich selbst/für den Herrn" heißt. Daß es diese Alternative ist, die in Wahrheit gilt, ist trotz aller Befangenheit im allzumenschlichen Vorurteil immer wieder (und, wie zu erwarten: gegen Widerspruch) ausgesprochen worden:

„Nur wer für die Juden schreit, darf auch gregorianisch singen“ (so *D. Bonhoeffers* Hilfeschrei 1933, der das Interesse an liturgischer Restauration im Schatten des Arierparagraphen kritisierte und zur Einheit wahren Gottesdienstes rief).

„Es geht nicht um Christentum gegen Marxismus ... (Zurufe von der CDU/CSU: *Sondern?*) Sondern? Es geht um die Erkenntnis, daß Jesus Christus nicht gegen Karl Marx gestorben ist, sondern für uns alle“ (so *G. Heinemann*, laut Bundestagsprotokoll vom 23.1.1958).

„Friede ist der Stand eines Unterschiedenen ohne Herrschaft, in dem das Unterschiedene teilhat aneinander“ (so *Th. W. Adorno* 1969, der sich der Theologie zeitlebens verweigert hat trotz des Wissens, seine tiefsten Einsichten der Wahrheit des von ihm abgelehnten Glaubens zu verdanken).

CHRISTIANE BERTHOLD-SCHOLZ

# B

## IV Zur Erkundung der homiletischen Situation

A ist zuzustimmen in seiner Kritik einer verengten und einseitigen Verwendung des Textes als Trost- und Begleitwort in Trauerfällen. Paulus richtet seine Worte nicht an Menschen, die, von einem schweren Verlust betroffen, Hilfe zur Bewältigung einer Lebenskrise nötig haben — im Gegenteil! Er spricht zu solchen, die im Begriff sind, sich schweren Verlust selbst zuzufügen; ihr Streitverhalten bedroht das Leben in der Gemeinschaft.

Eine Erkundung der gegenwärtigen homiletischen Situation wird deshalb von zwei Fragen geleitet sein:
a) Welche strukturell vergleichbaren Streitsituationen nehme ich wahr, wenn ich die Gemeinschaftsbeziehungen betrachte, in denen Menschen meiner Gemeinde, meiner Kirche und Gesellschaft leben?
b) Wie wird in gegenwärtigen Auseinandersetzungen die Alternative eines Lebens *„für sich selbst“* und *„für den Herrn“* manifest? Zwei ausschnitthaft skizzierte Problemfelder zur Anregung:

1. *„Alte“ und „Junge“*
Eltern und Kindern liegt gleichermaßen an einem gelungenen Zusammenleben. Doch was in der Auseinandersetzung um die konkrete Lebensgestaltung von den „Alten“ an Erfahrungen und Erträgen ihres Lebens geltend gemacht wird, bedeutet den „Jungen“, die auf eigene Erfahrungen aus sind, nur wenig.

*Zum Beispiel* ein 17jähriger, erstmals glücklich verliebt: Die Ferien möchte er allein mit der Freundin verbringen, per Autostopp-Reise vielleicht oder mit Fahrrad und Zelt. Die Eltern protestieren: „Kommt gar nicht in Frage! Viel zu gefährlich ist das. Wir wissen doch, wie das geht! Nachher kriegt sie womöglich ein Kind, dann steht ihr da. Und auch sonst kann euch viel zuviel passieren. Ihr habt doch noch gar keinen Überblick, keine Erfahrung. Da warte mal ab, bis du ein bißchen erwachsener bist.“ — Der Junge dagegen:

„Gefährlich! Alles, wo ein Risiko drinsteckt, alles, was Spaß macht, ist immer gefährlich! Wie soll man denn eigentlich erwachsen werden, wenn man nicht seine eigenen Erfahrungen machen darf? Daß wir selber uns auch überlegen, was wir tun und lassen sollen, das traut ihr uns überhaupt nicht zu!"

### 2. *„Progressive" und „Konservative" in der Kirche*

An einer überzeugenden Verwirklichung des Glaubens mag allen liegen. Doch im Einsatz für ein brüderliches Leben halten die einen Aktionen für christlich geboten, in denen die andern gerade einen Verrat am Evangelium sehen.

*Zum Beispiel* der Sonderfonds des Antirassismusprogramms des ÖRK: „Das muß gefördert werden", sagen die einen. „Unerträglich wäre es, wenn Christen tatenlos zusähen, wie ihren schwarzen Brüdern in Südafrika die Menschenrechte versagt, die einfachsten Grundbedürfnisse mißachtet werden!" (In diesem Sinne stieg die Evangelische Kirche von Hessen und Nassau 1970 mit einem Beitrag von 100000 DM spontan in das Programm ein.) „Unerträglich?", meinen die andern, „freilich! Unerträglich im Sinne Jesu ist es, wenn christliche Kirchen Bewegungen fördern, die Freiheit mit Gewalt erkämpfen. Wenn Gewaltlosigkeit nicht garantiert werden kann, ziehen wir uns zurück!" (Diese Konsequenz zog 1978 die Heilsarmee aus Protest gegen die Zuwendung von 85000 Dollar für die „Patriotische Front" von Zimbabwe/Rhodesien.)

Solcher Beispiele sind viele. (Im Herbst 1980 werden dem Prediger noch die Parolen der Bundestagswahlen im Ohr sein.) In allen derartigen Konfrontationen manifestiert sich *Leben „für sich"* in einer Haltung der „Selbstrechtfertigung", die den Gegner als „Negativfolie" braucht, um die eigene Stellung behaupten, die eigenen Errungenschaften bestätigt sehen zu können. „Oft beziehe ich mein Gefühl der Freiheit aus der Unfreiheit eines andern." (So *P. Handke* in: Das Gewicht der Welt, 1977, S. 179.) Sogar das Eingeständnis eigener Schwächen kann zum Machtmittel geraten, um andere auf den eigenen Kurs zu zwingen.
*Leben „für den Herrn"* hingegen befreit vom Druck aller Selbstrechtfertigungsversuche. Jetzt können auch Differenzen ertragen werden; jetzt wird Solidarität, die Differenzen anerkennt, mit dem Gegner möglich. Jetzt wird der Streit mit ihm in dem Bewußtsein geführt, daß das eigene Rechtbehalten*wollen* sein Maß am Rechtbehalten*dürfen* des anderen hat.

Für die Auseinandersetzungen in Familie, Gemeinde, Kirche, Gesellschaft gibt eine solche Haltung kein Patentrezept für allseits befriedigende Lösungen ab. Wohl aber werden Grenzen gesetzt.

*Eltern* wird dann weniger an der Behauptung ihres Erfahrungsvorsprungs, ihrer Lebensweisheit und besseren Einsicht liegen als vielmehr daran, die Jungen eigene Grenzen und Möglichkeiten erfahren zu lassen.

*Kindern* können wiederum die „Alten" unversehens als Gegenüber wichtig werden, die sich mit ähnlichen Wünschen und Hoffnungen plagen wie sie selbst, auch wenn sie andere Wege zu deren Erfüllung wählen.

*Gegnerische Gruppen* in Kirche und Gesellschaft werden begreifen, daß sie sich als Korrektive gegenseitig brauchen. Statt sich gegenseitig zu diffamieren, können sie lernen, sich mit dem „Vertrauensvorschuß" zu begegnen, der unterstellt, daß die Einstellung des anderen ebenso ernst zu nehmen ist wie die eigene. So kann Differenz auch als Reichtum, als fruchtbare Spannung erlebt werden, die neue Erfahrungsmöglichkeiten für alle bereithält und damit der „Erbauung untereinander" (V. 19) dient.

## V/VI Überlegungen für Aufbau und Gestaltung der Predigt

1. Der Prediger kann anknüpfen am traditionellen „Sitz im Leben", den die Verse 7—9 üblicherweise haben — bei der *Trauerfeier*. Anknüpfen freilich, um den Text *ins Leben zurückzuholen*, in den Streit um die angemessene Denk- und Lebensart, das rechte Verhältnis von Freiheit und Verbindlichkeit im Zusammenleben von Christen.

Einem Prediger mit erzählerischer Begabung gelingt es vielleicht, vom Konflikt der Urgemeinden so zu berichten, daß zugleich von den Problemen seiner eigenen Gemeinde die Rede ist. Freilich sind der Phantasie durch die fragmentarische Kenntnis der historischen Situation (s. A II) Grenzen gesetzt. Die Möglichkeiten erzählender Exegese führt besonders gelungen *W. J. Hollenweger* vor (in: Konflikt in Korinth, 1978, sowie: Erfahrungen in Ephesus, 1979).

2. In einem weiteren Schritt würde ich *Streitsituationen* schildern, wie sie der Hörer privat und öffentlich alltäglich erlebt. Beim Erzählen von Beispielen ist zu beachten, daß die *Struktur* der Auseinandersetzung durchsichtig wird. Der Hörer soll ja verstehen, wie sich Leben „für sich selbst" im Fixiertsein auf die eigene Position manifestiert. Wichtig ist auch, daß nicht schon Streit und Auseinandersetzung selbst als Ausdruck unbrüderlichen Lebens disqualifiziert werden.

3. Gegen das Beharren auf dem eigenen Recht und ebenso gegen ein Nachgeben um des „lieben Friedens" willen lenkt Paulus den Blick auf den Auferstandenen. Eine Perspektive, die es in ihren praktischen Konsequenzen zu entfalten gilt. Dabei kann es dem Prediger helfen, folgender Frage nachzugehen (und sie etwa mit seinem Predigtvorbereitungskreis zu diskutieren): *Was sehen Menschen, die auf den Auferstandenen blicken, anstatt auf eigene und fremde „Stärken" und „Schwächen" zu starren?* Hier einige von vielen möglichen Richtungen, in denen Antworten zu finden sind:

Sie sehen Jesus, den „Menschen für andere" (Bonhoeffer);
sie sehen die „geringsten Brüder", in deren Gestalt Jesus seiner Gemeinde gegenwärtig bleibt;
sie sehen menschliche Vorstellungen von „Stärke" und „Schwäche" in Frage gestellt und menschliche Normen und Abgrenzungen relativiert; in der Erhöhung des am Kreuz Erniedrigten wird das offenbar;
sie sehen selbst im feindseligen Reden und Tun des Gegners seine Bedürftigkeit und Sehnsucht nach Liebe und Glück, so wie sie der ans Kreuz Geschlagene an seinen Feinden wahrnimmt: Vater, vergib ihnen... (Luk. 23, 34).

4. Zusage: Menschen, die diese Perspektive für ihre Welt und für andere Menschen gewinnen, denen bleibt die Erfahrung von Gerechtigkeit, Friede und Freude (V. 17) nicht versagt.

Beispiel eines Menschen, der im Gegner den Bruder sehen kann, ist für mich der Priester und Schriftsteller *Ernesto Cardenal*, dessen Engagement für die Freiheit seines Volkes in Nicaragua zur Zerstörung der von ihm gegründeten christlichen Kommune in Solentiname führte und ihn selbst ins Exil trieb. Ohne an der entschiedenen Verurteilung des Somoza-Regimes etwas abzustreichen, konnte er einen offenen Brief an den Chef des Sicherheitsdienstes mit folgenden Worten beenden: „ich habe diesen Brief ohne persönlichen Groll geschrieben, denn kein menschliches Wesen ist mein Feind. Gott segne Sie alle..." (E. Cardenal, Meditation und Widerstand, 1979, S. 16).

*Liedvorschläge:* EKG 246; 159, 2 und 3; *K. Rommel,* Ich möchte gerne Brücken bauen; *O. Schulz*, Herr, du hast darum gebetet, daß wir alle eines sein.
*Lesung:* Matth. 5, 38—48; Mark. 9, 33—37 parr.

Zur thematischen Behandlung vgl. THEMENSTUDIEN, Band 1, S. 197ff. (zum Text: S. 207): B. Wolf, Wo man sich trifft, ist die Mitte (Konflikte verstehen und leben). Die Red.

## VORLETZTER SONNTAG DES KIRCHENJAHRES

# Römer 8, 18—23 (24—25): Die leidende Schöpfung

KLAUS-DIETER NÖRENBERG **A**

### I Befragte Hoffnung

Fragen über Fragen: Bedeuten die Unfallopfer, die Krebstoten, die hungernden Kinder in der Dritten Welt, dazu der Leerlauf und die Vergeblichkeiten in meinem Leben nichts im Verhältnis zu der verheißenen Zukunft? Noch provozierender gefragt: Wiegen Auschwitz und Vietnam leicht gegenüber der „Herrlichkeit, die einmal an uns offenbart werden soll"? Wer kann und wer darf so reden? Wer ist in der Lage, das unheilbar Kranken glaubwürdig zu bezeugen? Oder denen, die um einen Verstorbenen trauern? Wer ist so stark und glaubensgewiß, sich damit selbst Mut zu machen, wenn er den Tod vor Augen hat? Wird hier das Leid nicht schon von vornherein zugunsten einer Hoffnung, für die es kaum sichtbare Anhaltspunkte gibt, abgeblendet? Wird hier nicht die Gegenwart mit ihren Problemen vom „Prinzip Hoffnung" her verkürzt und entwirklicht?
Die Welt, die uns umgibt und in unser Blickfeld tritt, kann diese unwahrscheinliche Hoffnung nicht rechtfertigen. Sie wird durch andauernde Wirtschaftskrisen, Energie- und Umweltfragen, soziale Kon-

flikte, mangelnde Menschlichkeit und vieles andere in Frage gestellt. Wenn wir von der Zukunft reden, überkommen uns Befürchtungen und Ängste, und das nicht nur wegen der „Grenzen des Wachstums".

## II Begründete Hoffnung

1. *Paulus redet vom Standpunkt des Glaubens aus.* Das bildet den Unterschied zur Futurologie, die von einer Gegenwartsanalyse her gestrichelte Linien in die Zukunft hineinzieht. Christliche Hoffnung hat nichts mit einer Prognose zu tun, die um so vager wird, je weiter sie sich in die vor uns liegende Zeit hinauswagt. Es ist begründete Hoffnung. Der göttliche Geist vergegenwärtigt nicht nur die schon geschehene Heilsgeschichte, sondern vermittelt Gegenwart und Zukunft und gibt uns den „*Stand in der Hoffnung*" (Käsemann).

Für Paulus ein „Unterpfand", sozusagen eine Anzahlung, durch welche die Zukunft wie ein Kauf schon heute perfekt gemacht ist, auch wenn der Christ den Leiden und Problemen und auch dem Tod noch ausgesetzt bleibt. Das empfangene Geschenk des göttlichen Geistes führt über das bloße „ängstliche Harren" hinaus. Er festigt das Vertrauen auf den, der seine Verheißungen in der Auferstehung Jesu Christi schon bestätigt hat.

2. *Das Zukunftsbild des Glaubens verändert die Gegenwart.* Die Zukunftserwartung des Christen ist nicht dadurch schon Hoffnung, daß sie eine „Kunst des Möglichen" darstellt oder mit dem „Unmöglichen" rechnet, sondern daß sie *Gott* das Unmögliche zutraut. Sie ist der *Exodus aus der Welt des Verrechenbaren;* sie verlängert also die Gegenwart nicht linear oder antithetisch in die Zukunft hinein. Im Unterschied zur Utopie gewinnt sie ihren Antrieb nicht aus der Negation. Ihr Zukunftsbild kann daher nicht einfach ein Kontrastgemälde zur Gegenwart sein. Die Leiden und Probleme der Gegenwart werden weder überspielt noch überbewertet. Vielmehr wird deutlich, daß trotz der Größe der Leiden, Ängste und Anfechtungen die künftige Herrlichkeit — Gottes Kommen zu den Menschen — das ungleich größere Gewicht hat. Das offenbart den wahren Stellenwert dessen, was uns heute bedrückt und erschrecken kann. Das Leid erweist sich als etwas Vorläufiges und daher nur Relatives. Aus dem Wissen um das Ja des Schöpfers zu seiner Kreatur, das seit der Auferstehung Jesu Christi das positive Vorzeichen aller christlichen Weltanschauung und Zukunftserwartung dargestellt, gewinnt der Glaubende seinen „*Mut zum Sein*".

Christliche Hoffnung bewährt sich von da aus gerade nicht in einem unrealistischen Wunschdenken, sondern im bewußten und geduldigen Aushalten der Diskrepanz zwischen den Anfechtungen und Leiden der Gegenwart und der Gewißheit künftiger „Herrlichkeit". Die Probleme und Notwendigkeiten lösen sich also nicht im Dunstkreis der Utopie auf, werden in ihren Konturen nicht unscharf. Sie erscheinen vielmehr in dem ihnen „zukommenden" neuen Licht.

Christliche Hoffnung ist keine Flucht in einen schönen Traum, kein „Opium des Volkes". Sie schöpft ihre Zuversicht aus dem Kraftreservoir der Vorfreude. Sie denkt die biblische Geschichte nach vorn, erinnert Zukunft, stiftet einen Erwartungshorizont, in dem die Dinge vom Ziel der Geschichte her rückblickend gesehen und eingeschätzt werden können.

3. *Die Hoffnung der Christen umgreift die Sehnsucht der Welt.* Das Stichwort und eigentliche Thema des Ganzen heißt „*Herrlichkeit*". Diese läßt sich nicht veranschaulichen, aber sie besagt im Kontext der Theologie des Paulus dasselbe, was die Rechtfertigungsbotschaft und das Reden von der Kindschaft und Sohnschaft der Glaubenden zum Ausdruck bringen. Damit wird deutlich, daß sich das Präsentische und das Futurische gegenseitig durchdringen. *Der Geist ist die Gegenwart der Zukunft.* Obwohl die künftige doxa noch aussteht, ist sozusagen ihr Leuchten für das Auge des Glaubens schon sichtbar. Die Wirklichkeit ist in ihrer Tiefendimension schon transparent für das heraufkommende Neue.

Das scheint der Sinn der so mystisch und rätselhaft anmutenden Aussage des Paulus zu sein, daß die belebte und unbelebte Natur sehnsüchtig und seufzend wartet und sich schon heute ahnungsvoll horchend wie mit vorgebeugtem Kopf in die neue Welt Gottes hineinstreckt.

4. So ergibt sich eine merkwürdige „*Solidarität der christlichen Gemeinde mit der unerlösten Welt*" (E. Käsemann, Paulinische Perspektiven, 1969, S. 218). Ist das Warten der Gemeinde von dem klaren, geistvermittelten Wissen um das Ziel, nämlich um die Zukunft des Gekommenen, bestimmt, so bleibt dieses Hoffen im Bereich der unerlösten Kreatur nur ein vages, aber doch spürbares Sehnen. Es drückt sich in der Unruhe, im Hin- und Hergeworfensein, in einem Weltschmerz aus, der „aus der unentwegten Erfahrung gesetzter Grenzen, vermeidbarer Schuld, nicht erlangten Friedens stammt" (Käsemann, a. a. O.). Für die unerlöste Kreatur gibt es kein Entrinnen aus Vergänglichkeit und Sinnleere. Der unbewußte Aufbruch zum „neuen Sein" hin bleibt heillos.

## III Verantwortete Hoffnung

1. Es wird schwierig bleiben, diesen Text dem heutigen Predigthörer verständlich zu machen. Wir haben uns angewöhnt, den Kampf ums Dasein und das Recht des Stärkeren in der Natur, den „Willen zur Macht", Katastrophen, Leiden und Vergänglichkeit als etwas Selbstverständliches, als *das eherne Gesetz dieser Welt* anzusehen.

Dabei hat der Zeitgenosse heute mehr als früher ein geschärftes Bewußtsein für die Sinnlosigkeit mancher Tierexperimente, die kommerziellen Zwecken dienen, für die Rücksichtslosigkeit und Ausweglosigkeit der Umweltverschmutzung, der Luft- und Wasservergiftung, für die Gefahren, welche die vielfach feststellbare Dominanz des technisch Machbaren mit sich bringt. Die Kreatur leidet sichtbar unter der Pervertierung des Schöpfungsauftrages. Kein Wunder, daß das Futurische gerade heute eine solche allgemeine und auch politische Bedeutung erlangen konnte.

2. Für den Christen bedeutet *Solidarität mit der unerlösten Welt,* daß er sich verantwortlich weiß für die Zukunft der Welt und der Menschheit, und zwar verantwortlich vor der Zukunft dessen, der den Seinen zu verstehen gibt: „Siehe, ich mache alles neu!"

3. Der *Realismus des Glaubens.* Wie der Text, so muß auch die Predigt dem Hörer viel, ja Unmögliches zumuten. Sie kann nur ein Versuch sein, dazu einzuladen, mitten in den Problemen der Gegenwart und in den Schwierigkeiten und Leiden jedes einzelnen und der ganzen Menschheit, ja „im Angesicht der Verzweiflung" „alle Dinge so zu betrachten, wie sie vom Standpunkt der Erlösung aus sich darstellen" (Adorno, Minima Moralia, S. 153), sozusagen „rückwärts" zu hoffen, nicht als Entwurf, sondern als Nachvollzug vom „Punkt Omega" (T. d. Chardin) aus. Es geht darum, alles Alte vom Neuen, alles Leiden und den Tod von Jesu Auferstehung her zu betrachten, also einen *Perspektivenwechsel* vorzunehmen. So ist die Predigt eine Einladung zum Glauben. Die konkreten Schritte dazu deuten die obigen Abschnitte an, die die christliche Hoffnung entfalten.

ROLF HEUE **B**

## IV Klärung der Situation

Ich habe meine früheren Predigten zum Text durchgesehen. Ergebnis: Ein sehr fremder Text! „Die Leiden dieser Zeit — nichts gegen die kommende Herrlichkeit" — wie konnte ich das ehrlicherweise sagen? „Das sehnsüchtige Warten der Schöpfung auf die Offenbarung der Kinder Gottes" — was für eine Anmaßung der Natur gegenüber! „Die ganze Schöpfung seufzt gemeinsam und liegt in den Wehen" — was für ein mythisches Bild, umwölkt vom metaphysischen Dunst!
Mir ist der Text aber immer näher gekommen. Zuerst: eigene persönliche Erfahrung dessen, was Vergeblichkeit, Leerlauf heißt. Ein Lebensfaden bricht ab — und gerade war alles noch voller Spannung. Türen schlagen zu — und eben war alles noch offen. Ein Tod hinterläßt sinnlose Zerstörung — und vor ihm war alles voller Sinn.
Dann: Erfahrungen mit dem Leid, das keiner hört. Augen von Kranken, die nicht mehr sprechen können und aus denen wie ein Strom die Klage bricht. Gesichter von Verwundeten, Verhungernden, Gequälten — ein unaufhörliches Seufzen, das durch die Welt geht.
Schließlich: die Nähe unserer Wirklichkeit zu jenem Satz des Paulus, nach dem die ganze Schöpfung unserer Geschichte ausgeliefert ist, ja die Natur willenlos daran hängt, wie wir mit ihr umgehen. Die Ausbeutung der Naturschätze, die sich nicht mehr regenerieren können,

die Zerstörung von ökologischen Gleichgewichten, die nicht mehr revidierbar ist, das Verschwinden ganzer Arten von Lebewesen. So spiegelt sich unsere eigene Angst, unsere Not, unser Elend, unser Versagen im Schicksal der anderen Geschöpfe.

Zum ersten Mal in der Menschheitsgeschichte wird deutlich, daß der Schöpfungsauftrag von Genesis 1 viel mehr bedeutet als ein befristetes Mandat zur Verwaltung und Eroberung der Erde. Er bedeutet die *volle Verfügungsgewalt des Menschen über die Schöpfung* — mit allen Konsequenzen und aller Verantwortung. Die Geschichte der Schöpfung muß sich nach der Geschichte des Menschen richten. Das Ergebnis dieser Schicksalsbindung läßt uns heute schaudern.

Frühere Generationen haben darüber hinwegsehen können. Die menschliche Kraft war noch viel zu klein, um die Fülle des Lebens und die Kräfte der Natur ernsthaft zu gefährden. Die Schöpfung war wie ein fester, dauerhafter Rahmen, in dem sich der Mensch mit seiner eigenen Geschichte einen kurzen Augenblick lang aufhalten und entfalten konnte. Die Rahmenbedingungen aber blieben unverändert. Nun wird klar, daß es diesen dauerhaften Rahmen, der unserer Geschichte und unserer Verfügungsgewalt vorgegeben und überlegen ist, gar nicht gibt. Wir können ihn zugrunde richten.

Erfahrung der Vergeblichkeit, Sensibilisierung für das Seufzen der Kreatur, Erkenntnis der Verflochtenheit von Naturgeschichte und Menschengeschichte: das sind die Hintergründe für den *Kulturschock,* von dem unsere Zeit zunehmend bestimmt wird. Bisher ist es ein Kinderspiel, was wir dagegen aufbieten. Der Kampf um höhere Abgaskamine und bessere Abfallbeseitigungsgesetze bewegt sich ebenso an der Oberfläche wie der Versuch, in Zukunft wenigstens einige besonders risikoreiche Technologien einzudämmen. In Wahrheit geht es um die *Erschütterung aller uns bisher bekannten Lebensordnungen und Gesellschaftsmodelle,* ob wir sie nun konservativ oder liberal oder progressiv nennen. Es liegt an der Tiefe des Schocks, daß uns die Denkmodelle dafür noch immer fehlen.

Wir müssen uns der Tatsache stellen, *daß der Mensch kein Gegenüber mehr hat, das ihn in seinen bisherigen Maßen festhält.* Gott ist ihm verlorengegangen und damit das Gegenüber einer unabhängigen Weltordnung. Die unerforschten Räume der eigenen Seele sind ihm verlorengegangen und damit die Geheimnisse seiner Existenz. Jetzt geht ihm auch noch die Natur verloren in der Erkenntnis, daß die Rahmenbedingungen des Lebens zerstörbar, manipulierbar und variierbar sind. Überall begegnet der Mensch nur noch sich selbst. Und er sieht sein fahles Gesicht, grau von Alter, mit Runzeln und Flecken, mit erloschenen Augen. — Von welchem anderen Text des Neuen Testaments könnten wir sagen: Er hat nicht uns, wir haben ihn eingeholt? Wir sind jetzt bei ihm in seiner Klage, in seiner Erfahrung, in der Tiefe seiner Wahrheit — und gerade da in der Tiefe klingt das Lied der Hoffnung auf!

## V Aufbau der Predigt

Meine Vermutungen über den Hörer gehen davon aus, daß die Fremdheit der Gedanken behutsam aufgelöst werden muß durch wiederholte Annäherungen an den Text.

1. Die Motivationsphase läßt sich Zeit, um den Hörer mit seinen eigenen Erfahrungen und Gefühlen im Blick auf den Kulturschock vertraut zu machen.

Erfahrungen der Vergeblichkeit: ein Stau auf der Autobahn als Beispiel. Die kilometerlange Schlange, aus der der einzelne nicht ausbrechen kann; der Lauf der Motoren als Leerlauf; die Verwicklung in Gesetzmäßigkeiten, die der aktuellen Verantwortung entzogen sind. Die Schicksalsgemeinschaft der Täter und der Opfer.
Begegnungen mit dem Seufzen der Kreatur: ein Sommertag im Wald als Beispiel. Die Entdeckung beim Spazierengehen, wie viele Tiere einfach zertreten werden; die Vorstellung, daß der ganze Wald hallen würde vom Schrei der Wehrlosen, wenn sie eine Stimme hätten.
Erkenntnisse über die Zerstörung des Lebensraumes: die Daten über ökologische Katastrophen als Beispiel. Unser neues Bewußtsein von der möglichen Unumkehrbarkeit technologischer Prozesse. Unsere Hilflosigkeit angesichts der möglichen Manipulation der Erbmasse von Menschen und Tieren.

2. Das führt, auf den Nenner gebracht, zur Darstellung des Kulturschocks, der in den nächsten Jahren weiter um sich greifen wird. Als Beispiel nehme ich die Bewegung der „Grünen". Solange nur an den Umweltschutz oder an den Widerstand gegen Atomenergie oder an sogenannte alternative Lebensformen gedacht wird, lassen sich solche Aspekte mit geringem Aufwand in unser bisheriges Lebenssystem integrieren. Es geht aber um das Eingeständnis, daß keine der uns bekannten Lebensformen Zukunftsverheißung hat. Wir stehen an einer Schwelle unserer Geschichte, vor der wir die prinzipielle Unfähigkeit erfahren, Lebenssinn von unseren bisherigen Überlieferungen her sichtbar zu machen. „Grün" darf darum nicht zuerst heißen, daß hier ein Sammelsurium neuer Rezepte und alter Ladenhüter angeboten wird. „Grün" heißt ebensowenig, daß es uns gelingen könnte, außerhalb der Leistungsgesellschaft neue und lohnende Aufgaben zu finden. „Grün" heißt vielmehr, daß wir am Anfang stehen und daß wir dies auch festhalten müssen. Wir sind Anfänger des Lebens und sonst nichts.

3. Von diesem Anfang redet der Text, wenn er die Hoffnung ins Spiel bringt. Gemeint sind nicht die hoffnungsvollen Ansätze, die wir zustande bringen und die wir dann als „gestrichelte Linien" in die Zukunft verlängern (vgl. A). Es ist auch nichts zu halten von vergangenen Leitbildern, die uns heute als „Heilige der Alternative" empfohlen werden. (Ich denke hier an das Buch von Holl, in dem Franz von Assisi zum letzten Christen deklariert wird.) Es fällt mir schwer, von der Hoffnung gerade das zu sagen, was sie nicht ist: keine Kunst des Möglichen, kein Aufschwung ins Wunderbare, kein Kontrastgemälde zur

Gegenwart, keine Ideologie der besseren Lebensqualität, keine Brükke, die von unserer Seite her in den Himmel ragt.

4. Paulus macht seine Hoffnung an der Person und am Werk Jesu Christi fest. Er ist die Brücke, die von der anderen Seite zu uns herüberreicht. Er ist es, der sich an seinen Geschichten mit den Menschen immer wieder als der Neue entdeckt, ob er nun Unheilbare heilt oder Tote lebendig macht oder Schuldigen vergibt oder seine Feinde liebt oder für die Täter und die Opfer selbst zum Opfer wird. Die Hoffnung, die sich auf ihn gründet, leitet uns an, nicht mehr zu versuchen, von unserer Seite her durchs Nadelöhr in das Himmelreich zu kommen. Aber Gott ist hindurchgegangen. Er machte sich so klein, um zu uns hereinzukommen und bei uns auszuhalten. In Jesus Christus begegnet uns gleichsam die Erstausgabe, der Prototyp des Neuen. Wir sollen nach ihm geformt werden. Wir sind die Serie. Das ist unsere Hoffnung.

5. Ich habe es schwer mit der Konkretion. Wie sieht der neue Mensch aus, wie denkt er, wie handelt er, wie lebt er? Was immer dazu in unseren Predigten allzu eilfertig gesagt wird, hält die Tiefe der Vergeblichkeit, wie sie der Text kennt, nicht aus. Es tröstet mich darum erheblich, daß Paulus auch nicht konkret davon reden kann. Das Neue ist da, aber verdeckt unter dem Alten. Die Rettung ist perfekt, aber verborgen unter dem Unheil. Die Freude sprudelt schon, aber an die Oberfläche quillt das dunkle Wasser.
Paulus wartet auf die verheißene Zukunft in Geduld. Also gerade nicht ungeduldig, wie das meist in unserem Sinne ist. Diese Geduld halte ich für das Schlüsselwort der Lösung. Sie sagt mir nämlich, daß ich in die Vergeblichkeit meiner eigenen Geschichte verwickelt bin und in ihr auch bleibe. Und doch läßt sie mich aushalten in eben dieser Geschichte. Denn ich glaube nicht mehr daran, daß Vergeblichkeit und Sinnlosigkeit das letzte Wort haben.

Ich möchte also, daß die Gemeinde mit mir in dieser Welt bleibt, die einen tiefen Schock erlebt; daß sie behutsam mit den Menschen umgeht, wenn die Konflikte sich mehren; daß wir unter dem Kennzeichen der Geduld nach Problemlösungen von mittlerer Reichweite suchen und nicht neue Lebensideologien an die Stelle der alten setzen; daß wir trotz der Niederlagen, die wir erleben, zäh und geduldig daran festhalten, daß „die christliche Hoffnung ins Gelingen verliebt ist" (Jürgen Moltmann).

## VI Hilfen zur Gestaltung

Zwei Texte sollen den Prediteinfall vom tiefen Schock und von der neuen Hoffnung scharf kontrastieren.

1. *Bertolt Brecht:* „Ich gestehe es: ich habe keine Hoffnung. Die Blinden reden von einem Ausweg. Ich sehe! Wenn die Irrtümer verbraucht sind, sitzt als letzter Gesellschafter uns das Nichts gegenüber!"

2. Aus dem Leserbrief eines Arztes (5. 11. 79): „Ich wurde zu einem Verkehrsunfall gerufen. Es handelte sich um eine sehr schwer verletzte Autofahrerin, die in ihrem Fahrzeug völlig eingeklemmt war und von der Feuerwehr mühsam herausgeschnitten werden mußte. Noch während sich mehrere Ärzte sowie Polizei und Feuerwehr um die Patientin bemühten, um sie aus ihrem Auto zu befreien, kroch ein niederländischer Panzerkommandant (der in der Nähe stationiert war) in das Autowrack zu der Schwerverletzten. Er sprach ihr während der ganzen Zeit Mut zu. Vielleicht hat sie diesen niederländischen Soldaten nicht einmal verstehen können. Trotzdem glaube ich, daß er durch seine menschliche Nähe und seinen Zuspruch dieser Frau mehr geholfen hat als wir Ärzte und die Feuerwehr."

Zur thematischen Aufnahme des Textes vgl. THEMENSTUDIEN, Band 3, S. 228—230: *Chr. Bäumler/P. Krusche,* Leiden — Schule der Freiheit.
Die Red.

## BUSS- UND BETTAG

# Römer 2, 1—11: Nur Güte läßt Raum zur Umkehr

KLAUS WILL (A) — INGRID WILL (B) **A/B**

### I Einstieg — erste Eindrücke (A)

1. Dieser Predigttext fällt aus dem Rahmen des Gewohnten und Vertrauten heraus. Er kollidiert mit geläufigen Selbstauslegungen des Christentums, und er steht in deutlicher Spannung zur Sprache des Glaubens, die von der Liebe und Zuwendung Gottes redet. Darüber hinaus bereiten einige seiner Aussagen Schwierigkeiten im Blick auf die theologische Rede von der Rechtfertigung: „Welcher geben wird einem jeglichen nach seinen Werken."

2. Gerade wegen dieser Spannungen und Schwierigkeiten stellt Röm. 2 aber eine besondere Herausforderung für Prediger und Hörer dar: Ungewohntes leitet zur Reflexion an und rückt Vertrautes in ein neues Licht (Buß- und Bettag!). In diesem Sinne können Schwierigkeiten durchaus produktiv sein.
So löst Röm. 2 eine Betroffenheit aus, die Wege zur Selbsterkenntnis und zur Gotteserkenntnis eröffnet: *Wer bist du, o Mensch, der du richtest? Wer bist du, o Gott, wenn es so um uns steht?* Gerade die theologisch problematische Rede von den guten Werken fördert darüber hinaus eine für die Lebens- und Weltbewältigung zentrale Einsicht, die

immer mehr das gegenwärtige Bewußtsein bestimmt: Es besteht offenbar ein elementarer Zusammenhang zwischen Tun und Ergehen. Jedes Handeln hat Folgen, die mitbedacht werden müssen (Umweltproblematik, Wissenschaft, Reformen).

### II Entdeckungen am Text (A)

1. Schon die ersten Überlegungen in der Begegnung mit dem Text haben deutlich gemacht, daß es für die Verständigung über den christlichen Glauben und ein ihm entsprechendes Handeln hilfreich und sinnvoll ist, *die Herausforderung dieses Textes anzunehmen und sich ihr auszusetzen.*

Es gilt auch im Blick auf die Predigtaufgabe, seine Widerständigkeit gegenüber geläufigen und gängigen Einsichten und Annahmen nicht von vorneherein abzuschwächen (indem etwa von einer „nur traditionellen" Redeweise des Paulus gesprochen wird, von der sich die „eigentliche" Rede vom Glauben abheben soll).

2. Die konfrontierende Redeweise des Paulus erweist sich als *Weg zu radikalisierter Selbsterkenntnis.* Sie hat ähnlich überführende Evidenz wie Jesu Wort vom „Splitter und Balken". Beides dient im Gegenüber zu Gottes Gebot und Verheißung einer *Humanisierung menschlicher Beziehungen:* Solidarität in der Selbsterkenntnis befördert Barmherzigkeit und den Verzicht, auf Kosten anderer das eigene Selbstbewußtsein aufzubauen.
Den Text in seiner Widerständigkeit ernst zu nehmen bewirkt sodann auch eine *Erweiterung der Gotteserkenntnis* und bedeutet die Chance, Neues über Gott zu erfahren und zu entdecken.

Für die Predigt stellt sich dabei die Aufgabe, den Ernst der Rede von Gott („Tag des Zorns", „Offenbarung des gerechten Gerichtes Gottes", „er wird einem jeglichen geben nach seinen Werken") im Blick auf den „Ernst des Lebens" zu entschlüsseln, damit in der Rede von Gott Strukturen erfahrbarer Lebenswirklichkeit deutlich und deutbar werden und aus solcher Deutung neue Motive für unser Handeln entstehen können (Buß- und Bettag!)

3. Gott ernst zu nehmen bedeutet konkret, *unser Handeln* als Menschen und Christen, in der Individualität und in der Sozialität des Menschseins, *von seinen Folgen her zu verstehen und zu strukturieren.* Daß es „kein Ansehen der Person" bei Gott gibt, macht Würde und Freiheit des Menschen aus, wie sie im Christentum herausgestellt wurden. Der Zusammenhang des Predigttextes macht aber zugleich deutlich, *worin* solche Würde und Freiheit besteht: in der Verantwortung des Handelns, das sich seiner Gründe, Ziele und Folgen bewußt ist.

4. So erweist sich also die Härte und Widerständigkeit der Rede von Gott in Röm. 2 als durchaus produktiv. Gleichzeitig jedoch bewirkt sie Unbehagen und produziert Ängste. Die Radikalität der Selbsterkenntnis und das Bewußtsein unbedingter Verantwortung provozieren die Frage: *Wer kann dann bestehen, wer kann dann selig werden?*

In der Frage V. 4 b gibt Paulus selbst die alles entscheidende und tragende Antwort: *Die Güte Gottes leitet zur Buße!* Hier wird deutlich, daß die Anklage und die Rede vom Zorn Gottes nicht für sich stehen. Darin liegt auch die spezifische Christlichkeit des Textes: Radikale Selbsterkenntnis und verantwortliches Handeln werden nicht möglich durch Anklage, Einschüchterung oder Drohung mit dem Gericht, sondern durch Gottes Handeln und seine Güte. Anklage und Bußruf werden dann akzeptabel, Einsicht und Veränderung werden dann möglich, wenn ich dessen gewiß bin, daß der Anklagende und Rufende mich akzeptiert und mir einen gangbaren Weg zeigt, der Ausweg und Lösung eröffnet.

5. Die hermeneutische Regel, einen Text aus seinem Zusammenhang zu verstehen, bestätigt hier ihre Gültigkeit: Röm. 2 weist über sich hinaus und drängt zur Erkenntnis: „Es ist hier kein Unterschied: Sie sind allzumal Sünder" (Röm. 3, 23). Aber auch diese Erkenntnis lebt von der anderen: „Wir werden ohne Verdienst gerecht aus seiner Gnade durch die Erlösung, die durch Christus geschehen ist" (Röm. 3, 24).

## III Homiletische Rechenschaft (A)

Wer über Röm. 2 predigen will, wird sein eigenes Selbstverständnis als Prediger reflektieren und überprüfen müssen. Der Predigttext legt scheinbar ein *Gegenüber* des Predigers zu seinen Hörern nahe, im Sinne des Gegenübers von Ankläger und Angeklagten, Bußprediger und Schar der Sünder.

Die Erwartungen, die sich, wie in meinem Fall, in einer von der Erweckungsbewegung geprägten und bestimmten Umwelt an den Pfarrer und Prediger richten, zielen in diese Richtung. Aber auch in einem kirchen- und gesellschaftskritischen Konzept findet sich durchaus diese Gegenüberstellung: Der Prediger soll als „Bewußtseinsbildner" fungieren, das „Mehr" an Einsicht seinen Hörern vermitteln, damit diese aus ihrer Unmündigkeit und Ahnungslosigkeit herausgeholt werden und zu verändertem und veränderndem Handeln befähigt werden.

Nun problematisiert aber gerade Röm. 2 eine solche Gegenüberstellung von Prediger und Hörern und führt in der Selbsterkenntnis als Sünder zu einer *Solidarität spezifischer Art. Christlich* kann es dann wohl kaum darum gehen, *andere* zur Buße zu rufen, sondern vielmehr darum, *aus eigener Betroffenheit heraus* Wege zum Glauben und zum erneuerten und bußfertigen Leben zu zeigen.

Darin liegt, so verstanden, allerdings eine spezielle Aufgabe des Predigers und seine spezifische Funktion: Aus den vielfältigen Begegnungen und Erfahrungen der Berufspraxis heraus erwächst die Kompetenz, stellvertretend für andere Eindrücke zu formulieren und Erfahrungen auszusprechen, die in der Begegnung mit dem Text angesprochen und bewußt werden.

In diesem Sinne wird es dann auch darum gehen, in hilfreicher Weise theologisches Wissen und theologische Lehre einzubringen, etwa im Blick auf den größeren Zusammenhang von Röm. 2 und dessen seelsorgerlich-befreiende und motivierende Bedeutung (vgl. II): Buße ist eine Folge des Glaubens; sie erwächst aus erfahrener Anerkennung und Zuwendung, aus der Rechtfertigung des Sünders und deren gestaltender und lebensverändernder Kraft.

So geht es mir in der Predigt darum, die erhellende Kraft von Röm. 2 zur Geltung zu bringen (Selbsterkenntnis aus Glauben, Tun-Ergehen-Zusammenhang) und die motivierende Kraft solcher Erhellung bewußt zu machen und zuzusprechen (Gottes *Güte* leitet zur *Buße*). Daran zeigt sich exemplarisch die Verknüpfung verschiedener Funktionen der Predigt: ihre lehrhafte, seelsorgerliche und handlungsorientierte Dimension und Aufgabe.

## IV Erkundung der Situation (B)

1. Was ist das für ein Tag — der *Buß- und Bettag*? Ein selbstverständlicher Feiertag für alle, die in einer Gegend mit überwiegend evangelischer Bevölkerung leben; angenehm wie alle Feiertage inmitten einer Woche; ein Tag, der sich im Grenzbereich zu katholischen Gegenden zum ersten großen Familien-Einkaufstag vor Weihnachten verwandelt.
In weiten Kreisen der evangelischen Bevölkerung ist das Bewußtsein für diesen in seinem Ursprung obrigkeitlich verordneten „Bußtag" verlorengegangen. Er bietet keinen besonderen Anlaß zur Selbstreflexion oder inneren Einkehr. Als Prediger werde ich das nicht übersehen können.

2. Wer sind *meine Hörer*? Immer wieder bin ich von den Gottesdienstbesuchern an diesem Tag überrascht. Unter den Hörern sehe ich nicht nur die regelmäßigen Sonntagsgottesdienstbesucher, die sich nur durch Krankheit oder Gebrechlichkeit vom Kirchgang abhalten lassen. Erstaunlicherweise entdecke ich auch solche, die sonst nur bei festlichen Gelegenheiten die Kirche besuchen. Was bewegt sie dazu, an einem in seiner Bedeutung so „unpopulären" Feiertag den Gottesdienst zu besuchen? Das Bedürfnis nach Abstand zu einer leistungsorientierten und von Profitgesetzen bestimmten Alltags- und Berufswelt? Der Wunsch nach Reflexion über Überflüssiges und Notwendiges, über das, was das Leben ausmacht?

3. Die Erweckungsbewegung hat Teile meiner Gemeinde geprägt. Vom Prediger wird dabei erwartet, daß er an diesem Tag den Hörern besonders „ins Gewissen redet" und ihre Sünden und Unzulänglichkeiten reflektiert und anspricht, da das Bekenntnis der eigenen Schwäche und Schuld als zentrale Bedingung für den Gnadenzuspruch Gottes erscheint.

4. Diese Erwartung an den Prediger und an die Kirche nährt sich für viele aus dem Bewußtsein, diese Leistung schon immer erbracht zu haben; daraus leitet sich dann die Pflicht ab, andere hinsichtlich ihrer „Bußfertigkeit" zu überprüfen. Worin unterscheidet sich eigentlich ein solches „christliches Verhalten" vom alltäglichen Vergleichen und Profilieren auf Kosten anderer zu Aufbau und Stabilisierung des eigenen Selbstwertgefühls?

5. Nicht nur aus erwecklichen Kreisen ist die Forderung zu hören, daß man Positionen und Standpunkte eindeutig abgrenzen müsse. Auch kirchenkritische Gruppen fordern klare Antworten und eindeutiges Engagement, wenn es etwa um die Unterstützung von Befreiungsbewegungen, um Kriegsdienst oder Ersatzdienst, um Boykottaktionen („Kauft keine Früchte aus Südafrika") oder um Fragen der Sexualerziehung (christliche Elterninitiative gegen die Sexualerziehung) geht, über deren Eindeutigkeit und Qualität man streitet. Ist es nicht in der Tat notwendig, als Christ Grenzen zu ziehen oder ein klares Urteil zu sprechen? Daß dieses oder jenes *nicht christlich* ist?

In der Kindererziehung, so meinten ältere Frauen meiner Gemeinde, komme man ohne Bewertung, ohne Maßstäbe für falsch oder richtig, nicht aus. Ob die Radikalität des Textes auch den Bereich der Erziehung betrifft? Hier sei es doch notwendig, zu „richten", gerade aus „Liebe", nicht um eigene Interessen durchzusetzen.

So verfolgt man eine Erziehung, bei der der Tadel als pädagogisches Mittel weit größeren Raum einnimmt als das Lob. Ergebnis dieser meist „in bester Absicht" geleisteten Erziehung können Verfestigung negativen Verhaltens, Unsicherheit, mangelndes Selbstvertrauen sein — bis hin zum Selbstmord. „Liebe" wird dabei zum Decknamen, unter dem gerichtet werden darf, ja sogar muß.

6. Überraschende Erziehungserfolge, wie sie die moderne Pädagogik beschreibt, sind nicht auf appellative Forderungen, sondern auf konsequente Annahme des Gegenübers zurückzuführen. Die Anerkennung des anderen (vgl. V. 11) stabilisiert ihn in seinen Stärken und positiven Seiten und weckt Vertrauen. Und nur diese gegenseitige Zuwendung und das Vertrauen ermöglichen ein Klima der Offenheit, das dann auch für das Gespräch über Schwächen und Fehler Raum läßt und mögliche Verhaltensänderungen wahrnehmbar macht.

## V Aufbau der Predigt (B)

a) Ich möchte kein „Bußprediger" sein, der von der Kanzel herab den Hörern ihre verborgenen und offensichtlichen Sünden vorhält. Als Mensch, Christ und Prediger gehöre ich auf die Seite der Hörer. Ich selbst bin auch immer ein „Richter" über andere. V. 11 gilt mir gleich ihnen, und der Zusammenhang von Tat und Folge betrifft mich in gleicher Weise, wie mir auch ebenso der Zuspruch der Güte Gottes gilt. Dies möchte ich deutlich machen. Wir-Formulierungen reichen dazu nicht aus; sie könnten als rhetorische Floskeln gehört werden. Solidarität zwischen Prediger und Hörern muß durch Bekunden gemeinsamer Erfahrungen geschehen: „Ja, so ist es!" In der Auseinandersetzung mit dem Text möchte ich auf der Basis solcher Übereinstimmung versuchen, mögliche Schritte der Veränderung zu entwickeln.

b) Ziel meiner Predigt ist es, den Hörern deutlich zu machen, daß ,,Buße" zu den ,,*Gnadenerweisen*" Gottes gehört und nicht auf die Seite seines Zorns. ,,Buße" will als Chance zur Korrektur des eigenen Verhaltens wahrgenommen werden. Positive Erfahrung von Buße bieten Analogien im Alltag. Veränderung von Verhalten ist nur auf der Basis von Annahme und Vertrauen möglich.

1. Ein Text, der uns hart in den Ohren klingt und dessen Tenor bedrohlich, beklemmend wirkt. (Beschreibung der Gefühle, die das Lesen bzw. Hören des Textes auslöst.)

2. Ein Text, der eine sehr menschliche Seite anspricht: das Richten. (Beschreibung der eigenen Erfahrungen: Ärger über das Richten anderer. Selbstreflexion: Ich gehöre in meinem Ärger selbst auf die Seite der Richter.) Richten fällt unter Gottes Urteil.

3. Eine augenfällige Folge des Richtens: vergiftete Atmosphäre; Neid und Argwohn; Abstand zu anderen.

4. Eine alltägliche Erfahrung: Alles Tun hat Folgen! Dies gilt auch im Blick auf das ,,letzte Gericht". Der Text scheint unerbittlich: Wer kann bestehen?

5. Ein hilfreicher Satz: Gottes Güte leitet zur Buße. Güte verändert. (Beschreibung von Erfahrungen: Verstärkung positiver Eigenschaften ermöglicht neues Verhalten.)

6. Ein Lob der Güte und Gnade Gottes: Sie schafft Veränderung, neue Erfahrungen, erneuertes Verhalten (Barmherzigkeit, Verzicht auf Richten).

## VI Gestaltendes Material (B)

Ein bemerkenswertes Zitat:

,,Wir Menschen leben wie die Ritter des Mittelalters in unseren Burgen und schirmen uns gegen alles, was uns verändern will und was wir als Angriff auf unsere Sicherheit empfinden, mit Mauer und Graben ab. Nur in einem Fall sind wir bereit, die Zugbrücke herunterzulassen und eine Nachricht entgegenzunehmen, die uns verändern will: wenn wir Vertrauen haben zu dem Menschen, der sie überbringt.
Hier liegt der Grund für die jahrtausendealte notorische Erfolglosigkeit von moralischen Bußpredigten. Sie teilen das Geschick der ausgesperrten Information, es sei denn, der Anruf zur Sinnesänderung erginge durch eine vertrauenswürdige Stimme. So bekehrt Jesus die Menschen dadurch, daß er mit ihnen zu Tisch sitzt. Er gibt den Eingeladenen die Freiheit, umzudenken. Sie wissen sich bejaht und beginnen zu hören" (*Zink*, Erfahrung mit Gott, S. 183).

Vorschläge zur Lesung: Die große Sünderin, Luk. 7; Psalm 130.

Liedvorschläge: EKG 118 (Aus tiefer Not); 254, 4—7 (Ich lief verirrt und war verblendet); 277 (Mir ist Erbarmung widerfahren).

# Offenbarung 21, 1—7: Da kann man leben

MARTIN STÖHR

A

## I Einstieg — erste Schritte

### 1. *Was kann am Himmel neu werden?*

Es ist schon viel, / wenn die schützende uralte Ozonschicht uns erhalten bleibt. / Der Himmel rettet Leben, wenn er regnen läßt, wo Dürre herrscht, / wenn seine Sonne scheint über Gerechte und Ungerechte, / statt den Freundlichen Freundliches und den Bösen Bosheit zu schicken.

Was kann am Himmel neu werden? / Himmel meint Gott. / Ein neuer Gott? / Es ist schon viel, wenn mich der alte Gott neu trifft. / Zuviel Rätselhaftes umkleidet ihn in Theologie und Kirche. / Ich möchte den Schatz nicht länger nur in irdenen Gefäßen. / Zuviel ist mir und anderen schon zerbrochen. / Ich möchte nicht nur in einen dunklen Spiegel blicken. / Ich will endlich klar sehen.

Was kann am Himmel neu werden? / Himmel ist die Wohnung Gottes. / Gott will seinen ständigen Wohnsitz auf der Erde nehmen. / Das ist gut. Zu häufige Abwesenheit läßt Menschen leiden.

Was kann am Himmel neu werden? / Die Erde geht auf Himmelfahrt. / Der Himmel kommt auf die Welt. / Der Riß zwischen Diesseits und Jenseits, / zwischen Geist und Materie, / zwischen Ziel und Wirklichkeit, / zwischen Gegenwart und Zukunft, / zwischen Tod und Leben, / zwischen Plage und Freiheit wird geheilt. / Die Tränen der Weinenden versiegen. / Freude herrscht. / Freude dient allen.

### 2. *Gott wird abwischen alle Tränen*

Die Friedhöfe werden endgültig geschlossen. / Massengräber werden nicht mehr ausgehoben. / Kein Polizist muß mehr Hausbesuche machen / und Angehörigen einen Unfalltod melden. / Selbstmordkandidaten geben sich dem Leben zurück. / In Kalkutta, Soweto und Recife werden die Kinder mit ihren Eltern satt. / Arbeit und Freizeit machen den Menschen sich selbst und anderen nicht mehr fremd. / Die Gefängnisse öffnen sich wie die Krankenhäuser. / Kirchen und amnesty international stellen ihre Arbeit ein. / Die Telefonseelsorge hört wie alle Menschen, / daß Freiheit und Frieden, Gerechtigkeit und Liebe / allgegenwärtig sind wie Gott.

### 3. *Fragen*

„Unser Volk, von Gott mit reichen Gaben gesegnet, ist in einem beängstigenden sittlichen Verfall begriffen... Falsche Propheten, Künder moderner Weltanschauungen, Ideologien, haben Gottes Herrschaft in die des Menschen verkehrt, der über sich selbst verfügt. Der Sinn des Lebens wird nicht mehr in der Erfüllung von Gottes Willen gesucht. Vielmehr strebt der neuzeitliche, Gott entfremdete Mensch nach ‚Selbstverwirklichung' durch den Gewinn von Macht und Lust. Anstelle von Gottes Wort soll wissenschaftliche Forschung allein Auskunft über das Wesen des Menschen und die Möglichkeiten menschlicher Formung und Gesellschaftsgestaltung geben. Schlagwörter wie ‚Befreiung — Gleichheit — Solidarität' verhüllen oft die dahinter verborgene Unmenschlichkeit. Denn als die falschen Götter unserer Zeit richten sich die Ideologien nicht nur gegen Gott, sondern sie kehren sich alsbald auch gegen sein Ebenbild, den Menschen. Falsche Leitbilder vom Wesen des ‚neuen Menschen' führen zu heimtückischen Angriffen auf seine wahre Würde. Utopische Vorstellungen von einer weltweiten Neuordnung der Gesellschaft führen zum Abbau von Gottes bergenden Grundordnungen für Sitte und Gemeinschaft. An ihre Stelle treten Zwangsordnungen, die mit Hilfe von seelenverändernden Methoden (Gruppendynamik) und äußerem Druck in Kraft gesetzt werden. Diese widergöttliche Entwicklung hat unsere sittliche Ordnung, unser Recht, unsere Kultur, ja sogar unser theologisches Denken untergraben" (*Wächterruf der Bekennenden Gemeinschaften* vom 21. 10. 79).

Ich bewundere die christliche Urgemeinde. Obwohl sie in der Provinz Kleinasien inmitten des übermächtigen Römischen Reiches lebt, dessen Kaiser Domitian die totale Unterwerfung verlangt, zieht sie sich nicht auf sich selbst und aus der Welt zurück. Sie versucht nicht, das Leben der Welt von einer geistlichen Nische aus nur zu kommentieren. Sie stellt sich dem ganzen Leben wie dem ganzen Tod in all ihren vielfältigen Erscheinungsformen. Die ganze Schöpfung soll erneuert werden. Der Seher auf Patmos war wie Jesus und Paulus der Meinung, daß das Ende der Geschichte nahe sei.

„Wie werdet ihr Christen damit fertig, daß es eine fast zweitausendjährige Geschichte der nichtverwirklichten Hoffnungen gibt? Wir Kommunisten müssen mit 50 Jahren enttäuschter Hoffnung fertig werden." So fragte uns, eine Gruppe von Studenten, vor Jahren *Georg Lukaczs*, der ungarische Philosoph.

## II Entdeckungen am Text

1. *Den Standort der Gemeinde zu bestimmen*, ein oder zwei Generationen nach Kreuz und Auferstehung Christi, das ist eine der entscheidenden Aufgaben der Apokalypse. Die sieben Sendschreiben kritisieren die Gemeinde radikal und liebevoll-ehrlich, aber gar nicht apokalyptisch. Das Leben ist angesichts der überraschend lange ausbleibenden Wiederkunft Christi weder weltflüchtig noch todessüchtig zu gestalten. Eine gesteigerte Verantwortung für die Geschichte wahrzunehmen und zugleich die Distanz zum Wertehimmel des Imperium Romanum nicht zu vermindern, das sind christliche Aufgaben. Die faszinierende, aber kaum nachvollziehbare Bildersprache (Luther: Werft das Buch in die Elbe!) hat ein deutlich „aufklärerisches" Pathos. *Was wird gespielt in der Geschichte?* Darüber muß sich die Gemeinde Gedanken machen. Gibt es ein geschichtliches Gefälle in ihrem Ablauf? Welche Kräfte sind maßgebend? Ist Gott entthront? Wie geschieht sein geschichtliches Handeln? Bedeutet es für die Gemeinde die Versetzung in den Wartestand?

Die aus Daniel sich speisende Endzeitvorstellung bemüht sich, (wie das IV. Esrabuch mit der Zerstörung des Tempels) mit der ausbleibenden Parousie fertig zu werden: Haben nicht die autonom handelnden Mächte, in Rom religiös, kulturell, politisch und wirtschaftlich geballt und letzten Respekt wie Anbetung fordernd, allein das Sagen?

2. Blumhardts Verknüpfung einer irdisch-sozialistischen Hoffnung mit der christlichen Hoffnung stellt verstaatlichte oder versteinerte

Christentümer wie Sozialismen vor die Frage, welche Menschen und Bewegungen denn Träger bleibender Hoffnungen inmitten enttäuschter Hoffnungen sind:

„Im Grunde ist der Sozialismus auch keine Partei. Er ist keine Klassenverbindung, sondern eine Menschheitsverbindung, eine Menschheitslehre, die Menschheitsidee! ... Man darf sich nicht wundern, daß ein Mann, der sich zu Christus hält, heute zur arbeitenden Klasse steht. Denn Christus gehört zu den Geringen. Er ist gekreuzigt worden, weil er ein Sozialist war. Zwölf Proletarier hat er zu Aposteln gemacht. Und er hat gesagt: ‚Diese Welt muß zerschlagen werden, es muß eine neue kommen!' — Das hat Christus gesagt, nicht erst die Sozialdemokratie, aber die Christenheit hat es vergessen ... Ich könnte wütend werden, wenn mir jemand vom Jenseits spricht, von Himmel und Hölle und so weiter, wovon doch niemand etwas weiß ... und ich will mich opfern bis zum Tode, daß diese Verlogenheiten aus der Welt kommen und die Menschen zu ihrem Recht, zu ihrem wahren Dasein kommen" (DS Nr. 32/79, S. 9).

3. *Unser Herr kommt!* Alle anderen Herren sind verschwindend und sekundär, sosehr sie sich auch — die Bilderpracht ihrer Tierverkörperungen und ihrer Lebensabläufe illustrieren das — als letzte Instanzen aufspielen. Rom ist eine Hure, bezahlt, mit befristeter Zeit; sie hat eines Tages ausgedient. Ihre Verführungskünste sind groß, aber nicht grenzenlos. Röm. 13 und Offb. 13 gehören zusammen unter die Überschrift aus Apg. 5, 29: Man muß Gott mehr gehorchen als allen nationalen, ökonomischen, politischen und ideologischen Potenzen. Nicht sie sind die kritischen Instanzen des Glaubens, sondern der Glaube ist ihre kritische Instanz. Die Offenbarung des Johannes ist ein *Bilderbuch zum ersten Gebot*. Es ist erstaunlich, wieviel Freiheit sich eine kleine Gemeinde angesichts des Widerspruchs ihrer Umwelt nimmt. Der Kaiser nannte seinen Thron Gottes Thron. Er ließ Papageien züchten, die „Ave Caesar" schreien konnten. Die Gelassenheit und Freiheit der Christen allen Mächten gegenüber beruht in ihrer Bindung an Gott.

4. Der Text bezieht Natur und Geschichte — auch sie sind Geschöpfe Gottes und dem Menschen verantwortungsvoll zur Gestaltung übergeben — in seine befreiende Predigt ein. *Der Gedanke der Neuschöpfung ist ein Schlüsselgedanke.* Eine Schöpfungsgeschichte steht am Anfang und am Ende der Bibel. Die trostlose Individualisierung und Spiritualisierung der christlichen Hoffnung erfährt durch diesen Realismus einen universalen Wandel. Alles ist zur Erneuerung bestimmt. Wer A sagt, kann getrost O sagen. Er wird von dem begleitet, der Ursprung und Ziel der Geschichte ist.

5. Die Niederkunft Jerusalems erinnert die Hoffenden an die *Kontinuität ihrer Hoffnung* in allen Diskontinuitäten ihrer Geschichte. Es ist die *Geschichte der Zuwendung Gottes* in einem bestimmten Land und Volk, in konkreten Ereignissen, in einem Juden. Was kommt — so neu es auch ist —, ist nicht furchterregend. Es trägt bekannte Züge aus der Geschichte des Heils in allem Unheil; es ist vertrauenerweckend

identisch mit den Offenbarungen des in allen Verhüllungen lebendigen Gottes. Die Geschichte wird nicht ausgelöscht, sondern vollendet neu geschaffen. Die Stadtplanung Gottes zielt auf ein Zusammenleben der Menschen, das seinen Willen erfüllt. Auf dieser Erde steht Gottes Stadt, auch wenn ihr Entwurf nicht auf den Reißbrettern der zugelassenen Globusverwalter entstanden ist, sondern Gottes Entwurf verkörpert, ja seine eigene endgültige Präsenz auf dieser Erde meint.

## III Homiletische Rechenschaft

1. Ich habe eine Schere im Kopf, die schneidet mir oft Filme ab, die ich für die Zukunft produziere. Ich habe Träume wie Martin Luther King und kann die Lieder der Befreiung, der Gerechtigkeit und der Erneuerung singen. Aber ich weiß zugleich, wie gebunden eine Volkskirche ist; sie kann nicht über die schweigende und zahlende Mehrheit des Kirchenvolkes hinausgehend handeln. Ich kenne Rollenzwänge, die der Prediger der Apokalypse und seine Gemeinde nicht kannten; ihre Freiheit war so groß, wie meine Unfreiheit schön und bequem ist.

2. Die Offenbarung wurde zum Beispiel in der Nazizeit besser verstanden und konkreter ausgelegt. Ermäßigen sich in „normalen Zeiten" Verständnis und Kosten der Nachfolge? Die Position, die der „Wächterruf" (vgl. I, 3) zur Gesellschaft einnimmt, ist ein Schein-Gegenüber. Die verbale Alternative lebt von ihren Buhmännern und deren Bundesgenossen. Die kleinasiatischen Gemeinden waren frei, weil sie selbst eine Alternative zur Gesellschaft waren.

3. Ich lebe von dem realen Trost, daß die Geschichte mehr ist, als ich erfahre, daß das Leben mehr ist, als die durch Sterben abgeschlossene Biographie. Wenn Kirche und Gesellschaft mich auch prägen, so programmieren sie mich doch nicht total. Die Erneuerung von Himmel und Erde greift schon jetzt in das Leben der christlichen Gemeinde.

4. Ich bin umstellt von Kreuzen, die im Laufe der Kirchengeschichte zu Symbolen des Todes wurden, statt von neuem Leben zu reden. Kreuze religiöser Sozialisation prägen mich und meine Zuhörer. Und oft verstellen sie den, der am Kreuz hing.

GERHARD WENDLAND

# B

Im Verständnis des Textes und im Umgang mit seiner homiletischen Problematik sehe ich keine bemerkenswerten Differenzen zu A. Ich kann mich vielfach unausgesprochen auf ihn beziehen. Ich möchte mich jedoch stärker auf den Kasus „Totensonntag" einlassen.

## IV Zur Situation der Hörer

1. Die Situation des Totensonntags trifft knapp und präzise *H. Schurian* (PrSt IV 1, 1969, S. 32):

„Die Gräber sind versorgt. Kleingärtners Friedhofstage sind vorbei. Die Kinder fragten nach den Toten. ‚Sie schlafen unten, wir machen es warm.' Der Kranz liegt. Der Pfarrer hat die Totenliste verlesen. Schmerzliche Erinnerungen werden bei den Betroffenen wach. Aber für das eigene Leben wird der Tod nicht bedacht. Was mit den Toten ist? Na, Auflösung, Verwesung, klar — und dann das andere: der Geist, die Seele, das Weiterleben, der Himmel, wie es der Pfarrer so sagt. Keine Diskussion! Leben hier — Tod dort! Dort, dann, irgendwann!"

2. Zur Situation gehört aber wohl auch, was der Prediger seinerseits aus seinem Umgang mit der Gemeinde mitbringt. Vermutlich wartet er in diesem Gottesdienst auf bestimmte Menschen, mit denen ihn ein Erlebnis verbindet. Da sind Erinnerungen an Gespräche mit Tränen und Schweigen, Begegnungen am Grab, Begegnungen ein paar Wochen nach der Beerdigung. An Ohnmachtsgefühle; an Augenblicke, in denen ein Wort eine Brücke baute. Aber auch Gedanken an Kirchenferne, des Trostes offenbar nicht bedürftig. Die vielen Fälle, die „sang- und klanglos" vorübergehen. „Machen Sie's kurz, Herr Pfarrer."

3. Damit stellt sich für den Pfarrer die Frage: Mehr „*Totensonntag*" oder mehr „*Ewigkeitssonntag*"? Nicht als liturgischer Formalismus, sondern inhaltlich gemeint: Mehr Seelsorge an Trauernden oder mehr Verkündigung der Zukunft Gottes? Natürlich ist das keine Alternative; es geht um wechselnde Akzente, Gewichtungen innerhalb einer Polarität von Aussagen. Beides ist sinnvolle und notwendige Verkündigung, möglichst eng beieinander. Aber man kann auch in jeweils eine Richtung fliehen: vor verbindlicher theologischer Sprache in unverbindliche Bezeugung von Anteilnahme; vor seelsorgerlicher Nähe in dogmatische Distanz. Es ist deutlich: Schaden leidet jeweils der Akzent, der als Ausflucht gewählt wird.

4. Im Hinblick auf den Kasus „Tod" beschäftigt mich die *Zweideutigkeit der Situation*: Einerseits die vielzitierte und fraglos geschehende Verdrängung des Todes an den Rand des privaten und öffentlichen Lebens, hinter Mauern aus Stein, sozialem Grün und Sprachlosigkeit, mit Hilfe medizinischer Technik und Sterbefall-Administration, in Konkurrenz mit Schönheits- und Jugendidealen, Gesundheitsideologien usw.

Andererseits der pausenlose obszöne Tod in den Medien, ununterscheidbar als Krimi, Nachricht oder medizinische Belehrung, alles auf dem gleichen Bildschirm und oft fast gleichzeitig. Von „Bild" ganz zu schweigen. Die banal gewordene Bedrohung im Straßenverkehr. Fahrlässige Tötung kostet DM 1700,— Strafe. Die unablässige Informationsflut aus aller Welt über Massenmord, Massenhunger, Massenselbstmord — sei's im mittelamerikanischen Busch, sei's auf der Drogenszene.

Ist die Verdrängung zwangsläufig Reflex auf diesen Ansturm von „Tod"? Gibt es eine Entsprechung zwischen der Sprachlosigkeit in der unmittelbaren Begegnung mit dem Tod und den von ihm gezeichneten Menschen und der Lust, die sich einstellt, wo man zuschauen kann? Frage: Wie finden der Tod und das Sterben ihren Platz im Leben? „Der Tod wird nicht mehr sein" — wie können wir mit ihm leben, solange er ist?

5. „*Neuer Himmel und neue Erde*" — als Vorstellungsgehalt ist diese Überlieferung trotz mancher künstlerischer Vermittlungsversuche sicher den allermeisten Hörern fremd, allenfalls „ein Problem", jedenfalls nicht Auslöser oder Träger von Hoffnung und Trost.

„Das Drüben kann mich wenig kümmern; / Schlägst du erst diese Welt zu Trümmern, / Die andre mag darnach entstehn. / Aus dieser Erde quillen meine Freuden, / Und diese Sonne scheinet meinen Leiden; / Kann ich mich erst von ihnen scheiden, / Dann mag, was will und kann, geschehn. / Davon will ich nichts weiter hören, / Ob man auch künftig haßt und liebt, / Und ob es auch in jenen Sphären / Ein Oben oder Unten gibt."

*Goethe*, Faust, 200 Jahre alt. Merkwürdigerweise will man bis heute in der Kirche gerade von „Drüben" etwas hören. Und Literatur über Grenzerfahrungen Sterbender hat Konjunktur, selbst bei Ärzten, wie ich mir sagen ließ. Ziel der Predigt müßte doch wohl sein, die alten Bilder in Bewegung zu bringen. Diesseits und Jenseits, nach dem Tod und vor dem Tod, einander durchdringen zu lassen. „Siehe, ich mache alles neu" (vgl. 2. Kor. 5, 17; Gal. 6, 14. 15), nicht erst in absoluter Zukunft — dann wohl auch! —, sondern schon gestern und heute. Das „neue Jerusalem" in der Frankfurter Fußgängerzone, der „neue Himmel" auf der alten Erde, wo ich (nicht) begraben sein möchte — da kann ich (nicht) gut und gern leben.

6. Die Rahmenbedingungen der Predigt skizziert *W. D. Marsch* (in: „Zukunft", 1969, S. 113):

Der „Individualisierung des Heils entspricht doch immer wieder, gerade auch bei Jesus, ein kollektives Ziel: das ‚Reich Gottes' bzw. die ‚neue Schöpfung', das Jesus bringt bzw. von dem Christus der ‚Erstgeborene' ist — also eine universale neue Menschheit, der Gottes Zukunft eröffnet ist. Solche kollektiven Vorstellungen können natürlich nicht in dem weltbildlichen Rahmen, in dem sie damals gedacht waren, reproduziert werden. Sie gewinnen aber eine neue Bedeutung in dem Maße, wie wir des einzelnen Menschen zukünftiges Geschick mit dem der Menschheit unlösbar verflochten sehen. Zukunftsaussichten nämlich, die der christliche Glaube lange Jahrhunderte hindurch ausschließlich mit dem individuellen Geschick verbunden hat, wie „Unsterblichkeit der Seele', ‚Unvergänglichkeit' der Person, das ‚Eingehen in die Ewigkeit' — können einem technisch-naturwissenschaftlich geprägten Zeitalter allenfalls dann sinnvoll erscheinen, wenn sie als eschatologische Menschheitsziele gedacht werden können: die Zukunft einer Humanität, die auch durch die Endlichkeit des einzelnen nicht zunichte wird. Nur in diesem Sinne wird man heute von ‚Unsterblichkeit' des Menschen reden können — genauer und biblisch gesprochen: von einer ‚Auferweckung der Toten' als dem Sinnziel der Geschichte."

## V Aufbau der Predigt

1. *Auf dem Wege zu Gottes neuer Schöpfung.*
Am letzten Sonntag des Kirchenjahres: der visionäre Blick auf das letzte Ziel. Das kann fern, fremd und traumhaft bleiben. Anders könnte es sein, wenn man durch die Bilderwelt der Apokalypse darauf zuwandert, durch alle Tiefen, Irrgärten, Plagen, Stürme, Gerichte und Tode. Wie eine „Erlösung“ kann es sein — *die neue Schöpfung*. Diese Erlösung meint die Wahrheit der Vision, nicht ihren Buchstaben, nicht ihre Bilder. Was zukünftig gesehen wird, war von Anfang an gemeint. Offb. 21 bringt ans Licht, was 20 Kapitel lang verdunkelt blieb; das will sagen: Gott bringt einmal ans Licht, was in der ganzen Geschichte der Menschen im Schatten blieb.

Ähnliches kann am Totensonntag/Ewigkeitssonntag passieren. Die Verkündigung von Gottes ewigem Leben („siehe, ich mache alles neu“) kann unvermittelt-fremd bleiben. Aber es könnte auch geschehen, daß wir begreifen, wovon die Rede ist, wenn wir die Wege des vergangenen Jahres noch einmal gehen. Da sind die Tränen, der Schmerz, das Verstummen. Auch das Erschrecken über das, was andernorts geschah. Die Scham über stumpfe Gleichgültigkeit um uns und in uns... Wenn wir so darauf zugehen, können uns Erinnerung und Sehnsucht, Schmerz und Hoffnung zu verstehen helfen, *was Gott mit dieser ersten Schöpfung gemeint hat und was die Bibel als „neue Schöpfung“ wiedererkennt.*

2. *Der neue Himmel auf dem Weg zur Erde.*
Das Bild vom neuen Himmel und der neuen Erde darf nicht zum Stehenbleiben verführen. Wir sollen nicht „gen Himmel starren“, weder weltflüchtig-jenseitssüchtig noch ästhetisch-unverbindlich noch politisch-utopisch noch modisch-ironisch. Der neue Himmel bewegt sich auf uns zu. Er ist das Ziel aller Wege Gottes, die immer vom Himmel zur Erde führen. Deshalb: Wer sie mitgeht, gewinnt den Himmel auf Erden. — Auch der Visionär schaut Bewegung: von oben nach unten, hin zu dem verwirrten und trostbedürftigen Volk, zum lebendigen Wasser. Das A und O ist der Wasserschöpfer! — Ohne Erinnerung an den Weg Jesu Christi „von oben nach unten“ ist dies nicht zu verstehen. Er starb den Tod, der „nicht mehr sein wird“. In ihm hat die neue Schöpfung ihren Grund. Nicht erst im neuen, sondern schon im alten Jerusalem.

3. *Und wohnt unter uns!*
Natürlich, wo Wort und Glaube einander finden; wo das „Es ist geschehen“ (V. 6) und das „Es ist vollbracht“ (Joh. 19, 30) zusammenklingen; wo „wir wie Brüder beieinander wohnen“ (EKG 159, 2). Aber auch mitten in einer großen Stadt, zum Beispiel in Frankfurt.

Manche sagen: Da möchte ich nicht begraben sein! Sie meinen: Da kann man nicht leben! Neulich hatten in der neuen Fußgängerzone Weinbauern ihre Stände aufgebaut: Weinproben, dazu Schmalzbrote. Ein plätschernder Brunnen, milde Oktobersonne, Bäume mit farbigem Laub, rustikale Bänke. Menschen, die miteinander plaudern oder auch mal streiten oder schweigen; die jedenfalls gerne hier sind. — Natürlich kein Abendmahl mit Weinprobe und Schmalzbrot. Oder doch?

## VI Materialien

Das himmlische Jerusalem ist nicht weit. Dazu eine Geschichte, die keiner Erklärung bedarf:

In Krakau lebte der fromme Rabbi Eisik. Er träumte, er sollte nach Prag reisen, um einen Schatz auszugraben, der in der Nähe einer Brücke vergraben war. Er reiste nach Prag und fand die Stelle. Aber sie war von Posten bewacht, deren Hauptmann dem Rabbi einen eigenen Traum erzählte: Der Hauptmann sollte nach Krakau reisen, um nach einem Schatz zu suchen, der im Haus eines gewissen Rabbi Eisik vergraben sei. Der Hauptmann hatte dem Traum jedoch keine Bedeutung beigemessen. Der Rabbi aber kehrte von Prag nach Hause zurück und entdeckte tatsächlich den Schatz, der in seinem Hause vergraben war.

*Klaus Reblin*, auf dem Nürnberger Kirchentag:

Wer möchte das nicht?
Auf dem Kopf stehen und
Die Welt sehen wie sie ist
Andersherum
Wer möchte das nicht
Den Himmel unten und
Oben die Erde
Wer möchte das
Nicht?
(Joachim Schmidt, Radius Almanach 1979/80, S. 121.)

Lieder:
In Verbindung mit Abendmal EKG 159 („Das sollt ihr, Jesu Jünger, nie vergessen“); Wochenlied EKG 121 („Wachet auf, ruft uns die Stimme“); einzelne Verse aus EKG 122 („Ermuntert euch, ihr Frommen“).

Zur thematischen Textbehandlung vgl. THEMENSTUDIEN, Band II, S. 64ff. (bes. S. 75—77): Chr. Bäumler/P. Krusche, Die Stadt der Macher und die Wohnungen der Träumer. — Ferner im gleichen Band S. 108ff. (bes. S. 116—119): K. Raiser, Der neue Himmel und die neue Erde. Die Red.

# ANSCHRIFTEN

## HERAUSGEBER

Krusche, Peter, Professor, Fichtenstraße 8, 8082 Wildenroth/Post Grafrath
Rössler, Dietrich, Professor Dr. Dr., Engelfriedshalde 39, 7400 Tübingen
Roessler, Roman, Oberkirchenrat Dr., Freiligrathstraße 16, 6100 Darmstadt

## REDAKTIONSKREIS

Gebhardt, Rudolf, Propst, Professor Dr., Heinrich-Heine-Straße 67, 3500 Kassel
Müller, Hans Martin, Professor Dr., Stauffenbergstraße 37, 7400 Tübingen
Neidhart, Walter, Professor Dr., Fleischbachstraße 71, CH-4153 Reinach
Rosenboom, Enno, Oberlandeskirchenrat Dr., Julienlusterweg 35a, 2300 Kiel
Schroer, Henning, Professor Dr., Rundweg 4, 5330 Königswinter 41
Simpfendörfer, Gerhard, Dekan, Wilhelmstraße 18, 7100 Heilbronn
Stammler, Eberhard, Pfarrer und Journalist, Isegrimweg 3 B, 7000 Stuttgart 75
Zerfaß, Rolf, Professor Dr., Grundweg 15, 8706 Höchberg b. Würzburg

## MITARBEITER

Adolphsen, Helge, Pastor, Johannisburger Straße 8, 2300 Kiel 14
Aehnelt, Thomas, Vikar, Am Rollberg 28, 3360 Osterode/Harz
Askani, Theophil, Prälat, Planie 35, 7410 Reutlingen
Baltensweiler, Heinrich, Professor Dr., Lindenstraße 33, CH-4102 Binningen
Becker, Johannes, Pfarrer, Olgastraße 14, 3500 Kassel
Berthold-Scholz, Christiane, Pfarrerin extr., Am Weserufer 31, 3512 Reinhardshagen
Blendinger, Hermann, Pfarrer, Schottenanger 13, 8700 Würzburg
Böhmig, Wolfgang, Pfarrer, Karl-Weysser-Str. 15, 7500 Karlsruhe-Durlach 41
Braun, Folkmar, Pfarrer, Eschersheimer Landstraße 395, 6000 Frankfurt/M. 1
Brill, Siegfried, Studiendirektor Dr., Schlesierstraße 97, 6200 Wiesbaden
Christiansen, Rolf, Pastor und Studienleiter, Vogt-Sandmann-Weg 6, 2070 Großhansdorf
Gabathuler, Hans Jakob, Dr. theol., Auhofstraße 14, CH-8051 Zürich
Goetzmann, Jürgen, Pfarrer, Kartäusergasse 9, 5000 Köln
Goldbach, Günter, Pastor Dr., Neunkirchener Platz 5, 3000 Hannover 71
de Haas, Pieter, Pfarrer Dr., Pettenkoferstraße 27, 3500 Kassel
Hanusch, Rolf, Studentenpfarrer, Lassallestraße 3, 3500 Kassel
Hasselmann, Friedrich, Pastor, Hagener Allee 116, 2070 Ahrensburg
Hasselmann, Niels, Propst Dr., Pleskowstraße 4, 2400 Lübeck
Heinrich, Gerd, Oberkirchenrat, Boldhorn 3, 2300 Kiel
Hermann, Christoph, Pfarrer, Direktor des Predigerseminars, Grüningerstraße 25, 7000 Stuttgart 70

Heue, Rolf, Dozent, Berlinstraße 2, 3100 Celle/Klein-Hehlen
Janowski, Hans Norbert, Theodor-Heuss-Straße 23, 7000 Stuttgart 1
Jörns, Klaus-Peter, Professor Dr. theol., Kirchberg 11, 6348 Herborn
Katzenstein, Ernst-Ulrich, Pfarrer, Kleinriehenstraße 73, CH-4058 Basel
Kern, Helmut, Propst, Jakob-Steffan-Straße 1, 6500 Mainz
Kleinert, Ulfrid, Dozent, Lenore, Pastorin, Sebastiangasse 1, 2000 Hamburg 74
Knuth, Hans Christian, Pastor Dr., Kieler Straße 30, 2308 Preetz
Koeppen, Wolfhart, Pfarrer, Reisingerstraße 11, 8000 München 2
Köster, Reinhard, Pfarrer Dr., Äbtissinsteig 2, 4300 Essen 14
Krauss, Meinold, Pfarrer, Landgraf-Philipps-Anlage 63, 6100 Darmstadt
Kreyssig, Peter, Stadtdekan, Lessingstraße 4 7000 Stuttgart 1
von Kriegstein, Mattias, Pfarrer Dr., Alt-Niedereschbach 16, 6000 Frankfurt 56
Kuhn, Johannes, Pfarrer, Auf dem Haigst 14, 7000 Stuttgart 70
Kuntz, Manfred, Kirchenrat Dr., Lauterbadstraße 31, 7290 Freudenstadt
Läpple, Volker, Pfarrer, Obere Zahlbacher Str. 36, 6500 Mainz
Lembke, Ingo, Dr., Friedrichstraße 7, 2083 Halstenbek
Luck, Ulrich, Professor Dr., Königsweg 78F, 2300 Kiel
Müller, Hans-Martin, Professor, Stauffenbergstraße 37, 7400 Tübingen
Nörenberg, Klaus-Dieter, Pastor Dr., Gothmunder Weg 14, 2400 Lübeck
Öffner, Ernst, Wiss.Ass., Pfarrer Dr., Salinenstraße 4, 8730 Bad Kissingen
Onnasch, Klaus, Pastor Dr., Heischberg 11, 2300 Kronshagen
Orth, Gerhart, Pfarrer, Pionierweg 2, 2900 Oldenburg
Ott, Heinrich, Professor Dr., Emil-Freystraße 61, CH-4142 Münchenstein
Pietron, Josef, Subregens Dr., Überwasserkirchplatz 3, 4400 Münster
Raiß, Hermann, Dekan, Kransberger Weg 31, 6000 Frankfurt 50
Rannenberg, Werner, Oberlandeskirchenrat, Kirchstraße 79, 3012 Langenhagen 4
Renner, Ulrich, Superintendent, Stiftplatz 9, 3352 Einbeck
Riess, Hermann, Prälat, Gänsheidestraße 86, 7000 Stuttgart 1
Rosenboom, Enno, Oberkirchenrat, Julienluster Weg 35 a, 2300 Kiel
Rück, Hermann, Professor, Am Wingert 3, 6349 Sinn
Simpfendörfer, Gerhard, Dekan, Wilhelmstraße 18, 7100 Heilbronn
Schmidt, Hans P., Professor Dr., Schönblick 6, 6240 Königstein/Ts-2
Schmidt, Helmut, Akademiedirektor Pfarrer Dr., Kabemühlenweg 20b, 3520 Hofgeismar
Schnath, Gerhard, Dekan, Heinrichstraße 2, 6400 Fulda
Scholz, Frithard, Pfarrer extr., Am Weserufer 31, 3512 Reinhardshagen
Schröer, Henning, Professor Dr. theol., Rundweg 4, 5330 Königswinter 41
Stammler, Eberhard, Chefredakteur, Isegrimweg 3 b, 7000 Stuttgart 75
Steck, Wolfgang, Professor Dr., Bachstraße 3, 2300 Klausdorf/Schwentine
Steinhilper, Rolf, Pfarrer, Clemens-August-Straße 15, 6990 Bad Mergentheim
Stierle, Beate, Pastorin Dr., 3403 Friedland-Reiffenhausen
Stöhr, Martin, Akademiedirektor, Am Hasenborn, 6384 Schmitten 1
Teichert, Wolfgang, Justus Brinckmannstraße 88, 2050 Hamburg 80
Ter-Nedden-Amsler, Brigitte, Oetwilerstraße 35, CH-8634 Hombrechtikon
Theurich, Henning, Pastor Dr. theol., Flemingstraße 26, 5657 Haan 1
Track, Joachim, Professor Dr., Windsbacher Straße 36, 8806 Neuendettelsau
Wendland, Gerhard, Studienleiter, Pfaffenweg 13, 6370 Oberursel 6
Weskott, Martin, Pastor, Herzberger Straße 23, 3411 Kallenburg-Lindau 1
Wiedemann, Hans-Georg, Dr. theol., Sandträgerweg 101, 4000 Düsseldorf 12
Will, Ingrid und Klaus, Pfarrer und Pfarrerin, Frigghof 4, 6342 Haiger
Wimmer, Ulrich, Pfarrer, Heidweg 9, 7325 Boll
Wolf, Bernhard, Pfarrer, St.-Johann-Straße 24, 8000 München 50
Wrege, Hans-Theo, Privatdozent und Mentor Dr., Schleistraße 38, 2380 Schleswig

# BIBELSTELLENREGISTER

Zur Unterscheidung von den Stellenangaben sind die Seitenzahlen kursiv gesetzt.

## NEUES TESTAMENT